MW01608594

LE GRAND MAÎTRE

WARREN MURPHY & MOLLY COCHRAN

LE GRANDMAITRE

Traduit de l'américain par
J.-J. SCHAKMUNDES

CARRERE

Éditions 13
9 Bis rue de Montenotte
75017 PARIS
Tél. : (1) 622.44.54

ISBN 2-86804-114-5

La marque du Grand-Maître

Alexandre Zharkov vit Justin Gilead deux fois seulement durant les vingt-cinq années qui suivirent leur première partie d'échecs.

Les deux fois, Zharkov l'avait tué. Les deux fois, le Grand-Maître était réapparu.

Le serpent d'or refaisait surface et Zharkov savait ce que cela signifiait. Il le savait aussi sûrement qu'il savait que le soleil se lèverait le matin suivant. Et il le redoutait depuis des années.
Justin Gilead, le Grand-Maître, était vivant.

Inconsciemment, les mains de Zharkov se portèrent à son col d'officier de l'armée soviétique.
Dessous, gravée dans la chair brûlée au fer rouge, on pouvait voir la marque du Grand-Maître.

Prologue

Quelque part, une cloche tinta faiblement. La pièce était aussi vaste qu'une cour de château. Elle était éclairée par des groupes de hautes chandelles parfumées dans chacun des quatre coins, mais le plafond était si haut que leur lumière n'y parvenait pas, et lorsqu'il leva le regard il lui sembla contempler un ciel mort par une nuit sans étoiles.

Des formes se hâtaient au pied des murs. Leurs mouvements étaient souples, et bien qu'il ne pût distinguer que des ombres, il savait que c'était des femmes.

Trois coussins de plume, chacun d'un mètre carré, étaient empilés au centre de la pièce. Une femme était allongée sur les coussins, et il savait, instinctivement, que c'était la femme qu'il devait rencontrer.

Il hésita, mais la femme lui fit signe d'approcher d'un geste gracieux du bras. Elle était nue. Seule une chaîne d'or s'enroulait trois fois autour de sa taille. En s'approchant, il vit qu'elle avait de longs cheveux noirs ramenés par-dessus son épaule gauche et lui cachant les seins. Malgré la lumière incertaine, ses cheveux brillaient comme de l'huile et ses yeux semblaient faits de milliers de cristaux d'ambre, chacun d'eux reflétant la lumière des chandelles de la pièce. Près d'elle, le parfum de l'encens était plus fort, presque insupportable. Il prit une forte inspiration et sentit une chaleur intense irradier ses poumons.

Il se tenait maintenant devant les coussins, ses genoux les touchant presque et regardant la femme. Son corps était harmo-

nieusement alangui comme sur une toile de maître. Bien qu'elle
fût nue ses cheveux et les ombres assombrissaient le tableau et
l'empêchaient de la voir parfaitement.

« Sais-tu pourquoi je t'ai fait venir? » lui demanda-t-elle en
russe. Sa voix était mélodieuse et le ton, proche de celui de la
cloche qui continuait à tinter doucement quelque part dans la
pièce. Il prit une nouvelle inspiration. Il lui sembla sentir ses os se
détacher de ses muscles et il se demanda s'il avait bien entendu la
femme lui parler ou si c'était la petite cloche qui lui avait adressé
la parole.

Elle le regardait, attendant sa réponse. Il tenta de parler, mais
aucun son ne sortit. Il secoua la tête.

« Parce que tu m'appartiens » lui dit-elle doucement. Ses yeux
ne le quittaient pas.

Lui appartenir? Non. Personne n'appartient à personne. Il
rassembla toute sa volonté et essaya à nouveau de parler. Cette
fois, avec difficulté, il bredouilla « Madame, je... »

Elle ne l'écoutait même pas. « Depuis le jour de ta naissance, tu
m'appartiens. »

« Et si je ne suis pas d'accord? » dit-il lourdement. Il était
surpris d'avoir pu parler. Parler était si compliqué.

« Tu n'as pas le choix » dit-elle, une pointe d'agacement
nuançant la voix calme et rauque. « Tu n'es qu'un homme.
N'oublie jamais. Tu es limité par tes propres sens, tu es mortel.
Mais je ferai de toi plus qu'un homme. »

Elle fit une pause, comme attendant une réponse, mais il ne
pouvait plus sortir un mot. La seule présence de la femme
semblait annihiler chez lui toute volonté ou raison. Il ne souhaitait
qu'une chose : qu'elle lui demande de s'allonger auprès d'elle, pour
reposer son corps et son âme douloureux.

« Tu es celui que j'ai choisi », dit-elle. « J'ai couru le monde pour
te trouver. »

Il la regarda, ébahi, ne pouvant la quitter des yeux. « Mais,
pourquoi? » demanda-t-il dans un souffle, tremblant de froid.
« Qui suis-je pour toi? »

Un sourire frémit sur les lèvres de la femme. « En toutes choses,
il y a lutte, conflit. Le yin et le yang, la lumière et l'ombre, le bien
et le mal. Dans chaque chose, il y a deux côtés. Tu comprends? »

Il aspira l'air de nouveau pour tenter de clarifier ses idées, mais
ses poumons le brûlèrent de nouveau sous le feu de l'encens.
L'endroit était plein d'une magie puissante. Et la peur surtout
s'était installée aux frontières de sa conscience. La femme était

douce, sombre, lisse et magnifique comme les rêves, mais aucun réconfort n'émanait d'elle.

« Y a-t-il quelqu'un qui doive venir ici ? demanda-t-il. Quelqu'un que je devrai combattre ? Un méchant... »

Le sourire de la femme se déchira en un rire rauque et vulgaire qui résonna sur les murs de la pièce.

L'homme ne comprenait pas. Il attendait une explication, mais elle se retourna sans un mot. Soudain, son corps s'agita, ses seins dressés en avant, les longs cheveux noirs entre ses jambes bien visibles dans la lumière des cierges. Elle tenait quelque chose dans sa main. C'était un serpent en or, long et en forme de S, ses écailles méticuleusement sculptées, sa gueule ouverte laissant darder la langue comme pour attaquer.

Elle le plaça entre ses jambes et le tira lentement entre ses cuisses. Ses yeux se posèrent sur ceux de l'homme. « Viens » ordonna-t-elle.

Il s'approcha.

Elle lui tendit le serpent doré. Son éclat semblait croître jusqu'à l'éblouir. Il avait peur du serpent.

« Prends-le » dit-elle.

Tremblant, il saisit le reptile d'or. Il sentit une brûlure à la main. Son âme lui parut défaillir à son contact.

« Un homme mauvais est déjà venu. » susurra-t-elle. Sa voix l'enveloppait voluptueusement. « Toi, Prince de la Mort, tu es venu à moi. Mon Prince du Mal. »

Il ferma les yeux. Il comprenait. « Ma déesse » dit-il.

Elle mit ses douces mains sur celles de l'homme. A leur contact, la crainte du reptile disparut, et dans un soupir, il brisa le serpent en deux.

« C'est bien » lui dit-elle doucement dans l'oreille, le remplissant entièrement d'un plaisir qu'il savait à présent avoir attendu toute sa vie. Elle avait raison. Il n'avait pas le choix. Il devait la servir, boire ses philtres, vivre dans des sphères inaccessibles au commun des mortels.

« Mon Prince de la Mort. Tu as les graines de la puissance en toi. Je ferai fleurir ces graines, mon Prince. Et tu tueras le serpent d'or pour moi. »

« Je le tuerai » promit-il.

Alors, elle s'ouvrit à lui et enveloppa son corps dans le sien, tandis que la petite cloche tintait toujours doucement. L'air s'épaissit, mêlé des parfums d'encens et de chair, et elle le prit dans les profondeurs de sa propre obscurité.

Livre premier

LE SERPENT D'OR

Chapitre 1

Les docks étaient déserts sur Pihlaja Island, comme toujours à Helsinki aux dernières heures de la nuit. Le policier de ronde bâilla et consulta le cadran lumineux de sa montre. Encore une heure avant le jour. Quatre-vingt-dix minutes encore à tirer et il pourrait rentrer sa carcasse transie à la maison, s'y réchauffer dans la douce chaleur de sa femme.

Un faible grattement se produisit derrière lui. Il pivota en portant rapidement la main droite à hauteur du lourd étui de cuir mais se détentit aussitôt en constatant que ce n'était qu'un rat détalant sur le quai en planches.

Vexé de sa propre nervosité, un sourire forcé apparut sur ses lèvres. Les « punkkarit », les petits malfrats du cru, terrorisaient les braves gens. Chaque jour, les journaux colportaient les relations de leurs razzias, et il avait été recommandé à chaque membre de la petite brigade des docks, d'être particulièrement vigilant pendant les rondes. Les bateaux amarrés pouvaient représenter un véritable paradis pour des vandales ou des cambrioleurs. Les pas du policier résonnaient le long du quai désolé et sa respiration se condensait en petits nuages épais. Bientôt, tous les ports du Golfe de Finlande seraient pris dans les glaces. Au large, un pétrolier au mouillage dispensait inlassablement une lumière jaunâtre sur les eaux noires du golfe. Plus près, amarré à une partie condamnée du quai où marchait le policier, un bateau se balançait doucement. C'était un bateau de pêche de bonne taille, pas tout jeune, noir, une coque vide sans même un nom pour l'identifier. Il se dirigea vers lui. De toute évidence, le bateau était à l'abandon, mais il ne l'avait jamais remarqué auparavant.

Soudain, derrière lui, les innombrables rats qui logeaient dans les recoins pourris de l'entrepôt se mirent à piailler et à courir dans toutes les directions. Le policier se tourna vers eux. Une ligne très fine de sueur brillait sur son front. Des punkkarit? Il se saisit de sa matraque et se dirigea vers le petit bâtiment de pierre.

Mais il ne s'agissait pas de ces gamins coiffés à la Mohican et armés de cran d'arrêt. Il jura doucement et se rasséréna en apercevant la forme confuse et recroquevillée contre le mur délabré du bâtiment. L'homme dormait. Il portait un caban rapiécé et un pantalon sale. Sa tête reposait sur un vieux sac marin déchiré qui lui servait d'oreiller.

Eh! Et alors?!» dit le policier en finnois tout en lui poussant le bout de son soulier dans les côtes. Le clochard grogna, se réveilla et grimaça pour mieux voir le policier. «Allez, dégage. C'est interdit de dormir ici!»

Il réitéra son interdiction en suédois. L'homme bougea lentement. «Allez, prends tes affaires. Il faut partir d'ici», dit le policier en montrant le vieux sac du bout de sa matraque.

Le clochard obtempéra. Il se mit péniblement sur ses pieds et, saisissant le vieux sac de toile roulé au pied du mur, il regarda l'agent de police au travers de ses yeux larmoyants.

«Allez, au trot!» insista le policier indiquant de la tête l'autre bout du quai. L'homme s'éloigna lentement, le dos rond. Le policier le suivit un instant du regard, puis retourna vers le bateau noir.

Il enjamba avec précaution les câbles d'amarrage et promena le pinceau de sa torche sur la coque du navire. A l'endroit où l'on devait normalement lire le nom du bateau, une planche peinte en noir pendait, suspendue à des crochets.

Bizarre, pensa-t-il. Il semblait qu'on ait volontairement voulu cacher le nom du bateau. Il se pencha au-dessus de l'eau, et souleva la planche à l'aide de sa matraque. Un instant, le mot « *Kronen* » brilla en lettres blanches sur le flanc sombre du navire. Le policier se redressa et la planche retomba en cognant le bord. Marchant le long de la jetée, il continua de promener sa torche le long de la coque. Enfin il s'arrêta, regarda de nouveau le bateau et secoua la tête, perplexe. Pourquoi essaierait-on de cacher le nom d'un bateau, sinon parce que c'était un bateau volé?

Il sortit un petit transmetteur radio d'un étui de cuir mais juste à l'instant où il allait presser le bouton d'appel, il rejeta la tête en

arrière, la nuque embrasée par une douleur terrible, due à un coup violent porté par derrière. Sa main lâcha la torche qui tomba à l'eau et la radio fit un bruit mat en heurtant le sol en bois.
« Qu'est-ce... qu'est... » marmonna le policier, en s'affaissant sur ses genoux.

En tournant la tête il aperçut le clochard qui le surplombait, d'un aspect totalement différent de l'épave alcoolique qu'il avait chassée du quai quelques minutes auparavant.

L'homme à présent était comme une machine en parfait état de marche, se tenant hors de portée du regard du policier pendant qu'il le remettait sur ses pieds.

« S'il vous plaît, non, non » tenta le policier, mais un couteau se balançait déjà au bout du bras de l'homme.

L'agent de police hoqueta, les yeux exorbités alors que la lame lui tranchait la gorge d'une oreille à l'autre. Les mains tendues, s'agitèrent convulsivement comme mues par un courant électrique. Ses pieds glissèrent sous lui. Un flot de sang mousseux siffla de la gorge tranchée en répandant de la vapeur dans l'air glacé, puis gicla en courbe. Sa tête s'affaissa sur l'épaule du vagabond. En silence, quatre hommes vêtus de noir apparurent sur le pont du bateau. Les machines du *Kronen* se mirent à grogner. Essayant d'éviter le flot de sang, le clochard souleva le corps inerte et le jeta à l'eau. Le visage sans vie du policier, à l'expression encore horrifiée, miroita un instant à la surface de l'eau noire.

Le bateau allait bientôt quitter le bord. Le clochard donna un coup de pied dans la radio qui tomba à l'eau, se précipita sur son havresac, le jeta sur le pont, et sauta à sa suite. Agrippant le bastingage il se hissa à bord. Le *Kronen* se dirigea aussitôt vers la passe. Son couteau et le côté droit de son visage étaient inondés de sang.

Le capitaine abandonna la barre à un homme d'équipage, se retourna sans expression vers l'homme englué de sueur et de sang qui se tenait devant lui, comme s'il n'avait pas encore décidé s'il allait ou non le garder à bord.

Son visage, hâlé, aux yeux intelligents et imperturbables, laissait passer des traces de mépris mêlé d'amusement devant l'homme au havresac qui se tenait devant lui dans l'attente de sa décision. « Écoutez, je suis juste un contrebandier », dit enfin le capitaine, dans un anglais rythmé d'inflexions scandinaves. « On n'était pas sensé tuer des flics. »

L'homme resta silencieux. Une grosse goutte de sueur roula discrètement le long de son visage, se frayant un chemin dans le sang coagulé, par-dessus les mâchoires crispées.

« Bon », finit par lâcher le capitaine, en désignant du pouce le pont inférieur.

Dans un soupir de soulagement, l'homme se précipita en bas de la coursive.

Sur le pont inférieur, debout dans une des cabines, seul, il se massait les bras pour chasser un froid soudain qui l'envahissait toujours après une grande frayeur. Avec étonnement, il s'aperçut que le couteau qui lui avait servi à tuer le policier finlandais, un poignard de combat de l'armée allemande, était toujours dans son poing serré. Il ouvrit la main avec effort, et le poignard tomba sur le sol. La forme du manche s'était imprimée dans sa paume ensanglantée. Il se pencha en avant pour le ramasser, le rinça à l'eau de mer du robinet de la cabine, l'essuya soigneusement et le remit dans la poche de sa veste.

Combien de temps encore? songea-t-il tandis qu'il se lavait les mains. Il avait quarante-quatre ans, l'âge le plus élevé d'aucun des autres agents opérationnels, à sa connaissance. Encore combien de fois pourra-t-il fuir d'un pays avant de craquer complètement? Quelle somme de peur un homme peut-il supporter durant toute sa vie? Il ferma les yeux pour ne pas sentir la brûlure du sel pendant qu'il s'aspergeait d'eau les cheveux et le visage.

Il s'essuya à l'aide d'un vestige de serviette et, toujours grelottant, il s'assit devant la table en planches de la cabine. Du sac de toile, il extirpa une petite poche imperméable en plastique, qu'il ouvrit et dont il répandit le contenu devant lui.

Il avait déjà vérifié trois fois le contenu de la pochette, mais, parfois, entre vérifier trois fois et quatre fois il y a la même différence qu'entre vivre et mourir.

Il hochait lentement la tête tout en inventoriant le contenu sous la faible lumière de l'unique lampe à pétrole. Il y avait deux impeccables faux passeports finlandais pour un mari et sa femme. Il y avait une carte d'identité russe avec sa propre photo et une série de documents d'embauche, russes également. Il y avait un pistolet suisse Hammerli à huit coups, chargeur plein. Dans une mince enveloppe de papier bulle, il y avait deux mille dollars en billets, une somme assez dérisoire en roubles, ainsi que son propre passeport américain établi à son vrai nom de Franck Riesling. Serait-ce suffisant pour se rendre en Union soviétique et en revenir avec les deux transfuges? Ce le serait certainement, en tout cas, pour se faire abattre s'il était pris avant d'atteindre Moscou. Et tout cela pour un joueur d'échecs?

Il eut une pensée furtive pour le policier mort et ses mains tremblèrent. Il se précipita au fond de la cabine et alla vomir dans la cuvette des toilettes sales et nauséabondes. Tuer un policier? Pour un joueur d'échecs? Cela valait-il la mort d'un policier? Comme il se rasseyait à la table et entreprenait de remettre les différents objets dans la poche de plastique noir, il pensa qu'il devait tenter de dormir, malgré ses nerfs à vif. Il n'avait pas dormi la nuit précédente, et la traversée serait longue.

Le bateau de pêche finlandais devait le conduire jusqu'à Hamina, à la frontière russe. Là, Saarinen, le capitaine, confierait Riesling à deux de ses hommes d'équipage qui le guideraient vers le Nord, par la terre, jusqu'à une route qui longeait par l'Ouest la ville russe de Vyborg.

Arrivé au nord de Vyborg, ils le quitteraient et il serait seul à partir de là. Il devait absolument dormir avant d'entrer dans la ville même de Vybord. Et tout ça à pied, ce qui serait dur surtout en octobre, mais avec la complicité du vieux garde-frontière russe qui regarderait dans l'autre direction en échange d'une enveloppe. Sa collaboration avait été facilitée par le fait qu'il avait un certain ressentiment vis-à-vis de ses supérieurs qui l'avaient muté d'un poste de tout repos à Leningrad dans ce trou glacé.

Si la frontière était franchie et s'il pouvait éviter les agents du KGB dans leur partie de chasse aux espions, il prendrait le train pour Leningrad et ensuite une heure de vol pour Moscou.

Le joueur d'échecs, du nom de Kutsenko, et sa femme devaient être prêts à quitter Moscou. Tous trois devaient emprunter le même chemin que Riesling avait pris à l'aller. A Hamina, ils embarqueraient à bord du bateau de Saarinen et vogueraient vers Stockholm.

Bien sûr, c'était mal parti avec le policier finlandais mais à présent tout s'arrangerait. Après tout, Riesling avait déjà fait ce voyage une bonne douzaine de fois.

Mais c'était la première fois que cela s'était décidé aussi vite, pensa-t-il gravement. Et c'était la première fois qu'il partait sans l'accord formel de ses supérieurs. Avait-il raison d'y aller? Avait-il raison de tenter la chance? Têtu, il expulsa les questions de son esprit. Encore deux heures et ce serait Hamina. Il regardait déjà avec convoitise vers l'étroite couchette, quand le capitaine Saarinen entra, une bouteille de vodka Koskenkorva maculée de cambouis à la main. Dans l'autre main, il avait les restes d'une saucisse avec des marques de dents. En entrant il lâcha une bouffée de fumée qui sentait le tabac gris français, des Gitanes qu'il fumait sans arrêt, car prétendait-il, le tabac gris, contrairement au blond américain était excellent pour la santé. Toutefois, sa toux chronique semblait faire bon ménage avec les vertus du tabac français. Dès que Saarinen franchit la porte, Riesling bondit et il empoigna le pistolet dans la poche plastique. En voyant que c'était le capitaine, il le laissa entrer tout en le suivant du regard.

« Restez assis, restez assis », dit Saarinen, contrarié.

« Il y a un ennui, mais rien à voir avec l'histoire sur le quai. » Il alluma une seconde lampe noircie qui était sur la table. La lueur répandit aussitôt de nouvelles flaques d'ombres sur les murs constellés de taches de graisse.

« Bon, alors? » demanda Riesling, glacial.

Saarinen fit un mouvement du menton vers la chaise vide de Riesling et attrapa une tasse ébréchée sous le lavabo. « Vous », dit le capitaine, les yeux clignant comme un lutin. « C'est pas la première fois que je vous fais faire ce voyage, hein? Je ne connais même pas votre nom. Et pourtant, je vous connais comme un frère. Et comme pour un frère, je m'inquiète pour vous. Toujours inquiet, toujours à craindre le pire. C'est comme ça, mais vous allez vous rendre malade mon vieux, si vous continuez comme ça, ». Il versa de la vodka dans la tasse, et but lui-même au goulot.

« Vous étiez d'accord pour m'emmener à Hamina », s'obstina Riesling. Saarinen soupira. « Hamina, d'accord. Mais je crois que mes gars ne pourront pas vous conduire à Vyborg. »

Riesling plongea la main dans sa veste et en ressortit une enveloppe garnie de billets de banque. Il la fit glisser vers Saarinen. Sans un mot, le capitaine l'empocha. « Ça ira pour Hamina » finit-il par dire.

« Où est le problème? » demanda Riesling calmement.

Saarinen engloutit une nouvelle rasade et reprit son souffle bruyamment. « Les Russes ont doublé la garde sur les postes frontières. Votre ami de Vyborg n'est plus là. »

« Le vieux du poste? »

« Oui. Fusillé. »

« Et vous? »

« Le bateau est à vide. »

Le *Kronen* avait aidé à la petite fortune de Saarinen en transportant illégalement de la nourriture et du petit matériel jusqu'en Union soviétique et dans les autres pays de l'Est. Ses trois hommes d'équipage, des contrebandiers chevronnés, passaient les marchandises jusque dans l'intérieur et les vendaient très cher au marché noir. Une fois seulement, l'un d'entre eux avait été pris. Il avait été fusillé sur-le-champ, laissant Saarinen continuer son trafic lucratif.

Riesling, comme Saarinen, avait plusieurs fois pénétré sur le sol soviétique, et en était revenu, mais les marchandises qu'il passait, lui, c'étaient des êtres humains. Des savants, des érudits, parfois des militaires déserteurs – en tout cas des gens qui n'auraient jamais pu quitter le pays vivants – étaient passés à l'Ouest grâce à Riesling. C'est cette activité presque identique qui avait rapproché les deux hommes, l'agent américain et le contrebandier finlandais, dans une relation particulière où ils ne se posaient jamais de questions, ce qui durait à présent depuis presque deux ans.

« Il n'y a qu'à Vyborg que les gardes ont été doublées ? » demanda Riesling, tentant de lutter contre un début de panique.

« Non, partout. Sauf tout au nord. Ça n'est pas la peine, il a neigé depuis Kuhmo. »

Riesling avala difficilement sa salive. « Et pour quelle raison...? » Le capitaine haussa ses épaules massives. « Ils ont changé de premier secrétaire. Je pense que le KGB fait du zèle pour ne pas l'avoir sur le dos. » Il haussa de nouveau les épaules. « Ça va se tasser. »

« Bon sang », souffla Riesling.

« Même Hamina, c'est dangereux. Gogland grouille de police. Vous verrez quand on y arrivera. »

Riesling se leva et alla au hublot à tribord. L'île de Gogland, un avant-poste russe au milieu du golfe de Finlande, était encore perdu dans les brumes matinales.

« Ils ne nous arrêteront pas », le rassura Saarinen. Il se coupa un morceau de saucisse. « Le *Kronen* est un bateau de pêche enregistré à Helsinki. On a le droit de naviguer ici. » Il enfourna le morceau de saucisse et mâcha avec bruit. « Sans vous, ce voyage serait tout à fait ordinaire. De toute façon, on ne nous aurait pas arrêtés à Gogland. »

Il prit une rasade et déglutit. « Hamina par contre est un peu éloigné pour un petit bateau de pêche finlandais. Mais, on dira que les courants nous ont détournés ou que le capitaine avait trop bu. » Il éclata de rire à son astuce. « Ah, c'est la dernière fois qu'on fait ce voyage. Enfin, jusqu'à ce que les Russes aient décidé que perdre leurs compatriotes ne vaut pas la peine de doubler les patrouilles, hein ? »

Riesling le transperça du regard. Qu'est-ce que Saarinen savait exactement ?

« Du calme », dit Saarinen. « Je ne suis pas aveugle. Je sais bien que vos protégés sont tous des Russes. Les chaussures, les vêtements. L'haleine même. Les Russes puent. Alors, ne me prenez pas pour un imbécile.

Il prit une nouvelle rasade et s'essuya les lèvres du revers de la manche. « Et puis, je m'en fous. Je ne suis pas un enfant de chœur non plus. Mais, tout de même, la différence entre nous deux, c'est que, moi, je n'ai pas de gouvernement derrière, vous comprenez ? » D'un geste, il balaya par avance les objections de Riesling. « Je ne crois pas que vous fassiez sortir des Russes hors de Russie pour votre seul divertissement. Si le KGB vous coince, ils vous poseront des questions, peut-être quelques tortures... » Il fit un mouvement d'épaules. « Finalement, ils vous échangeront contre un de leurs agents. Pas trop mal, hein ? Mais s'ils prennent Saarinen, c'est la corde. Okay ? Alors, du calme ». Il tendit la bouteille comme pour un toast.

Riesling l'empoigna et but lentement tout en observant le Finnois. Saarinen sourit. « Bon, allez, on n'est jeune qu'une fois. Mes gars vous emmèneront le plus près possible de Vyborg. Sans quitter la Finlande, tout de même. »

Bien, c'était toujours ça, pensa Riesling. Mais ç'aurait pu être mieux. Sa situation était claire. Il serait abandonné par les contrebandiers près d'une frontière noire d'uniformes et devrait en revenir avec un champion russe des échecs accompagné de sa femme. « A moins que vous ne vouliez que l'on fasse demi-tour », suggéra Saarinen, comme s'il lisait dans les pensées de l'Américain. « En ce qui concerne les autorités du port, le *Kronen* était en mer depuis hier. Ils ne feront pas le lien entre vous et ce pauvre policier. » Il fit une pause. « Vous n'aviez pas besoin de le tuer, vous savez ! »

« Si », fit Riesling. Il avait vu le nom de votre bateau, qui devait être en mer depuis hier, et il appelait son QG. Un mot de lui et vous pouviez avoir de gros ennuis... Je pouvais avoir de gros ennuis. »

« Puisque vous le dites », dit Saarinen, mais Riesling ne l'écoutait pas. Pourquoi, diantre, ne l'avait-on pas averti du remue-ménage à la frontière ? Attendaient-ils qu'il se fasse prendre ? La CIA était encore en pleine pagaille. Peut-être vaudrait-il mieux attendre. On ferait sortir ce foutu joueur d'échecs un autre jour, et d'une autre manière.

Non. Il ne pouvait pas reculer maintenant. Kutsenko n'était pas un simple joueur d'échecs, il était champion du monde. Sa défection rendrait les Russes fous de rage. Non. Riesling irait à Moscou et là, suivrait son inspiration.

Si il pouvait atteindre Moscou. Le renforcement de la frontière pouvait signifier qu'il était attendu. Son imagination galopait, envisageant toutes les hypothèses.

Le Finlandais buriné continuait de lire ses pensées. Il tira un jeu de cartes et sourit. « Direction Hamina ? » demanda-t-il, tout en battant les cartes.

Riesling acquiesça. Jouer aux cartes le détendrait. Il avança un billet de vingt dollars sur la table. Il savait que Saarinen ne jouait que des dollars.

« Parfait, mon ami », dit Saarinen, plongeant dans ses poches. Il abattit sur la table, une poignée de Gitanes tordues, un mouchoir douteux, des pochettes d'allumettes entamées, une liasse de billets humides et crasseux, un assortiment de pièces de monnaies de diverses nationalités, et un pendentif de métal jaune assez grossier au bout d'une chaîne.

Riesling sursauta malgré lui à la vue du collier.

« Tout ce que je possède sur terre », dit Saarinen. Il redressa une des cigarettes et l'alluma, crachant les débris de tabac sur son pantalon, tout en triant les billets de ses gros doigts. « Je n'ai pas envie de perdre aux cartes ce que je gagne pour vous faire faire cette balade. Avec tous ces Russes qui ont le feu au train je vais en avoir besoin. » Il se tapota affectueusement l'endroit où il avait empoché l'enveloppe de Riesling et se mit à rire.

« Mais bien sûr, si c'est un jeu intéressant... »

« Vous permettez ? » demanda Riesling en prenant le collier dans la main. Il lui paraissait chaud et il le remit sur la table, avec un soupir. Le collier luisait faiblement. La chaîne était reliée à un médaillon de la taille d'une pièce de 25 cents. L'or en était moucheté de suie et de crasse enchassées dans une infinité de petits cratères. Dans le centre on pouvait voir un serpent enroulé et dont la queue était posée sur une petite goutte d'or mal coulée. Les mains de Riesling tremblaient tandis qu'il regardait l'objet, incapable d'en détourner les yeux. Le bijou semblait irradier et la main par laquelle Riesling l'avait touché lui paraissait souffrir comme d'une coupure ou plutôt d'une brûlure et le choc lui avait vidé l'estomac de peur.

« Voilà un curieux objet », dit Saarinen tranquillement. « Moi aussi j'ai ressenti la même chose. Comme un pouvoir. J'ai même eu envie de le jeter. » Il laissa fuser un rire rapide. « Mais qui jette de l'or massif, de nos jours, hein? D'ailleurs, c'est peut-être une antiquité. Je pense que je vais le garder jusqu'à Stockholm et là je verrai combien ça vaut. »

Le cœur de Riesling faisait des bonds. Il avait déjà vu le médaillon auparavant. Le bijou avait appartenu à un homme, qui était mort à présent, mais qui de son vivant semblait avoir des pouvoirs extraordinaires et qui d'ailleurs, lui avait sauvé la vie.

« Où avez-vous trouvé ça? » demanda-t-il dans un souffle rauque.

Saarinen jeta un billet de vingt dollars en piteux état à travers la table et commença à distribuer les cartes. « Podhale. Près des monts Tatra, en Pologne. »

Riesling devint de plus en plus pâle. « Où exactement dans le Podhale? »

« Un village à environ 20 km de Zakopane. J'ai oublié le nom. Cartes? »

Riesling ramassa ses cartes. « Quand? »

« Hein? Combien de cartes? »

L'Américain fit un effort terrible pour se concentrer sur son jeu. « Deux. Quand avez-vous eu ce médaillon? »

« Ça? Oh... » Saarinen rit en redistribuant quelques cartes. » « Je ne sais plus. Deux mois. Peut-être trois. » La cendre de sa cigarette tomba sur son revers et dégringola en laissant une trace grise sur le devant de sa veste. Il se coupa un nouveau morceau de saucisson et tendit le reste à Riesling qui refusa de la tête tout en restant les yeux fixés sur le bijou.

« Voilà l'histoire », commença le capitaine en étouffant un rot. « Un cinglé se précipite sur moi alors que je sors du village dans une charrette. Moi, je suis sur le point de lui tirer dessus – c'était la nuit, pas un papier sur moi mais beaucoup d'argent liquide – mais en fait il n'était pas un de ces malades de militaires. Les bras ballants, se retournant en permanence, comme quelqu'un qui aurait fait un mauvais coup. Alors, j'ai rigolé, vous pensez. » Il prit une nouvelle bouchée et harcela son partenaire pour qu'il joue plus rapidement.

Riesling prit une grande inspiration. « Il l'a volé dans une tombe, hein? »

Le capitaine le braqua du regard.

« Comment savez-vous au sujet de la tombe? »

Riesling secoua la tête. Un pilleur de tombes. Évidemment. Ça ne pouvait être que ça. Le Grand-Maître lui-même n'aurait pas pu sortir de six pieds sous terre. Il avait vu de ses propres yeux le dossier et les photographies que les Soviétiques s'étaient réjouis d'envoyer. La mort, c'est la mort. Le vainqueur ultime. Malgré tous les prodiges du Grand-Maître, il n'aurait pas pu revenir de ce pays-là.

Il alimenta le jeu de 10 dollars. « Je connaissais le propriétaire », répondit-il simplement. « Il fut tué près de Zakopane. Dans le Podhale. Il portait un médaillon quand il fut enterré. C'était il y a quatre ans. »

Saarinen sourit. « Mais ce n'est peut-être pas la même médaille? »

« C'est la même. Cette goutte de métal, là. C'est du travail artisanal, très ancien. Vous pourrez en tirer au moins cent dollars, à Stockholm. »

Saarinen le regarda un instant, éberlué puis éclata en une cascade de rire tonitruant, tapant de la bouteille sur la table. « Chouette, quel fils de pute, je fais », hurlait-il dans un débordement de joie enfantine. « Je vais me ramasser un peu d'oseille. Super. » Riesling ramassa ce qu'il venait de gagner et Saarinen lui tendit le jeu de cartes. « Putains de Polacks, n'importe quoi. » Le capitaine alluma une autre cigarette entre deux hoquets de rire. « Vous auriez dû voir ce dingue. Hep, hep. » Il mima l'attitude apeurée du pauvre bougre lui racontant son secret en même temps qu'il guettait la police. Riesling sourit. » Dans la famille depuis des années, selon lui. A appartenu au Non-Mort, selon lui encore. Descendu par un colonel russe. Enterré sur un escarpement rocheux. Exhumé puis enterré de nouveau. Enfin ressuscité. « Il en gloussait. » Pas mal, hein? Le Jésus-Christ polonais ».

Riesling laissa tomber une carte de ses mains, les doigts comme figés en plein mouvement.

Le Grand-Maître avait effectivement été tué sur un escarpement rocheux.

« Excusez-moi », dit Riesling en rassemblant ses cartes. Saarinen se saisit de la carte tombée et la retourna. C'était un deux. « Je vérifiais, simplement », dit-il avec un sourire épanoui.

Riesling demanda doucement, « il ne vous a pas dit comment il s'était procuré le médaillon, par hasard? »

« Oh, il avait réponse à tout, l'animal. Il disait que son fils l'avait trouvé près de la maison où ce vampire, ce Non–Mort, vivait. Il paraît que c'était la maison de la pute du patelin. » Il riait tellement que des larmes coulaient le long de ses joues. « Sur

la tombe de ma mère, je jure que c'est ce qu'il a dit. Sûr qu'elle s'appelait Marie-Madeleine. Après une histoire pareille, il a bien fallu que je le paye. »
Avec un cri de rage il s'aperçut que la bouteille était vide. Il fourragea sous le lavabo pour en ramener une pleine.
« Combien de temps a-t-il eu cette amulette ? » demanda Riesling.
« Eh bien, peut-être quatre ans », répondit Saarinen. Il rota bruyamment tandis qu'il revenait à la table, une bouteille neuve à la main.» Il disait qu'il avait peur de la vendre parce que les Russes pourraient le savoir. Mais à moi, c'était différent puisque je quittais le pays. »
Et le mort ? » demanda Riesling.
« Vous voulez dire le Non-Mort ? » plaisanta Saarinen. « N'oubliez pas. On est en train de parler d'un vampire. »
« Qu'est-ce qui lui est arrivé ? » insista Riesling en regardant obstinément ses cartes.
Saarinen baissa la voix et prit l'attitude du conteur relatant une aventure d'horreur et de mort. « Le colonel russe vint prendre des nouvelles du Non-Mort mais celui-ci avait disparu. De rage, le colonel tua la pute, et personne n'a plus jamais revu le vampire. Le Polack m'a juré que la tombe était vide. »
« Vous avez raison », plaisanta Riesling, « encore un conte de fée. »
Saarinen se leva du banc. « Voilà Gogland. » Il montra du doigt une langue de terre, à peine visible au travers du hublot. Il se précipita à la coursive et hurla, « lâchez les filets ». Il sortit en coup de vent de la cabine tandis que les hommes mettaient les filets à l'eau.
Quelques minutes plus tard, il revenait. « C'est pour les patrouilles maritimes, dit-il, on ne va pas traîner ici longtemps. Pas de poisson dans le coin. » Il cligna malicieusement de l'œil et se rassit lourdement devant ses cartes. « Nouvelle donne », dit-il, en les balayant de la main.
Riesling les ramassa.
« Ce n'est pas par manque de confiance, mon ami. »
« Je sais, je sais », répondit l'Américain.
« Vous pensez que ça vaut une centaine de dollars ? Je l'ai eu pour 500 zlotys. Ça fait quoi, ça ? Vingt dollars, je crois. C'est la première fois que je fais du bénéfice sur le dos d'un Polack. Vous savez, ma belle-sœur est polonaise. C'est pourquoi je dois aller là-bas de temps en temps. »

LE SERPENT D'OR

Riesling distribua les cartes. Avec un grognement, Saarinen mit les pieds sur la table et appuya sa nuque en arrière sur le lavabo. « Ressuscite, marmonna-t-il, parle anglais. Joue aux échecs. Ivre mort sans doute. »

« Quoi ? » demanda Riesling nerveusement.

Saarinen poussa un billet de 20 dollars. « J'ai dit ivre-mort. »

« Vous avez dit échecs », rectifia Riesling, de plus en plus nerveux.

Saarinen fit claquer ses lèvres et sourit. « Qui sait, peut-être en Pologne, Jésus-Christ est un vampire joueur d'échecs qui parle l'anglais. Si vous vous fabriquez votre propre Pape, vous pouvez faire ce que vous voulez. »

Riesling essaya de se calmer. « Saarinen, je veux ce médaillon. » Le capitaine sortit lentement de son demi-sommeil. « Je vous en donne deux cents dollars. »

Saarinen prit son temps. Il jaugea tranquillement l'Américain, ses yeux malicieux faisaient contraste avec ses mâchoires serrées et la sueur qui perlait tout à coup sur son front. « Vous êtes un sentimental, hein ? »

Riesling lutta pour garder son sang-froid. « Le mort avait de la famille, dit-il, ils aimeraient récupérer l'objet. »

« Ah oui, bien sûr, la famille. » Le capitaine caressa une petite verrue noire de suie qui ornait son menton. « Mais ça vaut de l'argent, hein ? Ça a de la valeur. En tout cas pour vous, hein ? » Son sourire disparut. Le petit Hammerli de Riesling était pointé droit sur son visage.

« Deux cents dollars », annonça Riesling.

Saarinen écarta les bras en un geste d'impuissance. « Cher ami », dit-il en signe d'apaisement. Son sourire malicieux revint progressivement.

« Trois cents. »

Chapitre 2

Andrew Starcher passa ses mains sur son visage, espérant vaguement que ce geste effacerait la terrible migraine qui le torturait. Il lut pour la deuxième fois le message codé qui venait de lui parvenir du consulat américain de Leningrad, puis saisit la bouteille d'Aldril dans le tiroir de son bureau.

« Des calmants ? » demanda Corfus, dans un sourire qui adoucissait ses traits rudes de Tartare.

« Pour la circulation. Je suis un espion unique. Je crois que je vais mourir dans mon lit. » Starcher fit tomber deux pilules dans le creux de sa main et les avala avec un fond de café froid. A soixante-six ans, Andrew Starcher était l'image même du diplomate américain – aimable, distingué, les cheveux blancs et le nez aquilin – le tout respirant la bonne éducation. Avec une moue, il poussa le télex vers son adjoint.

Au-dehors, la première neige s'accumulait dans la lumière bleu cobalt du quartier d'Arbat à Moscou. Les pittoresques petits immeubles scintillaient de lumières réconfortantes. Dans la neige, quelque part, Starcher savait que quelqu'un était à l'affût.

Il y avait toujours quelqu'un à l'affût. Tous ces artistes du KGB dans leurs fameux numéros de briquet-caméra ou de radio-miniature, donnant leurs représentations à toute heure du jour ou de la nuit autour de l'ambassade américaine. Le bureau de l'attaché culturel semblait particulièrement leur plaire.

Starcher connaissait toutes ces histoires d'espionnage diplomatique depuis ses premières armes à la CIA, mais il avait toujours pris cela à la rigolade. Même les journaux ne faisaient plus leurs choux gras des histoires de diplomates expulsés pour espionnage. Et voilà, il était là, après vingt-cinq ans sur le terrain, à organiser des fêtes folkloriques et des visites de Moscou pour des artistes de cinéma américains, et il se sentait toujours un peu mal à l'aise dans ce rôle, bien que ce ne fût qu'une couverture pour son vrai travail de chef de la CIA dans la capitale soviétique.

Mike Corfus se pencha sur le télex froissé, louchant légèrement en déchiffrant les marques de décodage. Son apparence bourrue contrastait singulièrement avec son intelligence aiguë. Le fils d'émigrés russes qui s'étaient installés dans les quartiers peu reluisants de l'est de New York, avait fait son chemin à l'Université de Yale et de là, diplômé avec tous les honneurs, était directement entré à la CIA, sans les appuis familiaux habituels.

Il était à Moscou depuis un mois seulement en tant que secrétaire de Starcher. Là où Starcher, prisonnier de ses fonctions, bien en vue, ne pouvait que supputer ce que mitonnaient les Soviétiques, Corfus pouvait fouiner et rapporter des informations. Il était en outre le délégué personnel de Starcher auprès d'agents du service action tels que Riesling.

Le prédécesseur de Corfus s'était suicidé. Pendu dans son appartement. C'était le genre de suicide dans lequel les gens du KGB s'étaient spécialisés, pour faire de la peine aux personnels diplomatiques. Corfus avait accepté le risque. Il parlait le russe couramment, était aussi dur qu'un commando, haïssait les communistes, et Starcher avait confiance en lui.

« Je ne comprends pas le message », annonça-t-il franchement.

« C'est très simple », répondit Starcher. « Riesling a laissé un message à l'un de nos contacts de Leningrad. Il a un tuyau sur deux Russes de première importance qui veulent passer à l'Ouest, et il est en route pour ici pour arranger l'affaire. Saarinen l'a conduit. »

« Qui est Saarinen? »

« Un crétin de patron pêcheur finlandais que Riesling emploie régulièrement. Le message dit que Riesling a des nouvelles de première importance pour moi. »

« Attendez ». dit Corfus « Deux transfuges. Quels deux transfuges? »

« Je ne sais pas. J'ai interrogé Helsinki, mais ils ne savaient même pas que Riesling était en route. Il est parti sans autorisation. »

« Ben voyons », souligna Corfus d'un ton sarcastique. « Il a des nouvelles importantes pour vous? Quelles nouvelles? Il en parle? »

Starcher secoua la tête. « Je pense que c'est le dernier voyage de Riesling. Il perd la tête. »

Il tendit le bras vers un gros havane sur son bureau, pesa s'il devait suivre les conseils de son médecin, et le docteur perdit. Il mordit le bout de son cigare et le recracha avec une satisfaction coupable.

Corfus reprit : « Je ne comprends pas comment il a passé la frontière finlandaise. On dit que ça grouille, là-bas. »

« C'est ce qui m'inquiète. Peut-être est-il suivi. S'il le sait, cela expliquerait le message plutôt vague. »

« Alors on attend? » demanda Corfus.

« On attend », répondit Starcher en allumant le long cigare sombre. Corfus s'enfonça dans le divan de cuir à côté du bureau.

« Je ne comprends pas l'histoire de Finlande », dit-il. « Pourquoi ce remue-ménage à la frontière? Les Russes tiennent la Finlande. »

« Ils tiennent Cuba également », répliqua Starcher, « et ils envoient du monde là-bas aussi ». Il souffla un filet de fumée blanche. Il ne comprenait pas pour Cuba. Mais la Finlande avait de tout temps été la porte de sortie de transfuges. Le KGB pouvait toujours justifier le renforcement des frontières avec la Finlande, ne serait-ce que pour faire plaisir à un nouveau dirigeant.

Mais Cuba? Cuba était totalement dans la sphère d'influence soviétique. Et pourtant l'île recevait régulièrement des troupes et des agents du KGB, et en dépit des remontrances de Castro, les renforts n'étaient ni retirés ni justifiés.

« Il n'y a pas de recette », dit Corfus, « c'est ça qui est troublant ».

« Oh si, il y a une recette », dit Starcher. « Il y a toujours une recette. Nitchevo. » Il soupira. C'était la seule explication et c'est ce qui lui faisait peur.

« Nitchevo? » Corfus sourit, surpris. « Cela veut dire " Rien " ou " Ça ne fait rien ". Cela veut dire beaucoup de choses. »

« Je sais. Une des blagues de Staline », dit Starcher. Il alla vers la fenêtre et regarda la rue couverte de neige. Sous un réverbère se tenait un homme, transi de froid, entouré d'une neige toute fraîche. Il n'avait pas bougé depuis plusieurs heures.

Starcher rit amèrement. « Un nouveau héros de la guerre

froide », dit-il, observant toujours le petit homme en contrebas. Mais il sentait le petit pincement d'envie qui l'avait étreint chaque jour depuis son arrivée à Moscou, contraint de regarder le monde au-delà du bocal à poissons que constituait pour lui l'ambassade.

Le service action lui manquait. Il avait mis de côté ses racines aristocratiques sudistes pour aller se battre dans trois guerres, et une infinité d'escarmouches ici et là.

Ce monde, peuplé d'inadaptés – depuis le petit homme grelottant sur le trottoir jusqu'aux maîtres secrets tirant les ficelles qui déclenchent des cataclysmes – c'était le monde dans lequel il avait choisi de vivre, et de mourir. Il ne s'était jamais marié, n'avait jamais donné de descendance à sa branche familiale. Le travail passait en premier. Pas l'Agence de Renseignements, non, son travail tout simplement.

Il s'agissait sans doute d'une perversion, aussi folle et morbide que le fait de battre de jeunes enfants. Aimer le secret ou se régaler de la peur, c'est autre chose que du patriotisme. Un homme de l'âge de Starcher aurait dû avoir dépassé ça. La plupart des agents s'épuisaient vite et rêvaient rapidement de se retrouver derrière un bureau.

Riesling, par exemple. Il avait été un excellent agent, prudent, expérimenté, intelligent mais ses nerfs le lâchaient. Durant les quelques mois passés, des tics révélateurs étaient apparus chez Riesling, tels que grincer des dents ou de brusques frissons, et qui préoccupaient Starcher. A présent, Riesling, en plus, perdait la tête.

Bon sang, qu'il aurait bien aimé être à la place de Riesling. Cela aurait fait hurler de rire les bureaucrates de Langley. A soixante-six ans... Non, pensa-t-il dans un soupir. Il était à sa place. Dans un aquarium, sous l'œil de tous les débutants du KGB. Le grand : maître-espion, tirant les ficelles, immobile, enraciné, respectable, impuissant.

« Je n'aurais jamais cru être la bête curieuse », dit-il tranquillement.

« Comment ? » dit Corfus.

Le son de sa voix ramena Starcher à la réalité.

« Non, rien », dit Starcher, et il tira les rideaux.

« Nitchevo est une branche du KGB ? » demanda Corfus.

« Non. Nitchevo n'est une branche de rien du tout, sauf du fantôme de Staline, peut-être. Parce que c'était ça au début. Des petits boulots. Chantages aux prostituées sur des diplomates, payer des ex-agents de la CIA pour écrire des articles sur la Centrale, convaincre le gouvernement de gaver les athlètes d'hormones, enfin plein de petits trucs qui pouvaient miner l'Ouest. »

« Un Service des Farces et Attrapes, en quelque sorte », dit Corfus avec un sourire. Il aimait bien le contact avec le vieux.

« C'est un peu ça. Dès que Staline se fut frayé un chemin à travers la hiérarchie jusqu'au sommet, il devint une espèce de légende vivante, aussi ne voulut-il plus être mêlé de près ou de loin aux plaisanteries douteuses du service en question. Il mit à sa tête son neveu. » Un rond de fumée impeccable monta au plafond. « La légende dit que lorsque le neveu demanda à Staline le nom de l'organisation qu'il allait diriger, celui-ci lui répondit : « Quelle importance ? » et voilà : « Nitchevo ».

Corfus se mit à rire. « Ça ne semble pas très dangereux. »

« Détrompez-vous », dit Starcher, un doigt en l'air. « Le neveu se découvrit plus doué que son oncle ne l'escomptait. Il maintint un groupe très réduit, mais au fil des ans il remplaça les voyous de Staline par une demi-douzaine parmi les plus brillants cerveaux de Russie et des environs. Il les choisit lui-même dans les universités, l'armée, ou même l'administration, mais jamais dans les services secrets, jamais du KGB. D'après ce que je sais, il travaillait avec les services d'espionnage russes mais il se méfiait de ces crapules comme de la peste. »

Il toussa et son visage se fit douloureux. Le cigare lui était interdit depuis qu'un projectile à Berlin-Est lui avait transpercé le poumon gauche. Cela avait été la dernière mission de Starcher. Une fin d'active tout à fait honorable, selon les connaisseurs. Mais c'était une maigre consolation comparée aux douleurs qui lui rappelaient sa fin de carrière.

« Asseyez-vous », dit Corfus, tandis qu'il allait vers lui et l'aidait à s'installer sur le divan de cuir.

Starcher l'écarta. « Ne me maternez pas », dit-il, vivement. « Je ne suis pas le vieillard cacochyme que vous croyez. » Corfus battit en retraite, mais Starcher, se sentant injuste, obtempéra.

« Il rassembla ses hommes et ses femmes, à n'importe quel prix, et leur donna l'occasion de faire leurs armes dans Nitchevo, coups fourrés et tout le reste. L'organisation se construisait. A l'époque où Khrouchtchev fut écarté du pouvoir, Nitchevo s'occupait de grosses affaires. Invasion de pays neutres, infiltration dans les pays sous-développés soutenus par les États-Unis, sous-marins soviétiques dans des eaux territoriales interdites, l'implantation d'une centaine de bases dans les coins les plus secrets de la planète. Tout ça, c'était Nitchevo. » Ses bras s'écartèrent comme pour embrasser toute l'organisation.

« Le neveu de Staline, où est-il à présent? »

« Son nom était Zharkov. Il est mort il y a quatre ou cinq ans. D'un ulcère. »

Corfus leva les yeux : « Ah, dans ce cas... »

« Il a eu un fils pendant la guerre », précisa Starcher, en promenant son cigare dans le cendrier. « Très intelligent garçon, très au-dessus de la moyenne. Alexandre Zharkov. Diplômé avec toutes les mentions de l'Université de Moscou, colonel à trente ans. Le père l'avait éduqué lui-même dès l'enfance. On dit que le gosse assistait aux réunions du comité directeur de Nitchevo alors qu'il était encore en culottes courtes. Zharkov ne prenait aucun risque sur sa succession. Alexandre respirait et vivait au travers de Nitchevo jusqu'à ce qu'il aille à l'armée, dans une unité stationnée assez loin. Il était en Pologne quand son père mourut. Il revint donc pour prendre la tête de Nitchevo. »

« Et vous pensez qu'il est derrière les mouvements d'hommes vers Cuba? »

« Ça y ressemble en tout cas. Pas d'explication, pas de raison apparente. C'est du Zharkov tout craché. »

« Et pour la Finlande? »

Starcher écrasa méchamment son cigare. « Ça, je n'en sais rien. Je ne crois pas. » Il consulta sa montre. « Presque six heures. J'aimerais que vous preniez un tour de garde. »

« D'accord », dit Corfus en se levant. « Ici? »

« Non, moi je vais rester ici. Riesling me contactera si tout va bien. Mais s'il y avait des problèmes, son point de chute convenu est l'Hôtel Samarkand. Je ne peux pas le contacter moi-même bien sûr. Ce serait mal vu. »

Corfus sourit. « Oui, je comprends. »

« Vous le connaissez? »

« Je l'ai rencontré une fois. »

« Bon. S'il se présente au Samarkand, souvenez-vous qu'il a des problèmes. »

Corfus acquiesça de la tête.

« Il faudra faire vite. Vous le conduisez à la maison d'Ohkotney le plus vite possible. J'attendrai ici votre appel. »

« Et s'il ne vient pas? »

« Attendez jusqu'à neuf heures au bar – c'est l'endroit le plus pratique – ensuite vous allez au restaurant. Ça lui laissera du temps si besoin est. Je vous ferai appeler au Samarkand s'il me contacte le premier. »

Corfus s'arrêta à la porte. « Et s'il n'entre pas du tout en contact ? »

Mais Starcher n'écoutait plus. Il était retourné à la fenêtre, observant de nouveau le petit homme grelottant dans la neige.

Chapitre 3

A six heures, Riesling était encore à deux heures de Moscou. Il avait volé une voiture à Léningrad, puis une autre à Kalinine, une vieille Zil garée dans une rue passante. Sur les nerfs. Il n'avait pas dormi depuis deux jours. Le policier à Helsinki, le passage éprouvant de la frontière russe, la route jusqu'à Léningrad. Tout cela l'avait vidé. Et le médaillon. Il pouvait le sentir dans sa poche. Son contact était inquiétant, menaçant. Il en sentait le poids comme lorsqu'il était sur le terrain de football au collège. Une douleur sourde comme lorsqu'il courait sur le ballon dans une phase critique de la partie. Le ballon s'élevait dans les airs et il savait déjà, en sentant le vent, ou ses jambes, ou sa mauvaise position, par une espèce de cri intérieur, qu'il allait rater la réception. C'était dans ces moments, inspiré par une vision secrète, au-delà du raisonné ou des mots, qu'il savait qu'il allait perdre.

« Starcher, il faut arriver à Starcher », dit-il à voix haute, oubliant le médaillon.

Il jeta un regard dans le rétroviseur. Impeccable, pas de Fiat grise. Tout allait bien. Il avait semé la voiture et son conducteur en bonnet de laine blanche, quelque part du côté de Kalinine. Ou plutôt, il n'avait semé personne, personne ne l'avait suivi. L'homme au bonnet blanc était un Russe quelconque, un ouvrier, un employé du téléphone, quelqu'un conduisant vers Moscou et ne se préoccupant pas plus de Riesling que des martiens.

Il secoua la tête pour se rafraîchir les idées. Quand on

commence à suspecter tout le monde, quand le poison de la trahison s'infiltre partout, vous êtes mal parti. Ça vous empêche de voir les choses lucidement et à terme, c'est ça qui vous tue.

« Je suis vidé », murmura-t-il. Personne ne le suivait. Il avait juste passé trop de temps sur cette affaire.

Une fois à Moscou, il demanderait à Starcher un transfert. Pour n'importe où. Ou mieux, des vacances. Il irait à Monte-Carlo ou en Grèce. Il boirait jusqu'à s'abrutir et se trouverait une femme. Il oublierait tous les hommes en bonnet blanc de la terre qui pourraient faire ce que bon leur semblerait sur tous les docks et dans toutes les usines et partout où ils voudraient, et ils pourraient tous aller se faire voir. Terminé. Pour lui, ce serait terminé.

Il abandonna la Zil devant la station de métro Kiev et sauta dans une rame. Son wagon sentait fort le *tabaka* et le *chachlik*. Il était à Moscou. Pour la première fois depuis des jours, il se sentait un peu en sécurité.

Tout cela pour un crétin de joueur d'échecs, pensa-t-il tandis qu'il se laissait glisser dans la douceur d'une place assise. Quelle histoire pour un transfuge minable qui n'était même pas un agent secret.

Enfin, c'était le jeu. Un mot plus haut que l'autre, un faux pas et la mort était là. Sans tambour ni trompette. Pas de procès. Pas de juges. Juste une balle dans la nuque pendant que vous aviez le dos tourné.

Il transpirait. De sa poche il tira un mouchoir. Un juron lui échappa. Le médaillon doré se balançait dans un repli du mouchoir. Il le rempocha précipitamment et se leva, faisant semblant de ne pas remarquer les regards des autres voyageurs.

Il se déplaça vers la tête de la rame. Starcher se débrouillerait pour faire sortir le joueur d'échecs de Russie. Riesling en avait assez. Le voyage depuis la Finlande avait été dur. Ressortir par le même chemin, encombré d'un joueur d'échecs et de sa femme, serait pur suicide. La frontière était complètement verrouillée. Il ne ramènerait personne en Finlande, impossible.

Trois choses occupaient son esprit. Dire au joueur d'échecs que le voyage était annulé, pour le moment. Trouver Starcher. Et, surtout, *se débarrasser du médaillon.*

L'objet le mettait dans un état proche de la panique, comme s'il avait été chargé d'un pouvoir intolérable. Bon sang, pourquoi était-ce lui qui l'avait? Peut-être à cause de cette dette. Cela faisait combien... huit ans déjà? Riesling avait été envoyé à Berlin Est pour sortir un transfuge, mais ç'avait été un traquenard. Au moment de rencontrer le transfuge, pas de transfuge. Par contre, le KGB était là.

Il avait échappé au piège mais en piteux état. Une épaule brisée et un genou blessé. Il avait quand même pu se réfugier au troisième étage d'un entrepôt dans un quartier sinistre de la ville. Le KGB avait cerné l'immeuble. Le fait qu'ils n'aient pas donné l'assaut indiquait qu'ils le voulaient vivant, probablement pour un procès spectacle à l'usage du monde occidental. Pas d'issue. Riesling avait vérifié son revolver et aligné ses cartouches supplémentaires devant lui, puis s'était assis pour attendre. L'une des cartouches serait pour lui.

La douleur l'avait fait s'évanouir. Quelqu'un le secouait. Il fit un effort pour accommoder son regard. La première chose qu'il vit fut un serpent doré qui se balançait près de son visage. Il ferma les yeux puis les rouvrit. Le serpent enroulé était sur un pendentif qu'un jeune homme aux yeux bleus pénétrants portait autour du cou. Riesling avait essayé de parler, mais l'homme lui avait plaqué une main sur la bouche.

« Pas un mot », avait-il soufflé. « On s'en va. »

« Qui êtes-vous ? » demanda Riesling.

« Je travaille pour Starcher. On m'appelle le Grand-Maître. »

« Je ne sais pas si je vais pouvoir bouger », avait dit Riesling. « Mon épaule est quasiment arrachée et ma jambe est foutue. »

« On va y arriver. »

Tandis que l'homme l'aidait à se mettre sur ses pieds, Riesling remarqua que la tôle ondulée du mur était éventrée comme par un ouvre-boîte géant. La déchirure, en forme de pupille de chat, d'un mètre de haut et trente centimètres de large, laissait s'infiltrer la clarté de la lune.

Le Grand-Maître guida Riesling jusqu'au trou dans la tôle, se glissa à l'extérieur et se retourna pour empoigner son compagnon.

« Mettez votre bras valide autour de mon cou », lui souffla-t-il, « et accrochez-vous ferme ».

Riesling s'accrocha et ils se mirent à descendre le long du bâtiment jusque dans une étroite ruelle, fermée aux deux bouts, qui séparait l'entrepôt du bâtiment d'habitation mitoyen.

Quand ils arrivèrent au sol, le Grand-Maître aida Riesling et ils entrèrent dans l'immeuble. Avant que la porte ne se referme, Riesling eut le temps de jeter un œil derrière lui. Il avait pensé qu'il y avait une corde le long du mur. Mais il n'y avait pas de corde. Comment avaient-ils pu descendre le long de ce mur lisse ? Il ne posa pas de question.

Ils marchèrent en silence dans les caves d'une bonne demi-douzaine d'immeubles avant de ressortir au grand jour.

« Désolé, mais il va falloir vous cacher dans le coffre », dit le Grand-Maître alors qu'ils approchaient d'une vieille Ford. Riesling accepta. Comme le coffre se refermait sur lui, la dernière chose qu'il vit fut le serpent enroulé dans son médaillon qui pendait au cou du jeune homme.

Il s'évanouit de nouveau, et il n'eut plus aucune notion du temps. Mais quand le coffre se rouvrit sur lui, deux Américains en vêtements sombres l'aidaient à sortir. Ils le mirent dans une embarcation qui traversa la rivière et le déposa dans la partie occidentale de Berlin.

Le Grand-Maître n'était plus là. Il ne le vit plus jamais par la suite. Et des mois plus tard, quand il demanda à Starcher qui il était, celui-ci répondit seulement : « Il travaille pour moi de temps en temps. »

« Comment a-t-il fait pour me sortir de là ? »

« Je ne sais pas », dit Starcher. « Il fait des trucs comme ça. » Et Riesling ne put rien lui sortir de plus.

Riesling revint brutalement à la réalité en entendant la voix éraillée du machiniste qui sortait des haut-parleurs du wagon. Il eut une sensation d'étouffement, et comme le train arrivait place Maïakovski, il se précipita dehors pour aller respirer l'air pur à la surface.

Le joueur d'échecs, Ivan Kutsenko, attendait dans le petit bar crasseux non loin de la rue Gorki. Il avait croisé ses pieds chaussés de caoutchoucs et il tournait et retournait son chapeau dans ses doigts tandis qu'il regardait sans arrêt dans toutes les directions.

Il était champion du monde d'échecs. Renommé pour la subtilité et l'intelligence exceptionnelle de son jeu ainsi que pour l'absence totale de nervosité au cours des matches, il était là dans un état à peu près aussi lamentable qu'un ivrogne dans un commissariat de police. La nuit était tombée, mais Kutsenko portait des lunettes de soleil. Il devait penser que c'était plus discret. Il ne lui manquait plus qu'une pancarte sur la poitrine disant : « Arrêtez-moi. Je suis en train de passer à l'Ouest. »

Il aurait eu un bâton de dynamite dans les dents, qu'il n'aurait pas paru plus suspect, songea Riesling. L'agent américain balaya du revers de la main le devant de son manteau, et ôta son chapeau. Il les pendit à un crochet, puis feignant la surprise, salua chaleureusement le joueur d'échecs comme s'il l'avait perdu de vue depuis longtemps.

« Asseyez-vous », dit Kutsenko, en se levant et en profitant de l'occasion pour faire un nouveau tour d'horizon derrière ses lunettes noires.

Sans autre forme, Riesling s'assit d'autorité à la place de Kutsenko. Il faisait face à la vitrine extérieure et pouvait plus facilement repérer une filature éventuelle, alors que le joueur d'échecs était dans un état proche de la crise de nerfs pure et simple.

En souriant, il commanda une bière, et en profita pour faire l'inventaire. Trois autres tables étaient occupées, par des personnes âgées principalement. Un homme seul qui boitillait était au comptoir et buvait du café. Pas de bonnet de laine blanche. Peut-être une hallucination après tout.

« L'affaire est annulée », dit doucement Riesling.

Les traits de Kutsenko se défirent. « Mais ma femme », protesta-t-il. « On a tout préparé. »

« Je suis désolé. Ce n'est plus possible. On reprendra contact avec vous pour une nouvelle tentative. »

« Quand ? » Kutsenko était au bord des larmes. « Ils sont déjà sur mon dos. Ma femme a perdu son emploi. Sans raison. »

Riesling sentit son estomac se retourner lentement. « Récemment ? »

« Aujourd'hui. »

Grillé. C'était grillé.

Riesling eut un sourire laborieux pour la serveuse qui lui apportait la chope de bière. « Je crois que vous avez un tournoi à La Havane vers la fin de l'année », dit Riesling, s'efforçant de paraître détendu.

« Peut-être. On ne sait jamais... »

« Allez-y. Avec votre femme. On vous enverra quelqu'un là-bas. »

« Comment le reconnaîtrai-je ? » demanda Kutsenko, vert de peur.

Riesling réfléchit un instant, puis dit : « Il vous parlera du temps. Il vous dira " A La Havane, le soleil est chaud mais c'est bon pour la canne à sucre. " Vous vous souviendrez ? »

Kutsenko fit oui de la tête.

« Vous m'excusez un instant ? » dit Riesling en se levant. Il alla vers les toilettes au fond de la salle.

Riesling avait choisi ce café à cause de sa disposition. Deux cloisons en bois grossier séparaient les toilettes du reste de la salle. De l'autre côté, une petite cuisine donnait sur une porte de service. Sans aucun doute, pensa Riesling, plus d'un client avait dû s'éclipser par la porte de la cuisine, car on ne pouvait la voir de la salle. Riesling sortit discrètement, laissant à Kutsenko le soin de sortir de son côté.

Dans la salle, l'homme au comptoir désigna la vitrine d'un geste crochu du doigt.

Sur la rue Gorki, la gigantesque salle de concert Tchaïkovski scintillait dans le soleil, entourée par la salle Mossovyet et le Théâtre de la Jeunesse. A droite de Riesling, se dressait la haute tour de l'Hôtel Samarkand.

La prochaine étape était le Samarkand, songea-t-il. Il était grillé car il ne faisait aucun doute que les Russes surveillaient Kutsenko. Ce n'était plus qu'une question de temps. Sans manteau mais transpirant abondamment, il descendit le vaste boulevard, affichant un maximum de désinvolture, observant au passage les longues files d'attentes à l'extérieur des boucheries, et dont les gens battant la semelle et soufflant des nuages de vapeur ressemblaient à des chevaux à l'étape.

Il ne comprit pas ce qui le poussa à se retourner, pour surveiller ses arrières. L'instinct était si profondément implanté en lui, qu'il ne le discutait jamais. Il était un vrai professionnel. C'est ainsi qu'il ne fut pas effrayé ni même le moins du monde surpris lorsqu'il comprit qu'il allait mourir.

Derrière lui, à l'intersection précédente, un homme portant un bonnet de laine blanche le suivait.

Chapitre 4

Mike Corfus se prit pour un connaisseur alors qu'il faisait danser son cognac dans la lumière des bougies. Le bar du Samarkand se trouvait quelques marches au-dessus du niveau de la réception et de ce point d'observation privilégié, Corfus pouvait surveiller à la fois les portes principales et celles qui donnaient sur l'arrière. Il aimait bien le Samarkand, avec ses ornements byzantins et son charme d'avant la révolution. C'était un peu une autre Russie qui respirait là, et on imaginait facilement les bijoux et les délicates soieries des dames scintillant et crissant dans les escaliers.

Corfus sourit intérieurement. Sa naïveté l'amusait. Dans la Russie tsariste, il n'aurait jamais mis le pied dans cet hôtel. Il aurait été un serf. Il en avait d'ailleurs l'allure. Le temps ne change pas tellement les individus.

Dans le hall de la réception, en contrebas, un touriste allemand un appareil photo se balançant autour du cou se démenait pour prendre un cliché de sa femme courtaude devant la fresque représentant Tamerlan conduisant victorieusement les Mongols sur la Route de la Soie.

« *Ein Augenblick* », criait-il en tentant par de grands gestes de chasser les autres personnes vers un coin du hall tout en essayant d'ajuster son œil à l'objectif. « *Gehen Sie heraus.* »

Corfus savait par leurs traits que la plupart de ces autres personnes étaient des Russes. Aucun d'eux ne prêta attention aux gesticulations de l'Allemand.

« Un autre? » demanda la barmaid en désignant le verre vide.

« Non, merci. J'ai tout mon temps », répondit Corfus dans un russe impeccable. La jeune femme lui sourit, méprisante, et s'éloigna d'un pas las. En lui-même, Corfus, décida méchamment que les femmes russes ressemblaient à des camions de travaux publics. Une forte détonation, comme un coup de tonnerre, résonna près de l'office. Corfus vit la barmaid accélérer le pas vers l'arrière du hall. Les autres clients hésitèrent un instant puis les conversations cessèrent. Dans le hall, le touriste allemand avait donné son appareil à sa femme et se pavanait dans un des fauteuils de velours face aux portes monumentales de l'entrée. Ses tennis se balançaient au bout de ses jambes découvertes.

Il lui criait des ordres tandis qu'elle se débattait avec les boutons et les réglages de l'appareil photo. La femme courtaude, courbée comme une pieuvre sur l'appareil, essayait de se concentrer sur le viseur, quand tout à coup, elle se redressa, le visage blême. « *Was is los?* » beugla le touriste. Mais déjà, le cri de la femme avait attiré les regards de tous les gens dans le hall.

La panique fut immédiate. Derrière l'Allemand, un homme couvert de sang titubait et traversait les doubles portes vitrées. La moitié de son épaule était déchirée et il essayait désespérément de maintenir de l'autre main les lambeaux de chair qui y pendaient. Le sang giclait comme d'une fontaine, lui éclaboussant le visage par à-coups. Il tenta de protéger ses yeux de la lumière de sa main valide.

Les passants s'étaient agglutinés, une expression d'horreur sur le visage, mais déjà deux employés de l'hôtel en uniforme rouge se dirigeaient vers l'homme. Avec une force insoupçonnée, il en étendit un sur la moquette d'un coup de poing, puis comme un chien enragé, se précipita vers le bar. Les buveurs voulurent protester mais se reculèrent pour le laisser passer. Corfus s'était à moitié levé, un haut-le-cœur lui battant les lèvres.

« Aidez-le », hurla une femme à l'accent provincial. « Pourquoi personne ne fait rien? »

L'un des employés força l'homme à s'allonger, et alors seulement Corfus le reconnut. « Oh, bon sang », lâcha-t-il.

« Du calme. On vient d'appeler une ambulance », cria l'employé.

L'homme fléchit brusquemment.

« Non », hurla-t-il. C'était comme un cri d'agonie s'insurgeant contre la trahison. Son bras se dressa et frisonna dans l'air.

Corfus dégringola les marches sur des jambes en coton et se tailla un chemin dans la foule.

« Riesling, dit-il, Starcher m'envoie. » Les mots paraissaient dérisoires, mais les yeux de Riesling eurent une lueur en les entendant. Il gémit et tendit la main qui s'agitait furieusement vers Corfus.

« Aidez-moi », dit-il.

Corfus se pencha sur l'homme blessé. Riesling grommela et se colla à Corfus. Du sang tacha le costume du jeune homme. La chair de l'épaule disloquée pendait. Dans un hoquet, il ramena la main pendante à son côté et la plongea dans sa poche. Il exhalait une odeur de sueur et de peur. L'employé considérait Corfus avec reproche et dégoût. « Monsieur? » tenta-t-il doucement. « Ça va. L'ambulance, vite. »

« La Havane », bredouilla Riesling saisi par une violente convulsion qui secoua tout son corps. « A La Havane », murmura-t-il tandis que Corfus se serrait contre lui pour mieux entendre.

Un éclair de lumière blanche fouetta Corfus. Le touriste allemand les photographiait tous les deux consciencieusement, tandis que sa femme en larmes le tirait par la veste. « *Bitte, bitte, nein* », pleurnichait-elle. Il la repoussa et prit un autre cliché.

« Tirez-vous, charognards », hurla Corfus en anglais.

Riesling s'accrocha à lui. « Pas le temps », murmura-t-il. « Tenez. »

Sa main valide lui tendit un paquet de documents trempés de sang.

Il replongea la main dans sa veste deux fois encore et en ressortit à chaque fois des effets personnels.

« S'il vous plaît, attendez l'ambulance », conseilla Corfus, mais Riesling continuait à vider ses poches les unes après les autres, et à en donner le contenu à Corfus. En même temps, il parlait d'une manière saccadée entre deux râles, tandis que Corfus tentait de tout comprendre. Riesling saisit la main inerte dans la poche gauche de sa veste et quand il la ramena elle étreignait une chaine et un médaillon en or. Il cria de douleur en décrispant la main qui se balançait en l'air comme une marionnette, et le médaillon tomba sur le sol.

Le flash brilla de nouveau.

« Prenez-le. Ramassez-le », ordonna Riesling. La sueur lui inondait les commissures des lèvres. S'agrippant au moribond, Corfus se pencha pour se saisir du collier.

Soudain, Riesling se détacha de Corfus et lui donna un violent

coup de pied dans les côtes. Corfus alla rouler en arrière. Avant
même de pouvoir se remettre sur pieds, il sentit que tout allait
basculer de nouveau.

Dans l'encadrement des portes se tenaient deux hommes, armés
chacun d'un pistolet de gros calibre. L'un deux, scrutant la foule,
était coiffé d'un bonnet de laine blanche, le visage fermé et
menaçant. Le second était plus petit et nu-tête. Il leva son
arme.

Corfus eut le temps de voir Riesling qui se remettait péniblement sur pieds et titubait vers l'autre sortie. La gorge serrée par
l'angoisse, il savait qu'il allait voir mourir Riesling.

Le projectile cueillit l'agent dans le dos. Riesling se cabra
convulsivement et fit un bond de côté. Son bras désarticulé vola en
l'air dans un flot de sang.

Les secondes qui suivirent relevaient de la démence pure. La
main de Riesling griffa le sol. Il se traînait, malgré la douleur
violente, vers un groupe de badauds terrifiés et hurlants, collés
contre le mur. L'homme nu-tête fit feu de nouveau. Riesling eut
un soubresaut et s'effondra en avant.

Corfus fit mouvement en arrière. Son estomac se tordit brutalement. L'homme au bonnet mettait en joue, indifférent aux
hurlements des gens autour de lui. Il visait Corfus.

La seconde suivante, une femme, folle de panique, se jeta
devant Corfus. La balle l'atteignit à la tête, la faisant éclater
comme un gros fruit. La violence de la chose avait été soulignée
par le flash d'un appareil photo. Le photographe se précipita vers
la sortie serrant contre lui son cher appareil. Il s'effondra aussitôt
la gorge trouée par un projectile mortel.

Cela n'avait duré que quelques secondes. La panique générale
entraîna Corfus vers la sortie. A l'extérieur, une foule de badauds
s'était agglutinée. Il se retourna une fois. Il ne vit pas les deux
tireurs. Sur le sol, le corps désarticulé de Riesling, celui de la
femme avec sa tête éclatée et celui du photographe allemand fut
sa dernière vision du Samarkand.

Starcher resta silencieux durant plusieurs minutes. Il était assis,
la lumière de la lampe dessinant un cercle jaune autour des objets
hétéroclites rassemblés par Corfus sur le bureau. Lentement,
Starcher disposa les objets de façon à former deux séries bien
distinctes.

Il prit les trois passeports dans le coin en haut à gauche, et
entreprit de les feuilleter. Le passeport américain était celui de

Riesling. Les deux autres étaient finlandais et avaient soit été volés soit en cours d'établissement car les photos des propriétaires manquaient. Ils appartenaient manifestement à un Rickard et une Mirja Trojloi. Les autres objets étaient les faux papiers russes de Riesling et une enveloppe contenant environ 6 000 roubles et plusieurs centaines de dollars en billets.

Il les reposa. « Il vous a donné tout ça ? » demanda-t-il en désignant l'ensemble des effets.

Corfus acquiesça. « Il a vidé ses poches et m'a tout fourré dans les mains. »

Starcher ferma les yeux. Sa migraine revenait. « Vous avez été repéré ? »

Corfus grogna. « Et comment. Le salaud voulait me descendre. »

« Qu'est-ce qui s'est passé, alors ? »

Corfus baissa les yeux. « Quelqu'un – une femme – s'est mise en travers. » Starcher leva les yeux au plafond. « Elle n'était pas belle à voir. »

Starcher imaginait. Riesling avait consciemment protégé Corfus en attirant volontairement sur lui le feu des deux hommes.

« Qu'est-ce qu'a dit Riesling ? Essayez de vous souvenir des mots. »

« Je crois qu'il n'était plus lucide », répondit Corfus. « Ça n'avait pas de sens. »

« Dites tout de même. »

« D'abord, il a parlé de La Havane. La canne à sucre, quelque chose comme ça. Franchement, je crois que ça n'avait aucun sens. »

« Qu'a-t-il dit exactement ? » insista Starcher.

« Bon, bon. Il a dit " A La Havane, le soleil est chaud mais c'est bon pour la canne à sucre. " C'est ce qu'il a dit. Mot pour mot. »

Starcher se renversa en arrière. « La Havane ? » murmura-t-il. Riesling ne faisait que la Finlande et l'Union soviétique. Qu'est-ce que c'est que cette histoire à La Havane ?

« Je vous ai dit que ça n'a pas de sens. »

« Vous êtes sûr à propos de " La Havane " ? » demanda Starcher lentement. Ça n'était pas " Hamina " par hasard ? Ça se ressemble. »

« C'était " La Havane " », s'entêta Corfus. « De toute façon, la canne à sucre ne pousse pas en Finlande. »

Starcher soupira. « Quoi d'autre ? C'est tout ? »

LE GRAND-MAÎTRE

« Non. Il m'a dit autre chose en me donnant le collier. »

« Le collier? Quel collier? »

« Le pauvre gars n'avait pas sa tête, je vous dis. »

Starcher fourragea parmi les objets. « Quel collier? » demanda-t-il, brutalement.

Corfus éparpilla les objets. « Je me souviens qu'il me l'a donné », bafouilla-t-il. « C'est ce qu'il m'a remis en dernier. Ça lui semblait extrêmement important. J'ai dû le laisser dans ma poche. » Il alla vers le divan, prit son manteau et fouilla dans les poches. « Voilà, le voilà. Il est resté coincé dans la doublure. »

Il rapporta le médaillon d'or qui fit un son clair en tombant sur le dessus en verre du bureau.

Starcher le contempla un moment, sans bouger. Le petit disque d'or décoré de son serpent enroulé semblait irradier un pouvoir mystérieux.

Corfus passa du collier à Starcher. « Qu'est – qu'est-ce qu'il y a? »

Starcher tendit précautionneusement la main vers le bijou. Il le frotta doucement dans le creux de sa main et il lui transmit une sensation de chaleur.

Ça faisait longtemps, si longtemps...

« Qu'est-ce qu'a dit Riesling? » demanda Starcher, ôtant ses lunettes à double foyer avec une grimace. La main qui avait tenu le médaillon tremblait légèrement.

« Il a dit que le Grand-Maître est vivant. »

Starcher bondit de son siège. Une douleur aiguë courut le long de son bras gauche. « Quoi? »

« C'est la dernière chose qu'il ait dite », dit Corfus, mal à l'aise. " Dites à Starcher que le Grand-Maître est vivant. " Vous vous sentez bien? »

Starcher grogna et ouvrit la bouche en quête d'air. Sa poitrine se serra comme si un ruban de métal avait ligoté ses poumons. Le coin de son bureau vint à sa rencontre, et son siège se renversa lourdement. « Le médaillon », fit-il doucement. Bien sûr, c'était complètement ridicule. Un serpent enroulé, même ayant appartenu au Grand-Maître, n'avait pas le pouvoir de provoquer un arrêt du cœur. Dans un soupir, il perdit conscience au milieu d'un océan de douleur.

Chapitre 5

Alexandre Zharkov emplit ses poumons de l'air frais d'octobre mêlé à l'odeur du pain chaud qui venait de la boulangerie de la rue Neglimmaya. Sur sa gauche, à plusieurs rues de distance, les vingt tours du Kremlin se dressaient, comme des échardes dans le ciel. Au-delà, les dômes en pain d'épices bariolés de la cathédrale Saint-Basile rappelaient un temps de flamboyante barbarie.

On dit qu'Ivan le Terrible creva les yeux des architectes de la cathédrale pour qu'ils ne puissent pas la reproduire ailleurs. Les yeux de Zharkov contemplèrent le spectacle un instant comme il faisait tous les matins. Il comprenait le tsar de toutes les Russies, belliqueux et cruel, dénigré à présent à cause de ses réalisations égoïstes.

Il l'avait compris depuis ses années d'université, depuis le jour où il avait posé ses yeux candides sur la grande cathédrale. Pendant que ses contemporains se préoccupaient de leurs succès professionnels en maudissant les excès des souverains passés et en faisant l'éloge des résultats agricoles en Ukraine, Zharkov, était resté silencieux, attentif. Il avait déjà compris, pourtant, le prix de la grandeur, et il la respectait.

Il prit une petite rue bordée de modestes maisons aux volets ouverts. Il fit un signe de tête à l'adresse d'une grand-mère, une *baba,* qui balayait le pas de sa porte comme tous les matins. Son sourire édenté le suivit alors qu'il se dirigeait vers la maison à deux étages et dont personne dans la rue ne se serait aventuré à parler.

Les voisins savaient qu'il ne s'agissait pas d'une maison ordinaire. Ce n'était pas un bordel car aucune femme n'y entrait ni n'en sortait. Ce n'était pas un bureau, car aucun bruit de bureau ne sortait de la petite maison aux fenêtres obstinément fermées. Seule une équipe de camionneurs apportait chaque jour avant l'aube des chargements d'équipements électroniques et repartait au bout d'une heure. Ceux parmi les voisins qui se doutaient que l'électronique en question était destinée à des systèmes de surveillance gardaient l'information pour eux. Ce n'était pas le genre d'information qui faisait florès dans Moscou.

La maison appartenait à Nitchevo. De loin en loin, elle servait de lieu de rendez-vous pour un groupe de cinq ou six messieurs, sérieux et silencieux. Zharkov était le plus jeune d'entre eux. Le plus puissant aussi.

Un homme corpulent portant une enveloppe brune se tenait au pied des quelques marches qui menaient à la porte d'entrée. Ils échangèrent un regard discret. Des années de réunions secrètes les avaient accoutumés à éviter les démonstrations trop voyantes en plein jour.

« Camarade », dit Zharkov avec un léger mouvement de tête vers l'enveloppe. Il ouvrit la porte, puis la referma sur eux à double tour. Zharkov guida le visiteur vers une pièce à peine meublée. Un bureau, quelques chaises de bois inconfortables et un mur de classeurs neufs en haut duquel trônait de façon incongrue un échiquier en marqueterie d'ébène et d'ivoire.

« Comment vas-tu Serguei ? » demanda Zharkov avec une chaleur qui contrastait singulièrement avec leur attitude à l'extérieur.

« Pas trop mal. Mon fils voudrait changer de cursus à l'Université. Il veut se lancer dans l'art », dit l'homme fort avec un haussement d'épaules.

Zharkov sourit en voyant la gêne de l'homme. Le général Serguei Ostrakov était un homme du KGB à la mode de Staline : un lourdaud obéissant aveuglément, assassinant sans problème, réagissant comme une machine, faisant peu de cas des petites choses de l'existence, ce qui incluait toute activité en dehors de sa survie pure et simple. « L'art est une chose vraiment intéressante, » avança Zharkov. « Pas pour un fils de lutteur. Un scandale. Aliocha, tu as de la chance de ne pas être chargé de famille. » Il avait utilisé le diminutif traditionnel d'Alexandre, mais avec un naturel un peu emprunté.

« Tu me donnes ton manteau ? » demanda Zharkov.

L'agent du KGB secoua la tête. « Non, je reste une minute. » Il jeta l'enveloppe sur le bureau de Zharkov. « Là-dedans, il y a quelque chose qui peut t'intéresser. »

Il essayait d'appâter, pensait Zharkov qui se déroba. Il s'assit sur le siège de cuir derrière son bureau et alluma une cigarette. L'enveloppe restait là, inerte.

Après quelques instants d'un silence gêné, Ostrakov reprit. « C'est quelque chose qui t'intéressera directement. Kutsenko essaie de passer à l'Ouest. Il a rencontré un agent américain, hier soir. »

« Quel agent ? » demanda doucereusement Zharkov, les yeux pudiquement baissés sur sa cigarette.

« Il semblerait que ce soit Riesling. Il s'est débarrassé de tous ses papiers avant de mourir, mais on l'a reconnu sur des photos. » Du menton, il désigna l'enveloppe brune. « Il opérait depuis Helsinki. Il faisait sortir les gens par le Nord. »

« Et puis ? » demanda Zharkov.

« Rien, répondit Ostrakov, tout est dans l'enveloppe. »

Zharkov se pencha en avant et retira de l'enveloppe une liasse de clichés. Le premier représentait une forte femme posant devant une fresque. Le second montrait une autre femme, les bras étendue, qui s'effrondait tandis que son crâne éclatait en morceaux.

« Certaines sont sans importance », précisa Ostrakov, désinvolte. « Un accident », fit-il en désignant la femme en train de mourir.

Zharkov fit claquer le paquet de photos sur la table, sans poursuivre leur examen.

« Riesling ? »

« Il est mort. »

« Cè sont tes hommes qui l'ont tué ? »

« Oui. »

« Et Kutsenko ? »

« On le surveille. Depuis deux semaines déjà », précisa Ostrakov, « depuis le jour où j'ai connu ses intentions. J'ai fait chasser sa femme de l'hôpital où elle travaillait », dit-il crânement.

« Imbécile », cracha Zharkov.

Ostrakov tenta de se rebiffer mais Zharkov l'ignora et reprit les photos. Il souffla un gros nuage de fumée dans une moue de dégoût. Nitchevo lui donnait un certain ascendant sur le KGB mais pas encore assez pour changer la mentalité de ses agents. Le KGB était truffé de crétins sans finesse.

« Voilà l'agent » dit Ostrakov, alors qu'il montrait sur une photo un homme agonisant sur le sol, l'épaule éclatée. Au premier plan, plusieurs silhouettes se pressaient autour d'un mobilier tapissé avec goût.

« Où a-t-on pris ces photos ? » demanda Zharkov, incrédule.

« A l'hôtel Samarkand, vers huit heures du soir. Il y avait un type qui prenait des photos. Un touriste allemand. »

« Un *touriste ?* » hurla Zharkov, jetant de nouveau les photos sur le bureau. « Vous tuez un homme dans le hall d'un grand hôtel à l'heure d'affluence » – il abattit son poing sur la photo de l'agent – « et en même temps vous faites un carnage de badauds innocents... »

« Seulement deux, camarade », rectifia Ostrakov, glacial, « l'Allemand de l'Est prenait des clichés compromettants, comme tu peux voir. On n'a pas pu l'éviter. » Il prit ses distances et sa familiarité fit place à une attitude plus militaire. « Dois-je te rappeler, colonel Zharkov, que le but de Nitchevo n'est pas de dicter au KGB ce qu'il doit faire. »

« Tu n'as pas besoin de me le rappeler. Chaque numéro de cirque des ours du KGB me le rappelle. » Rapide, il se saisit de nouveau des clichés. « J'essaie de me souvenir que tu es mon ami, Camarade colonel », dit Ostrakov amèrement. Il continua à divaguer, mais Zharkov ne l'écoutait pas. Ses yeux étaient rivés sur la dernière photographie du lot. Elle montrait Riesling qui hurlait de douleur devant un jeune homme à la peau mate, au visage horrifié et paniqué.

Un objet brillant scintillait en tombant sur le sol. La surface gravée de l'objet en question était tournée vers l'objectif. Zharkov retint sa respiration et sortant une loupe d'un tiroir, il la tint au-dessus de la photographie noir et blanc. Sous la loupe, l'objet sembla gonfler. C'était un médaillon qui représentait un serpent enroulé à l'intérieur d'un cercle.

Zharkov ferma les yeux. Un léger vertige l'envahit. Le Grand-Maître refaisait surface.

« C'est bien la même, n'est-ce pas ? » demanda Ostrakov.

Zharkov leva les yeux, sur ses gardes. « Je ne sais pas de quoi tu parles », dit-il.

L'homme du KGB tendit les bras. « Aliocha », commença-t-il dans une tentative douloureuse pour ramener l'amitié au premier plan, « nous avons passé de longues années ensemble. Nous avons marché dans les neiges du Caucase, tué ensemble dans des jungles. Nous nous sommes baignés dans les mêmes eaux, nous avons partagé les mêmes femmes. J'ai vu la marque que tu portes au cou. »

Zharkov déglutit difficilement, et tenta d'accommoder son regard sur le gros homme qui semblait se balancer devant lui. « Pourquoi es-tu venu? » lui demanda-t-il calmement.

« Le médaillon. Nous voulons savoir ce que c'est. Avant de mourir, Riesling a vidé ses poches dans les mains de l'homme qu'on voit sur la photo. On l'a identifié comme Michael Corfus, officier de liaison à l'ambassade américaine, mais c'est surtout l'adjoint de Starcher à la CIA. »

« Oui, je le connais », dit Zharkov. « Vous l'avez pris, lui aussi? »

Ostrakov eut un mouvement d'épaules. « Non. Immunité diplomatique. On ne peut que l'extrader. Mais on le surveille tout de même. »

« Discrètement, comme d'habitude », persifla Zharkov. Il écrasa sa cigarette. Il ne s'autorisait à fumer qu'une petite quantité de cigarettes par jour et en tout cas aucune avant le repas de midi. Ce crétin et les autres abrutis du KGB avaient trempé leur gros doigts maladroits dans une opération délicate de Nitchevo, et Zharkov se rendait responsable de ne pas les avoir suffisamment maintenus à l'écart.

Les choses étaient claires. Riesling avait repassé le médaillon à Corfus, qui de ce fait n'aurait jamais dû quitter l'hôtel libre. Mais le KGB n'avait pas décidé de l'arrêter. Pourquoi, d'ailleurs, l'auraient-ils fait? Ils devaient sabler le champagne après leur partie de tir au pigeon dans l'hôtel. Deux clients morts. Riesling mort. Kutsenko alarmé. Quel gâchis. Et le pire peut-être, le médaillon s'était envolé. Il leva les yeux et rencontra ceux d'Ostrakov. C'étaient ceux d'un bovin, habitués à ne voir que ce qui l'arrange, aveugle à l'évidence. Non, Zharkov ne dirait rien au KGB

« Le médaillon », insista Ostrakov.

Zharkov écarta la question d'un geste de la main. « Sans importance », dit-il. Il se leva et attrapa un dossier vert dans une armoire. « Le vert signifie que c'est une affaire classée », dit-il en mettant le dossier entre les mains d'Ostrakov. A l'intérieur, il y avait des rapports médicaux, un compte rendu détaillé sur la mort d'une personne, et la photo de mauvaise qualité d'un homme aux cheveux sombres étendu au fond d'une tombe creusée à même le sol. Le visage du mort, bien que paraissant souillé de terre et entaillé de légères coupures, semblait malgré tout presque vivant.

Les vêtements semblaient rustiques à la mode des habitants des montagnes de Pologne. Autour de son cou on pouvait distinguer un pendentif représentant un serpent enroulé.

« Qui est-ce ? Il porte le même médaillon. »

Zharkov répondit platement. « Le médaillon d'hier soir était probablement une copie. C'était Justin Gilead. Il était joueur d'échecs. La CIA le baladait dans le monde entier. Il est mort dans une avalanche en Pologne il y a quatre ans. J'étais là. »

Ostrakov grogna et jeta le dossier vert sur le bureau. « Les Américains sont au courant ? »

Zharkov acquiesça. « Ils ont des copies du dossier. »

« Et la marque que tu as au cou, camarade ? » demanda Ostrakov, têtu.

Les yeux de Zharkov brillèrent un instant. « C'est une vieille cicatrice. Ça n'a aucune signification. Ni pour moi ni pour toi ni pour tes supérieurs. Compris ? »

L'homme du KGB bredouilla face à l'agressivité de Zharkov. « Je pensais que le médaillon pouvait signifier quelque chose, un message. »

« Tu aurais pu le demander à Riesling directement, avant que tes voyous le descendent », répondit Zharkov sèchement. « Où est Kutsenko, maintenant ? »

« Mes hommes le surveillent. »

« Je veux qu'on le laisse tranquille. »

Ostrakov se rembrunit. « Mais c'est impossible. C'est le champion du monde et il veut passer à l'Ouest. Impossible. Mes supérieurs... »

« Et je veux qu'on rende son travail à sa femme. On doit lui faire croire que c'était une erreur. »

« Je n'aurai jamais l'autorisation... »

« J'en prends l'entière responsabilité », dit Zharkov. « J'enverrai un rapport au Conseil, aujourd'hui même. Ils comprendront. Kutsenko est essentiel dans les plans actuels de Nitchevo. »

« Quels plans ? »

« Ça ne te regarde pas », répondit Zharkov sèchement.

Il raccompagna Ostrakov à la porte. « Si tu ne me crois pas, attends les instructions de tes supérieurs. La méthode russe, non ? »

« Zharkov, je t'ai dit... »

« Évite de tuer Kutsenko, en attendant. Ce Corfus non plus. Je pense qu'il me sera utile, aussi. »

« Tu m'insultes, Alexandre Vassilovitch », dit Ostrakov, rouge de colère. « Nous avons un nouveau Premier. Je ne pense pas que Nitchevo va continuer longtemps à faire cavalier seul. »

« En attendant, je te salue, camarade », répondit Zharkov froidement.

Il retourna à son bureau pour rédiger le rapport aux supérieurs d'Ostrakov, et au passage, ses mains survolèrent le dossier vert. Zharkov en retira la photo de Justin Gilead mort et l'examina de nouveau. Au repos, le visage de Gilead était celui d'un enfant et c'était sous cet aspect que Zharkov s'en souvenait le mieux, penché sur un échiquier à l'Hôtel Crillon à Paris.

C'était au cours d'un match entre deux enfants de dix ans. Des enfants surdoués qui avaient pénétré le monde étrange d'un jeu où les royaumes se perdaient ou se gagnaient au détour d'une inspiration. Alexandre Zharkov et Justin Gilead étaient ces deux enfants, jouant sous les yeux des maîtres européens et soviétiques. Le jeune Aliocha avait failli mourir de honte quand son père avait attaché une radio miniature à son avant-bras juste avant le match.

Il lui avait expliqué que le jeune Américain était le meilleur joueur du monde dans sa catégorie et qu'on ne pouvait laisser son fils dans les mains du hasard.

« Je joue bien aussi, père », avait protesté Aliocha, mais la radio était restée attachée à son avant-bras.

Pendant le match, les grands maîtres russes étudiaient tous les coups d'Aliocha et lui faisaient parvenir par radio les instructions par des impulsions électriques sur l'avant-bras. Le premier groupe d'impulsions désignait la pièce à bouger et le deuxième la case à atteindre. Aliocha retint ses larmes en serrant les dents pendant toute la parodie de match. Il aurait voulu affronter Gilead seul. Alors que dans le cas présent, il n'était pas plus qu'une marion-nette poussant des pièces sur un échiquier. Regardant le jeune Américain aux cheveux noirs de jais, il lui était reconnaissant de garder les yeux baissés sur le jeu.

Mais alors qu'Aliocha venait de bouger sa pièce sur les indications ressenties sur son avant-bras, pour la première fois de la partie, Justin Gilead releva la tête, faisant briller les deux yeux bleus les plus extraordinairement électriques que Zharkov eût jamais l'occasion de rencontrer. C'étaient des yeux qui avaient vécu, souffert, pleins de sagesse curieusement installés dans un visage de petit garçon. Gilead bougea un cheval puis dit douce-ment. « Échec. Mat en cinq coups. »

Surpris, Aliocha se tourna vers l'endroit où les maîtres soviétiques étudiaient les coups sur un échiquier portable. Le visage de son père était rouge de colère. Aliocha savait qu'à partir de maintenant il n'y aurait plus d'instructions radio.

Il abandonna. Alors que les deux enfants se faisaient face pour se saluer, Gilead murmura :

« Tu parles anglais ? »

« Un peu », répondit Aliocha dans un état second.

« J'espère jouer un jour contre toi. »

« Oh... » fit Aliocha, mort de honte.

« Ta manche », dit Gilead.

Le jeune Zharkov regarda le bout de chemise qui dépassait de sa veste. Une petite boucle de fil électrique se lovait sous le tissu.

« Tu savais. »

« Ça n'est pas grave », dit Gilead. « Un jour. Quelque part. On fera une vraie partie. »

Après le match, entouré par les curieux, pressé par les photographes, sollicité par les reporters, le jeune Gilead ne mentionna jamais l'incident du transmetteur.

Il n'y eut pas de revanche. Zharkov fut autorisé à poursuivre sa carrière de joueur jusqu'au service militaire. Il accompagnait son père et assistait, silencieux, aux réunions de Nitchevo. Justin Gilead disparut de la surface de la terre cette même semaine.

Zharkov retrouva Gilead deux fois seulement durant les vingt-cinq années qui suivirent.

Les deux fois, Zharkov crut l'avoir tué. Les deux fois, le Grand-Maître avait réapparu.

La deuxième fois était il y a quatre ans en Pologne. Le Grand-Maître avait survécu, s'était échappé et enfin s'était évanoui de nouveau dans la nature. Les Américains le croyaient mort, et même le réseau parfaitement implanté de Zharkov n'avait pu lui remettre la main dessus. Les Russes avaient finalement admis que Gilead était mort de ses blessures. Mort. Au sens physique du terme. Et voilà que le médaillon réapparaissait et alors qu'Ostrakov ignorait sa signification, Zharkov, par contre, ne la connaissait que trop bien. Il savait ce qu'il signifiait aussi sûrement qu'il savait que le soleil se levait à l'aube. Il l'avait redouté pendant des années.

Justin Gilead – le Grand-Maître – était vivant.

Machinalement, les mains de Zharkov se portèrent à hauteur de son col d'uniforme.

Justin Gilead. Le chasseur. Le chassé. Leurs destinées étaient liées comme leurs passés, et Zharkov savait qu'il ne pourrait jamais confier la mort de Gilead à d'autres que lui. Cette tâche lui était attribuée à lui et lui seul depuis le jour même de sa naissance. Il ouvrit son col. Dessous, sur la chair brûlée au fer, on pouvait voir la marque du serpent d'or.

Livre deux

LE MAÎTRE DU CHAPEAU BLEU

Chapitre 6

Justin Gilead sut très tôt ce qu'était la mort. Sa mère, une actrice d'une grande beauté, mourut alors qu'il avait trois ans. Son père, écrivain assez connu sous le pseudonyme de Léviathan, produisant un flot de livres à succès tapageurs et de qualité littéraire médiocre, avait décidé dès les obsèques de sa femme que les attentions qu'il devrait porter à un enfant en bas âge porteraient fâcheusement préjudice à ses recherches interlopes dans les bars et les maisons closes, nécessaires à l'écriture de ses inestimables ouvrages.

De ce fait, Justin fut élevé dans des endroits divers par une cohorte de tantes et d'oncles incertains ou de connaissances de hasard qui acceptaient volontiers les gros chèques de Léviathan en échange d'un logement et de nourriture pour un petit garçon taciturne, sans amis et qui trompait sa solitude en jouant à des jeux tels que les échecs pendant les longues soirées de son enfance. L'un de ces oncles l'encouragea, et bientôt Justin participa à des tournois d'échecs et les gagna. A neuf ans, il termina second dans le championnat junior des États-Unis. Donald Gilead eut connaissance des dons de son fils le jour où, en train de marchander avec une prostituée parisienne, il apprit incidemment que Justin était invité dans la Ville-Lumière à l'occasion d'un tournoi. Pressentant tout le bien que pourrait faire la notoriété de son fils à la vente de ses romans, le père Gilead demanda à Justin de le rejoindre à Paris tout comme il aurait fait venir une valise.

A la suite du match victorieux contre le jeune prodige soviétique, son père emmena Justin dans les bars et les maisons de jeu clandestines des rues louches de Courbevoie, où Gilead prenait ses aises. Ils se parlaient à peine. Gilead avait rapidement évacué la présence de son· fils. Justin, de son côté, était perdu dans ses pensées. Des tuniques.·

Des tuniques jaunes. Le fond de la salle du tournoi était occupé par des petits hommes en tuniques jaunes à la peau foncée, observant et se concentrant. Mais leur attention était ailleurs qu'à la partie. Justin était le centre de leur intérêt. Il pouvait les sentir, leurs pensées étaient presque palpables. Et avec des mots inexprimés, les hommes en tuniques jaunes lui disaient : *Viens, Tu es de chez nous, Cet homme n'est pas ton père, Tu n'es pas d'ici, Nous sommes venus te chercher.*

Tout d'abord il avait été distrait par les regards des petits hommes en jaune, mais une certaine énergie – c'était le seul mot qu'il pouvait trouver pour décrire l'étrange communication qui s'installait entre eux – semblait passer dans les deux sens. Il se concentrait jusqu'à ne plus avoir dans son esprit qui tentait de s'égarer que la vision des pièces sur l'échiquier en face de lui, les cavaliers, les fous et les pions qui venaient à lui.

Durant toute la durée du match extraordinaire contre le jeune joueur russe qui ne jouait pas lui-même, Justin Gilead n'avait pas seulement joué la partie. Il *était* la partie.

Il aurait bien voulu parler avec quelqu'un du groupe de personnes en robes jaunes et du pouvoir étrange qu'ils lui avaient transmis tout au lond de la partie. Il jeta un regard autour de lui. Son père, débraillé, caressait les seins d'une blonde douteuse encouragé en cela par un groupe de clients avinés.

Non, personne ici n'aurait pu parler avec lui des petits hommes en robes jaunes. Il se retourna et essaya de lutter contre la fatigue. A l'extrémité du bar, un homme basané au nez aquilin et aux cheveux clairsemés était assis, silencieux, observant le couple formé par la blonde et le père de Justin.

Celui-ci cria quelque chose et la femme lui répondit sur le même ton, dans un flot de français vulgaire. Justin tourna la tête juste à temps pour voir son père chanceler, ivre, et lancer son poing dans la figure de la femme. La femme hurla. Le sang se mit à couler de son nez.

Avec agilité, l'homme assis au bout du bar, la face blanche, se 'eva. Tout en marchant vers le père de Justin qui s'était effondré en travers du comptoir, il avait sorti de sa veste un couteau d'une vingtaine de centimètres et l'avait ouvert.

Toute conversation s'était arrêtée. Le seul son était une rengaine française qui martelait les murs du bar. Les clients avaient rapidement sauté de leurs tabourets et avaient disparu comme des ombres. Le barman se tenait tel une statue comme pour assurer l'homme au couteau de sa discrétion. L'homme au couteau montra la porte d'un mouvement de tête. Donald Gilead, les mains tremblantes dressées au-dessus de sa tête, tituba vers la sortie, suivit par l'homme et la femme blonde.

Justin grelottait. Il se dressa sur des jambes en coton et parcourut le bar d'un regard désespéré, à la recherche d'une aide quelconque, mais personne ne lui prêtait attention.

Il se précipita dehors. Il vit le couteau de l'homme pénétrer dans le ventre gonflé et découvert de son père. Donald Gilead ouvrit les yeux stupidement, s'emmêla un instant les pieds, puis s'affala en arrière dans la boue qui recouvrait le pavé de la rue.

L'enfant regarda la scène, respirant faiblement, les yeux grand-ouverts de son père lui faisant penser à quelque bête morte. Un ruisseau d'eau sale forma une flaque autour du corps et se mélangea finalement au filet de sang qui perlait des lèvres entrouvertes. Une vague de dégoût prit naissance dans les entrailles de l'enfant. Le cadavre de son père lui faisait penser à la carcasse d'un taureau mis à mort. Il leva un regard incrédule vers les deux visages qui se penchaient sur le corps. La femme blonde avait de nez barbouillé de sang, de façon comique. L'homme basané tenait toujours le couteau dans sa main. Dans la lumière crue de la rue, la lame brillait et bougeait comme un être vivant tandis que l'homme s'approchait de Justin, sa respiration nettement audible dans le silence de la nuit.

Justin battit en retraite. Lentement, ses mains masquèrent son visage dans un geste enfantin typique, puis il regarda au travers de ses doigts la lame argentée qui se balançait, passant alternativement de l'ombre à la lumière, rythmant les pas de l'homme qui s'approchait de plus en plus. La tête de Justin cogna sur la surface rugueuse d'un mur. Le choc déclencha un message qui se transmit dans tout son corps en même temps. L'homme, disait le message, cet homme allait le tuer.

Il se mit à courir. Il dévala la rue, par-dessus des monceaux de détritus, devant des portes de bars entrebâillées, exhalant des remugles d'alcool et de tabac, haletant, n'osant pas se retourner, essayant de ne pas déraper sur le sol glissant.

Deux hommes sortaient d'un bar. Justin se précipita sur eux, en agrippant un par les jambes de son pantalon.

« Arrêtez-le », cria-t-il, montrant du doigt un bout de la rue. « Il a un couteau. Il a tué mon père, et il va me tuer, aussi. »

Haussant les épaules, l'homme dit quelque chose en français qui semblait être des paroles de réconfort. Justin continuait de montrer du doigt, tentant d'expliquer que quelqu'un le poursuivait. Les deux compagnons se regardèrent et firent quelques pas dans la direction d'où venait Justin. Les pas s'étaient tus. L'homme au couteau n'était plus là. Il n'y avait plus rien d'inquiétant. Seul un couple bras-dessus bras-dessous se promenait tranquillement. Le Français près de Justin montra le couple du doigt et sembla poser une question.

« Non », dit Justin, sentant le calme revenir en lui.

Quand le couple passa à leur hauteur dans la lumière d'un réverbère, Justin reconnut la femme blonde. A côté d'elle, l'homme basané était dans l'ombre. La femme sourit et l'appela en tendant les bras.

« Ah », fit le Français, saisissant Justin sous les bras et le soulevant de terre. Il rit et lança une plaisanterie au couple pendant qu'il leur tendait l'enfant. Justin hurla et frappa violemment son « sauveur » dans les côtes. L'homme le lâcha dans un juron à l'adresse du couple. Mais ils ne faisaient plus attention à lui. Ils avaient repris la poursuite. La femme abandonna rapidement.

L'homme était de nouveau seul. Les rues devenaient de plus en plus sombres. Plusieurs lampadaires étaient hors d'usage et les bars minables avaient laissé eux-mêmes la place à des terrains vagues.

Le coin était désert et les membres de Justin tremblaient de l'effort fourni. Il pouvait entendre les pas derrière lui. Justin se força à courir, cherchant une rue plus fréquentée où il pourrait perdre son poursuivant, prendre un taxi, trouver un agent de police... Non. Il avait compris la première fois. Dès qu'il arrêterait quelqu'un, la personne sourirait, hausserait les épaules en se méprenant sur ses appels au secours. Et ce serait de nouveau l'homme au couteau brillant. Il n'y avait pas d'issue, sinon la fuite dans le noir, aussi longtemps qu'il le pourrait, jusqu'à ce que l'homme le rattrape, jusqu'à ce que...

Ses jambes le lâchèrent et avec un cri, il heurta le trottoir avec les genoux, plongea en avant et se rabota le visage. Il entendait sa propre respiration qui sifflait. Il ferma les yeux. Il n'en pouvait plus.

Plus loin.

Il leva la tête. Personne. Seuls les pas de l'homme au couteau martelaient le sol, mais il marchait à présent.
Plus loin.
Ce n'était pas exactement un mot, plutôt un ordre, quelque chose qui le secouait, qui le poussait en avant.
Les pièces de l'échiquier, ne pense qu'aux pièces sur l'échiquier.
Il se projeta en avant, les genoux douloureux, les petits graviers lui piquant les joues.
Je suis la partie elle-même.
La force silencieuse devenait plus présente. Elle le tirait, l'enveloppait comme une musique de plus en plus forte. Ça l'envahissait, accompagné d'une fragrance d'amande et de plante grasse. Ça le submergeait, un mytérieux chœur semblait l'appeler, le diriger.
Il accéléra, aussi vite que possible, les poumons près d'éclater, le corps au-delà de la douleur. Il aurait aimé rêver tout cela et se réveiller chez Tante Jane ou Oncle Sid, à Houston ou Cincinnati ou ailleurs, peu importe, du moment qu'il pourrait appeler cet endroit du nom familier et lointain maintenant de « maison ». La rue était bien là, les pas derrière lui étaient bien là, le couteau de l'homme était bien là.
Pourtant quelque chose de bizarre était en train de lui arriver, quelque chose comme dans les rêves. La musiques, les fleurs, l'odeur d'amande. Bizarre et pourtant... familier, d'une certaine manière.
Je suis la partie elle-même.
Quand il vit la ruelle sombre, il comprit qu'elle ne menait nulle part. Un cul-de-sac. Pas de lumière au bout de la ruelle. Pas d'endroit où se cacher. Pas d'issue. C'était la fin du voyage.
Il s'assit, épuisé, au fond de l'impasse et attendit l'homme au couteau.
Quand celui-ci apparut, il se tint dans la lumière à l'entrée de l'impasse. Justin le vit plonger la main dans sa poche. Le bras légèrement écarté du corps, il pressa le bouton qui commandait l'éjection de la lame. Il entra dans l'impasse.
Avec un cri, Justin tenta de se remettre sur pieds.
« Allez-vous-en! » hurla-t-il.
La respiration de l'homme s'amplifia.
« S'il vous plaît! »
L'homme lança son bras en avant. Justin recula. Faisant cela, il sentit tout à coup quelque chose de doux contre son visage. Doux... et qui sentait l'amande.

Ce qui suivit lui coupa le souffle. En une fraction de seconde, l'impasse se remplit de formes ondoyantes, gracieuses comme des oiseaux. Quelque chose attendait là, quelque chose de si silencieux qu'on n'aurait pu l'entendre dans un silence de mort. Ce quelque chose flottait à présent autour de l'homme au couteau, qui essaya de s'en défaire en tournoyant sur lui-même, marmonnant des choses incompréhensibles, mais les formes se déplaçaient, trop rapides pour être perçues. L'homme frappa méchamment le cercle qui s'était formé autour de lui, mais la lame ne rencontra que l'air. Il se cabra et frénétiquement, attaqua de tous côtés les formes qui flottaient et commençaient à l'enserrer comme un animal en cage.

Justin observait, étreint par une terreur respectueuse. Derrière les formes brumeuses, étranges, qui les entouraient et qui remplissaient l'allée, il pouvait percevoir la même musique, puissante et douce à la fois, forte comme une symphonie.

L'homme sabra de nouveau. Le cercle se rompit, l'éjectant comme un vulgaire noyau. Les formes mouvantes se stabilisèrent. La musique cessa.

Des hommes apparurent au grand étonnement de Justin. *Les hommes du tournoi.* Six petits hommes en robes jaunes, presque identiques avec leurs crânes rasés, qui pouvaient se mouvoir si rapidement qu'ils ne laissaient devant les yeux qu'une impression de brume. Ils se tenaient en ligne à présent, barrant la route entre l'homme et le débouché de l'impasse.

L'un d'entre eux fit deux pas en avant en silence.

Dans un grondement, l'homme leva le couteau en signe de menace tandis qu'il reculait dans la direction de Justin. En un tournemain, il avait saisi l'enfant par le cou et l'avait dressé devant lui, le couteau sous la gorge, tout en commençant à avancer avec d'infinies précautions.

Justin se mit à trembler sans pouvoir se maîtriser, des larmes chaudes lui coulant le long des joues. Il s'était fait prendre et il se demandait si les petits hommes n'y avaient pas aidé. La lame contre son cou était froide. Il mourrait dans quelques minutes, peut-être quelques secondes. La musique avait complètement disparu. Il se sentait trahi par elle.

Dans son dos, l'homme fit entendre un rire qui ressemblait plutôt à un aboiement alors qu'il passait près de l'homme le plus en avant. Celui-ci ne fit aucun geste. Il se tenait immobile tel un arbre planté au beau milieu de l'impasse. Et pourtant quelque chose parvint à Justin, comme une pensée, une question informulée ou un ordre non exprimé.

Est-ce ta volonté?

Comme frappé par un coup de hache, Justin leva la tête, dédaigneux de la douleur froide qui lui perçait la peau. L'homme en robe jaune regardait droit devant lui. Et pourtant, il *regardait* Justin. L'enfant le sentait, le savait. Il le regardait de quelque part en deçà de son regard. Et, en un instant, Justin sut tout de cet homme, comme s'il l'avait toujours connu.

« C'est ma volonté » murmura-t-il, sans comprendre, aussi sûr pourtant de son autorité sur les petits hommes jaunes qu'il l'aurait été de n'importe quoi d'autre dans sa vie d'enfant.

En un éclair, l'homme en robe jaune bondit, frappant sans effort apparent du bout du pied le couteau qui s'envola des mains de l'homme. Justin regarda l'arme qui tournoyait dans l'air comme une hélice. Un autre coup dans les reins projeta l'homme au fond de l'impasse. Il avait crié en essayant de se retenir à quelque chose. Les yeux exorbités, avant d'avoir pu crier de nouveau, la lame volante lui avait transpercé la gorge. Ses bras s'agitèrent frénétiquement. Dans sa chute, il regarda Justin dans les yeux. Son expression était la même que celle du père de l'enfant à l'instant de sa mort. Justin regarda l'homme mort et le couteau qui dardait de son cou. Ce qu'il venait de voir était plus terrifiant que tout ce qu'il aurait pu imaginer. Le couteau, de lui-même, avait frappé, comme un glaive vengeur tombé du ciel. Cela tenait plus de la magie que de tout autre chose.

Qui étaient ces hommes? Justin commença à trembler violemment. Qu'allaient-ils faire de lui?

A cet instant, l'homme qui s'était avancé tomba à genoux. Les autres l'imitèrent, répandant leurs vêtements en une corolle jaune sur les pavés sales de l'impasse.

« Qui êtes-vous? » demanda le jeune garçon, en regardant les hommes en cercle autour de lui.

« Mon nom est Tagore », répondit le premier homme. « Nous te cherchons depuis des années, O Patanjali. »

Justin cligna des yeux. « Mais, ça n'est pas... »

Le petit homme leva la main, lui intimant le silence. « Ne pose pas de questions. Tu ne comprends pas encore, mais c'est toi que nous cherchions. Je t'accueille dans ta nouvelle famille sur cette terre. »

Il se prosterna, sa tête touchant le sol devant lui. Les autres firent de même. Justin Gilead restait planté là, au milieu d'eux. Il aurait voulu leur dire qu'ils se trompaient, qu'il n'était pas celui qu'ils pensaient, qu'il ne comprenait rien à ce qui lui arrivait, qu'il ne comprenait plus rien depuis que son père avait été tué. Il était fatigué, il avait faim, il avait peur et tout ce qu'il voulait à présent, c'était se reposer quelque part.

Mais il restait là, au milieu du cercle des hommes prosternés humblement devant lui. La musique était de nouveau là, ainsi que la douce odeur d'amande qui flottait dans l'air comme dans sa mémoire.

Chapitre 7

Justin avait faim.

Le voyage durait depuis trois mois au moins, par les campagnes, les vastes plaines sauvages et les collines inhabitées qui avaient été, il y a longtemps, l'Empire Ottoman. Tagore et son groupe d'hommes en robes jaunes ne prêtaient aucune attention aux frontières modernes, ni aux guerres qui se disputaient ça et là à propos de ces mêmes frontières. Il savait toujours, comme par instinct, prendre les voies les moins fréquentées, conduisant ses compagnons et leur petit protégé par les régions les plus désolées, des immenses forêts de conifères occidentales aux plaines les plus arides de l'Asie méridionale, où même en été les vents froids de l'Himalaya balayaient les étendues d'herbe dure et pouvaient faire mourir les hommes de froid.

Les compagnons de Justin semblaient à l'abri de cette éventualité, pensait-il en observant l'un d'entre eux en train de frotter avec rapidité un bâton contre un caillou. Le feu prit presque aussitôt. Justin ne s'étonnait plus des choses extraordinaires que pouvaient faire ces hommes. Justin savait que, dès que le repas serait prêt, l'un d'eux poserait sa main directement sur le feu et l'enfoncerait littéralement dans la terre où il ne laisserait aucune marque ni sur le sol ni sur la paume de sa main.

Au début il s'était plaint. Des ampoules et des blessures qu'il éprouvait aux pieds, malgré ses chaussures. Des douleurs constantes aux jambes. Sur un ordre de Tagore, les hommes avaient tous ôté leurs sandales et marché nu-pieds, portant Justin sur leur dos.

Il s'était plaint de la curieuse mixture composée de thé, de lait caillé, de sel, de beure rance et de morceaux de fromage blanc séché qui leur tenait lieu de repas quotidien. Un des hommes avait alors tué une chèvre sauvage et l'avait ramenée au campement. Justin avec plaisir, vit les hommes rôtir la chèvre et placer devant lui un gros morceau de viande grillée. L'homme qui avait tué l'animal s'était prosterné devant Justin, puis devant Tagore et s'était éloigné.

Justin s'était jeté sur la nourriture, remarquant toutefois que ses compagnons n'y touchaient pas. Il en offrit à Tagore qui refusa.

« Tu n'as pas faim ? »

– « Non », répondit simplement Tagore.

Le repas terminé, Justin s'enroula dans une couverture, comme il avait coutume de le faire, tandis que les autres s'allongeaient à même le sol, protégé des vents nocturnes par seulement quelques touffes d'herbe et des grosses pierres. Il ne pouvait s'endormir. Autour de lui, il ne voyait que quatre hommes. A quelque distance il aperçut Tagore agenouillé sur un affleurement de rocher, face au Nord. Justin se leva et alla s'agenouiller près de lui, grimaçant au contact de la pierre. « Où est l'autre homme ? » demanda-t-il.

« Il est mort », répondit Tagore. Les muscles de son visage s'affaissèrent. Le nez du vieil homme pointait tranquillement dans la direction du Nord, vers les montagnes.

« Comment ça ? » demanda Justin.

« C'est lui qui l'a décidé. Il est de nombreuses façons de décider de mourir. Il s'est évanoui. Nous ne le retrouverons pas. »

« Mais comment sais-tu qu'il s'est tué ? »

« Il n'avait pas d'autre choix », dit Tagore. « Comme nous tous, il était un moine entièrement dévoué à la sainteté. Et pourtant, ce soir, il a commis un acte qui a souillé son karma. »

« Karma ? »

« Le souffle vital », précisa Tagore. « Chaque être sur terre à une âme. Au début de la vie, cette âme possède toutes choses, tous les possibles. Mais au fur et à mesure que la vie se développe, elle construit par ses actions les qualités de l'âme. La beauté ou la laideur de sa destinée est déterminée par la sagesse et les efforts que chacun dicte à son esprit. Tu comprends ? »

Justin fit oui de la tête. « Mais pourquoi le moine est-il mort ? »

« Il savait qu'il ne pourrait jamais plus atteindre la pureté spirituelle exigée par notre vie », dit Tagore. « Sa seule issue était de quitter cette vie et d'attendre la prochaine, durant laquelle il pourrait se racheter. »

Justin bougea et abandonnant la position à genoux, s'assit sur le rocher aux arêtes vives. « Il a dû faire quelque chose de grave. »

« Pas grave. Nécessaire. »

« Qu'est-ce que ça signifie ? » demanda Justin.

Tagore le fixa avec des yeux pleins de reproche. « Tu n'étais pas satisfait de la nourriture. Il n'y a pas de végétaux comestibles dans cette région. Aussi a-t-il tué un animal pour te le donner à manger. En faisant une telle chose, il a violé une des règles fondamentales de notre religion. »

« Mais c'était de la *nourriture.* »

Tagore secoua la tête. « De la nourriture, nous en avions. Nous ne serions pas morts de faim sans la chèvre. Et elle ne nous attaquait pas. Nous ne nous sommes pas défendus contre elle. Elle a été tuée pour te satisfaire. »

Le jeune garçon se dressa sur ses pieds. « Je ne te crois pas », dit-il dans un souffle.

Tagore se retourna vers les montagnes.

Justin pleurait. « Il savait ? » demanda-t-il faiblement. « Il savait ce qui... allait lui arriver ? »

« Oui, mon enfant », assura Tagore.

« Alors, pourquoi ne me l'a-t-il pas dit ? Je n'aurais pas mangé de chèvre. Pas s'il devait en mourir. »

Tagore lui prit les mains. « Les paroles ne servent à rien », dit-il. « Il l'a fait aussi parce que tu es Patanjali. »

Cette nuit, Justin prit sa couverture et l'abandonna au pied des rochers. Il ne se plaignit plus jamais de quoi que ce soit.

Tagore et ses compagnons parlaient peu. Le jour, ils se déplaçaient rapidement, furtivement, ne laissant derrière eux que les traces des pas de Justin. La nuit, ils observaient, presque immobiles, écoutant le moindre bruit, semblant communiquer entre eux sans avoir besoin des mots. Justin observait avec eux, tentant de parvenir au même état de quiétude que ses compagnons de voyage, mais il percevait toujours le son de sa respiration et les petites démangeaisons de son corps comme une entrave à cette perfection. Durant les heures de marche, lui seul faisait s'envoler les oiseaux et se sauver les petits animaux par le bruit de ses pas.

« Je ne vous ressemble pas. »

« Aucun être ne ressemble à un autre. Mais tu apprendras ce que nous savons », dit Tagore.

« Vous m'apprendrez? »

« Oui. C'est pourquoi je suis venu te chercher », lui dit Tagore.

« Comment? »

« Quand ça viendra, tu le sauras. »

« Mais quand j'aurais appris?... »

« Alors, tu comprendras tout ce que tu as encore à apprendre. »

L'aube pointait. Au loin, les monts de l'Himalaya émergeaient d'une brume rosâtre. En dessous d'eux, devant leurs yeux, s'étendait un grand lac de montagne, plat comme un miroir, bordé d'un anneau mauve de rhododendrons sauvages.

Sur la berge, l'un des hommes rassembla sa tunique entre ses jambes et entra lentement dans l'eau. Après un bref salut aux autres restés sur la rive, il plongea et disparut.

Ils attendirent quelques instants jusqu'à ce que les rides se soient effacées et que le lac retrouve son immobilité. Justin devint nerveux « Qu'est-ce que j'ai fait cette fois-ci? » murmura-t-il.

Tagore sourit. « Rien. Il est parti prévenir les autres de ton arrivée. Ils sont nombreux à t'attendre. Comme il y a beaucoup de choses à préparer, il a dû partir longtemps avant nous. »

« Il ne ressort pas pour respirer. »

« Ce n'est pas nécessaire. » Sur un signe de tête discret de Tagore, les autres se préparèrent. Chacun d'eux fit un salut à l'adresse de Tagore et du jeune garçon et entrèrent dans l'eau comme leur premier compagnon. Comme lui, ils disparurent sans laisser de traces à la surface de l'eau.

« Combien de temps peuvent-ils rester sous l'eau »? demanda Justin.

« Autant qu'il le faut. Ils sont ceux qui ont vécu dans la mort. »

Vécu dans la mort? »

« C'est ce que nous appelons la suspension du souffle, le ralentissement du métabolisme. Dans nos exercices, nous apprenons à contrôler notre corps par l'union de notre esprit avec les forces de l'univers. C'est ce qu'on appelle le yoga. »

Justin fit une moue. « J'ai entendu parler du yoga. Il y a des gens qui s'asseoient en cercle enroulés comme des bretzels. Mais ils ne font pas ce que vous faites, marcher sans faire de bruit, prendre des braises dans les mains. Ils ne peuvent pas non plus rester sous l'eau sans respirer pendant des jours. Ça, je le sais », débita-t-il ironiquement.

« Tu sais, tu sais, tu sais », dit Tagore. « Dis-moi, y a-t-il quelque chose que tu ne saches pas ? »

Justin était mortifié. « Excuse-moi », lâcha-t-il. « C'est que les choses que vous faites ne ressemblent en rien à ce que j'ai vu auparavant. » Il leva le regard. « Ça ne veut peut-être pas dire que ça ne peut pas arriver. »

Tagore sourit. « Ça commence à entrer » dit-il. « Bon, à présent, tu vas entrer dans l'eau. »

« Moi ? » Justin était terrorisé à cette idée. « Mais, mais, je ne peux pas. »

« Et pourquoi pas ? Tu as le même corps et les mêmes organes que nous, n'est-ce pas ? »

« Tu sais ce que je veux dire », dit Justin, agacé. « Je ne sais pas faire de magie. »

« Ah bon », dit Tagore en levant les yeux. « C'est de la magie que tu veux savoir faire. »

« Une magie comme la vôtre », précisa Justin.

Le vieil homme acquiesça. « Viens. » Il guida Justin jusqu'à un petit cours d'eau près d'un buisson de rhododendrons où il saisit une pierre qui tenait dans le creux de sa main. « Si cette pierre devait disparaître, – je ne dis pas être cachée, je dis bien disparaître complètement, ne plus exister sous la forme de pierre, – considérerais-tu cet acte comme étant de la magie ? »

Justin jeta un regard au galet. « Oui », dit-il fermement.

« Très bien. » Tagore se pencha sur le cours d'eau et y déposa la pierre.

« Pourquoi avez-vous fait ça ? »

« C'est la magie que tu réclamais », annonça Tagore. « J'ai déposé le caillou dans l'eau. Tu le vois, maintenant, mais dans un siècle, il n'y aura plus de caillou, disparu. Le travail de l'eau l'aura fait complètement disparaître. »

« J'ai compris », dit Justin, déçu. « Il n'y a pas de magie. »

« Tu as tort, mon fils », rétorqua Tagore calmement. « Tout est magie. » Il s'assit. Pas une fleur autour de lui ne sembla souffrir de ce geste. « Quand tu as accepté de manger notre nourriture, tu as appris à supporter la faim. Quand tu as abandonné ta couverture, tu as appris à supporter le froid. Ces petites souffrances sont comme les premières gouttes d'eau qui ont emprunté le cours de ce ruisseau. Avec suffisamment de gouttes d'eau, il y aura de quoi faire une rivière pour l'éternité, qui aura assez de force pour passer au travers d'un rocher. Voilà la magie que nous t'enseignerons, mon fils. C'est la seule magie, en vérité. »

Justin prit la pierre dans sa main. « Un siècle? »

« Seulement un siècle. Maintenant traverse le lac avec moi. »

Il enveloppa ses habits autour de ses jambes et guida le jeune garçon dans l'eau glacée. « Tu ne mourras pas de froid puisque tu as appris à endurer le froid », dit Tagore. « Le mince ruisselet devient déjà une petite rivière. »

Il sourit et l'instant suivant il était sous l'eau tirant le garçon derrière lui. Justin cracha, toussa, se débattit pour essayer de maintenir la tête hors de l'eau alors qu'il s'éloignait du bord. Il était glacé. En quelques instants, ses membres s'engourdirent et son estomac se noua de douleur.

« Tagore! » criait-il, en avalant de l'eau. « Tagore! »

Mais le moine ne faisait pas surface. Il continuait sous l'eau, tirant toujours le pauvre petit corps affolé de Justin derrière lui. Il ne pouvait pas respirer. Il était certain de mourir. Faiblissant, il relâcha son étreinte sur la main de Tagore. Celui-ci ne fit pas d'effort particulier pour le retenir. Surpris, Justin, songea qu'il était de toute façon trop tard. Il commença à couler lentement, perdant connaissance. Quand il revint à lui, il était toujours dans l'eau, se débattant encore, à la surface. La panique le reprit, en avalant de l'eau par les narines, le froid lui tenaillant tout le corps.

De nouveau les mains du moine le lâchaient. Justin comprit.

Il se laissa mollir. Aussitôt, les mains du professeur enserrèrent ses poignets. Il se sentit entraîné par Tagore sous l'eau et tenta de ne pas lutter contre le mouvement. C'était difficile. Son corps voulait lutter, aiguillonné par la peur. Mais chaque fois qu'il essayait de se raidir pour réagir, les mains le lâchaient.

Finalement, essayant de se contrôler au maximun, il remplit ses poumons d'air et plongea la tête sous l'eau. Rassuré par l'air, il cessa de paniquer. Quand il ne put plus retenir l'air, dans ses poumons, il remonta à la surface reprendre une goulée. Puis commença à rejeter l'air lentement, le retenant le plus longtemps possible. A sa grande surprise, il ne s'affolait plus à chaque remontée. Il respirait, tout simplement.

Aussi simplement que de respirer, pensa-t-il. C'était cela. Respirer.

Il restait chaque fois un peu plus longtemps sous l'eau. Enfin, quand il vit les rhododendrons à l'autre extrémité du lac, il ne pensait déjà plus à sa respiration ni à son corps. La seule pensée qui l'occupait était un sentiment de retour. Retrouver sa maison, revoir l'arbre, revoir le chapeau bleu.

L'arbre?

Salut, O Maître du Chapeau Bleu.

Il se raidit. Tagore le lâcha de nouveau et émergea quelques instants plus tard sur la berge au milieu des fleurs. Avec effort, Justin nagea seul et le rejoignit. « Je crois que je ne suis pas très doué », dit-il en frottant vigoureusement ses vêtements humides pour se réchauffer.

« Tu es là », dit Tagore. » « Tu es donc doué. »

Sa tunique était sèche. Il en tendit une à Justin.

« Où as-tu pris ces vêtements? »

« Ils nous attendent depuis des années. » Il le conduisit jusqu'à une grotte creusée dans une colline toute proche. Il lui montra un trou dans la paroi qui abritait un coffre d'argent qui contenait des vêtements et diverses pièces de tissu. « Dix ans, exactement. C'est le temps qu'il nous a fallu pour te trouver. »

« Et si je ne suis pas celui que vous cherchez? »

Tagore rassembla quelques bouts de bois. « Tu l'es », dit-il.

Justin se dévêtit rapidement et enfila la tunique.

« Mets ça aussi », lui dit Tagore, lui tendant une ceinture faite de petits os.

« Qu'est-ce que c'est? » demanda le jeune garçon, qui faisait jouer les ossements dans ses doigts comme un rosaire.

« Un squelette de serpent. »

« La tienne n'est pas pareille. »

« Le serpent est seulement pour toi. » Tagore prépara un petit feu dans la grotte, à l'abri des vents froids extérieurs. Il prit dans le coffre un sachet de thé qu'il fit bouillir dans une petite cassolette qu'il portait toujours sur lui. « Ce soir, on va entretenir le feu. »

Justin sourit. « Pourquoi? Je n'ai pas froid. »

« Demain, nous monterons sur Amne Xachim, la montagne sacrée. On ne mangera rien avant d'arriver au monastère de Rashimpur. »

« Rashimpur. » Le garçon faisait jouer le mot dans sa bouche.

Ma maison.

Il releva soudain la tête. « Tagore, qu'est-ce que le Chapeau Bleu? »

Le moine se redressa. « Tu connais le Chapeau Bleu? »

LE GRAND-MAÎTRE

« Dans le lac. J'ai entendu quelque chose. Comme une voix. Pas une voix, plutôt une sensation... C'était si bête. »

Pour la première fois depuis le début du long voyage, Tagore éleva la voix. « Ne dis pas cela de quelque chose que tu ne peux expliquer! » Il écarta la cassolette, et se tint au-dessus de Justin, les yeux flamboyants. « Ton esprit et ton corps sont jeunes, mais ton âme est parmi les plus anciennes. Quand cela t'interpelle par delà des âges de morts et de sagesse, n'essaie pas de l'éviter ou de le mépriser. Car c'est la voix de Brahma, le Créateur, qui parle, et sans ta confiance, cette voix resterait sans écho pour toujours. »

Un instant, Justin pensa que Tagore allait le frapper. Mais soudain, celui-ci se détourna et s'occupa du foyer, la colère complètement retombée.

« Ça – enfin, la voix – disait, « Salut, O Maître du Chapeau Bleu ».

Tagore versa une portion de gruau dans un bol, le tendit à Justin.

« Dans ce cas, il est temps que je te parle de toi, » annonça-t-il.

Chapitre 8

« A Rashimpur », commença le vieux maître, nous pratiquons une foi très ancienne, peut-être aussi ancienne que la Montagne Sacrée elle-même. On raconte que lorsque Brahma eut terminé le monde et ses habitants, il se sentit fatigué et chercha le lieu idéal pour se reposer.

« Mais les océans, bougeant au rythme de l'univers, faisaient trop de bruit pour les oreilles sensibles du Créateur. Les plaines, avec leurs vents incessants et les forêts avec leurs jacassements perpétuels de milliers d'animaux, n'étaient pas non plus l'endroit de repos idéal. Seule la montagne pouvait apporter à Brahma la paix qu'il aspirait à trouver. Pourtant, même les montagnes s'effritaient et tombaient de toute leur hauteur, car cela faisait partie du plan divin. Changement, Mort, Renaissance. Ainsi seulement pouvait être façonnée l'éternité, car sans changements il ne pouvait y avoir de vie.

« Sans vie, pas de mort. Sans mort, les créatures de Brahma ne pourraient pas revivre et se développer de nouveau.

« C'est pour cette raison que Brahma créa Amne Xachim, la Tour de Paix, la dernière montagne. Comme elle serait à son seul usage, Brahma créa la Montagne Sacrée de telle sorte qu'elle ne devait jamais changer son immobilité et son silence, uniques sur la surface de la Terre.

« Pour la dérober aux yeux des hommes, il la cacha derrière les autres montagnes, plus hautes qui attireraient leur regard. Mais il voulut marquer Amne Xachim d'une manière ou d'une autre pour pouvoir la retrouver lui-même le jour où il reviendrait sur la Terre. Dans ce but, il mit un lac à cet endroit et l'entoura de plantes lumineuses, qui fleurissaient en dépit des vents glacés. A mi-chemin du sommet, il mit un autre lac, identique à celui-ci, près d'une grotte où il se reposa. »

« A Rashimpur ? »

Tagore sourit. « A Rashimpur. Le lac est toujours là. » Il but son gruau et fourragea dans le feu, savourant l'impatience du jeune garçon.

Enfin, il reprit son récit. « Son ouvrage terminé, Brahma entra se reposer dans la parfaite quiétude de la grotte de la montagne sacrée. Mais une fois à l'intérieur, il n'y trouva aucun confort. Il aimait la terre qu'il avait créée, toujours perfectible, en devenir permanent, croissant et vivant. En comparaison, l'absolue immutabilité d'Amne Xachim ressemblait à une mort sans espoir de résurrection, et cela l'attrista. Aussi Brahma, dans sa suprême sagesse, mit la vie dans la montagne sacrée. Pour cela, il choisit une chose de beauté et de force qui passerait par delà la durée de la Terre, quelque chose de si silencieux que cela ne dérangerait pas le Créateur durant ses siècles de sommeil. »

« L'arbre, » murmura Justin.

Tagore le regarda. « Oui, » dit-il finalement. « L'Arbre des Mille Sagesses. »

« Je l'ai vu. » Justin essaya de retrouver les impressions qui l'avaient assailli alors qu'il se débattait dans l'eau. « Un grand arbre, comme aucun de ceux des alentours, aussi large que cinq hommes, aux feuilles sombres et à l'écorce comme l'acier. Un arbre qui poussait sans lumière. » Il regarda Tagore complètement désemparé. « Mais je n'ai pas vu réellement un tel arbre, pas de mes propres yeux. »

« C'est bien celui-là, c'est le même », dit Tagore. « Il se trouve dans le Grand Hall de Rashimpur. »

Justin eut du mal à s'exprimer. « Mais comment ai-je pu être au courant ? »

« Je ne peux pas te dire », lui dit son professeur.

Les yeux de Justin s'emplirent de larmes qui brillaient dans la lueur du foyer.

« N'aie pas peur », dit Tagore doucement.

Justin le regarda, avec dans ses yeux bleus la fatigue d'un vieil homme. « Qu'est-ce qu'il m'arrive ? » demanda-t-il. « Pourquoi je vois ces choses ? ».

« C'est dans ta mémoire », lui dit Tagore. « C'est normal. Tu

vois l'Arbre des Mille Sagesses car Patanjali aimait cet arbre. »
« C'est comme ça que tu m'as appelé à Paris, quand mon
père... »
   Il traça un cercle sur la terre battue de la grotte. Cela faisait des
semaines qu'il n'avait pas songé à son père. Les rigueurs du voyage
avaient éclipsé le cauchemar de cette nuit où son père, bouffi et
perdant son sang, était tombé sans vie sur le pavé de la rue.
   « Il avait les yeux ouverts », dit Justin calmement.
   Tagore le toucha à l'épaule. « Mon fils, ta vie sera remplie
d'épreuves. Tu ne pourras pas y échapper. La mort de ton père ne
fut que le début de ton long calvaire. Il y aura d'autres épreuves.
C'est pourquoi nous t'avons cherché si longtemps. A Rashimpur,
tu seras protégé comme nulle part ailleurs. Nous t'enseignerons
comment relier ton corps aux forces de l'univers pour ne pas
craindre le danger. Nous aiguiserons ton esprit et tes sens pour que
tu puisses rechercher la connaissance. Mais c'est tout ce que nous
pourrons faire pour toi. »
   « Qu'est-ce que vous voulez dire... » demanda Justin, d'une voix
hésitante.
   « Tu le sauras en temps utile », lui dit Tagore gentiment.
« N'essaie pas de brûler les étapes. Le temps est infini. »
   « Mais cette voix... »
   « C'est bien à toi qu'elle parle. » Il saisit les deux mains du jeune
garçon et le regarda dans les yeux, si intensément que Justin eut la
sensation que quelqu'un avait pénétré dans son esprit. « Écoute
bien ce que je vais te dire », lui dit Tagore. « Et je ne pense pas que
ce soit pure vantardise. C'est tout simplement une mise en garde.
Certains hommes peuvent se soumettre à une discipline extraordinaire, qui leur permet d'accomplir des choses bien au-delà de
leurs possibilité naturelles. A Rashimpur, c'est notre cas. Il y a des
hommes qui sont doués dès leur naissance de dons exceptionnels,
qui connaissent le passé et le présent, qui peuvent déplacer des
objets et créer une énergie par le seul pouvoir de leur pensée. En
Occident, vous appelez ces gens-là de noms divers. Mais il y a une
troisième catégorie, très rare, dont l'existence même ne peut être
expliquée. Celui-là a la part la plus dure, car il doit vivre dans la
solitude, l'esprit à l'écart du reste de l'humanité. Afin de pouvoir
vivre sur Terre, il doit se comporter comme les autres hommes,
mais il ne sera jamais comme les autres hommes. Tu es de cette
espèce, Justin Gilead. »
   Le visage du garçon était de pierre. « Je ne veux pas »,
prononça-t-il. « Ce n'est pas toi qui choisis, comme Patanjali ne

choisit pas d'être la première réincarnation de Brahma. » Tagore lâcha les mains de Justin et attisa le feu. Les flammes et les étincelles égayèrent de nouveau la grotte. Tagore souriait au travers des flammes, serein. Veux-tu que je te parle de Patanjali? »

Justin eut un haussement d'épaules.

« Très bien, si tu n'y tiens pas, je ne te dirai rien. »

« Non, dis-moi », dit Justin, trahissant son impatience.

« C'est ce que je pensais. »

Tagore lui raconta que Brahma, des millénaires après son premier séjour à Amne Xachim, revint sur terre sous la forme d'un petit serpent. Selon la légende, le serpent divin vivait dans l'Arbre des Mille Sagesses, mais quand il venait visiter les hommes, il se présentait sous la forme d'un homme et se faisait appeler Patanjali. Pendant sa vie, Patanjali conçut la discipline du yoga qui, disait-il, unifiait l'homme et l'univers, et c'est en tant que premier maître de Yoga qu'il est connu dans le monde, jusqu'à nos jours.

Patanjali étonnait le commun des mortels par ses exploits physiques qui semblaient surnaturels, tels que retenir son souffle sous l'eau pendant très longtemps, s'allonger sur des clous et se relever sans traces de blessures, marcher sur le feu et changer son poids à volonté.

Avec l'âge, la force physique de Patanjali s'amenuisa, mais son renom venait surtout de sa sagesse, laissant des écrits qui sont étudiés encore de nos jours. Sa renommée atteignit d'immenses proportions, et de centaines de kilomètres à la ronde, ses admirateurs prétendaient qu'il pouvait redonner la vie à des cadavres et se rendre invisible.

Tagore racontait avec les détails et les expressions nés d'une longue habitude. Le garçon, fasciné, était assis face à son instructeur, les yeux ne quittant pas son visage.

« C'est alors que Patanjali découvrit la tristesse de sa vie », poursuivit Tagore.

« Pourquoi? » demanda Justin en se rapprochant. « Personne ne croyait plus en lui? »

« On ne sait pas si le sage révéla qu'il était le Brahma réincarné, ni même s'il le savait lui-même. Tout ce qu'il pouvait dire de sa propre vie, était qu'il était venu sur Terre sous la forme d'un serpent, et c'est pourquoi il devait être l'objet de persécutions. Beaucoup ne croyaient pas ce qu'il disait. Parmi ceux-ci, les shamans ou Chapeaux Noirs, pratiquaient la magie noire, faisaient des sacrifices humains et prétendaient commander aux éléments. Ils considéraient le serpent comme un symbole du mal, aussi accueillirent-ils Patanjali comme tel, et l'acceptèrent-ils comme un des leurs.

« Les Chapeaux Noirs l'invitèrent à se présenter à leur temple, un lieu de désolation, encombré de crânes et de squelettes, afin de lui souhaiter la bienvenue. Mais quand il apparut, Pantanjali ridiculisa les shamans. En effet, il portait un chapeau de couleur bleue expliquant qu'il venait du ciel et de la mer, qui étaient pleins de vie et que son chapeau bleu dénonçait leurs pratiques détestables.

« Les Chapeaux Noirs furent outrés de ces propos. Ils le défièrent de se mesurer dans un duel de magie devant les hommes les plus en vue de la région. Patanjali, dans sa grande humilité, leur dit qu'il ne pratiquait aucune magie mais qu'il serait ravi de rencontrer de tels hommes et d'apprendre à leur contact. Il les invita à Amne Xachim.

« Là, devant les sages et les chefs de tribus, les shamans présentèrent leur tours et leurs incantations, parlant des langues inconnues par des bouches qui crachaient des sorts flamboyants devant les assistants éberlués, transformant l'air en colonnes de feu, ou utilisant la fumée pour donner forme à des choses terrifiantes.

« Quand ils eurent terminé, ils demandèrent à Patanjali de montrer ce qu'il savait faire. A cette époque, le Yogi, était déjà un homme âgé, beaucoup plus faible et fragile que dans sa jeunesse. Il répéta qu'il ne connaissait pas la magie mais qu'il y avait assez de magie dans la moindre feuille d'arbre pour emplir le monde.

« Déçus, les spectateurs le conspuèrent et déclarèrent les shamans aux chapeaux noirs les plus puissants parmi les hommes. Pour couronner leur victoire, les shamans choisirent un des leurs pour punir le vieillard. Il trancha la main droite de Patanjali d'un coup de sabre et la jeta contre l'Arbre des Mille Sagesses. Puis prenant une feuille sur l'arbre, il la jeta vers l'homme âgé qui saignait abondamment.

« Sers-toi de cette magie pour te guérir, à présent », lui lança le shaman méchamment. C'est alors que le premier Grand Miracle de Brahma eut lieu. La grotte où cela se passait s'emplit d'un fracas terrible. La main coupée de Patanjali s'était transformée en serpent qui s'était lové et qui sifflait de manière si terrifiante que les assistants en était glacés jusqu'au plus profond d'eux-mêmes. Se déplaçant à la vitesse de l'éclair, il frappa le shaman au front qui mourut instantanément.

« Les autres Chapeaux Noirs étaient comme rivés au sol, craignant pour leur propre vie. Mais quand Patanjali se leva, il ne tenait dans sa main valide que la feuille de l'arbre et la plaça sur le front du shaman. Le blessure disparut sans laisser de trace et le shaman se réveilla. Le serpent disparut lui aussi et la main coupée de Patanjali revint à sa place normale. Le shaman, remis de ses émotions, quitta Amne Xachim avec les autres Chapeaux Noirs, honteux. Mais le reste des participants se prosterna devant Patanjali et lui adressa des louanges, en disant Salut, Ô Maître du Chapeau Bleu!

Justin avait les yeux qui lui sortaient de la tête. « C'est la vérité? » bredouilla-t-il.

« On ne sait pas », dit Tagore, malicieusement. » Que Patanjali ait vécu, c'est la vérité. Deux siècles avant l'ère chrétienne, et on disait, et ici à Rashimpur on le croit toujours, qu'il était la réincarnation de l'esprit de Brahma. C'est la vérité qu'il avait adopté l'image du serpent enroulé comme symbole et comme talisman et l'amulette qu'il portait en ces temps-là nous est parvenue à travers les siècles. C'est un talisman d'une grande puissance, baigné par l'esprit divin le plus élevé, et ne peut être porté sans dommage que par la vraie réincarnation du Brahma. »

Justin cligna des yeux. « Comment pouvez-vous le reconnaître? »

« Vers la fin de sa vie, Patanjali rassembla autour de lui à Amne Xachim, un petit nombre de ses disciples pratiquant le yoga. Ils le rejoignirent, abandonnant leurs vies séculières, et ils transformèrent la grotte en un monastère. Le monastère de Rashimpur.

Avant de mourir, il révéla que son esprit entrerait dans le corps d'un enfant nouveau-né. Quand les disciples trouvèrent enfin le jeune enfant, ils lui montrèrent différents objets, parmi lesquels des pierres précieuses, des jouets, un caillou, et l'amulette, le tout recouvert d'un épais tissu. Malgré le tissu, l'enfant saisit immédiatement l'amulette. Comme toi, il se souvenait de détails de la vie de Patanjali. Il grandit et devint le plus saint parmi les hommes. A sa mort, il désigna de la même façon son successeur. La coutume s'en est transmise jusqu'à nos jours. »

« Mais, comment peut-*il* savoir? »

Le feu rougeoyait sous une couche de cendres. « Mon fils, ceci n'est connu que de Celui qui porte le Chapeau Bleu. »

Ils étaient allongés dans la grotte. A l'extérieur, les vents hurlaient sur Amne Xachim.

« Tagore ? » appela Justin dans l'obscurité.

« Oui. »

« Quelqu'un m'a-t-il désigné ? »

« Oui », répondit Tagore. « Il y a dix ans, le jour de ta naissance. Il s'appelait Sadika. Ses dernières paroles furent pour te désigner. " Un petit garçon aux yeux couleur de glace. " nous dit-il. Il savait que nous ne te trouverions pas avant des années. Il nous indiqua que tu serais un petit garçon occidental, qui connaîtrait le jeu de la mort au travers du jeu de *shah mat*. »

« *shah mat* ? »

« C'est du persan. Cela veut dire " Le Roi est mort ". Vous l'appelez le jeu d'échecs. »

Ils s'endormirent et se réveillèrent le lendemain matin. Tagore s'enveloppa dans un épais manteau et aida Justin à faire de même. Ils enveloppèrent également leurs têtes et leurs pieds dans les pièces de tissu du coffre en argent.

« Contre le froid, » expliqua-t-il. Puis il replaça le coffre dans le mur et en masqua l'emplacement par une pierre.

Au pied d'Amne Xachim, il s'agenouilla et dit une simple prière.

L'escalade vers Rashimpur dura quatre jours. Ils marchaient sur un étroit sentier qui serpentait sur le flanc nord d'Amne Xachim. Ils marchaient nuit et jour, ne s'arrêtant que lorsque Justin ne pouvait plus faire un pas.

Justin avait maigri et son teint était pâle. La faim lui tenaillait les entrailles. Quand il dormait, il ne rêvait que de mort. Ce fut chaque fois le même rêve, chacune des trois nuits du voyage. Il rêvait qu'il était allongé dans un trou dans la terre, s'efforçant d'écouter le chant des oiseaux tandis que des pelletées de terre s'écrasaient tout autour de son visage. Il ne ressentait aucune douleur, mais la terreur sourdait de tous les pores de son corps. Car il pouvait voir, dans son rêve, le visage d'un inconnu, dont les traits, pourtant, lui étaient vaguement familiers. Cet homme, il le savait, apporterait la mort. Et dans le rêve, la mort était omniprésente, à chaque instant plus proche, s'enroulant dans les recoins de son esprit comme une fusée épaisse. La mort le prit doucement, alors que la terre engloutissait lentement Justin, et en s'approchant, l'inconnu familier l'observait. Il montait la garde pour permettre à la mort de prendre Justin dans ses longs bras grisâtres.

Justin se réveilla en hurlant.

Chapitre 9

Justin tenta de fixer son regard. Un léger crachin tombait et la pluie glaçait sa peau fièvreuse. La fièvre l'avait gagné durant la nuit, pendant son cauchemar, et il n'avait pas pu se rendormir. Une heure avant, le ciel sans étoiles était d'un noir d'encre. A présent, des rais de lumière grise filtraient au travers des nuages disloqués qui masquaient l'Orient. Avec la vague lumière, les oiseaux et les insectes commencèrent de se faire entendre. Avec surprise, Justin constata que le ciel se trouvait à une centaine de mètres de lui. Il se reflétait dans l'eau parfaitement immobile d'un lac entouré de floraisons mauves. Au-dessus de lui, la montagne sacrée d'Amne Xachim, se transformait brutalement en un plateau escarpé.

Il loucha vers le spectacle, tandis qu'il pouvait entendre sa respiration siffler bruyamment hors de ses poumons. La pente inclinée menant au plateau se poursuivait jusqu'au sommet, passant graduellement des teintes brunes de la terre et du roc aux blancheurs immaculées de la neige, et menant le regard au-delà encore vers les formes ventrues des nuages. Sur le plateau lui-même, la montagne semblait être une muraille de pierre. Et dans cette muraille, semblaient apparaître ce qui ressemblait aux contours d'une porte.

« Tagore, » murmura Justin.

Le vieux maître se dressa, observant les yeux hagards du garçon, les traits tirés par la fatigue, la faim et la fièvre. Il suivit le regard de l'enfant qui observait un point vers le haut de la muraille. « Rashimpur, » dit-il.

Le monastère était à peine visible. Construit dans le flanc de la montagne, Rashimpur ne présentait pas de piliers, ni de statues ni de façades colorées. Seul un portail que Justin avait entrevu d'en bas brisait la muraille de rochers sur la face nord de Amne Xachim.

« Pourquoi est-ce si bien caché ? » demanda Justin, clignant des yeux et prenant de grandes inspirations pour se donner du courage dans l'ascension de la paroi quasi-verticale. Tagore suivait à peu de distance. « C'est bien caché parce qu'il y a toujours eu des hommes pour qui la foi était suspecte et dangereuse. Patanjali savait cela. Peut-être Brahma lui-même le savait-il déjà quand il conçut la grotte secrète qui abrite Rashimpur, de nos jours. »

« Vous voulez parler des Chapeaux Noirs ? »

« Ça a commencé avec les Chapeaux Noirs. Depuis le temps du fameux duel entre Patanjali et les Chapeaux Noirs, il y eut les Chapeaux Rouges qui prétendaient avoir réformé le rituel des Chapeaux Noirs. Les Chapeaux Rouges furent supplantés à leur tour par les Chapeaux Jaunes, soumis à l'influence chrétienne. Dans de nombreuses régions les bouddhistes ont adopté nos méthodes sans toutefois adorer le nom de Brahma. Dans d'autres, comme chez les Kalmouks et les Bouriates de Sibérie et aussi dans les lamaseries de Mongolie, les tsars et les princes chinois ont cherché à affaiblir le pouvoir des Yogis en plaçant leurs propres hommes à la tête des monastères. Dans d'autres endroits encore, les vieilles croyances étaient combattues purement et simplement par décret royal. Nous avons été conduits malgré nous à vivre dans le secret par ceux-là même qui voulaient nous détruire. »

« Qui souhaite vous détruire ? » demanda Justin.

« Ceux qui ne comprennent pas, » répondit Tagore. « Ceux qui craignent tout autre pouvoir que le pouvoir des ordonnances officielles. Ceux qui croient que des régiments puissamment armés peuvent effacer des millénaires de sagesse. »

« Il ne faut pas avoir peur de ces gens-là. »

Tagore s'arrêta pour considérer le jeune garçon. « A Rashimpur, de nombreux sages viendront te rendre visite. Ils braveront de nombreux dangers pour cela. Traverser des terres arides dans des climats durs. Et pourtant, ce n'est rien, comparé aux dangers qui les guettent tous les jours, car ils vivent pour la plupart en pays hostiles où leur vie dépend de leur discrétion. Les Kirghizes du Xin Kiang, maintenant sous la coupe des Chinois, furent complètement détruits. De même, les lamaseries de Mandchourie, parce qu'elle avaient omis de conserver le secret sur leur vie. La plupart des communautés qui subsistent doivent leur survie à des faveurs politiques qui leur sont extorquées par les pouvoirs en place – comme l'utilisation de routes, religieuses à l'origine, pour les déplacements de convois militaires, ou l'utilisation des moines comme espions hors des frontières. Nombre d'entre nous avons préféré la mort que d'accéder aux requêtes de ces gens-là, préférant voir fermer nos monastères et enterrer notre foi. C'est par la seule grâce de Brahma que Rashimpur est protégé et caché derrière Amne Xachim. Personne d'autre que les sages ne connaissent l'existence de Rashimpur. Cela doit être jusqu'à ce que nous puissions de nouveau vivre en paix et dans la liberté. »

Justin trébucha mais Tagore le poussait déjà. « Tu dois entrer dans Rashimpur sur tes propres jambes. »

Justin acquiesca et s'efforça de contrôler le tremblement de ses mains. Il se hissa sur le plateau dans un nouvel effort violent. Il se retrouva face au roc de Rashimpur.

L'air était léger. La tête de Justin lui tournait. Ses jambes plièrent et il se retrouva à genoux. Tagore s'agenouilla près de lui.

« Ne m'aide pas », dit Justin aussitôt. « Je vais marcher. »

Ils pénétrèrent par le portail de pierre.

Justin était ébloui par ce qu'il apercevait à l'intérieur. Les murs du Grand Hall, éclairés par les flammes d'immenses torches étaient faits d'or pur martelé. Le plafond du dôme était d'argent, d'un travail complexe, et incrusté de gemmes de sorte que le hall paraissait scintiller d'une infinité de couleurs. Un parfum d'amande emplissait l'air.

Il n'y avait pas de mobilier dans ce vaste hall. Des hommes en robes jaunes et aux crânes rasés se déplaçaient sans bruit sur le sol de pierre polie comme un miroir où patientaient Justin et Tagore, s'inclinant devant chaque moine qui passait. Enfin, un petit homme, semblable aux autres moines, s'approcha d'eux et les guida vers l'autre extrémité du grand hall, où le mur s'arrêtait près du tronc massif d'un arbre.

« L'Arbre des Mille Sagesses », dit Tagore.

Comme ils s'en approchaient, Justin aperçut devant le tronc un coffre de verre dans lequel reposait le corps d'un vieillard, la peau parfaitement conservée comme un parchemin. Ses mains étaient croisées sur sa poitrine, paumes en l'air. Dans la gauche se trouvait un diamant de la taille d'un œuf de caille. Dans la droite, enlaçant les doigts du mort, se trouvait la chaîne d'or reliée à l'amulette au serpent enroulé.

« Voici Sadika, » dit Tagore. « Nous ne l'avons pas enterré durant toutes ces années de recherche pour te trouver. Si tu es la nouvelle incarnation de Patanjali et de Brahma, alors seulement Sadika aura droit au repos. »

Justin semblait catastrophé. « Si ? » Il avait parcouru des milliers de kilomètres avec Tagore pour venir jusqu'ici. « Si je suis celui que vous cherchez ? Mais tu as dit que je l'étais. »

« Je pense que c'est toi », dit Tagore. « Mais seul Sadika peut en être sûr. »

« Mais il est mort », argumenta Justin, se sentant défaillir.

« Notre mort n'est pas comme votre mort. »

Justin regarda le mort, si calme, si tranquille. Il ferma les yeux et vit de nouveau le fumée grise de ses rêves, s'enroulant autour des rebords du coffre transparent, masquant le corps aux regards. Il rouvrit les yeux et les leva, terrorisé. Mais rien n'avait changé, le corps était toujours là. Seul Tagore le regardait. « Qu'y a-t-il, mon fils ? » demanda-t-il la voix légèrement inquiète. Justin étouffait. Ses yeux passaient du cadavre au tronc de l'arbre, de cet arbre qu'il avait entrevu dans l'eau. Il ferma de nouveau les yeux, et il vit l'arbre être la proie de flammes, une puanteur de chair brûlée emplissant le Grand Hall. Et par-dessus l'ensemble se dessinait le spectre de l'homme du rêve, au visage étranger mais familier, observant les préparatifs, et libérant à volonté la mort qui le suivait partout. Justin tendit la main pour saisir le visage mais ses petites mains ne rencontrèrent que le vide. Entraîné par le geste, il s'effondra en avant.

« Justin ! » appela Tagore alors qu'il prenait dans ses bras le jeune garçon évanoui.

Mais Justin ne pouvait lui répondre. La voix de Tagore lui parvenait de si loin, dans l'espace, dans le temps. Car, à présent le feu avait envahi le Grand Hall. L'étranger, Prince de la Mort, présidant au désastre, guidait Justin vers sa véritable destinée.

Il se réveilla dans une cellule troglodyte simplement éclairée par une petite chandelle.

Tagore était penché sur lui, lui posant des linges humides sur le front. Le vieil homme se rasséréna quand il vit Justin rouvrir les yeux. « Mon enfant », dit-il doucement.

« Combien de temps ? » prononça Justin.

« Trois jours. Tu as dormi trois jours. »

Il avait du mal à déglutir. La fièvre s'était éloignée mais la maladie l'avait laissé faible et abattu. Ses vêtements étaient trempés de sueur et collaient autour de lui. Soudain, il se redressa, les yeux grand-ouverts et vitreux. « Rashimpur! » hurla-t-il. « Le feu! L'Arbre était en feu! »

« Chut », murmura Tagore, caressant la tête du garçon. « Il n'y a pas eu de feu. »

« Si! Je l'ai vu. Partout. Le Grand Hall a brûlé! »

« Le feu était dans ton propre corps. La fièvre » lui dit Tagore. « Rashimpur ne craint rien. Il n'y a pas eu d'incendie. Tu as crié pendant trois jours à propos du feu, mais tu délirais, il n'y a pas eu d'incendie. »

« Et l'Arbre... »

« Du calme, » dit Tagore en tapotant les joues de Justin avec le tissu humide. « Ceux qui sont venus pour te voir ont commencé à arriver. Tu dois te ménager. D'ici deux jours, tu devras te présenter dans le Grand Hall et te préparer à assumer les devoirs de Sadika. » Justin se renfrogna, essayant de voir clairement le visage flou de Tagore.

« Quels devoirs? »

« Toi seul doit les connaître. Si tu conviens pour la mission. »

« Mais... comment saurez-vous si je conviens? »

« Je t'ai dit que Sadika nous le dira. »

Il insista pour que le jeune garçon gardât le silence et il le veilla pendant la nuit et le jour qui suivirent.

Justin dormait par intermittence, acceptant de légères rations de riz et du thé. Il continuait à lutter contre l'image de cauchemar de l'homme qui le regardait au moment de sa mort.

Le troisième jour, juste à l'heure où les premiers rayons de l'aube se glissaient sous les jointures étroites de la fenêtre de la cellule, quatre moines entrèrent portant des récipients d'eau et des coffrets décorés, et ils se prosternèrent devant Justin. C'était les quatre moines qui avaient laissé Tagore et lui-même au bord du lac dans la vallée.

Sans un mot, ils l'aidèrent à se relever du lit de pierre sur lequel il était resté allongé depuis son premier jour dans Rashimpur. Ils le lavèrent avec de l'eau parfumée et le vêtirent d'une autre robe jaune puis le guidèrent vers le couloir où Tagore l'attendait.

« Où allons-nous? »

« A l'Arbre des Mille Sagesses. »

Les torches flamboyaient dans le magnifique hall donnant au vaste volume une impression d'aquarium. Les visiteurs étaient placés sur quatre rangs de chaque côté des deux murs les plus longs du hall, laissant au milieu un simple passage sur le sol de marbre menant directement au coffre transparent au pied de l'arbre.

Les visiteurs étaient vêtus magnifiquement et d'étrange manière. Tandis qu'ils attendaient à l'entrée du hall, Tagore en profita pour désigner quelques-unes des personnalités à la curiosité de Justin. « Le Dalaï Lama du Tibet est venu rendre un dernier hommage à Sadika. A côté de lui se tient Manjusri, le Saskya Lama », fit-il en désignant du menton un petit homme au crâne rond, enveloppé de tissus de soie verte et les pieds plantés dans des chaussons de pierreries. « Longtemps avant l'installation du Dalaï Lama, qui règne sur le Tibet de nos jours, les prédécesseurs de Manjusri étaient tout puissants sur cette terre sainte. Même l'Empereur mongol Kublaï Khan se prosternait sur les pas des ancêtres de Manjusri, dont on dit qu'ils sont les réincarnations du Boddhisatva de la Connaissance. On dit qu'il est le plus sage parmi les hommes. »

Tagore lui en désigna un autre, de l'autre côté de la salle, un homme en guenilles, les pieds nus, qui se tenait debout tranquillement dans l'ombre des torches. « C'est Ralpahi Dorje », murmura Tagore. « C'est le Principal de la lamaserie Can-skya de Pékin. »

« Pourquoi est-il si pauvre? » demanda Justin.

« C'est seulement pour celui qui ne voit rien qu'il semble pauvre », dit Tagore. « Il est également le descendant d'une longue lignée de saints hommes. On le considère dans le bouddhisme comme un véritable saint. Il est révéré partout pour ses guérisons. Il a choisi de vivre dans le dénuement car la vraie puissance est dans l'humilité. Il est le plus grand de tous les guérisseurs. »

« Mais je ne comprends pas », insista Justin. « Les gens ne le respecteraient-ils pas plus s'il ne paraissait pas si misérable? »

« Si, mais il ne s'agirait que de ceux dont la foi ne serait pas assez forte pour voir au-delà des oripeaux. »

Il y eut soudain une grande clameur dans la salle quand quatre moines vêtus de rouge entrèrent, soutenant une chaise à porteurs. La chaise était entièrement décorée de bijoux, et les portants peints de laque rouge sombre. Les moines écartèrent les rideaux de la chaise après l'avoir déposée sur le sol. Une grande femme en sortit. Elle portait comme vêtement de grandes pièces d'étoffe pourpre se recouvrant les unes les autres, mais dans ses mouvements, le tissu collait étroitement à son corps et laissait deviner la peau en dessous. Des pierres précieuses s'accrochaient çà et là dans les replis du tissu. Ses cheveux noirs scintillaient de bijoux.

Ses ongles étaient protégés par d'étroites gaines damasquinées. Elle fixa Justin du regard. Machinalement, il retint sa respiration. Ses yeux étaient d'un vert profond, pailletés d'or et ils semblaient refléter toutes les lumières de la grande salle. Son visage était splendide, avec des pommettes hautes et proéminentes et des lèvres pleines, rouge sombre. Justin pensa que c'était la plus belle femme qu'il ait jamais rencontrée. Il ne pouvait écarter ses yeux des siens.

« C'est Dorje Pagma », souffla Tagore.

Justin fit un effort pour revenir à la réalité.

« Elle est moine? »

« C'est une abbesse. Elle dirige le monastère de Samding près du lac de Yamdrok au Tibet. Elle a sous son autorité aussi bien des moines que des nonnes. Ils disent qu'elle est la réincarnation de la déesse indienne Varja. C'est un des personnages les plus puissants ici. C'est une grande magicienne. »

« Aussi puissante que les shamans? » demanda Justin, se souvenant du récit de Tagore au sujet des Chapeaux Noirs.

« Beaucoup plus puissante. Beaucoup plus. On prétend qu'elle commande au temps. La déesse Varja est millénaire. Les disciples de Dorje disent qu'elle n'est pas une réincarnation mais la déesse elle-même vivante au-delà du temps, au-delà de la mort. »

« C'est impossible, » décréta Justin, notant que certains des visiteurs s'éloignaient doucement de la chaise de la Dorje Pagma.

« Rien n'est impossible dans ce monde », dit Tagore. Il sourit en observant lui aussi le manège des craintifs. « Ils s'écartent par crainte des pouvoirs de Varja. »

« Pourquoi? C'est un démon? »

« Une déesse sera toujours une déesse. Elle agit comme bon lui semble. De plus, nombreux sont ceux qui pensent que la destruction des monastères de Labrang et Pemiongchi – jadis des centres importants vient de la colère de Varja. »

« Comment furent-ils détruits? »

« Par – » le visage de Tagore changea d'expression. « Les autorités gouvernementales des pays où ces deux temples étaient implantés ordonnèrent leur destruction », dit enfin Tagore.

« Le feu », dit Justin. Comme dans mes rêves. Le feu. Un tremblement le secoua des pieds à la tête.

« Du calme, mon fils. Si c'est la volonté divine, nous serons détruits. Varja elle-même n'a pas de pouvoir sur Brahma. Et si c'est la volonté divine, nous survivrons. Tu comprends? »

Justin se taisait. Puis, il leva le regard. « Tagore, chacun ici semble dépasser les autres dans sa propre spécialité. Quelle est la spécialité à Rashimpur? »

Tagore sourit. « A Rashimpur, nous sommes les plus modestes. Nous ne sommes pas les plus sages, ni les plus saints, ni les plus puissants. Nous ne possédons que notre force et notre volonté à offrir à Brahma, comme Patanjali. »

« Force? »

« Je t'ai parlé du Yoga. C'est notre discipline, à Rashimpur. Nous entrons, grâce à lui, en communion avec les forces de l'univers. C'est notre spécialité. »

« Vous êtes les plus forts. »

« Peu importe », dit Tagore. « Brahma a autant besoin du corps que de l'esprit de ses disciples. »

Justin sourit naïvement. « Je pense qu'être fort est la meilleure chose au monde. »

Ils avancèrent en silence. Dans la salle, Justin sentait le regard de Varja se poser sur lui comme du plomb fondu. Saisissant la main de Tagore, il se fraya un chemin le long du mur jusqu'au pied de l'Arbre. Les torches illuminaient les bijoux dans les mains de Sadika. Le diamant et le pendentif au serpent rivalisaient de leurs feux.

Tagore fit face à la foule quelques minutes. Justin se demandait quelle serait l'épreuve. Soudain, Tagore, sans un mot, saisit la main droite du garçon avec une énergie terrible et l'abattit avec violence sur l'écorce de l'Arbre.

La douleur était presque insupportable. Justin sentit la peau et la chair de sa paume droite éclater sous le choc. Trop surpris pour crier, il ouvrait et refermait la bouche en contemplant sa main ensanglantée, en essayant de retenir les larmes qui l'aveuglaient.

« Sadika! » invoqua Tagore. « Est-ce bien lui? »

Justin se sentait défaillir. Un flot de sang coulait de son bras, tachant sa robe jaune. La douleur fit place à un élancement presque électrique qui ne semblait pas devoir finir.

Tagore arracha une feuille de l'Arbre et la mit dans la paume endolorie de Justin. Alors, lui causant une douleur inimaginable, Tagore referma la pauvre main estropiée de Justin sur la feuille de l'Arbre.

Il se mit à se débattre. La douleur était insupportable. Il ferma les yeux. Dans la nuit rouge de sa douleur, il vit le vieillard de nouveau, debout devant lui dans le coffre de verre, et qui lui tendait les deux emblèmes de son rang.

LE GRAND-MAÎTRE

Un murmure parcourut la salle quand Tagore ouvrit la main de Justin. Celui-ci n'en croyait pas ses yeux. Il n'y avait pas une trace de sang. Quand il ouvrit le poing, la feuille brune flotta jusqu'au sol. La main était intacte.

Tagore empoigna la main du jeune garçon et l'éleva. A cet instant, le coffre grinça et sembla bouger tout seul. Le spectacle fit claquer les dents de Justin. Car tandis que Tagore maintenait son bras dressé, le cadavre du vieux maître tomba en poussière devant leurs yeux. Au milieu des vestiges poussiéreux de Sadika, on pouvait distinguer le diamant et l'amulette d'or.

« Salut, Ô Maître du Chapeau Bleu », crièrent quelques assistants.

D'autres les imitèrent. « Salut, Ô Maître du Chapeau Bleu. »

Tagore répéta l'incantation tandis qu'il prenait le diamant dans le coffre et le déposait dans la main de Justin. Il prit ensuite le médaillon et le suspendit au cou du jeune garçon. Celui-ci sentit immédiatement une force l'envahir qui partait du médaillon et parcourait les moindres replis de muscles et les plus petites terminaisons nerveuses de son corps. Sa respiration était difficile. La magie ne faisait aucun doute. Plus de magie qu'il ne pourrait jamais contrôler.

« N'aie pas peur », chuchota Tagore.

Justin regarda Varja. Ses yeux verts brillaient mais elle aussi, se prosterna à ses pieds.

« Salut, Ô Maître du Chapeau Bleu », prononça-t-elle. Un léger sourire voletait sur ses lèvres.

Tagore entama la procession hors de la Grande Salle, maintenant Justin devant lui. Le médaillon brûlait sa poitrine. Tous les participants sortirent et se rangèrent en lignes sur les étagements de pierre sur lesquels Rashimpur était construit. Tagore s'agenouilla, les autres l'imitèrent. Seul, Justin s'avança au bord du précipice et s'arrêta face aux sommets neigeux de l'Himalaya.

Sa respiration se fit plus facile. C'était un des pouvoirs de l'amulette que de le rasséréner, pensa-t-il. Le ciel recouvrait sa tête. Le ciel qui était le chapeau bleu des dieux.

Je ferai tout mon possible pour être digne de vous, pensa-t-il de nouveau.

Il éleva ses deux bras au-desus de lui. Le gros diamant donna un feu d'artifice. Le médaillon sur sa poitrine le réconfortait.

Jamais je ne vous trahirai.

Jamais.

Chapitre 10

Alexandre Zharkov était seul dans son appartement moscovite. A l'instar de son bureau, son appartement était spartiate et laid bien qu'il fût situé dans l'un des meilleurs immeubles de la ville et qu'il fût assez spacieux pour abriter deux familles nombreuses. Une porte-fenêtre en vitraux, soigneusement fermée, était derrière le fauteuil dans lequel il consultait un dossier sur Justin Gilead. Mais contrairement à celui qui se trouvait dans son bureau, celui-ci était volumineux, débordant de documents. Sa couverture était rouge alors que le dossier officiel était de couleur verte, couleur des affaires classées.

La seule lumière dans la pièce était dispensée par une vieille lampe de cuivre derrière le siège. A l'autre bout de la pièce, près de la porte de communication avec la chambre à coucher principale, se trouvaient une petite table et deux chaises droites.

Près de la table, se trouvait une autre table plus petite, sur laquelle trônait un magnifique échiquier en bois de teck et noyer. Une partie semblait en cours. Soigneusement empilés sous la table de jeu, se trouvait une collection de numéros de « Shakmati », la revue officielle des échecs soviétiques.

Une seule chaise faisait face à la table, du côté des pièces noires car dans ce jeu solitaire, Zharkov prenait toujours les noirs. Cela donnait aux blancs un léger avantage car ils entamaient la partie, et Zharkov avait décidé de faire ce cadeau à son invisible adversaire.

Le jeu avait commencé lentement, avec une ouverture élégante des blancs, s'harmonisant en lignes pures comme une danse solitaire.

Mais après les premiers douze coups, les blancs étaient sortis des sentiers battus et s'étaient disposés en figures beaucoup plus complexes et intéressantes. La danse solitaire s'était peu à peu transformée en un véritable ballet.

Les noirs de Zharkov avait rejoint le ballet pratiquant une attaque d'ensemble pendant quelque temps la position des blancs semblait indéfendable et un abandon rapide, inévitable. Mais lentement, les blancs avaient consolidé leurs positions, déjouant l'attaque véhémente de Zharkov tandis que les pièces disparaissaient une à une de l'échiquier dans des échanges mortels.

Le ballet des blancs et des noirs se poursuivit jusqu'à ce que l'incroyable se produise. Le Roi blanc se déplaçait, avançant inexorablement vers le centre de l'échiquier. C'était impensable. Le Roi était à la fois la pièce dont la valeur était la plus grande, qui mettait fin à la partie en cas de capture, et la plus vulnérable, donc la plus difficile à défendre.

Zharkov savait que son adversaire invisible ne jouait pas mesquinement mais de là à découvrir son Roi... A moins que cela ne recouvre une stratégie mûrement élaborée. Ou peut-être cela signifiait-il qu'il perdait son sang-froid et qu'il désirait hâter le moment du duel et de la mise à mort finale.

Pour la première fois depuis qu'il avait ouvert le dossier rouge, rêvant plus à l'échiquier de l'autre côté de la pièce qu'à ce que contenait le dossier lui-même Zharkov leva la tête. La pluie battait contre les portes-fenêtres. La pièce semblait soudain s'obscurcir. Un coup se fit entendre contre la porte d'entrée en noyer. Le bruit était faible mais insistant comme si cela durait depuis quelque temps, bien que Zharkov n'ait rien entendu, perdu dans la contemplation de son échiquier.

Il se leva et alla ouvrir. Le visage qui attendait de l'autre côté de la porte le réconforta, comme chaque fois.

Katarina Velanova n'était pas une beauté classique, mais son visage présentait des traits d'un charme tout à fait particulier. Ses yeux vifs et intelligents le fascinaient toujours, passant en un clin d'œil de grands lacs sombres et exotiques à l'éclat frais et joyeux des yeux d'une écolière. Elle était trempée, son écharpe de coton ouge, sombre de pluie. Des gouttes de pluie restaient suspendues à sa peau claire, puis soudain dégringolaient le long du nez palpitant et jusque dans les commissures des lèvres qui ne semblaient jamais rire deux fois de la même façon. Elle était grande, presque autant que Zharkov, et ses yeux se plantaient dans les siens sans le moindre complexe.

Sans un mot, elle saisit la tête de Zharkov dans ses deux mains et l'embrassa. C'était un baiser de pure forme mais au contact des lèvres pleines sur les siennes il ressentit une excitation particulière alors qu'elle était déjà dans la cuisine en train de faire bouillir de l'eau pour le thé.

Elle faisait partie de ces êtres rares pour qui la sensualité était une seconde nature. Toutefois ce n'était pas une simple jouisseuse. Quand il l'avait rencontrée pour la première fois dans les bureaux du KGB, Katarina arborait le visage sévère et sans humour des employés du KGB tels qu'on les imagine. Ses collègues, des documentalistes qui épluchaient la presse du monde entier au profit des milliers d'agents qui peuplaient l'énorme organisme d'espionnage soviétique, étaient pour la plupart des femmes, mais n'étaient en aucun cas considérées comme telles. C'était les rouages d'une machine, des instruments habillés de vêtements sans style, les doigts recouverts d'embouts en caoutchouc. Elles se déplaçaient comme des ombres dans les couloirs et les bureaux de la Place Dzerjinski, siège du KGB et aussi dans cet immeuble moderne de huit étages en dehors de Moscou qui abritait le Premier Conseil aux Affaires Étrangères. Cela faisait cinq ans déjà. Zharkov venait juste de prendre la tête de Nitchevo et se trouvait dans le bureau d'Ostrakov pour étudier des rapports d'estimation sur les mouvements de troupes du Pacte Atlantique en Scandinavie.

L'officier du KGB avait lancé un ordre bref dans l'interphone pour réclamer un certain nombre de dossiers. Ce fut Katarina Velanova qui les apporta. Ses yeux soutinrent hardiment le regard de Zharkov. Elle lui sourit sans gêne aucune et lui adressa un signe de tête avant de quitter la pièce.

Au premier regard, Zharkov comprit que les dossiers en question n'étaient pas ordinaires. Au lieu d'énumérer platement des faits et des chiffres, ils présentaient diverses conclusions sur les forces occidentales et leurs mouvements et ces conclusions étaient assorties d'estimations se classant de « plus probable » à « moins probable ».

« Qui a préparé ces dossiers ? » demanda Zharkov.

« Cette pute qui les a apportés. Et ce sera ses derniers », dit Ostrakov. « Elle n'a pas l'autorité pour tirer des conclusions. »

« Elle n'a peut-être pas l'autorité, mais elle en a sûrement

les capacités », répliqua Zharkov. « Un cerveau, c'est évident. »
Ostrakov avait sourit veulement. « Un joli petit cul, aussi. »
Zharkov lui lança un regard glacial. Ostrakov contre-attaquait.

« Ne joue pas le gentleman avec moi. Elle a promené son cul
dans tout Dzerjinski. Pas un portier dans cet immeuble qui n'ait
visité son entrejambe. »

« Je veux qu'elle travaille pour moi », dit Zharkov.

« Elle est à toi. Je voulais la virer, de toute façon. Les affaires de
Nitchevo ne m'intéressent pas. »

Dieu merci, songea Zharkov. La thèse officielle n'admettait pas
l'existence de Dieu, mais d'une certaine manière Zharkov reconnaissait que des forces supérieures devaient permettre qu'Ostrakov ne mettent ses grosses pattes dans les affaires de Nitchevo.

Katarina Velanova se présenta au bureau de Zharkov, dès le
début de la semaine suivante. C'était l'heure du dîner, et
l'immeuble de Nitchevo était vide à l'exception des équipes qui
tournaient 24 heures sur 24 et qui restaient pour la sécurité et la
réception des télex.

Camarade Velanova au rapport, Camarade Colonel », lança-
t-elle gaiement après avoir été introduite dans le bureau. Pourquoi
souriait-elle, se demandait-il. C'était comme un sourire qui en
savait plus long qu'il ne voulait l'avouer, plus long que Zharkov
lui-même.

– « Tu aimes bien le Colonel Ostrakov ? » demanda brusquement Zharkov.

« Je pense que c'est un imbécile », lança-t-elle sans hésiter une
seconde.

« Et pourtant tu as couché avec lui ? »

« Qui t'a dit cela ? »

« On m'a dit que tu couchais avec tout le monde. Même des
balayeurs. »

« J'ai également couché avec des balayeuses », précisa-t-elle.
« Certains d'entre eux valaient le coup. Ostrakov, non. »

Quelle espèce de femme est-elle donc, se demandait-il. Comment pouvait-elle lui parler de cette manière ? Quelle garantie
avait-elle qu'il n'irait pas aussitôt rapporter ses propos à Ostrakov,
ce qui lui vaudrait dès le jour suivant, un aller simple pour la
Sibérie.

« Tu ne te souviens pas de moi, n'est-ce pas ? » lui demanda-t-elle
d'un ton plat, ni timide ni enjôleur.

Il tenta de ne pas paraître trop intéressé. « Nous nous sommes
déjà vus ? »

« Il y a longtemps. C'est normal que tu aies oublié. »
Cette femme l'exaspérait de minute en minute. « En Russie ? »

« Non », répondit-elle, puis changeant de sujet : « Je serai ici à la première heure demain matin, Camarade Colonel. Mais auparavant, j'ai pensé que ceci vous intéresserait... » Ses yeux brillant malicieusement, elle lui tendit un épais dossier.

Il mit un certain temps à se concentrer sur la liasse de documents, mais, à la troisième page, il pouvait sentir sa respiration devenir courte et rapide. Chaque mot du dossier – plus de soixante pages – concernait Justin Gilead. Tout y était. Les noms et les adresses des différentes personnes et lieux où Justin Gilead avait passé son enfance, ainsi qu'une liste complète des tournois et des matches joués de même qu'une analyse de toutes ses parties.

« Comment... » commença Zharkov, mais il perdit le fil de son idée. Il était entièrement absorbé par les évaluations de Katarina sur la carrière de Gilead et sur tout ce qu'il avait pu faire pour les États-Unis pendant ses tournées à travers le monde en qualité de Grand Maître international. Il y avait des hypothèses bien tournées sur le pourquoi et le comment de sa présence à Berlin en 1974, à Cuba quand Castro et l'Union soviétique filaient le parfait amour, ou encore aux Philippines à la fin des années 70.

Les informations du dossier avaient été compilées à partir de centaines de sources, la plupart étant d'obscurs rapports d'agents depuis longtemps disparus. Le travail de compilation avait dû représenter une besogne monumentale.

« Et pour quelle raison ? » finit-il par demander, reposant le dossier. Au-dehors, l'obscurité envahissait la ville, et la lampe du bureau qui semblait gagner en puissance, projetait de grandes ailes d'ombres sur le visage de Katarina.

« Parce que toi seul, dans cette nation d'imbéciles, sait qui est Justin Gilead », dit-elle calmement.

Son attention se tendit brusquement. « Qui es-tu ? » grinça-t-il.

La femme semblait plus grande qu'un instant auparavant.
« Je serai ici demain matin à la première heure », dit-elle.
Sans attendre d'être congédiée, elle tourna les talons et franchit l'espace vide qui la séparait de la porte.

« Attends », dit-il doucement.

Elle se tourna. Leurs regards se croisèrent. Justin Gilead était un sujet de première importance, elle avait vu cela aussi bien que lui. Sur les sept cent cinquante mille personnes environ qui travaillaient pour l'espionnage soviétique, elle était la seule à part lui à avoir mis le doigt dessus. Katarina était réellement un cerveau.

Il l'observa derrière sa frange de cheveux noirs et courts qui enveloppait la profondeur de ses yeux bruns. Il regarda le long nez aquilin qui devait, il l'aurait parié, rougir très vite par temps froid. C'était, en un sens, un visage resplendissant. Continuant à l'observer, il perdit la notion du temps et réfléchit. Il se demandait où il pouvait avoir vu ce visage auparavant.

Comme si elle avait lu dans les pensées de Zharkov, Katarina referma la porte qui conduisait aux autres pièces. Sans bouger de sa place et sans quitter Zharkov des yeux, elle déboutonna le corsage blanc de coupe militaire qu'elle portait et le laissa choir sur le sol. Ses seins étaient pâles et bien ronds, leurs mamelons dressés.

Zharkov ne pouvait faire un geste. Ce qu'elle faisait était la manifestation de la plus incroyable décadence. Ce comportement aurait pu lui coûter son emploi et peut-être même lui valoir un séjour en prison. Elle se tenait debout, le regard dans celui de Zharkov. Elle ne faisait pas un geste pour l'attirer mais se tenait presque au garde-à-vous. En la regardant, il la percevait tour à tour comme une enfant puis comme une femme, méfiante puis timide puis décontractée enfin, nerveuse. Elle changeait sans arrêt, mais elle ne fit rien pour briser le fil ténu qui les reliait par un mot ou par un encouragement quelconque. La première idée qui sauta à l'esprit de Zharkov fut évidemment qu'elle était un agent du Comité. Elle aurait très bien pu avoir été poussée par Ostrakov pour lui fournir le dossier du Grand-Maître.

Finalement non, songea-t-il. Pas Ostrakov. Il n'aurait jamais pensé à monter un tel dossier. Elle avait dû faire ça pour quelqu'un d'autre au sein du KGB. Ou pour elle-même.

Elle attendait. Zharkov se leva et alla vers elle lentement. Il pouvait déjà sentir sa tiédeur, sa féminité sous la propreté brute d'un savon grossier. En allant vers elle, il faisait moins preuve d'un appétit sexuel que d'une démonstration de foi. Il désirait profondément avoir confiance en elle, la prendre comme si c'était évident, comme si elle lui appartenait. Mais en même temps, il la détestait pour la crainte et les suspicions qu'elle lui inspirait. En deux enjambées il fut près d'elle. Il releva brusquement sa jupe droite, et déchira sa petite culotte de soie comme si elle avait été de papier.

Elle ferma les yeux. Zharkov posa ses mains en coupe sur ses seins et il put sentir la douceur de sa peau. Les jambes de Katarina s'ouvrirent. Au milieu, la place était humide et offerte. Il la prit debout, les mains rivées à ses fesses dont les muscles puissants se contractaient et battaient comme ceux d'un animal pourchassé.

Elle trembla une fois puis deux et lui-même sentit monter l'orgasme, mais à l'instant même de sa jouissance, il sentit les muscles au fond d'elle se resserrer sur son membre, l'écrasant et l'empêchant de répandre sa semence.

Un instant il éprouva quelque chose, proche de la douleur, puis elle relâcha son étreinte et il put de nouveau la pénétrer. Mais de nouveau, quand l'instant de jouir arriva, elle se resserra autour de lui et l'empêcha une nouvelle fois d'aller jusqu'au bout.

Il se souvenait à présent. Il se pencha en arrière pour mieux voir son visage. Elle souriait.

« Tu te souviens de moi, maintenant », dit-elle doucement. Puis elle se pencha sur lui et lui introduisit la pointe de sa langue dans l'oreille.

« *Elle* t'a envoyée. »

« Oui », dit-elle. « Je suis ici près de toi. Pour t'aider. »

Il sentit les muscles se relâcher, et il sut que cette fois-ci elle ne lui refuserait pas la jouissance. Il la porta, ses jambes enroulées autour de sa taille, jusqu'au sofa et après s'y être couchés l'un sur l'autre, il entreprit de la pénétrer consciencieusement comme avec un marteau-pilon, dans une ardeur sexuelle au bord du sadisme. Enfin, il explosa en elle et ils s'effondrèrent l'un sur l'autre, immobiles. Dans le bureau silencieux on ne pouvait entendre que leur respiration lourde.

Puis, sans mots d'amour ni tendres caresses, elle s'habilla comme si elle avait été seule dans la pièce et sortit. Ils ne s'étaient même pas dit au revoir.

Elle se présenta ponctuellement le lendemain matin. Zharkov la mit au travail sur la mise au point d'un réseau de renseignements purement Nitchevo et qui pourrait fonctionner indépendamment du KGB.

Ils étaient d'une politesse formelle l'un envers l'autre et Katarina ne venait qu'occasionnellement chez lui pour passer la nuit à deux. Il ne lui demandait jamais ce qu'elle faisait les autres nuits. Ça n'était pas nécessaire.

Les rapports qui tombaient sur son bureau lui fournissaient réponse à cette question. Ils lui expliquaient ce que le KGB mijotait, ce qu'était sa politique à long terme, quels étaient les résultats, provisoires, des luttes pour le pouvoir internes à l'énorme organisme d'espionnage. Il savait que Katarina achetait les informations avec son sexe comme d'autres les achetaient avec de l'argent. Un mot par-ci, un bout de papier par-là, constituaient petit à petit les pièces de la barrière de protection que Katarina aidait Zharkov à se construire autour de lui. Elle payait de sa personne, mais ils n'en parlaient jamais.

La bouilloire se mit à siffler, ramenant les idées de Zharkov à l'instant présent. Katarina était debout, pieds nus et riant au milieu de la pièce. Elle avait enfilé une de ses vieilles chemises, le bas enveloppé dans une grande serviette de toilette qui faisait penser à un sarong. Ses cheveux humides collaient à son crâne en petites boucles noires et luisantes. Elle ne forçait pas sa beauté, pensa-t-il, et pourtant elle était réellement belle.

« Tu joues? » lui demanda-t-elle, malicieuse. Elle connaissait ces moments de vide chez Zharkov, quand il se complaisait dans ses propres idées et semblait ignorer le monde autour de lui.

Il sourit. « Ma mémoire qui me taquine », dit-il, et il lui passa la main dans les cheveux.

C'était la première marque d'affection dont elle se souvenait depuis bientôt cinq ans.

« J'ai du nouveau », lui dit-elle en lui tendant une tasse de thé. Le thé était fort et sucré, fortement arrosé de vodka. Les vapeurs du breuvage lui piquèrent les yeux. « Andrew Starcher a eu une crise cardiaque. Il sera sûrement relevé de ses fonctions dès qu'il sera sorti de l'hôpital. »

Zharkov se redressa brusquement sur son siège.

« Centre Médical Lénine. Une des infirmières du service qui le soigne habite mon immeuble. Il paraît que ça a été toute une affaire autour du diplomate. Soins intensifs, etc. Il sera renvoyé aux États-Unis dès qu'il sera transportable. En attendant, la voie est libre. »

Zarkhov approuva de la tête. Il comprenait ce qu'elle voulait dire. Le chef de la CIA en Russie était malade. Pendant un court laps de temps, il serait remplacé par son adjoint, inexpérimenté, du nom de Michael Corfus. Si Nitchevo avait l'intention de faire des siennes, c'était le moment idéal.

A cette pensée, Zharkov se sentit presque guilleret. Il pensait également à d'autres choses. Katarina lut son expression.

« Qu'y a-t-il? »

Il se leva rapidement et lui tendit l'enveloppe que lui avait apportée Ostrakov. « Jette un œil là-dessus. »

Katarina eut du mal à aspirer l'air en voyant l'image de la femme au crâne explosé. « J'en ai entendu parlé », dit-elle. « Mais je ne pensais pas que ce serait aussi ignoble. Le Samarkande? Ils sont tous fous, ou quoi? »

« Pire », dit Zharkov d'un ton désenchanté. « Ce sont des imbéciles. Ostrakov engage des terroristes et il s'étonne ensuite qu'ils battent la campagne. L'hôtel était plein de touristes. »

« Incroyable. Il va avoir des ennuis? »

Zharkov fit non de la tête. « Il s'en est sorti cette fois-ci. La milice est venue. Ils ont arrêté deux vagabonds, et ils ont raconté que Riesling était un clochard. Les deux types seront exécutés avant que ça fasse des vagues. »

« Riesling? » fit-elle en levant la tête. « C'est Riesling? » Zharkov fit oui en lui faisant signe de continuer l'examen des clichés.

« Ça fait toujours un drôle d'effet de voir un visage qu'on ne connaît que par la lecture d'un dossier. Tant qu'on ne les a pas vus, ils sont toujours plus ou moins comme des mythes. Jusqu'à ce que... » Elle s'arrêta de parler, muette de stupeur à la vue du médaillon sur le dernier cliché.

« Gilead », dit-elle dans un murmure glacé. « Qu'est-ce que ça veut dire? »

« Je n'en sais rien. »

« Est-il de retour? »

« Je n'en sais rien non plus. Et on ne peut pas le demander à Riesling. »

« C'est peut-être juste le médaillon », dit-elle. « Rien pendant quatre ans. S'il avait été vivant, on l'aurait su. »

« Il est vivant », dit Zharkov, têtu. « Je le sais. »

« Alors tue-le de nouveau », dit Katarina sans ambage.

« Et encore, et encore, et encore? Combien de fois avant qu'il soit réellement mort? »

« Tant que tu ne seras pas assez aguerri pour le tuer correctement », dit-elle durement.

Ça n'avait rien à voir, pensa-t-il. Il était suffisamment homme – ou bête – pour tuer. Mais la question était : Justin Gilead était-il assez homme pour mourir?

Zharkov se taisait, assis ainsi que Katarina à la table du dîner composé d'un riz frugal accompagné de quelques légumes frais. Il parcourait attentivement les feuillets du dossier rouge. Katarina l'observait sans rien dire. Il jouait distraitement avec les légumes autour de son assiette et en mangeait un de temps en temps. « Je sais où se trouve Justin Gilead », dit-elle enfin.

Il la regarda.

« Oui. Il est représentant en chaussures à Schenectady, état de New York. Il est marié à une grosse femme qui lui a fait quatre enfants. » Zharkov lui fut reconnaissant de vouloir le détendre et la remercia d'un pauvre sourire. « Non. Il aurait sûrement joué aux échecs quelque part. J'aurais entendu parler de ses tournois. »

« Les échecs. Toujours les échecs. Était-il si bon que ça? »

« Justin Gilead », répondit Zharkov, « fut sans doute le joueur le plus brillant que le monde ait connu. Il a recommencé à jouer en 1970, à l'âge de vingt-six ans. Un an plus tard, il fut consacré Grand-Maître. »

« Alors pourquoi n'a-t-il jamais été champion du monde? »

« Tu connais la réponse. C'est toi-même qui as rédigé ce rapport. »

« Mon rapport est plein d'hypothèses et de conjectures. Très peu de faits tangibles. »

« Très bien. Alors voilà du tangible : Pendant dix ans, Justin Gilead a travaillé pour la CIA, harcelant Nitchevo. Chaque fois qu'il passait dans une ville pour un tournoi, il s'arrangeait pour y semer la pagaille, d'une manière ou d'une autre, avant d'en partir.

De temps en temps, il ne se présentait pas aux matches et perdait donc des points par disqualification. D'autres fois, il ajournait des parties quasiment gagnées, et ne se présentait pas le lendemain pour les terminer. Encore des points perdus par forfait. Pendant dix ans, il a essayé de mener de front deux carrières : joueur d'échecs et agent secret américain. »

Il débuta une énumération de faits et de dates comme appris par cœur. « En 1972, Nixon visite la Chine. Mon père dirigeait Nitchevo à l'époque. Il avait préparé quelque chose d'intéressant pour la visite de Nixon. Ses meilleurs agents étaient en alerte à Hong Kong. Gilead jouait à Hong Kong et on n'entendit plus jamais parler des agents en question. Gilead finit troisième dans le tournoi.

« En 1975, Gilead joue dans un tournoi à Toronto. Peu après le tournoi, une douzaine de nos agents de premier plan au Canada sont expulsés pour espionnage. Gilead termina deuxième du tournoi.

« En 1977, il joue à Djakarta. A la fin du tournoi, la CIA arrêta l'un de ses propres agents qui travaillait pour nous. Gilead ne se présenta pas aux trois derniers matches et déclara forfait.

« En 1978, il joue en Afrique du Sud. Mon père avait soigneusement mis en place un réseau d'approvisionnement en armes des rebelles sud-africains. Deux semaines après la fin des matches, la police sud-africaine démantelait le réseau. Gilead termina premier ex-aequo.

« Enfin en 1979, l'année où je pris la direction de Nitchevo, j'avais préparé des soulèvements à Panama, quand les Américains décidèrent soudain de rendre la zone du canal. Au même moment, Gilead jouait à Panama City. Les soulèvements n'eurent jamais lieu. Tous mes hommes furent arrêtés. Gilead finit deuxième du tournoi. »

« Et chaque fois à cause de Gilead ? » demanda Katarina. « En es-tu sûr ? » Zharkov fit oui de la tête. « Mon père savait et moi-même, je l'appris à sa suite. Le KGB n'a jamais rien su, par contre. Il ne sait toujours pas. Mais, de toute façon, le Comité ne sait jamais rien. »

« Alors, pourquoi ne pas l'avoir éliminé, à l'époque ? Un jour ou l'autre, tu savais qu'il faudrait en arriver là. »

« Il était proprement insaisissable. Mon père a essayé plusieurs fois », répondit Zharkov. « Pour la première fois depuis le début, on a eu une occasion en Pologne, il y a quatre ans. Katarina, je l'ai vu de mes propres yeux, allongés dans la tombe. Et, aujourd'hui, le revoilà. » Zharkov secoua sa tête massive.

« Peut-être n'est-il pas vraiment vivant. Il a peut-être été blessé tellement gravement qu'il est comme un légume quelque part dans une maison de santé, à pisser tristement dans un pot de chambre. »

« Peut-être. Mais peut-être aussi qu'il attend, tapi dans un coin, son heure pour frapper. »

Katarina sourit et se leva pour débarrasser la table. « Je ne le connais pas bien. Mais en ce qui me concerne, moi, j'attends mon heure pour frapper. Tu viens au lit ? »

« Tout à l'heure », répondit-il distraitement.

« Je sais ce que ça veut dire », dit-elle. « Je hais ce Justin Gilead. S'il est vivant, je ne souhaite qu'une chose, c'est de le tuer de mes propres mains. » La table débarrassée, elle vint vers lui, l'embrassa sur les joues et se dirigea vers la chambre à coucher. « Tout ce que l'on sait, c'est que quelqu'un a trouvé son médaillon », reprit-elle avant de sortir de la pièce. « Le Grand-Maître est peut-être toujours un fantôme. »

LE GRAND-MAÎTRE

Peut-être avait-elle raison. Peut-être que celui qu'on ne pouvait tuer était quand même finalement mort. Pas en Pologne, où sa mort avait été constatée officiellement, mais quelque part, d'une façon ou d'une autre, dans un accident de la route, ou de maladie. Après tout, les agents mouraient plus dans leur lit qu'en service commandé. Pas le Grand-Maître, pourtant. Quelque chose en Zharkov l'empêchait de croire que le médaillon retrouvé ne signifiait rien de spécial. Il semblait certain que Justin Gilead devait refaire surface. Il en était aussi certain que de connaître son propre nom.

Debout dans la porte de la chambre, il contempla le visage endormi de Katarina, faiblement éclairé par la lumière venant des autres pièces. La pluie s'obstinait sur les vitres comme un animal qui gratterait pour entrer. Zharkov avait hâte de se glisser près d'elle, pour sentir sa tiédeur l'envelopper. Mais quelque chose le retenait, dérangeant, énervant, une force aussi inexorable que la folie. Il regarda l'échiquier. Le Roi blanc se tenait en avant de ses lignes, dans une attitude de défi à son adversaire, l'invitant au combat.

Riesling... Kutsenko... Starcher... le Grand-Maître.

L'échiquier lui disait que Justin Gilead était vivant. Il vivrait aussi longtemps que la partie entamée, car c'était la dernière partie connue de Justin Gilead que Zharkov essayait de comprendre. Gilead avait quitté la partie et l'avait abandonnée dans l'état où elle était à présent sur l'échiquier de Zharkov. La vie du Grand-Maître n'aurait de fin réelle que lorsque Zharkov donnerait une conclusion définitive à cette partie inachevée. Et, quatre ans après, l'issue en était encore incertaine.

Le Russe se dirigea vers l'échiquier et y saisit une des pièces. C'était la Reine noire, luisante, équilibrée, d'un travail compliqué, belle. La pièce la plus dangereuse de toutes. Assez puissante pour faire tomber le Roi en quelques coups bien ajustés. Il la reposa sur une case et le Roi blanc se trouva en échec. Il le ressentait au plus profond de lui-même. Le Roi blanc allait contre-attaquer. Et celui-ci n'y survivrait pas. Ce serait le point final. A jamais. Zharkov enfila un imperméable et posa sur sa tête une vieille casquette à visière puis sortit dans la pluie. La Reine noire l'attendait dans sa chambre.

Chapitre 11

Il marcha sous la pluie battante jusqu'à Sivcev Vracek, le district où toute la nomenklatura moscovite avait installé ses quartiers. Il aurait pu prendre sa voiture – une Tchaïka avec chauffeur – mais les chauffeurs parlent trop et les grosses limousines officielles manquent de discrétion. Ce qu'il avait l'intention de faire était dangereux, et malgré la puissance de Nitchevo, il y avait des limites à cette puissance reconnue. Ainsi qu'à celle de Zharkov.

Zharkov déboucha dans un secteur de vieux immeubles délabrés mais que l'on laissait debouts malgré le manque notoire de logements. Les magasins bien approvisionnés réservés à la crème de la société soviétique, les automobiles données souvent comme cadeau aux membres du Parti « méritants » ainsi que les appartements luxueux de Sivcev Vrazek, n'existaient officiellement pas. Les hautes fenêtres étaient masquées par de lourds rideaux. Les façades étaient mal tenues et semblaient s'effriter. Tout cela pour maintenir vivant le mythe soviétique de l'égalité. Mais si l'on arrivait à franchir le seuil de ces immeubles, les arrière-cours présentaient des aspects de jardins agréables et des balcons d'où s'échappaient les odeurs de steak et de parfums coûteux, et d'où l'on pouvait entendre ronronner les conditionneurs d'air.

Il appuya sur un bouton de l'interphone. Une voix de femme lui répondit. « Zharkov », s'annonça-t-il. Un grésillement se fit entendre et la porte de métal écaillé s'ouvrit avec un léger claquement. La porte franchie, on se trouvait dans un hall richement décoré de tapis épais, miroirs dorés et des sofas de style français tapissés de soie. Les deux ascenseurs n'étaient pas surveillés par un préposé, ce qui était une preuve incontestable de pouvoir. Dans les immeubles les plus modestes, les entrées et les sorties des locataires et de leurs invités étaient notées par un préposé, généralement une femme, appelée *dejhurnaya,* et qui se tenait dans les halls ou les couloirs des immeubles, épiant et écoutant. On les payait peu pour leurs efforts, mais si leurs renseignements permettaient d'arrêter quelqu'un, on les récompensait avec de la nourriture ou un appartement moins à l'étroit que la normale.

Ici, pas l'ombre d'une *disjournaya.* Les yeux de l'État ne perçaient pas les murailles derrière lesquelles vivait la classe privilégiée. Du moins, pas de cette façon grossière.

Au septième étage, un tableau moderne italien représentant une femme caressant un chat était pendu au mur à côté de la porte de Maria Lozovan. La femme et le chat donnaient une impression de luxe et de rondeur décadente. Telle peinture telle propriétaire, pensa Zharkov, accueilli par une bouffée de parfum capiteux alors que la porte s'ouvrait. Maria Lozovan aurait été une femme remarquée dans n'importe quelle ville du monde, mais ici, à Moscou elle relevait purement et simplement du miracle. Cultivée, charmante, méticuleusement soignée, excessivement féminine, tout en elle indiquait qu'elle était venue au monde pour orner le bras des hommes riches. Georgienne et blonde, ce qui était déjà une rareté, elle avait les pommettes hautes de sa race ainsi qu'une paire d'yeux bridés lançant des reflets cuivrés. Personne ne connaissait son âge exact. Zharkov la situait de façon vague entre trente cinq et cinquante ans, mais plutôt plus près de la cinquantaine, car il avait connu ses activités pour le KGB alors qu'il était lui-même encore un tout jeune homme.

On disait qu'elle était venue à Moscou de façon illégale, comme prostituée et avait été installée dans un appartement par un client riche qui lui avait fourni également des papiers d'identité en ordre. Zharkov se moquait totalement de sa vie avant de travailler pour le KGB, et ne prêtait aucune attention aux ragots qui couraient sur elle dans tous les raouts de la haute société moscovite. Elle semblait être le sujet de conversation favori depuis quelques années déjà, depuis qu'elle s'était retirée du service pour se marier.

Son mariage était en soi un scandale de la plus belle eau. Il était de notoriété publique que son mari, Dimitri un petit cadre d'Intourist, n'avait ni l'argent ni les appuis politiques pour se payer le luxueux appartement de huit pièces dans Sivcev Vrazek.

On savait également que Dimitri Lozovan était l'amant d'un homosexuel, membre haut placé du Politburo. Leur mariage avait été organisé par les instances supérieures car il semblait arranger tout le monde. Le membre du Politburo pouvait continuer à rencontrer Lozovan au grand jour, Lozovan bénéficiait d'un somptueux appartement et Maria, pour la remercier de servir de couverture à la liaison des deux hommes, s'était vue retirée du service actif et s'était retrouvée dans la peau d'une des figures en vue de la haute société moscovite. Par ailleurs, il semblait que de son côté Maria avait un amant. Un homme puissant, bien sûr.

Elle jouait manifestement son rôle avec délectation. Toutes ses robes venaient de Paris ou de Rome, et durant les dix dernières années elle avait été deux fois en Amérique du Sud pendant plusieurs mois d'affilée, en revenant à chaque fois le visage plus jeune qu'à son départ. « Chirurgie plastique », entendait-on murmurer dans les salons. « La peste! Comment s'en sort-elle aussi bien? »

A part les personnages du Politburo, seule une poignée de gens faisait le lien entre ses voyages en Amériques du Sud et les soulèvements d'inspiration communiste qui se produisaient sur ses pas. Ces quelques inspirés se gardaient bien de souffler mot de leurs intuitions. Aucune des relations de travail de Maria ne connaissait exactement la femme, et d'ailleurs, Maria se connaissait-elle elle-même?

Comme tout ce qui la touchait, Maria avait cultivé le secret à la hauteur d'une qualité élaborée, proche de la perfection. En fait, elle semblait présenter une transparence totale, bavardant aimablement avec ses interlocuteurs, lors des soirées qu'elle donnait avec son mari, de son travail au KGB. « Des bricoles », disait-elle avec cette pointe de rire toujours prête à percer sous le propos. « Codes, dépêches, ce genre de choses. La plupart du temps beaucoup de travail sans grande récompense à part le sentiment de faire quelque chose de bien pour le monde. » Elle concluait en général sa tirade d'un profond soupir, puis en atténuait la tonalité triste d'un sourire tiré de sa collection d'expressions toutes faites et gratifiant l'interlocuteur d'un sentiment de confiance et de plaisir partagé.

Zharkov, lui, savait que Maria avait passé six années à Gaczyna, et jamais aucun agent sans avenir n'aurait passé aussi longtemps dans cet endroit. En tout cas certainement pas un simple petit chiffreur. En tout cas certainement pas un agent pour qui le mariage interrompait la carrière.

Gaczyna était probablement l'école la plus originale au monde. Elle s'étendait sur environ 200 ha dans une région inhabitée entre la république soviétique Tatar et la république soviétique Bashkir. Les agents sélectionnés par le KGB pour servir à l'étranger soit comme « sous-marins » soit comme infiltrés illégaux, étaient transportés dans des avions spéciaux et déposés dans une zone de haute sécurité à quelques cinquante kilomètres de Gaczyna. Là un détachement militaire procédait à une fouille complète de l'appareil avant de l'autoriser enfin à se poser dans le camp que constituait l'école. La zone de haute sécurité faisait un anneau complet autour de l'école et personne ne pouvait y entrer ou en sortir sans un laissez-passer. L'école n'apparaissait sur aucune carte. Les professeurs y enseignaient à vie et ne pouvait la quitter sous aucun prétexte. Gaczyna n'existait pas, même pas pour les habitants de la région alentour.

Zharkov lui-même n'avait vu l'école qu'une seule fois et cela lui avait laissé une forte impression. Car à Gaczyna, il n'y avait ni bâtiments scolaires, ni pupitres, ni tableaux noirs. Par contre, de proche en proche, distantes de quelques centaines de mètres à peine les unes des autres, se trouvaient des répliques exactes de villes du monde entier. On pouvait très facilement distinguer les rues, les immeubles, les cinémas, les banques, les bars. Dans les villes anglaises, de clinquants autobus à impériale parcouraient les artères. Les paysages américains étaient constellés de petites boîtes à lettres bleues. Bien que la plupart des terrains d'étude soient des villes anglophones, aucun des « étudiants » n'étant autorisé à parler russe, il se trouvait également quelques fac-simile de villes d'Amériques du Sud. Maria Lozovan avait étudié dans celles-ci. Son entraînement avait été exhaustif et détaillé. Outre de pouvoir s'infiltrer étroitement avec une facilité déconcertante dans n'importe quelle culture étrangère, elle avait également un sérieux bagage en ce qui concernait l'utilisation et la connaissance approfondie des armes, la maîtrise quasi professionnelle des systèmes de surveillance électronique et ce qu'on appelait pudiquement « mise à l'écart silencieuse » terme qui correspondait en langue vulgaire à « tuer sans bruit n'importe quelle personne qui se mettait en travers de ses projets ». Avec une telle formation, Zharkov savait que Maria Lozovan ne pouvait avoir quitté le service. Elle était utilisée seulement de loin en loin. Un agent de sa qualité ne pouvait être pressé comme un citron et affecté à des missions mineures.

Elle servit à Zharkov une Stolichnaya glacée, aussi épaisse que de la mélasse. Elle-même sirota une coupe de champagne. Elle était pur artifice, songea Zharkov en l'entendant bavarder de façon mondaine. Pas un instant elle ne lui demanda la raison de sa visite nocturne. Elle était vêtue de cette sorte de déshabillé de soie que les jeunes bourgeoises et les demi-mondaines portent à la maison les jours de détente. Ses cheveux blonds étaient impeccablement coiffés, courts et bouclés sur le devant et longs et retroussés sur la nuque. C'était une coupe assez inhabituelle mais elle était très suggestive et donnait au visage tout entier un air de séduction qu'il ne possédait pas réellement. Zharkov se surprit à observer la femme comme si c'était un simple objet dans une vitrine de muséum. Son visage avait beaucoup changé depuis les premières photos d'elle qu'on pouvait trouver ici et là au détour d'un dossier secret. Et curieusement, en mieux. Le nez légèrement proéminent avait laissé la place à un nez étroit petit et légèrement retroussé. Le dessin de sa mâchoire avait été remodelé et était à présent plus carré.

Zharkov, peut-être poussé par la vodka, eut soudain une irrésistible envie de rire. Seul un agent d'une vanité sans bornes aurait pu se faire opérer le visage sans changer d'apparence générale. La vodka le poussait toujours plus loin. Il voyait sous les traits artificiels, un visage sans charme et d'une brutalité rare. Quelque chose en elle le repoussait. Elle était l'espèce d'exécutant que son père avait systématiquement éliminé du personnel de Nitchevo dès la fin de la mainmise de Staline sur l'organisation et que le service commença à s'occuper de choses réellement sérieuses. Nitchevo n'avait plus que faire avec des vulgaires tueurs.

Mais Zharkov en avait encore besoin de loin en loin.

« Je voudrais interroger une certaine personne », dit-il brutalement, interrompant le flot de banalités. Les yeux de Maria glissèrent vers lui, amusés. « Tiens, tiens. Le Comité vous l'amènera. Il suffit de lui demander. » Un sourire illumina son visage.

« C'est un citoyen américain. Diplomate.

« Je vois. Et il serait tout à fait inconvenant de l'interroger. Immunité diplomatique, n'est-ce pas? » Elle faisait semblant de réprimander Zharkov d'un geste du doigt, comme un maître d'école. Elle était insupportable. Néanmoins, elle démontrait en même temps sa complicité. Elle acceptait de travailler pour lui. En fonction de ce qu'il paierait bien sûr. Mais elle acceptait. Elle voudrait conserver cette façade agaçante de candeur et il aurait sûrement à supporter encore quelque temps cette espèce de danse de séduction de bas étage. Zharkov aurait voulu être loin de cette pute du KGB qui tuait pour le sport et se passait du rouge sur les lèvres pour en masquer le sang de ses victimes. Il aurait voulu échapper à cette présence doucereuse, sortir respirer l'air pur, se laver les mains, brûler ses vêtements. Il accepta un nouveau verre et continua de jouer son rôle.

« Tout à fait », dit-il.

« Pardonnez-moi, mais je ne suis qu'une simple femme d'intérieur, vous comprenez », commença-t-elle dans un style « frustrée-évaporée » qui joua péniblement sur les nerfs de Zharkov. « N'est-ce pas le genre de choses qui sont précisément en dehors des compétences de Nitchevo? » Elle porta soudain les doigts à ses lèvres en minaudant. « On peut prononcer ce nom, n'est-ce pas? »

Zharkov se leva. « Madame, j'ai suffisamment abusé de votre temps. »

« Oh non, attendez. » Elle le prit par le bras, exhibant le sourire le plus sournois qu'il avait vu depuis longtemps. « Je vous en prie, asseyez-vous, Colonel. Tout cela m'intéresse. »

« Tout quoi? » demanda Zharkov malicieusement.

Elle poussa un soupir. « Très bien. Vous gagnez. Vous aimeriez que quelqu'un kidnappe un diplomate américain pour que vous puissiez lui poser quelques questions. Ce diplomate s'appelle, je suppose, Andrew Starcher, mais étant à l'hôpital, j'inclinerai plutôt pour son adjoint. Le basané, le petit crapaud. Je brûle? »

Zharkov confirma de la tête.

« Vous n'avez aucune crainte à avoir, Colonel. Vous pouvez parler. Mon appartement n'est pas piégé. » Elle désigna une photographie de l'amant de son mari. « Pour des raisons évidentes. » Elle se versa de nouveau du champagne. « La vraie question est : pourquoi êtes-vous venu me trouver, moi? Tout le monde sait que je suis hors circuit depuis des années. »

« Ça n'est pas la question », répondit Zharkov, tirant de sa poche une liasse de billets de cent roubles. Il les étala devant lui en rangées de dix. « Voilà la vraie question. »

Elle regardait les billets avec une affection non dissimulée. « Bien sûr, le Comité... »

« Le KGB pourra l'avoir après moi, si vous avez besoin de prouver votre loyalisme au Comité. Ce que je ne veux pas, c'est que ce balourd d'Ostrakov me le tue sous le nez avant que je n'en aie tiré ce que je veux. »

« Il s'agit donc d'une affaire personnelle? Pas pour Nitchevo? »

« Ça ne vous regarde pas. »

« Ils vont vous causer des ennuis. Vous risquez un incident. »

« Vous croyez ? » demanda-t-il froidement.

Maria Lozovan restait songeuse. « Bien sûr on peut faire autrement. On peut faire en sorte que... » Elle n'avait pas touché aux billets.

« C'est bien ce que je pensais. » Il poussa devant lui cinq nouveaux rangs de billets.

Le visage de Maria s'éclaira. « Vous avez raison, Camarade Colonel. C'est la vraie question. »

Elle moissonna les billets de banque des deux mains.

« Et vous avez su apporter la bonne réponse. »

Il était près de 3 heures du matin quand Zharkov revint à son domicile. La première chose qui le frappa fut l'échiquier et la Reine noire. Que risquait-il avec Maria Lozovan ? Qu'est-ce qui l'empêchait de prendre l'argent et d'aller ensuite cafarder au KGB ? Sa cupidité, probablement. Elle pensait probablement qu'il y aurait mieux à faire par la suite que la simple tâche de s'emparer de Michael Corfus, quelque chose de plus complexe, donc plus rémunérateur.

Quant à lui, il pensa qu'il risquait peu. Même si Maria Lozovan le doublait, qu'est-ce que pourrait bien dire le Comité ? Au pire, on le blâmerait pour avoir enfreint la règle de l'immunité diplomatique contre un agent de seconde classe. Le KGB lui-même avait fait bien pire avec des personnages beaucoup plus importants. Le kidnapping de Corfus serait présenté aux Américains comme un acte d'extrémistes anti-occidentaux. Pour faire vrai, on pendrait quelques « contre-révolutionnaires » que l'on aurait pêchés pour l'occasion à la prison de la Loubianka. *Nitchevo!* dirait le Comité. « Quelle importance ! » Pourtant ils le questionneraient. Pourquoi Zharkov avait-il fait ça ? Pourquoi utiliser un agent aussi important que Maria Lozovan pour piéger un aussi petit gibier que l'adjoint de Starcher !

Il ne fallait pas qu'ils découvrent quoi que ce soit au sujet du Grand-Maître. Zharkov ne le permettrait à aucun prix. Justin Gilead lui appartenait en propre. Il avait traqué Gilead tout au long de sa vie, et il ne laisserait pas Ostrakov ni aucun de ses alter ego lui mettre la main dessus avant lui.

Il se déshabilla et se coula silencieusement aux côtés de Katarina. Il l'étreignit et sentit sa douce chaleur l'envahir. Il se souvenait de leur première rencontre – Bon sang, quinze ans déjà ?

LE GRAND-MAÎTRE

– quand elle l'avait initié à un certain rite au service d'une femme plus déesse que femme, qui l'avait lié à elle avec le seul pouvoir de son corps et de son sexe. Elle lui avait promis le monde. En échange il avait promis son allégeance. Katarina avait été formée par cette femme. Il se pressa contre son dos et de sa main gauche, caressa le mamelon de son sein gauche. Celui-ci se dressa aussitôt, dur et tendu. Dans son sommeil, Katarina gémit de plaisir. Il glissa son autre main entre ses cuisses. Elle était humide comme il s'y attendait. Il enfonça ses doigts dans sa moiteur puis ramena sa main et frotta les seins de sa maîtresse avec sa propre liqueur. Il la sentit frémir. Elle se retourna, le fit rouler sur le dos et l'enfourcha puis l'aida à la pénétrer. Dans la pâle lueur qui baignait la chambre, il pouvait voir la brillance de ses yeux tandis qu'elle le chevauchait et que tout son corps montait et descendait, l'enveloppant, l'enfouissant au fond d'elle-même, engloutissant son sexe dans le sien. Elle se pencha en avant puis de ses pointes de seins durcis, lui frôla la poitrine. Sa langue entrait dans son oreille, et il l'entendit lui dire doucement. « Je vais te baiser comme tu ne l'as jamais été auparavant, Aliocha. » Il savait qu'il devrait se rendre à ses désirs, ne pensant qu'au plaisir de son corps. Mais alors qu'il fermait les yeux pour se concentrer sur son seul sexe, il eut une nouvelle vision de l'échiquier avec le Roi blanc qui avançait vers ses pièces noires. Si nu, si vulnérable, si pitoyablement à découvert. La partie lui était acquise. Le jeu se développait, de superbe manière, et ce ne serait pas une partie de pions mais de Rois. Et il la gagnerait. Et le Grand-Maître serait à sa merci.

Loin de là, un homme était assis calmement dans l'obscurité d'une chambre, ses jambes repliées sous lui. Au-dehors, des vagues clapotaient sur la coque d'un bateau, mais l'homme ne les entendait pas. La pièce sombre sentait la nourriture avariée et les ordures, mais l'homme n'en sentait pas la puanteur. Un bol de nourriture était posé devant lui, intact, sur le sol dur. L'homme assis, regardait fixement un point dans le noir loin devant lui, ses yeux dans le vague, ne voyant rien du monde réel. Son aspect général était faible et décharné, et son esprit n'enfantait aucune idée, aucune vision, aucun plan compliqué, aucune stratégie souveraine.

Mais de loin en loin, seul, dans l'obscurité silencieuse, l'homme se souvenait d'une musique et d'une odeur d'amande.

Livre Trois

NITCHEVO

Chapitre 12

Le lendemain de la cérémonie d'intronisation de Justin en tant que Maître du Chapeau bleu, Tagore avait suspendu aux poignets et aux chevilles du jeune garçon, des petits sacs chargés de cailloux. Il le conduisit ensuite au lac à l'est de Rashimpur.

« Nage », lui avait-il ordonné.

Le garçon s'était débattu pendant quelques mètres. « Je ne sais pas », avait-il dit. « Aide-moi. »

« Nage. »

Il nagea le quart de la distance avant de perdre conscience.

La semaine suivante, Tagore le conduisit sur une sentier étroit au pied d'Amne Xachim : « Cours. »

« Où ? »

« Jusqu'à l'endroit où tu ne pourras pas courir plus loin. »

Justin courut jusqu'à ce qu'il s'effondre, épuisé, la poussière du chemin s'insinuant dans les morsures que faisaient les liens dans ses articulations.

Tagore était là. Continue », lui dit-il.

Un mois plus tard, il emmena le garçon plus haut dans la montagne là où les touffes d'herbe ne poussaient qu'en de maigres et rares plaques de verdure sous la neige. Un rocher isolé de neuf mètres de haut se dressait au-dessus du sol, sa surface lisse recouverte d'une mince couche de glace.

« Grimpe », lui dit Tagore.

Le garçon eut un regard de reproche vers le vieux maître. Les poids pendant à ses poignets et à ses chevilles avaient complètement déchiqueté la peau. La nuit, on lui enlevait les poids et sa peau se cicatrisait en fines pellicules de croûtes. Mais chaque matin, ces croûtes s'arrachaient de nouveau pour laisser la douleur le réveiller. Son dos, ses bras, ses jambes l'élançaient sourdement. Ses doigts étaient écorchés et couverts de cloques. Les épreuves que lui imposait Tagore tous les matins le laissaient pantelant de fatigue et ivre de tout l'air ingurgité suivant des méthodes propres aux moines. On le laissait debout durant des heures, les bras étendus jusqu'à ce qu'il ne les sentent plus du tout. On le faisait respirer si profondément qu'il pouvait entendre craquer ses côtes. On le faisait s'étendre dans le froid jusqu'à ce que ses tremblements laissent la place à un engourdissement total.

Dans ces moments, il haïssait Tagore.

« Grimpe », répéta le maître.

Et Justin grimpa.

A mi-chemin, il glissa et tomba. Tagore le souleva sans effort.

« Je ne peux pas », pleurait l'enfant. « Pas avec les poids. C'est trop dur. Je ne monterai pas. »

Tagore l'empoigna par la tunique et d'un geste le projeta sur le rocher. « Grimpe », lui répéta-t-il.

Furieux, Justin grimpa. Ses bras et ses jambes commençaient à montrer les marques de sa lutte avec le rocher, mais il ne s'en souciait pas. Avec une pointe de défi dans le regard, il observa Tagore du haut du rocher. « Je l'ai fait », dit-il, triomphant.

Ce n'était que le début de son entraînement.

Les moines lui enseignèrent la langue Hindi qui était celle de la région. Des professeurs extérieurs au temple, convoqués par Tagore lui enseignèrent le russe, le chinois, l'italien, le français, l'allemand, le polonais et l'espagnol. Il apprit les mathématiques et l'astronomie. Tagore lui apprit à se servir de la force de son corps. Les petits poids qu'il portait jusqu'à présent furent remplacés par des poids pesant le double. On le reconduisit au lac.

« Nage », redit Tagore.

A l'âge de douze ans, les poids qu'il portait autour du cou, de sa taille, de ses poignets et de ses chevilles pesaient en tout plus de cinquante kilos.

A treize ans, il traversait le lac à la nage sans reprendre son souffle.

A quinze ans, on lui retira les poids. Il pouvait rattraper un lapin à la course.

A seize ans, sa paillasse fut remplacée par un lit de cailloux pointus recouverts d'épineux. Cette même année, il apprit les choses du sexe.

A dix-sept ans, il marchait sur le feu.

Avant d'atteindre sa dix-neuvième année, il pouvait contrôler les battements de son cœur, dans différentes parties de son corps. Pendant six semaines, Tagore l'enferma dans une grotte sans eau ni nourriture. Quand on rouvrit la grotte, Justin s'était levé et était sorti en silence.

A vingt ans, il resta cinq mois dans une grotte. Mais cette fois, il n'attendit pas que Tagore vienne lui ouvrir. Il ouvrit lui-même la grotte quand il se sentit prêt. Devant la grotte, la dalle de pierre qui en interdisait l'accès gisait brisée en plusieurs morceaux. Justin était devenu un specimen presque parfait d'humanité jeune et solide. Les cicatrices de ses articulations avaient disparu, et sa peau était hâlée par les années passées dans le rude climat montagnard. Ses frêles membres d'enfant s'étaient musclés. Quand il se déplaçait, c'était avec la grâce du tigre. Il avait appris comment se déplacer sans déranger ne serait-ce que les feuilles mortes sous ses pas. Il pouvait supporter des douleurs que même les moines aguerris de Rashimpur trouvaient pénibles. Il s'était entraîné des semaines et des mois durant sans dormir ni manger. Il avait grandi. Il mesurait près de trente centimètres de plus que la moyenne des habitants du monastère. Pendant les prières, il les dominait, ses yeux d'un bleu électrique observant tout d'un air de grandeur détachée.

« Ton corps s'est bien développé », lui dit un jour Tagore.

« J'ai fait de mon mieux », répondit Justin avec une lueur de joie dans le regard. Son maître ne l'avait jamais complimenté auparavant.

Tagore était devenu un vieillard. Les rides autour de ses yeux et de sa bouche s'étaient transformées en de profonds sillons et la peau de son nez d'oiseau était tachetée. Justin n'avait jamais eu de Tagore d'autre image que celle d'un homme grand, fort, solide, peut-être le plus solide de tous les hommes remarquables de Rashimpur. A présent, il le regardait comme il aurait regardé son égal, et il remarquait que son professeur était à peine plus grand que les autres moines, et que ses membres étaient aussi fragiles que ceux d'un oiseau.

Tagore sourit. « Tu as fait de ton mieux », dit-il doucement.

« Oui... » Il était intrigué. « Et toi aussi, Tagore », ajouta-t-il. « Ton enseignement m'a tout apporté. »

« Oh », dit Tagore. « Ton corps et mon enseignement sont-ils prêts à prendre en main la destinée de Rashimpur ? »

Le visage de Justin s'illumina en un sourire. « Oui », répondit-il exultant de joie. « Je ne voulais pas songer à cela de mon propre chef mais, c'est un fait, je suis prêt. »

« Et pour quelles raisons te sens-tu prêt pour cette tâche ? »

Justin balbutia. « Je – je ne comprends pas. Je suis le plus aguerri de tous les moines de Rashimpur. Je me suis entraîné si longtemps pour être le Maître du Chapeau Bleu. Je porte l'amulette de Patanjali. C'est mon destin de diriger. J'ai grandi à présent. Il est temps. Tu l'as dit toi-même. »

« J'ai seulement dit que ton corps s'était bien développé. Tu n'as encore rien appris sur ton esprit. »

« Non, ce n'est pas juste », dit Justin. « Je fais mes dévotions plus longtemps que tout le monde. J'ai franchi les Neuf Marches de la Renonciation. J'ai étudié les quatre-vingt quatre positions de l'Asana, ainsi que les mantras les plus longs. J'ai été le meilleur des *chelas* dans toutes les disciplines spirituelles. Les moines eux-mêmes ont reconnu mes capacités. »

Tagore resta silencieux un instant. « Mon fils, un *chela* n'est qu'un élève. Le Maître du Chapeau Bleu ne doit pas rechercher chez les autres la confirmation de son mérite. Il doit le connaître par lui-même. »

« Mais je suis le meilleur », protesta Justin. « Je le sais. »

« Est-ce parce que tu es le meilleur que tu te permets de briser la pierre qui ferme l'entrée de la grotte au lieu d'attendre que l'on vienne t'ouvrir ? »

« Je savais qu'il était temps. Je voulais prouver que je pouvais en sortir par ma propre volonté. »

Tagore parla calmement mais la voix pleine de tristesse. « Était-ce si difficile pour toi d'attendre, dans le silence, sans faire d'éclat ? »

Justin ne répondit rien.

« Viens », lui proposa Tagore.

Ils marchèrent ensemble vers l'Arbre des Mille Sagesses. Tagore s'arrêta devant, les épaules courbées sous l'âge. « Te souviens-tu du jour où les bienheureux vinrent faire ta connaissance près de cet arbre ? »

« Bien sûr », répondit Justin.

« As-tu eu mal quand je t'ai frappé la main sur le tronc ? »

Justin sourit. « Oui. A ce moment j'aurais juré que c'était la plus grande douleur possible. Dans mes rêves, cet arbre avait une écorce de métal. »

« Mais tu es beaucoup plus fort, à présent », lui dit Tagore.

« Je le pense », répondit Justin gaiement.

Tagore dressa sa tête d'aigle. « Très bien, mon fils. Passe ta main le long du tronc une fois encore. »

Justin regarda son maître puis le tronc de l'Arbre. « Je ne veux pas l'abîmer. »

« L'Arbre des Mille Sagesses est indestructible. Même par un prétentieux tel que toi. » Sa voix vibrait d'un soupçon de colère.

Justin leva sa main aussi haut qu'il le put et la plaqua sur le tronc de l'Arbre. Puis, de toutes ses forces, il la descendit en la maintenant collée au tronc.

La douleur fut aussi horrible qu'il en avait le souvenir. Comme des pointes de métal, l'écorce transperça et découpa la paume de sa main en lanières sanguinolentes. Le sang gicla.

Justin hoqueta sous la douleur brûlante qui se répandait en lui, mais reprit rapidement le contrôle de lui-même. C'était, pensa-t-il, l'épreuve finale. S'il pouvait supporter cette douleur, il pourrait supporter n'importe quelle autre. Il aurait tout fait pour cela. Il ferma les yeux. Lentement, il contracta ses vaisseaux sanguins. Le sang cessa de couler. Il contraignit ses nerfs au silence et la douleur violente fit rapidement place à un battement sourd dans la paume de sa main. Enfin, il était prêt à affronter le regard de Tagore.

« Je ne sens plus la douleur », dit-il fièrement. Tagore ne dit rien. Justin prit une feuille sur l'Arbre. « Puis-je soigner ma blessure ? »

« Si tu es celui qui soigne tes propres blessures, pourquoi pas. »

Justin referma sa main blessée sur la feuille. Il hurla. Le contact de la feuille était comme du feu. Il lâcha la feuille qui tomba sur le sol, trempée du sang de Justin. La douleur violente revenait, plus forte qu'auparavant. Justin tenta de la contraindre mentalement à se dissiper, mais rien n'y fit.

Les larmes lui vinrent aux yeux. « C'est affreux », grogna-t-il, le regard implorant. « C'est insupportable. »

« Tu peux supporter cette douleur répondit Tagore d'un ton glacial. » Et tu la supporteras. Un jour. Le jour où tu auras compris où se trouve le siège de la douleur. »

Il se détourna et s'éloigna de Justin.

Le jour suivant Justin partit à la recherche de son maître. Sa main était enveloppée dans un chiffon, et aucune lueur d'orgueil ne venait perturber le clair regard du jeune homme. « Aide-moi à comprendre », dit-il simplement.

Tagore lui donna un rouleau de papier de riz assez grossier.

« Agenouille-toi devant l'arbre et froisse ce papier en une boule. »

Justin le regarda. « Et puis? »

« Et puis tu déplieras le papier bien à plat. Quand tu auras fait cela, recommence à le rouler en boule. Puis de nouveau, remets le à plat, puis de nouveau encore en boule et ainsi de suite sur le sol de la Grande Salle. Ne prononce pas une parole pendant que tu feras cela. Ne bouge pas non plus de l'endroit où tu seras. Tu ne viendras plus me voir. C'est compris? Va. »

Tremblant de colère et de honte, Justin saisit le papier de riz, et alla s'agenouiller devant l'Arbre dans le Grand Hall. Dans sa position, il pouvait voir l'Arbre comme il l'avait vu la première fois, alors jeune enfant. Menaçant, immense et sombre. L'Arbre où vivait l'âme même de Brahma.

Sur les indications de Tagore, il chiffonna les morceau de papier pour en faire une boule qu'il aplatit de la main sur le sol devant lui. C'était très facile. Sa main blessée ne le faisait même pas souffrir. Ce travail n'exigeait ni don, ni force, ni endurance. Les moines passaient sans lui prêter attention et se rassemblaient pour faire leurs dévotions, et il ne put s'empêcher de rougir d'humiliation. Ils auraient dû se prosterner devant *lui,* songeait-il avec rancœur. Ils le faisaient d'ordinaire. Ce n'était pas sa place, ici, à genoux, au vu de tous ses fidèles, en train d'accomplir une tâche indigne du plus modeste des *chela.* Il était Patanjali. Il était Celui au Chapeau Bleu.

Tagore passa près de lui sans un regard. Il a perdu la raison, songea-t-il, et en cet instant, il haïssait le vieil homme qui s'éloignait le long du mur du hall. Justin se dressa sur ses pieds. Une confrontation s'imposait et le plus tôt serait le mieux.

A l'instant même où les genoux de Justin se soulevaient au-dessus du sol de pierre, Tagore s'était retourné et avait planté son regard dans le sien comme un poignard froid et, sans miséricorde, lui aurait transpercé le cœur. Involontairement, il se retrouva à genoux sur le sol. Le vieillard était un sorcier, sans aucun doute. Il lisait dans les esprits. Un démon, un vieux fou fanatique.

Mais qui lui avait fait cadeau d'un corps divin.

Ravalant sa rage, il se remit à froisser la boule de papier. Le soleil se coucha puis se leva le matin suivant. Il se coucha de nouveau. On apportait sa nourriture une fois par jour. Il mangeait seul, en silence, agenouillé sur le sol du Grand Hall. Le soir, un des moines le conduisait à sa cellule, débarrassée des épines et des cailloux tranchants. Il dormait à même le sol nu, essayant de retenir des larmes de honte. L'automne fit place à l'hiver, et des rafales neigeuses s'engouffraient chaque fois que les portes donnant accès au Grand Hall s'ouvraient. Les torches étaient balayées par le vent et laissaient échapper des nuages de petites étincelles avant de se redresser. Au printemps, il entendit le chant des oiseaux qui parvenaient jusqu'à l'endroit où il était agenouillé froissant et défroissant inlassablement les morceaux de papier de riz qu'on lui fournissait régulièrement.

Une autre année passa. Il ne s'en relèverait pas, il en était sûr. Tagore lui avait donné cette pénitence afin de perdre irrémédiablement la force et les qualités qu'il avait mis si longtemps à acquérir. Pour combattre l'affaiblissement de ses muscles, il passait une bonne partie de ses nuits dans sa cellule à faire des exercices physiques. Seul, luttant contre le sommeil, il respirait et faisait des mouvements qui entretenaient ses muscles. Il agrandit une lézarde du mur jusqu'à ce qu'il put en tirer un morceau de pierre. Celui-ci lui servit à démanteler le mur morceau par morceau. Après plusieurs mois, il avait démoli une bonne partie du mur qu'il avait attaché sous forme de petits blocs dans les replis de sa tunique. Comme il y avait quelques années, il se chargeait de poids pour s'entraîner plus à fond. Et quand le sommeil venait alors, il l'accueillait volontiers.

Il s'accoutuma au silence. Chaque matin, il concentrait toute son attention sur le chemin de sa cellule à l'Arbre. Ses jambes auraient pu danser de plaisir à chaque promenade. S'agenouillant devant l'inévitable morceau de papier de riz, il se mit à observer des détails du tronc de l'Arbre qu'il n'avait jamais remarqués auparavant. De minuscules poches de sève s'étaient formées le long du tronc durant l'automne; au printemps, le tronc sombre avait donné des reflets verts. Chaque minute et chaque heure du jour pouvait se lire grâce aux ombres et tonalités dispensées par l'énorme tronc. Chaque grain de riz que Justin absorbait faisait l'objet d'une sensation nouvelle, inconnue jusqu'alors, et une nourriture qui lui avait toujours paru fade, il la découvrait pleine de saveurs diverses et nouvelles. Il sentait vibrer son corps à chaque inspiration, à chaque frisson, à chaque excitation.

Graduellement, son univers qui lui avait paru se réduire à une dérisoire activité, avait éclaté en des milliers d'univers, chacun riche d'une expérience nouvelle. Soudain, il réalisa que les jours étaient trop courts pour goûter à toutes les expériences merveilleuses qui se présentaient à son esprit. Rashimpur n'était pas le monde. Le monde était immense. Et il était minuscule. Le monde lui était indifférent. Et en même temps, il était tout pour lui.

Tandis qu'il aplanissait un morceau de papier, un moine pria Justin de le suivre au-dehors. La beauté du crépuscule qui envahissait Amne Xachim le frappa d'une admiration presque douloureuse. Ses narines s'emplirent d'un air froid qui le fit frissonner de plaisir. Son esprit chancela sous le choc des milliers de sons et de chants qui emplissaient la montagne, chacun d'eux exprimant une merveille indicible. Il se tenait sur le bord du précipice comme au jour de son intronisation. Une fois encore, il sentit une puissance sourdre de tout son être comme il ne l'avait jamais ressenti depuis ce premier jour. Il prit l'amulette dans sa main et entendit de nouveau la même musique qu'il avait entendue le jour de sa rencontre avec Tagore. C'était une musique mystérieuse, à l'époque, presque imperceptible. Mais, aujourd'hui, il pouvait l'entendre clairement et il savait exactement ce qu'elle signifiait. C'était la musique du vent, des oiseaux, des eaux calmes du lac, la musique des mouvements telluriques, la musique des naissances et la musique des morts. C'était la musique du présent, du passé et de l'éternité. C'était la musique de l'être. La musique de la vie.

Il ne s'empêchait plus de pleurer. Jamais il n'avait pensé qu'il pourrait voir un spectacle aussi beau, entendre une musique aussi belle, et pourtant tout ce qui le ravissait à cet instant, il le connaissait depuis les premiers instants de sa vie. Tagore avait raison. Chaque molécule d'air était pleine de magie.

Une silhouette apparut, silencieuse, sur le surplomb et se tint aux côtés de Justin.

« Rentre », lui dit le vieil homme.

Dans le Grand Hall, Justin se glissa en silence à sa place habituelle sur le sol, mais Tagore le prit par la main et le releva.

« Passe ta main sur le tronc de l'Arbre », lui demanda-t-il.

Justin obéit sans hésitation. La douleur le transpercerait mais elle disparaîtrait avec le temps. L'Arbre le blesserait mais cette blessure cicatriserait. Et même au plus fort de sa douleur, songea-t-il, le vent à l'extérieur continuerait de chanter. Le soleil se coucherait quand même. Amne Xachim continuerait de vivre, de même que son âme immortelle. Il ne craignait plus rien.

De toutes ses forces il pressa sa main contre le tronc noir regardant les petites larmes de sève d'un œil neuf, admirant leurs couleurs secrètes et sentant l'antique puissance sous sa main. En esprit, il faisait un avec l'Arbre. Il était devenu l'Arbre lui-même. D'un coup sec, il frotta sa paume nue contre l'écorce du tronc.

L'écorce se détacha du tronc en un long ruban qui tomba à ses pieds.

A sa grande stupéfaction, il regardait le tronc dénudé sur toute sa hauteur et la longue bande d'écorce qui se tordait au pied de l'Arbre. Il regarda sa main et constata qu'elle était intacte.

Il se tourna vers Tagore. Le vieil homme était agenouillé devant lui et se prosternait sur le sol de pierre. Justin le fit se relever.

« Te souviens-tu ? » demanda doucement Tagore. « Quand je t'ai conduit ici, la première fois ? Tu réclamais de la magie. Pour te satisfaire, j'ai mis une pierre dans le lit d'un torrent. »

« Je me souviens », dit Justin. C'était les premiers mots qu'il prononçait depuis trois ans.

« Qu'est-ce qui est le plus fort ? » demanda Tagore en ramassant la petite boule de papier froissé. « La pierre ou l'eau ? »

Justin se mit à genoux et se prosterna devant lui.

Jusqu'à l'âge de vingt-six ans, Justin avait tout appris sauf une chose.

L'année même de ses vingt-six ans, il apprit l'art de tuer.

Chapitre 13

Les rêves avaient empiré.

A chaque étape du développement de l'instruction de Justin, le visage inconnu et familier qu'il connaissait sous le surnom de Prince de la Mort avait pénétré ses nuits, apportant dans son sillage, la destruction de Justin. Il avait parlé à Tagore de ses visions de feu, de destructions, de sa propre mort et de ses propres funérailles.

Mais Tagore s'était contenté de lui répondre que seule la volonté de Brahma prévaudrait et que les rêves n'étaient que des rêves.

« Mais j'ai vu d'autres choses. L'Arbre. Je connaissais le Maître du Chapeau Bleu avant de le voir. Tu m'as cru à ce moment-là. »

« Oui », avait répondu Tagore, puis il l'avait renvoyé.

Le vieil homme avait pris le diamant de Justin et l'avait caché dans les profondeurs d'un des murs du Grand Hall de Rashimpur. « Il est à toi », lui dit-il. « Si tu dois quitter Rashimpur, tu devras prendre le diamant avec toi. Si nécessaire, tu le casseras en plusieurs fragments et tu pourras les vendre pour survivre jusqu'à ce que tu puisses revenir ici. »

Justin observait le vieillard qui scellait la pierre précieuse dans le mur. « Mes rêves sont vrais, n'est-ce pas ? »

« Je ne sais pas. Seul le Maître du Chapeau Bleu le sait. »

Les rêves de Justin lui pesaient plus que les poids qu'il avait dû porter tout au long de son enseignement. Au début, le Prince de la

Mort ne venait le visiter que rarement. Mais chaque fois, Justin avait mis des jours à s'en remettre. A présent, les rêves revenaient chaque nuit. Chaque nuit, l'homme dont Justin connaissait les traits dans ses moindres détails, apparaissait, apportant avec lui cette douleur sans fin qui l'enveloppait comme une fumée souple et grise. Tout d'abord, l'homme était venu seul, mais récemment, il était accompagné par une femme. Elle était belle et sans âge, vêtue de draperies rouges, avec des bijoux dans ses cheveux noirs. Elle non plus n'était pas totalement inconnue de Justin. Elle était la Dorje Pagma, l'abbesse du monastère du lac Yamdrok au Tibet, celle que l'on appelait Varja, du nom de la déesse.

Dans les rêves de Justin, Varja désignait du doigt la route de Rashimpur au Prince de la Mort.

Il ne pouvait plus dormir. Les nuits se succédèrent, chacune d'entre elles passées à observer par la fenêtre étroite de sa cellule. Au bout d'une semaine, il s'enroula dans une couverture de laine et passa ses nuits dehors, montant la garde sur le rocher faisant face à Amne Xachim.

Tagore l'y rejoignit un jour.

« Il arrive », dit Justin. « Tu ne me crois pas, mais j'en suis sûr. Varja lui a montré la route. »

Tagore ne répondit tout d'abord pas. « Je te crois », dit-il enfin. « Je t'ai toujours cru. »

Justin tourna son regard bleu vers le vieillard.

« Sadika, ton prédécesseur, l'avait vu lui-même », dit Tagore tranquillement. « Tu es le dernier des Maîtres du Chapeau Bleu. L'histoire de Rashimpur finira sous ton règne. Je ne pouvais te le dire plus tôt, car cela t'aurait découragé. Pardonne-moi, Patanjali. »

Justin le regardait, stupéfait. « Non, c'est impossible. »

« Sadika, longtemps avant ta naissance, nous avait parlé des épreuves qui nous attendaient après sa mort. » Il s'enroula plus étroitement dans sa couverture. » Il avait vu lui aussi, les flammes de la destruction de Rashimpur. Et il avait vu lui aussi, Varja guider la main du destructeur. »

« Alors pourquoi avoir invité Varja ici? » demanda Justin, le désespoir commençant à le gagner. « Pourquoi ne pas l'avoir tuée avant qu'elle... »

« Mon fils, on ne tue pas parce qu'on a peur. C'est bon pour les faibles. Un tel acte nous aurait détruit beaucoup plus complètement qu'elle. Non, Justin. Varja suit son destin, comme toi le tien. »

« Et cet homme? Le Prince de la Mort? »

« Lui aussi doit vivre son destin selon les plans de Brahma. »

Justin était amer. « Des plans de mort pour chacun de nous. »

Il y eut un silence. « Pas tous », précisa Tagore doucement. » Qu'est-ce que le Karma? »

Justin réfléchit un instant. Karma était toutes choses. Le bien et le mal, les réincarnations successives. Il était l'esprit des hommes créé par leurs actions. Les obstacles et les joies qu'il éprouve dans la vie présente découlant inexorablement de ses actions dans la vie précédente. Karma était le destin, à la fois fixe et perfectible, compréhensible et en même temps hors d'atteinte. Le début et la fin. Le passé et l'avenir, tous deux fondus dans le présent. Justin hésita sur une réponse. Enfin, il dit, « Karma, c'est le cercle. »

Tagore approuva de la tête. « Tu dois permettre au cercle de se refermer sur lui-même. »

« Je ne comprends pas. »

« L'homme, celui que tu appelles le Prince de la Mort, fait autant partie de ta vie que toi-même. Il est aussi indispensable au déroulement de ta vie que l'air que tu respires. Tu ne peux pas plus éviter la douleur qu'il t'apporte que la paix que t'apporte Amne Xachim. Je t'ai dit une fois que ta vie serait l'une des plus difficiles et des plus douloureuses ici-bas. »

« Je t'ai entraîné et préparé pour cette vie. Ton karma t'impose de rencontrer cet homme. Selon ton karma, tu le vaincras, ou tu seras vaincu par lui. »

« Je le tuerai à l'instant même où je le rencontrerai. »

« La loi de nos pères t'interdit de tuer sauf en état de légitime défense soit pour toi soit pour protéger une autre vie en danger. Si tu tuais cet homme dès l'abord, tu briserais le cercle de ton karma. Et le serpent enroulé dans ce cercle, dont tu peux sentir le pouvoir dans cette amulette, restera à enroulé. Le temps n'est pas encore venu. »

« Le laisserai-je nous détruire en premier? » demanda Justin avec un ton de cruel désespoir.

« La décision ne sera pas de ton ressort », répondit Tagore.

Justin plongea son regard profondément dans celui de son vieux maître. « Tagore », dit-il, « tu as été plus qu'un père pour moi. Je te respecte plus qu'aucun autre homme, et je t'aime. Mais cette 'ois-ci, tu as tort. Je dirige Rashimpur, et je déciderai. L'homme mourra. »

« Quand le temps sera venu. »

« Et quand le temps viendra-t-il? »

« Tu le sauras. Jusque-là, il t'est interdit de le tuer. »

Justin se détourna et se tint face aux montagnes noyées dans la nuit sombre.

« Ce n'est pas moi qui te l'interdit », précisa Tagore en se levant.

« C'est le karma de Patanjali, et la volonté de Brahma. »

Justin ne répondit pas.

« Adieu, mon fils », dit Tagore et il s'éloigna.

Le matin suivant, juste après l'aube, une colonne de soldats apparut sur le sentier à la base d'Amne Xachim. Justin les observa un moment en silence. Puis, vérifiant qu'aucun des moines du monastère ne pouvait le voir, il descendit en courant le long de la paroi afin d'attendre l'arrivée des soldats, caché au milieu des rochers.

Trop loin pour être repéré par les yeux non entraînés des soldats, Justin courait tout en surveillant la lente progression de la colonne sur le flanc de la montagne. Ils grimpaient sur la route que Justin avait empruntée le premier jour de son arrivée. Il avait mis quatre jours, alors, pour la parcourir. Aujourd'hui, il aurait pu franchir cette distance en moins de six heures.

Les militaires étaient encore à plus d'une journée de marche de Rashimpur quand Justin les rejoignit, se gardant bien de se découvrir à leurs regards. Ils étaient douze, vêtus de longues houppelandes militaires, maculées de boue par ce qui avait dû être un très long voyage à pied à travers vallées et cols. Justin les observa un à un, cherchant dans leurs traits ceux de l'homme entrevu dans ses rêves. Mais aucun ne lui ressemblait. A midi, les soldats firent halte pour déjeuner. Ils déposèrent leurs sacs à dos et les armes à côté d'eux. Ils parlaient russe, mais ce qu'ils disaient intriguait Justin.

L'un d'eux se plaignit de la longueur du voyage, d'autres l'imitèrent disant qu'ils étaient les dindons d'une farce. Même sur l'ordre de leur sous-officier leur intimant silence, on pouvait se rendre compte qu'ils remplissaient leur mission avec peu d'enthousiasme.

Justin observa le groupe un instant. Deux des hommes faisaient la sieste. Sans un bruit, Justin fit mouvement, jaillissant au milieu du petit campement, ramassant d'un seul mouvement rapide les armes des soldats. Un jeune militaire voulut se saisir de son fusil. D'un coup de pied souple, Justin envoya le fusil voler dans les airs. Il avait rejoint le sous-officier et le clouait au sol. « Où est-il? » cria Justin, ivre de sa propre énergie. Son karma était déjà en grand péril, il le savait. En attaquant le premier, il avait violé la loi fondamentale des gens de son monde. Rashimpur ne serait pas détruit. Il le jurait même si cela devait lui coûter son âme. « Où est votre officier ou celui qui vous guide? »

Personne ne répondit. Les soldats se regardaient, surpris probablement qu'un jeune moine au crâne rasé et portant une robe safran connaisse le russe. Le sous-officier prit dans l'étreinte de Justin se débattait. Celui-ci resserra sa prise et le jeune militaire glapit de douleur.

« Où? Je jure de vous tuer l'un après l'autre si vous gardez le silence! »

Les soldats, tous plutôt jeunes, se tenaient dans un hébètement pitoyable. Le regard de Justin sur eux les faisait trembler, les yeux terrifiés. L'un d'entre eux, le plus jeune probablement, jeta un regard vers le haut de la paroi sur laquelle se tenait Rashimpur. Il eut un mouvement de déglutition douloureux et ses yeux cillèrent. Justin ne bougea pas. Quelque chose tournait mal, il le sentait. Très mal.

« La décision ne sera pas de ton ressort », avait dit Tagore à propos de la destruction de leur temple. A cet instant précis, la toux saccadée des mitrailleuses emplit l'air pur au-dessus de leurs têtes sur le plateau de Rashimpur. Le bruit des armes à feu mêlé aux cris et aux plaintes des mourants se répandaient dans des volutes de fumées âcres. Les yeux du jeune soldat dont Justin avait suivi le regard, étaient baissés, emplis de honte.

Justin pivota et, le jeune soldat toujours prisonnier de son étreinte, vit les épaisses colonnes de fumées grises sortir en gros bouillons de la porte principale de Rashimpur. Le rêve s'était, en dépit de sa vigilance, fait réalité. Rashimpur brûlait.

« Non »! hurla-t-il, rejetant le soldat loin de lui comme un vieux chiffon. Il entreprit de remonter le chemin à vive allure. Des coups de feu claquaient dans son dos mais il n'y prêta pas attention. La seule pensée qui l'occupait était d'atteindre le monastère avant qu'il ne soit trop tard. Atteindre Rashimpur et trouver le Prince de la Mort.

Les heures de course pour remonter vers le temple lui parurent des jours. Son cœur battait mais il forçait l'allure se voulant déjà arrivé à Rashimpur.

Le Prince de la Mort ne lui échapperait pas. Il serait là, prêt, et Justin veillerait à ce qu'il meure pour payer son audace d'envahir le monastère. Il souhaitait que les autres moines ne l'aient pas déjà tué. Car le Prince serait là, Justin le savait. Il pouvait sentir sa présence aussi sûrement que s'il l'avait vu en face de lui.

Il parvint au lac. Il y plongea. Il en ressortit et escalada le reste du versant en quelques bonds, s'arrachant à la pesanteur à l'aide de ses mains nerveuses. La proximité des lourdes fumées le faisaient s'étouffer et les cris au-dessus de lui étaient remplacés petit à petit par un silence plus sinistre encore que les cris d'horreur eux-mêmes.

Enfin, il déboucha sur le plateau. Les dents serrées, l'amertume lui brûlant la gorge, il se fraya un chemin dans la fumée épaisse qui sortait du portail. Ses traits se défirent quand il vit le spectacle le plus horrible qu'il eut pu imaginer. Les murs étaient noirs de soldats, leurs armes en joue. Sur le sol du Grand Hall, les corps de nombreux moines gisaient, leurs robes jaunes tachées de sombre par le sang de leurs innombrables blessures. L'air était plein de l'odeur âcre de la poudre fraîchement brûlée. Le hall était totalement silencieux. Son regard erra, incrédule, sur le spectacle. Puis ses yeux trouvèrent l'Arbre des Mille Sagesses. Il brûlait. Des volutes de fumée s'enroulaient autour du tronc de l'Arbre, les feuilles noircies tombant sur le sol par paquets. Le choc emportait Justin comme une lame de fond. Il gémit et sentit sa poitrine se liquéfier complètement.

Attaché au tronc de l'arbre, brûlé et mutilé, se trouvait Tagore, son vieux maître.

Il marcha vers lui comme dans un rêve. C'était son rêve, longtemps rêvé, à présent réalisé de manière si odieusement réaliste. Des flammes léchaient le tronc et les jambes maigres du vieillard. Il était nu, et sa poitrine était constellée de trous de projectiles. Sa peau était boursouflée et noircie. Du sang séché colorait ses genoux disloqués.

« Tagore », dit-il en s'approchant du cadavre. Le corps du vieux maître était attaché au tronc par un fil de fer qui avait entaillé la chair des poignets.

D'un coup sec, Justin brisa le câble de fer et recueillit le pauvre corps pantelant de son maître dans ses bras. Les traits du visage étaient tranquilles. On n'y sentait pas la douleur. Cela lui avait coûté toute son énergie, pensa Justin, pour mourir dans le calme de son âme.

Lentement la tristesse de Justin se cristallisa en quelque chose de dur et d'inconnu.

La haine.

Il se tenait devant l'arbre en train de se consumer, Tagore dans les bras, se retournant pour faire face aux douzaines de soldats qui pointaient leurs baïonnettes dans sa direction. «Où est celui qui vous commande?» hurla-t-il. «Qu'il se montre à moi!»

Un homme s'avança. Il se détacha des ombres qui envahissaient le fond de la grande salle. Comme il s'approchait, Justin put voir son visage.

Le Prince de la Mort était enfin là.

Les deux hommes se mesurèrent du regard un long moment. Les traits impassibles de l'officier ne trahissaient aucune émotion. Il avait le cheveu blond et court. Malgré sa jeunesse, il commençait à blanchir par endroits. Il n'était pas grand mais son maintien sous l'uniforme dénotait une volonté rare même chez les moines de Rashimpur. Son visage hâlé portait déjà les stigmates d'un âge plus avancé.

Mais ses yeux surtout attirèrent le regard de Justin. Ils étaient d'un gris-vert délavé, peu enfoncés et aux paupières lourdes, brillants d'intelligence. C'était des yeux de reptile, ne ratant rien de ce qu'ils observaient, jugeant dans la seconde et sans erreur.

Des yeux froids sans arrogance, sans passion qui considéraient toutes choses avec un égal intérêt, ou un égal désintérêt. Les yeux étaient bien ceux du Prince de la Mort. C'était exactement les mêmes yeux que dans ses rêves.

Le Russe parla le premier, d'une voix calme et cultivée. «Je suis le Lieutenant Alexandre Zharkov de l'Armée de l'Union des Républiques Socialistes Soviétiques», dit-il. «Je réquisitionne ce bâtiment.

Aucun défi ne perçait sous les mots. Aucune menace non plus. Il apparut évident pour Justin que le massacre des habitants de Rashimpur ne faisait ni chaud ni froid à ce reptile humain. Il avait tué les moines parce qu'ils se trouvaient sur son chemin.

«Ceci n'est pas votre pays», répliqua Justin en tremblant. «Votre gouvernement n'a aucune autorité sur cette région, et personne n'a d'autorité sur Rashimpur.»

Zharkov hésita un bref instant. «Ce bâtiment m'appartient», dit-il doucement.

Doucement Justin déposa le corps de son vieux maître sur le sol, sans quitter son interlocuteur des yeux. «Il ne vous appartient pas.» La tension entre les deux hommes était palpable.

Zharkov fit un rapide geste du menton en direction de ses hommes, et ceux-ci se mirent immédiatement en mouvement. Mais avant de pouvoir l'atteindre, Justin était déjà dans les airs, les muscles de son corps répondant en une fraction de seconde aux besoins de son esprit. Avec lourdeur et lenteur, Zharkov s'était retourné pour s'éloigner, un éclair dans le regard trahissant une soudaine peur.

Le pied de Justin frappa l'officier à l'épaule avec un craquement sinistre. Zharkov s'effondra en cherchant sa respiration.

Justin se préparait pour une nouvelle attaque mais il était déjà trop tard. Il sentit la pointe d'une baïonnette lui transpercer le dos, sous sa dernière côte. Alors qu'il commençait à ressentir la douleur, il vit la lame ensanglantée ressortir par le devant de son corps puis repartir en arrière.

Il hoqueta en voyant le sang sortir en jets réguliers de son ventre. La baïonnette frappait de nouveau. Et encore. Et encore.

Avec un tremblement, il s'affala sur le sol. Ses jambes se contractaient violemment. Il aspira l'air avec difficulté puis se coucha sur le dos, les mains jointes sur ses blessures, le flot de sang s'insinuant entre ses doigts.

Il leva les yeux. La dernière vision qu'il eut fut le Prince de la Mort qui le surplombait, le visage tordu de douleur, encadré de flots de fumée grise qui l'enveloppait comme un linceul.

Chapitre 14

L'eau.

Elle était partout, autour de lui, fraîche et apaisante, sa limpidité bleue veinée de filets de sang sombre qui s'échappait de ses plaies. Ses yeux s'ouvrirent lentement. Il réalisa qu'il avait arrêté de respirer machinalement.

Dans le calme de l'eau, il sentit battre son cœur mais si faiblement qu'il se demanda même s'il battait réellement. Cette capacité longtemps pratiquée depuis son enfance, il la retrouvait presque sans y réfléchir, et elle venait de lui sauver la vie. Il remercia mentalement Tagore de la lui avoir enseignée. Il en aurait besoin à partir de maintenant.

Le calme de l'eau était troublé par des objets lourds tombant autour de lui. Des bulles bouillonnèrent au-dessus d'un jaillissement de boue. Quand l'eau s'éclaircit, il vit des tissus jaunes flotter autour d'un des moines qui coulait puis, lentement remontait vers la surface. Un autre jaillissement d'eau, et une paire d'yeux le regardèrent sans le voir puis se détournèrent vers les abîmes du lac. Il devait être dans le petit lac près de Rashimpur pensa-t-il, tout engourdi. Les soldats y jetaient les corps des moines.

Les blessures de Justin étaient trop graves pour lui permettre de bouger, aussi resta-t-il immobile, ballotté par les impacts des corps en robes jaunes qui trouaient régulièrement la surface de l'eau, concentrant son attention sur les vaisseaux déchiquetés de ses blessures. Il n'y avait pas de place pour l'affliction. Il devait concentrer toute sa force de réparation vers sa propre guérison. Cela ne guérirait pas la tristesse, il le savait. L'horreur serait présente à tout jamais.

En se concentrant encore, il força son cœur à battre encore plus lentement. L'eau lui parut plus chaude, il sut ainsi que sa température continuait de descendre. Le sang qui coulait de son flanc ne fut bientôt plus qu'un timide goutte à goutte. Ses pensées se rétrécirent à la dimension d'un point blanc qu'il maintenant flottant un peu en avant de lui. Aucune conscience autre que celle de ce point lumineux ne parvenait à son cerveau. Il le saisit mentalement et l'attira lentement à lui. Quand le point blanc fut assez grand pour qu'il puisse y entrer, il pensa un point noir à l'intérieur du blanc et l'attira également pour y entrer. Quand le point noir laissa la place à un troisième point lumineux, Justin sut qu'il était dans l'état de conscience propre à utiliser ses dons d'auto-guérison. Il se reposa à l'intérieur du cercle blanc jusqu'à ce que ses yeux se rouvrent. L'eau était noire. Il devait faire nuit, à présent.

Tel un serpent – dans une demi-conscience, les membres bleus de froid, l'esprit voilé – il se glissa jusqu'à la rive et resta couché sous les buissons de rhododendrons. Les plantes et les fleurs avaient été piétinées par les bottes des soldats. Au-dessus, pendait un mince croissant de lune, faible et voilé par la brume. Le monastère de Rashimpur était invisible et silencieux, mais l'insistante odeur de l'incendie persistait. Lentement Justin respira plus profondément. L'oxygène frais l'enivra tout d'abord, puis le gonfla littéralement d'énergie neuve. Il s'assit puis se remit sur pieds. Son cœur reprit progressivement son rythme normal. Déchirant une bande de tissu de sa tunique, il banda ses blessures avec ce pansement sommaire. Il se frappa l'abdomen pour éprouver ses blessures. La douleur était encore violente, mais les pansements tenaient bon. Il referma le poing. Ses doigts fonctionnaient. Bien, pensa-t-il. Ses mains allaient lui être utiles.

Il était prêt.

Deux sentinelles gardaient chacune un des accès au plateau de Rashimpur. Justin se hissa silencieusement jusqu'au bord de la paroi, derrière le garde de gauche et il l'attendit à l'endroit où il faisait demi-tour. Quand la sentinelle revint vers le bord extrême du plateau, hors de vue de l'autre garde, Justin lui enserra le cou de son avant-bras. Un gargouillis sortit de la gorge du soldat pendant que ses bras s'agitaient en tous sens.

Tu n'as pas le droit de tuer. La voix de Tagore résonna dans les recoins les plus inaccessibles à la pitié de l'esprit de Justin. Il n'avait jamais tué. La peau de l'homme était moite et il sentait la peur. Des poux couraient dans ses cheveux sales. Cet homme ne me voulait aucun mal pensa-t-il. Il a souffert les rigueurs et la solitude et est devenu crasseux pour le soin de quelqu'un d'autre. Il n'est sur terre que pour servir. C'est un soldat, pas un chef. Les raisonnements de ses années d'enseignement de moine lui revenaient : prendre la vie de quelqu'un est une faute, rarement justifiée. *Ton karma sera détruit.* La voix de Tagore résonnait de nouveau. Mais le karma de Justin était une chose lointaine à présent, carbonisé dans l'incendie de Rashimpur, aussi mort que son âme. *Pardonnez-moi, vous tous, les sages et les saints qui m'avez précédé. La haine qui vit en moi est beaucoup trop grande.*

Et il brisa la nuque de la sentinelle.

La fois suivante, tuer fut beaucoup plus facile. La seconde sentinelle mourut plus vite dans les mains de Justin, souillées de la sueur de son premier meurtre. Il se glissa alors à l'intérieur, où les soldats dormaient sur le sol du Grand Hall. Le corps de Tagore avait disparu. Il devait flotter auprès des autres corps, dans les eaux du lac.

Ses mouvements étaient absolument silencieux. Il fit en sorte que les coups qu'il portait soient si rapide qu'ils ne réveillaient pas les soldats qui mouraient les uns après les autres. Il n'hésitait plus pour porter ses coups. La raison ne le dirigeait plus. Il ne ressentait plus aucune pitié. Il nourrissait consciencieusement sa formidable haine cannibale. Plus il la nourrissait, plus elle lui en demandait. Il ne serait rassasié que lorsque le dernier soldat serait mort de ses propres mains. Il s'assurerait que le dernier d'entre eux soit Zharkov lui-même.

Zharkov ne mourrait pas silencieusement comme ses hommes. Il voulait le voir souffrir, le voir dans les retranchements de son agonie, l'entendre supplier. Il voulait regarder les yeux de lézard s'éteindre au moment où la vie les fuirait. Seulement alors il pourrait pleurer sur l'amour perdu de Tagore, pas avant. *Il voulait voir les yeux.* Et cette vision, il était prêt à la payer de la souffrance éternelle de son âme errante, et ce ne serait pas trop payer, estima-t-il.

Un dernier moment de pure perfection en face du Prince de la Mort.

En quelques instants, la Grande Salle était devenue pour la seconde fois, une crypte mortuaire. Les soldats gisaient, enroulés dans leurs sacs de couchage, paisibles si ce n'était leurs blessures fatales. Zharkov n'était pas parmi eux.

Justin fit une pause pour respirer l'air épais qui sentait la mort. La mort était son karma à présent. C'était son essence profonde. La mort était la seule chose qu'il désirait, celle de Zharkov tout d'abord puis la sienne propre. Il exigeait la mort de Zharkov. Et Tagore exigeait la sienne.

Il écouta de tout son être. Toute vie, avait-il appris générait des sons. Même la plante qui poussait pouvait solliciter l'oreille suffisamment attentive. Il écoutait le silence de mort. Car, quelque part, Zharkov était vivant.

Le bruit vint des cuisines du monastère. Il le suivit à travers les corridors. Les torches étaient toutes consumées. Son oreille exacerbée saisit la longue plainte du vent derrière la façade de rocher de Rashimpur, ainsi que le grouillement de millions d'êtres vivants invisibles dans la nuit.

Derrière tous ces bruits, il en était un que Justin n'oublierait jamais. Celui du feu.

Zharkov était assis à la table de la cuisine, face à la porte. Il était penché sur des cartes de la région. De temps en temps il faisait une marque sur un point de la carte, ou annotait les marges. Derrière lui, dans une alvéole du mur, brûlait un feu qui jetait des ombres dorées dans toute la pièce.

La vareuse de Zharkov était ouverte. Un revolver dépassait d'un étui lié sous son épaule.

« Je me souviens de vous », dit Justin.

Zharkov essaya de dégainer, mais Justin s'y attendait. Sa main décrivit un arc de cercle et frappa le poignet de Zharkov qui lâcha l'arme. Celle-ci ferrailla sur le sol. Les yeux sur Zharkov, Justin saisit l'arme et la jeta par la fenêtre étroite. Il l'entendit heurter le sol extérieur et dégringoler le long de la falaise.

« Vos hommes sont morts. »

Les yeux de reptile se dirigèrent lentement vers le Grand Hall. Il écoutait. Enfin, Zharkov lâcha, « vous n'auriez pu arriver jusqu'ici s'ils étaient vivants ».

Justin admira le sang-froid de l'homme. Il n'y avait pas le moindre signe de panique sur le visage de Zharkov. Aucune surprise de voir devant lui un homme qu'il avait vu mort quelques instants plus tôt. Pas le moindre indice de pitié à l'idée que ses soldats gisaient dans le temple, morts.

Zharkov reprit la parole. « Je me souviens de vous également. Le match à Paris. » Le ton était presque mondain, sans émotion. « Vous m'aviez battu, à l'époque. »

« Je vous battrai encore », dit Justin.

Zharkov haussa imperceptiblement les épaules. « Je pense que le vieux m'a menti. Je lui ai demandé qui était le chef de votre secte. Il m'a répondu que c'était lui. »

« Ce n'était pas lui. »

« C'est ce que j'ai pensé. Il avait besoin d'un interprète. Il ne connaissait pas le russe. Je savais que le Maître du Chapeau Bleu parlait plusieurs langues. »

Justin essayait de masquer son étonnement devant les connaissances de Zharkov. « Vous portez l'amulette au serpent enroulé. C'est donc vous le chef. »

Justin comprit. La vision de ses rêves était bien réelle.

« Varja », dit-il. « La femme vous a guidé vers nous. »

Les yeux de Zharkov étaient rivés dans ceux de Justin. « Vous comprenez maintenant pourquoi ils devaient tous mourir. Je connaissais leurs aptitudes au combat. Je ne pouvais pas risquer mes hommes comme ça. »

« Vous les avez risqués malgré tout », dit Justin froidement.

Il y eut un silence. « On m'a donné l'ordre d'occuper ce bâtiment. Si ce n'est pas moi, d'autres viendront et l'occuperont. »

« Qu'ils viennent. Vous serez mort depuis longtemps. »

Zharkov ne broncha pas quand Justin se déplaça vers lui, aussi silencieux que l'air. Le pouls de Justin s'accéléra. Le moment tant attendu était là. Il verrait les yeux de lézard contempler le cauchemar de leur propre mort. A cet instant, Zharkov fit un pas en arrière et frappa du talon juste à l'endroit de ses blessures. Justin recula sous le choc et sous la douleur. Comme il titubait en arrière, la main de Zharkov lui arracha l'amulette et la jeta dans le feu. Justin se remettait du premier coup, mais Zharkov tirait déjà un poignard de sa ceinture et le faisait siffler en direction du jeune moine. Justin s'avança et saisit la lame dans la main. Pendant trois ans, il avait froissé et défroissé du papier de riz. La peau de ses mains était aussi dure et résistante que de l'ardoise. Il le rejeta et rapidement, attrapant Zharkov par les cheveux il le traîna vers la cheminée. D'une main il récupéra l'amulette dans les flammes. Zharkov tenta de frapper et Justin fut étonné de la force de son adversaire. Mais cela raviva également la rage de Justin. Il cogna la tête de Zharkov sur les dalles du foyer. La bestialité du choc emplit Justin de honte. Il n'avait pas l'intention de massacrer Zharkov comme l'aurait fait n'importe quel barbare.

Zharkov gémit. Ses jambes se débattirent un instant puis cessèrent. Ses yeux frémirent brièvement et se refermèrent tandis que Zharkov lâchait prise et s'affaissait.

Ce n'est pas ainsi qu'il avait vu les choses, pensa-t-il en voyant la forme inerte à ses côtés. Zharkov était inconscient, le pouls battant presque calmement. Le Prince de la Mort ne pouvait décemment pas mourir dans l'inconscience, dans l'absence. Non, il méritait mieux.

Mais Tagore avait raison. Il n'était pas encore temps. On ne répondait pas à des morts absurdes par d'autres morts absurdes. Justin retira l'amulette du feu. Elle avait commencé à mollir sous la chaleur. Le serpent avait perdu une bonne partie de ses écailles et une goutte d'or fondu avait coulé et s'était collée à la base du pendentif.

Zharkov revint à lui, les yeux reptiliens encore vagues.

Justin le serra violemment contre lui.

« Je ne peux pas encore vous tuer », dit Justin. « Le temps n'est pas venu. Mais nous nous reverrons. » Il pressa l'amulette brûlante contre le cou de Zharkov. L'officier hurla et se cabra, tentant de se dérober mais le bras de Justin le maintenait comme un étau. La peau brûla et noircit, répandant immédiatement une terrible odeur de chair brûlée. Justin relâcha son étreinte, et la marque du serpent, imprimée dans la chair boursouflée, apparut.

« Vous vous souviendrez de moi », dit Justin.

Tard dans la nuit, Justin revint sur les lieux. Zharkov avait disparu. Les corps des soldats jonchaient encore le sol là où Justin les avait tués.

Il descella la lourde pierre du mur et prit le diamant que Tagore avait mis là à son intention. Le Grand Hall était en ruine. Les murs dorés étaient noirs de fumée, et l'arbre – l'Arbre Sacré des Mille Sagesses, qui l'avait guéri et l'avait aidé à voir les choses avec des yeux nouveaux – était à présent brisé, sans feuilles, un pauvre tronc décharné.

« Tagore disait que rien ne pouvait te détruire », dit-il amèrement. Il ramassa une poignée de cendres à la base de l'arbre et sortit jusqu'au bord du plateau de Rashimpur. Le vent souffla en une plainte monotone au milieu des montagnes silencieuses.

Justin aurait voulu prier pour les âmes des morts, mais il savait qu'il ne pouvait plus prier pour personne. Il avait tué son karma et avait contrarié la volonté de Brahma. Pire que tout peut-être, cela n'avait contribué à sauver aucune vie humaine à part la sienne et celle de celui dont il désirait le plus la mort. A présent, ils devraient vivre l'un et l'autre.

« Pleure, Montagne Sacrée », dit Justin. « Pleure les larmes que je n'ai pas le droit de pleurer. » Il ouvrit la main. Les cendres s'envolèrent dans le vent, et disparurent dans le silence de la nuit.

Chapitre 15

A La Havane, le soleil est chaud...
Une image de palmiers colorés et incertains se fraya un chemin dans l'esprit d'Andrew Starcher. A La Havane, le soleil était chaud. Il pendait dans le ciel, brillant, dangereux, une goutte d'or fondu à la base, un serpent enroulé à l'intérieur dressait sa tête et enserrait le cœur de Starcher, l'étouffant et le tuant...

Il se dressa sur son lit. La douleur était atroce. Les perfusions dans ses bras le poignardaient et la boule de muscles dans sa poitrine semblait sur le point d'exploser. Les appareils de contrôle au-dessus de sa tête protestèrent sur un ton aigu. Leurs vagues régulières se transformèrent tout à coup en une tempête incontrôlable. En un instant, une équipe d'infirmières s'affairaient à ses côtés, le forçant à se recoucher et le mettant sous oxygène.

« Ne vous asseyez pas comme ça ! » aboya l'une d'entre elles en russe. « Vous m'entendez ? Clignez des yeux si vous m'entendez. »

Avec effort, Starcher cligna des yeux. Une sueur froide sur son front dévala le long de ses tempes. Le médaillon. Tout ça à cause du médaillon. Il avait suffi qu'il *le* touche pour que son cœur s'arrêtât presque. Personne ne le croirait mais c'était la vérité. Le serpent enroulé possédait les mêmes pouvoirs que son propriétaire, le même magnétisme que Starcher avait remarqué à son premier contact avec le jeune homme nommé Justin Gilead.

Starcher se souvenait bien de ce jour, car il venait juste d'apprendre qu'il était nommé de nouveau en Europe. Pendant un an, après avoir été blessé par balle à Berlin, il avait, bon gré mal gré, servi comme instructeur pour de jeunes recrues de la CIA à la Centrale de Langley en Virginie. Pouponner une équipe de jeunes blanc-becs fraîchement sortis de Yale était une étape difficile quand on venait directement de l'exaltation de la guerre froide en Europe, et il comptait bien y retourner. On était en 1970.

Il y avait un homme à Langley, à l'époque, pas une recrue, mais un prisonnier. Langley était régulièrement l'objet des tentatives d'illuminés qui prétendaient vouloir défendre la patrie en se faisant espion du jour au lendemain. Ça allait de ménagères avec leurs cabas jusqu'aux sexagénaires minables qui, perturbés par le mythe de James Bond, pensaient refaire leur vie dans le sexe et l'aventure du monde de l'espionnage. Ceux-ci étaient invariablement reconduits au poste de garde, mais le jeune homme en question gardé au secret n'entrait pas dans cette vaste catégorie de névrosés.

Gilead était entré trois jours plus tôt, au nez et à la barbe des gardes. Cela déjà suffisait à le soumettre à des interrogatoires élaborés. Starcher, à cause de sa longue expérience en Europe, fut désigné pour aller lui parler. « Quelque chose n'est pas clair », lui dit le directeur des opérations, « alors essayez de savoir quoi. A mon avis les Russes nous ont envoyé ce guignol. »

« Pas votre manière habituelle d'infiltrer, hein ? » dit Starcher sèchement, puis il se dirigea vers la pièce gardée où l'on tenait le jeune intrus.

Sa première surprise fut pour les extraordinaires yeux bleu de glace, puis pour la jeunesse du personnage. Il ne devait pas avoir plus de vingt-cinq ans. Sa chemise était entrouverte et une médaille avec un serpent enroulé pendait à son cou.

« Je suis venu pour parler avec vous », dit Starcher.

« Vous n'êtes pas le premier. » La voix était douce mais placée assez bas. Il parlait calmement, bien qu'il ait dû être fatigué de répéter son histoire à tous ceux qui s'étaient succédé devant lui.

« Mon nom est Justin Gilead. Je veux travailler pour vous. Je ne demande pas à être payé. Un jour, seulement, je vous demanderai un service. »

« Quel genre de service ? »

« Je ne peux pas vous le dire de façon précise. Ce ne sera pas contre la loi. Ce sera juste un renseignement dont j'aurai besoin, à ce moment-là. »

« Vous ne pouvez pas ou vous ne voulez pas me le dire de façon précise ? » demanda Starcher.

« Les deux », dit le jeune Gilead. Son accent était américain, bien qu'il ne put produire ni papier d'identité ni passeport.

Starcher s'assit devant le petit bureau tandis que Justin lui tournait le dos et regardait à l'extérieur par une fenêtre à barreaux. L'homme de la CIA ouvrit le dossier qu'il avait apporté et le parcourut. Justin Gilead avait vingt-six ans. il était né à New York et parlait une douzaine de langues. Il ne savait pas conduire de voiture. Il n'avait pas de famille. Il disait être joueur d'échecs. Il avait été élevé par des moines en Inde. La seule référence qu'il avait pu citer était un professeur de l'Université de Columbia dans l'État de New York, et qui s'appelait Anna Tauber.

Starcher parla avec lui pendant plus de deux heures, et Gilead ne varia jamais de sa version au sujet de ce qu'il avait fait et de qui il prétendait être.

Il dit qu'il allait entamer toute une série de tournois internationaux d'échecs. Avec cette couverture et ces occasions uniques d'entrer dans certains pays, il pourrait rendre de grands services à la Centrale. Il insista sur le fait que tout ce qu'il voulait en échange serait un jour, un « renseignement ».

Starcher s'était levé pour quitter les lieux, plus perplexe qu'en entrant.

« Combien de temps devrai-je rester ici ? » demanda Gilead.

« Je ne sais pas. »

« Vous semblez être un homme raisonnable, Mr. Starcher. Pensez-vous que j'aie une chance de pouvoir travailler pour vous ? »

« Honnêtement, je pense que vous avez deux chances : l'une, faible, l'autre nulle. »

« Je me suis déjà fait à cette idée moi-même. Je pense donc que je devrai sortir d'ici bientôt. »

« On voudra peut-être vous garder ici. »

« Ce qu'ils veulent et ce que je veux sont deux choses différentes », dit Gilead. Il sourit à Starcher mais d'un sourire froid, sans douceur ni humour. Le sourire du chat pour la souris.

« Qu'est-ce que vous en dites ? » demanda Harry Kael à Starcher après qu'il soit revenu de son entrevue avec Gilead. Kael était le chef de la sécurité à cette époque.

Starcher secoua la tête. « Je ne sais pas quoi penser. Je ne pense pas qu'il soit un agent russe, si c'est ce que vous voulez dire. Si les Russes voulaient infiltrer quelqu'un ici, ils l'auraient préparé. Il ne serait pas entré simplement comme ça. »

« Je n'ai jamais fait confiance aux joueurs d'échecs », annonça

Kael. «Tous ceux que j'ai vu dans les journaux ont des gueules de fouine.» Kael par contre était aussi épanoui qu'un guichet d'administration un quinze août.

C'est vraiment un joueur d'échecs, alors?» demanda Starcher.

«Oui, de ce côté-là, ça colle. Il y a eu un Justin Gilead, un gosse né à New York, comme il l'a dit. Il était joueur d'échecs. Un enfant comment-c'est-y-qu'on-appelle-ça?»

«Prodige?» suggéra Starcher.

«Voilà. Un enfant-prodige. Son vieux était un petit écrivain porno ou quelque chose comme ça. Mort assassiné à Paris en 54. Connu sous le nom de plume de Léviathan. Le garçon était avec lui quand il a dégusté. La police a supposé que le gosse avait trinqué aussi, bien qu'elle n'ait jamais retrouvé le corps. Ils ont fait les papiers, comme si.»

«Je me souviens, maintenant. Le gosse était un petit génie des échecs.»

«Maître à l'âge de dix ans. Vous jouez aux échecs?»

«Non», avoua Starcher.

«C'est très dur. C'est peut-être ce qui leur donne ces têtes. Vous jouez des années. Avec un peu de chance, vous vous améliorez. Et de temps en temps, un gamin sort du lot. Il ramasse tous les prix avant même d'être sorti de son landau. Maître à dix ans, c'est pas rien. J'aimerais savoir ce qu'il a dans la tête.»

«Peut-être qu'il dit tout simplement la vérité.»

«Écoutez, Andy. Pas âme qui vive pour nous le confirmer.»

«Vous avez contacté le professeur?»

«Qui? Oh, elle. J'ai écrit une lettre. Elle n'a pas le téléphone. Vous voyez le genre. Pas encore de réponse. Alors, quoi. Ce gosse est soit un espion, soit un dingue. Dans les deux cas, on n'a pas besoin de lui.»

«Je ne savais pas que les dingues étaient automatiques recalés, dans notre boulot», dit Starcher et les deux hommes éclatèrent de rire.

Starcher pensait qu'à l'époque de l'OSS *, un homme de l'intelligence et des apparentes capacités de Gilead n'aurait pas été longtemps mis sous le boisseau sous prétexte de folie et ceci sans examen de son passé. Mais, il est vrai, qu'à cette époque, on savait prendre des risques. On cherchait surtout les hommes d'exception. Pas seulement ceux dont le profil correspondait avec celui de

* *N.d.T.* Ancienne CIA.

l'agent type. Starcher songea que l'âge le rendait nostalgique. Car même à l'époque, l'histoire de Gilead aurait eu du mal à passer. Et c'est pourquoi il souhaitait que cette histoire fut vraie.

Le jour suivant, Gilead avait disparu.

« Je ne comprends pas », dit Kael aux hommes rassemblés pour constater que la pièce était bien vide. « Deux sentinelles toute la nuit, pas d'outils à l'intérieur, la fenêtre intacte... » Il désigna la trappe en verre en haut du mur. « Il a du se débiner par les conduits de chauffage, mais on ne peut pas respirer là-dedans. Dix contre un qu'il est mort, coincé dans la tuyauterie », annonça Kael avec un soupir de dégoût. « Je fais venir une équipe d'entretien. »

Les hommes de l'entretien ne trouvèrent rien, que des paquets de poussière agglomérée. Justin Gilead avait purement et simplement disparu.

Chapitre 16

Starcher avait deux semaines à tuer avant de se présenter à son nouveau poste à Paris. Il décida de les passer à New York. Mais le théâtre et le cinéma ne le tentaient pas beaucoup. Ses pensées allaient plus volontiers vers le curieux visiteur de Langley, Justin Gilead.

Les années soixante-dix changeraient considérablement les rapports entre les États-Unis et l'Union soviétique. Depuis la fin de la Seconde Guerre mondiale, en l'espace d'une génération, les deux super-puissances s'étaient affrontées comme des voyous au coin d'une rue, grappillant de petits avantages ici et là, essayant de conserver chaque petit morceau de pavé gagné chèrement. Mais à présent que les frontières ne bougeraient quasiment plus, les sphères d'influence s'étaient stabilisées depuis quelque temps déjà. Le travail des espions deviendrait moins agressif, plus subtil. Les batailles futures n'auraient pas pour objet la puissance et l'espace vital, mais plutôt l'esprit des hommes et des femmes. Cela supposerait une forme différente d'espionnage, et probablement une espèce différente d'espion.

Un après-midi, il sauta dans un taxi qui le conduisit à l'Université de Columbia. Il y trouva le bureau d'Anna Tauber, professeur de religions orientales au département des études asiatiques.

« Ah oui. Mes bons amis de la CIA », dit aimablement le professeur Tauber de derrière un bureau encombré de papiers, de livres, de restes de sandwiches, de sachets de thé en état de moisissure avancée, et de courrier non ouvert. « J'ai lu votre courrier. Malheureusement, je ne vous ai pas encore répondu. » « Ce n'est pas moi qui vous ait écrit. Je ne sais pas ce qu'il contenait », avoua Starcher.

« Les habituelles intimidations de l'administration. « Qu'est-ce que vous savez sur Justin. Vous êtes priée de nous communiquer tous renseignements en votre possession. Et patati et patata. » Elle fit avec sa bouche un son qui exprimait parfaitement en quelle estime elle tenait les gens et les buts de la CIA. « Quel est votre nom, déjà ? »

« Starcher. Andrew Starcher. »

« Vous êtes du Sud. De la famille des Starcher, marchands de chevaux en Virginie ? »

« C'est la même tribu », dit-il en souriant.

« J'en ai rencontré quelques-uns quand je faisais partie de la Commission Johnson sur les Droits de l'Homme. Grande famille. Charmants. Vous devez être la brebis galeuse. »

Elle parlait sans humour. Starcher ne put s'empêcher d'aimer le personnage, avec ses cheveux comme de la paille de fer, ses grosses lèvres et ses lunettes de deux couleurs, démodées, qui lui laissaient des marques rouges sur le haut du nez. « Je le crains », répondit-il. « Ma famille fut terriblement déçue de ne pas me voir entrer dans les bottes d'un planteur. »

« Bien, vous êtes ici pour le travail et moi, j'ai une classe dans quarante minutes, alors allez-y. Qu'est-ce que vous voulez ? Stop. »

Elle avait choisi deux tasses à café douteuses et les avait presque jetées devant Starcher sur le bureau. « Allez les rincer à la fontaine dans le hall. » Avec une agilité incoupçonnée, elle fit faire un demi-tour à son fauteuil et brancha une théière en plastique qui trônait sur le rebord de la fenêtre, Starcher nota que sa robe était légèrement décousue sous l'aisselle. « L'eau sera chaude quand vous serez de retour. »

Il obéit. A son retour, il vit que le professeur Tauber avait posé à son intention un sachet de thé neuf et un exemplaire de *La Voie du Zen* d'Alan Watts pour servir de soucoupe. « Parfait. Qu'est-ce que vous voulez savoir ? » Soudain son visage s'éclaira d'un large sourire. « C'est une drôle de question à poser à quelqu'un de la CIA, hein ? »

« Avant d'aller plus avant », lui dit Starcher, « je voudrais vous dire que je ne suis pas ici pour la CIA. La CIA ne s'intéresse plus à Justin Gilead. »

« Mais vous, oui », dit-elle.

« Oui. »

« Pourquoi? »

Starcher hésita un instant. « C'est quelqu'un que l'on oublie difficilement. »

« N'est-ce pas? » dit Anna Tauber avec une grimace. « Pensez-vous pouvoir l'utiliser? »

« Je ne sais pas. Peut-être. Le monde évolue tellement. »

« Ah, la langue de bois de la CIA! Dites-moi la vérité. Vos gens pensent qu'il est payé par une puissance étrangère ou quoi? »

« Moi je ne le pense pas », répondit-il mais elle ne prêta pas attention à sa réponse.

« Je l'avais prévenu. » Elle frappa du poing le bureau ce qui eut pour effet de faire glisser toute une pile de polycopiés. « Il ne m'a pas écoutée. Ces gosses ont un culot monstre. Ils ont tous leurs crises mais ils sont persuadés que l'Oncle Sam est toujours là pour les protéger. »

« Je pense comme vous », dit Starcher.

« Tu parles. En ce moment, vous êtes persuadé que je suis une communiste, moi aussi. »

Starcher accusa le coup. Elle lisait dans ses pensées.

« Eh bien, vous avez tort. J'ai voté régulièrement depuis l'âge de vingt et un ans. J'ai servi sous trois présidents dans une commission ou une autre. » Elle baissa les yeux. « Et j'ai perdu mes deux fils dans cette saloperie de guerre. »

« J'en suis désolé », dit Starcher.

« C'est du passé », dit-elle calmement. « Pendant que maman faisait des marches et des manifestations et des discours contre la guerre, ses deux enfants se retrouvaient dans des sacs en plastiques. Ils y avaient cru. » Il y eut un long silence. « Justin aussi, y croit. » Ses traits s'adoucirent. « Comment empêcher les jeunes de croire qu'il y a une différence entre les bons et les méchants, hein? » « Je sais, on ne peut pas », dit Starcher en buvant son thé à petites gorgées. Il savait que Tauber n'était pas du côté des soviets. Elle était seulement une pauvre vieille dame qui avait vu enterrer ses deux fils. « Justin Gilead prétend que vous êtes la seule personne qu'il connaît dans ce pays. »

« C'est possible », dit-elle sans s'étonner. » Quand je l'ai rencontré, en tout cas, il ne connaissait personne. »

« Où cela s'est-il passé, Professeur Tauber? »

« Sur le bateau. J'avais cette vieille coquille de noix sur le bassin de la 79e rue. Je l'avais appelée *La Marche de la Tour.*

« Vous jouez aux échecs? »

« Je suis classée à 1 900 points », dit-elle fièrement. « Ça me situe pas trop loin des experts. Ce qui n'est tout de même pas grand-chose car le rang de maître est le seul qui vaille le coup dans les échecs et ça ne commence qu'à 2 200 points. Revenons à Justin. J'étais sur le pont un samedi, l'été dernier, jouant toute seule. Je me souviendrai toujours. Je mettais au point une défense sicilienne... une variation " dragon ". Bon, peu importe, d'ailleurs. Et tout d'un coup, je vois ce jeune gars, maigre, en habits déchirés et deux fois trop petits pour lui. Italien. »

« Gilead? » sursauta Starcher.

« Non, Starcher, pas lui. Son costume. Il m'a dit qu'il l'avait acheté à un membre de l'équipage du cargo italien sur lequel il était. Clandestin, bien sûr. Pas de passeport. Pas de portefeuille non plus. » Elle rit.

« Quelle monnaie avait-il sur lui? » demanda Starcher.

Elle se rejeta en arrière sur son siège, étudiant le visage de Starcher. « Bon, de toutes façons, il n'aurait pas été se jeter dans vos bras s'il avait eu quelque chose à cacher, hein? Il avait la poche pleine de diamants. »

« Des *diamants*? »

« Des diamants. Mais je vais trop vite. Comme je vous l'ai dit je jouais seule, j'étais complètement absorbée par la partie, quand j'ai aperçu Justin sur le quai. Je lui ai demandé ce qu'il voulait et vous savez ce qu'il m'a répondu? » Elle partit d'un énorme éclat de rire. Il a dit : « Je vous demande de bien vouloir déplacer votre Fou jusqu'à la case quatre du Roi. »

« Tiens donc! » fit Starcher qui commençait à s'impatienter.

« Alors, ça ouvrait de toutes nouvelles possibilités. J'ai suivi son idée pendant cinq ou six coups mais rapidement j'ai été larguée, comme on dit. Alors, je lui ai demandé de bien vouloir jouer avec moi. Il m'a battu en douze coups. Jamais vu un jeu pareil de toute ma vie. Je savais que j'avais affaire à coup sûr à un génie. »

« Et pour les diamants, professeur Tauber?... »

« Je ne sais pas d'où ils venaient. Je ne lui ai d'ailleurs pas demandé. Tout ce que je sais, c'est qu'il avait faim et qu'il était crasseux, et aussi qu'il était le meilleur joueur que j'aie jamais rencontré. On a fait quatre parties après celle-là et ensuite je lui ai donné un sandwich. Il a retiré toute la viande du sandwich, ça je ne suis pas prête de l'oublier. Il a mangé le pain. Je lui ai fait prendre une douche et il a passé la nuit sur le bateau. Je m'attendais un peu à ce que ma radio ait disparu avec lui le lendemain matin, mais non, il était toujours là. Il voulait me donner un diamant mais je ne l'aurais accepté pour rien au monde. Fichtre, je lui ai dit, c'est moi qui devait vous payer pour m'avoir montré cette défense. »

Starcher regarda sa montre. Il voulait que la vieille dame prenne son temps, se souvienne des moindres détails de la rencontre, mais les quarante minutes tiraient à leur fin. « Il n'a rien dit sur les diamants ? »

« Je vous ai dit, je ne lui ai pas demandé », dit-elle brusquement. « Oh et puis zut, si, je lui ai demandé. »

Starcher était aux aguets.

« Il ne les avait pas volés, ça je l'aurais parié. Vous comprenez... Qu'est-ce qu'il vous a dit de lui-même ? »

« Il a raconté une histoire sans queue ni tête. Il aurait vécu dans l'Himalaya », avança Starcher.

« Alors vous savez presque tout », dit-elle rasssurée. « C'est la vérité. »

Starcher ouvrit des yeux ronds.

« La région d'Amne Xachim près de la frontière tibétaine a été depuis des siècles le centre d'intérêt de nombre d'érudits à cause de la légende de Patanjali. » Elle le regarda. « Vous comprenez ce que je dis ? »

Starcher dit que non. Elle jeta autour d'elle un regard ennuyé. « Alors comment espérez-vous comprendre quoi que ce soit à son sujet ? Quelle heure est-il ? »

« Quatre heures moins le quart. »

« Je dois rejoindre mon cours. » Elle se leva avec difficulté et se dirigea vers la bibliothèque qui couvrait les murs de la pièce, prenant ici et là un livre qu'elle ajoutait à une pile qui grossissait rapidement. « J'espère que vous lisez vite », lui dit-elle en lui chargeant les bras de la pile de livres. « Je vous les laisse jusqu'à ce soir. » Elle lui donna son adresse dans la 86e rue Ouest. « Maintenant, au revoir. Vous pouvez rester lire dans la bibliothèque. »

Starcher lut jusqu'à ce que ses yeux le brûlent, ne comprenant quasiment rien à tout ce qu'il ingurgitait sur les étranges coutumes et religions des anciennes provinces dont les noms étaient Inde, Népal, Birmanie et Tibet. Il était sur le point de cataloguer Anna Tauber parmi les puits de science gentils mais complètement toqués quand, tournant une page, il tomba sur une gravure représentant le fameux serpent enroulé en médaillon, dont la possession était attribuée aux moines de

Rashimpur et qui constituait la relique la plus vénérée de la secte.

« Le dessin est fait d'après un témoignage oral », expliquait le texte. « Aucun occidental, à notre connaissance, n'a vu le vrai médaillon, ni même, le monastère de Rashimpur lui-même. Tout ce que l'on sait du temple est qu'il se situe quelque part dans la région d'Amne Xachim, une montagne sacrée pour les Brahmanes et les Bouddhistes. » Le médaillon d'or qu'il avait vu au cou du jeune homme à Langley était-il le même que celui dont il avait la description sous les yeux ? Bien sûr que non, se persuada Starcher. Une vulgaire imitation achetée à bas prix à Katmandou. Ou à New York, peut-être.

Le texte poursuivait : « Selon la légende, le grand prêtre de la secte de Rashimpur était la réincarnation directe de Patanjali (et donc de Brahma) lui-même. Il est désigné comme tel au moment de sa naissance par son prédécesseur. Au moment de la mort du grand-prêtre, les moines de Rashimpur partent à la recherche du successeur sur les indications du prêtre avant sa mort.

« Il apparaît que les chefs choisis de cette manière viennent de contrées parfois extrêmement éloignées de Rashimpur et qu'ils n'ont aucune connaissance de leur destinée avant d'avoir rejoint le monastère lui-même. En 1653, un employé suisse âgé de vingt et un ans, du nom de Karl Behrmann disparut subitement de son village natal de Dorhoffbatten, laissant derrière lui sa jeune femme et ses deux fils. Soixante ans plus tard, Behrmann, sur son lit de mort, écrivit une lettre à ses deux fils décrivant son étrange aventure à l'autre bout du monde. Bien que Behrmann n'ait pas dévoilé l'emplacement du monastère, il décrivait ses « merveilles dorées et ses plaisirs immortels », parmi lesquels un arbre qui poussait au centre de l'édifice sans lumière ni eau. Dans la lettre qui fut conservée dans la famille Behrmann jusqu'en 1879, année d'un incendie qui la détruisit, Behrmann demandait à ses fils, déjà âgés à l'époque de la lettre, « de ne pas pleurer mon absence ni de tenir ma mémoire dans un sentiment d'amertume, car je fus appelé pour remplir un destin si éloigné de celui du commun des mortels que seuls les gardiens précédents du Médaillon Sacré et de l'Œil de Rashimpur pourraient comprendre les sentiments de mon cœur. » La référence à l'Œil de Rashimpur semble obscure, mais certains érudits pensent qu'elle se rapporte au diamant légendaire adoré des moines de la secte et détenu par le grand-prêtre, de même que le médaillon au serpent enroulé, qui sont tous les deux les emblèmes de leur charge. »

Starcher referma le livre et alla à l'appartement du professeur Tauber. Quand elle ouvrit la porte, il lui tendit les livres.

« Est-ce que vous vous attendez à ce que je crois tout ça? »

« Je ne m'attends à rien de gens comme vous », lui dit-elle en récupérant les volumes. « C'était de mon devoir de vous montrer la vérité, quand bien même elle n'aurait aucune signification pour vous. C'est l'éternelle malédiction de l'enseignant. »

Starcher restait debout au beau milieu de l'entrée encombrée de bibelots et de pièces d'artisanat d'Extrême-Orient. « J'aimerais vous poser encore quelques questions. »

Anna Tauber rit. « Vous n'êtes donc pas aussi borné que vous le paraissez au premier abord. » Elle entra devant lui. « Entrez. Asseyez-vous. Café? »

Starcher fit non de la tête. Elle lui en servit une tasse.

« Professeur Tauber, je préfère vous dire dès maintenant que si vous êtes mêlée de quelque manière que ce soit avec cet homme dans une activité subversive aux dépens de votre pays, les États-Unis, ou même de ses services de renseignements, les conséquences en seront très déplaisantes. »

« Et voilà. Les menaces, maintenant. Crème? Sucre? »

« Vous ne semblez pas très bien réaliser. Je songeais à utiliser cet homme au sein de la CIA. Je ne suis pas prêt à accepter n'importe quelles balivernes pour m'expliquer qui est et d'où vient cet individu. »

« C'est vous qui ne comprenez pas très bien, Mr. Starcher. Justin Gilead est probablement l'homme le plus singulier vivant actuellement en ce bas monde. Il parle une bonne douzaine de langues. Il peut courir quarante kilomètres avant de commencer à songer à s'éponger le front, bon sang. Il peut nager sous l'eau pendant près de deux kilomètres. » Elle criait presque. « Vous voulez la vérité sur lui? Je voudrais vous la donner. Je sais qu'un jour *Marche de la Tour* a eu un problème de coque. Il a plongé et il est resté vingt minutes à réparer. Il ne portait pas de bouteilles d'air. Vous voulez la vérité? Est-ce que je sais, moi? Tout ce qu'il m'a dit sur Rashimpur colle avec le peu que j'en connais. Sa connaissance des lieux est trop précise pour être uniquement livresque. De plus, il a vingt-six ans. Il ment peut-être, mais à mon avis, personne ne peut savoir autant de choses sans une expérience directe. »

« Il prétend travailler pour nous sans salaire, mais il nous demandera un service, un jour », dit Starcher.

Le professeur Tauber haussa les épaules.

« Savez-vous quel service? »

« Du diable si je le sais », dit le professeur.

« Savez-vous où il se trouve, maintenant? »

Elle resta silencieuse.

« J'aurais dû m'en douter », dit Starcher.

Marche de la Tour était un bateau-habitation en piètre état dont la peinture bleue et blanche s'écaillait par larges plaques.

« Justin Gilead », appela Starcher depuis le ponton. Après un court instant, le jeune homme de Langley apparut. Il portait un pantalon de jean et un Tee-shirt. Par-dessus le maillot, pendait le médaillon au serpent.

« Mon nom est Andrew Starcher. Je vous ai rencontré à Langley. » Il lui tendit la main. Justin la refusa.

« Oui. Vous avez été le dernier casse-pied », dit-il sans complexe.

« Vous avez oublié de me poser des questions? »

« La même que je vous ai déjà posée. Quel service nous demanderez-vous? »

« Même question. Même réponse », dit Gilead. « Je ne peux pas vous dire de façon précise. »

« Dites-moi de façon générale. »

« Pour quelle raison? » demanda Gilead.

« Parce que je retourne en Europe dans quelques jours. Et parce que si ce que vous m'avez dit est vrai, je pourrais avoir besoin de vous. »

« Où cela en Europe? » Les yeux de Gilead n'avait pas lâché ceux de Starcher durant toute la conversation. Il semblait qu'ils n'aient même pas cillé.

« Je vais à Paris. Après cela, je devrais être nommé à Moscou. »

« La Russie. Très bien », dit Gilead. « Connaissez-vous un soviétique du nom de Zharkov? »

« Oui », dit Starcher, tentant de dissimuler sa surprise. « Et vous? »

« Oui. Il est le fils de Vassili Zharkov qui dirige Nitchevo. Quand son père mourra, c'est lui qui prendra la tête de Nitchevo. »

« Que savez-vous de Nitchevo? »

« Pas autant que vous », répondit Gilead. « Mais je sais ce que c'est et ce qu'on y fait. »

« Et quel est le service que vous nous demanderez? »

« Un jour, il faudra que je tue Alexandre Zharkov. Et quand ce jour viendra, j'aimerais que vous me disiez où le trouver. »
« C'est tout? » demanda Starcher. « C'est le fameux service? »
« Oui. »
« Vous ne nous demanderez pas de vous aider? »
« Non. Je n'aurai besoin d'aucune aide. »
« Qu'est-ce que vous avez contre Alexandre Zharkov? »
« Il m'a dérobé quelque chose qui m'était cher. »
« Quoi? »
« Ma vie. » Son index se promenait sur le médaillon.
« Est-ce le vrai médaillon de Rashimpur? » demanda Starcher.
« Oui. »
« Je ne sais pas si je dois vous croire ou non », dit Starcher.
« Il le faudra bien », répliqua Justin Gilead.

Avant de s'envoler pour Paris, Starcher retourna à Langley pour y vérifier quelque chose, et le jour suivant, il revint rendre visite à Justin Gilead sur *Marche de la Tour.*
« Mauvaises nouvelles », dit-il. « Ça ne marche pas. »
« Pourquoi? » demanda Gilead. Il tournait le dos à Starcher en train de bricoler sur le pont.
« Alexandre Zharkov », répondit-il. Il eut un bref instant de satisfaction en voyant Gilead de dos, se tendre imperceptiblement. « Il est sans doute mort », ajouta-t-il rapidement.
« Oh? » fit Gilead de façon affable. « Qui vous l'a appris? » Starcher aurait pu jurer avoir entendu Gilead souffler de soulagement.
« Je reviens de Langley. Zharkov a fait une espèce de mission secrète en Inde il y a environ huit mois. Des problèmes frontaliers. La patrouille entière a disparu. On pense qu'ils sont tous morts. »
« Zharkov est vivant », annonça Gilead.
« Vous ne comprenez pas », dit Starcher. « Toute la patrouille, Zharkov compris, évanouie. Pas de nouvelles d'eux depuis huit mois. »
« Vous, vous ne semblez pas comprendre », insista Gilead.« La patrouille est morte. Zharkov est vivant. »
« Comment savez-vous ça? » répliqua Starcher. L'attitude légèrement condescendante de Gilead commençait à l'agacer. « Comment savez-vous que la patrouille est morte? Comment savez-vous que Zharkov est vivant, quand il est resté perdu dans ces foutues montagnes pendant huit mois? »

NITCHEVO

« Je sais que la patrouille est morte parce que j'ai tué les soldats », répondit Gilead clamement.

Un instant, Starcher ne retrouva pas la voix. « Et Zharkov? » dit-il enfin.

« Je ne l'ai pas tué. Je l'ai laissé vivant. »

« Pourquoi? »

Gilead retourna aux rouleaux de cordage sur le pont du bateau et finit de les ranger. Il répondit à la question de Starcher, presque pour lui-même, mais Starcher en entendit clairement tous les mots. Des mots glacés.

« Parce qu'il n'en est pas encore temps. »

Chapitre 17

Starcher avait presque oublié Justin Gilead. Il avait été en poste pendant cinq mois à Paris, et il savait que ce poste serait un long calvaire de bureaucrate en fin de carrière. C'est la raison qui lui faisait haïr cette affectation. Bien sûr, le poste était de première importance. Coordinateur des activités de la CIA pour l'Europe principalement chez les « petits copains », autrement dit les pays alliés du monde occidental, était une tâche essentielle pour le maintien de l'équilibre des forces, surtout avec Nitchevo qui s'agitait partout. Pourtant, Starcher regrettait le service action.

Il continuait de remplir des demandes d'affectation nouvelles, qui étaient régulièrement refusées. Puis, par un triste après-midi d'hiver, son adjoint entra dans son bureau de l'Ambassade et déposa devant lui une simple feuille de papier rose.

« L'un de nos analystes vient de pondre ça », dit l'adjoint simplement.

« J'ai pensé que ça pourrait vous intéresser. »

Le bref compte-rendu venait d'une compilation de diverses publications soviétiques, des informations internes et des renseignements glanés par des agents sur le terrain.

Alexandre Zharkov était vivant. Selon le document, Zharkov avait réapparu à Moscou. Il avait subi avec sa patrouille une embuscade par les hommes d'une tribu hostile alors qu'ils étaient en mission secrète en Inde, un an plus tôt. Zharkov aurait été blessé et aurait souffert d'amnésie. Pendant un an, ayant oublié son identité, il aurait été soigné par les moines d'un petit monastère dans l'Himalaya.

Puis sa mémoire était revenue progressivement. Avant de quitter le monastère – il ne savait pas ce qu'il avait pu raconter aux moines durant sa maladie – il avait « éliminé » les moines. Il semblait vraisemblablement, précisait le document, que Zharkov soit décoré pour son « courage et son héroïsme ».

« Merci », dit Starcher puis il congédia son adjoint. Quand celui-ci eut quitté son bureau, Starcher entreprit de relire attentivement le rapport. Il n'avait pas cru l'histoire de Zharkov tout d'abord, mais il semblait bien que le jeune officier soviétique soit vivant. En tout cas, Justin Gilead le savait.

Comment? Sa version était-elle la vraie? Gilead avait-il tué la patrouille entière et laissé Zharkov s'en tirer vivant? Si cela était, qu'avait fait Zharkov pendant un an?

Justin Gilead se présenta au bureau ce même jour, et Starcher put lui poser des questions. Quand Starcher lui annonça que Zharkov était vivant, Gilead dit simplement : « Je vous l'ai déjà dit. Ne me dites pas ce que je sais déjà. Ce n'est pas ça qui était convenu. »

Toute tentative du chef de la CIA pour extirper le moindre renseignement supplémentaire fut particulièrement décevante et exaspérante. Finalement Starcher lui demanda. « Où étiez-vous? » Il nota qu'en dépit de la température plutôt basse, Justin ne portait qu'un veston. Sa chemise béait et l'amulette pendait toujours au cou du jeune homme.

« J'ai joué aux échecs », répondit Gilead. « Il fallait que j'obtienne ma maîtrise, pour que je puisse jouer n'importe où. Je suis prêt, à présent. Je peux travailler pour vous. »

« Comme ça! » demanda Starcher en claquant des doigts. « Vous pensez qu'il suffit que vous le décidiez? Vous n'avez aucun entraînement. »

« En quoi? »

« Self-défense. Les armes. Les codes. Le métier, quoi. Comment déjouer une filature. Tant de choses. »

« Tout ceci est parfait pour vos employés, Mr. Starcher », dit Justin calmement. « Mais je ne suis pas votre employé. Je suis un joueur d'échecs. » Il plongea la main dans la poche de sa veste et en retira une feuille de papier. Il la tendit à Starcher.

« Ceci est une liste de mes prochains tournois pendant les six mois à venir », dit Gilead. « Nous resterons en contact. Si vous avez besoin de quelque chose dans l'une de ces villes, faites-moi signe. Si ça peut aider à contrarier un plan de Nitchevo, encore mieux. » Il sourit. C'était un sourire épanoui qui occupait tout son visage et cela fit du bien à Starcher, autant que les yeux bleus pouvaient parfois le mettre mal à l'aise. « Et ne vous inquiétez pas pour moi. Tout ira bien. »

« Vous serez comme un morceau de viande jeté à des chiens », marmonna Starcher.

« Un morceau de viande empoisonné. Les chiens en crèveront. » Il se leva mais Starcher le retint.

« Attendez, nous n'avons pas tout vu. Les dépenses. Votre salaire. Les détails. »

« Je n'ai pas besoin d'argent, Mr. Starcher », répondit Gilead en se dirigeant vers la porte. « Je désire seulement travailler pour vous et je vous demande simplement de respecter les termes de notre accord. »

Starcher acquiesça silencieusement et se leva de derrière son bureau. Il prit le rapport d'une page sur Zharkov et traversa la pièce pour le donner à Justin. « J'ai pensé que cela vous intéresserait. »

Gilead le parcourut rapidement, impassible, puis le rendit à Starcher. « Le passage sur le massacre des moines est vrai. Tout le restant est mensonge. »

« Ils vont lui donner une médaille. »

Gilead passa de nouveau son doigt sur le médaillon.

« Je lui en ai déjà donné une. Il la porte au cou. »

Après le départ de Gilead, Starcher revint à son bureau. Il ouvrit le tiroir du bas à gauche et en retira un dossier. A l'intérieur, il déposa la liste des tournois de Gilead, referma le dossier et avant de le remettre dans le tiroir, il inscrivit au feutre sur la couverture : « Grand-Maître ».

Cela se passait en 1971. A l'âge de vingt-sept ans, Justin Gilead allait être le meilleur agent de Starcher.

Au début, Starcher utilisa Gilead de loin en loin, et uniquement sur des petites missions sûres et sans envergure. Prendre un document dans un pays et le livrer dans un autre, parler avec quelqu'un qui avait des renseignements sur des frictions au sein des instances dirigeantes d'un pays de l'Est, ce genre de petites missions. Starcher conduisait ces opérations de façon autonome, sans en référer à ses supérieurs de Langley. Le temps jouait en sa faveur. Le monde du renseignement était en pleine mutation. On abandonnerait progressivement les agents fonctionnaires, salariés régulièrement pour se servir de plus en plus d'indépendants, payés à la tâche, ou même de bénévoles, des informateurs, des dissidents, des citoyens ordinaires, des volontaires, des idéalistes. Le temps n'était pas éloigné où les Justin Gilead ne seraient plus écartés du service, mais au contraire accueillis à bras ouverts.

En attendant, Gilead s'acquittait des missions de Starcher consciencieusement avec efficacité et compétence. Le grand changement intervint en 1972 quand le président Nixon envisagea de visiter la Chine communiste. La CIA était sur les dents. Elle savait sans l'ombre d'un doute que l'Union soviétique allait s'ingénier à inventer quelque coup de Jarnac qui empêcherait la conclusion d'une alliance entre les deux super-puissances. Dans cette perspective, Langley avait mis en alerte tous ses postes à l'étranger pour rassembler tout renseignement disponible sur des contacts éventuels en Chine, qui iraient ou qui travaillaient déjà en Chine, et qui pourraient avoir eu connaissance de quelque chose. Starcher donna le nom de Justin Gilead.

A la dernière minute, presque au moment du départ de Nixon pour la Chine, la CIA eut vent de la présence de tueurs payés par Nitchevo stationnés à Hong Kong, avec pour mission de tuer le président. Langley lâcha une véritable armée de fouines sur la colonie britannique pour dépister les tueurs. Andrew Starcher appela Justin Gilead qui participait à un tournoi open à Hong Kong. Les tueurs en puissance s'évanouirent, comme s'ils n'avaient jamais mis les pieds à Hong Kong. Quand la confusion qui s'en suivit se fut dissipée, il devint évident même pour les gens de Langley que Justin Gilead n'était pas étranger à ce qui s'était passé là-bas.

Starcher fut rappelé au quartier général de la CIA pour débattre de la chose. Il reconnut avoir utilisé Gilead sur des missions mineures pendant plus d'un an. « Je le testais », expliqua-t-il.

« D'où vient-il? » demanda le directeur des opérations.

« Il s'est présenté ici, un jour, pour proposer ses services. Mais ça n'a pas marché. Plus tard, il m'a recontacté en France et j'ai pensé que cela valait le coup d'essayer. Il se promène autour du monde et joueur d'échecs est une bonne couverture. »

La réunion se termina sur des compliments aigre-doux à l'adresse de Starcher pour ses méthodes de recrutement. On lui recommanda de ne plus garder Justin pour lui tout seul. Le directeur des opérations conclut d'une façon un peu puérile : « S'il est si bon que cela, laissez-nous-le un peu. »

« Moi, je veux bien », accepta Starcher.

Gilead, lui, ne voulait pas. Le Grand-Maître en personne donna cette précision au premier fonctionnaire de la CIA qui se présenta à lui. « Je ne travaille que pour Starcher. »

« Pourquoi cela ? Nous sommes tous dans le même camp », argumenta le fonctionnaire.

Gilead qui ne voulait dire à personne qu'il avait passé un accord avec Starcher au sujet d'Alexandre Zharkov, se contenta de répondre. « Je lui fais confiance. A personne d'autre. »

C'est ainsi que les missions de Gilead continuèrent à lui tenir de Starcher, mais, de plus en plus souvent, elles étaient commanditées par la direction des opérations de Langley.

Il y eut le réseau d'espionnage russe au Canada, l'agent Nitchevo en Indonésie, le Canal de Panama, le trafic d'armes en Afrique du Sud. Gilead était là quand Frank Riesling fut sur le point d'être pris en Allemagne de l'Est. Il l'en fit sortir, sans qu'on sache jamais très bien comment. Riesling avait donné à ce sujet des explications confuses, parlant même carrément d'un individu passe-murailles.

La légende du Grand-Maître se répandit au sein de la CIA. Starcher en fut plutôt fier tout d'abord. Mais progressivement, il craignit que cette réputation ne mette plutôt des bâtons dans les roues de son protégé. Si le travail de Justin Gilead pour la CIA venait à être découvert celui-ci deviendrait la cible principale du KGB. Ou de Nitchevo, dont il semblait menacer plus particulièrement les plans.

Gilead jouait un tournoi à Belgrade quand une explosion eut lieu qui déclencha un incendie dans son hôtel. La chambre de Gilead était au centre de l'explosion et fut complètement détruite. On ne put retrouver le corps de Gilead.

Starcher passa une très mauvaise journée avant que Gilead se présente à son bureau de Paris.

« Je ne pensais pas vous revoir. »

« Vous aviez tort. »

« Ils ont réellement essayé de vous tuer ? »

Justin confirma d'un geste de la tête.

« Justin, ça devient trop dangereux. Je pense qu'il est temps de lever le pied. Vous n'êtes pas payé pour ça. »

Gilead secoua la tête. « Ça n'est pas la première fois. »

Starcher s'assit lourdement. « Ils ont déjà essayé de vous tuer ? »

« Une demi-douzaine de fois », confirma Gilead. « Mais ne vous inquiétez pas. Moi, je ne m'inquiète pas. »

NITCHEVO

« Écoutez, comment pouvez-vous être tranquillement assis en face de moi et me raconter que vous vous moquez totalement des six ou sept tentatives d'assassinat contre vous ? »

« Parce qu'ils ne peuvent tout simplement rien contre moi », dit Justin tranquillement. Il se leva. « Ne soyez pas si inquiet », ajouta-t-il. Puis il expliqua à Starcher qu'il prenait quelques semaines de repos à Paris même. « Je dois m'entraîner un peu. Si vous avez besoin de moi, je suis à l'hôtel Strand. »

Le jour suivant, Starcher apprit que Vassili Zharkov était mort et que son fils Alexandre avait pris la tête de Nitchevo. Il alla au Strand pour y rencontrer Gilead et lui annoncer la nouvelle.

« Bien », répondit simplement Gilead.

Le moment attendu se rapprochait. Il retourna dans sa chambre et se rassit devant son échiquier.

Chapitre 18

Starcher mit un certain temps à réaliser où il se trouvait. Il vit le garde américain près de la porte de sa chambre d'hôpital. La fièvre était tombée. Il avait froid et se demanda s'il était en train de mourir. Pendant près de vingt ans il avait craint en secret que Dieu existe réellement et qu'il pourrait avoir son mot à dire un jour sur sa façon d'avoir mené sa vie. Il avait même craint, dans ses moments les moins cohérents, depuis ce fameux jour de 1970 à Langley, que le jour de son jugement divin, il n'aurait pas à affronter Jehovah mais Justin Gilead.

Ça ne devait plus tarder maintenant, songea-t-il. Le baiser de la Mort ne devait plus être très loin, à voir l'insistance que l'image du Grand-Maître mettait à pénétrer ses pensées troublées.

Il aurait dû refuser plus fermement qu'on se serve de Gilead aussi souvent. S'il l'avait fait, le jeune homme aurait eu une chance de vivre plus vieux. Mais, attendez, songea-t-il, en essayant de mettre une fois de plus de l'ordre dans ses pensées. Gilead était vivant. Riesling l'avait dit. Mais enfin, c'était impossible. Il avait vu les photos de l'enterrement, de ses propres yeux. Avec l'aimable permission de Nitchevo. Starcher était là, dans le noir, essayant de se souvenir. Au-dehors, il pouvait entendre les voix rudes des infirmières qui parlaient russe dans le couloir.

Justin Gilead. Il n'était pas mort à cause de la CIA. A cause de Starcher. C'était sa propre responsabilité si Justin était mort si jeune.

C'était en mai 1980. Alexandre Zharkov dirigeait Nitchevo

depuis un an. Starcher avait rencontré Gilead dans un modeste appartement de Berlin Ouest, dans Bahnhofstrasse. Ils s'étaient peu contactés au cours des trois mois précédents, ce dont Starcher ne se plaignait pas. Gilead avait été un peu trop sollicité ces derniers temps par la Centrale. Et, bien sûr, sa sécurité personnelle s'en ressentait. Starcher le savait mais il savait également qu'il lui avait quasiment promis cette future mission.

« Vous allez en Pologne », lui dit Starcher tout à trac. Avec Gilead il ne fallait pas s'embarrasser de préliminaires fastidieux tels que long-drinks ou banalités. De ce point de vue, Gilead était parfaitement asocial et semblait trouver totalement assommante toute activité non directement reliée aux échecs ou à son travail pour Starcher. C'était comme si Justin était guidé par un démon intérieur qui l'aidait à supporter la manière un peu cavalière qu'avait la CIA de le traiter.

« Vous partez ce soir pour Görlitz, dans le sud de l'Allemagne de l'Ouest. C'est à quelques kilomètres seulement de la frontière polonaise ».

« C'est quel type de frontière ? » s'informa Justin.

« Des montagnes », répondit Starcher, mal à l'aise. « Sur quatre cents kilomètres. »

« Toute la frontière, en somme. » Starcher approuva.

« C'est exact. Laissez-moi vous expliquer la situation. Depuis le soulèvement de 1968 en Tchécoslovaquie, il y a un important mouvement de résistance là-bas. Ils se cachent, ils attendent, ils frappent puis se cachent de nouveau. Il y a deux mois, un tiers du gouvernement tchèque a été limogé sur ordre du Kremlin. »

« Quel rapport avec la Pologne ? » demanda Gilead. « Vous m'avez bien parlé de la Pologne ? »

« J'y arrive. Il existe un mouvement similaire qui grossit en Pologne, surtout dans la classe ouvrière. Avec les difficultés croissantes d'approvisionnement, un soulèvement est tout à fait vraisemblable. On en parle presque ouvertement à Gdansk, dans le Nord. Alors, ce qui se passe, c'est que des agitateurs tchèques traversent les Carpathes, passent en Pologne et répandent l'idée dans les villes universitaires telles que Cracovie et Varsovie qu'à eux deux, leurs deux pays pourraient chasser les Russes. »

« Et les Russes ? Comment prennent-ils la chose ? »

« Ils ont envoyé des troupes et des chars. On ne sait pas combien, et les hommes qu'on a envoyés là-bas stationnent un peu partout. Voilà votre mission : passer les Carpathes, estimer leurs forces, quel matériel, etc. »

LE GRAND-MAÎTRE

Justin le regarda fixement. Ils savaient tous les deux que Justin n'avait jamais reçu un entraînement approprié et qu'il ne pourrait probablement pas rapporter beaucoup d'informations sur les forces soviétiques dans la région.

« Je ne suis pas qualifié pour ce genre de travail », dit Justin.

« Je le sais, Justin. Vous avez tout à fait le droit de refuser cette mission. Mais vous m'avez demandé si les Russes réagissaient. Je sais de source sûre qu'Alexandre Zharkov est dans la région. Nitchevo est sur l'affaire. C'est assez sérieux pour que les Russes réagissent aussi fort. »

« J'y vais », dit Gilead très vite. « Je sais vivre en montagne, et je parle polonais. »

« Bonne chance. Et bonne chasse. »

Starcher gisait dans l'obscurité de la chambre d'hôpital, les yeux grands-ouverts, fixant le plafond gris. Gilead était allé en Pologne uniquement pour y retrouver Zharkov. Et dans la plus cruelle des ironies, il l'avait trouvé. Le visage de Zharkov avait été probablement la dernière vision du Grand-Maître avant de mourir. Une ride se creusa profondément entre ses sourcils. Riesling avait dit que Justin Gilead était vivant. Comment était-ce possible? Il avait vu les clichés. Le Grand-Maître était mort.

S'il était vivant, où pouvait-il être? Qu'était-il en train de faire? Pourquoi n'avait-il pas donné signe de vie, ne serait-ce que pour venir lui reprocher de l'avoir poussé dans un travail pour lequel il n'était absolument pas préparé?

Oh, et puis, qu'elle importance, à présent? pensa Starcher. *Nitchevo?* comme aimaient dire les Russes. Quelle importance? Qu'y faire? Pourquoi se tracasser? Rien ne pourrait effacer le sentiment de culpabilité de Starcher. Tout le regret de Starcher était de ne pas avoir pu comprendre assez bien Gilead. Il ne lui avait jamais parlé vraiment, il n'avait jamais ri avec lui, il n'avait jamais réussi à consoler cet inexplicable et profond chagrin que Justin exhalait autour de lui. En définitive, il l'avait aidé à se faire tuer.

Il soupira, ferma les yeux et tenta de dormir.

Nitchevo?

Livre Quatrième

LE GRAND-MAÎTRE

Chapitre 19

POLOGNE, 1980

Justin Gilead était caché dans un chemin creux de montagne. Des arbres fruitiers étaient en fleurs, produisant d'abondantes chutes de pétales parfumés à chaque coup de vent. Dans le lointain, au fond de la vallée, un petit village autour de son église de bois semblait avoir été préservé, intact, depuis les temps médiévaux. A l'entrée du village, les corps de cinq pendus se balançaient aux branches de sapins majestueux.

Ils étaient jeunes, les vêtements déchirés. L'un d'eux était en sang. Il avait été abattu avant d'être pendu. Non loin, un groupe de soldats russes bavardant entre eux était assis près d'un char d'assaut. Ils se passaient une bouteille de vodka, apparemment pas perturbés par les pendus.

Gilead avait déjà vu sensiblement le même spectacle depuis deux cents kilomètres. Il avait suivi à pied les contreforts des Carpathes, observant les jeunes Tchèques qui se frayaient un passage parmi les cols dangereux et détrempés qui les menaient en Pologne. Parfois il les aidait à franchir en sécurité les quelques petits villages des hautes terres, les *goral,* sur leur chemin vers Cracovie et Varsovie, mais le plus souvent il avait été le témoin de leur échec et les avait vu terminer leur voyage comme ces cinq-là, au bout d'une corde. Les patrouilles russes étaient peu nombreuses mais suffisamment efficaces pour contenir raisonnablement les quelques Tchèques assez courageux ou assez inconscients pour franchir la frontière. Les chars étaient postés tous les dix kilomètres environs, et des jeeps faisaient constamment le va-et-vient entre deux chars. Des pendus se balançaient tout le long de la frontière certains d'entre eux étant des femmes ou même des jeunes enfants. Ils attendaient dans les arbres comme un comité d'accueil pour les nouveaux venus qui se feraient prendre. Leurs yeux exorbités semblaient observer attentivement la vallée. Gilead songea que les Russes ne changeaient pas. Confrontés à une situation de crise, ils retournaient immanquablement à un état presque naturel de barbarie.

Le son d'une jeep roulant au loin grossit progressivement. Elle venait du village, chargée de couvertures brodées et de nourriture. C'était un spectacle courant. Les soldats restaient près de l'orée des bois au pied des collines tandis que leurs officiers s'aventuraient dans les villages en quête de nourriture ou d'alcool pour leurs hommes ou de renseignements sur d'éventuels étrangers en route vers le nord.

Les *goral* étaient des montagnards. Ils s'intéressaient peu à la politique. Ils ne participaient pas aux contre-révolutions. Ils n'aimaient pas les étrangers. Mais ils étaient Polonais, et il ne fallait pas confondre les Polonais et les Russes. Quand quelqu'un enfreignait la loi, le *goral* ne le dénonçait pas aux autorités. Il l'expédiait plutôt au prêtre du village pour une punition coutumière qui donnait lieu à des festivités auxquelles les *goral* apportaient nourriture et instruments de musique. Après le châtiment corporel, si le contrevenant était l'un des leurs, on lui pardonnait et il se joignait aux festivités. Si c'était un étranger, on le chassait à coups de pierres, avant le début de la fête. Mais aucun *goral* ne serait allé de son propre chef, donner des informations aux Russes, quelle que soit la gravité du crime.

De temps en temps, les gardes frontaliers trouvaient des agitateurs tchèques cachés chez les *goral*. Quand cela se produisait, le village entier était rasé. Les nouvelles circulaient vite dans les montagnes et pendant plusieurs semaines, les Russes ne trouvèrent plus aucun étranger. Même Justin qui parlait couramment le polonais, était regardé avec méfiance et se heurtait à un silence soupçonneux dès qu'il abordait un village.

Il décida de rester à couvert dans les bois. Bien que le sol fût pauvre pour les cultures, il donnait suffisamment de quoi se nourrir. Il mangeait de tendres pousses de sapins, d'oseille, de chardons et d'ortie. Il se sentait bien de nouveau au contact de la nature, après tant d'années, assis dans des pièces exiguës à contempler un échiquier. Il marquait le pas encore, attendant un message qui semblait tarder à venir, mais au moins, ici, il pouvait respirer à pleins poumons. De temps en temps, il aidait de jeunes Tchèques, leur procurant de la nourriture, et les guidant au milieu des patrouilles russes. Ils lui demandaient souvent de se joindre à eux et de les aider en empoisonnant les réserves d'eau des Russes, par exemple, mais il refusait régulièrement. Il avait déjà suffisamment tué. La nuit, il cherchait les cadavres laissés ici et là par les troupes russes et il les enterrait. Puis, pressant le médaillon au serpent sur sa poitrine, il priait, comme il l'avait fait chaque nuit depuis qu'il avait quitté Rashimpur, à la recherche d'un signe de Tagore.

Le temps n'est pas venu, avait dit le vieux maître. Tout de la vie de Justin avait été détruit, et pourtant le temps n'était pas encore venu. Il avait laissé Zharkov, Prince de la Mort, s'échapper, et jusqu'à ce qu'il le retrouve, il savait que tous les morts de Rashimpur seraient morts en vain. Il attendait un signe, mais le signe ne venait pas. Tagore était aussi mort que l'Arbre des Mille Sagesses, l'Arbre dont Tagore avait dit qu'il ne pouvait mourir.

Il avait recommencé à rêver. Les rêves avaient cessé après la destruction du monastère, mais, maintenant, les rêves d'enterrement vivant étaient revenus. C'était bien le même rêve. Justin gisait au fond d'une tombe, il entendait les oiseaux au-dessus de lui, incapable de crier tandis que des paquets de terre l'ensevelissaient et l'étouffaient. Tout près, si près que Justin pouvait sentir le magnétisme de l'homme, Zharkov regardait.

La jeep s'approcha des soldats, qui cachèrent rapidement la bouteille de vodka. Si l'officier dans la jeep avait été leur officier direct, ils lui auraient sans aucun doute offert à boire. Mais ce n'était pas le cas. Celui-ci était colonel. La rumeur disait que c'était un galonné de Moscou et qu'il empêcherait les Tchèques de passer en Pologne. Les soldats ne le connaissaient pas et ils ne lui faisaient pas confiance.

Le colonel, sa casquette haut perchée sur sa tête, descendit du véhicule et fit signe aux autres de décharger les provisions. Debout, à l'écart, il observa quelque temps les pendus.

« Descendez-les », ordonna-t-il finalement. « Ils ont fait leur œuvre ». Il se retourna, ôta sa coiffure, et à cet instant, le cœur de Justin se glaça.

Zharkov. Le Prince de la Mort était revenu.

Justin se leva en tremblant. « Zharkov », appela-t-il. Puis plus fort « Zharkov! »

Les cinq soldats levèrent les yeux. « Ça venait de là-haut », dit l'un d'entre eux. Mais Zharkov ne disait rien, ne bougeait pas non plus. Il promenait seulement son regard sur les bois comme un automate. Finalement, il tira son pistolet Tokarev, et commença l'ascension de la colline. « Suivez-moi », ordonna-t-il.

Zharkov se déplaça à travers bois, comme dirigé par un aimant. Justin restait en avant de lui, l'attirant par le bruit, bougeant rapidement sans déranger le sol du sous-bois. C'était presque délicieux. Encore un meurtre et il pourrait se préparer à sa propre mort. Zharkov avait été pendant si longtemps la seule raison de vivre de Justin. Avec le dernier soupir de Zharkov, le cercle du Karma serait bientôt bouclé. Après la mort de Zharkov, il ne manquerait plus que le suicide de Justin. Ce serait la seule pénitence que Justin pourrait offrir à Tagore.

« Vous vous souvenez de Rashimpur? » siffla Justin. « Je vous avais dit que nous nous reverrions. »

Une salve d'arme automatique cracha au-dessus de Justin. Une gerbe de terre tomba en pluie le long de la colline.

Justin monta plus haut, à la limite des bois, où la végétation se faisait plus rare. Ses pieds dérapèrent et un nuage de poussière s'envola sous lui.

« Il est là! » cria quelqu'un. Il y eut une autre rafale, très proche. Justin se précipita en avant, se cachant derrière un groupe de rochers. Des projectiles claquèrent sur la pierre. Au-dessus de lui, une corniche de schiste chancela.

« Cessez le feu », cria Zharkov. « Qui êtes-vous? »

« Le Maître du Chapeau Bleu. Celui que vous n'avez pas pu tuer dans le massacre de Rashimpur. » Justin se tenait à découvert. « Accepterez-vous de vous battre? Seul? Ou m'enverrez-vous de nouveau vos chiens! »

« Vous n'êtes pas armé », cria Zharkov. « Rendez-vous sans résistance et il ne vous sera fait aucun mal. »

Justin eut un rire glacial. « Est-ce ce que vous avez dit à ces cinq hommes dans l'arbre? »

Zharkov se rapprocha. « Je me battrai seul », dit-il.

« Sans arme », dit Justin.

Les yeux de reptile de Zharkov croisèrent ceux de ses hommes. Il jeta son Tokarev. « Passez devant. Je vous suivrai ».

Après un instant, Justin accepta. Il se retourna et monta plus haut à flanc de colline.

« Maintenant », cria Zharkov, se jetant à terre. Les soldats ouvrirent le feu. Justin gémit tandis qu'une balle lui traversait le mollet droit. Comme il tombait, la masse de schiste au-dessus de lui se détacha dans un fracas de rochers.

« Ça s'effondre, mon Colonel », cria l'un des soldats.

« Écartez-vous ! » hurla Zharkov, alors qu'il se protégeait la tête.

Il attrapa son pistolet et tenta de suivre Justin.

« Mon Colonel ! »

« Dégagez, j'ai dit ! » Il glissa mais continua de grimper dans les éboulis jusqu'à l'endroit où se trouvait Justin, la jambe de son pantalon trempée de sang.

« Espèce de porc », murmura Zharkov. Il le redressa en le tirant par le col. Les yeux de Justin s'ouvrirent mais ils étaient voilés par la douleur.

« Si je me souviens de Rashimpur ? » Il éleva Justin le plus haut qu'il put puis le précipita sur le sol, hurlant de douleur. « Je m'en souviens. Tu m'as fait un cadeau que je ne risque pas d'oublier ». Il agrippa le médaillon du cou de Justin, prêt à l'arracher, mais un choc inexplicable lui fit retirer sa main précipitamment, dans un juron.

Zharkov se remit sur pieds et se tint au-dessus de Justin. Son Tokarev était pointé sur la tête du blessé. « Ton heure est venue », dit-il froidement, « Grand-Maître ». Le surnom tomba comme une insulte.

Mais avant d'avoir eu le temps de presser la détente, la montagne trembla. Un énorme morceau de rochers se désagrégea en tombant autour des deux hommes. Un bloc frappa Zharkov à l'épaule et lui fit lâcher son pistolet. Il leva les yeux et vit d'autres rochers s'écraser sur eux. Il jura de nouveau, fit un pas de côté et frappa Justin sur sa blessure du bout du pied. Des rochers s'effondrèrent encore plus près d'eux. Zharkov décrocha enfin.

Il courut, tomba et fut emporté sur quelques mètres par la terre qui s'éboulait. L'un des soldats quittant le couvert saisit Zharkov au passage et le tira à l'écart. Arrivé au pied de la montagne, il se retourna pour apercevoir Justin qui dressait ses bras pour se protéger des chutes de rocs et de terre. Il sembla se faire écraser par l'avalanche puis un fracas terrible annonça la chute de tout un pan de montagne qui glissa et qui enveloppa les soldats dans un nuage de poussière compacte.

Zharkov regardait le spectacle, les revers de sa capote ramenés devant sa bouche pour continuer à respirer dans la tourmente. Les autres l'entouraient, s'observant mutuellement. Les yeux de leur officier étaient fixés sur le point où avait disparu l'étrange jeune homme. L'un des soldats prit la parole. « Je prends la jeep en reconnaissance, mon colonel ? »

« Restez où vous êtes ». Zharkov commença à se déplacer vers l'endroit où devait être Justin. « Sortez-le de là ».

« Mais... » Les soldats le regardèrent, incrédules. « Nous n'avons pas d'outils ».

« Allez en chercher au village. Servez-vous de vos mains, crétins ! »

Au bout de plusieurs heures, ils réussirent à exhumer le corps de la montagne de terre. « Allez chercher un docteur ».

Pendant ce temps, Zharkov prit de nombreux clichés de Gilead sous tous les angles.

« C'est quelqu'un d'important, chef ? » demanda un des soldats.

« Pour moi seulement », répondit Zharkov.

Le médecin, un vieil homme apeuré, se pencha sur le corps, regarda Zharkov puis de nouveau le corps. « Mais, il est mort », finit-il par dire, sans bien comprendre ce qui se passait.

« Vérifie, imbécile, Vérifie encore. »

Le médecin s'agenouilla, plaçant un vieux stéthoscope à ses oreilles. Il fit la moue, tendit l'oreille, vérifia les réflexes, souleva les paupières, se pencha de nouveau sur la poitrine de Justin. « Il est mort », dit-il. « Quand... est-ce... arrivé ? »

Il y a plus de trois heures. Il a été enseveli sous les éboulis. »

« Ah ». Le vieux médecin rangea ses ustensiles. « Complètement mort. Pas une chance de s'en sortir sans respirer pendant tout ce temps ». Il promena son regard autour de lui, pusillanime. « Je suis désolé... »

Zharkov lui fit signe de s'éloigner. Le médecin redescendit la côte en titubant à cause des éboulis. Il fit un grand détour pour éviter de passer devant les cinq corps qui se balançaient au bout des branches. Zharkov poussa le corps de Justin du pied. « Ça n'a pas été si difficile que ça, n'est-ce pas ? » dit-il doucement. « Elle m'avait dit que ce serait dur, mais, finalement, pas tant que ça. »

« Chef ? »

Zharkov se tourna vers le soldat. « Creusez. Enterrez-le, là. »

« Mais, chef... »

« Ta gueule », aboya-t-il. « C'est un ordre ! »

« Chef, il porte un collier. On dirait de l'or. »

« Laissez-le là. Je veux qu'il crève avec. Prenez encore quelques photos et on s'en va. »

Ils creusèrent une tombe. Deux soldats se saisirent du corps de Justin comme s'il s'était agi d'un vieux tapis et s'apprêtaient à le jeter dans le trou.

« Doucement! » aboya de nouveau Zharkov.

« Chef, il s'en fout. Les morts sentent plus rien », avança un des soldats avec un sourire niais. Le sourire disparut rapidement en apercevant le visage de Zharkov.

« Espèce de porc », lança celui-ci. « Comment un porc peut-il reconnaître un ange? »

Dans le soleil déclinant, les oiseaux dans les arbres se mirent à chanter violemment. C'était une chanson qui remontait très loin dans la mémoire. Dans la mémoire d'un enfant.

L'eau. L'eau sombre. Des tuniques coulant dans l'eau en souples volutes jaunes. Respirer. Peux plus respirer... Justin revint à lui, paniqué. Encore l'eau, la noyade... Était-ce de nouveau Rashimpur? Le cauchemar n'était donc pas fini? Un instant, il vit l'avenir : il émergerait des eaux sombres du lac, il banderait ses blessures, il irait au monastère. Il trouverait l'Arbre brûlé, les moines morts. Il tuerait pour la première fois, puis une fois encore, il se vautrerait enfin dans une orgie de meurtre, et rencontrerait le Prince.

Ce qui l'entourait n'était pas de l'eau. En bougeant lentement ses doigts, il pouvait sentir un contact humide et granuleux. De la terre. On l'avait enterré vivant. Le rêve s'était accompli.

Le Prince de la Mort avait triomphé.

Il n'y avait plus rien à faire. Son corps s'était automatiquement mis en sommeil pour conserver le peu de vie qui y restait accroché, comme cela s'était déjà produit auparavant. Mais la première fois, il avait eu une raison de revenir à la vie. A présent, il n'y avait plus de Rashimpur. Plus de foyer accueillant. Tagore lui-même, dont il croyait qu'il vivrait à jamais, était mort. Justin calma la peur de la mort au fond de lui, et se prépara à mourir. *Il n'est pas temps encore,* chuchota une voix à son oreille. C'était une voix hors du temps et de l'espace. La douce voix de Tagore. Il est temps! Justin voulait hurler. Il est temps pour moi de mourir. J'ai tout raté. Qu'on me laisse tranquille!

Mais la voix ne le laissait pas tranquille. Au contraire, des milliers d'autres se joignaient à elle, le chœur des morts qui lui pleuraient leur douleur.

Salut, Ô toi, Maître du Chapeau Bleu! chantait le chœur. *Salut à Toi, Patanjali!* Et à travers la terre qui l'entourait de toutes parts, une odeur d'amande descendit jusqu'à lui.

Ses doigts remuèrent. Presque involontairement, ses muscles se bandèrent. Au-dessus de lui, la terre se souleva. Il se déplaçait vers le haut, s'éloignant lentement de la vacuité de la mort et se rapprochant de la plénitude de la pénitence. On ne le laisserait pas se reposer. La douleur était atroce, la souffrance du mouvement était horrible. Certains de ses os étaient brisés. Couché sous la terre, la douleur l'avait laissé tranquille, mais à présent qu'il bougeait, elle revenait avec insistance.

Voilà la punition, songea-t-il. Son karma était brisé. En pénitence il n'aurait pas le droit de mourir avant de l'avoir reconstitué complètement.

De l'air frais remplaça la chaleur suffocante. Il rampa hors du trou qui l'avait accueilli. Avalé par la terre, celle-ci le recrachait. Les morts ne voulaient pas de lui. Il n'était pas pur. Il ne pouvait se joindre à eux. Au-dessus de lui, des épingles de lumière brillaient. Les étoiles, songea-t-il. Je suis libre.

Libre de mourir à nouveau.

Combien de fois devrait-il mourir avant de pouvoir prendre le repos qu'il aurait gagné?

Il s'allongea près de sa tombe, épuisé, puis s'endormit.

Chapitre 20

Il se réveilla alors que le soleil était chaud. Il transpirait. Ses mains et ses vêtements étaient sales. Son poignet gauche avait enflé du double. Il n'avait qu'une chaussure et sa jambe droite saignait. A côté de lui, se trouvait un trou profond, creusé à flanc de colline. En dessous s'étendait une forêt. Au loin, à travers les arbres, il pouvait distinguer un modeste village. Il ne savait pas où il était, qui il était, d'où il venait, ni ce qu'il faisait seul sur cette montagne. Ses pensées lui arrivaient en morceaux, brisées. Elles lui arrivaient dans différents langages, puis s'envolaient loin de lui avant qu'il n'ait pu les rassembler.

Il se mit péniblement sur ses pieds, s'affaissa puis se releva de nouveau. Le médaillon autour de son cou scintilla dans le soleil. Qu'est-ce que cela pouvait bien être? Un serpent? Était-il si riche pour se permettre d'avoir des bijoux en or?

A l'orée du village, une famille de fermiers ramassait des pierres dans un champ en prévision des semailles. La mère, une petite femme sèche aux traits durs, se releva, les poings sur les hanches en voyant Justin s'approcher en titubant.

Elle l'observa un instant puis courut à sa rencontre.

« Allez-vous-en! On veut pas d'ennuis! Les Russes sont pas loin! Passez votre chemin! Allez, ouste! »

Justin la regarda sans comprendre. La tête lui tournait. La femme était comme un fantôme devant lui, sa voix lui parvenait de très loin, semblant s'éloigner régulièrement. Il vacillait sur place, essayant de distinguer les choses autour de lui.

« Qu'est-ce qu'il a ? » demanda le paysan.

« Ils lui ont tiré dessus. Regarde sa jambe. Il n'a qu'une chaussure. » Elle se rapprocha rapidement de lui. « Va-t-en », dit-elle en lui montrant l'Ouest d'un geste large. « Tu comprends ? » Elle secoua la tête. « Crétin de Tchèque. Il ne comprend pas un mot de polonais. »

Justin tendit une main vers la femme. Elle recula. Incapable de tenir plus longtemps, il frissonna, essaya de faire un pas puis s'écroula.

L'homme se pencha sur lui. « Il est salement blessé. Il a la fièvre. »

« On peut pas le garder ici », dit la femme. « Les Russes vont tout nous brûler. »

L'homme jeta sa casquette sur le sol. « Les Russes, les Russes », dit-il brutalement. « On est pas des Russes. Il est en train de mourir, et on va le soigner, par Dieu. »

Il le prit dans ses bras et le souleva.

« Bon, d'accord », cria la femme en colère. « Mais emmène-le au village. Il ne faut pas le garder ici. »

Les villageois fêtaient déjà le départ des Russes. Les cloches de la petite église de bois tintaient joyeusement, et les rues poussiéreuses étaient remplies de gens qui retrouvaient la liberté d'aller et venir à leur guise sans constamment se heurter aux soldats.

« Franek ! » cria quelqu'un au paysan en agitant une bouteille à bout de bras. « Eh, regardez, c'est jour de fête ! Même Franek vient en ville ! Eh, Franek, qu'est-ce que tu nous amènes ? »

Le paysan poussa son cheval vers la maison du docteur. « Qu'est-ce qu'il y a Franek ? Quelqu'un est malade ? Où est ta femme ? » Quelques villageois s'assemblèrent autour de la charrette de Franek. Il souleva la couverture sous laquelle était l'homme blessé.

« Un Tchèque », articula quelqu'un.

« Ça va pas ?! Fous-le dehors. »

« Le docteur va l'examiner avant », s'obstina Franek en soulevant Justin.

« Ils vont tout brûler », murmura une femme. « C'est un mauvais présage. » Franek frappa à la porte et écarta la femme de son chemin.

Le docteur apparut, ajustant ses lunettes de métal. Dans sa main il tenait encore sa serviette de table. « Qu'est-ce qu'il y a ? Pourquoi tout ce tapage ? »

« Il a un Tchèque. »

« Oh, Franek », dit le docteur d'un ton abattu, voyant l'homme dans les bras du paysan. Il tendit la main vers le visage couvert de terre du blessé et l'essuya sommairement. Il retira la main, brusquement.

« Qu'est-ce qu'il y a ? » demanda Franek.

« Cet homme... Je l'ai vu hier. Il était... »

« Il était quoi ? »

« Mort », murmura le docteur. « Je pourrais le jurer. »

Un murmure monta des badauds. Certains se signèrent. D'autres venaient voir.

« Il était avec les Russes. Les soldats s'occupaient de lui. »

« Un Russe ? » demanda Franek, incrédule.

« Amène-le », dit le docteur. « Vite. »

Le gros fermier déposa le blessé sur la route. « Non. » Il recula et se croisa les bras. « Comme bon chrétien, je ne peux pas laisser mourir un homme sur mes terres. Mais, bon sang, je n'en ferai pas plus pour un Russe ! »

La foule commençait à s'agiter. Le docteur tenta de soulever Justin mais il en fut empêché par les villageois.

« Lapidez-le ! » cria quelqu'un.

« Faites-lui la peau, au Russe ! »

Le martellement de sabots de chevaux firent éclater le groupe de villageois en quantité de fourmis apeurées. Mais ce n'était que le fils du fermier Franek. « Papa ! Papa ! » appelait-il.

« Dimitri ? »

Le fermier se fraya un chemin au milieu du groupe qui se reformait. Le jeune fermier sauta de cheval.

« C'est Maman qui m'envoie. Je suis allé sur la montagne pour voir d'où venait le blessé. Il y avait un trou. Une tombe, je crois. J'ai trouvé ça dedans. » Il tendait une chaussure à son père.

Les femmes gémirent. Instinctivement, le docteur se signa. Franek prit la chaussure des mains de son garçon et la jeta au milieu de la rue. Les badauds s'écartèrent comme si la chaussure était un talisman maudit.

« Ressuscité des morts », souffla quelqu'un.

« C'est Celui-qui-n'est-pas-Mort. »

La foule recula et fit un cercle autour de Justin.

« Regardez. Il se réveille. »

Justin cligna des yeux. Il se dressa sur un coude, maintenant une main en protection au-dessus de ses yeux. Il regarda les gens assemblés autour de lui, sans comprendre. Ses traits étaient tirés. Le fils de Franek qui était un des plus proches de Justin, ramassa une pierre et la lui jeta. Elle le frappa au front, et y laissa une coupure rouge. Le docteur se précipita pour arrêter le jeune garçon, mais les autres avaient déjà ramassé des pierres et commençaient à le lapider. Justin roula sur le côté, tentant de se protéger de l'attaque.

« Arrêtez! » hurla le docteur. « Vous allez le tuer. Arrêtez! »

« Écartez-vous! » Quelqu'un bouscula le docteur qui s'affala dans la poussière, tandis que les autres continuaient à jeter les pierres qui frappaient le corps pelotonné de Justin.

Soudain, une jeune femme vêtue de guenilles se précipita dans le cercle et ramassant elle-même des pierres se mit à les jeter contre les villageois.

« Voilà pour vous, tas de mange-merdes! » hurla-t-elle, sans prêter attention aux pierres qui la frappaient maintenant autant que Justin.

« Arrêtez! Arrêtez! » Une forte voix qui venait de l'extérieur du cercle fit s'écarter tout le monde pour laisser passer un homme fort, au cheveu rare et qui portait un col de prêtre à moitié boutonné. La jeune femme prit une pierre et s'apprêta à la lancer contre le nouveau venu, mais le reconnaissant, elle suspendit son geste, lâcha la pierre puis cracha sur le sol.

« La sorcière », dit quelqu'un. Puis, désignant la jeune femme et Justin : « Ils vont bien ensemble ces deux-là. »

Le prêtre leva la main. « Qu'est-ce qui se passe? » demanda-t-il durement.

« Demandez-leur », dit la jeune femme avec mépris. Elle se pencha et entoura ses propres épaules avec les bras de Justin. Elle était petite, pas plus grande qu'un mètre cinquante, mais la musculature de sa nuque et de ses bras attestait d'une vie de dur labeur. Elle le mit sur pieds. « Laissez-moi passer », dit-elle.

« Qui es-tu ma fille », demanda le prêtre.

« Vous approchez pas », conseilla quelqu'un dans la foule.

« Feriez mieux de faire comme il dit », appuya la femme, agressive, « je pourrais vous changer en grenouille, si je voulais. »

Le prêtre recula instinctivement, comme frappé, tandis que la jeune femme l'écartait pour passer. Le docteur s'approcha pour le rassurer. « Elle ne ferait pas de mal à une mouche, mon père. »

« Est-elle d'ici? C'est la première fois que je la vois. »

« Elle s'appelle Yva Pradziad. Elle habite dans les collines à l'Est. Elle ne sort pratiquement pas de là-bas. Les villageois disent que c'est une sorcière, mais ça n'a aucun sens. Elle fait des médicaments avec des plantes et de temps en temps sert de sage-femme aux femmes des collines. Je ne pense pas toutefois qu'elle puisse lui être d'une grande aide. »

« Laissons-la faire », suggéra le prêtre. « Russe ou Tchèque, il est mieux avec elle qu'ici dans le village. On ne peut pas mettre tout le village en danger à cause d'un étranger. »

Le docteur acquiesça. « C'est curieux tout de même. Je suis pratiquement sûr que c'est lui que les Russes m'ont demandé d'examiner, hier. »

« Et alors? »

« Et alors, il était mort. »

Le prêtre se dressa de toute sa taille. « Attention aux paroles que vous proférez, mon fils. »

« Mais ils ont trouvé sa chaussure dans une tombe », rappela une femme, en se glissant entre les deux interlocuteurs. « Et il portait un serpent, la marque du Diable. »

« D'où qu'il vienne, il n'est pas ressuscité », dit le prêtre à voix forte. « Et le premier qui dit une pareille chose sera puni au ciel et sur terre. Par moi, personnellement. Ceux qui le désirent peuvent m'accompagner tout de suite à l'église, nous y allumerons un cierge pour le salut de cette âme malheureuse. »

Les villageois suivirent comme un troupeau soumis, en commentant les événements. Franek et son fils s'en allèrent de leur côté. Le docteur restait en arrière, mal à l'aise. Il avait le sentiment d'en avoir trop dit. Les villageois étaient somme toute de braves gens mais un peu trop esclaves d'une longue tradition de superstition. Ils ne pourraient jamais croire que le malheureux blessé était autre chose qu'un esprit du mal, comme ils ne pourraient jamais pardonner à Yva Pradziad le péché de célibat pour une femme. Elle était d'ailleurs dans leur esprit, une sorcière, et le docteur avait trop de tact pour les détromper.

La seule fois qu'Yva était venue le voir remontait à trois ans, quand elle avait alors seize ans. Elle était maigre, dépenaillée et portait dans ses bras décharnés un pauvre bébé déjà raidi et cyanosé. Elle avait été chassée de sa famille quand ils avaient découvert qu'elle était enceinte. Elle se construisit une cabane dans les montagnes dans un coin où les paysans ne s'aventuraient pas, le sol étant trop pauvre. Elle avait dû s'épuiser à ce travail, son lait manquait et le bébé tomba malade dans les deux jours suivant sa naissance. Il était déjà mort avant d'arriver chez le docteur. Sa réaction à la mort de l'enfant fut remarquablement digne, mais quand il lui suggéra d'aller voir le pasteur pour l'enterrement, elle réagit violemment.

« Ils ne me laisseront jamais enterrer mon enfant ici. Ils diront qu'il a été conçu dans le péché. C'est ce que m'ont dit mes parents. »

Le médecin n'avait rien pu répondre à cela. Il lui avait offert un cordial, mais elle avait refusé. Elle avait repris le corps de son enfant et était partie. Elle n'était jamais revenue le voir. De temps à autre, il l'avait vue dans le village, échangeant des navets contre de la potasse pour faire du savon, mais elle ne lui adressait pas la parole, ni à personne d'autre d'ailleurs.

Yva vivait dans son monde, dur, frugal, indépendant. Elle gagnait sa nourriture en soignant les montagnards isolés qui se méfiaient des médecins, à l'aide de médicaments et de baumes de sa fabrication. Mais la plus grande part de sa subsistance, elle la trouvait autour de sa maison sous forme de racines et de pousses ou en piégeant des animaux. Elle s'était fait une vie solitaire dans un climat rude, au milieu de gens généralement hostiles, et cela lui attirait l'admiration du médecin.

Il était possible que l'étranger survive. Il lui apporterait une compagnie, au moins pour quelque temps. Il se prit à espérer presque plus pour elle que pour l'étranger, que les remèdes de la jeune femme soient efficaces.

« Eh, toubib », murmura quelqu'un près de lui, ce qui le fit sursauter.

La surprise se transforma rapidement en déception. L'homme à ses côtés était Jòzek Szulc. Jòzek était de ces calamités vivantes qui fleurissent invariablement dans les pays occupés par des forces étrangères. Il ne possédait aucune terre, et pourtant il avait toujours à disposition de coquettes sommes lui venant du marché noir avec les Russes. Dans une région toujours à court d'approvisionnement et d'économie fragile, il avait toujours des quartiers de viande à vendre à des prix exorbitants. Il était souvent absent et on ne savait jamais où il allait, mais il revenait invariablement chargé de denrées considérées comme de véritables trésors par les modestes *goral :* cotonnades, clous, thé, sel, insecticides, teintures, paraffine pour les conserves, coiffures pour les femmes, bottes, constituaient le fond de ses stocks.

Si la plupart des gens, dont le docteur, pensait que Jòzek était un voleur et un combinard, ils s'arrangeaient malgré tout pour ne pas trop lui faire voir le fond de leur pensée. Le médecin lui-même avait eu recours plus d'une fois à ses services pour des fournitures médicales d'urgence.

« Oui, Jòzek ? »

LE GRAND MAÎTRE

« Vous l'avez vu de près, hein? Je veux dire, le Ressuscité. »
Le docteur soupira. « Écoutez, c'est un homme comme tout le monde. »
« C'est pas ce que j'ai entendu dire. Vous avez vu son médaillon? »
« Oui, un collier, et alors. »
« En or massif, il paraît. Coulé dans les forges de l'enfer. »
« Écoutez, Jòzek,... »
Le petit homme se mit à rire. « Je ne crois pas non plus à ces fariboles, rassurez-vous. Ces imbéciles disent n'importe quoi. C'est bien pourquoi je viens vous voir. C'était de l'or? »
Le docteur montra son agacement. « Je n'en sais rien, et je m'en moque. Peut-être que oui. »
Jòzek siffla entre ses dents. Il clignait des yeux à cause du soleil. « A votre avis, il va vivre? »
« Je n'en sais rien non plus », répliqua vivement le docteur.
Jòzek haussa les épaules. « Juste pour savoir, vous comprenez. »
Le docteur s'excusa, prit congé et lui claqua la porte au nez.

Chapitre 21

La cabane d'Yva Pradziad était entourée de pièges à animaux. Avant de les avoir installés, les enfants des environs venaient assez souvent jeter des pierres et du crottin de cheval par les fenêtres fermées seulement par du papier huilé. Mais après une série d'entorses et d'orteils cassés, ils ne revinrent plus la déranger. Et cela durait depuis plus d'un an. La cabane était une simple hutte, avec un jardin sommaire entre la porte et les pièges. A l'intérieur, le mobilier se composait d'une table assez grande en bois, d'une chaise branlante devant le foyer dans lequel pendait une bouilloire et une poêle à frire, et d'un lit de paille sur lequel Justin était allongé.

Il avait marché sans une plainte ni un mot du village à la cabane mais dès qu'il y était entré, il s'était évanoui. S'aidant uniquement de chiffons bouillis et d'un bâtonnet pointu, Yva avait nettoyé la plaie de sa jambe. La balle avait transpercé, aussi elle rouvrit la plaie et la cautérisa avec une pointe chauffée au rouge. Elle banda la jambe, mit une attelle au poignet fracturé, lava Justin de la terre séchée collée à lui, lui pressa le visage dans des linges humides, et pour faire bonne mesure lui appliqua un cataplasme autour de la poitrine. Elle avait fait appel à toutes ses connaissances pour le soigner.

Justin avait dormi toute la nuit sans interruption. Au matin, sa fièvre n'était toujours pas tombée. Yva connaissait des remèdes pour cela. Elle avait déjà soigné des fièvres auparavant, mais rarement aussi sérieuses. Le soir, la fièvre avait encore augmenté.

Le blessé gisait trempé de sueur, sur la paille devenue brûlante. Elle caressa son front et des mèches de cheveux bruns restèrent collés dans ses doigts.

Elle s'assit sur la chaise cassée et l'observa. Même dans cet état pitoyable, il était beau à regarder. Son visage était lisse et modelé comme par un sculpteur divin. Son corps nu était mince et nerveux. Il ne lui était jamais venu à l'esprit que les hommes pouvaient être beaux. Elle avait pensé que la beauté était un attribut féminin, comme chez les femmes qu'elle voyait parfois les dimanches, descendre à l'église, avec leurs visages parés et leurs cheveux brillants. Mais cet homme était beau, lui aussi, et sa beauté en était d'autant plus vive qu'elle lui était inattendue.

Elle prit du bouillon dans le récipient qui pendait sur le feu et après l'avoir laissé un peu tiédir, elle tenta de faire boire Justin. Elle ouvrit les lèvres avec ses doigts et laissa filtrer le liquide goutte à goutte, mais celui-ci roula le long des commissures. Sans nourriture, elle savait qu'il ne tiendrait pas longtemps. Et elle ne voulait pas laisser mourir quelqu'un d'aussi beau.

Yva attrapa un pot qui se trouvait dans un coin de la pièce. A l'intérieur, quelques pièces de monnaies étaient enroulées dans un morceau de tissu. Quelques zlotys seulement, pas assez pour un médecin. Et un médecin était indispensable. Même si le docteur du village ne la considérait pas comme une sorcière, il faisait tout de même partie « des autres ». Et elle ne voulait rien leur demander. Il fallait donc payer.

« Yva! Yva Pradziad! » appela une voix à l'extérieur, au bas de la côte au pied de la cabane.

Reconnaissant la voix elle sortit en courant, prit une pierre et la lança sur Jòzek. « Laisse-moi en paix, râclure! » hurla-t-elle.

« Attends, Yva. Du calme, je veux juste te parler. Mais je ne veux pas tomber dans tes pièges. »

« Alors, parle d'en bas, lèche-cul des Russes! »

Jòzek écarta les bras. « Allons, allons, ne me parle pas comme ça. »

« Je dis la vérité. Tout le monde sait ça mais personne ne te le dit. Ils ont peur de manquer. Moi, je n'ai besoin de rien. » Elle cracha avec soin dans sa direction.

« Je ne viens rien vendre. Je viens acheter, au contraire », lança Jòzek plaisamment.

Yva dressa la tête. « Acheter? Acheter quoi? »

« Ton ami. » Il fit un mouvement du menton pour désigner Justin, invisible, à l'intérieur. « Il est déjà mort? »

Son visage se ferma. Elle lança une autre pierre qui frappa Jòzek à l'épaule. « Fous le camp! »

« Attends, Yva. Attends. » Il se massait l'épaule de la main. « Je veux seulement acheter son médaillon. Même s'il n'est pas encore mort, ça ne le gênera pas. » Il fit un pas en avant. « Je t'en donne un bon paquet, Yva. Trois cents zlotys. Plus que tu pourras en tirer n'importe où, même à Cracovie. »

« Ce n'est pas à moi. Je ne le vends pas. »

« Penses-y. Si tu veux le soigner qu'il est tchèque, tu prends des risques. Tu risques ta vie pour sauver la sienne. Demande-lui. Il sera le premier à reconnaître qu'il te doit quelque chose. »

« Il ne parle pas. Il a la fièvre. »

« Bon, alors un peu de nourriture lui serait plus utile qu'un collier ridicule, non? »

Yva resta plantée sur le seuil un bon moment, faisant aller son regard de Jòzek à l'homme blessé couché sur la paille derrière elle. Enfin elle alla vers Justin, s'accroupit et saisit le médaillon. Il lui laissa une sensation de brûlure dans la main. Elle l'enveloppa dans un morceau de tissu et descendit vers Jòzek en évitant les pièges.

« Où est l'argent? » demanda-t-elle sans détour. Jòzek lui tendit un rouleau de billets frippés.

« Eh bien, tu vois, ça n'était pas compliqué! » lui dit-il en souriant « Fous le camp! »

Justin s'éveilla deux jours plus tard. La paille humide lui faisait mal. Il regardait avec étonnement le lieu où il se trouvait. Très vaguement, il se souvenait avoir marché jusqu'ici, mais il ne se souvenait pas de la jeune femme qui se penchait sur le foyer à l'autre bout de la pièce. Qui était-elle? Il fit un effort pour la voir et tenter de la reconnaître. C'était épuisant. Elle se retourna encore accroupie, le vit et incrédule porta la main à sa bouche. Elle s'approcha de lui en lui parlant mais il n'arrivait pas encore à rassembler ses idées suffisamment pour comprendre ce qu'elle lui disait. Elle lui tendit un gobelet d'eau fraîche et en voulant le prendre, il se rendit compte que son poignet était bandé.

Vers le crépuscule, il put s'asseoir. La brise du soir était fraîche. La jeune femme qu'il n'avait toujours pas reconnue lui donna de la soupe. C'était bon. Il s'aventura vers la porte, mais elle l'empêcha d'aller plus loin, lui faisant signe de prendre garde et lui parlant un langage qu'il n'arrivait pas à comprendre.

Petit à petit, les mots commencèrent à prendre un sens, bien que lui même ne parla pas encore. Plusieurs jours après être revenu à lui, il se sentit assez bien pour sortir de la cabane. Il trouva la jeune femme dans le jardin en train d'arracher des mauvaises herbes. Il se pencha vers elle.

« Ah, c'est mon gentil nigaud qui vient m'aider, hein? » lui dit-elle en fourrageant dans les cheveux noirs de Justin. Elle lui montra comment on arrachait les mauvaises herbes. Il regarda la terre. En posant sa main dessus, il sentit tout à coup la sensation d'étouffement revenir avec force. Des paquets de terre qui lui tombaient dessus pendant que des oiseaux chantaient et qu'un homme le regardait de haut se faire ensevelir. C'était le Prince de la Mort, mais il ne pouvait pas se rappeler les traits de son visage.

« Qu'est-ce qu'il y a? Ça t'ennuie déjà? » lui demanda-t-elle en le taquinant.

De l'autre côté de la vallée, derrière la forêt éloignée, dans les collines. Quelque part, attendait le Prince de la Mort, sans visage, patiemment, là-bas, *quelque part* et Justin devait le retrouver, faute de quoi son karma serait toujours brisé, mais il n'était pas temps... pas temps, l'Arbre des Mille Sagesses avait brûlé, et le temps était venu puis avait fui, et son âme errait toujours, et le Prince l'attendait toujours...

Il se mit à courir. « Arrête! » cria Yva en se précipitant à sa poursuite. « Les pièges! Attention! »

Justin poussa un cri alors qu'un piège se refermait sur une de ses chevilles. Yva s'accroupit et tenta d'ouvrir les mâchoires. « Imbécile! Quel imbécile! » Il repoussa ses mains, se saisit des mâchoires du piège, les écarta et disloqua le piège qu'il envoya voler dans les airs.

Yva examina la morsure sur le pied de Justin, puis le piège cassé. « Bête comme un scarabée, mais fort comme un bœuf », commenta-t-elle. « Casser un piège avec un poignet fichu, ça n'est pas banal! » Elle le soutint pour le ramener à la cabane tout en rouspétant. Dans la maison, elle lui tendit un balai. « Tant que tu ne peux pas courir, autant que tu te rendes utile. »

Le lit de paille avait été partagé en deux mais Justin dormait la nuit à la belle étoile. Justement ces étoiles lui rappelaient d'anciens souvenirs : des montagnes surplombant un lac entouré de fleurs; un dôme doré sous lequel poussait un arbre à l'écorce d'acier; un vieil homme qui lui tendait un diamant et un serpent d'or enroulé sur lui-même. Le serpent l'obsédait. Parfois pas plus qu'une sensation ordinaire, parfois au contraire comme une idée fixe où il le voyait très précisément devant ses yeux, luisant, puissant.

Deux semaines plus tard, la jeune femme s'absenta toute une matinée. A son retour, elle semblait joyeuse. Sous son bras elle portait un plateau de bois déformé par l'humidité et l'âge. On pouvait y distinguer les marques d'un échiquier. Elle déposa le plateau devant Justin. « Pas touche, compris? » Elle lui prit la main, l'approcha du plateau puis la frappa pour appuyer son ordre. « Pas touche », insista-t-elle en secouant un index devant son visage. Il approuva de la tête. Quelques instants plus tard, elle réapparaissait avec un tissu plein de petites pièces de bois. Les unes étaient noires les autres claires. Elle les installa avec précaution sur le plateau. Elle bougea certaines pièces et lui ordonna d'en faire autant. « Allez! C'est simple. Tu peux y arriver! » Elle recommença plusieurs fois à l'inciter à bouger les pièces. « Ça s'appelle les échecs. Allez. Fais comme moi. » Elle lui désignait les cases de l'échiquier où il devait déposer ses propres pièces.

Justin contemplait le plateau de bois, et il sentait bien quelque chose qui s'éveillait au fond de lui. Il poussa une des pièces d'une certaine manière. « Non, tu ne peux pas bouger celle-là comme ça. Je t'ai montré où la mettre. » Justin la regarda, sans comprendre.

« Bon écoute », dit-elle alors que son visage s'épanouissait. « Tu as raison, il ne m'a pas coûté un sou, de toute façon. Tu peux jouer comme tu veux, après tout. » Elle le laissa en tête à tête avec l'échiquier et les pièces de bois.

Justin resta à le contempler durant des heures. Des lignes de force invisibles semblaient relier les différentes cases du jeu mais il semblait qu'il manquât des pièces. Il alla vers le bois de chauffe et y ramassa quelques petits morceaux, clairs et sombres. « Ne vient pas mettre la pagaille ici », cria Yva mais elle le laissa faire. Il plaça les bouts de bois de façon à garnir tous les emplacements prévus. A présent, les lignes de force se reliaient entre elles. Il commença à bouger des pièces, puis d'autres et doucement, il sentit que les fameuses lignes de force se complétaient, s'organisaient, s'entremêlaient et se combattaient de façon à créer un réseau de logique et d'ordre qu'il ressentait comme quelque chose de connu.

Tu es la partie elle-même.

Son esprit se frayait un chemin vers quelque chose qu'il ressentait comme un retour chez lui. Je me retrouve, songea-t-il.

Cette nuit-là, il ne dormit pas. Il avait emprunté le couteau d'Yva et avait entrepris de tailler les pièces de bois en des formes plus orthodoxes. Une tour, un cheval, un pion sans visage... Les échecs. Le jeu s'appelait les échecs et en lui résidait les secrets de la pensée et du pouvoir.

Les choses lui revinrent comme une rafale d'arme automatique. Une partie jouée il y a longtemps contre un petit garçon. La honte de ce petit garçon d'avoir gagné grâce à la radio. Les robes jaunes qui dansaient autour de lui dans l'impasse obscure. L'odeur d'amande. La musique. *Le serpent enroulé.*

Instinctivement, sa main se porta rapidement à sa poitrine pour y sentir le médaillon. Il n'y avait rien. L'avait-il rêvé? Pourquoi tous ces souvenirs?

Il courut à la cheminée et y prit un bout de bois noirci. Non, ce ne pouvait pas être un rêve, il le voyait trop clairement. Balayant les pièces du jeu d'un revers de main, il commença à dessiner à même la table. En premier, la tête aveugle, avec la langue qui pointait puis le corps lové, orné de temps en temps d'écailles, puis le cercle autour, le cercle du karma, de la destinée, enfin une goutte d'or fondu...

« Mais, qu'est-ce que c'est que ça? » cria Yva derrière lui. Il la regarda par-dessus son épaule, tiré brutalement de sa rêverie. Yva était furieuse. Elle montrait le dessin du doigt. « Tu as abîmé ma table! Regarde, ça ne partira plus! Le bois est tout creusé! » Elle claqua un vieux chiffon humide sur le dessin. « Quel gâchis, pauvre imbécile! » Elle saisit les pièces grossièrement sculptées et les jeta à travers la pièce. « Tu es vraiment bon à rien, comme tes jouets! »

Justin se tassa dans un coin et les quelques pensées qui avaient ressurgi de son esprit fermé retombèrent dans l'obscurité de son hébétude quotidienne. Il les avait saisies un bref instant. Il courut se réfugier dans les bois et resta assis le reste du jour et la nuit à espérer confusément qu'elles referaient surface à un moment ou un autre. Il savait qu'elles lui étaient indispensables pour le différencier d'un pauvre bougre prisonnier d'un présent sans envergure. Il devait absolument les faire renaître.

Les jours passaient sans changement. Un jour, il retira l'emplâtre de son poignet. Sa jambe ne le faisait plus souffrir. Justin courait dans les bois et y trouvait de la nourriture. Il était content. Un beau matin, il se retrouva devant un ruisseau. Au milieu du courant, se trouvait un gros rocher autour duquel l'eau tourbillonnait obstinément pour retrouver le fil de son cours. Il descendit dans l'eau et empoigna le rocher. « Dans cent ans, le rocher aura disparu », prononça-t-il tout haut. Il avait parlé en anglais, et derrière les mots il pouvait entendre la voix douce de Tagore, dont il se souvenait. Il prononça les mêmes mots en hindoustani, en allemand, en russe puis enfin en polonais.

Il se rendit compte que le polonais était la langue qu'il entendait autour de lui. Je suis en Pologne, décida-t-il. La *Pologne!* Pourquoi la Pologne? D'où suis-je venu d'ailleurs?

Soudain, il se souvint de la jeune femme qui s'occupait de lui. Depuis le premier jour où il avait retrouvé ses sens dans la petite cabane, il l'avait acceptée comme allant de soi, bavardant, réprimandant, le nourrissant. Elle était la mère qu'il n'avait pas eue, et comme un enfant, il l'avait acceptée aussi simplement. Mais ce n'était pas sa mère. Elle était jeune et presque jolie. Il retourna vers la cabane. Il ne se souvenait pas depuis combien de temps il l'avait quittée, et il ne savait pas si elle allait accepter de lui rouvrir sa porte. Mais elle était son seul lien avec son passé, même récent, et il ne devait absolument pas la perdre.

Yva était assise à la grande table encore marquée des dessins de Justin. Elle avait un travail de couture sur les genoux, mais elle mangeait dans un bol à l'instant où il frappa sur le montant de la porte. Elle était penchée en avant et on pouvait croire qu'elle était une vieille femme.

« C'est toi », dit-elle en se levant, le souffle court. Son visage s'illumina dès qu'elle le vit. Elle était d'une beauté rude, ses formes dures lui donnant même une espèce de distinction. Mais son visage était incontestablement celui de quelqu'un qui avait souffert. « J'ai tes jouets », dit-elle rapidement, en apportant une boîte pleine des bouts de bois taillés par Justin. « Tu vois je n'étais pas vraiment en colère. Je sais bien que ce n'est pas de ta faute, tu vois? » Elle emplit les mains de Justin avec les pièces de bois. « Oh, comme j'aimerais que tu me comprennes, même un peu! »

Justin tendit sa main vers elle et lui toucha la joue. « Merci », dit-il lentement, « pour tout ce que tu as fait ».

Elle suffoqua presque. « Mais tu parles! »

« Je ne pouvais pas jusqu'à maintenant. Je ne me souvenais pas. Quelque chose s'est produit, et puis... »

« Mais tu parles polonais! » s'étonna-t-elle. « Mais alors, tu n'es pas du tout Tchèque! »

« Je ne sais pas. Je parle d'autres langues, aussi. Je ne sais pas quelle est ma langue maternelle. Il y a tellement de choses dont je ne me souviens pas. » Il regarda dans la boîte pleine de petites figurines mal taillées. « C'est le jeu d'échecs », dit-il laborieusement. « Et il y a aussi un sage appelé Tagore, et le Prince de la Mort quelque part dans les bois... Ça paraît tellement fou. » « Non, non, c'est très bien. Viens. Mange. » Elle le conduisit jusqu'à la table. Il vit la marque et se jeta dessus.

« Et ça », dit-il en suivant le tracé du doigt. » Je vois ça tout le temps. C'est très important pour moi, je le sais, mais je ne me souviens pas de ce que c'est. As-tu déjà vu ça quelque part? »

Elle regarda. « C'est un dessin, c'est tout », dit-elle.

« Non. C'est quelque chose d'autre. Quelque chose de très puissant. Une part de moi-même. Mais pourquoi un serpent enroulé? Pourquoi? »

Sans un mot, Yva lui apporta un bol de soupe.

Cette nuit-là, Yva vint rejoindre Justin alors qu'il était couché à la belle étoile. Sa tête était recouverte d'un tissu comme une femme qui irait à l'église. « Je dois te dire quelque chose », lui dit-elle. Il se redressa.

« Le serpent enroulé se trouvait sur un médaillon en or que tu portais autour du cou. Je l'ai vendu pour acheter de la nourriture et des médicaments. »

Il la dévisagea.

« Je l'ai vendu. Tu comprends? Pendant que tu étais malade. »

« Où l'as-tu vendu? »

« Un homme est venu. Jòzek. Il est du village. Mais tu ne peux pas y aller. Les gens pensent que tu es le Diable. »

Ils ont peut-être raison, songea Justin.

« Pourquoi? » demanda-t-il. Elle haussa les épaules.

« Je ne sais pas. Ils disent que tu es ressuscité. Certains pensent que tu es russe. »

« Russe? »

« Le docteur t'a vu avec les soldats russes dans les montagnes. Tu ne te souviens pas non plus? »

« Je me souviens... des choses étranges. Mais le serpent... il était sur un médaillon? »

« Oui. Je vais le récupérer. Je te le promets. Pardonne-moi. » Elle se leva précipitamment. Il la retint par le bas de sa jupe.

« Reste », lui demanda-t-il.

« Qu'est-ce qu'il y a? »

« Je ne sais pas. Tout est tellement compliqué. Le serpent... tout se mélange dans ma tête. Je ne sais même pas comment je m'appelle. »

Elle se rassit près de lui et lui tint ses mains dans les siennes. « Ça reviendra », dit-elle. « Quand je te rapporterai le collier, tout ça te reviendra. » Elle lui caressa les cheveux. « Mon nom est Yva. »

« Yva », répéta-t-il docilement.

« C'est le nom de la première femme, dans la Bible. Elle et son mari, Adam vivaient dans le Paradis jusqu'à ce qu'ils trouvent le serpent. » Elle se mit à rire. « Tu vois, c'est pareil qu'ici. »

« Et ensuite? »

« Eh bien, ensuite, ils mangèrent une pomme parce que le serpent le leur avait dit. La pomme représentait la connaissance. Mais ça leur était interdit. »

« Les secrets de la pensée et du pouvoir », prononça Justin, en se souvenant des lignes de force sur l'échiquier.

« C'est très bien. Tu deviens de plus en plus malin, chaque jour. Bon, après avoir écouté le serpent, qui était le Diable, et après avoir mangé à l'Arbre de la Connaissance, ils durent quitter le très beau jardin où ils vivaient parce que le Bon Dieu était très en colère contre eux. Et ensuite, ils commencèrent à errer et à travailler dur partout dans le monde pour le reste de leur vie. »

« Tu m'as trouvé au village? »

Elle sourit. « Oui. Exactement. Ils étaient très méchants avec toi. »

« Pourquoi m'as-tu sauvé? »

« Parce que tu étais si beau », prononça-t-elle en évitant son regard.

Justin la regarda sans comprendre mais elle se releva rapidement et l'embrassa. Il sursauta tout d'abord comme s'il s'agissait d'un acte hostile. Mais il se ressaisit et comprit qu'Yva était incapable, dans sa simplicité, d'une agression quelconque. Il ressentit de la douleur et de la chaleur.

« Tu es peut-être la première femme que j'embrasse. »

Elle rit. « Ça m'étonnerait! » Elle l'enveloppa dans ses bras et ils roulèrent tous les deux sur le sol.

Elle avait dit quelque chose à propos des femmes qui le mettait mal à l'aise. Y en avait-il déjà eu d'autres? Ou une seule? Et pourquoi le vague souvenir qui serpentait en lui lui donnait une sensation à la fois de joie et de dégoût?

Cela faisait si longtemps... si longtemps.

Chapitre 22

Quand Justin eut seize ans, Tagore l'envoya au palais de Varja, l'abbesse, pour qu'il apprenne les femmes et le plaisir.

« Mais nous n'avons pas besoin des femmes ici, maître, et l'enseignement de Rashimpur est mon unique plaisir. »

Le vieil homme sourit. « Le plaisir que Varja et ses amies te feront découvrir est d'une toute autre nature. C'est le plaisir des sens, du corps. »

Justin fit la grimace. « Ce sont des nonnes », dit-il avec une pointe de culpabilité.

« Pas comme tu les as connues ailleurs. L'abbesse trouve ses collaboratrices quand elles sont encore des enfants et elle leur enseigne l'expression par la sensualité. Cela n'est pas désagréable aux divinités. Brahma, Siva, Vishnou, les forces de création, de transcendance et de conservation de l'univers, eux-mêmes reconnaissent la féminité comme à la fois magique et indispensable. Les émois des sens leur est aussi important que la renonciation à ces mêmes émois. Sans le plaisir, n'existe pas la notion de sacrifice. »

« Alors, pourquoi n'y a-t-il pas de femmes à Rashimpur? »

« C'est la règle principale de notre secte, Patanjali. Les moines ici cherchent toute leur vie la pureté spirituelle. Je ne veux pas dire que les femmes sont impures, mais leur compagnie est tellement perturbante qu'il serait extrêmement difficile pour nous de respecter nos engagements si elles devaient vivre à Rashimpur. Tu comprends? »

« Je pense. » En fait, Justin ne comprenait rien du tout. Sa vie à

Rashimpur était ordonnée et bien remplie. Il y avait les études, les prières et le travail. Il y avait Tagore, le meilleur de tous les hommes, pour le guider. Et, le plus important à ses yeux, la discipline du yoga qui lui permettait d'accomplir quotidiennement des choses qu'il aurait crues impossibles auparavant. Que feraient des femmes en un tel lieu?

Il se souvenait des filles qu'il avait rencontrées dans les différentes écoles qu'il avait suivies. Elles étaient fréquentables, sans plus. Aucune d'entre elles ne pouvait grimper jusqu'en haut de la corde en classe de gymnastique. La femme de son oncle Sid, Arlene, passait ses journées en déshabillé, à fumer des cigarettes et à se peindre les ongles. Ses cheveux étaient couleur de mercurochrome et ils avaient toujours le même aspect, même par grand vent. Il n'était pas pensable d'avoir des personnes comme ça à Rashimpur.

« Je ne vois pas l'utilité d'aller là-bas », marmonna Justin.

« Tu iras parce que c'est indispensable pour toi et aussi parce que Varja elle-même s'est proposée pour t'initier. Je t'ai expliqué la route jusqu'au temple de Varja. Tu pourras y aller seul? »

« Oui », répondit Justin, résigné.

Selon la coutume, le vieil homme s'inclina et Justin lui rendit son salut.

« Souviens-toi que tu es le fils de Brahma. Ne l'offense pas par une conduite déplacée. Comporte-toi en invité responsable dans la maison de Varja, car elle est puissante au-delà de ce que tu imagines. Garde l'esprit de Patanjali vivace au fond de toi. »

Le temple de Varja était plus petit que Rashimpur, mais il était agréable. Construit en pierre dans le style indien, son toit bas et en dôme était fait de métal noir qui brillait dans le soleil.

Justin se tenait sur une esplanade devant l'entrée, une légère appréhension l'empêchant de faire le pas qui le ferait entrer. Qu'est-ce qui l'attendait à l'intérieur? Il savait qu'il serait le seul homme au milieu de cent femmes. Essaieraient-elles de lui faire du mal? Se moqueraient-elles de lui en cachant leurs visages derrière leurs ongles peints?

Une jeune femme sortit du bâtiment. Elle était petite et lourdement voilée. Ses pieds étaient chaussés de souliers de satin qui rebiquaient sur le bout. Elle se prosterna à ses pieds, touchant le sol du front.

« Bienvenue à la demeure de la grande prêtresse », dit-elle.

« C'est un honneur pour mes frères et leurs ancêtres de me permettre de rencontrer l'abbesse et ses compagnes, » répondit-il un peu cérémonieusement comme on l'avait préparé à le faire. Elle se releva. Derrière le voile épais, les traits de la jeune fille apparurent fugitivement. Justin ne fit qu'entrevoir son visage mais cela lui suffit pour lui montrer qu'elle ne ressemblait pas du tout à l'image qu'il avait des femmes en général.

Ce n'était pas non plus une version femelle des moines de Rashimpur. Sa peau était claire et pourtant ses cheveux étaient noirs ainsi que ses yeux. Ses mains, couvertes de bijoux jusqu'aux poignets, étaient pâles et veinées de bleu, comme ses propres mains.

Son aspect étonna Justin. Il ne pensait pas que dans cette partie reculée du monde, il aurait pu trouver quelqu'un lui ressemblant. Il avait envie de lui demander d'où elle venait mais il se retint. Il savait qu'il ne devait pas se montrer grossier ni trop curieux avant même d'avoir franchi le seuil du temple.

Elle s'écarta et lui demanda d'un geste de le précéder dans le temple. L'allée cheminait à travers un superbe jardin d'agrément et franchissait des petits ponts de pierre artificielles qui enjambaient des cours d'eau. Des arbres aux feuillages bas abritaient des bancs de pierre et d'imposants poissons rouges et dorés tournaient dans un bassin peu profond. Partout, les fleurs s'épanouissaient dans un délire de couleurs et de parfums. En comparaison, les pics battus par les vents autour de Rashimpur, semblaient ternes et désolés. Justin avait du mal à se détacher du charme du jardin, remplissant ses poumons de senteurs fortes et ses yeux de perfection visuelle, mais il se força à avancer. Il ne devait montrer aucune faiblesse devant sa jeune guide.

Elle le conduisit à une pièce inoccupée éclairée par des lampes à huile en forme d'as de pique. Les murs étaient recouverts de soie qui bougeait doucement sous une brise venant du jardin et faisait miroiter le tissu dans la lumière. Plus d'une douzaine de gros coussins de brocard jonchaient le sol recouvert lui-même d'un tapis brodé d'arabesques compliquées. Le plafond était d'argent martelé. C'était une pièce dont il n'avait jamais vu l'équivalent nulle part ailleurs. Même le Grand Hall de Rashimpur avec la magnificence de l'Arbre lui semblait terne auprès de la beauté de la pièce actuelle.

La jeune fille se prosterna de nouveau puis disparut. Quelques instants plus tard, une file de jeunes filles entra par la porte décorée d'une mosaïque et en forme de bulbe. Certaines portaient de curieux instruments de musique. D'autres apportaient des livres, des vêtements, des brassées de fleurs. Elles entrèrent en silence, souriant mais restant vigilantes, puis elles s'assirent sur les coussins. Quand la dernière se fut installée, la jeune fille voilée conduisit Justin dans un des angles d'où il pourrait voir l'assemblée des femmes et elle lui fit signe de prendre place sur le coussin le plus gros et le plus confortable de la pièce.

« La grande prêtresse Varja est extrêmement honorée de votre présence », lui dit-elle dans une salutation déférente.

« Va-t-elle venir? » demanda Justin presque timidement.

Les filles gloussèrent entre elles. « Non. Cet endroit est réservé à ton accueil. Nous espérons te mettre à l'aise et que tu pourras donc aborder ton initiation aux rites de l'amour dans les meilleures dispositions d'esprit. »

Dispositions d'esprit? se demanda Justin. Quelles seraient les difficultés à franchir?

L'une des jeunes filles commença de jouer d'un instrument à sept cordes. Des calebasses servaient de résonateurs à chaque extrémité de la table d'harmonie. La musique était douce et lancinante. Justin peu habitué à d'autres musiques qu'occidentales, trouvait la mélodie discordante, mais il souriait néanmoins à la musicienne, soucieux de ne pas l'offenser.

« Voici Rakhta qui joue de la *vina* », lui dit la jeune fille voilée. « C'est un instrument sacré, en forme de corps de femme. Sa musique est celle de l'obscurité et de la mer d'où est originaire l'âme féminine. » Elle lui désigna une autre jeune femme, d'une grande beauté, qui arrangeait des bouquets d'orchidées dans des vases translucides. « Dakini fait des bouquets avec les fleurs de notre jardin. Faire des arrangements floraux comme faire de la musique est l'un des arts féminins par excellence. De même la poésie, la sculpture, la parure et beaucoup d'autres occupations. »

« Devez-vous toutes les apprendre? »

« Oui. Nous devons maîtriser soixante-quatre activités artistiques, dont la danse, la littérature, la peinture, la déclamation, la parfumerie, le jardinage, les langues étrangères, et aussi la menuiserie, la chimie, la logique... et beaucoup d'autres. »

« Quelles langues parles-tu? » demanda Justin, intrigué.

« Ici nous apprenons tous les dialectes de la région. Plus les langues sacrées des rites religieux... »

« Parles-tu anglais? »

Elle acquiesca. « Nous savons que c'est ta langue. C'est pourquoi j'ai été choisie pour te servir de guide, si tu veux bien accepter d'excuser les erreurs que je pourrais faire. »

Le visage de Justin s'épanouit. « C'est avec joie que je reparlerai ma langue natale. »

L'une des jeunes filles ajouta une dernière touche à un lavis, souffla dessus un instant, puis en fit cadeau à Justin en se prosternant. Justin prit le dessin, puis retint un mouvement de surprise en le regardant. La scène représentait un homme et une femme richement habillés sur le torse mais le bas du corps totalement nu. Leurs pieds étaient joints et leurs mains reposaient sur leurs genoux arqués. Au centre du dessin, le pénis de l'homme pénétrait profondément la femme. Justin se sentit rougir violemment. Il déglutit et se força à regarder la jeune fille qui lui avait donné le dessin. Elle était très jolie et n'avait pas plus de douze ans. Elle avait encore les joues douces et rebondies de l'enfance qu'elle n'avait pas encore quittée.

« Voici Saraha », lui dit sa jeune guide. « C'est notre meilleure artiste. » La jeune artiste lui sourit timidement.

« Oui... c'est... c'est très joli », dit Justin. Sa voix se fêla légèrement et il en fut un peu honteux. Si les jeunes filles l'avaient entendu, elles ne le montrèrent pas. La jeune fille voilée prit le dessin et le mit de côté.

« Quel est ton nom ? » demanda-t-il.

« Je m'appelle Duma, mais tu ne pourras pas te souvenir de tous nos noms », dit-elle. « Nous avons un autre nom. Saraswati est le nom de l'équivalent féminin de Brahma. Ici, nous sommes toutes des Saraswati. Quoi que tu désires, Saraswati te le donnera. »

« C'est pareil que Varja ? »

« La déesse Varja c'est Varja, personne d'autre, » rectifia-t-elle avec empressement. « L'esprit de Saraswati vit en elle, mais Varja ne peut pas habiter n'importe quelle femme. »

« Personne ne peut habiter l'esprit de qui que ce soit... » commença Justin mais l'attitude soudain crispée de Duma l'arrêta net. Il ne comprenait pas pourquoi l'approbation de la jeune fille lui tenait tant à cœur, mais il avait plus besoin de faire plaisir à la jeune fille qu'à l'abbesse qui dirigeait les lieux. « J'aimerais t'appeler Duma. »

« Comme tu voudras. »

« Pourquoi es-tu la seule à porter le voile ? »

Elle hésita longtemps. « Parce que je suis trop vilaine pour que tu me regardes. » Elle se leva. Son mouvement fut si rapide qu'elle sembla flotter au-dessus du sol. Elle courut vers le jardin.

« Ne t'en va pas », cria Justin, en la suivant. Elle s'arrêta. « Je suis désolé de t'avoir offensée », bredouilla-t-il. « Mon maître m'a enseigné que pour l'homme éclairé, même les plus grosses infirmités sont invisibles. Brahma ne connaît que l'intérieur de l'âme. »

Duma baissa la tête. Peut-être les femmes sont-elles différentes? pensa-t-il. La femme de Sid, Arlene, semblait beaucoup plus concernée par son aspect extérieur que par sa compréhension des choses de la vie. Peut-être pour une femme, la laideur du visage était-elle une sorte de fin du monde?

« Reviens », dit-il. Il se sentit rougir. « Je ne me sens pas très à l'aise tout seul, ici. »

« Mais tu n'es pas seul! » s'étonna-t-elle. « Les autres femmes sont là pour te satisfaire et te préparer à rencontrer Varja. Je n'ai pas le droit de participer à ces cérémonies. »

« Alors pourquoi es-tu ici? »

Duma hésita un moment, ne sachant que dire. « On m'a dit que tu étais occidental. Et comme moi-même je suis une étrangère, j'ai été choisie pour être ton guide. C'est un grand honneur pour moi, si l'on considère les défauts de mon apparence physique. »

« Mais pourquoi es-tu ici, dans ce lieu, dans ce temple? » insista Justin. Les plis de son vêtement se soulevèrent dans la brise.

« La déesse Varja règne sur le temps », expliqua-t-elle. « Après la force créative de Brahma, rien n'est plus puissant que le temps. La déesse connaît nos destins, car elle connaît le temps. »

« Tu veux dire qu'elle connaît l'avenir? »

« Oui. Quelqu'un, un jour, viendra et me prendra. Quelqu'un dont le destin sera intimement lié au mien. Il me désirera en dépit de ma laideur. C'est pour lui que je suis ici. »

« D'où viens-tu? » demanda Justin.

Elle secoua la tête. « J'en ai déjà trop dit. » Elle lui posa gentiment la main sur l'épaule. « Viens, tu dois commencer l'enseignement que tu es venu chercher ici. »

Elle le reconduisit au harem. Sur le seuil, elle s'agenouilla. « Si tu le désires, je resterai ici. »

Justin fit oui de la tête et entra sans autre forme de procès.

La fille qui s'appelait Saraha et qui lui avait donné le dessin, vint à lui et s'agenouilla. Dans le fond, l'instrument monotone continuait de jouer tandis qu'une troisième jeune fille se dressait en se mouvant lentement comme un oiseau qui plane vers le milieu de la pièce. Elle était vêtue d'un soutien-gorge d'argent tressé qui laissait s'échapper ses mamelons et d'une jupe lâche en soie qui pendait autour de ses hanches. Des fleurs étaient piquées dans ses cheveux, et elle portait un large pectoral d'argent. Elle commença à se balancer suivant l'arythmie de la musique qui paraissait si étrange à Justin.

Justin jeta un œil vers la porte. Duma était là, assise, comme elle l'avait promis, ses traits invisibles dans les voiles et le contre-jour. Justin se sentit soudain plus angoissé dans cet environnement qu'il ne l'avait jamais été auparavant. La danseuse tournoya, sa jupe parfumée remontant haut sur ses cuisses et laissant voir par instants la petite rotondité de chair recouverte de courts poils pubiens.

Justin avala sa salive, honteux de regarder sans se cacher le jeune corps qui ondulait devant lui. Il était tellement médusé par le spectacle qu'il ne remarqua les deux jeunes personnes qui étaient venues s'asseoir à ses côtés que lorsqu'elles commencèrent à lui défaire ses vêtements. Involontairement, il chassa les mains indiscrètes. Les deux femmes battirent en retraite, un peu intriguées. A cet instant seulement, Justin les regarda et se rendit compte avec étonnement qu'elles étaient complètement nues.

L'une d'elles était petite, ses seins étaient encore jeunes et tendres. L'autre était complètement développée. L'emplacement entre ses jambes était garni de longs poils noirs soyeux brillant d'humidité. Doucement, elle prit la main de Justin tout en le questionnant du regard. Nerveux, celui-ci chercha Duma des yeux. Quand leurs regards se croisèrent, elle lui fit signe d'accepter l'invitation muette de sa compagne.

La femme glissa le doigt de Justin dans la fente de son sexe. Tandis qu'elle poussait sa main pour se faire pénétrer, Justin sentit son bas-ventre s'enflammer et une violente douleur fulgura qui lui fit penser que son cœur allait s'arrêter. Il avait déjà eu des érections récemment – quand il avait vu deux bouquetins en rut, il avait presque éjaculé de par sa propre excitation – mais il n'avait jamais atteint ce stade, car il ne se l'était jamais permis. Tagore lui avait enseigné que se maturber était contraire aux règles du yoga. Le plaisir sexuel ne pouvait se prendre qu'avec une femme, et il avait appris à maîtriser ses instincts.

Jusqu'à ce jour. Apparemment ici, une érection ne posait aucun problème. Plus il enfonçait son doigt dans la faille noire et humide, plus il sentait qu'il perdait tout contrôle sur lui-même. Son pénis semblait vivre d'une vie propre, grossissant sous sa tunique, et cela l'embarrassait terriblement. Et si les jeunes femmes le voyaient? Et s'il allait se répandre, là, sur les coussins?

L'autre fille se pencha en avant, presque sur lui et frotta ses mamelons sur ses lèvres. Ils étaient tendus par sa première émotion de femme et Justin les ressentit comme des nuages sur sa bouche. Ses lèvres s'entrouvrirent pour voir, il toucha un des mamelons du bout de la langue. Une excitation faiblement électrisée lui parcourut le corps. Il ouvrit la bouche et avala le disque si doux jusqu'à le sucer scrupuleusement. Dans la poitrine de la jeune femme, un gémissement monta et naquit sur ses lèvres. Le souffle de Justin se fit chaud et court. Il pouvait sentir la transpiration perler sur son front et sa lèvre supérieure. Le corps d'une femme était une chose pleine de pouvoirs.

Il laissa les femmes lui retirer ses vêtements. Elles le submergeaient, frémissantes, caressant sa poitrine, sa nuque, ses fesses, l'agaçant gentiment de leurs ongles et de leurs dents, utilisant leurs langues pour exciter des recoins de son corps presque inconnus de lui-même. Le rythme de la musique se ralentit pour ne laisser entendre qu'un battement lancinant. La danseuse s'accorda sur le rythme. Ondulant, son ventre montait avec chaque mouvement des hanches. Elle tournait lentement, faisant s'envoler sa robe autour d'elle. Quand elle lui fit face de nouveau, elle ne portait plus que son collier d'argent et une ceinture, d'argent elle aussi, haut sur les hanches. Elle se pencha en arrière, sa tête touchant presque le sol, ses hanches continuant de danser. Sa vulve offerte brillait et exhalait une faible odeur qui fit tourner la tête de Justin presque comme une drogue.

Saraha, à ses pieds, lui fit face. Elle lui écarta les cuisses de ses petites mains. Qu'allait-elle faire? songea Justin, au bord de la panique. Avec sa bouche!

Elle l'avala aisément, sa langue papillonnant, puis assurant sa prise pendant qu'il se glissait en elle jusqu'à la racine. Elle l'enserra enfin à l'aide des puissants muscles du fond de sa bouche. Le plaisir était si fort que Justin pouvait à peine le distinguer de la douleur. Ses yeux étaient lourds, il aurait voulu s'enfoncer dans les coussins de chair et de soie qui l'entouraient et y pleurer d'extase.

Au lieu de cela, son regard erra vers la porte pour y distinguer la silhouette de Duma, assise, immobile, voilée, et tendue également telle une petite statue. Il ne pouvait pas voir ses yeux, mais il la sentait en train de l'observer. Et pour une raison qu'il ne comprenait pas, il ressentit une grande tristesse émanant de cette petite statue. Duma était la seule parmi toutes ces femmes à ne pas lui être tout à fait une étrangère. Et pourtant, son plaisir l'excluait d'une certaine manière. Non pas qu'il n'aimât pas les femmes qui l'entouraient mais quelque chose à propos de la petite statue solitaire dans l'encadrement de la porte avait asséché son plaisir dès qu'il l'avait vue. Car, malgré toutes les vertus particulières des autres femmes, quelque chose lui manquait, quelque chose d'essentiel qu'il avait du mal à définir et la vue de Duma lui rappelait cette chose, cette solitude.

« Excusez-moi, » dit-il en se mettant avec difficulté sur ses pieds. Les jeunes femmes murmurèrent, choquées. Il se dirigea vers le jardin. Duma se dressa et alla à sa rencontre.

« Qu'est-ce qui ne va pas? » demanda-t-elle, inquiète.

« Rien, rien », dit simplement Justin en la dépassant. Il avait du mal à marcher. Son ventre le brûlait. Ses sens, emplis des odeurs, des goûts et des sensations du gynécée, le grisaient. Il s'assit sur un banc de pierre, s'enroulant dans sa robe. Il prit son visage dans ses mains.

« Elles... elles t'ont fait de la peine? » C'était Duma, debout à quelques pas, qui s'inquiétait. Ses mains étaient jointes devant elle. Justin la regarda, incapable de parler, et il recacha son visage dans ses mains.

« C'est à cause de moi », murmura-t-elle. « Mon esprit a dissous la puissance de l'amour. »

« Non », dit Justin. « Ce n'était pas toi. C'était moi. Il me manquait quelque chose. »

« Il faut peut-être qu'elles essaient de nouveau... »

« Non! » Il avait crié sans le vouloir. La jeune fille se prosterna et partit. Il se détendit. Il ne comprenait pas ses propres sentiments, encore moins ceux de Duma.

Dans le harem, les femmes caquetaient de dépit. Il les avait offensées en leur échappant, pensa Justin. Non seulement on le prendrait pour un poltron, mais également pour un butor. Tagore serait furieux. Au moment de donner, il avait reculé. Pourquoi? Peut-être n'était-il pas Patanjali, après tout. Peut-être n'était-il même pas bon à devenir un homme tout court. Les moines avaient fait une énorme erreur en le choisissant comme chef.

Il resta dans le jardin, seul, longtemps après le coucher du soleil. Les voix féminines s'étaient tues. Quand il fut sûr que le harem était vide, il y retourna. Duma l'attendait.

« Je t'ai préparé un lit », dit-elle.

« Tu n'aurais pas dû rester éveillée pour moi. »

« C'est mon devoir », dit-elle doucement. Elle se prosterna et se leva.

« Attends. » Elle s'arrêta. Un moment il eut envie de déchirer le voile qui masquait à ses yeux tant de laideur et de difformités. Il voulait lui faire honte, la rendre responsable en somme, de son échec. Cela le soulagerait quelque peu. Mais au fond il savait qu'elle n'y était pour rien et qu'il était le seul à blâmer.

« Je partirai demain », dit-il enfin.

« Mais Varja ne pourra pas te recevoir avant plusieurs jours », lui expliqua-t-elle, soudain angoissée.

Il ne pouvait offenser en plus la déesse elle-même par une telle conduite. Il ne lui restait plus qu'à attendre et endurer les sarcasmes des femmes, autant de temps qu'il plairait à l'abbesse. Tagore n'en serait pas moins furieux mais au moins ne mettrait-il pas Rashimpur en danger par son comportement grossier.

« Très bien », dit-il.

Elle esquissa un pas pour se rapprocher de lui. « Veux-tu que j'appelle quelqu'un pour te tenir compagnie cette nuit ? »

Justin eut un petit rire amer. « Non, non, merci. Je préfère dormir seul. »

Il se tint éveillé, ses pensées se bousculant dans son esprit entre la peur et les reproches, jusqu'à ce que les premiers lambeaux de lumière grise apparaissent dans le ciel.

Il n'avait pas envie de dormir. Il n'avait pas envie d'être là où il était, dans ce lieu de perdition plein de filles. Il n'avait pas envie de rencontrer la grande Varja, dont la légende prétendait qu'elle pouvait avaler un homme vivant et en recracher le squelette. Il avait envie de parler avec Tagore, pas avec la pauvre fille disgraciée, derrière son voile.

Pourtant, il avait envie de voir le visage de Duma.

Il se leva sans faire de bruit et se dirigea vers l'entrée intérieure du harem. Il souhaitait ne pas rencontrer Varja. Il n'avait pas vu d'autres hommes que lui, mais Tagore lui avait dit qu'elle régnait sur les femmes comme sur les hommes. Ceux-ci étaient-ils invisibles ? Tout était possible ici. Peut-être les avait-elle tous mangés ? Le squelette triste de Justin était peut-être destiné à être recraché sur le tas de squelettes des autres mâles infortunés.

A sa droite s'ouvrait une pièce sans porte, un peu plus grande qu'une enclave dans le mur. Une fille grassouillette dormait à l'intérieur. Au-delà, se trouvait une autre pièce. Il reconnut Saraha qui dormait dedans. Puis, les dortoirs. *Elle est dans l'une de ces pièces.* Il se déplaçait rapidement, inspectant chaque pièce. Ayant atteint le bout du corridor sans avoir trouvé Duma, il se reprocha sa curiosité infantile. L'aspect physique de Duma ne changerait rien à l'affaire. Il n'y avait rien de particulier à son propos de toute façon, à part son voile pendant que les autres couraient nues en tous sens.

Néanmoins, il retourna sur ses pas et inspecta de nouveau l'allée. Et si elle était horrible au point qu'il se transforme en statue de pierre au premier regard? Tagore en serait sûrement très fâché. Prenant une profonde inspiration, il décida d'abandonner ses recherches.

Il faisait demi-tour quand jetant un dernier regard par-dessus son épaule, il la vit à l'intérieur d'une des cellules. Sa crainte qu'elle fût laide s'évanouit sur-le-champ. Elle était son amie, sa seule amie, et il devait la voir.

Son esprit se referma comme une huître. Aucun raisonnement n'existait plus. Il n'avait plus peur de Varja, il ne battait plus sa coulpe, il ne tergiversait plus. Il voulait la voir, ne serait-ce qu'une fois. Il décida en un instant qu'il la regarderait pendant son sommeil et qu'il n'en soufflerait mot à personne.

Il vit la *vina* de Rakhta posée dans l'angle d'une des pièces. Dans une autre, des rouleaux et des livres étaient soigneusement empilés sur le sol. Enfin, il vit ce qu'il cherchait. Pendu au mur, se trouvait le voile de Duma, tel un voile de mariée. Il retint son souffle. Tremblant, il s'introduisit dans la petite pièce. Elle dormait sur un matelas à même le sol, ses longs cheveux noirs ruisselant dans son dos. Elle lui tournait le dos. Elle portait une cotonnade blanche, et dans ses mains, dont il pensa qu'elles étaient très belles en dépit de ce que devait être le reste de son corps, elle serrait un bout de soie rose.

Il se glissa vers l'autre côté du matelas, excité à l'idée de la découverte. Il n'avait jamais désobéi aux moines de Rashimpur. Il n'avait jamais osé. Mais ici, si loin de chez lui, seul, sans réelle contrainte... Il devait apprendre comment devenir un homme, après tout. Est-ce que l'on n'attendait pas de lui, comme de tous les hommes, d'être indépendant, en particulier avec les femmes?

Alors qu'il s'était mentalement rassuré sur sa conduite et qu'il avait atteint l'angle du matelas de Duma, son pied se prit dans le lit et il perdit l'équilibre. Regarder le visage interdit était déjà lourd à assumer, mais être découvert par sa propre maladresse l'était encore plus. C'était la fin. Il devrait rentrer, honteux, à Rashimpur et supplier qu'on l'accepte dans les classes pour débutants de nouveau. Il s'affala lourdement en avant.

Duma s'éveilla en sursaut, et s'assit brusquement. « Qu'y a... qu'y a-t-il? C'est toi? » questionna-t-elle, stupéfaite.

Justin crut entendre l'air le frapper au fond de sa poitrine, comme un véritable coup de poing.

Elle était d'une rare beauté!

Elle cligna des yeux, se les frottant des deux poings. Sa peau était couleur d'albâtre, accentuant la grandeur de ses yeux sombres et les rendant plus impressionnants que sur une peau olivâtre comme celle des autres filles du gynécée. Son nez était long et délicat, finement creusé à son extrémité. Sa bouche était plus grande que chez ses compagnes, la lèvre inférieure étant plus épaisse et plus pleine.

« Je n'ai jamais vu un visage comme le tien, auparavant », murmura-t-il.

Dès qu'il eut parlé, le regard de Duma se précipita paniqué vers le voile qui était pendu sur le mur. Elle se couvrit la tête de son drap.

Il s'agenouilla près d'elle et lui écarta de force les bras du visage. « Non,... ne te cache pas. J'aime ton visage. »

Elle le regardait, complètement affolée.

« Veux-tu venir avec moi dans le jardin? Pour un instant? » lui demanda-t-il. Elle ne répondit pas. Ses traits étaient figés en une expression de stupeur incrédule.

« Oh, mon Dieu, que je suis bête. J'oublie l'heure tardive. Excuse-moi de te déranger. » Il se prosterna et se retira.

« Je viens avec toi », dit-elle.

« C'est vrai? » Il sentait qu'il était en train de grimacer mais il ne pouvait s'en empêcher. Elle lui sourit. Ce fut une tentative brève, fugitive, comme si elle n'était pas habituée aux heureux événements. Puis elle se leva, se couvrit d'un tissu de soie bleue et brillante, et tendit le bras vers son voile.

« Laisse-le ici », dit Justin en lui prenant le voile des mains. Elle le regarda remettre le voile contre le mur et s'apprêta à le suivre. Justin aurait juré avoir vu un début de sourire sur les lèvres de Duma.

« Pourquoi disent-elles que tu es laide? » demanda Justin. Le ciel prenait des teintes rosées avec l'aube. De grosses gouttes de rosée naissaient sur les bouquets d'orchidées qui poussaient dans le jardin. Le sol était recouvert d'une délicate gaze de brume.

« Cela me paraît évident », dit Duma. « Mon nez est long comme une trompe d'éléphant. Ma bouche est grande et vulgaire. Ma peau est blanche. »

« Ma peau est blanche également. »

« Pour moi, c'est différent », répondit-elle, énigmatique.
Justin ne voyait pas en quoi cela pouvait être différent mais il songea, une fois de plus, que les femmes étaient d'étranges personnages avec des critères bizarres. « Je pense qu'ici tu es la plus belle. »

« Tu es gentil », lui dit-elle, de toute évidence sans le croire. « Peut-être celui qui m'est destiné sera-t-il aussi gentil. »

« Comment peux-tu être si sûre que cette personne viendra. Personne ne peut lire l'avenir. »

« Varja dit l'avenir. » Les yeux de Duma semblèrent grandir encore. « Elle peut prédire des événements incroyables. Elle a prédit la chute des monastères qui ont effectivement été détruits par l'armée. Elle dit que d'autres destructions viendront. »

Les avait-elle prévenus ? »

Duma le regarda, éberluée. « Bien sûr que non. Varja n'a rien à voir avec les mortels. Elle est une déesse. »

« Ça lui est donc égal ? »

Duma haussa les épaules. « La vie du commun des mortels est trop courte pour mesurer le temps de Varja. »

« Elle est pourtant immortelle ? Elle a donc tout son temps pour s'occuper des gens. »

Elle grimaça. « Je ne comprends pas bien ces choses. De toutes façons les gens qui meurent ne craignent plus rien. Les moines qui devaient mourir lui avaient fait présent de leurs plus précieuses reliques en cadeau d'adieu. »

« Mais pourquoi ? » Duma le regarda comme elle aurait regardé un petit enfant. « C'est une *déesse*. Ils la révèrent, c'est tout. »

Justin fit la moue. Les moines de Rashimpur ne révèraient pas Varja. Ils ne la considéraient même pas comme une déesse. Et Tagore avait dit que l'immortalité de Varja n'était qu'une légende. Personne ne lui avait jamais dit qu'elle pouvait lire dans l'avenir.

« Que fait-elle des reliques ? »

« Elle les conserve dans la Chambre Sacrée, qui lui est réservée. Tu y entreras durant ton rite d'initiation. »

Une peur soudaine envahit Justin. « Que va-t-elle me faire ? »

Un sourire voleta sur les lèvres de Duma. « N'aie pas peur. C'est un honneur extrême de contenter la déesse. Elle t'initiera au Puits de l'Amour. C'est très rare. C'est uniquement parce que tu dois diriger Rashimpur qu'elle te fera cet honneur. »

« Tu veux dire que... » et le dessin lui revint en mémoire. Les

deux personnages l'un contre l'autre, se pénétrant. « Comment...
comment cela ? »

« De la façon la plus ordinaire », précisa Duma, avec désinvolture.

Justin fronça les sourcils.

« C'est très simple. La femme est couchée sur le dos et l'homme
lui monte dessus. »

« Mais quel effet ça fait ? »

Duma le regarda un moment, puis détourna les yeux, embar-
rassée. « Je ne sais pas », finit-elle par avouer. « Je ne l'ai jamais
fait moi non plus. »

Il s'épanouit. « Toi non plus ? »

« Mais j'ai regardé. Ça paraît facile et ceux qui le font semblent
toujours beaucoup aimer ça. »

« Peut-être, après tout... Quel âge a Varja ? »

« Elle est aussi vieille que les arbres et la mer, aussi vieille que
le monde, que le ciel et que Brahma lui-même. »

Justin haussa les sourcils. Il n'était pas très sûr de vouloir se
retrouver dans la posture du dessin avec une femme beaucoup plus
âgée que Tagore lui-même.

« Le jour se lève », dit Duma. « Je dois te quitter. »

Justin resta dans le jardin, observant fixement les poissons
couleurs de mandarine qui nageaient en rond dans le bassin. Il ne
lui semblait plus autant redouter de s'attarder dans le temple de
Varja. En fait, il se demandait comment seraient les instants
passés sans Duma.

Elle était la seule et la première amie qu'il ait jamais eue.
Enfant, il avait été promené d'un parent à un autre et cela ne lui
avait jamais laissé le temps de se faire des amis de son âge. Les
seuls enfants qu'il avait eu l'occasion de côtoyer dans des tournois
ne pouvaient pas être des amis, ils étaient par nature des
adversaires.

A Rashimpur, il y avait d'autres moines de son âge, mais cela
posait d'autres problèmes. Tout d'abord, Justin avait passé ces
cinq dernières années à apprendre les langues et dialectes qu'uti-
lisaient les moines. Personne à Rashimpur, sauf Tagore, ne parlait
l'anglais et d'ailleurs, son vieux maître avait cessé toute conversation dans cette langue dès que Justin avait pu commencer à se
débrouiller en hindi. Mais l'obstacle majeur était tout simplement
que par le fait même de sa position, il avait été plus ou moins tenu
à l'écart des autres *chela*. Il était Patanjali, Celui au Chapeau
Bleu, et les autres élèves redoutaient de réveiller l'esprit qui

sommeillait en lui et d'attirer malencontreusement sur eux la colère future de Justin. Ils le côtoyaient avec courtoisie et déférence mais jamais avec intimité. La courte conversation avec Duma dans le jardin avait été sa première réelle rencontre amicale avec quelqu'un de son âge.

Après mon départ de ces lieux, songea-t-il, je ne reverrai plus jamais Duma, et cela l'attrista profondément. Elle lui ressemblait tant et dans le même temps, elle était si différente de lui. Et elle était si belle, quelque soit son opinion sur elle-même.

Quand le jour fut complètement levé les femmes lui apportèrent des corbeilles de fruits succulents, un bol de riz, du poisson séché, des légumes en saumure et un plat de chutney très épicé. Il mangea sans trop penser à ce qu'il faisait. Il guettait le réveil de Duma. Quand elle apparut finalement dans la pièce, de nouveau revêtue de son voile, il se précipita presque à sa rencontre.

« Veux-tu déjeuner avec moi ? » lui demanda-t-il.

La pièce se remplit tout à coup de silence. « Cela ne se fait pas », murmura Duma.

« Pourquoi pas ? »

« Parce que je ne suis pas présentable. Choisis-en une autre. »

« Je n'ai pas envie de déjeuner avec quelqu'un d'autre. C'est toi qui m'intéresse. Et ne peux-tu pas retirer ça ? »

Un murmure parcourut la pièce et il put entendre quelques ricanements. Saraha qui s'était assise près de Justin, s'écarta pour laisser la place à Duma.

« Très bien », dit Duma, « si tu y tiens tant. Mais je n'ai pas le droit d'ôter mon voile ».

Il accepta de mauvaise grâce mais songea qu'il devrait attendre son heure. « Duma, tu dois avoir plus confiance en toi », lui dit-il en mordant dans une poire.

« Comment puis-je faire ? »

« Je vais te l'enseigner. Le jardin est-il toujours désert ? Je n'y ai vu que nous deux depuis mon arrivée. »

« Les femmes doivent rester à l'intérieur. C'est plus convenable. Mais puisque tu es un hôte d'honneur, nous t'y accompagnerons si tu le désires. »

« C'est ce que je désire », dit Justin. « Mais pas tout le monde. Toi. » Duma se courba pour lui montrer son accord et le suivit.

Dans l'angle le plus éloigné du jardin, où les autres ne pouvaient les voir, Justin prit Duma par les épaules et la força à s'asseoir sur un banc près d'un énorme buisson d'azalées en fleurs. « Bien », dit-il, « j'y ai pensé pendant longtemps et je pense que ça devrait marcher. Mais tout d'abord tu dois te débarrasser de ça. » Il ôta le voile.

« Non, il ne faut pas... »

« Personne ne nous voit », la rassura Justin. « Et puis, si je pense que tu es belle, où est le problème ? »

« C'est juste ton regard qui voit la beauté là où elle n'est pas. »

« Ce n'est pas vrai. Mon regard est aussi bon qu'un autre. Ce sont tes yeux qui ne voient pas la réalité telle qu'elle est. Bien, regarde moi dans les yeux. »

« Pourquoi ? » demanda-t-elle en souriant timidement.

« Regarde-moi. Bien, qu'est-ce que tu vois ? »

« Je me vois. »

« Continue. Maintenant, dit : " Elle est belle " »

« Qui ? »

« La fille dans mes yeux. »

« Mais je ne peux pas. Ce serait un mensonge affreux. »

« Oserais-tu dire de ton hôte d'honneur qu'il est laid ? »

« Oh non. Ce n'est pas ce que je voulais dire. »

« Ton reflet dans mes yeux, c'est ça que tu voulais dire ? Mais il fait partie de moi. Alors dis-le. »

Duma plongea son regard avec réticence dans les yeux turquoise. « Elle est belle », prononça-t-elle doucement. Elle paraissait très malheureuse.

« Dis-le de nouveau. Je te l'ordonne. »

Duma répéta en hésitant.

« Une fois encore. » Duma répéta. Elle se recula et, considérant Justin : « Après tout, je ne suis pas si différente de toi. »

« Sauf pour une chose. Tu es beaucoup plus belle. » Duma sentait la sincérité de la déclaration de Justin. Celui-ci cueillit un petit bouquet d'azalées et le plaça sur l'oreille de Duma. « Viens », lui demanda-t-il gentiment.

Il la conduisit vers le bassin aux poissons rouges et lui demanda de se pencher au-dessus de l'eau. « Qu'est-ce que tu vois à présent ? »

L'eau se rida soudain sous les mouvements des poissons mais il attendit patiemment avec elle. Il plaça son bras autour de sa taille. Elle fit mine de ne pas remarquer le geste, mais il pouvait la sentir trembler doucement.

« Voilà », dit-il, « l'eau est de nouveau lisse ».

Un moment, le visage de Duma miroita dans l'eau. Avec les petites fleurs blanches dans ses cheveux elle ressemblait à une espèce de fée des fontaines. Un gros poisson luisant sauta et de nouveau le visage de Duma disparut.

Elle se redressa lentement et se retrouva face à Justin. « Elle est belle », lui murmura-t-il, en lui prenant le menton et en l'embrassant sur la bouche.

Il y eut une grande agitation dans le harem. Quand Duma se retourna, elle vit cinq ou six jeunes femmes qui se pressaient sur le seuil. « Non! » fit Duma dans un cri. « Je n'ai pas remis mon voile. » Au milieu des interjections des jeunes femmes, elle tira le voile sur son visage et courut vers le bâtiment. Avant d'en passer le seuil, elle se retourna vers Justin. Puis, délibérément, elle souleva le voile pour lui montrer son visage.

Justin sentit tout à coup ce qui lui manquait tant dans sa vie.

Les jours passaient rapidement. Ils étaient pleins de la présence permanente de Duma. Il ne s'en lassait pas. Elle lui apprit les rudiments de la peinture et de la sculpture, et elle demanda à Rakhta de lui enseigner quelques accords sur la *vina,* bien que Justin n'en aimât pas la sonorité. Avec le temps, les jeunes femmes s'habituèrent à la présence de ce jeune homme qui avait repoussé leurs avances et elles l'acceptèrent comme faisant partie de la maison. Justin jardinait, et remplissait le harem de bouquets de fleurs. Il divertissait ses hôtesses et lui-même en leur faisant quelques démonstrations de force apprise à Rashimpur. Il lisait les ouvrages de poésie que lui prêtaient les jeunes femmes, et lui-même les tenait en haleine le soir avec les légendes et les récits que Tagore lui avait enseignés.

Et Duma était toujours là. Elle avait renoncé désormais à porter son voile et, à sa grande surprise, aucune de ses compagnes ne fit d'objection à cette décision. Où que soit Justin, elle était à ses côtés, et on pouvait entendre partout les éclats de leurs rires. Elle était transformée. Elle lui prenait la main et souriait sans contrainte. C'était comme si le poids de centaines d'années était tombé de ses épaules en même temps que le voile disgracieux. La seule question était : qu'adviendrait-il d'elle quand il devrait quitter le temple?

« Patanjali, il n'y a pas de femmes à Rashimpur? » demanda Saraha.

« Non, petite sœur, pas une seule femme. »

« Alors, tu vas nous emmener avec toi? » Elle sembla découragée quand les autres filles rirent à sa question. « C'est le seul qui ne nous ait pas demandé de nous offrir à lui », leur cria-t-elle, furieuse. Duma l'arrêta.

« Mais c'est un honneur de se donner à ceux que Varja a choisis. »

Saraha fit la grimace.

« Tout de même, je n'aime pas ça. Ils ne nous adressent même pas la parole. Patanjali est différent. Patanjali, tu veux bien m'emmener avec toi? »

Justin lui caressa les cheveux. « Ce n'est pas en mon pouvoir », lui dit-il doucement.

Les yeux de Saraha s'embuèrent de larmes. Elle tenta de les contenir par une moue enfantine de la lèvre inférieure, puis quitta la pièce. Un silence gêné flotta dans l'air. A peine deux heures plus tard, la jeune fille ronde revint, le visage radieux. « Je lui ai demandé », dit-elle toute essoufflée.

« Tu as demandé quoi à qui, Saraha? » demanda Duma.

« Varja. J'ai demandé à Varja elle-même. » La jeune fille criait presque tant elle était excitée. Duma pâlit.

« Saraha, tu n'aurais jamais dû faire ça. C'est interdit de déranger Varja tant qu'on y est pas invité. »

« Tout va bien », dit-elle pour rassurer ses compagnes. « Je lui ai demandé si nous pourrions toutes aller en visite un jour à Rashimpur. Comme cela nous pourrions revoir Patanjali. »

« Et elle a dit oui? » demanda Duma.

« Presque. Elle m'a demandé de venir la voir demain dans la Chambre Sacrée pour me donner sa réponse. »

Les jeunes filles n'en croyaient pas leur oreilles.

« C'est un vrai miracle », dit l'une d'entre elles.

Duma expliqua à Justin qu'elles n'avaient jamais quitté le temple, même pour un jour et que depuis qu'elles y étaient arrivées dans leur prime enfance, les murs de ces lieux étaient les seuls horizons de la plupart d'entre elles.

Justin les regarda comme si c'était la première fois. « Comment êtes-vous arrivées ici? »

« Pour la plupart d'entre nous, ce fut un grand honneur pour le village où nous sommes nées de nous consacrer au culte de Varja. Saraha a été choisie parce qu'elle était parfaite. Elle ne présentait aucun défaut. » Saraha la prit dans ses bras.

« Oh, Duma, toi aussi tu es parfaite. Tu es la plus intelligente de nous toutes, et la plus aimable aussi. Quelle importance si tu... » Son regard glissa vers Justin.

« Tu peux le dire », dit Duma gentiment. « J'ai été vendue à

Varja par ma famille quand j'avais cinq ans. Je n'ai rien fait de mal. Je n'en ai pas honte. »

« D'où viens-tu ? » demanda Justin.

« Un pays froid. Je ne m'en souviens presque pas. Mais c'est le même pays que celui d'où viendra l'homme qui m'est destiné. »

Justin accusa le coup. « Tu devrais pouvoir choisir tes amis », dit-il comme poussé par un accès de jalousie. « Vous devriez toutes pouvoir choisir un compagnon. »

« Nous n'avons pas de compagnon », précisa Saraha. « Seulement Duma. Pour elle, c'est différent. Nous... »

« Tais-toi ! » lança Duma.

La violence de la réplique étonna Justin. Il regarda les autres femmes. » Vous êtes jeunes. Si vous n'avez pas de compagnon, qu'allez-vous faire quand vous serez âgées ? »

Saraha hésita, ne sachant pas quelle réponse donner. « Je ne sais pas. Et toi, Duma, le sais-tu ? »

Un gémissement monta de la gorge de Duma. Elle étouffa un sanglot et se précipita dans le jardin.

« Duma ! » appela Justin en tentant de la rattraper.

« Laisse-moi tranquille ! » cria-t-elle.

Les autres femmes se dispersèrent. Justin souhaita une bonne nuit à Saraha. Il passa le reste de la nuit seul. Ce ne fut que tard le matin suivant, après qu'ils eurent tous entendu le cri, que Justin sut enfin qui était réellement Varja.

Les portes de la Chambre Sacrée qui étaient d'habitude fermées, se trouvaient grandes ouvertes. Rakhta fut la première à les franchir. Elle fut également la première à voir le catafalque recouvert d'un drap blanc au centre de la pièce. Sur le catafalque, bien au-dessus des regards des nouvelles arrivantes alertées par le cri de Rakhta, gisait Saraha. Elle était revêtue d'un sari de brocard blanc. Ses cheveux avaient été soigneusement coiffés et portaient des ornements d'argent. Elle ne respirait plus.

Justin regardait, les yeux exorbités. Duma lui prit la main. « Nous devons partir, à présent », lui demanda-t-elle.

« Est-ce Varja qui l'a tuée ? »

« Ce n'est pas la mort. C'est la vie-dans-la-mort. »

Justin ne comprenait pas. La vie-dans-la-mort ? C'est ce que pratiquaient les moines. C'est l'état dans lequel il avait vu Sadika pour la première fois. Mais seuls les plus expérimentés des yogis pouvaient accomplir cet exploit de pratiquement arrêter la vie pendant plusieurs jours. Saraha n'avait que douze ans.

« Mais la vie-dans-la-mort est un acte volontaire. Elle n'a pas pu s'y trouver plongée contre son gré. »

Duma lui fit face brusquement. Ses yeux étaient rouges et fiévreux. « Ce n'est pas nous qui pratiquons la vie-dans-la-mort », dit-elle avec une voix étranglée. « C'est la punition que Varja a trouvée contre Saraha qui voulait quitter son temple. »

« Mais comment... »

« Tu voulais savoir ce qui nous arrive lorsque nous vieillissons? » Elle était dans une violente colère. « Maintenant tu sais. Et ce n'est pas tout. Il y a plus, encore plus... » Elle se mit à sangloter. Justin l'entoura de ses bras. Un instant elle se laissa aller contre lui mais aussitôt elle s'écarta de lui. « Non. Ne me touche pas. Varja est une déesse jalouse. Nous sommes tous les deux en danger. Nous sommes tous en danger, maintenant. »

« Duma... » Il regarda les visages tristes des autres jeunes femmes. Elles semblaient vouloir se tenir éloignées de lui. « Dites-moi ce que vous appelez la vie-dans-la-mort. »

Après un silence, l'une des plus âgées prit la parole. « C'est ainsi que Varja nous garde dans une beauté éternelle », dit-elle. « Nous sommes plongées dans le sommel. Et quand Varja décide d'interrompre notre sommeil, elle nous réveille. »

« Et nous sommes toujours belles », ajouta une autre.

« Je n'en crois pas un mot », dit Justin avec simplicité.

« C'est vrai! Il y en a parmi nous qui ont été reveillées après avoir été plongées dans la vie-dans-la-mort. Quand elles se réveillent, elles se sont calmées, et deviennent totalement obéissantes à Varja. Elles sont soumises à sa magie. »

« Qui parmi vous? »

« Elles n'ont pas le droit de rester avec nous après avoir été réveillées », dit Duma.

Justin ne trouvait rien à dire. Les jeunes femmes avaient vu la victime d'une vengeance aveugle, et pourtant, elles acceptaient le fait et défendaient même Varja.

« Bientôt viendra la nuit de ton initiation », annonça Duma.

Le trentième jour de la présence de Justin dans le temple, Justin fut conduit, au crépuscule, à la Chambre Sacrée de Varja.

Il n'avait pas eu l'autorisation de boire ni de manger depuis le matin et la soif et la faim augmentaient l'intensité de sa crainte envers la déesse. Les préparatifs avaient commencé à l'aube. Duma était venue l'éveiller. Elle portait son voile de nouveau et ses gestes étaient raides et empruntés.

« Notre sœur Saraha a quitté la Chambre Sacrée, », lui dit-elle.

Le corps de Saraha était resté à la vue de tous pendant trois jours. Justin était venu le contempler plusieurs fois, guettant l'inévitable décomposition du corps. Mais il ne s'était rien produit. La jeune fille était restée aussi fraîche et d'un aspect aussi vivant que lorsqu'il l'avait vue parmi ses compagnes.

« Qu'est-ce que Varja lui a fait ? »

Duma haussa les épaules. « Nous perdons de vue celles qui sont punies de cette façon, mais l'on dit que la déesse prépare leur esprit à assumer une nouvelle vie ailleurs qu'ici. »

« Comment s'y prend-elle ? »

« Nous sommes mortelles, Patanjali. Peut-être es-tu capable, en tant que fils de la Création, d'expliquer comment elle transfère son esprit d'un endroit à un autre, mais moi, je ne le peux pas. Tout ce que nous savons c'est que les pauvres filles qui sont punies pour avoir déplu à Varja, semblent mourir, sans être vraiment mortes. Elles restent jeunes éternellement. C'est tout ce que nous savons. »

« Mais qu'est-ce qui se produit quand les femmes, ici, vieillissent ? »

Duma le regarda. « Personne ne vieillit ici », dit-elle calmement. « Saraha n'a pas eu à attendre longtemps, mais elle se serait trouvée dans la même situation d'ici dix ans. »

Justin n'en croyait pas ses oreilles. « Vous... vous toutes...? »

Il ne pouvait songer à aller jusqu'au bout de sa pensée.

Elle lui prit la main. « Ce n'est pas douloureux. Personne n'en a jamais souffert. Cela ne laisse pas de marques. Et peut-être y a-t-il effectivement une autre vie derrière la vie-dans-la-mort. »

« Je ne lui laisserai pas te faire une chose pareille », dit Justin.

Duma sourit. « Cela ne m'arrivera pas. Je ne suis pas digne de la vie-dans-la-mort. A cause de ma laideur, je serai la première ici à continuer à vivre. »

« Pour te faire monter par un homme que tu ne connais même pas », lui dit-il vulgairement.

Les yeux de Duma étaient bas. « Si c'est le souhait de Varja. » Elle se mit sur ses pieds. « Viens. Ton initiation d'homme va débuter ce soir. C'est ton dernier jour parmi nous. »

Justin la regarda, abasourdi. « Mon dernier jour ?... Comment le sais-tu ? »

« La déesse m'a fait demander. Je lui ai confirmé que tu n'avais pas voulu prendre de femme dans ton lit. Elle sera donc la première. »

Mais c'est pour toi que je me réservais ! »

« Ce n'était pas écrit ainsi », contata Duma tristement. Elle parlait le souffle court, tentant de couvrir le trouble qui altérait sa voix. « Tu es venu ici non pour moi, mais pour Varja. Quand la prochaine aube viendra, tu retourneras d'où tu viens, et moi de même. Rien n'aura changé. Nos destins ne se croiseront plus. »

« Non, Duma. C'est toujours à toi que j'ai pensé. Je suis resté ici à cause de toi. J'aurais tant voulu que tu m'aimes... »

« Arrête », hoqueta-t-elle. Elle libéra ses mains. « Tu ne dois plus me regarder. C'est mieux ainsi. » Puis elle sortit de la pièce en courant.

Seule Duma était absente de la Chambre Sacrée où toutes ses compagnes s'alignaient le long des quatre murs, quand Justin y pénétra. Chacune d'entre elle avait revêtu ses plus beaux vêtements. Chaque participante portait un voile léger qui lui masquait le bas du visage. Au centre de la pièce, où se trouvait quelques temps auparavant le catafalque de Saraha, se trouvait à présent un énorme cube recouvert d'une soie blanche qui flottait doucement sous une brise légère.

Quand la pièce fut silencieuse, deux jeunes femmes dévoilèrent l'espace derrière le cube. Il masquait un lit de coussins de soie brodée, chargés de parfums. Une femme était allongée au milieu des coussins. Justin se doutait de qui il s'agissait. Il voyait enfin la déesse, et sa vue le remplit de dégoût.

Varja était peinte comme une poupée d'apparat. Son corps et son visage étaient couverts de dessins compliqués, rouges et noirs. De petites pierres précieuses remontaient de son menton à ses tempes. Au centre de son front était peint un troisième œil assez réaliste, mais qui ne clignait jamais et qui, de ce fait, était terrifiant. Pas un centimètre carré de sa peau n'était nu ou sans décor. La terrifiante abbesse qu'il avait déjà rencontrée lors de son arrivée à Rashimpur lui montrait un visage beaucoup moins beau que le souvenir qu'il en avait. Sa beauté résidait principalement dans les artifices de maquillage qui recouvraient complètement son visage. Mais de plus près, était-elle si belle qu'il l'avait vue ?

Les coussins sur lesquels elle était couchée reposaient eux-mêmes sur une estrade basse de laque noire. Autour de cette plate-forme, il y avait une collection d'objets d'art tels des récipients de bronze poli, des bols de jade et d'argent ainsi que des statuettes dorées. Quand les rideaux s'écartèrent, les jeunes femmes le long du mur tombèrent à genoux et leurs fronts touchèrent le sol. Justin restait bouche bée devant la déesse, mais toutefois assez conscient pour refuser de se prosterner devant la meurtrière de Saraha. Une forte tension envahit la pièce. Varja de sa position soumise, se leva lentement, ses yeux le scrutant étroitement. Les femmes sentaient cette tension et tournaient toutes leurs visages vers le jeune homme qui osait défier la déesse.

Justin avala sa salive, se sentit rougir, mais ne bougea pas. Pour lui, Varja n'avait rien d'une divinité. Elle était une obscène masquarade bariolée qui s'étalait devant lui comme la première prostituée venue, et il n'avait pas l'intention de se prosterner devant elle. Il sentit alors un bruissement de tissu derrière lui et un parfum qu'il reconnut, délicat et discret comme l'arrivée du printemps. Il savait sans se retourner que c'était Duma. Ses longs doigts se posèrent sur ses épaules avec autorité et sous la pression ferme de ceux-ci, il ne résista pas et se retrouva à genoux. La déesse Varja n'était pour lui guère plus qu'une catin, et ne méritait pas un instant de son attention. Mais pour Duma, il ne saurait rien refuser. Il se mit donc à genoux, ses yeux continuant à fulgurer du mépris qui les emplissait depuis le début.

Son orgueil satisfait, Varja se renversa de nouveau sur les coussins de soie et fit signe d'un claquement de ses doigts aux ongles longs à l'adresse de la jeune femme qui se tenait près d'elle. La femme qui était une des plus âgées de l'assistance, se courba et saisit dans les plis du drap qui entourait le lit, un flacon en or scintillant. Le tenant précautionneusement, elle le passa à sa voisine et ainsi de suite jusqu'à ce que Justin l'eut dans les mains.

Il contempla le flacon un instant, puis regarda Varja avec mépris.

Duma tenta de lui expliquer. « Tu dois en boire le contenu », murmura-t-elle.

« Qu'y a-t-il dedans ? » grommela Justin sans jamais quitter Varja des yeux.

« C'est la coupe. Cela fait partie du rituel. »

« Qu'y a-t-il dedans ? » insista-t-il.

Duma soupira. « Je ne sais pas. Mais il faut que tu boives. Sinon tu vas l'offenser. »

« C'est elle qui m'offense », répliqua-t-il. »

« S'il te plaît, Patanjali. » Son visage était masqué mais la pression de sa main sur la sienne lui indiquait l'urgence de l'action. Si tu offenses la déesse, elle nous punira toutes. »

Il se tourna vers Duma. « Dis-lui que je boirai si tu peux retirer ton voile. »

Un hoquet sortit de la gorge de Duma. « Patanjali, je ne peux pas... » Avant de pouvoir terminer sa phrase, Justin avait arraché le voile.

« Que la beauté de toutes les réincarnations de Saraswati réjouissent Brahma », dit-il solennellement.

Les yeux de Varja dardèrent méchamment sous le fard en direction de Duma, mais elle ne dit rien. Puis Justin pencha la tête brièvement et but une gorgée à la coupe d'or.

Le liquide laiteux avait un goût amer et âcre. Il avala avec difficulté. Comme il rendait le récipient à Duma, Varja sourit. Son expression était dure, mauvaise. Ses mâchoires étaient serrées et ses yeux, comme des couteaux. Elle hocha la tête une fois, lentement, et les jeunes femmes commencèrent à quitter la salle, en se prosternant avant de se lever.

« Pas toi », dit Justin en retenant Duma par la main.

« Patanjali, je ne peux pas... »

Il ne put entendre le reste de la phrase. Il avait pivoté sur lui-même, essayant de garder son équilibre. Sa vision se troublait. La boisson, sans doute. Il ne savait pas ce qu'il y avait dedans mais c'était très puissant. Il serra la main de Duma encore plus fort. « Elle reste ici », dit-il, en faisant un effort pour parler hindi. Le son de sa voix le surprit. Il ne pouvait pas la contrôler. Varja quitta Justin des yeux pour poser son regard sur la jeune fille. Il exprimait la malveillance mais elle ne dit pas un mot. Elle regarda intensément Duma, écarta d'un geste le drap de soie qui la recouvrait et entrouvrit ses cuisses. Duma tremblait de peur. Sur la face interne des cuisses de Varja étaient dessinées une centaine de petites scènes représentant des couples dans diverses positions de l'acte sexuel. Justin ne put s'empêcher de frémir de dégoût.

« Très bien », dit enfin Varja. « Elle peut rester. » C'était les premiers mots qu'il lui entendait prononcer. Ils avaient un goût de triomphe pervers. « Viens », ordonna-t-elle.

Justin regarda vers Duma essayant de la voir clairement. La pièce dansait autour de lui. « S'il te plaît, vas-y », lui murmura Duma. Avec difficulté, Justin se hissa sur le lit.

La coupe. Égarée dans un enchevêtrement d'idées, la coupe que Tagore avait confiée à Justin pour en faire cadeau à Varja, lui revenait à l'esprit. Elle était posée sur le rebord du lit ainsi que de nombreux autres objets d'art. Certains étaient très anciens, comme ce sceptre doré et incrusté de pierreries. Ou cette pierre qui brillait... la pierre de Dinrath. Elle avait appartenu au monastère de Labrang. Tagore lui avait dit que ce monastère avait complètement brûlé. L'armée, disait-il. Le feu. Mêlée à la vision vague de la pièce, une image revint à la mémoire de Justin. La mémoire d'un rêve, l'Arbre des Milles Sagesses en train de brûler...

Le feu fait fondre l'or. La pierre de Dinrath, toute d'or, aurait dû disparaître dans l'incendie.

Ils donnent leurs reliques à Varja. Ils la révèrent.

Quelque chose n'allait pas. Quelque chose n'allait pas du tout. Les moines de Labrang n'adoraient pas plus Varja que ceux de Rashimpur. Tagore lui avait dit que la pierre de Dinrath avait été volée.

Volée?

« Montre-moi ton sexe », ordonna Varja.

Justin regarda, embarrassé, son sexe flasque. La pierre de Dinrath. Le feu. Une drogue dans la boisson. Un incendie futur. Il eut un hoquet involontaire en apercevant une autre relique sur le bord de la couche. C'était un plat en or venant du monastère de Pemiongchi. Qui avait brûlé également.

« Tu les as volées », prononça Justin avec difficulté. « Tu as guidé l'armée vers les monastères pour qu'ils soient détruits. Tu as pris les reliques dans ces monastères. »

Varja l'ignora, regardant le bas-ventre de Justin avec mépris. Avec un geste de la main, elle ordonna à Duma de le préparer.

Il sentit les doigts minces et tremblants de la jeune fille défaire la ceinture de son vêtement et lui toucher sa peau nue.

« Duma », murmura-t-il. « Duma. » Il se sentit durcir sous ses doigts.

Tout était si embarrassant. Il y avait une femme devant lui, tatouée et perverse, les jambes ouvertes et offertes. Il y avait les reliques des temples disparus autour de cette horrible chose impudique, rassemblée, semblait-il autour de cet œil, ce troisième œil qui ne clignait jamais au milieu du front. Il y avait la réalité incertaine de cette chambre embrumée, et il y avait la réalité bien présente de cette nausée dans l'estomac de Justin.

Tagore n'aurait jamais dû m'envoyer ici, songea-t-il. Les moines ne savaient pas. Varja est le diable. C'est une bête enragée, puante, méprisable. Et puis il y avait les mains douces sur sa peau, des mains qui sentaient bon la tendresse et le désir. Duma le caressait et elle constituait la totalité du monde étrange et contourné que lui avait apporté le liquide laiteux qu'on lui avait fait boire.

Duma, je t'ai toujours désirée. Je t'appartiendrai toujours. L'homme à qui l'on t'a promise ne te possèdera pas, je te le promets. Je tuerai au besoin pour t'en protéger. Je quitterai Rashimpur. Mais je ne te laisserai pas partir car je t'aime comme je n'ai jamais rien aimé auparavant. Je t'aime, Duma.

« Viens près de moi. » La voix de la femme était profonde et chaude, pleine d'expérience. La turgescence entre les jambes de Justin était insupportable. Il se pencha en avant, à la recherche de son amie. « Duma », soupira-t-il. « Duma, toi, à jamais. » Il ouvrit les yeux. Et là, devant lui, était vautré le monstre aux trois yeux à l'haleine fétide dans laquelle se mêlait les relents d'un maquillage outrancier et les odeurs d'une transpiration acide.

Duma cria et Justin vit le couteau sur sa gorge. L'une des mains de Varja se crispait sur son médaillon tandis que l'autre manipulait un couteau acéré comme un rasoir.

En une fraction de seconde, Justin s'était dressé, ne réalisant pas complètement ce qui se passait mais répondant à l'agression comme un mécanisme parfaitement rôdé, sans réfléchir, exactement comme il l'avait appris. Dans l'instant éblouissant où il vit la femme aux trois yeux jouer du couteau vers sa gorge, il cessa de la considérer comme une déesse. Il cessa de se souvenir qu'il était là sur l'ordre de son vieux maître. Il cessa d'imaginer que le couteau pouvait n'être qu'un simulacre faisant partie du rituel. Tout ce qui lui traversa l'esprit, fut que quelqu'un tentait de le tuer. Il commença par envoyer la lame voler au loin puis frappa durement Varja au visage du revers de la main. Elle roula tout en lâchant le médaillon de Justin. Duma s'était rejetée en arrière, hagarde. Elle cogna le mur derrière elle. Son visage était couleur de cendre et les doigts qu'elle portait à sa bouche pour ne pas crier, tremblaient furieusement. Se mordant l'intérieur des joues pour se tenir en éveil, il la saisit par le bras et la poussa vers la porte.

« Pars. Maintenant. »

« Je ne peux pas », dit-elle dans un souffle. « Tu as frappé la déesse. »

« Ta déesse a essayé de me tuer pour me prendre mon amulette. »

« Patanjali... »

Il la poussa violemment à l'extérieur. Dans le même mouvement, il se retourna vers le lit où se trouvait toujours Varja, stupéfaite, le maquillage lui coulant sur le visage. Il ramassa le bol de liquide qu'il avait absorbé et en jeta le reste du contenu au visage de Varja, avec une exclamation de dédain.

« Tu n'es pas une déesse. Tu n'es rien de plus qu'une pilleuse de monastères et une tueuse d'hommes et de femmes. » Sa colère lui lavait les idées. Il n'était plus ivre et toute émotion avait fait place à une rage brûlante. Il arma de nouveau son bras pour frapper encore mais le laissa retomber aussitôt. Aucune violence ne ferait revivre Saraha. Quelle que soit la haine qu'il pourrait montrer, cela ne reconstruirait pas les monastères pillés et rasés par Varja. Ce qu'il pouvait faire maintenant, c'était sauver Duma, car elle serait à coup sûr la prochaine victime de Varja. Duma était étendue dans le corridor. « Je suis désolé », dit Justin, la soulevant aussi prestement qu'il put. « Sortons d'ici. »

« Mais les autres. Et puis, c'est ma seule demeure... »

« Je le dirai aux moines de Rashimpur. Ils aideront les autres. Ta demeure est avec moi. » Il la transporta à travers le jardin et jusqu'à l'esplanade extérieure. La nuit était étoilée. Malgré sa préoccupation pour Duma, il avait du mal à rester éveillé. Il buta sur une pierre et tomba lourdement sur le visage. « Si maladroit », marmonna-t-il en se remettant péniblement sur pieds.

« Même Patanjali n'est pas complètement protégé contre la vie-dans-la-mort. Mais il s'en sortira. » Elle caressait son visage avec ses doigts fins. » Je pensais bien que Varja avait envie de te tuer mais je ne pensais pas qu'elle irait jusqu'au bout. Maintenant je le sais. Oh, Patanjali, me pardonneras-tu? J'aurais dû savoir. »

Justin sourit. « Comment aurais-tu pu savoir? Je ne le savais pas moi-même. »

« La boisson. C'est la même que celle que j'avais déjà vue... »

« Elle t'en a donné? »

« Pas à moi. À une autre. » Duma mit son bras sous celui de Justin pour l'aider à marcher. « Quand j'étais toute petite, peut-être six ou sept ans, j'ai essayé de me sauver d'ici. Il y a quelque chose de maudit dans ce temple. On peut presque le respirer. Chaque nuit je pleurais avant de m'endormir, après mon arrrivée ici. Et un jour, une amie, plus âgée que moi, a voulu s'enfuir. Je l'ai suppliée de me laisser la suivre et elle a accepté. »

« Où êtes-vous allées? »

« Loin. Vers l'Ouest, je pense. Nous avons marché plusieurs jours. Mais Varja nous a retrouvées. »

« Comment? »

« Elle a des hommes à elle. Ils vivent sous le temple. Ils sont... ils sont ignobles et ils vivent comme des bêtes. Varja leur permet de se servir de nous quand ils veulent. Nous n'avions pas le droit de parler d'eux aux étrangers. Ils vivent tout le temps sous le temple. Ils vont bientôt nous rechercher. » Elle désigna le lointain. « Il y a une grotte pas très loin d'ici. Mon amie et moi l'avions vue quand on s'était échappées, mais on ne s'y était pas arrêtées. »

« Qu'est-ce qui s'est passé quand les hommes de Varja vous ont rattrapées? » Justin en parlant essayait de lutter contre l'engourdissement. « Avez-vous été punies? »

« J'ai dû porter le voile depuis ce jour. Varja disait que ma laideur serait un jour connue du monde entier. Mais j'étais très jeune, et la déesse bâtissait des plans pour mon avenir. »

« Tu n'as plus à t'inquiéter pour ces plans, Duma. »

Duma ralentit. « Les plans de Varja se réalisent toujours. Pour mon amie, cela a été plus simple. On lui a donné à boire le liquide, comme à toi. J'ai dû la regarder. Sa punition a été la vie-dans-la-mort. »

« Comme Saraha. »

« Et comme Saraha, on ne l'a plus jamais revue. Les autres disent que l'on revient de la vie-dans-la-mort, mais moi je ne crois pas ces histoires. Mon amie est morte. Et Saraha est morte. »

Ils marchèrent en silence jusqu'à une grotte au pied des monts Himalaya qui les entouraient majestueusement.

« Ils ne nous trouveront pas ici », dit Duma. « Il fait nuit, et ils iront nous chercher là où on nous a retrouvés la première fois. Tu peux t'allonger ici, Patanjali. »

« Non, il ne faut pas... »

« Mais si. Tu es hors de danger, à présent. C'est seulement la fatigue. » Justin eut l'impression de s'enfoncer dans le sol froid de la grotte.

« Mais il faut que je veille... sur toi... »

Duma sourit. « Je veillerai, Patanjali. Il n'y a plus de danger. »

« Duma », murmura Justin en lui prenant la main. Ils se retrouvaient dans le silence de la grotte comme dans le ventre d'une mère. « Est-ce que tu resteras avec moi, pour toujours? »

Duma baissa la tête. « Je ne peux pas rester avec toi à Rashimpur. »

« Alors, nous quitterons Rashimpur. »
« Mais tu es le chef du monastère. Tu es Patanjali. »
« Et tu es la femme que j'aime. Je n'ai pas choisi d'être Patanjali. Je ne sais même pas si je suis bien ce que les moines croient que je suis. Mais, toi, je sais qui tu es. » Il lui caressa le visage. « J'ai choisi d'être avec toi. Si tu le veux bien. »
Duma le regarda avec tristesse. « Nous ne pouvons régler nos propres destins », dit-elle enfin. « Si notre destin est d'être réunis, alors nous serons réunis. Sinon... Si quelque chose devait arriver... je me souviendrai toujours de toi, Patanjali. Je t'aimerai toujours. Tu seras le seul amour de ma vie. »
« Tu me le promets ? »
« Je te le promets. »
« Moi aussi, je te le promets. Duma, je n'aurai pas d'autre femme que toi. Et il la caressa, et elle le prit dans ses bras, et il l'aima dans la paix de la grotte, sentant en elle la douleur d'une première fois. Il pénétra ses ténèbres, explosant de la joie d'avoir attendu de se donner à elle, et il savait qu'il aurait attendu une éternité si cela avait été nécessaire, car pour lui, seul cet amour était possible. Enfoui dans la chaude douceur de sa chair, sentant leurs deux cœurs battre l'un près de l'autre, Justin s'endormit.
Des mains brutales le secouèrent, tirant sa tête en arrière, le sortant de la grotte et l'amenant dans la lumière de torches. Duma n'était plus là. Non loin, autour d'un feu de joie, dansaient les formes imprécises de femmes dont les cris perçaient le calme de la nuit. « Duma ! » cria Justin, mais il y avait trop de bruit et de désordre. Il ne pouvait même pas entendre sa propre voix dans le vacarme. Des hommes le tenaient tandis qu'on lui liait les poignets et les chevilles.
« Patanjali ! » cria quelqu'un au loin. Ce n'était pas la voie de Duma, mais il la reconnut comme celle d'une des jeunes filles qu'il avait rencontrée chez Varja. Comme ses yeux commençaient à s'habituer à la vive lueur du feu, il se rendit compte que les jeunes femmes étaient attachées les unes aux autres en rond autour du brasier. Il chercha Duma du regard mais il ne la vit pas.
« Qu'est-ce que vous me voulez ? » cria-t-il.
Les hommes ne répondirent pas. Dans la direction du temple de Varja, et venant vers lui, il aperçut le palanquin damasquiné de la déesse, porté à dos de quatre hommes. Quand il arriva à la hauteur de Justin, les rideaux de soi s'écartèrent et Varja en descendit, vêtue d'une robe qui balayait la poussière.
« Qu'as-tu fait d'elle ? » hurla-t-il.

« Ta complice ne t'est plus d'aucune utilité », dit-elle. Son visage respirait une victoire diabolique.

« Tu l'as tuée, immonde putain! »

Varja leva la main. « Ah, tu me sous-estimes, Patanjali. Tuer est tellement banal. Pourquoi te tuer? Pourquoi la tuer? Non, jeune sot. Tu vas vivre. Pour l'instant. »

Elle prit un réticule de toile noire qui pendait à sa ceinture et en versa le contenu dans le creux de sa main. Cela ressemblait à de la suie. Elle en saupoudra le visage et le corps de Justin.

« Que ceci soit ta destinée », proféra-t-elle dans le dialecte de sa secte. » Que tu vives dans de telles souffrances que tu rechercheras la mort comme un soulagement. Que tu meurs avec chaque souffle de ta vie. Que tu sois trahi par toutes les divinités. Que tu sois rejeté par chaque homme et par chaque femme sur terre. Que tu ne trouves de repos pour ta peine et ta douleur nulle part au long de tes jours. Que tu voies ceux que tu aimes se flétrir et mourir et tomber en poussière. Que ton propre cœur te trahisse. Voici, Patanjali, le vœu que forme la grande Varja à ton égard et qu'elle transmet à toutes les puissances qu'elle commande. Et ainsi, le jour où je l'aurais décidé, que tu meurs et disparaisse à tout jamais. »

Elle éleva ses mains et les hommes qui tenaient Justin le lâchèrent pour former un cercle autour des jeunes femmes. Justin regardait, horrifié, les hommes tirer de longs sabres et les tenir au-dessus de leurs têtes.

« Que vont-ils faire...? » demanda Justin. « Non, pas les femmes... »

Elle baissa les bras. C'était un ordre sans appel. Et comme Justin comprenait soudain ce qui allait se passer, les hommes se mirent à trancher les têtes des jeunes femmes et à pousser du pied leurs corps pantelants dans les flammes du bûcher.

« Ceci n'est que le début », dit Varja doucement en remontant dans son palanquin. Ses yeux brillaient et elle souriait.

A l'aube, après le départ des hommes, quand le feu ne fut plus qu'un monticule de braises rougeoyantes et que la puanteur de la chair brûlée se fut un peu dissipée, Justin réussit à se libérer des liens grossiers qui le maintenaient prisonnier. Il se dirigea vers le feu, ressentant comme s'il était mort avec les jeunes femmes.

Il n'y avait aucune trace de Duma. Des ossements, des formes incertaines, de la chair brûlée, se mêlaient aux cendres et aux braises. Rien de plus. Non loin, il pouvait percevoir les souffles de bêtes sauvages qui attendaient de pouvoir s'approcher du bûcher pour se repaître des restes misérables de son amour.

S'aidant de ses mains, il tenta de recouvrir de terre le charnier, puis commença son voyage de retour vers Rashimpur.

La malédiction de Varja avait commencé, songea-t-il. Il souhaitait mourir et accueillir la mort en son sein.

Le plus tôt serait le mieux.

Chapitre 23

Il entendit du bruit au pied de la butte où habitait Yva. Justin se dressa d'un bloc.

« Yva! » cria une voix. « Je dois te parler, maintenant, Yva. C'est très important! »

« C'est Jòzek », dit Yva, se mettant debout. Elle mit un doigt sur ses lèvres et fit signe à Justin de rester assis, hors de vue. Elle mit sa robe précipitamment et appela. « Qui est là? » puis elle dévala la pente en évitant habilement les pièges.

Jòzek semblait nerveux, ses longs doigts se crispant par saccades. « Le médaillon », commença-t-il, « je... je l'ai vendu à un soldat russe. »

« Espèce de porc. »

« Je n'ai pas beaucoup de temps. Écoute-moi. C'était il y a une semaine. Je suis allé à Cracovie et je l'ai vendu à un soldat, là-bas. Aujourd'hui, ils sont venus me chercher, chez moi, pour me ramener à Cracovie. » Il tremblait et il la secouait tout en parlant d'une voix étouffée. « Il y avait cet officier de Moscou, très important. Il avait le médaillon et il voulait savoir où je l'avais eu. Ils m'ont gardé pendant six heures. Ils ne m'ont pas donné d'eau. J'étais terrifié, tu comprends? »

« Et alors, tu lui as dit », conclut Yva.

« Oui, mais j'ai indiqué le chemin par Lubsana, ça fait plus long. Ils ne seront pas là avant quelque temps. Yva, il faut que tu te débarrasses de cet homme, absolument. Il est recherché, c'est sans doute un criminel. Si les soldats le trouvent ici, ils vont détruire le village. En plus, ils vont se rendre compte que je les ai écartés de la route de Czeskow. »

Yva pointa le menton. « Pourquoi je te croirais ? Tu n'as rien à foutre du village. Moi non plus, d'ailleurs. »

Jòzek insista. « Ils ont emmené le docteur aussi. Ils voulaient savoir si c'était bien le même homme qu'il avait ausculté avant. Cet homme a ressuscité, Yva. Il se passe quelque chose de terrible autour de ce type-là. » Il secouait la tête. Une écume blanche se formait aux commissures de ses lèvres. « Les Russes sont après lui. Il doit être un gros bonnet des résistants ou quelque chose comme ça. Le docteur m'a demandé de te prévenir. Il est revenu au village. Il a dit à tout le monde de cacher ce qu'ils ont, en cas d'incendie. » Il scruta la cabane sur la colline. « Il faut faire vite. Je vais t'aider à le sortir. Est-ce qu'il peut bouger ? »

« Reste là », dit-elle, en le retenant. « Il peut bouger. D'ailleurs, il... il est déjà parti. »

« Bon, très bien », dit Jòzek, sans trop y croire. » Je ne vais pas t'embêter pour voir si tu dis la vérité ou pas. Je suis venu pour faire plaisir au docteur que j'aime bien. Mais méfie-toi que les Russes ne trouvent pas ton joli petit ami, par ici. »

Yva le planta là sans un mot et remonta vers la cabane.

« Il faut que tu partes », murmura-t-elle à Justin. « Vite. Je n'ai pas le temps de t'expliquer, dépêche-toi. Pars aussi loin que possible, pour quelques jours. » Elle parlait tout en rassemblant des fruits secs et une gourde d'eau.

« Es-tu en danger ? Je vais rester tout près, comme ça je pourrai surveiller. »

« Non ! Les soldats te cherchent. S'ils te trouvent ici ils vont te tuer et moi et tout le monde dans les environs. Écoute-moi et fais vite. » Elle lui fourra le modeste viatique dans les mains et le poussa vers la porte. « Ils arrivent par Lubsana, à l'Ouest. Va vers l'Est, très loin. Les choses devraient se tasser dans un jour ou deux. »

Justin se sentait complètement impuissant. Pourquoi fallait-il qu'il s'enfuît encore ? « Je ne connais pas les soldats. Je ne sais pas ce qu'ils me veulent. »

« Ils ont dit que tu avais ressuscité. Mais qu'est-ce que ça peut faire ? Ne perds pas de temps à essayer de comprendre. Va-t'en. » Elle le poussa dans l'obscurité.

La jeep arriva vingt minutes plus tard. A la surprise d'Yva, un seul homme occupait le véhicule, un colonel de l'armée russe.

Yva se précipita au-dehors. « Qu'est-ce que vous voulez? » hurla-t-elle.

« Je suis le Colonel Alexandre Zharkov. Je cherche un homme du nom de Justin Gilead. Un Américain. » *Un Américain!* Dans ses rêves les plus débridés elle n'aurait jamais imaginé que le beau jeune homme amnésique fût un Américain. Elle se demanda si Justin lui-même s'en doutait. « Je suis toute seule ici. »

Zharkov descendit de la jeep. « Je vais voir moi-même, si cela ne vous ennuie pas. »

« Attendez », dit-elle en montant à travers les pièges. « Je vais vous guider. » Les pièges étaient sa seule défense. Il serait habile, songea-t-elle, de ne pas dévoiler trop tôt ses atouts.

Zharkov scruta l'intérieur de la cabane avec soin, donnant des coups de pied dans la paille du lit, jetant à terre, au passage, les quelques vêtements d'Yva qui traînaient ici et là. Enfin, il arriva près de la table de bois recouverte d'affaires de couture. Il les balaya d'un revers du bras. Dessous, apparut le serpent enroulé, gravé par Justin dans les fibres du bois. Zharkov la regarda calmement. Il tira lentement son arme de son étui. « Où est-il? »

Yva déglutit péniblement. « Je n'ai jamais su son nom. Il est parti il y a plusieurs jours. J'ai pris son médaillon pour me payer de son séjour chez moi. J'allais le dénoncer aux autorités quand il... »

« Combien de jours? »

« Trois », dit-elle sans hésiter. « Il était malade jusque-là. »

« Qu'est-ce qu'il vous a dit sur lui? »

« Rien. Il ne pouvait pas parler. »

Quelque chose dans la cheminée attira le regard de Zharkov. Il se déplaça vers le feu tout en gardant la jeune femme dans la ligne de mire de son Tokarev. Fouillant dans le feu avec un bâton, il en tira un morceau d'échiquier à moitié consumé.

« Tu mens », dit-il calmement. Il jeta le morceau de bois à ses pieds. « Je vais revenir. »

Après son départ, Yva s'assit par terre, tremblante. Le danger était momentanément écarté mais il reviendrait avec les soldats. Cela ne faisait aucun doute. Ils ratisseraient les bois à la recherche d'un homme qui se déplaçait nu-pieds. Ils devineraient sa direction dès qu'ils découvriraient que Jòzek les avait fourvoyés. Ils avertiraient les autres villages. Quant à Czeskow... Un grand cri et un bruit de chute lui parvint de devant la maison. Pour la première fois depuis qu'elle avait enterré son bébé mort, Yva se signa. L'officier russe s'était pris dans un piège.

Risquant un regard prudent à l'extérieur, elle guetta un mouvement. Zharkov gisait à mi-pente, les bras en croix, son crâne perdant son sang contre un rocher. Yva dévala la pente jusqu'à lui. Elle commença par éloigner le pistolet de l'officier en le jetant aussi loin que possible dans l'obscurité. Puis elle fouilla l'homme évanoui à la recherche du médaillon. Elle le trouva dans la poche intérieure de sa vareuse, encore enveloppé dans le bout de chiffon sale dans lequel elle l'avait donné à Jòzek. Elle ouvrit le bout de chiffon pour s'assurer de sa prise. Le médaillon était bien là, aussi chaud que la première fois dans le creux de sa main. « Ce n'est pas à toi », marmonna-t-elle à l'adresse de l'officier soviétique encore inconscient. « Pas à toi. »

Elle s'écarta prestement et se dirigea sans erreur vers un gros arbre au pied de la colline. Se servant d'une pierre pour creuser, elle enterra le médaillon au pied de l'arbre. Elle plaça la pierre sur l'emplacement pour pouvoir le repérer par la suite.

Et voilà, songea-t-elle. Elle avait fait ce qu'elle devait quel que soit le sort qu'ils lui réserveraient. Le médaillon pourrait attendre Justin. Elle prononça son nom à voix haute. « Justin Gilead. Un Américain. » La pensée du jeune homme bien bâti, de ses bras puissants mais tendres néanmoins, lui fit soudain battre le cœur plus vite.

Elle mit de la terre dans son tablier et, consciencieusement, poignée par poignée, entreprit d'en remplir le réservoir d'essence de la jeep. De chez elle au village cela faisait plus de dix kilomètres. Yva parcourut la distance en courant, échafaudant des plans, priant, regrettant de ne pas avoir abattu l'officier russe quand elle en avait eu l'occasion.

Peut-être que les choses iraient bien tout de même. L'officier retrouverait ses troupes d'une manière ou d'une autre, elle le savait, mais le délai permettrait à Justin de mettre de la distance entre eux et lui. Elle trouva le docteur qui courait de maison en maison, prévenant les villageois d'une imminence dramatique.

« Il faut que je vous parle », lui dit Yva.

Le médecin, épuisé et hagard, lui prit le bras. « Ils sont là ? »

Elle opina de la tête. « Un seul. Mais les autres ne sont pas loin. Il sait que l'étranger était chez moi. Il y a des choses que je n'avais pas pu cacher. »

Le docteur souffla. « Au moins nous sommes prévenus. Beaucoup ont déjà fui. Merci de vous être donnée tout ce mal. »

« Je ne me suis donné aucun mal pour vous ni pour les autres », dit Yva d'une voix calme. « Je veux que vous donniez un mes-

sage à l'étranger si vous le revoyez. Moi... il se pourrait que... »
« Ne dites pas de bêtises, ma petite. Venez avec ma famille. »
« Non! » cria Yva. « Ce serait du suicide. L'officier va me
rechercher. Je serai plus à l'abri dans les bois. Mais dites à
l'étranger s'il revient, que le médaillon est au pied de la colline,
près de l'arbre. Il comprendra. »

« Très bien », répondit le docteur, « mais, vous... »

Ce message est seulement pour l'étranger, vous comprenez?
Personne d'autre. Personne. En remerciement, j'ai un conseil à
vous donner. Éloignez-vous de Czeskow, vous et tous ceux que
vous aimez. »

Puis elle tourna les talons et repartit en direction de sa cabane
dans les collines. Il faisait presque jour. Elle tombait de sommeil,
mais elle avait encore à faire. Zharkov reviendrait avec ses
hommes dans un peu de temps. Mais ce peu de temps lui suffisait
pour faire un maigre bagage et partir rejoindre Justin dans les
bois.

Elle s'arrêta au pied de la colline et vérifia que la pierre qui
cachait le médaillon était toujours là. La jeep, inutilisable, n'avait
pas bougé. Zharkov n'était plus là. Le piège était vide, comme elle
l'avait imaginé.

Un faible mouvement se dessina derrière les fenêtres en papier
huilé. Une lueur. Justin était-il déjà revenu? Avait-il été trompé
par le calme apparent des environs? Elle se précipita vers sa
cabane.

« Justin? »

« Yva. »

« Qu'est-ce que vous faites ici? Qu'est-ce...? »

Le Tokarev était pointé droit sur elle. Zharkov la saisit par
l'épaule et la tira à l'intérieur. « Où est le médaillon? » « Il est... »
Elle savait qu'elle était piégée à son tour. « Il est déjà en
Tchécoslovaquie. »

Zharkov serra les dents. « Où est Gilead? »

« Pourquoi est-ce que je te le dirais? Espèce de porc soviétique.
Le médaillon ne t'appartient pas. »

« Dis-moi où est Gilead! » La voix de Zharkov s'étranglait de
rage. Il saisit la jeune femme par la nuque et lui frappa la
tête contre le mur puis lui pointa son arme sur la tempe.
« Où? »

Le cœur d'Yva s'emballa. Ses yeux se remplirent de larmes
involontaires.

« Où? » répéta Zharkov, lui cognant le crâne contre le mur. Elle

LE GRAND-MAÎTRE

était à sa merci, songea-t-il. La femelle du Grand-Maître. Et il y prenait plaisir. «C'est comme ça qu'il prend soin de toi? C'est comme ça qu'il te protège?» Elle se retourna légèrement vers lui. Son visage effrayé se changea en masque de haine. Elle lui cracha au visage. Zharkov pressa la détente du Tokarev.

L'homme qui ne savait pas qu'il s'appelait Justin Gilead revint à la cabane la nuit suivante. Il y avait des soldats dans les bois, en route vers l'Est, mais ils auraient déjà dépassé depuis longtemps la maison d'Yva Pradziad. On avait l'impression qu'il y avait de la lumière partout, et des sons également. Le village, d'ordinaire éclairé çà et là, était dans l'obscurité absolue. Mais des sons de bétail et d'attelages se faisaient entendre en même temps que l'on pouvait apercevoir des lueurs un peu partout le long des chemins et des routes.

Il contourna prudemment la maison. Pas de bruit. Pas de lumière. Avait-elle quitté les lieux? Pas de soldats. Il entra et se surprit à marcher sans même déranger le gravier sous ses pas. Il devait avoir appris cela quelque part. Peut-être là où l'on lui avait donné le médaillon.

«Yva», fit-il tout bas. Eve, la première femme. Sa mère, son amie, celle qui lui enseignait tout.

Il la trouva enfin, ensanglantée et décapitée. Ce qui restait d'elle avait éclaboussé toute la cheminée. Il y avait les restes d'une boîte qui finissait de se consumer dans les braises. Éparpillées sur son corps, il y avait les pièces du jeu d'échec que Justin avait patiemment taillées dans des bouts de bois.

Justin gémit. La vision d'un viel homme mutilé, attaché à un arbre en feu revint à sa mémoire. Puis une suite de clichés de cauchemar : des corps en suspension dans les eaux d'un lac, un grand hall doré jonché de soldats morts, un cercle de jeunes femmes sans tête dansant autour d'un feu de joie. Et puis encore une autre image. Une fois encore, quelqu'un qu'il aimait était mort à sa place. Une fois encore, le Prince de la Mort avait triomphé.

Un cri se figea dans sa gorge. Au loin, au travers de la nuit froide et insensible, il aperçut le village de Czeskow en flammes.

Il n'en resterait rien.

Chapitre 24

Starcher grimaça pour mieux voir la silhouette qui se découpait dans la porte de sa chambre d'hôpital et qui s'avançait vers lui. C'était un homme corpulent, plutôt jeune compte tenu de son allure. Son visage était dans l'ombre mais l'éclairage fluorescent au-dessus de lui se fraya un chemin à travers la masse de ses cheveux frisés. L'homme s'adressa à voix basse à la sentinelle américaine qui se tenait dans la chambre. Le soldat quitta la pièce.

« Corfus », dit Starcher. Il n'avait pas parlé depuis si longtemps que sa voix ne semblait plus capable de produire le moindre son.

« Chut, j'ai dû me procurer une autorisation spéciale pour venir jusqu'ici. Des plombiers, dans le coin? » Un large sourire lui fendit le visage. Le KGB était renommé pour sa propension à placer des gadgets dans les lieux les plus incongrus, dans l'espoir de glaner la moindre bribe d'information qui parviendrait jusqu'au petit monde surpeuplé du renseignement et lui fournirait matière à analyse et conjectures.

« Je n'en sais rien. Jetez donc un œil. »

Corfus scruta les rideaux qui entouraient le lit de Starcher et fit une pause quand une infirmière triste entra pour un contrôle de routine. Après un regard froid et appuyé en direction de Corfus, elle sortit. Corfus retira un petit disque de plastique de la taille d'un bouton, du système d'appel d'urgence au-dessus de la tête de Starcher. « Taïaut! » entonna le jeune homme, en écrasant le bouton de plastique sous son talon. « Il doit y en avoir d'autres. Attendez. » Il prit un lecteur de cassettes dans sa poche et l'alluma. Un flot de rock and roll fit vibrer les murs de la chambre.

« Ils sont infernaux, vous ne croyez pas? » moralisa Starcher.

Corfus se pencha sur le lit et parla à voix basse dans l'oreille de Starcher. « On vous rapatrie sur le QG. »

« Quand? »

« Aussitôt que vous êtes transportable. Ils ont peur que le Club des Branquignols vous pose une bombe sous la table de nuit pour vous faire parler. »

Starcher poussa un soupir. Il s'enfonça dans les replis de ses draps.

« Et voilà. J'imagine que ça devait arriver. »

« Allons », dit Corfus, en remettant en place quelques mèches de cheveux rebelles sur le front du vieil homme. « Vous allez revenir. »

« Mon cul! » lâcha Starcher sans détour. « Pas à mon âge! »

Un ange passa. Corfus enfonça les mains dans ses poches, se balança sur ses pieds puis se pencha de nouveau vers Starcher. « Andy », dit-il calmement, « je ne sais pas si vous vous intéressez toujours à l'affaire Riesling, mais j'ai du nouveau ».

Starcher se détendit. « Qu'est-ce que c'est? »

« Les trucs dans ses poches. Vous vous souvenez des faux passeports? Il devait faire sortir deux personnes, un homme et sa femme. »

« Et alors? »

« Et ce qu'il m'a dit. A propos de La Havane. Je pense que c'est lié. »

« Un code? »

« Peut-être. Le truc qui me tracassait c'était La Havane. Pourquoi La Havane? Et je viens de lire dans la Pravda qu'il y a un tournoi d'échecs à La Havane dans deux mois. États-Unis contre URSS. Je ne sais pas. Ce n'est peut-être qu'un poisson d'avril. Mais peut-être pas. »

« Riesling n'a jamais opéré à Cuba. »

« Bien sûr », concéda Corfus, « mais juste pour la beauté de l'hypothèse, disons qu'il n'a pas pu faire sortir M. et Mme X., et qu'en conséquence, il m'a refilé le bébé de manière que quelqu'un d'autre puisse s'occuper de ça à sa place ».

Starcher cilla et Corfus poursuivit.

« Et alors, je me suis demandé qui pouvait bien vouloir passer à l'Ouest. Pas un militaire, puisque Riesling ne s'occupait que des civils, pas vrai ? Des savants, ce genre de truc. Et quand j'ai lu l'article dans la Pravda... »

« Un joueur d'échecs. »

« Gagné ! J'ai donc repris toutes les chroniques récentes sur les grosses têtes des échecs russes pour voir si je ne pouvais pas repérer quelque chose d'intéressant. Et voilà ce que j'ai trouvé. » Il présenta à Starcher une coupure de journal soviétique. La date, le 5 octobre, était griffonnée dans un coin supérieur :

HELSINKI – L'Association Internationale de Pédiatrie se réunit ce matin à l'Hôtel Privm à Helsinki, en Finlande. L'événement principal de cette journée sera le symposium sur la relation entre les soins durant la grossesse et les problèmes rencontrés à la naissance. Le symposium sera présidé par le Dr. Lena Kutsenko, chef de clinique pédiatrique au Centre Hospitalier Universitaire de Moscou. »

« Ça vous dit quelque chose ? » demanda Corfus.

« Ivan Kutsenko ? » avança Starcher, incrédule.

« Tout juste. Son mari est champion du monde d'échecs. Gloire et Joie de la Mère Russie. »

« La couverture de Riesling était journaliste pour Associated Press à Helsinki. Et il a fait son dernier voyage le jour suivant cet article.

« Ça colle, Andy, ça colle. Elle aurait très bien pu le rencontrer. Personnellement, je ne fais pas de différence entre les échecs et les dominos, mais je me suis laissé dire que Kutsenko était plutôt nerveux au sujet du match à La Havane. On murmure que s'il perd, il pourrait aller rejoindre Spassky au pays des zombies. Les champions soviétiques n'ont pas le droit de perdre. »

« Bon », dit Starcher, « ça se tient... mais *Kutsenko...* »

« Il y a autre chose. J'ai essayé d'appeler Lena Kutsenko à l'Université. Devinez qui a perdu son boulot ? »

« Ils l'ont licenciée ? »

Corfus haussa les épaules. « Elle n'est pas là. Ils m'ont dit qu'elle avait quitté pour raison de santé, mais ils ne m'ont pas dit depuis quand. Je me demande si tout ça n'est pas lié d'une manière ou d'une autre à l'incident du Samarkand. »

Starcher renifla. « Ça ne m'étonnerait pas. Bon sang, si je pouvais être encore sur le coup. Sortir Kutsenko amènerait au moins un peu de sel dans toute cette parodie que nous jouons ici.

Le KGB me rit pratiquement au nez. Ils ont Dieu sait combien de milliers d'agents aux États-Unis, pendant que nous nous traînons lamentablement avec notre ambassade et une poignée de... ha, bordel, on peut presque dire de commandos-suicides, vu le peu de couverture dont ils bénéficient. »

Il respirait difficilement sous l'emprise de la colère.

« Les enfoirés. Canarder Riesling dans un lieu public. Les bâtards sans foi ni loi. Et pas seulement nous. L'Occident en général leur fait aussi peur qu'une tablette de chewing-gum. Vous vous souvenez de Ben Barnes? »

Corfus répondit qu'il avait lu des articles sur le sujet. La CIA était sortie de cette affaire avec un bonnet d'âne aux yeux du monde entier. Après la découverte d'un réseau d'espionnage à New York, sept agents soviétiques de haut rang dont une taupe du nom de Morody Gotst connue sous le nom de Ben Barnes, avaient été arrêtés. Les Soviets sont tombés d'accord sur un échange, mais il y avait si peu d'espions occidentaux en Russie qu'ils ont dû se rabattre sur un seul prisonnier en échange des sept espions soviétiques. Le prisonnier en question était du tout petit fretin, sans comparaison avec l'équipe de Barnes. Ce fut un marché de dupes mais l'Ouest ne pouvait faire mieux. Après l'incident, il y eut une vague d'arrestations de touristes occidentaux à Moscou, et ces braves gens furent proposés comme monnaie d'échange contre des espions soviétiques incarcérés en Occident. L'évocation de ces faits faisait littéralement bouillir Starcher de colère qui les considérait comme un acte de cynisme et d'arrogance au-delà de toute expression.

« Ils font ce qu'ils veulent », surenchérit Corfus. « Ils peuvent assister aux séances du Congrès, ils peuvent consulter les dossiers de la Centrale... »

« Ils se paient notre tête. Mais, qui sait, avec Kutsenko... » Starcher fit un geste de la main qui évoquait un pickpocket subtilisant un objet. Il éclata de rire puis baissa la voix de nouveau en dessous du niveau de la musique rock. « Mike, faites en sorte que mon remplaçant, quel qu'il soit, suive l'affaire jusqu'au bout, vous voulez bien? Je donnerais un bras pour voir la tête du Politburo le jour où Kutsenko fera le plongeon. »

« J'y veillerai, patron », dit Corfus en souriant.

Starcher inclina légèrement la tête. « Bon, eh bien, c'était les adieux non? »

« Eh bien, oui. Vous allez bientôt être chez vous. J'ai fait tous les papiers. »

LE GRAND-MAÎTRE

« C'est bien », remercia Starcher. « Vous avez fait du bon travail, Mike. On se reverra peut-être un jour. »

Corfus lui prit la main. « J'espère. » Il éteignit la cassette de rock et la pièce retomba brutalement dans un silence bienheureux. Mais comme Corfus s'éloignait, Starcher savait qu'il ne le reverrait jamais. Les agents américains ne se réunissaient pas comme le faisaient les Britanniques, avec les toasts et les petits fours en l'honneur des secrets du bon vieux temps. Il y avait d'ailleurs quelque chose de grotesque dans ces coutumes, songea Starcher, comme si quelques bourrades amicales pouvaient masquer le fait que les agents de renseignements sont aussi durables que des mouchoirs de papier. Ils fonctionnent tant qu'ils fonctionnent, et puis ils disparaissent. Pas de discours, pas de cadeau d'adieu. A peine un silence retenu, jusqu'à ce que les pas aient tourné l'angle derrière lequel la mort attend patiemment.

Chapitre 25

La neige tourbillonnait autour de Corfus qui se dirigeait vers le métro de la rue Ulianovskaya. Les vieilles dames jouaient du balai avec vigueur, mais elles semblaient plus tenter d'effrayer la neige que véritablement la balayer, car le vent la ramenait invariablement et plaquait leurs gros vêtements sur leurs corps engoncés.

Corfus ne pouvait s'habituer à la vue de femmes faisant des travaux de force. Moscou, même en hiver, présentait un tableau parfait de l'égalité des sexes, depuis les femmes qui empierraient les nids-de-poule jusqu'aux vieilles babouchkas qui balayaient les rues. L'idéologie soviétique triomphait : où qu'il se trouve un travail à fournir, les femmes étaient là pour remplir les tâches les plus sales et les plus pénibles. Corfus se souvint d'une blague à propos de deux Russes qui boivent et jouent aux cartes. Un troisième compère entre et demande « Où sont nos épouses ? ». « Les masses sont aux champs », lui répond son compagnon de beuverie.

Devant lui, une femme emmitouflée dans un manteau de zibeline descendit d'une Mercedes 450 argentée. Le haut de sa toque de fourrure se soulevait et retombait de façon comique au ryhtme de ses pas alors qu'elle faisait très précautionneusement le tour de sa voiture comme pour en vérifier l'emplacement de façon absolue.

« Excusez-moi », cria-t-elle en espérant arrêter un passant. « Pourriez-vous... » Son accent était atroce, très occidental. Peut-être même américain. Corfus songea en la voyant vêtue de sa zibeline flambant neuve qu'il n'était pas étonnant que les Russes la regardent d'un mauvais œil et passent sans s'arrêter, eux qui avaient du mal à seulement se vêtir.

Les passants la regardaient un instant avec un léger mépris puis passaient leur chemin. « Oh, mon Dieu », lâcha-t-elle désespérée, « personne ne parle donc anglais dans ce pays perdu ? »

« A moi de jouer », dit Corfus en longeant la voiture. « Michael Corfus, Ambassade des États-Unis, pour vous servir. » Il fit une courbette.

« Merci, Mon Dieu », fit la femme en poussant un soupir chargé des accents universitaires typiques de la Nouvelle-Angleterre. « Vous ne pouvez pas imaginer combien il est terrible d'être échouée ici par ce temps épouvantable parmi ces rustres. Pas un ne s'est même arrêté pour me demander ce qu'il y avait. »

Corfus rit. « En ce qui concerne les Moscovites, quelqu'un en zibeline et Mercedes n'a aucune raison d'avoir des problèmes. »

« Et en ce qui vous concerne ? » demanda-t-elle.

« Votre problème est simple. Vous êtes coincée par une congère. Mettez en marche arrière et je vais pousser. »

Un instant plus tard, la voiture était de nouveau prête à rouler sur la chaussée luisante de neige.

« Admirable », s'exclama-t-elle. « Merci infiniment. Comment vous appelez-vous déjà ?... »

« Corfus... Mike Corfus. »

« Béatrice Kane. Puis-je vous déposer quelque part ? »

« Non, merci. Ça ira. »

« J'insiste. En fait, je serais plus rassurée si quelqu'un pouvait prendre le volant à ma place quelque temps. Je n'en peux plus de conduire dans Moscou par ce temps-là. Je n'en peux plus de Moscou, tout simplement. »

Elle se glissa vers la place du passager, et Corfus se glissa à son tour derrière le volant. Il n'avait jamais conduit de Mercedes.

« Êtes-vous une touriste ? » demanda-t-il.

« Si vous voulez. Mon mari est commerçant en fourrures. Il est ici pour affaires. C'est le genre de vacances qu'il organise pour nous deux. »

« La vitrine du bloc de l'Est », dit Corfus, un peu pompeusement, tout en tendant le cou pour se rendre compte du trafic. « D'où êtes-vous ? »

« Née à Boston. Mais je vis à Los Angeles. »

« Je pensais que tous les Californiens étaient bronzés. »

« J'ai horreur du soleil », dit-elle avec lassitude. « Combien de temps allons-nous rester coincés ici ? »

Le flot de voiture avança timidement.

« Je n'en sais pas plus que vous. » Il consulta sa montre : 16 h 45. Ça ne valait plus le coup de rentrer à l'ambassade.

« Mike, puis-je vous demander un service, entre Américains ? » Elle le regardait en minaudant.

Elle était belle, constata Corfus. Fleur de l'espèce *Princessus Americanus*, du type pomponné et choyé qui ne vieillit jamais, que l'on trouve dans les maisons « comme il faut », au pays. « Voulez-vous que je vous reconduise chez vous ? »

« Je ne sais comment vous remercier si vous faites cela. John et moi habitons chez des amis hors de la ville. Je pense qu'ils sont très à l'aise même si ça ne semble pas être un sujet que l'on aborde volontiers ici. Zak travaille pour le Kremlin. »

« Zak ? »

« L'ami en question. Je suis incapable de prononcer son nom. Mais je suis sûre que c'est une huile. La maison a douze chambres et une piscine couverte. Dommage qu'ils soient si lugubres. Ils sont tous allés passer la journée dans un élevage de visons, loin de Moscou. J'avais l'intention de faire un brin de shopping. Quelle catastrophe. »

« Oui, je suppose que les magasins d'État doivent vous paraître un peu plouc. »

« Plus jamais ça. Si j'ai besoin de quelque chose pendant notre séjour je le ferai venir de l'étranger. Enfin, si vous êtes assez aimable pour me sortir de ce mauvais pas, je veillerai à ce que vous rentriez chez vous dans les meilleures conditions. Ils ont pris le chauffeur de Zak, mais ils devraient être de retour à l'heure qu'il est. Vous pourriez rester pour dîner et faire la connaissance de tout le monde. Oh, s'il vous plaît... faites-moi plaisir. »

Corfus faillit éclater de rire. Un agent de la CIA dînant dans la maison d'un ponte du Kremlin, ça ne se refusait pas. « Madame, j'accomplirai mon devoir et ne faillirai point », dit-il.

« Bien », dit-elle tranquillement. Elle posa sa main sur son genou. C'était une main fine et soignée ornée d'un énorme diamant au majeur. La main resta là un instant, légère, puis imperceptiblement, se déplaça vers le haut de sa cuisse. Surpris, il tourna la tête vers elle. La fourrure de sa toque miroitait de neige fondue. Elle souriait de tout son regard couleur cuivre. « Bien », répéta-t-elle. Il s'écarta du trafic et prit le périphérique, essayant de ne pas trop penser aux avances de Mme Kane. Les gars à Langley n'y croiraient jamais. Corfus était le type plaisantin, le bon copain, celui que l'on invitait à dîner quand il manquait quelqu'un. Il avait très bien travaillé à l'Université, et il s'était suffisamment distingué à Langley pour être envoyé, à vingt-cinq ans, en poste à Moscou. Mais la brutale réalité de ne pas attirer les femmes l'avait obsédé comme un mal de dent tenace depuis sa sortie du lycée. Le plus beau compliment qu'il ait jamais reçu d'une fille était qu'il ressemblait au chef du Metropolitan Opera de New York. Aujourd'hui, il était assis près d'une beauté dont les intentions étaient claires et qui semblait vouloir tout entreprendre pour le circonvenir.

« Mon mari a très bien réussi en affaires », ronronna-t-elle. « Malheureusement, il a très peu de temps pour le reste. » Son autre main lui caressa la joue et descendit le long de sa poitrine. Corfus entendait presque son estomac se nouer. » A part ses maîtresses, bien sûr », précisa-t-elle, sans avoir l'air d'y accorder beaucoup d'importance.

« J'en suis tout à fait désolé. »

« Vous êtes si aimable », lui dit-elle en lui desserrant la ceinture.

« Ne me trouvez-vous pas attirante ? »

« Je vous aime bien », dit-il en riant nerveusement.

« Les routes sont dégagées, à présent. Vous n'avez plus besoin de toute votre attention. Tournez à droite au premier croisement. »

Il suivit ses indications jusqu'à un chemin étroit dans les collines où les chasse-neige n'étaient pas encore passés. « Vous croyez ?... » « Rangez-vous. » Elle souriait. « J'aimerais vous faire un cadeau. Venez près de moi. »

Il se gara sur le bas-côté et se laissa glisser sur le siège. « Vous voulez ?... » dit-il tandis que la femme lui défaisait la braguette d'une main experte. Il était dans une telle érection qu'il en souffrait presque. Elle le caressa avec ses doigts délicats jusqu'à ce que cela devint presque insupportable. Elle le prit délicatement dans ses lèvres, l'agaçant, l'avalant, le suçant jusqu'au bord de l'éjaculation.

« Oh, bon sang », dit-il. « Excusez-moi... » Il jouit violemment dans sa bouche, ferma les yeux et vit des étoiles multicolores danser devant ses yeux. C'était presque douloureux. Et tout à coup, ce fut réellement douloureux. Il sentit une douleur aiguë lui percer l'aine. Il voulut crier mais sa voix était si faible qu'il ne l'entendait pas lui-même. Il se voyait perdre connaissance. Il voyait ses mains se crisper sur des touffes de fourrure et elles ressemblaient à des pattes de bête sauvage.

LE GRAND-MAÎTRE

Maria Lozovan ouvrit la portière et jeta la seringue hypodermique. Un peu de Thorazine avait giclé sur une des manches. Elle regarda la tache comme une faute de goût et se glissa derrière le volant. Toute la masse de Corfus était affalée sur le siège avant. Se servant de ses deux pieds, elle le tassa sur le plancher.

« Porc », dit-elle simplement.

Chapitre 26

Les bois qui entouraient la maison à une centaine de kilomètres de Moscou étaient déserts. La maison avait été une vraie datcha au temps où le père de Zharkov l'avait construite, avec des gazons bien entretenus et des parterres de fleurs. Sa mère y plantait des pensées et des soucis. À présent, l'herbe était longue et plate sous la neige. La maison elle-même aurait nécessité quelques réparations. Il y avait une lumière unique qui brûlait dans la cave. Zharkov pouvait en voir la lueur faible et triste derrière les congères. Il entra rapidement, écartant les toiles d'araignées et descendant prudemment les marches de bois qui commençaient à pourrir. L'endroit puait l'urine. Arrivé dans le sous-sol, il s'arrêta, incapable de croire à ce qu'il voyait.

Corfus était attaché nu, sur une chaise métallique. Ses épaules étaient couvertes de petits cercles gris qui, à l'examen rapproché, se révélaient être des marques de cigarettes. Le sol était jonché de mégots marqués de rouge à lèvres. Sa tête pendait en avant. Zharkov la releva avec précaution. Les yeux de l'homme étaient masqués par de la bande adhésive. Il gémit.

« Bon sang », murmura Zharkov. Il relâcha la tête avec répugnance. Ses doigts étaient gras et mouillés de sueur et ils étaient couverts du sang qui s'écoulait de l'oreille droite de Corfus. Derrière lui, il entendit le claquement de chaussures dans l'escalier. Maria Lozovan lui sourit quand elle le vit. Elle portait une grande bouteille d'eau et un entonnoir.

« Qu'est-ce que tu as fait? » aboya-t-il. « Quand l'as-tu amené? »

« Hier », dit-elle d'un ton tranchant. « Il n'y avait aucune raison pour que tu viennes plus tôt. Il faut en général les préparer un peu avant qu'ils acceptent de répondre poliment aux questions. » Elle cligna de l'œil, comme si elle donnait un bon tuyau pour réussir un gâteau. La torture ne semblait en tout cas avoir aucun effet sur elle.

« Tu es folle ou quoi? » demanda-t-il. Sa voix était presque inaudible.

Elle rougit, puis déposa ses ustensiles sur le sol.

« Colonel Zharkov, peut-être ne t'es-tu pas rendu compte de la gravité du fait de l'amener ici. Quand nous avons discuté des possibilités, à son sujet, il m'avait semblé clair... »

« Pas ça! » Il désigna Corfus du doigt. « Regarde-le! Nous ne sommes pas en guerre! Regarde dans quel état tu l'as mis! *Pizda* » l'insulta-t-il.

« J'ai fait ce que je devais faire », répondit-elle froidement, ignorant l'insulte. « Tu ne pensais tout de même pas qu'il allait répondre dès qu'on lui poserait une question? Pas de naïvetés de ce genre entre nous, s'il te plaît. Dans notre travail... »

« Notre travail? » répliqua Zharkov. « Ton travail, c'est de faire la pute pour le Comité. Ton travail et mon travail n'ont rien à voir. » Les bras de Zharkov s'agitaient en tous sens. Il ramassa l'entonnoir. « Qu'est-ce que c'est que ça? Encore une de tes tactiques de persuasion? »

Elle ne répondit pas. Il lui attrapa le poignet brutalement. « Je t'ai demandé à quoi cela servait! » Il lui brandit l'entonnoir sous le nez.

« C'est pour l'eau », dit-elle en évitant son regard. « C'est parfois utile si le prisonnier... » Elle regarda Zharkov. Ses yeux gris étaient grands ouverts de colère. Il lui tenait le poignet si fort que celui-ci en tremblait. Elle parla vite. « Ça aide beaucoup si le prisonnier est interrogé avec la vessie pleine. »

Avec un mugissement de rage, il fracassa l'entonnoir contre le mur.

Maria Lozovan commençait à battre en retraite. « Camarade Colonel, je t'assure que c'était le seul moyen... »

D'un geste furieux, il lança le revers de sa main en avant qui alla frapper le visage de Maria. Elle recula sous le choc, la respiration coupée. « Fous le camp », dit-il.

Elle s'accroupit sur le sol là où elle était tombée et se passa la main sur le visage. « C'est toi qui es fou, pas moi », siffla-t-elle. « Si tu me charges, cela te retombera dessus doublement. Tu as enfreint les lois internationales et tu as agi sans l'accord de tes supérieurs. Je peux le prouver. Tu ne peux rien contre moi. »

Il la saisit brutalement et la rejeta contre les marches de l'escalier. « Je t'ai dit de sortir d'ici. »

Une des dents de la femme était cassée. Elle monta péniblement les quelques marches. Une fois en haut, elle se retourna et cracha dans sa direction. Zharkov prit la bouteille d'eau et l'éleva jusqu'aux lèvres de Corfus. Il commença à défaire les liens qui emprisonnaient ses chevilles. La peau de celles-ci étaient à vif. « Putain », dit-il en libérant une jambe. Les orteils de Corfus étaient bleus. Zharkov lui massa les pieds. « Vous sentez quelque chose ? »

Corfus émit un son indistinct.

« Comment ? »

« Mes yeux », dit Corfus.

Zharkov laissa retomber le pied. L'homme parlait russe, comme il s'y attendait, d'après les indications de Maria Lozovan. Il se força à regarder la pauvre créature prostrée devant ses yeux, nue, défigurée, pathétique. Dans un effort dérisoire, Corfus ramena sa jambe libre contre l'autre pour tenter de cacher sa nudité. Ça ne devait pas se passer comme ça, songea Zharkov, un peu nauséeux. Si Maria Lozovan avait respecté les accords, et rien de plus, Zharkov aurait interrogé Corfus, aurait appris ce qu'il désirait savoir, et quelques jours plus tard, celui-ci se serait retrouvé dans un petit hôpital, à la suite d'un accès de délire alcoolique aigu. Après un traitement de quelques jours il aurait été expulsé hors du pays, comme *persona non grata*.

Propre, indolore, sans bavure.

Mais pas dans ce cas-là. Pas dans le cas de torture ouverte. Il savait qu'il en était en partie responsable. Il avait espéré que Lozovan serait disciplinée. Il aurait dû se souvenir qu'il avait à faire à une bonne élève du KGB qui sauterait sur l'occasion pour lui montrer ses talents en la matière.

Trop tard, à présent. Corfus parlait russe. Il avait entendu le nom de Zharkov. Il ne pouvait en aucun cas retourner d'où il venait. Il était un pion et parfois les pions doivent être sacrifiés pour gagner la partie. Zharkov regarda ses mains, près des jambes de Corfus. Elles lui semblaient comme des mains de tueur.

« De quelle façon ? » se demanda-t-il. La question se posait de façon si simple, en dehors de toute considération humanitaire. Il songea qu'il devrait en tout cas lui délier les jambes et le laisser uriner.

« Comment connaissez-vous Justin Gilead ? »

« J'ai froid. »

« Son nom de code est Grand-Maître. »

« S'il vous plaît. » Ses lèvres se serrèrent puis s'ouvrirent. Elles laissèrent échapper un filet de salive. « Je ne comprends rien. » « Un agent de la CIA vous a donné un médaillon qui appartient au Grand-Maître. Qu'est-ce que vous savez de cet homme ? » « Le médaillon. » Un semblant de sourire apparut sur les lèvres de Corfus. « Baiser de la Mort. » Son visage se tordit. Il eut un sanglot. « Qu'est-ce qu'il... Écoutez-moi. » Il tentait de calmer les sanglots continus de Corfus mais celui-ci ne l'entendait pas. Lozovan avait poussé trop loin.

« Qu'est-ce que vous me voulez ? » Corfus se mit soudain à hurler. « C'est contre les lois internationales ! Qu'est-ce que vous cherchez ? Je ne suis qu'un officier de liaison merdeux, bon Dieu. Je ne vaux rien. Qu'est-ce que vous voulez, espèce de cinglé de Zharkov ! »

Zharkov le gifla. La tête de Corfus roula en arrière. « Parlez-moi du Grand-Maître. »

« Je ne le connais pas. Je ne l'ai jamais rencontré. Il est mort... »

Zharkov le gifla de nouveau. « Qu'est-ce que vous savez du Grand-Maître ? Corfus poussa un soupir. Sa respiration était déplorable. Ses épaules tremblaient. « Cinglés de merde », lâcha-t-il dans un sanglot.

« Qu'est-ce que Riesling vous a dit ? »

« Riesling ? Le médaillon ? »

« Le médaillon de Justin Gilead », précisa patiemment Zharkov.

« C'est pour ça que vous l'avez tué ? »

Zharkov le gifla une fois encore. Un filet de sang coula de la bouche de Corfus. « Qu'est-ce que Riesling a dit ? »

Corfus resta silencieux. Zharkov braqua son Tokarev sur la tempe du prisonnier. « Qu'est-ce qu'il a dit ? » Il parlait dans un murmure.

« Il a dit que le Grand-Maître était vivant. »

Zharkov accusa le coup. « Où ? »

« Je ne sais pas. »

Zharkov appuya le canon plus fortement contre la tête de Corfus. Celui-ci se pencha en arrière, ses lèvres émettant des sons indistincts. « Je vous ai dit, je ne sais pas ! Vous me tuerez de toute façon. » De la morve coula de son nez. Il essaya de s'essuyer sur son épaule.

« Cuba. Peut-être Cuba. »

« Cuba? » Zharkov écarta le pistolet. « Le tournoi d'échecs? » Corfus opina douloureusement de la tête.

Les échecs! Bien sûr, les échecs. Le plan tenait debout. Ivan Kutsenko, le champion d'échecs, serait le Pion qui ferait sortir le Roi de sa tanière. « Quel est le code de contact? »

« Ça va changer. »

« Quel est le code? »

« Va te faire mettre. »

Zharkov envoya la chaise voler dans la pièce d'un coup de botte. Le prisonnier tomba sur le visage, les jambes fauchées par la chaise.

« Je t'ai demandé le code! » hurla Zharkov.

« A La Havane... » Une flaque de sang se formait sur le sol sous le nez de Corfus. Zharkov tendit l'oreille. « A La Havane... je ne me souviens pas. »

Zharkov le frappa à l'estomac. Corfus eut un haut-le-cœur. Il se traîna sur le sol en tirant la chaise toujours attachée à ses mains comme un crustacé tirant sa coquille.

« Le code, Mr. Corfus », demanda Zharkov, de nouveau maître de lui.

« Le soleil. A La Havane, le soleil est chaud. » Corfus tenta de se redresser. Ses épaules firent un effort violent, tremblèrent puis s'affaissèrent de nouveau. Zharkov contempla la forme inerte durant quelques minutes puis saisit le Tokarev et mit en joue, prêt à faire feu.

« Mes yeux », souffla Corfus. « J'ai si mal aux yeux. »

Zharkov lâcha son arme. « Ce sera plus facile si je laisse les sparadraps », murmura-t-il à son oreille.

« Je veux vous voir. »

Qu'est-ce qui donne du courage aux faibles au moment de la mort? s'étonna Zharkov. En serait-il pareil pour lui-même, quand le moment viendrait?

Il redressa la chaise et retira les bandages des yeux de Corfus. Ses paupières étaient à vif et gonflées. Sur le sol, traînaient deux petits tampons de coton. Zharkov les ramassa et les renifla. Ils avaient été trempés dans une quelconque solution.

« Des verrues », dit Corfus.

« Quoi? »

« Elle m'a dit que la solution était utilisée contre les verrues. »

LE GRAND-MAÎTRE

Il rit mais des larmes lui coulaient des yeux. Ses pauvres yeux, morceaux de chair gonflée autour de minces fentes, clignèrent pour bien voir Zharkov. « Vous savez, je ne connaissais pas votre existence il y a seulement une semaine. »

Zharkov serra les mâchoires.

« Pourquoi faites-vous ça ? » murmura Corfus.

Zharkov regardait l'homme. Comment lui expliquer, à ce pauvre mortel ? « Parce que le serpent d'or doit mourir », dit-il enfin, calmement.

Quelque chose, et probablement l'état lamentable de Corfus, sa relation de plus en plus lointaine avec l'humanité, poussa Zharkov à toucher le visage dévasté de son prisonnier.

Corfus pleurait silencieusement.

Il pense que je suis fou, songea Zharkov. Il ne comprend pas. Il ne peut pas comprendre.

Zharkov se plaça derrière Corfus et recula de quelques pas. Il leva lentement son arme, comme s'il s'agissait d'une exécution officielle. Corfus avala sa salive. Il se retourna autant que faire se pouvait, pour, à l'instant de sa mort, voir son meurtrier jusqu'au dernier instant.

Un moment, leurs regards se rivèrent l'un dans l'autre. Seule une grande tristesse semblait les relier. Soudain, Corfus se détourna violemment et Zharkov pressa la détente.

Chapitre 27

Zharkov traîna le corps vers un ravin dans les bois. Enfant, ses parents lui interdisaient de s'en approcher. « Dans la neige, tu y resterais jusqu'à ce que tu meurs, et personne ne te retrouverait », lui avait un jour dit son père. C'était une ravine profonde et encaissée, dont le fond était rempli de feuilles et de débris végétaux en décomposition. En hiver, elle paraissait paradoxalement peu profonde car la neige en masquait les dimensions réelles. Il y jeta le cadavre de Corfus et celui-ci s'y enfonça lentement. Comme par un défi grotesque, seuls un bras et un pied nus sortaient du matelas de neige.

Il neigeait abondamment, aussi le corps serait-il complètement enfoui avant une heure. Malgré tout, Zharkov jeta des branchages sur le corps en attendant que la neige fit son œuvre. Cela lui rappelait une tombe. Une tombe en Pologne. Sans la neige, bien sûr. Une autre tombe...

Ça suffit, se dit-il, se forçant à détourner son regard de l'abîme au trésor macabre. Il faut rentrer à Moscou. Il faut laisser faire la nature, à présent. Il faut rentrer, revoir Katarina. Il en avait tellement besoin. Il marcha lentement vers sa voiture, à travers bois, dans la neige. Il n'avait plus envie de jamais revenir ici. Il vendrait la maison.

Quant au corps...

Il y avait la Lozovan. Elle avait fui, effrayée par la colère inattendue de Zharkov. Mais, de retour chez elle, devant son miroir, elle se rendrait compte qu'il lui avait cassé une dent, et également qu'il l'avait traitée de pute et d'autres douceurs. Sa

peur se changerait peu à peu en haine et lentement la vengeance
s'insinuerait dans son esprit. Il devrait compter avec la Lozovan.

Elle aussi devrait mourir.

Il donna un coup de volant et laissa glisser la voiture sur le
bas-côté. Il serra les paumes de ses mains contre son visage.
Pourquoi était-ce si différent cette fois-là? Il avait déjà tué. Il
avait été soldat, et dans le feu de l'action, il avait ordonné la mort
de centaines de personnes. Avec Nitchevo, il avait mis en œuvre
des plans qui entraîneraient la mort de milliers d'êtres humains.
Les moines de Rashimpur étaient tombés comme des dominos. Il
n'avait rien ressenti quand les petits hommes basanés vêtus de
jaune s'étaient couverts d'éclaboussures rouges. Et même alors
que le hall du monastère en feu se couvrait des cadavres de ses
propres hommes, il n'avait rien ressenti de plus que le sentiment
simple qu'il pourrait lui-même mourir et ne pas accomplir ce pour
quoi il avait vécu jusqu'à ce jour.

Dans sa fuite d'Amne Xachim, il avait ressenti l'humiliation de
la brûlure du serpent dans sa chair, mais il avait également
ressenti une incroyable jubilation à l'idée d'être encore vivant.

La mort était pour ses ennemis, pas pour lui.

Alors, que se passait-il aujourd'hui? Pourquoi se sentait-il si
misérable à l'idée de la mort de Corfus?

Peut-être parce que ce n'était pas Justin Gilead qui avait été
dans sa ligne de mire. Corfus n'était qu'un pion. Zharkov voulait
le Roi blanc.

Comme il avait besoin de Katarina! Il verrait Katarina et se
servirait de son corps pour se laver de cette souillure.

Dans Moscou, il gara sa voiture à cinq rues de l'appartement de
Katarina et fit le reste du chemin à pieds. Elle était encore debout,
dans une sortie de bain. Un cendrier débordant de cigarettes à
moitié consumées était à côté du téléphone.

« Où étais-tu? » lui demanda-t-elle, folle d'angoisse. « Qu'est-ce
qui se passe? »

« Qu'est-ce qui est arrivé? »

« Ostrakov. Il y a une demi-heure. Il est venu ici. Qu'est-ce que
tu as fait? » Son visage était tordu d'angoisse. Elle prit une
cigarette et en l'allumant elle vit ses mains trembler.

Zharkov secoua la tête. La Lozovan avait déjà frappé. Le
général du KGB avait déjà montré son nez et il devait se sentir
terriblement sûr de lui car il était venu directement au domicile de
Katarina pour y chercher le chef de Nitchevo.

« Il sait, Alyocha. Il sait tout sur nous deux. Il y a une bande... »
Ses traits se tirèrent. Elle se frotta les yeux avec le dos de ses
mains, sans lâcher sa cigarette.

« Quelle bande? » demanda Zharkov. Sa voix était neutre, sans
émotion.

« Dans la chambre. Il m'a montré. » Elle fit un geste vague en
direction du mur. Il y avait un trou près du lit de Katarina, à
l'endroit de la commande d'air soufflé. « Un homme est venu
réparer le plafond, il y a un mois environ. J'avais rendez-vous au
bureau. Je l'ai laissé travailler. Je ne pensais pas... »

Zharkov donna un violent coup de pied dans l'orifice. « Ce
porc », éructa-t-il.

« Pourquoi font-ils ça? » demanda Katarina presque naïvement.
Ses yeux étaient rouges et ses cheveux courts pointaient en l'air de
façon comique. « Tu as des ennuis? »

« Non. C'est Ostrakov qui a des ennuis. A partir d'aujourd'hui.
J'en ai assez de supporter sa bêtise et son arrogance. »

« Tu es sûr? »

« Tout à fait sûr. »

« J'ai eu peur », dit-elle gentiment, « mais je savais que j'avais
tort ».

Elle souffla sa fumée au moment où il se tournait vers elle. Il la
saisit et l'attira sur le lit. Il ressentit comme un viol l'intrusion
dans leur vie privée. Il la déshabilla avec douceur. Son contact,
son odeur, faible et douce, l'enveloppa et le remplit complètement.
Elle sentait comme au premier jour de leur rencontre, il y avait
plusieurs années de cela. Tant d'années...

Rashimpur était détruit. Les moines étaient morts. Seul Justin
Gilead avait échappé au massacre. Et lui, Zharkov, seul, las, la
brûlure déchirant sa chair, avait entrepris de regagner son
cantonnement. Il n'était pas sûr du chemin à prendre à travers les
pics enneigés et les ravins sans fond des plus hautes montagnes du
monde. Il n'avait d'ailleurs pas prévu de fortes provisions.

Le quatrième jour, il se rendit à l'évidence qu'il était irrémédiablement perdu. Le sixième jour, il était parvenu au bout de ses
provisions. Il tenta de trouver un peu de nourriture mais il ne
pouvait rien trouver dont il soit sûr que ce soit comestible, à cause
en particulier de la rareté de la végétation. Il buvait autant qu'il le
pouvait. Il mangea de la neige quand il ne trouva plus que cela.
L'hiver était précoce à ces altitudes.

La nuit venue, quand le vent froid soufflait et le glaçait

jusqu'aux os, il s'enroulait dans ses vêtements et grelottait jusqu'à ce qu'il s'endorme. Au réveil, ses membres étaient bleus et engourdis. Ses doigts refusaient longtemps de bouger. Il se forçait à marcher, quand bien même il ne savait pas où il devait aller. Plus d'une fois, il avait pleuré en maudissant son sort, en se retrouvant nez à nez avec un rocher ou une étendue d'herbe jaune, qu'il connaissait pour l'avoir vu quelque temps auparavant. Le peu d'énergie qu'il avait se dépensait dans des déplacements en rond.

Le douzième jour, il commença à avoir des visions. Blotti derrière un buisson desséché pour y chercher le repos et les bras enveloppant autant que possible son corps, il voyait des visages. Des visages peints en noir appartenant à des hommes aux curieux vêtements. Ces fantômes se déplaçaient paresseusement dans le noir, leurs yeux brillant à l'occasion d'une rencontre avec un rayon de lune. Mais à l'inverse de vrais fantômes, il pouvait les entendre. Ils n'étaient pas comme les moines silencieux de Rashimpur qui se déplaçaient comme l'air. Ceux-ci couraient maladroitement, se pressaient, regardaient le soldat en train de mourir puis se sauvaient pour s'éloigner de lui.

Ils semblaient si réels que Zharkov les appela au secours. Il tenta de se remettre sur pieds et de poursuivre une de ces ombres, mais elles semblaient l'éviter délibérément.

« Aidez-moi, s'il vous plaît », cria-t-il. « Vous voyez bien que je vais mourir ici! »

Il lui sembla avoir entendu un faible rire.

Épuisé, il s'affala contre un rocher, glissa jusqu'au sol et s'assit sur ses jambes repliées.

Un grand silence l'entourait. Il était donc seul, songea-t-il. Il avait rêvé la bande d'hommes peints. Il avait froid. Il tira sur ses manches pour couvrir ses mains nues mais le tissu résista. Il était trop faible pour serrer suffisamment ses doigts. Il resta là, contre le rocher, jusqu'à ce qu'il ne sentit plus ni le vent ni le froid. Au moins, la mort serait-elle facile, se dit-il.

Il ferma les yeux et se laissa glisser dans le sommeil, sachant qu'il ne se réveillerait pas. Mais avant de s'endormir, il sembla entendre une fois encore les rires épais d'êtres humains, derrière lui.

Zharkov avait tort. Il se réveilla. Il se réveilla en hurlant.

Il était ligoté à une table dans une espèce de cul-de-basse-fosse immonde. Autour de lui, se tenaient les hommes aux figures barbouillées de graisse noire de son délire. Les hommes étaient bien réels cette fois-ci. Se mouvant autour de lui comme des chiens curieux, ils tâtaient Zharkov et le tripotaient de leurs mains sales tout en s'interpellant les uns les autres dans un langage guttural que Zharkov ne reconnaissait pas.

Il supposa, en voyant l'eau qui perlait sur les murs et les reflets de lampes à huile rustiques, qu'il se trouvait sous-terre. Aucune fenêtre. L'odeur forte d'un grand nombre d'hommes pressés les uns contre les autres le prit à la gorge. Sur le mur d'en face, des quartiers d'un grand animal grillaient dans une énorme cheminée. La graisse qui coulait en sifflant des pièces de viande lui rappela la faim qui le tenaillait depuis plusieurs jours.

Ces hommes étranges l'avaient-ils sauvé? Lui donneraient-ils à manger? Ou bien était-il ici dans d'autres buts?

La viande. La panique envahit son cerveau en une seule bouffée. Étaient-ils cannibales? Pour quelle autre raison le maintiendraient-ils attaché?

L'un d'eux se dirigea vers Zharkov, un poignard à la main. Zharkov hurla de nouveau. L'homme le considéra, un peu décontenancé, regarda son couteau puis de nouveau Zharkov, et enfin éclata de rire. Les autres l'imitèrent, ouvrant des bouches noires pleines de dents cassées et pourries, et se poussant du coude en regardant leur compagnon titiller Zharkov du bout de sa lame. Mais dès que les rires se furent calmés, il se contenta de trancher les cordes qui retenaient Zharkov prisonnier.

Zharkov regarda ses poignets un instant. On le libérait! Pourquoi? Il était trop faible pour survivre seul, si on le rejetait à l'extérieur. Il essaya de s'asseoir, mais c'était encore un trop grand effort. L'homme qui l'avait libéré grogna et gesticula pour inciter Zharkov à bouger. Zharkov exprima son incapacité à bouger et sa fatigue en secouant péniblement la tête. L'homme leva une jambe et propulsa Zharkov au sol d'un violent coup de pied.

Celui-ci tomba sur un sol de terre battue qui grouillait de cafards. Il tenta de les chasser de la main avec dégoût et réussit à se mettre sur ses pieds. L'un des hommes lui lança quelque chose. Cela était brûlant et gras. Zharkov, après l'avoir attrapé, s'aperçut que c'était un gros morceau de viande.

Il s'en empara d'autant plus volontiers que ça sentait bon. Il déchira le morceau de viande avec les dents, et se délecta de sentir la chaleur du jus de la graisse lui couler le long du menton. C'était incroyablement délicieux. Il pensa qu'il pourrait manger sans jamais s'arrêter mais bientôt la viande lui bloqua l'estomac. Il se détourna et se mit à vomir. Les cafards se jetèrent sur l'aubaine en une ruée ignoble.

Il se remit à manger mais cette fois-ci avec lenteur. Il resta dans le souterrain nauséabond durant ce qui lui parut être plusieurs jours, bien qu'il ne vit pas la lumière du jour de l'endroit où il se trouvait. Les hommes le laissaient seul. Ils lui donnaient de la nourriture, toujours de la viande, de façon régulière, mais ne tentaient jamais d'entrer en communication avec lui. Ils ne répondaient même pas à ses mimiques.

Il finit par arrêter de poser des questions. Il vivait comme un animal, grattant les poux sur sa tête, et disputant le sol aux cafards pour pouvoir y dormir. Il se consolait temporairement en songeant qu'il prenait régulièrement du poids et que ses membres engourdis reprenaient progressivement leur souplesse originelle.

Enfin, un jour, apparut loin au-dessus de sa tête, un filet de lumière. Les hommes qui étaient là levèrent la tête instantanément, arrêtant toute activité, attentifs. Le filet de lumière s'élargit.

Une porte. Le cœur de Zharkov se mit à battre follement. L'endroit où il était n'était donc pas une oubliette. Il ne distinguait pas d'escalier qui menait à cette porte. La porte ressemblait plutôt à un poste d'observation.

Dans l'encadrement lumineux de la porte apparut une silhouette, petite et tordue. Comme un fantôme, la silhouette vacillait dans la lumière, et tournait la tête de droite et de gauche, comme pour essayer de distinguer quelque chose en contrebas. Puis semblant avoir trouvé ce qu'elle cherchait, elle pointa un bras maigre vers les hommes agglutinés le nez en l'air.

Des mains poussèrent Zharkov en avant. La tête de la silhouette bougea pour approuver cette initiative, puis fit descendre une échelle de corde dans le trou. Zharkov fut poussé jusqu'au pied de l'échelle et la silhouette lui fit signe de monter. Il monta, laissant derrière lui la puanteur et le dénuement de ses compagnons de captivités. Le personnage qui l'attendait en haut de l'échelle était un asiate de sexe incertain. Son crâne était rasé et son visage sans expression, mais ses yeux brillaient de ce que Zharkov percevait comme de la méchanceté. Sans savoir pourquoi, Zharkov se sentit immédiatement mal à l'aise, au contact de l'individu.

Zharkov fut conduit tout d'abord vers un bain de vapeur où il put se laver soigneusement. Il trouva des vêtements que l'on avait mis là à son intention. Puis l'androgyne revint le chercher pour le conduire à une grande pièce sombre, dont lui-même ne franchit pas le seuil. De l'extérieur déjà l'on pouvait sentir la forte odeur d'encens. Son guide lui fit signe d'entrer, mais il hésita avant de franchir le pas. Quelque chose de terrible semblait habiter cette pièce. Zharkov ne savait pas d'où lui venait cette intuition, mais elle le frappa dès l'abord. Quelque chose d'effrayant et de mortel, comme une contrainte étouffante. Il sentit des gouttes de sueur se former sur son front.

« Qui est là ? » demanda-t-il, de façon un peu ridicule et sans espérer vraiment de réponse.

Le guide androgyne lui répondit pourtant dans un russe impeccable. « La déesse Varja vous attend. Elle m'a envoyé vous chercher. »

« Comment ? » demanda-t-il sans comprendre.

Les yeux de l'asiate brillèrent méchamment. « Vous lui appartenez. » Sa voix était atone.

Zharkov contint sa répugnance. « Et les hommes, en bas ? »

« Ils lui appartiennent aussi », répondit la voix asexuée.

Zharkov réprima un frisson et entra. Ces quelques pas à l'intérieur de la chambre de la déesse changèrent sa vie, à tout jamais.

Il dormit après qu'ils aient fait l'amour. A son réveil, Varja était partie. L'androgyne se tenait près du lit.

« Où est-elle ? » demanda Zharkov sèchement.

« La déesse Varja vous ordonne de vous rendre dans un autre lieu. »

« Ordonne ? »

« Ordonne », répéta l'asiate avec assurance, puis il lui désigna la porte. Zharkov le suivit. Il fut conduit dans une autre pièce, plus petite et complètement peinte en blanc. Elle ne contenait aucun meuble sauf une estrade blanche en forme de cube. Sur le cube, couvert par plusieurs épaisseurs de soie blanche, se trouvait un objet long.

Il attendit quelque temps avant que Varja n'arrive. Elle portait une longue robe de brocard décorée de rubis, comme un millier d'yeux rouges qui l'observaient et qui lisaient ses pensées.

Zharkov eut un nouveau frisson en sa présence. Comme auparavant, la seule présence de la femme l'hypnotisait et lui infusait un sentiment irrépressible d'obéissance. Elle tendit la main. Celle-ci était couverte de bagues et un énorme rubis flamboyait à son poignet. Zharkov tomba à ses genoux et embrassa la main tendue..

« Tu m'as donné du plaisir, prince », dit-elle. « En récompense, je t'ai demandé de venir ici pour te montrer un cadeau que je désire te faire d'ici quelques années. »

« Quoi que vous ayez choisi pour moi, déesse, et quel que soit le jour de ce cadeau, je le recevrai avec vénération. »

Elle sourit. « Tu vénéreras certainement ce cadeau, crois-moi. Il te sera d'un grand secours plus tard, et il te donnera du plaisir sans compter. Ce cadeau est pour toi seul. Tu en useras comme bon te sembleras, et tu pourras le détruire quand bon te sembleras. »

Il se leva. « Je ne pourrai jamais détruire un cadeau venant de vous. »

« Aujourd'hui peut-être, mais un jour viendra. Quand tu seras mon réel disciple, quand la souffrance des hommes et la misère de ton esprit ainsi que l'appel de ta chair ne te tourmenteront plus, alors tu détruiras mon cadeau. Alors, tu me reviendras, pur, fort, plein. Et tu seras mon compagnon pour le pire dans les âges à venir. »

Elle fit un un geste rapide et l'asiate asexué se présenta, portant un marche-pied brodé. Il le posa près de l'estrade, se prosterna puis disparut.

Varja monta sur l'estrade et tira les draps de soie. Une fille apparut, qui n'avait pas plus de quatorze ou quinze ans, aux cheveux noirs et très belle.

Mais morte.

« Elle s'appelle Duma. Je te la destine. Pénètre-la. »

Zharkov sentit un nœud se former au creux de son estomac. La peau de la jeune fille était aussi froide que de la glace.

« Ne désobéis pas à ta maîtresse ! » hurla-t-elle.

Il se retourna vers le corps sans vie. Refoulant avec peine une nausée irrépressible, il écarta les jambes raides de la jeune fille et ouvrit les pans de sa propre robe. Son membre était inerte. La déesse lui en avait trop demandé. Il ne pourrait jamais...

Tout d'abord il pensa avoir rêvé les sifflements qu'il entendait, mais quand il se tourna vers Varja, il comprit que dans ce lieu de magie tout était possible. De la fumée noire fusait des doigts de la déesse comme des serpents. Ses yeux étaient retournés si bien que l'on n'en voyait que le blanc, et de sa bouche sortaient des sons qui semblaient avoir le même âge que les montagnes.

Zharkov respirait la fumée noire et ses oreilles s'emplirent des sons étranges, son esprit fit un bond en arrière, en deçà de la mémoire avant sa propre naissance, à travers des siècles vides, jusqu'à ses ancêtres. Ce qu'il vit dans son état de semi-conscience n'étaient que des impressions, de brèves images : un arbre à l'écorce de métal, un sabre, frappant de lui-même..., les Chapeaux Noirs, symboles d'une magie longtemps oubliée..., un vieillard, une main coupée, un serpent d'or...

« Non ! » cria Zharkov.

Un serpent d'or apportant la mort, la mort pour des millénaires, la mort à tout jamais.

« Le Maître du Chapeau Bleu est revenu », annonça Varja.

Zharkov se saisit le front. Il avait senti comme si un poignard lui transperçait le front. Un poignard... ou la morsure d'un serpent d'or.

« Il devint le serpent et détruisit notre espèce, mais j'ai conservé tout notre pouvoir », dit la déesse. « Cette fois-ci, il doit mourir. Il doit mourir... il doit mourir... il doit mourir... Aujourd'hui, tu ne l'as pas tué. Demain, tu ne le manqueras pas... »

Sa voix résonna dans l'esprit de Zharkov avant de laisser la place à sa propre obsession. Le serpent d'or ! Comme Jehovah détruisant le Royaume d'Edom, le serpent d'or avait complètement éclipsé le culte sacré des Chapeaux Noirs et les pouvoirs illimités qui les caractérisaient. A la seule condition de tuer le serpent d'or, il pourrait espérer voir prospérer de nouveau les gens de son espèce. Prospérer et gouverner, avec à leur tête, Zharkov, le Maître du Chapeau Noir...

L'excitation commençait à l'aiguillonner. Il embrassa le ventre de la jeune morte, et son corps froid et inerte l'emplit d'un désir inattendu. Son sexe se dressait vers elle. Dans un seul mouvement profond, il la pénétra, grognant sous le plaisir contre nature. Il eut la sensation que la pièce se réchauffait, et pas uniquement à cause de ses reins en mouvement, mais aussi par la chaleur qui semblait émaner de la jeune fille sous lui. En effet, ce qui avait été quelques instants auparavant, un pauvre amas de chair morte, lui donnait à présent de la chaleur, du désir et l'enveloppait dans une douce fragrance de femme. *Le cadavre revenait à la vie.*

« Prends-la, Prince de la Mort », lui dit Varja, tout en le regardant de son millier d'yeux de rubis. « Prends-la avec ton corps, aujourd'hui. Plus tard, tu la prendras avec ton âme. Plus tard, encore, tu la tueras. Pour mon plaisir. »

Pour ton plaisir, ma déesse », répondit Zharkov, fermant les yeux sous le plaisir du corps de la jeune fille qui s'éveillait. Elle faisait rouler ses hanches d'un bord sur l'autre dans son rythme, élevant ses genoux pour le laisser la pénétrer encore plus profondément. Ses mains lui labouraient le dos comme les griffes d'un chat, à présent. Elle dressa ses seins pour les lui faire sucer. Enfin, il la chevaucha au grand galop, la faisant crier du fond de sa poitrine. Elle le pressait contre son corps. Au moment exact de la jouissance de Zharkov, dur comme une barre de métal dans son humidité étroite, la jeune fille ouvrit les yeux.

Ils étaient vides, ni pervers ni naïfs. On ne pouvait rien y lire, ni sentiment, ni peur, ni plaisir, ni souvenir. Ils regardèrent Zharkov sans le voir puis regardèrent ailleurs.

La fumée se dissipa un moment. Varja prit la parole. « Tu t'es réveillée de la Vie-dans-la-Mort pour aider celui qui, désormais, sera ton maître. »

« Oui, ma déesse », répondit Duma. Elle ne regardait toujours pas Zharkov.

« Tu apprendras tout ce que tu dois savoir pour évoluer dans le monde des hommes. Quand tu seras prête, tu iras le rejoindre. »

« Je comprends ce que tu attends de moi. »

« Te souviens-tu de la moindre chose de ta vie avant ton réveil? »

« Non, ma déesse. »

« De qui es-tu la servante? »

« Je sers la grande déesse et ceux qu'elle aura bien voulu me désigner pour accomplir ma destinée. »

Varja sourit. « Voici donc le début de cette destinée », dit-elle avec satisfaction. « Notre temps est venu, enfin. »

Sur l'estrade, les yeux des deux amants se croisèrent réellement pour la première fois. Il lui sembla voir flotter quelque chose comme de la déception dans les yeux de la jeune fille, mais l'impression s'évanouit aussi vite qu'elle était apparue. Le visage de la jeune fille était aussi vide que celui d'un mannequin.

Chapitre 28

A sept heures et demie du matin, Zharkov se rendit chez Sergei Ostrakov, dans un uniforme impeccable. Il attendit quelques minutes dans l'antichambre avant qu'Ostrakov n'apparaisse, souriant.

« Cher Camarade, entre donc », dit-il à Zharkov en le prenant par le bras. Celui-ci se dégagea de cette étreinte, soi-disant amicale.

« Pourquoi as-tu mis l'appartement de Katarina Velanova sous surveillance ? » demanda-t-il brutalement.

« Aliocha. » Le général écarta les bras et grimaça un large sourire. « On t'expliquera tout ça très bientôt. Pour l'instant, ce que je peux te dire, c'est que les ordres venaient de très haut. Très haut, tu me comprends ? »

« Et très haut, est-ce qu'on t'a également demandé de venir chez elle en plein milieu de la nuit ? »

Ostrakov émit un petit bruit de désapprobation. « Tu dramatises tellement les choses, Aliocha. Il n'y a pas eu d'intrusion. Camarade Velanova nous a fait entrer le plus civilement du monde. C'est une femme charmante, ton amie. Tu devrais l'épouser, tiens. »

« Ma vie privée ne te concerne en rien. »

Ostrakov haussa les épaules. « Comme tu as changé, Aliocha. Je dis simplement qu'on peut trouver pire qu'épouser une jolie femme qui de plus est un loyal membre du Parti. Un membre tout à fait loyal. »

« Ce que tu suggères, à l'instant même, c'est qu'elle travaille pour toi contre moi. Ça ne prend pas. Je connais le truc pour l'avoir utilisé moi-même. »

« Aliocha ! Je n'ai jamais pensé une chose pareille ! » Il sourit sans gaieté. « Peut-être ta situation te rend-elle soupçonneux. »

« Piéger l'appartement de Katarina me rend effectivement soupçonneux. Mais, au fond, que peut-on attendre de voyous ? »

Le visage d'Ostrakov rougit sous l'affront. « Nitchevo est un îlot perdu dans le système de sécurité. Vous avez vos propres règles du jeu. Vous avez vos propres opérations. Au fil des ans, son directeur d'abord ton père, puis toi-même, est devenu intouchable. Au-dessus des lois, semble-t-il. Nitchevo pourrait devenir dangereux, en certaines mains. »

« Je ne suis pas venu parler de Nitchevo. Que me voulais-tu hier soir ? »

« Camarade, je venais t'apporter de bonnes nouvelles. De grandes nouvelles. Il était tard mais je savais que la teneur du message valait le petit dérangement. Malheureusement, je n'ai pu te trouver nulle part. On fait des niches à la petite Katarina, déjà ? » Ses grosses mains dessinèrent dans l'espace les formes arrondies d'une femme. Zharkov fit un effort pour ne pas lui envoyer son poing dans la figure.

« Tu sais parfaitement où je me trouvais, étant donné que la pute qui travaille pour toi t'a fait son rapport. Que voulais-tu ? »

Sa voix devenait glaciale et ses yeux gris de lézard fixèrent ceux d'Ostrakov, qui dut détourner son regard.

« Le Premier veut te voir », lâcha Ostrakov.

« Kadar ? »

« Le *vojd* », murmura Ostrakov. « Il veut te voir. Maintenant. »

Le vojd, ou encore le grand dirigeant, n'avait jamais eu de temps pour Zharkov depuis son installation, il y avait trois mois. La seule fois où Zharkov l'avait rencontré, c'était lors d'une réception pendant les cérémonies inaugurales. Kadar avait été poli – c'était son image de marque auprès des médias – mais le malaise que ressentait le dirigeant vis-à-vis de Zharkov était évident.

Konstantin Kadar avait dirigé le KGB depuis 1955, sous Malenkov, Boulganine, Khrouchtchev, Kossiguine, Brejnev et Andropov comme Premiers. Sous sa direction, le service secret soviétique était devenu la plus puissante organisation policière au monde. Kadar, pouvait, quasiment à volonté, faire exécuter n'importe quelle personne dans le monde sans crainte de représailles, et il ne s'en privait d'ailleurs pas. Les prisonniers politiques de la Lubianka, dont certains avaient du mal à savoir ce qu'on leur reprochait exactement, avaient surnommé Kadar, le petit Joseph, en hommage à ses méthodes staliniennes. D'autres l'appelaient plus prosaïquement « Le Boucher ».

Tous les soviétiques relevaient de Kadar, sauf le Premier et Nitchevo, qui avait été créé comme organisation indépendante avant l'arrivée de Kadar à la tête du KGB. Au fil des ans, Kadar avait tout essayé pour réduire les pouvoirs de Nitchevo, ou au moins de l'amener dans la mouvance du KGB. Il avait rencontré à ce sujet chacun des six Premiers sous les ordres desquels il avait servi et les avait prévenus contre les agissements de Nitchevo et des possibilités séditieuses qu'offrait l'organisation, contre le fait que ce pouvait être une courroie de transmission pour un service secret étranger, contre la folie de confier un tel état dans l'état aux mains d'un intellectuel tel que Vassili Zharkov et contre l'aberration absolue de voir le père remplacé tout simplement par son fils à sa mort. Mais aucun des Premiers sollicités n'avait donné suite. Aucun.

Ce qui était finalement apparu clairement à Kadar était que Nitchevo était l'outil personnel du Premier lui-même. Ceci, inutile de préciser que seule une poignée de privilégiés le savaient en Union soviétique et quasiment personne à l'extérieur. « La garde du tsar », selon l'expression qu'avait employée Kadar lors d'une entrevue particulièrement violente avec le père Zharkov. Ce n'était pas si éloigné de la vérité. Nitchevo avait vu le jour sous Staline, et qu'est-ce qu'était Staline sinon un tsar?

Après l'exécution du Premier Alexei Rykov en 1938, il devint évident que dans un pays comme la Russie dont la tradition de violence était plusieurs fois centenaire, même le chef de l'État n'était pas en sécurité vis-à-vis des menées de factions en quête du pouvoir. Molotov fut officiellement le premier en titre après Rykov, mais le pouvoir réel était déjà dans les mains de Staline. Staline n'avait pas l'intention de laisser se perpétrer une nouvelle exécution, en particulier si lui-même devait en être la victime. Il créa Nitchevo, en concevant les aspects comme un véritable paravent autour de lui, puis fabriqua ensuite une légende selon laquelle il n'accordait aucune importance particulière à l'organisation.

Il était de bon ton, pour le vulgum pecus des services secrets, de se moquer de Nitchevo – de ses hommes de main, de ses plans puérils et même de son nom en forme de canular. Les plus brillants s'étonnèrent à haute voix qu'un politologue de grande renommée comme l'était Zharkov, fasse joujou avec une organisation aussi ridicule, et c'est ainsi que naquit une nouvelle légende : Zharkov devint le « neveu » de Staline. Quand ils entendirent ces nouvelles divagations, même les plus sérieux éclatèrent de rire. Mais pour donner corps à la légende, on maria Zharkov à l'une des nièces de Staline.

C'est alors que vinrent les purges.

Tout d'abord, Staline liquida les propriétaires terriens et les dissidents. Puis suivirent ses ennemis. Ils tombèrent par milliers et parmi eux se trouvaient quelques-uns des plus hauts personnages de l'État. Le NKVD – ancien nom du KGB – fut l'instrument de tous ces meurtres. Puis, les dirigeants du NKVD en sachant trop sur les crimes de Staline, celui-ci ordonna leur liquidation, à leur tour. L'ordre en fut donné à Vassili Zharkov, patron de Nitchevo, qui exécuta les consignes de manière impitoyable et avec sérénité. Nitchevo avait pris du poids et était devenu intouchable. Le KGB n'avait aucun pouvoir sur lui. Nitchevo appartenait au *vojd*, et à lui seul.

A présent, Nitchevo appartenait à Konstantin Kadar, et Konstantin Kadar haïssait Nitchevo.

Dans très peu de temps, d'ailleurs, Zharkov lui donnerait de nouvelles raisons de haïr Nitchevo.

« Le *vojd* veut te voir. Maintenant », était en train de dire Ostrakov. Il avait un grand sourire sur son bon visage.

Zharkov secoua la tête. « Quand j'en aurai fini avec lui », dit-il, « j'aurai des choses à te dire ».

« Nous verrons cela », dit Ostrakov.

« C'est cela, nous verrons », conclut Zharkov.

Zharkov attendit trois bonnes heures avant d'être introduit dans la somptueuse bibliothèque privée du Premier. C'était une pièce aux dimensions modestes, qui avait servi, en son temps, de cabinet de réflexion au Tsar Nicolas Ier.

Konstantin Kadar, assis derrière un bureau baroque en bois de rose, dominait de sa présence. Il était grand et assez mince malgré une musculature sérieuse pour un homme de soixante-quatre ans. Son visage, fin et ovale, était plus allemand que russe. Il était agrémenté d'une chevelure blanche, son nez était long et ses lèvres étroites. Il ne ressemblait pas à un policier, songea Zharkov, à part les yeux. Derrière les lunettes en métal légèrement désuètes les yeux de Kadar étaient aussi expressifs et chaleureux que ceux d'un requin.

« Assieds-toi, colonel Zharkov. » Quand il parlait, seules ses lèvres bougeaient. Il attendit que Zharkov ait obtempéré, sans qu'un seul muscle de son anatomie n'ait frémi. Zharkov avait la désagréable impression de se trouver devant une gigantesque idole de pierre. Quand il se fut assis, Kadar arrangea des feuilles de papier en une pile impeccable et la posa proprement devant lui.

« On t'appelle le prince, tu es au courant ? »

« Non, camarade. »

« Un prince », répéta Kadar doucement, feuilletant la pile de documents. « Un étudiant, un soldat, un savant. Un prodige des échecs à l'âge de huit ans. Le fils du célèbre Vassili Zharkov. » Kadar leva la tête en prononçant ce nom, ses lèvres serrées. « Maître à l'âge de dix ans. Entré à l'Université à l'âge de quinze ans. Résultats exceptionnels dans les classes supérieures en ingénierie et en physique. Recruté par les services secrets à l'âge de dix-sept ans. Je me souviens de toi, camarade colonel. Tu n'as pas fini l'instruction. »

« On m'a muté à l'Institut des Relations Internationales. »

« C'était inutile. On t'aurait employé au KGB. Tu étais très brillant. Tu aurais fait un analyste hors pair. »

Exactement, pensa Zharkov. Kadar n'aurait rien souhaité de mieux que de voir le fils de Vassili Zharkov, enterré dans une fonction obscure d'analyste pour le restant de ses jours. Vassili l'avait laissé suivre les deux ou trois premières années d'instruction exigées par le cursus du KGB, ce qui était suffisant pour apprendre les bases du métier sans être coincé dans une spécialité.

« Pourquoi faut-il que j'y aille, en fait ? » avait demandé le jeune Zharkov à son père. « Kadar ne t'aime pas. Il va me faire la vie dure. »

« Parce que c'est important d'apprendre tout. Pour Nitchevo, tu dois tout savoir. Deux ans de difficultés valent largement le coup », dit le père Zharkov. « Et il n'osera pas te faire la vie trop dure. »

Nitchevo était son destin. Les Zharkov, père et fils, savaient cela depuis le début. Il n'y avait qu'un seul endroit pour Alexandre Zharkov en Union soviétique, et c'était à la tête de Nitchevo. Pas au KGB, avec ses centaines de milliers d'agents empêtrés dans les dédales d'une bureaucratie si lourde que la plupart d'entre eux refaisaient le travail fait par d'autres ou tout simplement se regardaient et s'observaient sans but évident. Pas au Kremlin non plus, où le jeu des hommes pour le pouvoir comptait plus que les réelles capacités de l'individu. Pas dans la science ni l'économie, ou seulement une partie du cerveau du jeune Alexandre serait utilisé, et qui plus est pour des projets qu'il n'aurait pas choisis. Seuls deux domaines pouvaient pousser à bout les limites d'un cerveau tel que le sien : Nitchevo et les échecs.

D'ailleurs, Nitchevo *c'était* les échecs. Indépendant, restreint et dangereux, il n'y avait pas de place pour les erreurs dans Nitchevo comme il n'y avait pas non plus d'erreurs possibles dans les échecs. Un homme qui ne convenait pas à sa tête aurait pu détruire tout Nitchevo, et c'est pourquoi il n'y en avait qu'un pour remplir ce rôle, avec tout le génie de l'éducation et la puissance de son père derrière lui. Pour Nitchevo il n'y avait que Zharkov et pour Zharkov, il n'y avait que Nitchevo.

« Diplômé de l'Institut à vingt et un ans », poursuivit Kadar, semblant se lasser à l'énumération. « Appelé sous les drapeaux. Parvient au grade de colonel », – il laissa choir les papiers sur la table –, « lorsqu'il prend la tête de Nitchevo à l'âge de trente-cinq ans ».

« J'y ai été nommé par le camarade Premier secrétaire Brejnev », rectifia-t-il platement.

« Ton père n'a laissé aucun dossier. »

Tu es bien placé pour le savoir, pensa Zharkov. Kadar avait lui-même investi le bureau de Vassili Zharkov à peine une heure après l'annonce de son admission à l'hôpital. Il n'avait rien trouvé.

« Mon père était un homme prudent », dit Zharkov. « Nitchevo, après tout, est une organisation secrète. »

Kadar croisa ses mains, étendit ses deux index et reposa son menton sur les deux doigts. Pour la première fois, les yeux de requin montrèrent une lueur, et Zharkov songea avec amusement qu'au seul mot de dossier, plus d'un tyran avait déjà dû frémir. Ce mot devait hanter leurs nuits. La pensée que quelqu'un, quelque part, était en possession de faits historiques qui pourraient servir à dire au monde quel genre d'hommes ils étaient exactement.

« C'est à présent " mon " organisation secrète », dit Kadar. « Nitchevo n'existe que pour moi. Tu es au courant, n'est-ce pas? »

Zharkov approuva. « Sous certaines conditions. »

« Sous aucune condition. Nitchevo m'appartient. Tu m'appartiens. » Il attendit.

« Est-ce que tu peux me dire si le microphone qui a été installé dans l'appartement de mon amie t'appartient également? » demanda Zharkov calmement.

Un instant, Kadar fut ébranlé par la grossièreté de Zharkov à son égard. Les yeux de requin brillèrent un instant de colère, mais revinrent à leur neutralité habituelle tandis que Kadar expliquait.

« Beaucoup de choses sont illégales lorsque l'on est sur les traces d'un traître. »

« Un traître? » s'étonna Zharkov.

« Par exemple, il n'est dit nulle part que tu aies un penchant pour les jeunes hommes. Pourquoi donc tenais-tu tant à voir ce jeune Corfus en tête à tête? »

« Pour recueillir des informations », répondit Zharkov.

« Et ce n'est pas la seule fois où l'on t'a vu rechercher la compagnie des Américains », poursuivit Kadar comme si Zharkov n'avait pas parlé entre-temps.

« Que veux-tu dire exactement, camarade Premier secrétaire? »

Kadar sortit une photographie de sous la pile de documents. Elle avait été prise au Samarkand et elle montrait un médaillon représentant un serpent enroulé qui pendait de la main déchirée de Frank Riesling.

« Ça te rappelle quelque chose? » demanda Kadar.

« Ça a appartenu à un agent, il y a longtemps. »

« Oui, un agent Américain, camarade colonel. Et que tu as rencontré plusieurs fois. »

« Nous nous sommes vus deux fois. Par hasard. »

« Et la marque sur ton cou est-elle aussi due au hasard? »

Ostrakov, pensa Zharkov. Lozovan avait dit tout ce qu'elle savait de Corfus à Ostrakov, et Ostrakov avait pris tout ça, plus sa cochonnerie de bande magnétique, plus tout ce qu'il savait sur Zharkov et avait déposé le tout sur le bureau du Premier secrétaire. Kadar devait se sentir tout à fait en droit de serrer le nœud coulant autour du cou de Zharkov, si l'envie lui en prenait. Le chef de Nitchevo réprima un sourire. Il se demandait jusqu'où irait Kadar.

« Je pense que la Haute Cour serait tout à fait intéressée de voir la marque que tu portes. Elle est probablement identique à celle de ce Justin Gilead, n'est-ce pas? »

Zharkov ne disait mot. Kadar prit une chemise verte entre ses deux doigts et la fit jouer devant les yeux de Zharkov, comme un enfant qui serait sur le point de décider d'arracher les ailes d'une mouche. « Il semblerait que tu aies d'étroites relations avec ce monsieur Gilead. Déjà gamins, vous jouiez aux échecs tous les deux. Une relation de longue date. C'est peut-être ton père qui vous a présentés, camarade colonel. Étant donné qu'il a pris soin de détruire les archives de Nitchevo, personne ne peut plus dire quelle est l'étendue des relations de la famille Zharkov avec la CIA. C'est peut-être encore une explication du fait que tu as conseillé à Ostrakov de laisser libre le joueur Kutsenko quand tout le monde sait qu'il est sur le point de filer à l'Ouest. »

Zharkov ne parlait toujours pas, ce qui agaça soudain Kadar.

« N'as-tu donc rien à répondre là-dessus ? »

« J'ai beaucoup à dire, camarade Premier. Je pensais que tu préférerais que je me taise en attendant la fin de cette bouffonnerie. »

« Bouffonnerie !? » Kadar faillit s'étrangler d'indignation.

« C'est cela même. Bouffonnerie. Tu sais parfaitement que je ne suis pas un traître, camarade Premier. » Il se leva de sa chaise, passa derrière et en saisit le dossier en chêne sculpté dans ses deux mains.

Kadar fixa ses deux yeux morts et indifférents sur Zharkov. « Explique-toi, camarade colonel. J'espère pour toi que ce sera une explication convaincante. »

« Très certainement », répliqua Zharkov. « Tout d'abord j'ai toujours connu ton aversion pour Nitchevo. Mon père m'avait mis au courant. »

« Aucun département ne doit être au-dessus de l'État. Voilà ce que je ne supportais pas. »

« Ce que tu veux dire en fait c'est que tu ne supportes pas qu'un secteur soit au-dessus de toi, à présent que tu es Premier secrétaire. Eh bien, Nitchevo est au-dessus de toi. Et cela continuera à être ainsi. »

Les lèvres de Kadar se crispèrent. « Je suppose que je devrais faire machine arrière devant cette démonstration d'autorité ? »

« Ce n'est pas une démonstration. C'est un fait, un point c'est tout. »

Kadar se souleva de sa chaise, comme prêt à bondir. « Je pourrais appuyer sur un bouton et te faire fusiller ici même. Sans hésitation. »

Zharkov caressa négligemment le revers de sa veste. « Personne n'est à l'abri d'une balle perdue, camarade Kadar. Pas même toi. »

Kadar s'empourpra. « Voudrais-tu suggérer que ma garde personnelle est infiltrée par Nitchevo ? »

« Je dis simplement que Nitchevo continuera à exister. Comme avant. »

Zharkov sentit une hésitation dans l'attitude de Kadar. La pensée que sa garde personnelle pouvait ne pas lui être tout à fait loyale ne lui avait manifestement jamais traversé l'esprit. Il n'était Premier secrétaire que depuis très peu de temps.

« Je t'écoute », dit-il finalement.

« Merci. Tout d'abord, mon père était un être exceptionnel. Tu le haïssais trop pour t'en rendre compte. C'est ce qui te perdais. »

« C'était un intellectuel, un amateur. Il barbotait dans des affaires où certains d'entre nous se tuaient au travail, jour après jour, année après année, pour l'amour de notre pays. »

« T'es-tu jamais demandé comment cet amateur a réussi à barboter dans ce genre d'affaires sous six Premiers secrétaires différents? » demanda Zharkov. Il répondit à sa propre question. « Parce que cela l'arrangeait que toi et tes prédécesseurs le considèrent comme un amateur. Il m'a dit une fois qu'il est peu de choses plus utiles que d'être sous-estimé par ses ennemis. Tu en es la preuve vivante. »

« Moi? Comment cela? »

« Il y a de nombreuses années, mon père m'avait dit de me méfier de toi. Il m'a dit également qu'un jour tu serais Premier secrétaire et que tu essaierais de démanteler Nitchevo. Et moi, par la même occasion. Il m'a dit ce que je devais faire dans un pareil cas. »

« C'est-à-dire? » demanda Kadar dans un sourire forcé.

« Tu crois peut-être que mon père a détruit les dossiers. » Il prit un temps pour savourer le bref instant de panique qui s'alluma dans les yeux du Premier secrétaire. « En fait, tous les dossiers de Nitchevo existent toujours. Mais disons, qu'ils ne sont pas à ta disposition. »

« Qu'est-ce que ça veut dire? Quels dossiers? »

Zharkov haussa les épaules. « Quels sont les personnages importants qui ont de l'argent caché sur des comptes bancaires à l'étranger. Quels sont ceux qui ont des maîtresses et où les cachent-ils. Quels sont ceux qui aiment les petits garçons. Quels sont ceux qui ont eu des accidents d'automobile ivres morts, qui ont tué de malheureux piétons et qui n'ont malgré tout pas été inquiétés par la police. Ne t'es-tu jamais posé la question pourquoi l'opinion de mon père semblait toujours l'emporter sur la tienne dans les réunions du comité? Parce qu'il n'entrait jamais en séance sans s'être assuré de suffisamment de votes pour faire prévaloir ses propres thèmes. Et voici une autre de ses leçons : " N'engage jamais un combat que tu n'es tout à fait sûr de gagner. " »

« Ces dossiers », demanda Kadar nerveusement, « où sont-ils ? »

« Ils ne sont pas dans l'appartement de Katarina Velanova », dit Zharkov sarcastique.

« Je peux m'arranger pour que tu m'en donnes l'endroit. »

« C'est possible. Dès cet instant, les dossiers n'y seraient plus. Ils seraient dans les mains de quelqu'un d'autre. Peut-être quelqu'un de moins discret que moi ou mon père. »

Kadar fit pivoter son fauteuil, joignit les bouts de ses doigts et regarda à travers les vitres épaisses de trois centimètres qui le séparaient et le protégeaient du monde qu'il dirigeait. « Et mon dossier personnel ? » demanda-t-il, tournant le dos à Zharkov.

« C'est le plus épais de tous. »

Le Premier secrétaire claqua ses mains sur les accoudoirs du fauteuil. « Bien, que veux-tu ? »

« J'ai demandé à Ostrakov de laisser Kutsenko tranquille et de faire en sorte que sa femme soit réintégrée dans ses fonctions à l'hôpital. Voilà ce que je veux. Kutsenko n'est juste qu'un pion dans un jeu bien plus important. »

« Quel jeu ? »

« J'ai fait en sorte que cette Lena Kutsenko aille à Helsinki et qu'elle y rencontre cet agent américain, Frank Riesling. Celui que les singes d'Ostrakov ont littéralement haché en morceaux comme à Chicago. J'ai donné mes ordres aux patrouilles sur la frontière finlandaise pour qu'on empêche Kutsenko de sortir d'URSS par les voies habituelles empruntées par Riesling. Le champion d'échecs prévoit donc de fuir lors du tournoi d'échecs de La Havane qui se tient dans trois mois. »

« Et bien sûr, tu as l'intention de l'aider à fuir, n'est-ce pas ? » demanda sèchement Kadar.

Zharkov sourit. « Jusqu'à un certain point. La Havane va grouiller d'agents de la CIA. »

« Et puis ? »

« Et puis, on leur mettra sur le dos l'assassinat de Fidel Castro. »

Kadar fit demi-tour. Les yeux de requin semblaient vivre tout à coup.

« Pas d'affolement, camarade Premier secrétaire », lui dit Zharkov. « Je sais que cela fait partie des plans du KGB depuis trois ans de tenter d'éliminer Castro dès que l'occasion s'en présentera. Cuba nous coûte les yeux de la tête, et c'est aussi un risque permanent de conflit majeur. Castro lui-même est un instable. Nitchevo se prépare à faire ce que le KGB a été incapable de faire jusqu'à présent. »

Kadar posa le menton sur son poing. Son regard s'égara vers le plafond tandis qu'il pensait. « Pourquoi as-tu enlevé Corfus? »

« J'avais besoin du mot de passe qui servirait à la CIA pour entrer en contact avec Kutsenko à La Havane. Il sera notre bouc émissaire dans cette affaire. »

« Ne pouvais-tu pas obtenir cette information et le laisser en vie? »

« Il était déjà mourant quand je l'ai trouvé. Lozovan avait fait ce qu'il fallait pour ça. Le jeune Américain ne méritait pas ce genre de mort. Je l'ai achevé. »

Kadar regarda ses papiers sur son bureau. « Et ce Justin Gilead. Qui est-il? »

« C'était un agent de la CIA. Je pensais l'avoir tué en Pologne, il y a quatre ans, mais j'ai appris qu'il était toujours en vie. Je ne sais pas où. »

« C'est un agent important? Le comité ne sait pratiquement rien sur lui. »

« Le comité n'a jamais su ce qui était important ou pas », dit Zharkov, et il sentit Kadar se cabrer imperceptiblement. « Important? Je dirais que Justin Gilead est peut-être l'homme le plus dangereux actuellement au monde. »

« Allons, allons », fit Kadar, avec une moue accommodante. « Personne au monde n'a ce genre de pouvoir, camarade colonel. »

Zharkov le regarda droit dans les yeux. « Il y a des choses que même un Premier secrétaire d'Union soviétique ne peut connaître sur les hommes. Ou sur le pouvoir. »

Aucun des deux hommes n'ouvrit la bouche durant quelques minutes, et Kadar s'agita dans les papiers qui jonchaient à présent son bureau. Zharkov fut le premier à rompre le silence. « Il sera à La Havane. »

« Gilead? C'est un joueur d'échecs? »

Zharkov acquiesca. « Il est grand-maître. *Le* Grand-Maître. » Il se leva une nouvelle fois sans y être autorisé.

« Tu es très sûr de toi, camarade colonel. Personne d'autre n'aurait osé m'adresser la parole sur le ton que tu as employé avec moi, aujourd'hui. »

« Tout en restant vivant. » Zharkov s'était permis de terminer la phrase de Kadar.

Kadar esquissa un sourire. « Les temps changent. »

« Nitchevo ne change pas. »

Le Premier secrétaire se leva. « Nous n'avions jamais eu ce genre de réunion auparavant. Je ne sais rien des activités de Nitchevo, à Cuba ou ailleurs. »

« C'est exact », dit Zharkov en se préparant à partir. Il s'arrêta sur le seuil. « Encore une chose. As-tu autorisé Ostrakov à mettre un micro dans l'appartement de Katarina Velanova ? »

Kadar fit un geste de dénégation. « Bien sûr que non. Les jeux d'Ostrakov ne m'intéressent pas. Qu'est donc cette femme pour toi ? »

« Une femme », dit simplement Zharkov. « Si Ostrakov a joué cette partie de son propre chef, il faudra donc que je contre-attaque. »

« Tu es joueur d'échecs », dit Kadar avec une lueur d'amusement dans ses yeux éteints. « Quels sera ton prochain coup ? »

Zharkov réfléchit un moment, puis annonça : « L'échange des Reines. »

Puis il sortit.

Chapitre 29

Les instructions de Zharkov à Katarina furent brèves. « Quitte ton bureau maintenant. Achète des vêtements d'homme à ta taille et va m'attendre chez moi. »

« Qu'est-ce qui se passe? »

« Je t'expliquerai plus tard », puis il raccrocha et sortit de la cabine publique.

Il conduisit jusqu'à un vieux quartier de Moscou, où il y avait une forte concentration de ressortissants du Tiers Monde. Des jeunes filles russes très maquillées s'abritaient du froid dans des entrées d'immeubles, hélant les passants à l'occasion. La prostitution était interdite officiellement et sévèrement punie, mais tant que cette activité se limitait à certains quartiers bien précis, les officiels faisaient semblant de regarder ailleurs.

Il entra de nouveau dans une cabine téléphonique et appela son bureau. Katarina était déjà partie, et il parla à l'un de ses adjoints. « Velanova est virée », lui annonça-t-il. « Elle sera envoyée sur le chantier du Transsibérien. Prépare les documents nécessaires dès maintenant et mets-les dans son dossier. »

Il entendit son adjoint bredouiller. « En Sibérie, camarade colonel? »

« Fais ce que je te dis. »

Les jeunes femmes étaient alignées dans des entrées d'immeubles délabrés, tous plus ou moins identiques. Leurs genoux nus dépassant de leurs manteaux d'hiver les faisaient ressembler à des poupées dont personne ne voulait alignées sur l'étagère d'un magasin de jouets.

« Tu veux t'amuser un peu, mon grand? » La jeune femme était trapue et forte. Elle avait des cheveux jaune-paille. Zharkov ignora l'avance et continua son chemin le long des immeubles.

« Toi », dit-il en pointant du doigt vers une grande et mince jeune femme dont le nez était rouge de froid. « Enlève ton bonnet. »

« Ça sera cinquante kopeks, » lança une grosse blonde non loin de là ce qui fit rire deux de ses compagnes. La grande taille s'avança d'un pas et retira son turban tricoté avec lassitude. Ses cheveux étaient noirs et courts comme ceux de Katarina.

« Ça ira. » Il l'entraîna et elle le suivit le long du trottoir.

« Il a pris Galina », murmura l'une des filles en gloussant. « Il est sûrement fauché. »

Dans la lumière incertaine, il examina le visage de la jeune femme plus attentivement. « Quel âge as-tu? »

« Vingt ans. » Elle en paraissait dix de plus. « Tu veux bien venir chez moi? J'ai une voiture. » Il l'emmena jusqu'à la Tchaïka. Elle passa son doigt sur les sièges en cuir comme s'ils avaient été en or. « Tu dois avoir des ronds, toi », dit-elle admirative, puis elle se glissa sur le siège avant.

Il pressa le bouton qui bloquait les quatre portières. « Je suis un dirigeant du Comité de la Sécurité d'État », dit-il, déboutonnant son manteau pour lui montrer son uniforme. « Donne-moi tes papiers. »

Elle se jeta contre la portière pour sortir de la voiture.

« Ça suffit! » cria-t-il. « Personne ne te veut du mal. Où sont tes papiers? »

De sa poche, elle extirpa un porte-monnaie crasseux en plastique, mais avant même de lui donner ses papiers elle le supplia :

« S'il vous plaît, je ne veux pas aller en prison. Je ne le ferai plus. »

« Tout ce que je veux c'est que tu fasses un voyage en train, lui annonça Zharkov. Le visage de la fille se figea.

« Pour où? demanda-t-elle, inquiète.

« Le Nord. Pour un vrai travail. »

Ses traits se décomposèrent soudain sous la peur, et elle s'effondra à l'idée qui la terrassait. « La Sibérie », dit-elle. « Vous m'envoyez en Sibérie. »

Dans l'atmosphère fermée de la voiture, Zharkov sentait la sueur de la jeune fille.

« On te paiera bien. Si tu sais économiser, à ton retour, tu auras assez d'argent pour te payer un bon appartement et peut-être une voiture. »

« T'es cinglé, laissez-moi sortir », cria-t-elle, la peur lui faisant mélanger le vouvoiement et le tutoiement.

Il lui prit le poignet fermement. « Si je t'accuse de prostitution, tu vas directement en prison. Si je t'accuse de m'avoir tiré mon portefeuille, la peine en sera d'autant plus longue. Et puis, imaginons un instant que je t'accuse d'avoir essayé de voler ma voiture. Tu seras en prison pour le reste de tes jours. Maintenant, tu fais ce que je te dis. »

La jeune fille leva les yeux misérablement. « Pourquoi moi? » couina-t-elle, essayant de retenir ses larmes. « Pourquoi moi? »

Parce que tu ne comptes pas, se dit-il. Tu ne manqueras à personne, personne ne te recherchera, personne ne s'inquiétera quand tu disparaîtras de la surface du globe. Il démarra. Tout en conduisant, il prit dans sa poche une enveloppe qu'il tendit à la jeune fille.

« Voici tes nouveaux papiers. »

Elle les regarda avec méfiance. « Katarina Velanova. Qui est-ce? »

« C'est toi. »

« Je n'aime pas ça. Je veux sortir. »

Ils étaient arrêtés à feu rouge. Zharkov la regarda. « Ne me force pas à te tuer. »

Elle baissa les yeux. « Vous pouvez tout faire, hein? »

Zharkov entra dans le parking qui jouxtait la gigantesque station de chemin de fer. Le train qui transportait les volontaires pour la Sibérie était à quai, mais sur une voie à l'écart. Il était composé de troix wagons. Deux pour les hommes, et un pour les femmes. A l'intérieur, il y avait des rangées de banquettes mais la plupart des voyageurs avaient trouvé de la place sur le plancher. C'était en général de vrais gaillards, qui avaient chacun une bonne raison de s'être porté volontaire pour le travail en Sibérie. Le climat y était rude et les conditions de travail sévères mais cela justifiait pour certains les hauts salaires et pour d'autres, l'avantage de fuir la rigueur de la loi. On ne posait pratiquement pas de questions aux volontaires, trop content de bénéficier de cette main-d'œuvre difficile à rassembler dans d'autres conditions. Dans le wagon des femmes, les passagères étaient assises en silence, essayant de laisser de la place aux nouvelles arrivantes. Les regards des femmes se tournèrent vers la jeune femme qui était accompagnée par Zharkov.

« Je n'entre pas là-dedans », dit la jeune femme à Zharkov. Il la poussa en avant.

« C'est une saloperie de camp de concentration! » Elle ne voulait plus faire un pas. « Je n'y vais pas. Tu peux être sûr. C'est quoi comme entourloupe, hein? »

Un soldat s'approcha. Ses épaulettes bleues le désignaient comme un sergent. « Quelque chose qui ne va pas, mon colonel? » s'enquit-il poliment.

« Cette personne est envoyée pour travailler sur le chemin de fer. »

« Je veillerai sur elle personnellement, camarade colonel. » Le sergent salua militairement. Il poussa brutalement Galina dans le wagon. Les autres occupantes se mirent à jurer et à rouspéter quand la jeune fille tomba sur les plus proches de l'entrée.

« T'es un porc! » cria Galina, à travers la portière ouverte.

« Ta gueule », lui lança mollement le sergent. Il était jeune, mais il avait dû entendre plus d'une malédiction de dernière minute lors de ces départs humiliants. Les passagères ricanèrent.

En s'éloignant du train, Zharkov nota la présence de quatre individus qui attendaient à distance du quai, mais qui semblaient l'observer. Il était habituel pour les gens recherchés par la police d'attendre la dernière minute pour sauter dans le train, en cas d'une descente de routine sur le convoi en partance.

Son attention fut attirée par une femme. Elle avait la quarantaine probablement, mais en paraissait vingt de plus. Son visage était barré par la cicatrice laissée par un coup de couteau. Son teint était marbré de rouge et respirait l'alcoolisme. Ce qui l'intrigua surtout était le dos de sa main droite qu'elle montra dans un mouvement pour ramener une mèche rebelle dans le giron d'une casquette grise. Un mot était tatoué en travers des jointures. Zharkov reconnut ce genre de marque comme celle que s'infligeaient volontiers les prisonniers les uns aux autres durant leur séjour derrière les murs. D'ordinaire, le tatouage avait un rapport avec le crime commis par son propriétaire. C'était une manière dure et désespérée pour les criminels de faire un pied de nez à la société. Comme Zharkov se déplaçait au milieu du groupe, les turbines de la motrice se mirent à grogner et aussitôt les quatre personnes coururent en direction du train. Zharkov agrippa la femme au passage. Même sous l'épaisseur de son manteau, on pouvait sentir la musculature de la femme. Il lui saisit la main. Le tatouage disait : « Meurtre ».

« La Sibérie? » demanda Zharkov.

« Oui. »

« Je suppose que le climat là-bas sera plus doux qu'ici, pour toi ? »

« Je veux juste quitter Moscou », dit-elle.

« Avant que la police t'attrape ? »

« Je... » mais Zharkov l'interrompit.

« Ne t'inquiéte pas. Viens par ici. J'ai juste besoin d'un service. » Quelques secondes plus tard, il relâchait la femme, qui courut vers le train. Elle sauta dans le wagon des femmes juste avant que le sergent ne claque la portière.

En revenant vers le parking, Zharkov songea que c'était un jeu de pions et rien d'autre. Toute partie d'échecs était une partie de pions, et aucune partie n'était jouée tant qu'un nombre considérable de pions ne soient tombés.

Katarina attendait chez lui. Elle portait les vêtements masculins que Zharkov lui avait demandé de se procurer. Elle ressemblait à un jeune homme, mince et aux cheveux courts.

« Tu fais un joli garçon, dis-moi », lui lança Zharkov en souriant.

« Aliocha, j'ai été malade d'angoisse toute la journée. Qu'est-ce qui se passe ? »

« Allez, en voiture. On est en retard. »

En conduisant, il lui raconta son entrevue avec Kadar.

« Que veux-tu dire par " échange de reines " ? »

« Cela veut dire que ta vie est en danger, en ce moment, à cause des voyous d'Ostrakov », lui dit Zharkov. « C'est pour cela qu'il faut que tu t'éloignes quelques temps. »

« Où ? »

« Officiellement, tu pars en Sibérie. Tu ne m'as pas déjà dit que tu avais toujours voulu travailler dans les trains ? » Il tenta un sourire mais le visage en face de lui était maussade et fermé. « Bon, enfin voici tes nouveaux papiers », dit-il. Il lui tendit la pochette de plastique bon marché qu'il avait prise à Galina, la petite prostituée. Katarina n'y jeta même pas un regard. Elle les fourra dans sa poche. Après un moment de silence, elle lui posa une question.

« Tu ne m'envoies pas réellement en Sibérie, n'est-ce pas ? »

Zharkov sourit. « Non. Tu vas à Cuba. »

« A Cuba ? Pourquoi ? »

« Parce que tu y seras en sécurité. »

« Et toi ? »

« Je suis en sécurité. Kadar ne peut rien contre moi tant qu'il n'a pas mis la main sur mes dossiers, et il ne les trouvera pas. »

« Comment es-tu si sûr de toi ? Il peut mettre le pays à sac pour les retrouver. Il peut tout à fait les retrouver, je crois. »

« Il ne les retrouvera pas », s'obstina Zharkov.

« Et pourquoi pas ! » Elle criait presque. « Aliocha... »

« Il ne les retrouvera pas parce qu'ils n'existent pas. »

Le regard de Katarina passa de la surprise à l'amusement puis à l'admiration.

« C'était une leçon de mon père : Ce que tu ne veux pas que l'on trouve, marque-le uniquement dans ta mémoire. » Il tourna dans une petite rue et arrêta le véhicule. Il observa la rue. « C'est bien, voilà mon homme. »

Un grand escogriffe à la barbe en désordre s'approchait de la voiture. « C'est Félix », expliqua-t-il à Katarina. « Il t'accompagnera jusqu'à Primorsk où vous monterez à bord d'un chalutier. En pleine mer, tu passeras sur un autre bateau qui t'emmènera à Cuba. » Son air inquiet le poussa à insister. « Ne crains rien. Tu seras en sécurité. Félix, c'est Nitchevo et il a été à Cuba plusieurs fois déjà. »

L'air mutin, habituel chez Katarina, l'avait totalement quittée. Elle contemplait ses mains. « Pourquoi comme ça ? » dit-elle, étranglée par l'inquiétude.

Il lui prit le visage dans ses mains. « Aucune réponse ne rendra les choses plus faciles. Mais ça ne sera pas toujours comme ça. Dès que j'aurais rempli ma promesse vis à vis de Varja, nous nous retrouverons. »

« Quand allons-nous nous revoir ? » demanda-t-elle en ouvrant la portière.

« Bientôt. A Cuba. Allez, pars, maintenant. Tu n'as pas beaucoup de temps. »

Elle lui jeta les bras autour du cou et l'embrassa jusqu'à ce qu'il la repousse. Elle descendit de la voiture, referma la portière calmement, et s'éloigna avec Félix vers une voiture qui attendait plus loin dans la rue.

Maria Lozovan n'avait pas perdu de temps. Sa dent cassé était déjà réparée, lorsqu'elle laissa entrer Zharkov dans son appartement. Elle portait un pantalon à la mode occidentale et un fin corsage de soie au travers duquel on pouvait parfaitement voir ses seins nus. Elle le considéra, triomphante. « J'imagine que tu es venu t'excuser. »

« Je suis venu faire ce que m'a ordonné le *vojd* », répondit Zharkov.

« C'est bien », dit-elle, satisfaite. « Ce n'est pas mauvais pour un homme comme toi de ramper de temps en temps. Ça te rappellera, en tout cas, ta triste condition de mortel. »

« Oui, mais pas ici, toutefois », objecta-t-il.

Un de ses sourcils s'arqua d'étonnement. « Eh bien, où ? »

« Chez Ostrakov. Je veux absolument un témoins lors de mes excuses serviles et mon autocritique », précisa Zharkov.

Elle enfila un manteau de fourrure, et il la conduisit vers sa voiture. Quelques minutes plus tard, ils roulaient à vive allure dans les faubourgs de Moscou.

« Ce n'est pas la direction de chez Ostrakov », remarqua-t-elle, avec un soupçon de panique dans la voix.

« En effet », admis Zharkov, et il lui envoya un violent coup de poing dans la mâchoire, au moment même où elle allait lui demander d'autres explications. Elle s'affala, inconsciente, contre la portière.

Doucement, se dit-il. La lourde Tchaïka venait de déraper légèrement sur la route glissante. Devant, à peine visible dans la tempête de neige, se tenait l'ancienne datcha et encore au-delà, les bois dans lesquels le corps de Corfus avait disparu dans le fond du ravin.

Maria était revenue à elle. Elle se jeta à terre de terreur quand Zharkov la sortit de force de l'automobile et la traîna vers le ravin. Il la jeta sur le sol, puis s'empara d'une longue branche pour essayer de dégager un peu le corps déjà gelé de Corfus. « Regarde ton travail, salope. »

« Qu'est-ce qu'on fait ici ? Où est Ostrakov ? »

« J'ai pensé finalement que ce serait plus intime, seuls tous les deux », dit Zharkov. « Quant à ce que nous faisons ici, nous nous promenons tranquillement dans la campagne. Pas d'acide dans les yeux, pas de brûlures de cigarette sur ta jolie peau. »

« J'ai toujours été loyale », protesta-t-elle, la voix voilée par la peur. Des larmes se formaient dans ses yeux tandis qu'elle se mettait à genoux.

« Loyale envers toi-même, Maria. » Il haussa les épaules. « Malheureusement cela ne suffit pas. Tu m'as trahi pour Ostrakov. Un de ces jours, si c'est dans ton intérêt, tu nous trahiras tous les deux pour les Américains. »

« Jamais de la vie... »

« Qui peut dire l'avenir, n'est-ce pas? » dit-il doucement. « Surtout si tu n'as plus d'avenir. »

Elle joignit les mains devant elle comme en prière.

« Zharkov, pourquoi fais-tu cela? Pourquoi? »

Il aima la voir comme ça, agenouillée, devant lui. « Tu ne comprendrais pas. »

Et soudain, parce que cela le détendait, il commença à raconter. « Très bien. Il y a quarante-et-un ans, deux garçons naquirent. Ils partageaient la même date de naissance, mais leurs destins étaient différents. »

Elle le regarda sans comprendre, mais elle hocha de la tête pour le pousser à continuer son récit.

« Ils n'étaient pas simplement deux enfants comme d'autres enfants. Chacun d'eux était le dernier venu d'une lignée d'ancêtres qui remontait dans la nuit des siècles. L'un devait devenir le Maître du Chapeau Bleu et l'autre le Maître du Chapeau Noir. Chacun d'eux devrait suivre un dieu différent. Et ils devraient combattre, comme tous leurs prédécesseurs dans leur lignée. Le vainqueur possèdera le monde. »

Il s'arrêta de parler et attendit. Maria Lozovan se décida à parler.

« Qui? Qui sont ces deux-là? »

« Tu n'en connais qu'un. Je suis celui du Chapeau Noir, et le monde m'appartiendra. Quand j'aurai tué le Grand-Maître. »

Elle se mit à pleurer de nouveau, et soudain elle l'agaça terriblement.

« Regarde en-bas. Regarde ton œuvre. »

Elle regarda en contrebas et considéra le cadavre de Corfus avec indifférence. A côté d'elle, Zharkov tira le Tokarev de son étui et attendit. Il attendit jusqu'à ce qu'elle tourne la tête vers lui. Quand elle le regarda enfin, elle vit le canon de l'arme à quelques centimètres de son visage. Une tempête de panique se déclencha dans les yeux couleur de cuivre et Zharkov se sentit récompensé.

Il pressa la détente. Son front éclata, éclaboussant de rouge, deux arbres proches. Il la poussa du pied dans le fond du ravin et elle tomba sur le corps de l'Américain. Il balaya un moment la neige pour en recouvrir sommairement les corps. Puis il quitta les lieux sans se retourner.

La voix d'Ostrakov était joviale et forte sur le répondeur téléphonique.

« Aliocha, ici c'est Sergueï. Je ne comprends pas, mais il doit y avoir un malentendu entre nous. Il faut absolument que nous nous voyions pour éclaircir tout ça. Appelle-moi dès ton retour. » Puis, après un temps qui sentait le désespoir : « Peu importe l'heure. » Zharkov était fatigué et il songea à négliger l'appel d'Ostrakov, mais en fin de compte il l'appela chez lui et dit à son aide de camp de demander à Ostrakov de venir le rejoindre chez lui, immédiatement.

Quand Ostrakov se présenta, Zharkov était assis devant l'échiquier de la salle à manger.

« Aliocha, comment ça va ? » commença-t-il chaleureusement.

Zharkov se tourna vers lui. « Tu as parlé au *vojd ?* » demanda-t-il.

Ostrakov fit oui de la tête. « Il voulait être sûr que toi et moi... »

Zharkov l'interrompit brutalement.

« As-tu apporté les bandes que tu as faites chez la Velanova ? »

« Oui », chevrota-t-il.

« Pose-les sur la table. »

Ostrakov sortit une enveloppe de papier de sa mallette et la posa sur le meuble. « Elles sont dedans. Toutes. Pas de copies. Pas de... copies. Pas une seule, tu sais. »

« Ostrakov, si tu essaies de nouveau une chose pareille avec moi, tu es mort, tu m'entends ? »

L'officier du KGB se tenait silencieusement près de la table.

« Tu m'entends ? » répéta Zharkov.

Ostrakov resta silencieux encore un instant puis hocha la tête.

« Maria Lozovan est morte », lança Zharkov.

« Je ne suis pas étonné. »

« Elle en savait beaucoup trop sur la disparition de Corfus. »

Ostrakov approuva. « On n'aurait pas pu lui faire confiance sur ce genre de secret », renchérit-il.

« Quiconque parlerait de cette affaire mourrait également », précisa Zharkov.

« Personne d'autre n'est au courant », dit Ostrakov.

« A part toi », rectifia Zharkov. « Penses-y. » Il se détourna d'Ostrakov et replongea son regard sur l'échiquier. « Tu m'excuseras de ne pas t'offrir à boire, mais je suis occupé », dit-il comme formule d'adieu.

Un instant plus tard, il entendit la porte de l'appartement

s'ouvrir. Il entendit également Ostrakov siffler entre ses dents pour attirer son attention. « Rien de plus simple, n'est-ce pas? Vous êtes tous des petits malins. Je ne sais pas comment tu t'en es sorti cette fois-ci, Zharkov. Mais tu ne t'en sortiras pas toujours. »

« Nous verrons bien », lança Zharkov, sans lever le nez de son jeu.

« Une dernière chose, camarade colonel. Tu as peut-être pensé que ce serait une bonne idée d'éloigner la Velanova quelque temps de Moscou. »

Zharkov suspendit son esprit dans l'attente de quelque chose. Il retenait également son souffle, imperceptiblement.

« Malheureusement, elle est morte, elle aussi. »

Zharkov se tourna pour regarder Ostrakov.

Une lueur de triomphe tremblotait dans les yeux de l'officier KGB. « Tu ne savais pas ça? Eh bien, elle est morte. Ils ont trouvé son corps sur la voie ferrée. Quelqu'un l'avait poignardée. »

« Qui a fait ça? » demanda Zharkov.

« Qui sait? Dans un train bourré de gibier de potence, n'importe qui aurait pu faire ça », dit Ostrakov. « Tu n'aurais pas dû l'envoyer en Sibérie. »

Zharkov s'efforça de paraître triste et affecté par la nouvelle.

« Je pensais qu'elle serait en sécurité, là-bas. »

« Tu pensais mal. » Ostrakov tourna les talons et sortit.

Zharkov se retourna vers son échiquier et se força à étudier la dernière partie de Justin Gilead.

Tout semblait marcher pour le mieux, pensa-t-il. Sa position était plus forte que jamais. Katarina était en route vers la sécurité. Le jour viendrait, peut-être plus proche même qu'il ne l'avait espéré, où il dirigerait ce pays immense. Et plus encore, peut-être. Les pouvoirs de Varja étaient illimités. Il pourrait porter son regard au-delà de l'URRS, au-delà de l'Orient même, s'il le voulait. Oh oui, bien au-delà de l'Orient.

Mais tout d'abord, il fallait en finir avec le Grand-Maître. C'était ce qui importait maintenant.

Avant d'aller se coucher, ce soir-là, Zharkov donna trois coups de téléphone. Le jour suivant, un bref article parut dans les *Izvestia*.

« Boris Godofsky s'est vu contraint de se retirer de l'équipe soviétique qui devait se rendre à La Havane, pour cause de maladie. Ce tournoi d'échecs aura lieu dans soixante jours, et opposera notre équipe nationale à l'équipe nationale des États-Unis. Boris Godofsky sera remplacé par le colonel Alexandre Zharkov. Le camarade Zharkov est considéré comme l'un des meilleurs joueurs de l'Union soviétique. Ce tournoi marquera d'ailleurs son retour dans la haute compétition après une absence de plusieurs années. L'équipe soviétique sera conduite par Ivan Kutsenko, champion du monde. »

Zharkov lut l'article dans son bureau et sourit. Le grand jeu avait commencé.

Livre cinq

LE GRAND JEU

Chapitre 30

Andrew Starcher se sentait d'autant plus vieux qu'il était couché dans le lit qu'il occupait quand il était enfant. Si l'on faisait exception de la débauche de fleurs d'un goût plutôt mortuaire que les gens avaient envoyées – la plupart d'entre eux, amis ou famille, n'ayant d'ailleurs aucune idée précise de ce que ce monsieur de soixante-six ans avait bien pu faire dans sa vie – la chambre était telle qu'elle était le jour de son départ pour le collège. Le papier peint bleu et blanc, assez gai, les rideaux de crêpe blanc, le petit secrétaire de style Hepplewhite sous la peinture de Remington qui représentait une scène de chasse au bison, tout y était.

A l'étage au-dessous, au pied de l'escalier courbe en noyer, la cloche tintait de nouveau. De nouveaux visiteurs. Dans une maisonnée de seize personnes, dont la plupart travaillaient pour l'administration, dans le calme d'un bureau ou dans des secteurs plus agités, la convalescence de Starcher n'était qu'une péripétie dans la longue cohorte des tâches journalières, ce dont il se félicitait grandement. Pour un homme qui avait fait toute sa carrière dans le secret, il semblait véritablement monstrueux d'être allongé dans un lit, en pyjama, exposé aux regards de tous. Il redoutait comme la peste les débordements qu'entraînait chaque intrusion d'un nouveau venu.

Il doutait souvent de l'absolue sincérité de leur intérêt pour un pauvre homme revenu chez lui pour y mourir. Dès qu'il avait été en état, il avait soudoyé le jardinier pour qu'il installe un verrou sur la porte de la chambre, de sorte qu'il puisse s'y enfermer quand bon lui semblerait, mais sa sœur en avait fait tout un drame. Finalement elle avait accepté de n'autoriser les gens à lui rendre visite que lorsqu'il serait suffisamment remis pour réintégrer sa propre maison.

C'était le genre de victoires dérisoires que pouvait espérer un vieillard grabataire victime de ses lubies.

Il était resté sur son lit jour après jour, sans voir le bout de ce calvaire, épuisant les unes après les autres les publications de mots-croisés, lisant des magazines et souhaitant finalement, que les importuns des premiers jours réapparaissent de temps à autre.

Pour se distraire, il recevait quotidiennement les *Izvestia*. Il y lisait attentivement les mises en garde croissantes des Soviétiques contre les Américains concernant leurs agissements impérialistes en direction de Cuba. De quoi s'agissait-il exactement ? Starcher ne comprenait pas. Il lut le *Washington Post* et le *New York Times* régulièrement mais aucun ne signalait une activité particulière en direction de Cuba de la part des États-Unis.

Plus il y songeait, plus il se persuadait que les Soviétiques préparaient quelque chose de tordu. Il songea un moment à appeler Corfus à Moscou, mais il se rendit compte à temps du ridicule d'une telle démarche. Il se pouvait que Corfus ne soit même plus en poste à Moscou, et s'il l'avait été, il n'aurait sûrement rien dit au cours d'une liaison téléphonique ordinaire.

Dans sa quatrième semaine de convalescence, il tomba de nouveau sur une attaque des journalistes soviétiques contre « la preuve grossière d'une provocation américaine » contre Cuba, et il réalisa que, à présent sans travail, lui-même était devenu une pauvre chose inutile.

Il se leva, s'habilla et se regarda dans le miroir plusieurs minutes, puis décida d'agir. Il sauta dans une automobile qui appartenait à un membre de la famille, alluma un cigare et s'engagea sur l'allée qui menait à l'extérieur de la propriété. Le gros Dutch Masters l'enveloppait voluptueusement dans la fumée et le parfum du fruit défendu.

Il se sentit tout à coup mieux en inspirant la fumée au fond de ses poumons qu'en ayant avalé les barriques de produits pharmaceutiques de ces dernières semaines.

Il décida de ne plus retourner dans cette chambre d'enfant.

L'un des gardes à l'entrée de la centrale de Langley était un vieil habitué.

« Eh bien, dites donc, Mr. Starcher. Ça fait un bail. »

Starcher souffla la fumée entre ses dents. « Juste une petite visite. »

Le garde sourit avec sympathie. « Je prends ma retraite l'an prochain. Le temps passe vite c'est sûr que ça nous rajeunit pas! »

Starcher lui fit un signe de la main et engagea sa voiture dans l'entrée, mais le garde l'arrêta.

« Je suis obligé de vous demander qui vous venez voir, monsieur. »

« Oh... bien sûr. » Il était un étranger maintenant, ici. Pas de coupefile. Ce n'était plus chez lui, ni le domaine familial non plus, d'ailleurs. « Harry Kael », dit-il, « directeur de la sécurité ».

« Directeur des opérations, maintenant. Il vous attend? »

« Non... voudriez-vous le sonner, s'il vous plaît? » Un rendez-vous pour rencontrer Kael, à présent. Le temps allait réellement très vite.

Kael avait pris un peu d'embonpoint, avait perdu quelques cheveux, mais en gros, c'était toujours le même étudiant attardé à l'esprit vif qu'il avait toujours connu.

« Starcher, sacré vieux crabe », lança-t-il joyeusement. « M'attendais pas à te voir fouiner dans le coin avant six mois. Qu'est-ce que t'as fait? T'as viré tous tes toubibs? Allez, fous-moi en l'air ce cigare. C'est pas bon pour ce que t'as. »

« A mon âge, tout ce qui est bon pour ce que j'ai, c'est à pleurer de désespoir. » Starcher fit un grand geste englobant tout le bureau. « Et alors, quand est-ce que tu as pris tout ça? »

« Il y a à peu près deux mois. Tiens, eh bien quand t'es tombé malade. Ça baigne, comme tu vois.. »

« Besoin d'un coup de main? »

Kael sourit et secoua la tête. Ça lui faisait de la peine de dire non.

« Oui, je m'en doutais. Comment ça va à Moscou? » demanda Starcher.

« Ils ne demandent toujours pas la nationalité américaine. A l'ambassade, ton remplaçant s'appelle Rand et il est débordé. Tu connaissais Rand? La Hongrie, 56. »

Starcher acquiesça. « Il fera très bien l'affaire. Et avec Corfus, il est paré. »

Kael grommela quelque chose et alluma une cigarette.

« Comment?... Il y a un problème avec Corfus? »

« Non... non. » Il avala la fumée. « Allez, laisse tomber, Andy. Tu es débarrassé de toutes ces merdes, veinard. »

« Eh, si c'est au sujet de celui qui m'a remplacé, ça m'intéresse. Qu'est-ce qui est arrivé à Corfus? »

Kael hésita un long moment. « Bon », dit-il enfin. « Corfus est porté manquant. Depuis le jour où il t'a rendu visite à l'hôpital. La police soviétique le recherche. C'est tout ce qu'on sait, officiellement. »

« Et officieusement? »

« Affaire classée. »

« Alors, tu peux peut-être la déclasser pour moi, non? »

« Tu sais très bien que je ne peux pas, Andy. Même pour toi. »

Starcher bondit de son siège. « Ne me raconte pas de connerie. Si Corfus n'a pas réapparu depuis qu'il m'a vu à l'hôpital, alors il n'a pas pu passer l'information sur Cuba à ce Rand. »

Kael se mit à tousser. Il avait avalé de travers la fumée de son cigare. « Quelle information sur Cuba? »

« Affaire classée. » Starcher fit une moue enfantine, mais reprit immédiatement. « Te fâche pas. Tu te souviens de Frank Riesling, cet agent qui faisait sortir des gros bonnets d'URSS, par la route finlandaise? »

« Celui qui s'est retrouvé en morceaux dans l'hôtel? Si je m'en souviens! Les rouges ont dit que c'était un règlement de comptes entre voyous. Si ç'avait été le cas... »

Starcher l'arrêta. « Laisse tomber. L'affaire, c'est que Corfus avait découvert le nom du type que Riesling devait faire sortir cette fois-ci. Ça n'est pas sûr à cent pour cent, mais il y a de fortes chances que ce devait être Ivan Kutsenko. »

Kael le dévisagea stupidement.

« Kutsenko «, répéta Starcher, guettant la réaction. « Le champion du monde d'échecs. »

« Ah », fit Kael. Il jeta son bout de cigare dans le cendrier.

« Ah? »... C'est tout? »

« Un foin pareil pour un joueur d'échecs!... »

« Bonté divine... », soupira Starcher. « En dehors des matches de foot, la vie continue, t'es au courant? En Union soviétique, les échecs c'est le passe-temps le plus répandu dans toutes les couches de la population, et le plus prestigieux également. C'est une très grosse affaire. Il se trouve que le meilleur joueur du monde veut passer à l'Ouest. »

Kael ne disait toujours rien.

« Si Kutsenko était une danseuse-étoile, vous seriez déjà en train de grimper aux rideaux », lâcha Starcher en bougonnant.

« Pas du tout... Non. Comment sais-tu que ce... Kutsenko veut passer à l'Ouest? »

« C'est une longue histoire. Mais avant de mourir, Riesling a lâché quelque chose qui ressemblait à un code de reconnaissance. " A la Havane, le soleil est chaud, mais c'est bon pour la canne à sucre. " Le Tournoi Open des Échecs se tient à La Havane, bientôt. Je pense que Kutsenko va aller nous attendre là-bas. Facile à organiser et une grande baffe aux Soviets. » Il tira énergiquement sur son cigare. Il se sentait de nouveau bien, ici, au cœur des choses. « Alors, qu'est-ce que tu en penses? »

« Qu'il aille se faire mettre. J'en toucherai même pas un mot au patron. »

« Pourquoi pas? »

« Source pas fiable. »

« Qui ça!? Moi? Riesling? Corfus? »

« Corfus », répondit Kael calmement. « Tu comprends, officiellement il a disparu, mais qui sait. Qu'il aille se faire foutre, Andy, et on reste là-dessus, d'accord? »

« Non », dit Starcher. « Ne me fais pas ça, Harry. J'étais ton officier supérieur quand tu as débarqué ici, et j'étais le supérieur immédiat de Corfus. Si quelque chose est suspect à propos de Corfus, j'ai le droit de savoir. Bon sang, ça pourrait même être de ma faute. »

« D'accord, d'accord », dit Kael. « Si ça tourne au vinaigre, tu y seras de toute façon mêlé. Il y a un fait certain dans ce que tu dis, c'est que les Russes bougent beaucoup sur Cuba, en ce moment. »

« Je suis au courant. J'ai lu les *Izvestia*. »

« Je m'en serais douté. Toujours est-il que les Russes ont des bateaux partout autour de l'île. Qui ne font rien. Ils attendent, c'est tout. »

« Ils attendent quoi? » demanda Starcher. « On n'a rien fait à Cuba depuis 1962, à part recueillir des réfugiés dont ils ne voulaient pas. »

« Tu ne sais vraiment pas ce qui se passe? » demanda Kael.

« Bien sûr que non », répondit Starcher. « J'étais malade. Tu te souviens? »

Kael hésita comme s'il soupesait plusieurs attitudes. Puis, il se décida.

« Bon. Ton successeur, Rand, a reçu un coup de fil de quelqu'un qui disait que les Russes avaient connaissance d'un plan américain à propos de Cuba. Et le correspondant disait qu'ils avaient eu l'information par Corfus. »

« Corfus? Mais, il y a une embrouille là-dessous. »

« Peut-être. Déjà entendu parler de Lars Saarinen? » Il alluma une autre cigarette, toussa, puis finalement la jeta dans un cendrier surpeuplé de mégots dont certains fumaient encore.

« Le nom me dit quelque chose, mais... »

« Ça a un rapport avec Frank Riesling. »

« Mais oui, bien sûr. Le capitaine. Il transportait Riesling et le faisait entrer et sortir de Russie. Et alors? »

Kael ôta ses lunettes, les essuya à l'aide d'un mouchoir en papier fatigué qu'il extirpa du fouillis qui jonchait son bureau, puis les remit sur son nez. « Il semble que ton Corfus ait magouillé avec les Finlandais pour faire sortir Saarinen avec un visa pour les États-Unis. »

« Saarinen n'est pas citoyen soviétique. Il est Finlandais. Un Finlandais n'a pas besoin de magouiller pour aller aux États-Unis, que je sache. »

« Si, si le Finlandais en question est en prison », dit Kael. « Saarinen s'est fait poissé pour contrebande. Corfus apparemment l'a fait libérer sans problème. »

« Bon, et alors? Saarinen nous a aidés. Pourquoi est-ce qu'on ne l'aiderait pas? »

« Quand on t'écoute, tout est simple », dit Kael. « Saarinen est à Miami, à l'heure qu'il est. Il est sous surveillance. »

« Mais, bon dieu, pourquoi? »

« Parce qu'il a traversé tout l'Atlantique sur son cercueil flottant. Suppose que Corfus nous double et travaille pour les rouges. Alors, peut-être que cet enfoiré de pirate finlandais est aussi un agent russe. Il est à Miami, bordel. En deux heures, il est à Cuba, si ça l'amuse. »

« Ça fait beaucoup de suppositions », remarqua Starcher. « Si Corfus est un espion, si Saarinen est dans le réseau, si, si, si... et tu ne sais toujours pas ce que foutent les Russes à Cuba. »

« Suppose que ça ne soit pas clair non plus du côté de Riesling? »

« C'est-à-dire? L'homme a été abattu par le KGB devant une centaine de témoins », rappela Starcher.

« Exactement. Qu'est-ce que Riesling faisait à Moscou? »

Starcher s'apprêta à parler mais Kael l'interrompit.

« Riesling faisait dans le détail, non? Des savants, des écrivains, peut-être un joueur d'échecs, d'après toi. Rien de copieux. Pas de matériel, pas de documents. »

« Tu as raison, pas de trucs importants. Que des hommes. »

« Écoute, remballe tes pleurnicheries humanitaires, tu veux ? »
lança Kael, en se fâchant presque. « Les faits sont là. Il ne traitait
que des petites affaires, mais les russkofs l'ont mis en bouillie
comme s'il avait pissé sur la tombe de Lénine. »

« Alors, à quoi penses-tu ? »

« Peut-être que le KGB a eu peur que Riesling ait découvert
quelque chose, comme Corfus travaillant pour eux, par exemple,
Peut-être allait-il le dire à quelqu'un, et peut-être l'ont-ils abattu
pour l'empêcher de le faire. »

« Ça n'explique toujours pas où est passé Corfus », constata
Starcher.

Il se dore probablement la couenne dans une villa sur les bords
de la Mer Noire, bavant tout ce qu'il sait sur la CIA. »

Starcher secoua la tête. « Tout le monde est rouge, dans cette
histoire, j'ai l'impression. Corfus, Saarinen, Rielsing. Et moi, non ? »

« Andy, tu sais bien que je ne pense pas ça, mais j'ai bien peur
que tu te sois embarqué dans une affaire du genre de cette
passoire de Service Secret Britannique. Tous pour l'honneur et
tout le monde s'embrasse, mais aucun ne vaut un coup de cidre, si
on y regarde bien. Tu es d'accord ? Souviens-toi, tu as même fait
travailler ce joueur d'échecs, encore un qui n'était même pas des
nôtres. Il s'appelait comment déjà, Gilead ? »

« C'était aussi un agent communiste celui-là ? » demanda Starcher.

Kael haussa les épaules. « Peut-être. Je ne pense pas que tu
apprécieras, mais à Moscou, notre part de gâteau s'est rétrécie,
ces derniers temps, Andy. »

Starcher le contempla un long moment. « As-tu l'intention de
parler au patron de l'éventuelle défection de Kutsenko ? »

« Non. Nous avons déjà parlé de Cuba. On ne met pas les pieds
dans ce merdier. On laisse les Russes faire les gros bras et on
rigolera quand ils prendront des œufs sur la gueule à la fin du
spectacle. Point final. On a eu une réunion, hier. On a failli
demander à l'équipe d'échecs de ne pas partir à La Havane, mais
finalement des joueurs d'échecs, ça ne peut pas causer plus
d'ennuis qu'une équipe de tricot. Alors, ils iront. »

Imbécile, songea Starcher. Il resta assis un moment, furieux
mais calme malgré tout. Corfus porté manquant. Kutsenko
supposé passer à l'Ouest. Le patron de Nitchevo intégré dans
l'équipe russe d'échecs. Les Russes, sans aucun doute, mijotaient
quelque chose à Cuba. Et ceux-là ici, avec Kael à leur tête, qui
restaient assis, à se tourner les pouces. Les imbéciles.

LE GRAND-MAÎTRE

Mais qui était donc Andrew Starcher, pensa-t-il soudain avec amertume. Il pouvait voir la réponse à sa question dans le regard indulgent de Kael à son égard. Juste un vieil agent à la retraite, malade, probablement sénile, la tête encore pleine de sombres complots de guerre froide. Kael et ses collègues riraient bien à la cafétéria tout à l'heure, quand il leur raconterait les lubies de Papy Andy. Il se leva avec raideur. « Merci quand même, Harry. Désolé du dérangement. »

« Pas de dérangement », répondit Kael. Je te passe un coup de fil dès que j'ai un moment de libre. On peut casser une croûte ensemble dès que tu iras mieux. »

« Je vais bien, Harry. »

Le chef du service des opérations secoua la tête et s'apprêta à lui tendre la main, mais Starcher tourna les talons et sortit du bureau.

Il revint à la maison, passa une boîte de cigares en fraude jusque dans sa chambre, et resta assis à fumer jusque tard dans la nuit. Quelque chose de gros se tramait autour de Cuba, et la CIA n'en savait rien, ou plutôt ne voulait rien en savoir. Il se demanda ce qu'il devait faire et ne sut que répondre tandis qu'il contemplait au-delà de ses fenêtres, les collines de la Virginie qui se succédaient jusqu'à l'horizon.

L'hérédité de deux siècles de Starcher, Américains fervents et patriotes indéfectibles qui avaient combattu dans toutes les guerres que la nation avait menées, qui avaient donné leurs vies et leur honneur sans compter, lui donna la réponse qu'il attendait. Il devrait agir lui-même. Et peut-être, avec un peu de chance, ne serait-il pas tout seul à agir.

Il ouvrit le tiroir de son armoire et y plongea la main. Au fond, il trouva, enveloppé dans un morceau de papier sale, le médaillon au serpent enroulé.

Il le mit dans sa poche et sortit, la boîte de cigares fermement calée sous l'aisselle droite.

Chapitre 31

Le bassin du port de New York qui donnait au bout de la 79ᵉ rue était exactement comme il se le rappelait. Un amalgame de bateaux en ruine mais non sans grandeur, pressés les uns contre les autres sous un soleil chaud tout à fait inhabituel en ce mois de novembre. Sur le quai il y avait une grosse activité, de jolies filles en shorts, des enfants courant en tous sens, des jeunes cadres grincheux. Starcher les dépassa et se dirigea vers le bateau bleu et blanc où une femme forte, assez âgée, aux cheveux entièrement blancs, était assise et lisait un journal.

« Dr Tauber? » appela-t-il du quai.

Elle leva le nez, ajusta ses lunettes et se leva.

« Je m'appelle Andrew Starcher. Nous nous sommes rencontrés il y a quelques années... »

« Je sais parfaitement qui vous êtes », grommela-t-elle. « Et j'aimerais assez que vous laissiez ma vieille carcasse tranquille. Bande de guignols, qu'est-ce qui vous donne le droit de... »

« Je ne travaille plus pour le gouvernement », dit-il d'un ton tranchant.

Elle se rassit lourdement dans sa chaise longue en plastique déchiré dans un grand froissement de papier journal. « Ça ne m'étonne pas », marmonna-t-elle. « Vu l'âge que vous avez. »

Starcher sourit. « Vous n'êtes pas toute jeune non plus. Vous devriez savoir comme c'est fatigant de rester debout. J'ai fait un long trajet. J'aimerais bien une tasse de café et une chaise. »

Dr Tauber fit semblant de ne pas avoir entendu puis elle coinça son journal sous une pierre en soupirant bruyamment. « Comme casse-pieds, vous vous posez là, je vous le dis. Bon, montez à bord. Je ne veux pas avoir sur la conscience le sort d'un vieillard trahi par son vieux cœur d'occasion, juste devant mon bateau. Mais pas de café. »

Elle lui versa par contre un grand gin. « Vous venez de Virginie? » demanda le Dr Tauber. Starcher qui s'apprêtait à boire, hocha la tête.

« Pour quelle raison? » Avant qu'il ait pu envisager de répondre, elle lui pointa un doigt directement entre les deux yeux. « Et ne me dites pas que vous êtes venu en touriste. Vous n'avez pas le regard d'un touriste. »

« Je suis venu parce que je cherche Justin Gilead. »

Elle lui arracha le verre des mains. « C'est ce que je pensais. Maintenant vous pouvez vous tirer. »

« Savez-vous où il se trouve? »

« Peut-être que je le sais, peut-être que je ne le sais pas. Mais en tout cas, vous, les marionnettes, vous ne lui mettrez plus vos sales pattes dessus. Pas cette fois-ci. Pas après ce que vous avez fait. »

Starcher sentit son cœur galoper plus vite. « Alors, il est vivant? »

« Je n'ai pas dit ça. »

« Écoutez-moi. » Il prit les deux mains de la vieille dame dans les siennes. « Je dois lui parler. Je dois absolument le voir. »

« Non. » Elle dégagea ses mains. Son visage était fermé et amer. « Alors, maintenant écoutez-moi, monsieur, et ouvrez grand vos oreilles. Vous ne lui adresserez plus la parole. Vous ne l'emmènerez plus nulle part, vu? Il ne *peut pas* vous parler. Il ne peut plus aller nulle part, grâce à vous. »

« Je... je ne comprends pas... »

« Tiens donc. J'aurais pensé que vous comprendriez mieux que personne d'autre. Vous êtes responsable de tout ça. »

« Responsable de quoi, bon dieu? Dr Tauber, vous devez me croire. Justin Gilead a été porté manquant en Pologne en 1980. Il est mort, officiellement. Il existe des clichés qui le prouvent. »

« Vous pensez tous que vous pouvez mettre le monde sens dessus dessous et vous en tirer comme ça, n'est-ce pas? »

« Ce n'est pas nous qui avons fait ça. Les documents nous sont parvenus par le gouvernement soviétique. »

« Et vous l'avez cru. Personne de chez vous n'est allé vérifier lui-même. Personne de chez vous ne s'est inquiété de savoir s'il était vivant ou mort. »

« C'est ce que je suis en train de faire », plaida Starcher. « Je suis à la retraite, mais je suis à sa recherche. S'il est encore vivant. »

Elle éclata de rire, très fort et méchamment. « Vivant? *Vivant?* » Elle lui envoya une grande claque dans le dos. « Je vais vous montrer comment il est vivant. » Elle ouvrit une porte fermée à clef et poussa Starcher à l'intérieur de la pièce. La pièce était pratiquement noire et il eut besoin de quelques instants pour s'habituer à l'obscurité. Les hublots étaient obturés par des planches clouées. Il y avait une étroite couchette dans un coin mais pas d'autre mobilier. Dans l'angle opposé de la pièce, une pâle silhouette se tenait accroupie. Elle était émaciée, défaite, muette, et une lueur fiévreuse émanait de ses yeux pâles.

Justin Gilead était là.

« Peut-être êtes-vous venu lui présenter les bons vœux de la CIA? demanda méchamment le Dr Tauber en fermant la porte derrière Starcher.

Celui-ci se tint dans l'obscurité pendant ce qui lui sembla être une éternité, contemplant la pauvre épave qui avait un jour été un homme à l'avenir brillant. C'était aujourd'hui une pauvre créature effrayée, maladive, dont les longs bras maigres enserraient les genoux et dont les cheveux mal entretenus lui pendaient sur les épaules. Starcher nota que les ongles de Gilead étaient aussi longs que ceux d'une femme. Son visage, jadis presque trop beau, était tiré et de grandes rides déformaient sa bouche molle.

Un bref instant, Starcher souhaita que Riesling n'ait pas dit dans ses derniers instants que Gilead était peut-être encore vivant. Cela lui aurait épargné, à lui Starcher, la vision de ce mort que la Mort avait épargné et qui avait vécu en compagnie permanente de celle-ci depuis quatre ans.

« Je suis navré », dit-il d'une voix étranglée. Il se rendit compte, au manque total de réaction de Gilead, que celui-ci n'avait pas entendu. « Mon Dieu, je suis navré. Il aurait mieux valu que tu meurs. » Starcher expulsa une grande bouffée d'air de ses poumons et s'assit sur la couchette. Il ne put retenir des larmes qui lui coulaient le long des joues. Il cherchait quelque chose à dire, mais aucune idée ne s'ordonnait dans son esprit.

Il leva le regard vers le plafond comme si l'obscurité allait l'ensevelir. Mais, au contraire, elle sembla lui procurer une sorte de réconfort. Peut-être que Gilead partageait ce genre de sensation. C'est en tout cas ce qu'espérait ardemment Starcher. Quel que soit ce qui avait conduit Justin de Pologne jusque dans cette obscurité, il méritait de s'y trouver bien.

Starcher resta assis un long moment, regardant la créature devant lui, aussi immobile qu'une sculpture.

Les mots ne lui venaient pas. Il avait fait ce déplacement pour trouver Justin Gilead, espérant que Riesling avait dit juste, et maintenant qu'il l'avait devant lui, il aurait souhaité que la mort ait fait son œuvre. Il se dit que la mort eût mieux valu pour Justin que de se retrouver muet, fou, dans la peau de l'ancien " Grand-Maître " Comment aurait-il pu se faire pardonner? Que pouvait-il dire? Qu'est-ce qui pouvait encore apporter un peu de réconfort à Justin en échange de sa prostration?

« Je suis navré, Justin », finit-il par dire. « Désolé pour nous deux. »

Il se leva et marcha dans la pièce. De temps à autre, un cri d'enfant parvenait jusqu'à eux. Les pas de Starcher qui martelaient le plancher rythmaient sa voix monotone qui s'adressait, semblait-il, à quelqu'un qui ne l'entendait pas.

« Je ne suis pas venu t'embêter, tu sais », s'excusa-t-il. « Je suis venu en pensant que tu accepterais de travailler de nouveau pour moi. Toi et moi, on irait à Cuba, pour sauver le monde de Zharkov et des siens. » Il eut un rire amer. « J'aurais dû me douter que ce n'était qu'un rêve de vieillard. Je suis désolé de t'avoir dérangé, Justin. » Il se dirigea vers la porte, puis s'arrêta et sortit le petit paquet de papier brun de sa poche. « J'allais oublier. Voilà quelque chose qui t'appartient. » Il le tendit à Justin à bout de bras. Celui-ci ne bougea pas. Starcher déplia le papier avec précaution et en déposa le contenu sur les genoux de Justin. Pour la première fois, Justin bougea la tête.

Il contempla l'objet brillant qui se trouvait coincé entre sa poitrine et ses jambes repliées. Lentement, ses bras bougèrent comme les ailes d'un jeune oiseau. Il prit le médaillon dans ses mains et le mit autour de son cou.

« Eh bien, voilà déjà quelque chose », dit Starcher. « Bonne chance, Justin. » Il referma la porte derrière lui sans bruit et descendit du bateau en faisant un signe de tête à l'adresse du Dr Tauber lorsqu'il passa à sa hauteur.

Justin Gilead se mit à tousser. Pendant un certain temps, l'obscurité qui l'avait entouré, autant qu'il s'en souvenait, depuis qu'il était arrivé ici, se transforma en une vive explosion de

couleurs et de mouvements. Sa respiration lui revint en violentes aspirations. Une sueur abondante lui coulait sur tout le corps. Ses yeux s'exorbitèrent. La douleur était intenable, brûlante, tandis qu'une force puissante taraudait son corps et mettait ses sens en feu. *Salut à Toi, ô Maître du Chapeau Bleu!*
Il flottait. Il était quelque part, dans un temps reculé. Un lac de montagne isolé, une main ferme le guidait vers la montagne sacrée, et son âme surgissait puissamment de milliers de générations passées, qui l'appelaient et l'attiraient dans une douce senteur d'amandes.
Salut à Toi
Ô Patanjali, la douleur de ce corps est trop grande
Maître du Chapeau Bleu
Je n'en vaux pas la peine
Salut à Toi
Pas la peine
Pas la peine
Et le passé était le présent, et le présent était le futur, et ce qui avait été, était ce qui était maintenant, et ce qui serait toujours.
Le cercle se formait de nouveau, et Justin cria :
« Aide-moi », murmura-t-il.
Salut à Toi...
« Aide-moi, Tagore! »
Je t'ai prévenu que toi plus que tous les autres, tu souffrirais. Une voix se frayait un chemin au fond de lui. *Toi, parmi tous les hommes, tu serais seul à ne pas trouver de repos sur cette terre.*
« Je ne suis pas celui que vous attendiez! » hurla Justin. « J'ai échoué sans cesse. Je me suis détruit et j'ai fait de même à tous ceux qui m'étaient chers. Même toi, mon père spirituel, je t'ai tué. » Il sanglotait. « Je ne suis plus rien. Je ne peux vivre ici. Laisse-moi mourir. Laisse-moi rejoindre les flammes de l'enfer et laisse-moi disparaître maintenant. »
Non, ce n'est pas la fin. C'est à peine commencé, lui dit la voix. *Suis celui qui t'éveille, car c'est lui qui te montrera le chemin vers ton destin.*
« Je n'ai pas de destin », hurla Justin. « J'ai perdu ma jeunesse. J'ai perdu ma force, ma volonté. Je ne peux plus rien faire à présent. » *Tu as patienté, Patanjali. Tu as patienté pour pouvoir de nouveau rencontrer le Prince de la Mort et le combattre de nouveau pour sauver le monde de ses malheurs.*

« Je ne peux sauver personne », dit Justin faiblement. « Il est trop tard pour moi. »

Il n'est pas trop tard. La voix revenait de plus en plus forte en lui. La voix de Tagore revenait en lui du fond de la mort et du désespoir.

Il n'est pas trop tard. Il est encore temps.

Maintenant.

Maintenant.

Justin sentit son visage contre le plancher de la cabine. Ses ongles étaient cassés et en sang et ils avaient laissé de longues éraflures sur le sol durant sa crise. Avait-il parlé? Ou était-ce une nouvelle crise de folie intérieure?

Il s'assit. L'obscurité le rassura. Comme une femme, elle le réconforta dans sa sombre étreinte.

Reviens, Justin. Tu es en sécurité, ici. Laisse tes peurs de côté, laisse tes vieux amis, viens, reviens vers moi...

Starcher se retourna brusquement en entendant la vieille dame crier.

« Justin! Reviens! Arrêtez-le! Il ne sait pas ce qu'il fait! »

Starcher considéra Justin avec compassion en le voyant, si maigre et si pâle, se hâter pour essayer de le rattraper. Quelques mariniers levèrent le nez de leur travail pour le regarder passer.

« Starcher », cria-t-il d'une voix faible et fluette.

Starcher s'arrêta pour le laisser venir. « Laisse-moi, Justin », lui dit-il quand le jeune homme fut assez près de lui. Il lutta sans rudesse pour se dégager de la faible étreinte des mains décharnées de Justin.

Le Dr Tauber arrivait en courant, mais le vieil homme la rassura d'un regard. « Qu'y a-t-il? » demanda-t-il à Justin.

Gilead parla avec effort. « Emmenez-moi. » Il se redressa complètement. « Vous me devez un service, vous vous souvenez? » Sa voix était toujours faible, presque inaudible. « Je vous avais prévenu, au début, qu'un jour je vous demanderais un service. »

Starcher le regarda. D'après ce qu'il pouvait voir, il ne pensait pas que Justin pourrait vivre au-delà d'une semaine. Pourtant, une promesse était une promesse. « Zharkov se rend à Cuba pour jouer dans un tournoi », lâcha Starcher.

Un grand calme se lut tout à coup dans les yeux de Justin.

« Moi aussi », dit-il.

Dr Tauber ne put se contenir plus longtemps. « Mais pourquoi, Justin? Tout ça, c'est du passé. »

LE GRAND JEU

« Mais oui, Justin. Pourquoi? » fit Starcher en écho.

Justin Gilead leva la tête lentement. Son visage était beaucoup plus vieux que son âge. Sa peau était rèche et grise. Les cheveux noirs et épais étaient emmêlés, longs et parsemés de blanc sur les tempes. Mais les yeux bleus et clairs braquaient Starcher de la même fascinante manière et avec la même inexplicable autorité que plus de dix ans auparavant.

« Parce que le temps est venu », dit-il.

Chapitre 32

Starcher conduisit en silence vers le Sud jusqu'à ce que la découpe des gratte-ciel de New York ait disparu dans l'horizon de sa vitre arrière. Il prit finalement la parole.

« On va te trouver un médecin. »

Son passager, à demi conscient, crasseux, leva faiblement la tête.

« Pas de médecin, s'il vous plaît. »

« Ne sois pas ridicule. Tu as besoin... »

« Pas de médecin. Vous allez me préparer. »

Starcher prit un cigare. Il sourit tout en faisant crisser entre ses doigts le papier de cristal qui l'enveloppait. « Préparer pour quoi? »

« Pour Cuba. »

« Tout de suite? Dans ton état? » Il alluma le cigare. « C'est une plaisanterie. »

Justin se renversa sur le siège. Ses yeux se fermèrent, puis se rouvrirent brusquement. « Stop! »

« Qu'est-ce qui se passe? » demanda Starcher en se rangeant brutalement sur le bas-côté.

« J'ai besoin d'eau. »

« Oh, non », soupira-t-il. « Écoute, tiens-toi tranquille, d'accord? Je m'arrêterai dans une station-service un peu plus loin. »

Justin agrippa le bras de Starcher. « Ici », insista-t-il calmement. Il sortit de la voiture et se dirigea d'une démarche raide jusqu'à un ruisseau en franchissant un amoncellement de détritus.

Starcher tira furieusement sur son cigare, en songeant que Justin allait revenir de son expédition encore plus crotté qu'il ne l'était déjà. Il consulta sa montre. Il était 15 h 15. Il trouva sur la radio une station qui jouait un air des années quarante. Ah, le bon temps... Avant les atteintes de l'âge et de la culpabilité. Avant que le Grand-Maître n'investisse sa vie à lui, Andrew Starcher. Justin Gilead lui était revenu. Il lui était revenu de la fosse aux lions. Il était revenu pour lui montrer ce qu'il était devenu. Il était revenu mort, pour finir de pourrir dans ses bras. Quelle fin lamentable, songea-t-il. Il n'existe pas de bonne méthode pour vieillir, pas plus qu'il n'existe de bonne méthode pour mourir. Mais au moins, Kael et les autres cinglés de Langley, n'étaient pas au courant pour Justin. Ils ne pouvaient pas l'arrêter comme agent communiste. On jouait *Ruby* à la radio et Starcher ferma les yeux pour imaginer Jennifer Jones en train de chanter.

Un klaxon tonitrua et un tremblement de terre secoua Starcher et la voiture. Il se réveilla, terrifié, et se rendit compte qu'il s'agissait d'un poids lourd qui croisait un collègue en le saluant d'un coup de trompe. *Ruby* ne jouait plus. Il regarda sa montre. Il était 15 h 30. Justin n'était pas de retour. Il sortit de la voiture et se dirigea d'un pas rapide vers le cours d'eau. Les rives étaient dans un état de pollution avancée. La décharge d'ordures bourdonnait de mouches. La rivière elle-même ressemblait plus à un égout. Des boîtes de bière flottaient mollement sur la surface qui faisait penser à une toile cirée, recouverte par endroits de mousse jaunasse près des rives. Justin n'était pas visible.

« Gilead ! » appela-t-il. « Justin ! » Il marcha en aval, se taillant une route incertaine au milieu des ordures. « Justin ! »

Pas de réponse. Il était 15 h 36.

Des gamins qui tentaient de mettre le feu à des chiffons dans une boîte de conserve se poussèrent du coude en le voyant s'approcher.

« Est-ce que vous avez vu quelqu'un, un homme, passer par ici ? » demanda Starcher. « Ou qui aurait traversé l'eau ? Vous avez vu quelqu'un nager ? » L'un des garçons baissa son pantalon et lui montra ses fesses, tandis que le reste de la troupe ricanait tout en se sauvant en courant. L'un d'eux resta assez longtemps pour lui donner une information.

« Y'a quelqu'un qui a plongé dans l'eau. Mais il est pas ressorti. J'ai bien vu. »

Il était 15 h 41. Starcher sentit son cœur battre la chamade. « Justin ! » Mais il savait que c'était inutile. Justin était revenu à la vie juste pour se noyer avant la fin du jour. Starcher grimpa en soufflant le long du talus et retourna à la voiture. Il alluma ses feux de détresse et attendit l'arrivée d'une voiture de police.

Du haut de la levée, le long de la rivière, il aperçut quelque chose qui émergeait de l'eau. « Bonté Divine », marmonna-t-il en se jetant hors du véhicule.

Il était 15 h 47.

« Mais bon sang, d'où sors-tu, nom de dieu ? » cria-t-il, en accumulant les jurons comme pour faire venir la réponse plus vite. Il dégringola vers Justin.

« J'étais sous l'eau. »

« Mais, bordel, pendant une demi-heure ?? »

« Une demi-heure ? » Justin souriait. « Je n'ai pas vu le temps passer. »

Starcher le regardait, bouche bée. « Tu n'es pas resté tout le temps sous l'eau, hein ? » Il se détourna pour regarder la rivière comme s'il pourrait y voir encore la trace de Justin quelque part à la surface, puis se retourna de nouveau vers le jeune homme. « Hein ? » Justin prit une profonde respiration, ses yeux brillaient. « Qu'est-ce qui te rend si joyeux, hmm ? J'ai presque eu une attaque à te courir après, espèce de polichinelle monté en graine. »

« Je ne pensais pas que ça reviendrait si vite », dit Justin calmement.

« Qu'est-ce qui revient vite ? De quoi tu parles ? »

Justin le regarda un moment comme pour le soupeser mentalement. Finalement, il prit deux cailloux gros comme des balles de tennis et les tint dans chaque main. Il les soupesa et fit jouer ses doigts autour d'eux.

« Allez, arrive, on retourne à la voiture », dit Starcher. « On a encore un bon bout de... » Les yeux de Justin étaient retournés. Sa respiration était rapide et profonde. Les cailloux tremblaient dans ses mains.

« Justin... » tenta Starcher.

Justin ramena ses mains l'une contre l'autre. Le mouvement fut si rapide qu'un bruit comme un coup de tonnerre se produisit à leur choc. Des automobiles ralentirent sur la route toute proche. L'une d'elles fit une embardée, accrocha le rail de sécurité et s'y empêtra une aile. Quand Justin ouvrit les mains, une fine poussière vola en l'air comme d'un geyser.

Starcher, bouche bée, n'en croyait pas ses yeux.

« Voilà ce que j'ai en moi », dit Justin.

LE GRAND JEU

Starcher prit son cigare éteint depuis longtemps et le jeta au loin. Il avait l'impression de voir Justin pour la première fois. « Tu es vraiment resté sous l'eau tout ce temps. »

« Oui. »

Starcher poussa un soupir et monta dans la voiture. « Tu n'es vraiment pas un type comme nous autres, pas vrai ? »

Justin fit : « Non » et son regard redevint triste et las.

Chapitre 33

Il restait encore sept semaines avant le tournoi de La Havane. La remise en condition de Justin commença immédiatement. Il s'entraînait de cinq heures du matin jusqu'à midi, mangeait comme quatre puis faisait de la course à pied. En deux semaines, il améliora sa distance de quatre cents mètres à vingt-cinq kilomètres. Le soir, il faisait des haltères dans la cave de Starcher, dévorait la bibliothèque et jouait aux échecs jusque tard dans la nuit. Il dormait peu et se relevait le lendemain à 5 heures.

Starcher l'observait souvent depuis la fenêtre de la cuisine. La maison était petite, contrairement à la plupart des autres maisons familiales, modestement meublée et respirait irrémédiablement un air de tanière à vieux garçon. Elle n'avait jamais été rien d'autre qu'un endroit où dormir quand il était à Langley, mais, à présent, avec Justin, les choses étaient différentes. L'étrange jeune homme qui partageait les journées de Starcher, revenait littéralement à la vie, comme une plante desséchée qui redonnerait inexplicablement des boutons puis des fleurs sur ses vieux rameaux calcinés. Justin était encore maigre, mais il se musclait rapidement. Par contre, il restait secret et comme étranger au monde extérieur. Petit à petit, pourtant, Starcher le sentit s'épanouir à l'intérieur de lui-même. Quelque chose en lui se détendait, et en même temps se regonflait.

Qu'était-il donc? s'interrogeait Starcher pour la millième fois, peut-être. La Centrale avait raté le coche comme jamais auparavant en refusant de faire de Gilead un agent entraîné pendant qu'il était encore jeune. Encore aujourd'hui, à quarante et un ans, après quatre années de privations et de souffrances physiques et morales, il était impressionnant. Les creux de ses articulations s'étaient remplis et l'apparence dévastée de son visage avait fait place à une détermination sans ambiguïté. Mais là ne s'arrêtait pas l'étrangeté du personnage. Justin Gilead pouvait être plus que les autres hommes dans de nombreuses circonstances, mais dans d'autres, il était incontestablement en dessous de la moyenne. Il n'avait par exemple aucun goût pour la conversation courante. Il ne manifestait aucun désir non plus de sortir de la petite maison près de Langley pour rechercher une compagnie quelle qu'elle soit. Tout cela ne l'empêchait pas de continuer à réduire en poudre des cailloux dans ses mains nues ni à nager sous l'eau pendant des trente minutes d'affilée, comme Starcher en avait été le témoin plus d'une fois. Justin dormait à la belle étoile et sur un lit de gravier dans une allée près de la maison. Il pouvait attraper des papillons à la volée et il pouvait marcher sans émettre le moindre bruit. Il était, selon l'expression même de Starcher, comme un géant endormi en train de s'éveiller. Son corps suivait la courbe normale du temps, mais son esprit se mouvait et s'embrasait selon des règles propres à l'enthousiasme de la jeunesse. Et quand cette étincelle brilla de toute sa force au fond de lui, Starcher sut qu'elle donnerait naissance à un brasier dévorant.

Starcher avait la curieuse sensation que Justin le tolérait tout juste, et que tout compte fait, il se servait de lui comme d'un moyen en vue d'une fin que lui seul avait planifiée. Cette fin, bien sûr était Zharkov. Justin semblait ne porter une véritable attention à l'ancien officier de la CIA, que lorsqu'ils discutaient du voyage à Cuba. Starcher se sentait paradoxalement être l'invité, et de temps en temps, il ne manquait pas de manifester son agacement, mais cela ne semblait absolument pas toucher Justin.

« Comment vais-je me rendre à Cuba? Y avez-vous pensé? » demandait Justin chaque matin.

« Comment vas-tu t'arranger pour faire partie de l'équipe américaine? Y as-tu pensé? » contre-attaquait invariablement Starcher.

« Ne vous inquiétez pas de cela. Je ferai partie de l'équipe. »

« Pourquoi ne pas t'en préoccuper dès maintenant? »

« Vous savez très bien pourquoi. Si je bouge maintenant, vos amis de Langley vont savoir que je suis vivant. Comme ils ont décidé que tous ceux qui ont trempé dans cette affaire sont des espions russes, ils viendraient me chercher en délégation, l'arme au poing. Je dois bouger à la dernière minute. Comment vais-je me rendre à Cuba? »

« Pour entrer, je m'en charge. C'est la sortie qui me tracasse plus. »

« Après avoir fait ce que je serais allé y faire, ça m'est égal d'en sortir ou pas », dit Justin.

« Moi pas », répliqua Starcher. Justin haussa les épaules et retourna à ses exercices.

Le matin suivant, Starcher le savait déjà, il réapparaîtrait avec la sempiternelle question.

« Comment vais-je me rendre à Cuba? Y avez-vous pensé? »

Un matin, Starcher lui tendit une liste de quatre noms.

« Voici les quatre membres de l'équipe américaine. »

Gilead consulta la liste et approuva de la tête. « Needham », dit-il. « Très bien. Il me doit une faveur. J'irai à sa place. Comment vais-je me rendre à Cuba? »

« Dis donc », fit Starcher en éludant la question. « J'ai lu un bouquin sur les échecs. Je n'y ai rien compris mais c'était sur le match Fischer-Spassky. »

« Un très beau match », approuva Justin.

« Je ne sais pas si c'était un beau match ou une partie de jambes en l'air, mais ce que j'ai appris, c'est que Fischer avait un second. Peut-on avoir un second? »

« Bien sûr. »

« Bien. Je serai ton second à Cuba. »

Gilead sourit, amusé. « Depuis quand vous intéressez-vous aux échecs? »

« Laisse tomber les échecs. Ce qui m'intéresse, c'est Zharkov et ce qu'il va faire à Cuba. Ce qu'il a dans le crâne. Et aussi Kutsenko. S'il veut passer à l'Ouest, je veux l'aider à sortir. Je n'ai pas le sentiment que toutes ces choses vont beaucoup te préoccuper. C'est pourquoi je vais avec toi. »

« Ça sera dangereux », dit Gilead. » Zharkov va essayer de me tuer. Vous avez soixante ans... »

« Soixante-six », répliqua aussitôt Starcher. « Et encore debout. C'est tout ce que je peux donner comme références, si tu hésites à m'emmener avec toi. » Ses yeux étaient froids et déterminés.

Le Grand-Maître hocha lentement la tête. « Ça me suffira. »

« Formidable! », dit Starcher, bravache. Il alluma un cigare et souffla un énorme nuage de joyeuse fumée bleue.

« Il est peut-être temps que vous vous occupiez de la manière de se rendre à Cuba »? dit Gilead.

Starcher s'assit et étendit ses jambes loin devant lui. Un sourire lui fendit le visage et le rajeunit de vingt ans. « C'est fait. »

Chapitre 34

Starcher ne confia qu'une de ses valises au bagagiste du somptueux Hôtel Fontainebleau de Miami. On était près de Noël, et l'hôtel était plein, principalement de New-yorkais.

« Royal », dit Justin après avoir vu Starcher donner un pourboire au garçon d'étage, et avoir refermé la porte. « Dix dollars ? »

« Cent. Je lui ai demandé de venir tous les matins avant la femme de ménage et de froisser les draps des deux lits. Ce n'est pas imparable comme alibi, mais c'est mieux que pas d'alibi du tout. »

« Et pour votre sœur ? Si la CIA vient renifler vers chez elle, elle parlera. Elle sait que j'ai habité chez vous. »

Starcher rit tout en accrochant quelques chemises dans la penderie.

« Elle sait que *quelqu'un* a habité chez moi, mais elle est trop grande dame pour risquer une question. Elle doit penser que je suis devenu un vieil excentrique. Tiens, mets ça. » Il lui tendit un costume de lin beige de chez Harrod. « Descends chez le coiffeur et demande aussi la manucure. Je veux que tu respires le pognon. »

« Pour quoi faire ? » demanda Justin en enfilant le costume.

« Pour claquer cent mille dollars. »

Justin éclata de rire. « A quoi faire ? »

« Un bateau. »

« Je ne connais rien aux bateaux. »

« Pas nécessaire. » Il tira de sa poche intérieure une page de magazine soigneusement pliée. Elle comportait une photographie qui représentait un cruiser de quinze mètres qui semblait voler sur l'eau. « C'est un Azimut Electron. Fabrication italienne. Achète-le comptant. »

« Où est-ce qu'on va trouver tout cet argent ? »

Starcher ouvrit une mallette. Elle était pleine à ras bords de billets de cent dollars. « Là-dedans. »

« C'est votre propre fortune que vous mettez dans cette opération ? »

« N'oublie pas que ma famille est très riche. Et d'ailleurs, c'est une partie de ce qui me revient pour ma retraite. A présent écoute. Je veux que le bateau soit peint en noir. Je veux qu'il soit remorqué et amarré à trente miles au large des Keys au sud de Miami. Et ça, dans trois jours, dernier délai. Je trouverai un pilote d'ici là. »

« Peint en noir ? Ça va peut-être poser un... »

« Paie ce qu'il faudra. Les gens ont un respect sincère pour l'argent. Ça devrait les décider. Toi, tu resteras avec le bateau, vu ? »

Il lui tendit la mallette et le congédia.

Il s'habilla de vêtements râpés et regarda son menton dans la glace. Sa barbe de trois jours était du plus bel effet. Il n'avait pas fallu trop d'effort pour transformer un vieillard respectable en un clochard confirmé, songea-t-il. C'était la technique favorite de Riesling. Personne n'examinait jamais de trop près les vagabonds. D'ailleurs, il allait seulement chercher Saarinen. Pour l'action elle-même, il devrait se trouver une couverture autrement plus efficace. Cela lui prit près de deux jours avant de localiser le *Kronen*. Et pourtant, trônant au milieu des Posillipos rutilants, des Magnums racés et des Couaches aux moteurs puissants qui faisaient l'ordinaire des quais de Miami, le vieux bateau de pêche rongé par le sel qu'était le *Kronen,* se voyait comme un nez rouge sur une face de Pierrot.

Starcher erra quelque temps sur la marina, gardant la casquette rabattue sur l'œil, à la recherche du capitaine du *Kronen.* Personne ne semblait être à bord. Starcher s'approcha et cogna à l'un des hublots. Personne ne se manifesta. De guerre lasse, il monta à bord.

« Holà ! » cria quelqu'un d'un voilier voisin. Le type était accroché dans les haubans. « Eh, la Cloche ! Descends de mon bateau, t'as compris ? Dégage ! »

Starcher leva les yeux. C'était Saarinen. Un peu plus maigre que dans son souvenir, mais paraissant à peine plus âgé. Il possédait donc toujours le *Kronen*.

« Eh, dis donc, je te connais, toi », lança le Finlandais, en dégringolant du haut du mât. Starcher sauta du bateau et s'éloigna rapidement.

« Attends un peu », cria Saarinen, mais Starcher avait déjà disparu.

Starcher constata avec satisfaction qu'il savait encore se fondre dans une foule, même de quelques personnes. Quelques adolescents s'amusaient sur la jetée et il disparut au milieu d'eux, puis les entraîna sans qu'ils s'en rendent compte près d'un autre groupe d'où il put complètement se mettre hors de vue de Saarinen. Il avait toujours été très doué pour ce genre d'exercices, et la longue pratique lui donnait cette aisance qui étonne chez, par exemple, le caissier qui compte les billets à la vitesse de la lumière, ou encore le bibliothécaire qui peut indiquer sans se tromper où trouver l'information qu'on aurait passer sa vie à chercher seul.

Les hommes de la C.I.A. qui surveillaient Saarinen étaient en fait trop faciles à repérer. Un homme de pont aux yeux trop fouineurs, un promeneur banal avec des ronds de transpiration sur la chemisette qui prouvaient que ça faisait des heures qu'il faisait le pied de grue sous le soleil. Ils n'étaient que des guetteurs, des tâcherons qui s'acquittaient de petits travaux, comme ce type du KGB qui attendait patiemment dieu sait quoi sous sa fenêtre à Moscou. Ils furent mis en alerte par Saarinen quand il se mit à l'appeler, mais ils n'eurent pas le temps de le repérer. Starcher avait déjà disparu et leur avait également échappé. Les guetteurs étaient en général des jeunes, faciles à berner. Mais s'ils le voyaient de nouveau, ils mentionneraient le fait. Le déguisement pour rencontrer Saarinen devrait être parfait.

La nuit était presque tombée quand Saarinen descendit du superbe voilier pour retourner sur le *Kronen*. Il sifflotait joyeusement et il se sentait le pied léger en marchant sur le quai en bois.

« Bien joué, dit-il en passant près d'un des guetteurs et en lui assenant une grande claque dans le dos de sa grosse patte noire de cambouis. Le traîne-patin s'écarta de lui, indigné dans son honneur professionnel, d'avoir été repéré. Saarinen leva les yeux au ciel et joignit les deux mains. Oh, mes anges gardiens! » s'exclama-t-il d'un ton de béatitude goguenarde.

Le guetteur s'éloigna. Saarinen se glissa dans la cale du *Kronen* et sortit une bouteille de vodka de derrière la tuyauterie. Depuis son émigration vers les États-Unis, il avait abandonné sa marque préférée, la Korskenkova, pour s'adonner avec ferveur à la Finlandia, plus facile à se procurer, et dont les effets étaient, après une longue étude comparative, strictement identiques : la sauvage et brûlante descente le long de l'œsophage, la plénitude lumineuse de l'épanchement dans l'estomac et enfin la terrifiante solitude de la nuit.

Les espions. Qui a besoin d'espions? se demanda-t-il en redressant une Gitane humide et en tentant de l'allumer. Il pencha sa chaise sur les deux pieds arrière et installa les deux siens sur la table. Dans sa main droite, il tenait la bouteille de vodka. Dans sa gauche, la cigarette. C'était sa position préférée pour penser durant le court répit que lui laissait la Finlandia avant de l'assommer pour le restant de la nuit.

Des espions en Finlande. Des espions sur l'île de Gogland. En Union soviétique, on disait qu'il y avait au moins un espion par famille. Et maintenant, il y en avait aussi à Miami, qui le suivaient au Pays de la Liberté.

Il rota. « Putain de sa mère », lança-t-il, sans savoir exactement à qui il pensait.

De retour en Finlande, on le remettrait en prison. Ou pire. Les types du KGB, très actifs à Helsinki, n'étaient pas embarrassés pour envoyer les demi-soldes de l'espionnage occidental comme lui se reposer définitivement à la morgue. Avec les Américains on n'était pas mieux loti. Merde! S'il avait su que la fréquentation des gros matous de la CIA le transformerait en champion de la fuite transatlantique, il aurait continué dans la contrebande. Sans problème. Aujourd'hui, sans équipage, sans foyer, et sans un sou pour payer la plus petite réparation sur le *Kronen,* il était aussi démuni que le jour de sa naissance.

Il prit une gorgée de vodka. Pas si démuni que ça, songea-t-il en élevant la bouteille à hauteur de ses yeux. Il y en aurait pas mal à venir dès demain, des bouteilles de Finlandia, dès qu'il en aurait terminé avec le nettoyage du sloop de Mr. Cohen. Mr. Cohen qui avait du mal à reconnaître un Scandinave d'un Indien séminole.

Un odeur âcre lui monta aux narines, il jeta un œil vers le plancher et vit le pan de sa chemise qui prenait feu. Il frappa dans tous les sens, avec force jurons et vodka renversée pour tenter d'éteindre le sinistre.

« Putain de sa mère! » hurla-t-il. « Putain de *Ma* mère! »

On frappa à la porte. « Et je vous emmerde! » hurla-t-il encore en lançant un violent coup de pied dans la porte.

On frappait toujours. Il arracha presque la porte de ses gonds. « Allez vous faire foutre! » beugla-t-il au visiteur qui se tenait sur le seuil. C'était une femme, bâtie comme un tracteur. Elle portait une coiffe d'infirmière et avait des seins comme deux melons.

« Excusez-moi », fit-elle d'une voix de gorge, « mais il paraît que vous emmenez des gens en promenade. »

Saarinen dévissa ses yeux de la superbe poitrine, bafouilla puis prit une nouvelle goulée de vodka. « Il fait nuit », parvint-il à articuler.

« C'est parfait pour mon malade. Il ne doit sortir que la nuit. Vous voulez bien venir avec moi, s'il vous plaît? »

Il la suivit en vacillant jusqu'au pont. Sur l'échelle, il se rattrapa plusieurs fois plus ou moins délicatement à la croupe magnifique de l'infirmière sans que l'on put savoir si c'était volontaire ou non. Toujours est-il que la jeune femme ne semblait pas en prendre ombrage. Les contacts en étaient facilités d'autant.

« Il est là-bas », dit-elle, en montrant, sur le quai, une silhouette sombre dans une chaise roulante. C'était un vieillard manifestement, bien que son visage fut totalement enveloppé de bandages. Seul le bout de son nez sortait sous des lunettes noires, le haut du crâne était lui aussi masqué par un feutre mou.

« C'est bien un homme, hein? Vous pouvez me le jurer? » demanda Saarinen. La brûlure de cigarette sur le devant de sa poitrine commençait à faire une vilaine cloque, et il avait laissé sa bouteille de vodka dans le carré. Il commença à se sentir abandonné malgré la présence réconfortante des deux admirables rotondités de l'infirmière à portée de la main.

« Nous venons de la clinique », dit-elle en faisant une moue adorable. « La CCP, vous connaissez? »

Saarinen pointa sa langue en direction du sein gauche de la jeune nurse et la vit vibrer comme un serpent devant une proie.

« Le Centre de Chirurgie Plastique », expliqua-t-elle en le tenant doucement à distance. Mr. Steiner a subi un lifting, et il ne supporte pas le soleil, mais il veut aller faire une promenade en mer pour une heure ou deux. J'ai besoin d'un bateau et d'un capitaine pour l'emmener faire cette promenade, seul. Mr. Steiner se rend bien compte que son aspect physique n'est pas agréable pour d'autres passagers. »

Le vieillard dans la chaise roulante se mit à gesticuler avec impatience à l'adresse de Saarinen. « Bah », dit le Finlandais, « je vois ce que vous voulez dire. Mais dites à la vieille momie qu'il est trop tard. Vous, venez avec moi en bas. » Il la saisit par un bras.

« Non, merci », dit-elle avec douceur, tout en desserrant fermement les doigts du Finlandais. « Ce serait gentil de venir lui parler, non ? C'est un être si charmant. » Elle mit un bras autour de Saarinen et le souleva de terre. Dans cette position, moitié marchant, moitié porté, il fit le chemin jusqu'à la chaise roulante.

« Bon », dit Saarinen. « Qu'est-ce que vous voulez ? »

L'homme aux bandages sortit un portefeuille et y choisit un billet de cent dollars. Il le tendit à Saarinen au bout de doigts tremblants. Saarinen secoua la tête. « Il fait trop nuit pour sortir », se mit-il à hurler car il lui semblait évident que le vieillard devait être sourd, mais aussi parce que crier le rendait de bonne humeur. « Y a rien à voir. »

Mr. Steiner choisit un deuxième billet de cent dollars et le tendit.

« J'ai travaillé toute la journée. Je suis crevé. Dodo, c'est compris ? lança-t-il, et cela devait s'adresser autant au vieillard qu'à lui-même. Pour la troisième fois, la griffe du vieillard plongea et ressortit garnie de trois nouveaux billets qu'il ajouta aux deux précédents. Les billets frétillèrent un bref instant dans la main tendue du vieillard mais la main de Saarinen s'abattit sur eux comme un busard sur un petit rongeur.

« Steiner ? Vieux juif plein aux as ? » La tête emmaillotée fit un mouvement de bas en haut pour dire oui, lentement.

« Bon, alors, on y va », soupir Saarinen. « C'est une nuit sans lune, mais avec un peu de chance, la dame nous fera peut-être l'honneur d'un joli point de vue. » Il passa la mains distraitement sur les hanches de la jeune femme pour appuyer son hypothèse. Elle eut un petit rire niais et libéra le frein de la chaise d'un coup de pied expert.

« Vous pouvez le monter dans le bateau ? »

Saarinen se fit prier en rotant et en crachant sur le quai, mais il obtempéra. Il monta à bord puis attrapa le vieil homme dans la chaise et le souleva jusqu'au pont. « Vous n'auriez jamais dû vous faire opérer », grommela Saarinen. « Une tête de jeune homme, c'est bien, mais même si ça vous amène des copines, faudrait encore pouvoir en faire quelque chose. »

Il posa le vieillard sur le pont et attrapa la chaise roulante. « C'est bon », fit-il, haletant. « A vous, maintenant. » Il tendit les bras pour faire monter la nurse.

« J'ai du travail à la clinique. Je vous retrouverai ici dans deux heures. Tout va bien, Mr. Steiner ?«

La momie fit oui de la tête.

« Et merde ! » bafouilla Saarinen.

Il laissa Mr. Steiner à tribord, dans l'obscurité complète, pendant qu'il vidait encore une demi-bouteille de Finlandia en manœuvrant pour sortir du port. Après vingt minutes, Saarinen revint sur le pont. Il faisait nuit noire. « Belle nuit, dit-il, jolie vue, n'est-ce pas ? »

« Quel est notre cap ? » demanda Mr. Steiner. C'était la première fois que Saarinen entendait sa voix. Elle le surprit car il ne s'était pas attendu à entendre une voix aussi mâle dans ce corps délabré.

« Nord », répondit Saarinen.

« Changez de cap. Plein Sud. »

« La vue sera la même », dit Saarinen en souriant puis en redevenant sérieux : « Vous n'êtes pas bien ? Vous voulez rentrer à la clinique ? Là, venez, je vais vous aider. » Il glissa son bras sous les aisselles de Mr. Steiner pour l'aider à s'installer plus confortablement. Le vieillard le repoussa.

« Changez juste de cap. »

Saarinen se rua sur la barre de gouvernail en maudissant l'infirmière aux seins comme des melons qui avait refusé de monter à bord. « Je vais rentrer avec un cadavre et les Américains vont me le mettre sur le dos. »

Il vissa ses lèvres sur le goulot de la bouteille et leva la tête, pendant que le *Kronen* faisait demi-tour en craquant de toutes parts. « Putain de vieux juif », grommela-t-il, en revenant vers Mr. Steiner. « T'es déjà mort ? On sera à Miami dans vingt minutes. J'ai pas la radio, malheureusement, mais il y aura la police quand même. Ils sont toujours là. »

« On ne rentre pas sur Miami », dit Mr. Steiner. Il ôta son feutre. Un flot de cheveux blancs brilla dans la nuit. « Cap au sud, c'est tout ». Il fit jouer ses doigts et ses articulations. Il semblait en pleine forme.

« Qu'est-ce que c'est que cette entourloupe ? » gronda Saarinen qui empoigna le vieillard par les revers et le souleva de la chaise.

« Relâche-moi, crétin. Je ne vais pas te faire de mal. »

« Ah bon? Et ça, c'est quoi? » Il extirpa un Browning calibre 38 de la poche de Mr. Steiner.

« Du calme, Saarinen. » Il leva les deux mains, paumes en avant, pour montrer ses intentions pacifiques, puis il commença à défaire les bandages qui masquaient son visage.

« Comment vous connaissez mon nom? » bouillonna Saarinen.

« Tous les Finlandais ivrognes de Miami s'appellent Saarinen. Vous ne saviez pas? » Il ôta la dernière bandelette de gaze.

« La CIA », souffla Saarinen. « Fils de pute. J'aurais dû m'en douter à voir ton gros nez. » Il enfonça l'automatique dans les côtes de Starcher. »Qu'est-ce que vous avez tous à me tourner autour? »

« Ce ne sont pas des gens à moi. Je suis à la retraite. »

Saarinen renifla. « La retraite de quoi? »

« J'ai travaillé à Moscou. Avec Frank Riesling. Et Corfus. »

« Ah, oui. Corfus. Il est aussi à la retraite, le petit gros? »

Saarinen avala de l'air rapidement. « Alors, les gars qui me suivent... »

« Non, ils sont Américains », le rassura Starcher. « On peut descendre? Il fait frais ici. J'aimerais vous expliquer quelques petites choses. »

« Expliquer, mes couilles », dit Saarinen finement et descendant maladroitement dans le carré. Il coinça le pistolet dans sa ceinture. « Je n'ai eu que des emmerdements depuis que j'ai été assez con pour me laisser embarquer dans vos conneries à la con », fit-il, ayant recours à un vocabulaire minimum, qui lui sembla sur le moment, refléter plus fidèlement sa pensée. Il se pencha sous l'évier et en ramena une nouvelle bouteille de Finlandia. « Qu'est-ce qui vous fait dire que Corfus est mort? »

Starcher s'installa devant la petite table et entreprit de lui raconter l'étrange disparition de son adjoint et les soupçons de la CIA au sujet de sa probable défection aux Russes.

« Corfus ne travaillait pas pour les Russes », hurla-t-il de rire, en portant la bouteille à ses lèvres. « Il m'a sorti de leurs griffes, bon dieu de bon dieu! »

« Précisément, la CIA se sert de cet argument comme preuve de son double jeu », dit Starcher.

Le Finlandais s'étrangla. « Ils pensent que je...? Pas étonnant qu'ils me suivent comme un hibou au cul d'une souris... »

« Je sais, ça n'a pas de sens, mais tout le monde est sur ses gardes. La Centrale accuse même Riesling. Et, d'ailleurs, tous ceux qui ont travaillé pour moi. »

« Vous aussi ? » demanda Saarinen, presque malicieusement.

« C'est possible », fit Starcher. « S'ils continuent sur leur lancée. C'est pour ça que je suis ici. J'ai quelque chose à faire et je ne veux pas qu'ils soient au courant. »

Saarinen alluma une Gitane et monta vérifier le cap. Quand il revint il arborait un grand sourire.

« Alors, comme ça, le grand homme est devenu un pirate, lui aussi ? » lança-t-il au travers d'un gros nuage de fumée blanche. « Et il vient voir son copain le contrebandier, pour un coup de main, c'est ça ? »

« C'est ça », admit Starcher.

« Je ne crois pas briser le cœur de Mr. Cohen en ne finissant pas de nettoyer son bateau demain matin. Où va-t-on »

Starcher ôta sa veste. Il déchira une couture de la doublure et en tira un épais paquet de billets reliés par un élastique. Il fit claquer la liasse sur la table. Saarinen la prit et commença à compter tout en sifflotant.

« Dix mille », dit Starcher.

« Un long voyage alors. Mexico ? Venezuela ? »

Starcher prit un cigare, mordit le bout et l'alluma par petites bouffés tandis que le Finlandais attendait.

« Cuba », lâcha-t-il enfin.

Saarinen plia les genoux et tâtonna en arrière pour s'asseoir sur une des chaises du carré tout en enfournant le goulot de sa bouteille.

« Putain de ma mère », proféra-t-il dans un instant de confusion, « Mais vous êtes bien avec les Russes, alors ! »

« Ne soyez pas ridicule », dit Starcher. Il réfléchit un moment puis décida de jouer franc jeu avec Saarinen. « Écoutez-moi bien. Je pense que les Russes préparent quelque chose à Cuba pour la semaine prochaine, une vacherie contre les États-Unis. Je n'ai pas pu convaincre la CIA, et je veux y aller voir moi-même. »

« Je ne crois pas un mot de vos conneries », dit Saarinen. « La CIA ne bouge pas, et vous, un vieux cinglé comme vous, vous foncez là-bas pour sauver le monde. « Il jeta la liasse de billets sur la table. « J'ai du nouveau pour vous, Mr. Va-t-en-Guerre-pour-la-Démocratie. On va pas à Cuba. Pas avec moi, en tout cas. Mon bateau n'est pas assez rapide. Les Cubains ont plus de patrouilleurs que l'Invincible Armada. »

« Sans parler des Russes », ajouta Starcher avec un petit sourire.

« Tu l'as dit, bouffi. Ils remplissent la rade de La Havane. A

Miami, on parle que de ça. Allez trouver quelqu'un d'autre pour vous suicider. » Il reprit un nouveau coup de vodka. « Contrebande de bonshommes à Cuba. Quelle connerie. »

« Je ne veux pas que vous me fassiez entrer, je veux que vous nous fassiez sortir. »

« Nous? Qui ça, nous? »

« Moi. Un ami. Et peut-être deux autres. »

« Mais le *Kronen* n'est pas assez rapide pour une vedette communiste. S'ils m'arrêtent de nouveau, ils vont me pendre par les couilles. »

« Pas avec le *Kronen*. » Starcher consulta sa montre et grimpa sur le pont. La nuit était si noire qu'il se cogna dans sa chaise roulante. « Vous avez un projecteur? »

Saarinen haussa les épaules et alluma un projecteur qui envoya un pinceau de lumière sur l'océan désolé. »Vous attendez des copains?» Les yeux du Filandais devinrent tout à coup soupçonneux. « Ou peut-être m'avez-vous raconté toutes ces conneries pour me faire baisser ma garde et me faire cueillir par vos roquets de la CIA. J'ai encore le pétard, n'oubliez pas. »

« Oh, ça suffit », fit Starcher, lassé par les jérémiades de Saarinen. « Écoutez-moi bien. Je peux me procurer un autre pilote. Avec dix mille dollars je peux me payer n'importe lequel des pilotes de Miami. Je vous ai choisi à cause d'un passé commun, en quelque sorte. Riesling me disait toujours que vous n'aviez pas froid aux yeux. Cet argent vous permettra de vous installer n'importe où. Et si tout se passe comme j'entends que ça se passe à La Havane, vous n'aurez plus à vous faire de souci pour le restant de vos jours. Alors, si vous ne me croyez pas, dites-le tout de suite une bonne fois pour toutes. » Il regarda l'arme braquée sur lui. « Allez, tirez, bon sang, si vous êtes assez cinglé. »

Saarinen prit une gorgée rapide, les yeux et le museau de Browning toujours braqués sur Starcher. « A quel endroit, à Cuba? » dit-il enfin.

Starcher sourit. Il tendit la main. Saarinen à contrecœur y laissa tomber le pistolet. « Il y a un endroit entre Marianao et Guanajay, à cinquande kilomètres à l'ouest de La Havane. C'est là que nous vous retrouverons. »

« Ben voyons. Vous connaissez le coin? »

« Un peu. J'ai passé un an à La Havane dans les années cinquante. »

« Ça fait un bail, » dit Saarinen en faisant la grimace.

« Ça n'aura pas bougé. C'est un port naturel en eau profonde, mais à cause du terrain, il n'y aura pas d'autre bateau. »

« Qu'est-ce qu'il a le terrain? Les arbres, ça se coupe. Les immeubles, ça se construit. Si ça se trouve, c'est la plage à la mode. »

« Pas d'arbres. Une falaise. Pour aller sur terre, il faut grimper pratiquement à pic pendant une trentaine de mètres. »

« Je vois le tableau. Et vous avez l'intention de descendre la falaise pour me rejoindre à la nage? »

« Ça, c'est notre problème, » fit Starcher. Il suivait du regard les traits de lumière sur l'océan. Soudain, il désigna l'Ouest. « Vous voyez quelque chose là-bas? »

« Bah, qu'est-ce qui peut y avoir là-bas? Si c'était un bateau, il aurait ses feux de position. Et les vedettes russes? »

« Pardon? »

« Dans le port de La Havane. Le *Kronen* navigue à vingt-cinq nœuds maximum. Si les Rouges nous trouvent, on est bons pour boire la tasse. »

« Si vous êtes aussi bon que Riesling le disait, la question ne se posera pas! »

Saarinen grogna. « Ma vie pour dix mille dollars, c'est pas le prix! »

Starcher fit semblant de ne pas l'avoir entendu et lui agrippa le bras. « Là », murmura-t-il, en pointant son doigt dans le noir.

Saarinen scruta dans la direction. Un gros objet noir se balançait sur l'eau. « Vipère divine, tu m'as piégé! » Il se précipita dans la cabine donna quatre-vingt-dix degrés au *Kronen* et s'empara d'une paire de jumelles. Le projecteur avant du *Kronen* se posa sur un bateau de plaisance à l'apparence puissante, élancée, posé tranquillement sur la surface de l'eau. Il était entièrement peint d'un noir mat, un peu triste, et serait resté absolument invisible, sans les phares du *Kronen* qui l'éclairaient. Le pont était désert.

« Seigneur, Jésus, Marie, Joseph », murmura Saarinen dans un brusque accès de crainte religieuse. Il amena son bateau plus près de l'élégant cuisiner. « Qu'est-ce que c'est que ça? »

« Voilà comment on va sortir de Cuba. » Il prit le projecteur des mains de Saarinen, et le fit clignoter une fois. Immédiatement, l'autre bateau s'illumina. Un individu sortit de la cabine et posa le pied sur le pont. Il était seul, apparemment.

« Qui est-ce? »

« Il s'appelle Justin Gilead. »

« Il va à Cuba, lui aussi ? »

Starcher fit oui de la tête.

« Et le bateau ? Il est à vous ? »

« Pour le moment, oui. »

Ils se mirent à couple de nouveau bateau et grimpèrent à bord.

« Quelle beauté ! » dit Saarinen, en passant la paume de ses mains le long des rambardes. « Quelle vitesse ? »

« Trente-cinq nœuds en croisière », répondit Justin.

Saarinen le regarda. « Votre ami ? »

Starcher approuva.

« Une tête de star de ciné », fit Saarinen, avec un ton léger mépris. Il cligna des yeux en s'approchant du jeune homme. « Le collier, c'est le même », fit-il dans un murmure.

Justin inspira vivement. « Le même que quoi ? » demanda Starcher.

« La goutte d'or fondu en bas... c'est le même, c'est sûr. » Il tendit la main vers le médaillon, mais la retira aussitôt l'avoir à peine touché. « C'est lui ! C'est celui que Riesling m'a volé ! »

« Riesling vous l'a volé ? »

Saarinen haussa les épaules. « Pas vraiment. Il m'en a donné une misère. Et il me tenait en respect avec son revolver pendant qu'on discutait. »

« Et où l'avez-vous eu ? » demanda Justin.

Saarinen le regarda un long moment, détourna les yeux puis fit un geste d'abandon de la main. « Ça fait tellement long-temps... »

« Où ? » insista brusquement Justin, en saisissant le Finlandais par les épaules.

« Justin, arrête », dit Starcher.

Le Finlandais observa Justin avec curiosité. « Le médaillon, j'ai l'impression qu'il vaut plus que je le croyais. Riesling m'a posé les mêmes questions. » Il vit les yeux bleus de Justin le transpercer, et ajouta rapidement : « Je l'ai acheté en Pologne. L'homme qui me l'a vendu m'a dit qu'il avait appartenu à Celui-qui-n'est-pas-Mort. Il m'a dit qu'il porte la malédiction de la Mort. Vous êtes peut-être Celui-qui-n'est-pas-Mort ? »

Justin se détourna et dégringola vers le pont inférieur.

« Qu'est-ce qui ne va pas ? »

« Mauvais souvenirs », répondit Starcher. « Bien, alors et notre marché ? »

Saarinen changea immédiatement d'expression et fit un tour sur lui-même pour embrasser le superbe cruiser du regard. « Dix mille, plus... le bateau? »

« Tope-là. »

« Et le *Kronen?* Les autorités vont le rechercher dès qu'on saura que Mr- Steiner et cette crapule de capitaine communiste ne sont pas de retour. S'ils trouvent mon bateau abandonné, ils vont tout comprendre. »

« On peut mettre le feu. Ça ne paraîtra pas bizarre, avec la cuisine et tout l'alcool, à bord. »

Les yeux de Saarinen s'agrandirent. « Brûler le *Kronen?* Mais c'est mon enfant, ma femme, ma maîtresse. Plutôt me brûler le bras. »

« Rendez-moi les dix mille dollars. »

« Quoi »

« C'est moi qui ai le pistolet. Ne me forcez pas à m'en servir. »

Saarinen contempla tristement la vieille coque du *Kronen*. « Je pense qu'un feu d'huile fera l'affaire », dit-il enfin.

Starcher sourit. « Vous avez des allumettes? »

« Des allumettes, oui, j'en ai. » Saarinen maugréait. Il remonta à bord du *Kronen*. « C'est la chair de ma chair que je suis en train de brûler. »

Il resta à bord quelques minutes. Il revint les bras chargés de bouteilles. Dans l'embrasure de la porte du *Kronen,* on pouvait distinguer une faible lueur orange qui palpitait dans le carré. Saarinen apporta les bouteilles dans la cabine. « Ouvrez-m'en une, s'il vous plaît », demanda-t-il à Starcher. « Je vais en avoir besoin. »

Il lança le moteur. « C'est pour quand ces vacances cubaines? »

Starcher lui tendit la bouteille. « La semaine prochaine. »

Tandis que l'Azimut prenait de la vitesse cap au Nord, de hautes flammes sortirent du *Kronen* et s'élancèrent à l'assaut du ciel.

« Putain de nos mères. Il faut savoir changer pour continuer à vivre, pas vrai? » fit Saarinen d'un ton désespéré.

« Voilà la parole d'un vrai philosophe. »

« Et rien ne m'empêche d'appeler cette beauté comme l'autre : *Kronen* pas vrai? »

« Rien, effectivement. »

Saarinen avala une large lampée de vodka. Quand le feu atteignit le réservoir du carburant du vieux *Kronen,* celui-ci explosa dans un vacarme de fournaise qui secoua le nouveau *Kronen* comme une coquille de noix sur les vagues bouillantes qui couraient en surface, comme pour le rattraper.

Saarinen, les yeux humides, laissa aller son tempérament dans un long hululement de joie sauvage. C'est bien, va-z-y ma poule ! Quand faut se quitter, faut se quitter ! » hurlait-il en tenant bien haut la bouteille en manière de toast d'adieu. Il en prit une lampée d'une longueur inhabituelle et leva une nouvelle fois la bouteille pour un dernier salut. « Demain, il fera jour », fit-il en conclusion à cette curieuse cérémonie funèbre.

Starcher lui-même, sentit une certaine exaltation sauvage à la vue de la destruction de vieux bateau. La mort était finalement le meilleur de tous les alibis. Si on découvrait l'épave un jour, la chaise roulante donnerait à penser aux enquêteurs que le capitaine et son passager avaient péri dans l'incendie. De plus, Saarinen avait raison, et l'on devait se quitter autant le faire dans un feu d'enfer et de gloire. C'était ça, la grande classe. Dans sa jeunesse, Starcher avait été attiré par le fait que dans le métier qu'il avait choisi, il avait une chance de mourir dans le panache. Telles que les choses se présentaient jusqu'à ce jour, il lui semblait que le jour de sa mort, il serait aussi loin de la gloire tant espérée que possible. Son destin semblait bien plutôt être mourir dans les spasmes lamentables d'un stimulateur cardiaque à bout de souffle. De cela, il était prêt à prendre le pari. Dans les lueurs sauvages du vieux bateau en train de brûler, ses anciens fantasmes étaient remontés en surface. Le vent dans le visage lui apportait l'héroïne et les angoisses de mort du vieux bateau de pêche. Cuba. Qui sait. Peut-être mourrait-il là-bas pour quelque chose qui en valait la peine. Ça ne serait pas une fin déshonorante.

Sur le pont, Justin aussi observait les flammes.

Le feu. Toujours le feu, songea-t-il. Tout ce que j'ai aimé a toujours péri par le feu, pensa-t-il encore.

Reviens, Justin, lui disaient les voix dans sa tête. *Reviens à tes démons, reviens à tes peurs. Nous t'attendons, Justin. Nous t'attendons...*

Le vent chassa les larmes chaudes qui coulaient le long de ses joues. Il ne pouvait revenir sur ses pas. Il avait promis à Tagore de suivre l'homme qui l'avait entraîné si loin, et qui l'emmènerait ainsi jusqu'à sa fin.

Peut-être sa fin aurait-elle lieu également dans le feu.

Peu lui importait. Pourvu que cela vienne vite.

Chapitre 35

Starcher et Justin Gilead étaient assis devant une de ces petites tables en carrelage que l'on trouve au bar du gigantesque aéroport de Mexico. Ils avaient une heure à attendre avant leur vol pour Cuba. Starcher commanda un Bloody Mary, mais le cocktail était si épicé qu'il en était imbuvable. Justin ne buvait rien. Il regardait par les baies vitrées, le réseau des pistes qui s'entrecroisaient et observait le va-et-vient des avions qui se posaient toutes les quatre-vingt-dix secondes. Sa contemplation tranquille agaçait le vieil officier de la CIA.

Gilead était un être humain vraiment à part. Attendre un avion avait toujours été l'un des prétextes favoris de tout homme qui désirait boire un verre tranquillement. Pour Justin attendre un avion signifiait tout simplement attendre. Si le garçon avait déposé un verre d'eau devant Justin, sans qu'il l'ait lui-même commandé, celui-ci l'aurait peut-être siroté, machinalement, mais plus vraisemblablement, il l'aurait laissé réchauffer devant lui tout en continuant à regarder arriver et partir les avions. Il ne faisait aucun effort de conversation. Il agissait comme s'il ne pouvait faire qu'une seule chose à la fois et que toute autre chose ne soit qu'une pertubation de la première.

Un être humain totalement à part. Starcher se prit à songer à Justin restant trente minutes sous l'eau, ou encore réduisant des cailloux en poudre. Mais il songea aussi à la tombe en Pologne, creusée pour lui par les bons soins de Nitchevo. Un être humain à part. Si toutefois, il était bien un être humain.

Depuis des semaines maintenant, il avait réfléchi sur Justin. Qui était-il, qu'était-il? Il avait admis qu'il avait été élevé dans une secte mystique de l'Himalaya, et il avait admis que le fameux médaillon était l'amulette sacrée de Rashimpur. Mais que savait-il d'autre? Qu'aurait-il pu admettre de plus parmi toutes ses aventures rocambolesques? Qu'est-ce qui était la vérité? Qu'est-ce qui ne l'était pas?

Justin ne disait quasiment rien sur ces sujets et ne faisait rien pour l'aider à se faire une opinion. Finalement, Starcher avait résolu le fameux problème des problèmes insolubles, selon la méthode éprouvée durant une vie de labeur dans l'administration : il ignora tout simplement le problème et évita de se poser la question.

Les changements qu'avait subis Justin durant ces six semaines étaient proprement stupéfiants. D'une loque humaine agonisante, il était redevenu le Justin Gilead que Starcher avait connu en Europe dans les années soixante-dix. Il s'était remusclé. Les journées et les nuits passées à faire de l'exercice et à dormir à la belle étoile, avaient tanné sa peau et lui avaient insufflé une santé rayonnante.

Les yeux par contre n'avaient pas changé. Ils ne changeaient jamais. Grands, clairs, bleus et froids comme un glacier sous le soleil. Ils semblaient parfois dénués de toute humanité par leur manque d'expression, leur capacité à se fixer sur une personne et ne plus la quitter, comme un aimant sur un monde d'hommes métalliques. Peut-être qu'il n'était pas humain, après tout, songea Starcher. Peut-être que Dieu, seul, pouvait avoir des yeux comme ceux-là.

Starcher mélangea son Bloody Mary en espérant noyer les épices dans le verre si le garçon avait eu la bonne idée de les mettre sur le dessus, mais son espoir s'évanouit à la vue des grains de poivre qui remontaient inexorablement du fond et qui dansaient autour de la cuiller. Il décida de laisser reposer le tout et de retenter sa chance plus tard. La boisson serait peut-être buvable, si l'avion avait une semaine de retard.

En tout cas, c'était loin d'être le souci de Justin Gilead. Starcher aurait pu déguster un cocktail polynésien fait de parts égales de rhum, arsenic et acide prussique, et agoniser sur la table, que Justin ne s'en serait soucié que par rapport à ses plans sur Cuba.

Starcher se râcla la gorge. Justin regardait toujours les avions.

Starcher se râcla de nouveau la gorge. Justin se retourna vers lui, sourit vaguement, sans s'engager, et retourna à sa contemplation des avions.

Starcher tenta une ouverture. « Je pense que je vais m'inscrire au Parti communiste. »

Gilead regardait toujours devant lui.

« Ensuite, je deviendrai entraîneur dans une boîte de nuit. J'ai toujours aimé les danses modernes. »

Pas de réponse.

« La chute libre aussi, ce n'est pas mal. Je trouverai où tu habites, je traverserai le toit à la vitesse de l'éclair et je m'écrabouillerai sur ton échiquier. Les pièces seraient dans un tel désordre que tu ne pourrais pas reprendre la partie durant au moins un siècle. »

Sans détourner son regard des avions, le Grand-Maître répliqua sur un ton aussi ironique. « Vous êtes trop vieux et trop pantouflard pour faire un bon entraîneur, le Parti communiste ne voudrait pas de vous, et je ne vous dirai jamais où j'habite parce que je n'aime pas les gens qui s'invitent tout seuls. »

« Alleluia ! » entonna Starcher. « Ça vit et ça parle ! »

« Excusez-moi, Starcher », dit Gilead, en se tournant vers le vieil homme avec un sourire désolé. « Je ne suis pas un très bon compagnon de voyage, n'est-ce pas ? »

« Quand je leur parle, mes valises sont effectivement plus aimables. Idem avec les étrangers. Idem avec le barman. Il a même tenté de m'empoisonner, tu vois à quel point il fait attention à moi. » Il fit tourner la boisson rouge dans le verre. « Désolé, Justin. Avec toi, j'ai l'impression d'être responsable de je ne sais quoi. Je me sens obligé de vouloir te distraire, de m'occuper de toi ou d'esssayer de te rendre heureux. Peux-tu au moins être heureux ? »

« Vous ne comprenez pas, Starcher. Je suis heureux. »

« Parce que finalement tu vas pouvoir tuer Zharkov ? Ça me paraît vraiment une curieuse raison. »

« Parce que finalement le cercle se refermera sur lui-même. Parce que finalement, j'aurai accompli ce pourquoi je suis venu sur terre. »

« Ce pourquoi je suis venu sur terre... destinée... cercle... karma », débita Starcher. « J'en ai jusque-là de tout ça. Pourquoi, bon sang, es-tu donc venu sur terre ? Qu'est-ce qui est si important, bordel ! »

« Je ne peux pas vous le dire », dit Justin franchement.

« Non, Starcher. Pas vraiment. »

« Très bien. Alors, écoute-moi bien, Justin Gilead. Avant d'aller accomplir la mission qui va refermer ton cercle, remplir ton karma, blinder ton slip ou je ne sais quoi encore qui te trotte par la tête, souviens-toi bien. Tu m'as promis une chose : on fait d'abord sortir Kutsenko de La Havane et on essaye d'empêcher Nitchevo de faire des conneries. »

« Je vous l'ai promis », approuva Gilead. « Vous n'avez pas besoin de me le rappeler. »

Starcher se leva. « Je vais passer un coup de téléphone », dit-il. Il ne pensa pas que le Grand-Maître l'ait seulement entendu. Celui-ci regardait de nouveau le trafic des avions à travers les larges baies vitrées.

La sœur de Starcher contenait à peine son irritation en lui recontant qu'un certain Harry Kael n'avait cessé de l'appeler depuis ces trois derniers jours.

« Vraiment, Andrew, c'est la personne la plus grossière à qui j'aie jamais adressé la parole. D'où connais-tu cet individu ? »

« On travaillait ensemble », expliqua Starcher. « Je vais le rappeler. »

« Comment vas-tu ? » demanda sa sœur.

« Bien, bien. »

« Tu prends tes médicaments ? »

« Oui. »

C'est bien, c'est très bien. Le ton était celui du professeur qui se trouve devant une copie sans faute du cancre de la classe. Le doute s'entendait même dans le silence qui suivit, avant qu'elle ne raccroche.

Extra, se dit Starcher. Ma propre sœur ne peut communiquer avec moi. Ce n'est peut-être pas Gilead qui a un problème. Ça vient peut-être tout simplement de moi. Peut-être est-ce que je ne sais pas me faire des amis. Peut-être suis-je devenu un espion parce que je savais depuis mon plus jeune âge que personne dans ce monde cruel ne m'adresserait jamais la parole.

Il pista Harry Kael à travers un maquis de standardistes et de secrétaires, jusqu'à ce que finalement, il entendît la voix de l'officier crachoter dans l'écouteur. « Starcher, qu'est-ce qui se passe, bordel ? »

« Salut, Harry. Pourquoi ne pas démarrer notre conversation par salut ? »

« Arrête tes conneries. Mais, bon dieu, qu'est-ce qui se passe, bordel ? »

« De quoi parles-tu? demanda Starcher.
« Ce putain de *New York Times*. Je l'ai sous les yeux! »
Starcher entendit un froissement de papier dans le téléphone, puis
Kael revint en ligne. « Voilà, je l'ai. C'est de la semaine dernière. »
Il se mit à lire. « Pour cause d'indisposition, le Maître International Stanley Needham de New York, s'est retiré de l'équipe
nationale d'échecs qui doit affronter l'équipe soviétique la semaine
prochaine à La Havane. La fédération américaine des échecs a
annoncé qu'il serait remplacé par Justin Gilead, un grand-maître
international qui est resté à l'écart des compétitions durant les
cinq dernières années. Qu'est-ce que ça signifie, nom de dieu? »
« Ça me semble clair », dit Starcher.
« Je croyais que Gilead était mort »
« Je suppose que c'était faux. »
« C'est tout ce que tu trouves à dire? Tu supposes que c'était
faux? T'as vu les putains de photos de lui dans sa tombe, chez les
polacks et t'es venu faire un bordel du diable ici en me racontant
comme un névrotique qu'il allait se passer quelque chose à Cuba,
et tout d'un coup Gilead ressort du chapeau, et il va à Cuba et toi,
tu me dis : « Je suppose que c'était faux? T'es dans le coup,
Starcher, j'en mets ma main au feu. Qu'est-ce que tu mijotes, nom
de dieu! Et pendant qu'on y est, où est passé cet enfoiré de
Saarinen? Ce putain de viking a disparu. Tu pourrais pas me
renseigner là-dessus, par hasard? »
« C'est très facile, Harry, il suffit de demander », commença
Starcher.
« Tu vois, je crois que tu avais raison sur toute la ligne. Gilead,
Saarinen, moi-même... tous communistes. On a préparé la glorieuse révolution depuis des années, et maintenant, ça y est, c'est
prêt. On passe à l'Est. On va annexer la Virginie à l'Union
soviétique. On met en vente Langley. J'ai le regret de te dire que
ton nouveau bureau se trouve dans l'arrière-boutique d'un pressing. Tu vois le tableau? T'avais raison depuis le début, Harry. »
« Laisse tomber les plaisanteries. Dis-moi plutôt ce qui se
passe. »
« Harry, j'aimerais beaucoup bavarder encore un peu, mais mon
avion s'envole dans quelques minutes. »
« Ton avion? Quel avion? Où es-tu? Où vas-tu? Tu me prends
pour une bille, ou quoi? »
« Je vais à Cuba. »
Il y eut un long silence sur la ligne. « Andy », reprit-il, « tu y vas
vraiment? »

« Oui. »

« Avec Gilead ? »

« Oui. »

« Tu penses vraiment que quelque chose se prépare là-bas ? »

« Absolument. »

« « Tu vas rien faire pour arranger les choses », lâcha Kael, mauvais.

« Si tu avais envoyé quelqu'un toi-même, je ne serais pas sur le départ », répondit Starcher. « Tu te souviens ? Je suis un pauvre sénile ? ».

« Tu es en train de prouver que c'est la stricte vérité », fulmina Kael. « Tu sais que je peux t'empêcher de partir ? »

« Certainement, si j'étais aux États-Unis. Bon, il faut que je te quitte. »

« Andy, attends. »

« Quoi ? »

« Je ne devrais pas faire ça », dit Kael.

« Alors, ne le fais pas », accepta Starcher tout en sachant que Kael était en train de lâcher quelque chose d'important. »

« Cette ligne est sans problème ? »

« Oui. C'est un taxiphone d'aéroport. »

« Bon. Un homme du nom de Pablo Olivares. Si tu le rencontres, tu peux lui faire confiance. »

« Merci, Harry. Je sais que ce n'était pas facile à dire. »

« Sois prudent. »

« D'accord. »

« Ne nous mets pas dans la merde. »

« Ça ne m'est jamais arrivé. »

L'impressionnant hôtel José Marti, comme tous les bâtiments modernes de La Havane qui dataient d'avant les années soixante, était un vestige du régime de Batista. Immense, opulent, avec ses hautes arcades et ses hauts plafonds, sa splendeur baroque qui respirait l'aisance et les privilèges ainsi que le soupçon de décadence qui lui donnait l'attrait d'un palais princier. Cet attrait était contrebalancé par l'omniprésence du portrait de Fidel Castro en uniforme, les appliques bon marché qui remplaçaient au fil des années celles en cristal art-déco qui se détérioraient, et le gros cordage brut qui maintenait les nombreuses personnes qui faisaient la queue dans l'attente d'un service ou d'un renseignement, devant la réception.

Alexandre Zharkov attendait lui aussi dans la queue. Comme

les ménagères au marché, songea-t-il, avec leurs coupons d'approvisionnement. Les numéros Al pouvaient faire leur marché le mardi. Les A2 devaient attendre mercredi, en espérant que l'approvisionnement ne manquerait pas quand ils se présenteraient au comptoir.

Zharkov alluma une de ses rares cigarettes de la journée, ce qui déclencha la fureur d'une dame devant lui qui commença à se plaindre à voix haute en espagnol. Elle s'interrompit quand un employé de l'hôtel arriva de derrière la réception et accueillit Zharkov.

« Senor Zharkov, vous êtes déjà enregistré », dit-il. « Ce n'est pas la peine d'attendre. »

« Merci », dit Zharkov en prenant une clef des mains de l'homme.

« Votre chambre est la 317. Si vous m'indiquez vos bagages, je vous les ferai monter. »

Zharkov désigna deux valises en cuir près du pupitre du chasseur. L'employé trottina vers l'endroit en question et les empoigna. Zharkov enjamba la grosse corde et, à cet instant, la dame qui s'était plainte s'excusa craintivement.

Encore un nouveau paradis du travailleur, songea malicieusement Zharkov, en se dirigeant vers le seul ascenseur en état de marche du hall. L'ascenseur était si lent à venir que lorsque le bagagiste arriva bientôt avec les valises de Zharkov, il les lui prit des mains et grimpa l'escalier.

Quand il ouvrit la porte de la chambre 317, un homme grand aux traits espagnols se leva du lit sur lequel il était assis. Il était très bronzé, musclé, et son crâne se dégarnissait. Bien qu'il ait le type cubain sans l'ombre d'un doute, son nom était Youri Durganiv.

Il était le meilleur tireur d'élite de Nitchevo et était un peu le protégé de Zharkov, qui l'avait envoyé à Cuba deux ans auparavant pour qu'il soit en place au moment voulu. Durganiv était de Léningrad. Il avait étudié la danse à l'école Kirov, puis avait dû abandonner à cause de sa taille qui l'empêchait de s'intégrer harmonieusement dans les ballets. Mais malgré son mètre quatre-vingt-dix et ses cent kilos, il se déplaçait encore avec la grâce et l'aisance d'un ancien danseur. La seule différence était qu'à présent, dans cette aisance, on pouvait sentir une force contenue qui pouvait se libérer à tout moment, à la demande.

Après avoir refermé la porte sur lui et posé ses bagages, Zharkov fit quelques pas en avant et Durganiv l'empoigna par les épaules et l'enserra dans une étreinte d'ours. « Aliocha, comme je suis contente de te voir. Comme c'est bon de parler russe de nouveau. »

On ne manquait pas de Russes à La Havane, ni à Cuba en général, pour pratiquer la langue, mais Zharkov avait envoyé Durganiv dans ce pays pour y préparer la présente opération avec pour ordres stricts de ne parler qu'espagnol, de devenir cubain jusqu'au bout des ongles et de profiter de la coloration de sa peau pour se fondre dans la population du pays. Il savait déjà que Durganiv avait suivi les ordres à la lettre, comme d'habitude.

Quand Fidel Castro mourrait, d'ici quatre nuits, Durganiv serait celui qui aurait pressé la détente.

Quand Durganiv l'eût relâché, Zharkov fit un pas en arrière et plongea son regard dans celui de son vis-à-vis. Avant de pouvoir parler, le Russe basané sourit. « Elle va bien. Elle t'attend », dit-il.

« Merci », dit simplement Zharkov.

Cinq minutes plus tard, après s'être débarrassé de ses affaires et avoir suspendu ses vêtements dans la penderie sommaire de la pièce, il sortit accompagné de Durganiv. Tandis qu'ils sortaient par une porte de service qui donnait sur le parking de l'hôtel, Andrew Starcher et Justin Gilead faisaient leur entrée dans le même hôtel, par l'entrée principale.

Il était tard dans l'après-midi, et le soleil faible brillait doucement au travers des rideaux sales du petit appartement de ce vieux quartier de La Havane. Un long triangle de lumière barrait le ventre nu de Katarina Velanova qui était allongée à côté de Zharkov, la cigarette aux lèvres et les yeux au plafond.

« Je suis désolé que tu ne te plaises pas ici », dit Zharkov. « Mais je suis content que tu ailles bien. »

« Youri veille à tous mes besoins », répondit Katarina. » Et il m'a procuré tous les papiers nécessaires, mais... » Elle hésita et en profita pour lancer au plafond une longue plume de fumée. « Je n'ai personne à qui parler. Je ne parle pas l'espagnol. La moitié des Soviétiques ici sont du KGB, et l'autre moitié essaie de l'être. Un mot malheureux ou une remarque imprudente, et quelqu'un pourrait se douter que je ne suis pas Galina Panova mais Katarina Velanova. J'ai peur en permanence de tomber nez à nez avec quelqu'un qui m'aurait connue auparavant. Alors je reste dans ma chambre et je regarde la télévision. Ils n'ont pas d'émissions russes ici, alors ça se réduit à des dessins animés. Au moins, ils ont des librairies étrangères à La Havane. »

« Ça ne va plus durer très longtemps », la rassura Zharkov. « A mon retour, je me débarrasserai d'Ostrakov. Lui écarté, il n'y aura plus d'obstacle à ton retour. »

« C'est vrai? Et pour le *vojd?*

« Quand cette mission sera terminée, il viendra me manger dans la main. Il restera au pouvoir le temps que cela m'arrangera. Et après lui, c'est moi qui prendrai sa place. »

« Quand cette mission sera terminée », répéta-t-elle en écho. Il y avait un faible tremblement dans sa voix. Zharkov connaissait ses inquiétudes au sujet de la mission présente. Il lui prit la cigarette des mains, en tira une bouffée et la lui rendit. Il posa la main sur ses seins nus et continua à contempler le plafond.

Durant les quelques mois de son absence, elle lui avait énormément manqué. Il se demandait, de loin en loin, s'il en était amoureux. Mais l'amour était-il une chose possible pour quelqu'un comme lui? Il pensait qu'elle l'aimait, mais, lui, à son tour, pouvait-il lui rendre ce sentiment?

Allongé près d'elle sur ce lit, il réalisa que cela pût même être plus que de l'amour. Ce pouvait être tout simplement la vie. Katarina Velanova était sa confidente, la seule personne à qui il pouvait parler ouvertement de ses pensées. La seule qui connaissait ses plans et ses désirs secrets. Elle était une amante, certes. Mais plus que cela, elle était une amie. Sa seule amie.

« Ne t'inquiète pas. Ça va très bien se passer », lui dit-il, puis sans changer le ton de sa conversation intime il ajouta : « Justin Gilead arrive aujourd'hui. »

Katarina se dressa sur le lit. Le cendrier qui reposait sur son ventre se renversa et les mégots se répandirent sur les draps.

« Où est-il »

« Il descendra au José Matti, où je suis également. »

Elle regarda le plafond, se mordit les lèvres et réfléchit. « Laisse-moi le tuer pour toi », dit-elle enfin.

Zharkov eut un petit rire amusé. « Pourquoi? Tu ne le connais même pas. »

« Je sais ce qu'il représente pour toi, pour nous. Je peux le faire. »

« On ne le tue pas facilement. »

« Peut-être. Peut-être pas par toi ni par un autre homme. Il est sans doute trop prudent, trop sur ses gardes. Mais je suis une femme. Je peux m'approcher de lui quelque part et lui planter un couteau dans le cœur. J'aurais disparu avant qu'on se rende compte de quoi que ce soit. Donne-moi ce couteau, Aliocha. Je veux le tuer. »

« Patience, petite tigresse, patience. »

« Je le tuerai », dit Katarina. « Je le tuerai maintenant. » Ses lèvres formaient une ligne étroite et dure dans la douceur laiteuse de son visage.

« Mais non », dit Zharkov en la calmant. « Il doit vivre au moins jusqu'à vendredi soir. Et ensuite mes plans sont tout autres. »

« Ah ? » Son visage anxieux tenta un léger sourire. « Quels plans ? »

« Tout d'abord, pauvre petit Justin Gilead, ce pauvre détraqué d'Américain va être celui qui tuera le grand leader populaire, Fidel Castro. Il essaiera de s'échapper, mais, hélas, trois fois hélas, il en sera empêché par un projectile soviétique. « Il sourit. » « Un plan très simple. »

Katarina était silencieuse. Elle brossa les cendres et les mégots qui se trouvaient sur le lit dans une de ses mains, les remit dans le cendrier, alluma une nouvelle cigarette et s'allongea de nouveau. « Un plan audacieux, en tout cas », dit-elle doucement. « Mais s'il rate je veux bien tuer le Grand-Maître pour toi. Je le déteste. »

Justin se tourna vers Starcher qui était allongé sur le lit dans un short trop grand pour lui. Ses chaussettes hautes étaient retenues par des supports-chaussettes noirs. Son maillot de corps était de fin coton côtelé.

La chambre semblait trembler sous le fort battement rythmique de la musique cubaine. Il n'y avait ni télévision ni radio dans la chambre, mais Starcher avait une radio portative dans ses bagages. Les deux hommes l'avait allumée pour dépister les éventuels appareils d'écoute qui pouvaient se trouver dans la pièce. Starcher fit rouler un cigare entre ses doigts, et le regarda avec la franche concupiscence d'un satyre découvrant la belle Hélène, elle-même, à portée de main.

« Justin était assis sur le rebord du lit. « Alors, Starcher, vous n'y allez pas ? »

« Non. Je ne veux pas que notre ami me voit déjà. Il pourrait me reconnaître. Et ne m'appelle plus comme ça. Je m'appelle Andrew. »

Harry Andrew était le nom qui figurait sur le faux passeport dont il s'était servi pour entrer à Cuba.

« D'accord, Andrew. » Gilead souriait.

« Tu es impatient, pas vrai ? » demanda Starcher

« Oui. »

Souviens-toi de notre marché. Tu ne... »

« Ne vous inquiétez pas. Ce soir, si j'ai l'occasion, je dirai un mot à Kutsenko. »

Starcher alluma le cigare. Il approuva de la tête à travers un fort nuage de fumée qui semblait rester autour de lui au lieu de monter au plafond.

Après le départ de Justin, Starcher éteignit la radio et s'allongea sur le lit. Ce qu'il avait dit à Justin à propos des gens qui auraient pu le reconnaître était vrai, mais ce qu'il ne lui avait pas dit c'était qu'il préférait rester dans la chambre au cas où Zharkov ou l'un de ses seconds-couteaux n'ait l'idée saugrenue de poser une bombe dans les valises de Justin ou d'empoisonner son dentifrice. Il n'avait aucune idée des raisons de la haine de Justin pour Zharkov, mais si cette haine était partagée, alors Zharkov saisirait la première occasion de liquider Gilead. Les Russes avaient déjà tenté de se débarrasser de lui. Il ne voulait pas qu'ils réussissent maintenant.

Il fuma, pensa et attendit.

Le cocktail de bienvenue aux participants du tournoi se tenait dans le lieu même des futures confrontations, dans la grande salle de bal de l'hôtel José Marti. Un large balcon faisait le tour de la grande salle. Quand Justin arriva, il y avait déjà près d'une centaine de personnes, mais la salle paraissait toujours aussi vide qu'un champ de blé en hiver.

Il n'y avait que très peu de femmes, et la plupart étaient des épouses de joueurs. Le reste de l'assemblée était composé de joueurs, d'assistants, d'officiels cubains, et de membres de la presse spécialisée internationale.

Justin s'arrêta sur le seuil et scruta la salle. Il ne vit pas le visage qu'il s'attendait à voir. En voyant Richard Carey, le capitaine de l'équipe américaine, il s'avança pour se joindre au groupe.

« Justin, ça me fait plaisir de vous revoir », fit Garey d'un ton bourru. « En forme pour leur flanquer une pâtée, à ces ours mal léchés ? »

Justin sourit et fit oui de la tête tandis que Carey lui secouait vigoureusement la main. L'idée courante est qu'un joueur d'échecs est un personnage mince et un intellectuel timoré qui passe son temps devant son échiquier par crainte du monde extérieur. Mais Carey démentait cette idée toute faite.

C'était un grand gaillard jovial qui faisait plutôt penser à un camionneur. Ses mains larges et puissantes étaient hâlées et tannées par le climat du Vermont où il dirigeait une ferme. Sa charpente imposante ne laissait pas soupçonner son jeu calme et subtil. Il était le joueur le plus élevé dans la hiérarchie de tous les joueurs américains en activité et son pointage était à peine inférieur à celui de Kutsenko. Beaucoup pensaient qu'il serait logiquement le prochain challenger au titre mondial. Justin n'était pas de cet avis. Selon lui, Carey ne se comportait pas très bien dans les longues – un joueur rencontrant un même adversaire dans une longue suite de parties – à cause d'un défaut intrinsèque de son style de jeu.

Carey passait trop de temps à étudier les positions essayant d'en faire ressortir des finesses qu'elles ne contenaient que rarement. Souvent, une position se présentait claire et simple, et la façon de l'exploiter était de la pure routine, du jeu d'échecs fermement cantonné aux principes de base. Mais Carey surestimait souvent ses adversaires et jouait comme si chaque position était un champ de mines et chaque coup une affaire de vie et de mort.

Cela le poussait trop souvent dans de dramatiques problèmes de pendule. Avec trop peu de temps lui restant pour jouer, il devait souvent se résoudre à effectuer ses derniers coups majeurs dans des conditions d'examen de la situation plus que précaires.

Dans les échecs, la pendule était sans pitié, et elle était le véritable ennemi du joueur. L'Américain Bobby Fischer, une fois champion du monde et génie du jeu fut questionné sur ce problème de la pendule et comment il se faisait qu'il ne se laissât jamais piéger par elle. « Quand dans une partie vous avez des problèmes avec la pendule, alors vous ne jouez plus du tout aux échecs », avait-il répondu.

Justin ne pensait pas que Carey pourrait battre à la fois Kutsenko et la pendule. Le grand Américain présenta Justin aux autres membres de l'équipe américaine et à quelques-uns de leurs assistants. Gilead avait rencontré les deux autres joueurs pendant des tournois précédents mais ne leur avait jamais adressé la parole.

« Nous étions justement en train de dire combien nous nous réjouissons que Washington n'ait pas mis son nez dans cette affaire et ne nous ait pas empêchés de venir », dit Carey en s'adressant à Gilead. « Alors, où étiez-vous pendant tout ce temps, dites-moi! Vous avez littéralement disparu, ces derniers temps. »

« J'ai fait un genre de dépression », dit Gilead. « J'avais besoin de repos et de me retrouver seul. »

« Vous vous sentez mieux maintenant? »

Gilead répondit oui de la tête tout en fouillant la salle du regard. « Je suis désolé de la maladie de Needham, mais je dois avouer que ça me fait plaisir d'être ici. Je suis impatient de me remettre au jeu. »

« Pas trop dépassé par la théorie? »

« Un peu rouillé, peut-être. »

« Ça a beaucoup changé, ces dernières années », dit Carey et il entreprit de lui décrire deux nouvelles variantes dans la défense Caro-Kann, qui était une ouverture très prisée de Justin. L'interprétation de Carey amena bientôt l'avis d'un autre membre de l'équipe, un grand dégingandé qui venait du Midwest et qui s'appelait John Shinnick. Son point de vue sur la question fut à son tour battu en brèche par le troisième membre de l'équipe, un Syrien-Américain vif et ombrageux du nom de Yassir Gousen. Justin saisit l'occasion pour se dégager de la conversation et s'éloigner.

Il aperçut Ivan Kutsenko à l'autre bout de la salle, entouré par un groupe important. Il se rendit dans cette direction en flânant. Justin reconnut Victor Keverin, l'un des membres de l'équipe soviétique. A soixante ans, Keverin était encore un joueur brillant et dangereux, bien qu'il lui manquât l'énergie physique indispensable qui aurait sans aucun doute fait de lui un prétendant très sérieux au titre mondial. Près de Kutsenko, se trouvait un jeune homme aux yeux brillants et tristes. Justin supposa que ce devait être le plus jeune membre de l'équipe russe, du nom de Viacheslav Ribitnov. Justin avait étudié quelques-unes de ses parties dans *Shakmatni*. C'était un joueur éblouissant comme l'Union soviétique semblait en produire régulièrement, année après année. Malheureusement, ils avaient en général des carrières météoriques qui s'étendaient sur quelques années seulement, et qui s'éteignaient aussi rapidement, dès qu'ils avaient, semble-t-il, donné le meilleur d'eux-mêmes. Leur individualité brillante devant l'échiquier devait s'opposer à la loi du grand nombre qui leur commandait de s'effacer. Leur sensibilité s'accommodait mal du régime un peu raide que souhaitait leur imposer la hiérarchie communiste. Nombre d'entre eux passaient à l'Ouest ou laissaient tout simplement se perdre toutes leurs qualités de joueur.

Le genre de Soviétiques qui parvenaient au championnat du monde, n'avait pas les yeux battus de ce Ribitnov. C'était plutôt un personnage impassible, flegmatique, bien planté sur les deux jambes et doué d'un solide sens de l'humour qui lui permettait de s'ajuster habilement aux circonstances. C'était un personnage qui usait aussi de la liberté qu'il avait même si elle se limitait aux abords proches de l'échiquier.

Les perdants étaient ceux qui s'imaginaient bénéficier de cette liberté en toutes circonstances. Ribitnov était manifestement de ce type. Ivan Rutsenko, en un sens, était également de ce type. Son visage avait l'aspect traqué de la souris dans la cage du boa-constrictor. Pas étonnant qu'il désire passer à l'Ouest.

Justin supposa que la femme qui était à son côté était son épouse, Lena Kutsenko. Elle était petite mais énergique et ses cheveux étaient relevés haut sur le sommet du crâne. Elle suivait avec intérêt la conversation de son mari avec des hommes qui prenaient des notes, des journalistes probablement. Derrière le champion, se tenait un véritable mur d'individus, aux épaules larges, au visage fermé et d'un abord peu engageant.

Beaucoup de joueurs d'échecs ne ressemblaient pas à des joueurs d'échecs. Ceux-ci ne ressemblaient pas à des joueurs d'échecs tout simplement parce qu'ils n'en étaient pas. Ils étaient, et Justin s'en doutait bien, des types du KGB, éternels compagnons de voyage des artistes ou athlètes de tout poil qui parcouraient le monde chaperonnés par ces personnages. Ils étaient tour à tour, gardes du corps et geôliers.

Comme Justin s'avançait, Kutsenko le vit et s'écarta de la foule pour le saluer. Ils ne s'étaient jamais rencontrés auparavant, mais ils avaient vu des photos l'un de l'autre. La carrière de Kutsenko commençait à prendre son essor quand Justin avait dû faire ce voyage fatal en Pologne, et ils n'avaient jamais joué ensemble. Mais, bien sûr, Justin avait étudié ses parties très soigneusement, durant ces quelques dernières semaines. Kutsenko était un joueur sans faiblesses, ses stratégies étaient subtiles et à long terme, ses attaques étaient précises et puissantes, et sa concentration impressionnante. Justin se réjouissait à l'idée d'affronter ce joueur. Il ne pensait pas, avant de rencontrer Kutsenko, ce jour-là, que les échecs lui avaient manqué à ce point.

« Vous êtes Justin Gilead », dit Kutsenko, en lui tendant la main.

« Oui. C'est un plaisir de vous rencontrer. »

« Vous avez beaucoup manqué au monde des échecs, savez-vous? J'ai étudié toutes vos parties. »

« Et moi, les vôtres », dit Justin. En parlant, Kutsenko le prit par le coude et avec un aplomb surprenant chez un homme qui paraissait maladivement timide, il l'entraîna vers le groupe de ses compagnons. Il fit un signe de la tête aux joueurs soviétiques, ignorant ostensiblement les hommes du KGB, et leur présenta Justin. » Voici Justin Gilead, le plus brillant de tous les joueurs américains depuis toujours. »

« Merci », dit Justin, « mais peut-être Fischer aurait-il quelque chose à dire sur ce sujet? »

« Fischer! Un enfant. Vous pourriez lui offrir un pion et les blancs », dit Kutsenko, et aussitôt, les deux hommes se mirent à rire de la plaisanterie. La réputation de Fischer comme le plus grand de tous les joueurs ayant jamais existé était si solide et si incontestée que l'on pouvait se permettre de plaisanter ouvertement sur ce sujet sans égratigner celle-là le moins du monde.

« C'est un de mes grands regrets de n'avoir jamais pu jouer avec lui, dit Justin. « Et le vôtre également, j'imagine. »

Justin savait que les hommes du KGB ouvraient grand les oreilles pour ne rien perdre de la conversation. Il mentionna négligemment qu'il avait lu les propositions de Kutsenko dans *Shakmatni,* sur la défense Semi-Slav. Comme espéré, cela souleva un bouillonnement de commentaires de la part des joueurs et des assistants, chacun ayant son opinion sur la question, chacun voulant se faire entendre, haut et fort. Le jeu même des échecs et la notation des positions des pièces faisait ressembler leur discussion animée à un caquetage d'ordinateurs devenus fous, et en tout cas totalement incompréhensible à tout profane.

« Le meilleur mouvement pour maintenir la pression sur le centre était : Fou b7. Avec f5, c'était très mauvais, à cause de Cavalier g5, h6, roque e4 et gagne. » L'explication de Kutsenko semblait satisfaire les plus exigeants.

« A moins, contre-attaqua Ribitnov », que l'on joue d6. Parce que d6 va contenir le centre et forcer l'échange. Dans ce cas, les noirs sont meilleurs. »

« Non », fit Victor Keverin. « d6 perd contre d4, et prépare e5 ».

La conversation avait repris de plus belle et, comme Justin l'avait espéré, le KGB commença à se lasser. Ils s'écartèrent du groupe des joueurs et commencèrent à parler entre eux. Lena Kutsenko prit le verre des mains de son mari et le porta au garçon pour qu'il le remplisse d'eau minérale. Justin s'écarta à quelques pas du groupe et Kutsenko le rejoignit pour lui demander son avis. » Qu'est-ce que vous en pensez, Justin? »

« Je pense qu'à La Havane, le soleil est chaud », dit le Grand-Maître doucement. Il regarda le visage de Kutsenko. Il allait terminer la citation convenue quand le visage de son interlocuteur se décomposa. Il regarda Justin, implorant sa discrétion, puis son regard se détourna. Justin suivit la direction des yeux de Kutsenko qui regardaient l'autre bout de la salle, vers l'entrée.

Alexandre Zharkov se tenait dans l'embrasure de la porte.

Justin sentit son cœur bondir littéralement. Ses mains se serrèrent en poings le long de ses hanches. Zharkov n'avait pas changé. Il y avait peut-être un peu plus de gris dans ses cheveux, mais il était encore musclé et robuste, son visage encore jeune et sans rides, les yeux encore froids et cruels. Le visage du Russe pâlit également dès qu'il vit Justin qui le regardait. Leurs regards se rivèrent l'un dans l'autre pendant un bref instant suspendu dans le temps. Zharkov détourna le premier son regard et commença à traverser la grande salle.

Justin sentit très nettement Kutsenko s'écarter de lui, comme pour être plus près des autres joueurs russes. Très peu de gens en Union soviétique devait savoir exactement ce que faisait Zharkov, mais n'importe quel imbécile aurait pu savoir, au premier coup d'œil, qu'il était une personne de pouvoir. Les membres du KGB arrêtèrent immédiatement leurs conversations et se rapprochèrent des joueurs. L'un d'eux se plaça entre Gilead et Kutsenko. Le champion russe s'écarta encore d'un pas. Justin se demanda si Kutsenko avait bien perçu son début de message. Savait-il à présent que ce serait Justin qui le ferait passer à l'Ouest?

Il regarda Kutsenko mais celui-ci était si effrayé par la présence de Zharkov, qu'une seule émotion se lisait sur son visage : la peur. Kutsenko se tourna vers sa femme et lui parla à voix basse et Justin se souvint des mots de Starcher concernant la mort de Riesling et sa dernière conversation avec Corfus à l'hôpital de Moscou. La fameuse phrase de reconnaissance n'était qu'une hypothèse. Riesling était en train de mourir et ne pouvait avoir été le fruit d'un délire d'agonisant sans aucune signification réelle. Et l'analyse de Corfus pouvait très bien n'avoir été qu'un exercice d'école qui ne menait à rien. Le seul fait tangible était que personne ne savait à coup sûr si Kutsenko était un transfuge potentiel ou non. C'était peu. Cela se présentait comme tant d'opérations de renseignement. Hypothèses, souhaits, espoirs. pas de preuve, pas de réalité. Que des suppositions, des « peut-être » et des « pourquoi-pas ».

Comme Zharkov s'approchait de leur groupe, le cœur de Justin continua à battre la chamade. Enfin, après toutes ces années d'attente, il pourrait tuer cet homme qui avait tant pris et tant tué dans la vie de justin. Les images se pressaient malgré lui devant ses yeux. Le grand temple de paix de Rashimpur; l'arbre mort et calciné; Tagore lié à l'arbre, mort lui aussi; les autres moines, morts; lui-même, transpercé par la baïonnette, jeté dans le lac; Yva la jeune Polonaise, le visage éclaté; son village mis à sac; et lui de nouveau, dans la tombe en Pologne, étouffé par la terre et s'extirpant du sol à l'aide de ses ongles comme une pauvre taupe ensanglantée.

Zharkov marchait toujours, la mort à ses côtés. Il était le Prince de la Mort, et dans le tréfonds de son cœur, Justin croyait aux paroles de Tagore : d'une manière ou d'une autre, Zharkov était sur terre pour apporter le mal aux humains et Justin était né pour le combattre.

Mais il avait perdu un peu de sa foi. Peut-être, à une époque avait-il cru qu'il était spécial, un être choisi par les dieux, mais plus maintenant. A présent, il n'était plus qu'un homme fatigué, sans commune mesure avec son âge, qui se rappelait quelques trucs de son enfance et qui espérait passivement qu'ils lui suffiraient pour se débarrasser de cet ennemi de toujours et puis de se débarrasser finalement de lui-même.

Un instant, en voyant Zharkov approcher, il songea à le laisser venir à bonne distance, puis à lui lancer ses puissantes mains au visage et lui déchirer la gorge, en un seul geste simple et sans appel. Cela le rapprocherait de Tagore et de ses compagnons moines. Bien sûr, ils connaîtraient alors leur erreur, ils ne le recevraient plus en l'appelant Patanjali, ni Maître du Chapeau-Bleu, mais ils pourraient peut-être tout de même l'accueillir comme un homme de valeur qui aurait tenté de faire consciencieusement son devoir, et peut-être pourraient-ils lui faire une place dans le lieu perdu où leurs esprits se tenaient à présent.

Mais il y avait également le devoir. Le Devoir, comme il l'offrirait à Starcher, avec une majuscule, absolu, intact. Il avait promis à son vieil ami. Il tiendrait parole. Le temps de tuer Zharkov viendrait. Zharkov passa devant lui sans un regard et alla droit sur Kutsenko.

Le champion russe l'accueillit. « Comme ça fait plaisir de vous voir, Colonel. Tout le monde ici est ravi de vous voir jouer avec nous. »

Zharkov grommela et Kutsenko voulut l'entraîner vers Justin. « Voici quelqu'un que vous devez absolument rencontrer. »

Zharkov regarda Gilead, mais Kutsenko, qui l'avait pris par le bras, ne put le faire bouger d'un pas, le colonel russe restant planté sur le sol comme s'il avait pris racine.

« Nous nous sommes déjà rencontrés », dit-il sèchement.

« Oui », confirma Justin. « Plusieurs fois ». Sa voix, douce d'ordinaire, était froide. « Le colonel et moi sommes de vieux amis.

Il y eut un long silence. Quant Kutsenko se rendit compte qu'aucun des deux hommes ne ferait le pas qui les rapprocheraient et ne se serreraient jamais la main, il relâcha son étreinte sur le bras de Zharkov. « Vous avez déjà joué l'un contre l'autre ? » avança-t-il presque timidement, parlant en fait au vide entre les deux hommes.

« Oui », dit Gilead.

« Non », dit Zharkov.

Justin sourit. « Jamais dans une vraie partie. Jusqu'à maintenant. Ce sera notre première partie, n'est-ce pas, colonel ? »

« La première et la dernière », précisa Zharkov. Puis, il s'écarta du groupe à la recherche d'un cocktail. Justin prit congé et retourna vers ses compatriotes.

Un peu plus tard, Justin se trouva à côté de Lena Kutsenko, près d'une petite estrade d'où le président de la fédération cubaine des échecs annonçait le programme des quatre prochains jours. Le mari du Dr Kutsenko était à l'autre bout de la salle, toujours entouré par quelques hommes du KGB. Zharkov avait disparu.

Justin apprit qu'il jouerait contre Ribitnov, le jour suivant. Jeudi ce serait contre Keverin, et vendredi contre Zharkov. Samedi, dernier jour du tournoi, il jouerait contre Kutsenko.

Quand le Dr Kutsenko entendit l'annonce des appariements, elle se pencha vers Gilead avec un large sourire. « Ils ont de toute évidence, gardé le meilleur pour la fin. Mon mari est un de vos grands admirateurs. »

« Merci », répondit-il en russe. « Est-ce la première fois que vous venez à La Havane ? »

« Oui. »

« Cela vous plaît ? »

« Le soleil en janvier, c'est étonnant », dit-elle. « Mais je suppose qu'il fait très chaud à La Havane en été. »

Justin se pencha un peu plus. « Mais c'est bon pour la canne à sucre. » Ils se tenaient côte à côte, observant poliment l'officiel cubain, chauve et en sueur, débiter les longs messages de bienvenue qui venaient de divers dignitaires. Lena Kutsenko se tourna tout à coup vers Justin. « Qu'est-ce que vous avez dit ? » demanda-t-elle, essayant de garder un air détaché.

« J'ai dit, à La Havane, le soleil est chaud, mais c'est bon pour la canne à sucre. » Les yeux de Lena Kutsenko cherchèrent ceux de Justin et il pencha légèrement la tête en signe d'insistance. Il aperçut un homme du KGB s'approcher d'eux, et de l'autre côté, Kutsenko leur jeter un regard inquiet.

« Je suis votre contact », dit-il rapidement et dans un murmure. « Nous reparlerons plus tard. »

Elle approuva discrètement de la tête et quitta Justin, un instant plus tard, guidée presque insensiblement par l'ange gardien vers le groupe des Soviétiques et vers son mari.

Après les allocutions, Justin passa un peu de temps avec les membres de l'équipe américaine, puis remonta dans sa chambre au second étage. Sa première partie était programmée à 13 heures, le lendemain.

Zharkov répondit quand il entendit frapper à la porte de sa chambre. L'un des policiers d'en bas était sur le seuil. C'était un véritable colosse fait tout d'une pièce. Dans son costume couleur mastic, il ressemblait à une grosse boîte de carton. Il entra dans la chambre.

« Il est retourné dans sa chambre, camarade colonel. »

« A qui a-t-il parlé ? »

« A Kutsenko, au début. Et au Dr Kutsenko, plus tard ce soir.

« As-tu entendu ce qu'ils se disaient ? »

« Non. Nous n'avons pas pu nous approcher assez près. Mais il lui a dit quelque chose qui a semblé la surprendre. On le voyait bien à son visage. »

« Très bien. Dis à tes hommes d'être très attentifs avec les Kutsenkos. Surveillez-les en permanence. »

« Oui, colonel. »

« L'assistant de Gilead, ce Harry Andrew, est-ce qu'il s'est montré ? »

« Non, colonel. Doit-on faire quelque chose de particulier pour Gilead ? »

« Non. Je m'en charge personnellement. »

Après le départ de l'homme, Zharkov retourna vers le petit bureau où il prenait des notes. Il n'avait pas eu besoin d'aller écouter l'annonce des matches, car il les connaissait déjà. Il avait fait en sorte qu'il joue contre Gilead le vendredi qui était le troisième jour du tournoi. C'était la soirée où Fidel Castro viendrait féliciter et recevoir officiellement les joueurs, et Zharkov savait que le Grand-Maître, quels que soient ses arrangements avec les Kutsenko, ne quitterait pas La Havane sans avoir affronté Zharkov devant un échiquier. D'ici la venue de Castro, Zharkov s'arrangerait pour que les Kutsenko soient sous bonne garde en permanence, de façon à ce que Gilead ne puisse les faire s'évaporer de Cuba. Puis, enfin, il pourrait s'occuper de Gilead.

Le plan était bon, se dit-il. C'était un plan clair, efficace. Ça ne pouvait que fonctionner.

A part ça, qui pouvait bien être cet Harry Andrew?

« L'endroit grouille de KGB », dit Justin en faisant jouer la radio très fort. Tout en parlant, il ôta la veste de son smoking, alla vers le secrétaire dans l'angle de la chambre et griffonna sur un bout de papier : « J'ai pris contact avec Lena Kutsenko. »

Starcher lut la note, approuva de la tête et lui rendit le morceau de papier. « Qu'avez-vous dit? » murmura-t-il.

Justin écrivit : « Mot de passe. Reprendrai contact plus tard. Kutsenkos sous haute surveillance toute la soirée. »

Starcher prit un cendrier sur une table de nuit et déchira la note de Justin en confettis. Puis il se leva, alla dans les toilettes et tira la chasse d'eau sur les confettis.

Il revint dans la pièce. « Tu devrais te reposer. Tu joues demain? »

« Oui, à 13 heures. »

« Contre qui? »

« Ribitnov. C'est un des très bon Russes. Je joue contre Zharkov vendredi et contre Kutsenko, samedi. »

« Peut-être, Justin, allons-nous gagner toutes nos parties? »

« Une seule d'entre elles me suffirait. »

« As-tu vu Zharkov? »

« Oui. »

« Et alors? »

« Je ne l'ai pas tué. »

Chapitre 36

Justin sentit que quelqu'un l'observait quand il quitta sa chambre du deuxième étage pour descendre prendre un petit déjeuner tardif. Il laissa la porte de la cage de l'escalier se refermer sur lui et attendit derrière. Quelques secondes plus tard, il entendit un coup léger contre la porte de sa chambre. Il entrouvrit très légèrement la porte de l'escalier.

Un petit homme aux cheveux noirs, qui portait une chemise à fleurs et une paire de jeans était devant sa porte. Ses mains étaient sur sa poitrine dans l'attitude de quelqu'un en prière. La porte s'ouvrit. « Donde esta Luis ? » demanda le petit homme.

Justin entendit Starcher répondre. « Désolé, vous vous êtes trompé de chambre. » La porte se referma et l'homme s'engagea dans le couloir alors que Justin rouvrait la porte de l'escalier. L'homme était en train de reboutonner sa chemise. En voyant Justin, il sembla hésiter un bref instant, puis prit le parti de sourire bêtement comme quand deux étrangers se rencontrent loin de chez eux. Justin lui rendit son sourire mais alors qu'il arrivait à sa hauteur, il l'agrippa d'une main par les muscles entre le cou et l'épaule et serra progressivement. L'homme plia les genoux en grognant de douleur. Justin déchira la chemise de sa main libre et découvrit un petit appareil photo fixé sur la poitrine de l'homme par des bandes adhésives. Justin arracha le petit appareil et l'empocha.

« Pas de photos. Dis-le à ton patron », dit-il rapidement en espagnol. « Allez, dégage. »

L'homme s'enfuit sans discuter et disparut dans la cage de l'escalier. Justin revint dans sa chambre. Starcher était près de la fenêtre, en train de se raser. Il observait les larges boulevards de La Havane. Il se retourna en entendant son compagnon rentrer. Le Grand-Maître jeta l'appareil photo sur le lit. « Apparemment, Zharkov s'intéresse à vous. »

« Où as-tu trouvé ça ? »

« L'homme qui vient de frapper à la porte. Je suis sûr que vous êtes sur la pellicule. »

« Les Soviets sont de vraies fouines. » Il laissa tomber le rasoir sur une tablette et accompagna Justin jusque dans le couloir. « J'ouvrirai l'œil », dit-il, « mais je serai absent la plus grande partie de la journée ».

« Où allez-vous ? »

« Je vais parler au correspondant de Kael, voir si je peux glaner quelque chose de son côté. »

« C'est bon. Tâchez d'être prudent. »

« Et toi, tâche de gagner. »

En descendant l'escalier, Justin se rendit compte qu'il n'avait fait que reculer légèrement le moment de l'identification de Starcher par Zharkov. Les Russes pouvaient très facilement prendre les empreintes digitales de Starcher dans la chambre et les faire analyser par les ordinateurs du KGB. Ça prendrait à peine plus de quelques heures. Justin espéra que Starcher pourrait revenir avec des informations précises, et que l'on sache très rapidement ce que Zharkov, Nitchevo et les autres préparaient à Cuba. Il s'inquiétait pour la santé de son compagnon, et il aurait voulu que les Kutsenko et Starcher soient à bord du bateau de Saarinen le plus tôt possible.

Parce que tout cela n'était que des choses secondaires en regard de sa mission essentielle. L'élimination de Zharkov.

La mission de sa vie.

La raison de sa vie.

Justin arriva dans la grande salle de bal à 12 heures 45. Ribitnov l'accueillit chaleureusement dans un anglais boiteux et se sentit plus à l'aise quand Justin lui répondit en russe.

Pour les besoins du tournoi, la grande salle de bal avait été divisée en deux parties. Dans l'une, à peu près cinq cents chaises destinées à des spectateurs avaient été installées, ainsi que sur les murs, des représentations géantes d'échiquiers avec des pièces magnétiques. En dessous, des tableaux d'affichage étaient prêts à recevoir les inscriptions des coups successifs des joueurs, de façon que les spectateurs puissent suivre les mouvements au fur et à mesure. L'autre moitié de la salle contenait une table et son échiquier ainsi que des chaises, dans chacun des quatre angles de cette portion de la salle. En effet, quatre matches se disputeraient en même temps. Au centre de ce grand espace, du café et des rafraîchissements attendaient les joueurs et les officiels.

Justin aperçut Zharkov debout près de la table de jeu la plus éloignée de l'entrée, mais celui-ci ne regardait pas dans sa direction. Assisté d'un officiel, Justin prit sur l'échiquier, un pion noir, et un pion blanc, les passa derrière son dos et entreprit de les mêler dans ses mains puis il les ramena devant en les tendant vers Ribitnov. Celui-ci désigna le poing gauche fermé de Justin. Il l'ouvrit et il contenait le pion blanc. Ribitnov avait les blancs et aurait le droit de jouer le premier coup.

Un peu avant 13 heures, les deux hommes s'assirent l'un en face de l'autre devant la table recouverte d'un tapis. L'échiquier, au centre, était fait de carreaux alternés en noyer et en frêne, et les pièces des Staunton classiques dont on se servait toujours dans les tournois de quelque importance. Les pièces étaient lestées de plomb pour un meilleur équilibre et leur semelle, recouverte de feutre pour ne pas rayer le plateau finement poli de l'échiquier.

Les officiels réglèrent la pendule et la placèrent sur la table, à égale distance des deux hommes. C'était une pendule à deux cadrans dont chacun enregistrait le temps individuel des deux joueurs. Ceux-ci avaient l'obligation de faire un minimum de quarante coups chacun en deux heures et demie, et au cas où l'un d'eux n'y parviendrait pas avant la fin de la cent cinquantième minute, un drapeau rouge se déclencherait dans sa propre pendule et il serait déclaré perdant. Chaque joueur devait tenir un compte précis de tous les coups pratiqués au cours de la partie sur une feuille spéciale qu'il avait devant lui. Parfois, pris par le temps ou par distraction, le joueur oubliait de noter son coup, aussi les officiels tenaient-ils également un relevé des coups pour garder une trace tangible de la partie entière.

A 13 heures juste, les officiels demandèrent aux deux joueurs s'ils étaient prêts. Sur la réponse positive de chacun des deux un officiel appuya sur le bouton du côté de Justin ce qui eut pour effet de déclencher le doux tic-tac de la pendule de Ribitnov. Celui-ci avança immédiatement le pion du Roi de deux cases et appuya aussitôt sur le bouton de son côté ce qui déclencha cette fois, la pendule de Justin. Justin répondit par le même mouvement et appuya sur son bouton. La pendule de Ribitnov se remit en mouvement La partie avait commencé.

Cavalier du Roi sur case f3. Pendule.

Cavalier de la Reine sur case c6. Pendule.

Fou sur case b5. Ribitnov avait à peine posé la pièce qu'il pressait le bouton de la pendule. Il n'était pas rare que les joueurs, pour économiser des fractions de secondes, qui additionnées à d'autres leur seraient précieuses vers la fin du match quand le temps commencerait à manquer, posent la pièce d'une main tandis que de l'autre, ils démarraient la pendule de leur adversaire. Justin ne pratiquait pas cette méthode, car il se trouvait rarement à court de temps.

Ribitnov avait choisi l'ouverture Ruy Lopez. C'était une ouverture offensive qui donnait aux blancs un léger avantage dès les premiers coups. Les grandes lignes de ce jeu étaient bien connues de tous les joueurs confirmés, mais il requérait une attention sans faille car aucune ouverture n'était fixée d'avance. Les ouvertures ne cessaient de faire l'objet d'analyses, et les variantes sur les développements étaient en perpétuelle évolution. Parfois des joueurs médiocres – pousseurs de bois, comme on les appelait – faisaient accidentellement un mouvement intéressant qui éveillait l'attention d'un maître qui l'analysait et en élaborait une ligne d'attaque qui avait échappé à l'attention et à la perspicacité de milliers de maîtres durant des générations. Le grand joueur américain Frank Marshall, génie de l'attaque, découvrit, dit-on, une variante d'ouverture, et la garda secrète durant cinq ans afin de l'asséner par surprise sur José Capablanca, le champion du monde cubain. Malheureusement pour lui, lorsque l'occasion se présenta enfin, Capablanca réduisit à néant les espoirs de Marshall en écrasant sa nouvelle variante et en le battant comme il l'aurait fait d'un débutant.

Cela prouvait que les échecs étaient le plus difficile des jeux. Pour y jouer, une mémoire encyclopédique était indispensable, ainsi que la capacité de traiter une énorme quantité d'informations nouvelles et de les relier à d'autres plus anciennes, de même que la pratique de l'inspiration qui permettait de décider à tel moment plutôt qu'à tel autre de s'écarter de la ligne classique pour s'aventurer seul dans des voies parfois tout à fait vierges.

Mais il y avait un autre aspect dans les échecs et qui n'avait rien à voir avec l'intelligence du jeu, la connaissance encyclopédique ni le jugement sûr. C'était ce qui différenciait le jeu d'échecs de tous les autres jeux. C'était ce qui l'élevait à la hauteur d'un grand art, et qui élevait ses meilleurs joueurs à la qualité de génies.

C'était une disposition mentale qu'on appelait « le flux » une sorte de condition inexplicable de l'esprit du joueur qui faisait que la partie semblait se dérouler d'elle-même, sans apport conscient ni volontaire. C'était comme un rayon laser, éclairant l'équichier et rien d'autre, comprimant l'univers entier et le réduisant à la dimension des soixante-quatre cases noires et blanches.

Une anecdote, que l'on prétend vraie, raconte qu'un jour un incendie se déclara durant une partie entre deux grands-maîtres. Quand les positions furent bien établies et que l'issue du match ne fit plus aucun doute pour aucun des joueurs, ils sortirent l'un et l'autre de cet état de « flux » et regardèrent autour d'eux l'eau des lances à incendie qui imbibait le plancher, le mobilier sens dessus dessous et le papier peint calciné. Très ennuyé l'un des deux grands-maîtres s'insurgea : « Pourquoi y a-t-il un tel désordre ici ? Comment peut-on espérer jouer correctement aux échecs dans un fouillis pareil ? »

A Rashimpur, Justin avait appris à développer ce pouvoir de concentration de l'énergie et de la pensée, évacuant toute distraction extérieure. Mais le « flux » était plus qu'une simple discipline mentale. Cela venait sans qu'on s'y attende et repartait de même, laissant toujours le joueur un peu étourdi pour un court instant. Justin ne sentait pas encore bien l'échiquier devant lui. C'était la première fois depuis cinq ans qu'il s'asseyait devant un échiquier en face d'un réel adversaire en chair et en os. Il se força à la concentration, maintenant ses pensées loin de Zharkov, ne pensant qu'aux figurines, mais il ne se sentait pas à l'aise.

Les joueurs avaient atteint leur vingt-quatrième coup. Justin avait très bien joué et le léger avantage que Ribitnov avait gagné par son ouverture n'existait plus. Les pièces de Justin contrôlaient à présent les lignes de forces qui menaient au Roi blanc. Pour le moment le Roi était en sécurité derrière un rempart de pions, mais une pression constante pouvait à tout instant ouvrir une brèche dans la plus solide des murailles.

Justin calculait les possibilités, jouant méthodiquement, quand soudain il sentit le fameux flux, léger et parfait, comme si un poids s'était brusquement soulevé de dessus ses épaules.

C'était la même sensation qu'il avait ressentie pour la première fois, enfant, durant ce match à Paris quand il avait joué et gagné contre Zharkov et ses assistants qui l'avaient aidé frauduleusement. Aujourd'hui, comme alors, il se remettait entièrement dans les bras de cette force qui dirigeait ses coups.

Pour Justin Gilead, le reste du monde s'estompa. Tout ce qui comptait à présent était l'échiquier devant lui et les lignes de forces qui reliaient les pièces entre elles dans un dessin d'une pure luminosité. Rien d'autre. Rien d'autre n'entrait dans sa conscience tandis qu'il reposait sa tête parsemée de cheveux gris sur sa main gauche et qu'il contemplait l'échiquier. La situation même du jeu exhalait son propre champ de force et son esprit gambadait librement sur ce réseau d'énergie, respirant, intégrant sa logique interne de l'économie de ses mouvements dans le sens exclusif du jeu, de la pression de ses coups, et dans le flux et le reflux de sa stratégie.

Les coups de référence – ceux des grands-maîtres du passé – étaient depuis longtemps loin en arrière. La partie contre Ribitnov avait sa dynamique interne. Tout en jouant, Justin et le Russe pénétraient de nouvelles contrées, portant le jeu dans des directions inexplorées depuis le début des affrontements autour d'un échiquier.

Huit coups plus tard, Justin avança sa Reine de façon qu'elle se tienne juste devant le mur de pions qui verrouillait l'accès au Roi de Ribitnov et le tenait à l'abri du reste de la bataille qui se déroulait devant lui.

La Reine pouvait à présent être capturée par un pion. Le rat faisant prisonnier la lionne. Dans le tic-tac impitoyable de sa pendule, Ribitnov considéra la position. Était-il possible que Gilead se soit fourvoyé? Voulait-il vraiment sacrifier sa Reine en pure perte? Acceptait-il l'éventualité d'une défaite? Le coup était-il le fruit monstrueux d'une formidable erreur?

Le Russe étudia la position, se résolut à s'emparer finalement de la Reine par un pion, retira sa main, puis fit un geste pour revenir sur son coup. A peine avait-il voulu toucher le pion, que le drapeau rouge obscurcit sa pendule.

« Pendule! » annonça l'officiel. « La partie à M. Gilead. »

Cela prit un certain temps avant que Justin ne rassemble ses esprits et réalise ce qui venait d'arriver. Il se leva.

Ribitnov regardait toujours la position finale sur l'échiquier puis se souvenant des convenances se leva et serra la main de Justin. Mais il n'avait pas éloigné son regard de l'échiquier.

« Je ne vois toujours pas », dit-il. « Vous êtes sûr? »

Justin fit oui et lui répondit en russe. « Les Tours se replient et le Fou en a6. Un sacrifice de Tour, et c'est fait. Merci, Viacheslav. Vous avez fait une merveilleuse partie. »

« Pas assez merveilleuse apparemment », répondit le jeune

Russe amèrement. Mais un sourire éclaira aussitôt son visage. « Je pense que je vous appréciais plus quand vous étiez en sommeil. Je ne m'étonne plus des louanges d'Ivan à votre égard. »

Il était un peu plus de 17 heures. Justin et Ribitnov allèrent se rafraîchir ensemble à la table centrale et jetèrent un œil sur les autres parties en cours. Kutsenko avait déjà gagné par abandon au vingt-troisième coup, contre le jeune John Shinnick. Keverin, le génie-vétéran, et Gousen, le fringant New-Yorkais, s'étaient empêtrés dans un jeu fortement protégé de toutes parts et dont aucun n'avait l'avantage. En conséquence, après seulement dix-neuf coups, les deux joueurs étaient tombés d'accord sur une partie nulle. Cela leur permettait de ne pas gaspiller une énergie qui leur serait très utile dans des parties ultérieures. Il valait mieux s'économiser nerveusement plutôt que de se vider d'un influx précieux autour d'une position stérile.

La dernière partie en cours avait lieu dans le coin le plus éloigné entre Zharkov et Carey. Ils étaient aux prises dans une fin de partie complexe. Chacun avait un Roi, bien sûr, un Fou et trois Pions, mais en un regard, Justin comprit que Carey étaient en meilleure position par la disposition même de ses Pions. Il fit part de son sentiment à Ribitnov qui approuva son point de vue. « A moins que Zharkov puisse amener son Roi en première ligne », précisa-t-il.

Un journaliste britannique sollicita une interview de Justin. « Nous aimerions savoir où vous étiez, pendant tout ce temps, M. Gilead. Et ce que vous avez fait. »

« Je suis désolé, » répondit Justin. « Je n'ai pas du tout joué pendant très longtemps, et je suis très fatigué. Peut-être aurons-nous l'occasion de reparler d'ici la fin du tournoi. »

Le journaliste acquiesça poliment et s'éloigna. Justin jeta un nouveau regard vers la table de Zharkov. Il voyait les épaules massives du Russe et son cou de taureau tendus en avant. Ce serait si facile, songea-t-il. Si facile de faire quelques pas dans sa direction et de briser les vertèbres cervicales de Zharkov. Le tuer et en être débarrassé.

La promesse. Il se détourna de la tentation qui était presque insupportable, remercia Ribitnov de nouveau puis quitta la salle pour retourner dans sa chambre.

Demain, une nouvelle partie l'attendait.

Dans sa chambre, Justin passa délicatement le doigt sur la tablette de plastique qui se trouvait près du lavabo. Il sentit son doigt coller légèrement. Un adhésif spécial avait été utilisé pour recueillir les empreintes digitales. Pas seulement sur la tablette songea-t-il. Probablement dans toute la pièce. Zharkov saurait bientôt à qui il avait affaire. Justin se promit de mettre Starcher en garde. Il descendit dans la salle à manger principale vers huit heures, espérant y rencontrer Ivan et Lena Kutsenko, mais apparemment, tous les membres de l'équipe soviétique et leur entourage, dînaient dans leurs chambres. Justin se joignit aux trois autres joueurs américains.

Zharkov avait perdu contre Carey. Il avait tenté de bloquer l'avance du Pion américain avec son Roi, mais avait négligé de protéger ses propres Pions. L'un d'eux était tombé, et, confronté à une réelle faiblesse en Pions ainsi qu'à une impossiblité d'empêcher celui de Carey de faire une promotion en Reine, Zharkov avait abandonné.

La marque était donc favorable aux Américains. Deux victoires, une défaite, une nulle. Cinq points pour les États-Unis, trois points pour l'Union soviétique.

Justin resta tard dans la salle à manger, mais les Kutsenko ne se montrèrent pas. Les Américains avaient surtout discuté échecs. Carey avait dit qu'il savait pourquoi il y avait tant de bâtiments de guerre soviétique dans le port.

« Si nous gagnons, ils vont canonner l'hôtel », dit-il.

Juste après 22 heures, Justin rentra dans sa chambre. A 23 heures, Starcher n'était toujours pas rentré. Justin sentit l'angoisse le torturer au sujet de Starcher. Le nombre des agents du KGB avait étonné Justin. Il sentait confusément que si quelque chose était arrivé à Starcher, il serait libéré de sa promesse. Et que rien, ne pourrait plus l'empêcher de partir en chasse derrière Zharkov, dès maintenant.

Chapitre 37

Starcher rentra le lendemain matin avant le petit déjeuner. Il écouta attentivement Justin lui parler des relevés d'empreintes digitales dans la salle de bains. Starcher mit la radio assez fort avant de répondre. « Eh bien, un jour ou l'autre, Zharkov devait savoir qui je suis. Maintenant ou plus tard... »

Justin n'aimait pas cette attitude. Il s'attendait à ce que Starcher défende mieux son anonymat, alors qu'en fait, il semblait presque heureux du contraire.

« Vous ne paraissez pas inquiet », lui dit le Grand-Maître.

« Dans ce métier, il faut ne s'inquiéter que des choses sur lesquelles on peut avoir une influence. Laisse-moi faire, pour ça. Ça me connaît. »

« Alors, dites-moi », fit Justin. « Je me suis inquiété toute la nuit. »

« Je suis allé voir l'homme de Kael. »

« Qui est-ce ? »

« Il s'appelle Pablo Olivares. Il tient un bar sur le front de mer. La " Coquille Pourpre ". J'ai parlé toute la nuit avec lui. »

« Vous avez appris quelque chose ? »

« Rien. Il a l'un des bars les mieux tenus du front de mer, et beaucoup de marins russes s'y retrouvent. Il semble qu'ils ne sachent pas eux-mêmes pourquoi ils sont là. Mais c'est normal pour de simples matelots. »

Justin attendit la suite. « Les bâtiments sont là depuis environ deux mois, et entre-temps, il y a eu des menaces d'intervention directe des Russes sur Cuba. Mais à part ça, Olivares ne sait rien. »

« Est-il possible que les Américains préparent quelque chose ici et dont vous ne seriez pas au courant ? »

« Non... », hésita à répondre Starcher, puis, plus sûr de lui : « Non, je ne pense pas. Quand j'étais à Moscou, j'aurais été au courant. Et depuis... eh bien, je ne pense pas que Kael ait pu me cacher quelque chose à ce point. Il m'a dit que nous ne préparions rien ici, et je pense qu'il a dit la vérité. »

Justin haussa les épaules, alla devant le miroir et noua une cravate autour de son cou. Beaucoup de joueurs d'échecs se présentaient à la table du match comme s'ils arrivaient directement de leur garage, mais les Russes étaient toujours impeccables et Justin aimait bien ça, aussi s'habillait-il toujours soigneusement, lui aussi.

Starcher se pencha vers Justin par-dessus une commode basse. « En tout état de cause, Olivares ne sait rien », murmura-t-il à l'oreille de Justin. « Sa petite amie qui travaille pour le directeur de la police nationale, ne sait rien non plus. »

« Cet Olivares doit avoir une super-couverture pour travailler pour la CIA et en même temps, filer le parfait amour avec une officielle de la police, non ? »

« Il est du pays. Passé sa vie ici et enragé contre Castro. A propos, je ne suis pas mécontent d'avoir arrangé le point de sortie avec Saarinen. Les quais et toute la ville d'ailleurs, grouillent de flics et d'agents cubains. On ne serait pas sorti de l'auberge si on voulait filer directement de La Havane par la mer. As-tu pu parler de nouveau à nos amis ? »

« Non. Il y a un garde devant leur porte, et je crois qu'ils prennent leurs repas dans leur chambre. J'essaierai de nouveau aujourd'hui. »

« Dis-leur qu'ils soient prêts à partir à tout moment. Saarinen se tiendra en position de récupération entre 23 heures et 1 heure du matin chacune des trois prochaines nuits. Ça se passera donc à l'un ou l'autre de ces trois moments. »

« Supposez que nous ne découvrions pas ce que trame Zharkov. Et supposons qu'il ne trame rien du tout. »

« Il n'est pas venu ici juste pour le plaisir de pousser du bois. Pas le patron de Nitchevo. Il est ici pour quelque chose. »

« D'accord. Mais supposons, tout de même, que nous ne trouvions pas quoi ? »

« Tu feras quand même sortir les Kutsenko. »

« J'ai bien noté le " tu ". Et vous? »

Starcher haussa les épaules. « Je ne sais pas. Nous verrons bien quand on en sera là. »

« Voyons dès maintenant. Je voudrais savoir quoi et quand. Souvenez-vous que j'ai quelque chose à faire ici, moi aussi. »

« Je n'oublie pas. »

« Et à partir de maintenant, si vous sortez, appelez-moi le soir entre 18 h 30 et 19 heures. Faites-moi savoir si vous êtes vivant. »

« C'est promis », dit Starcher, comme un enfant grondé par sa mère.

Zharkov se hâta vers le téléphone et composa le numéro d'une chambre. « Alors? » lança-t-il sans préambule.

Son visage refléta la réponse négative. « Dès qu'on a quelque chose qu'on me le fasse savoir... Oui, c'est d'accord... même pendant une partie. »

Il raccrocha. Il se demandait vraiment qui pouvait bien être Harry Andrew, le compagnon de voyage du Grand-Maître.

Starcher prit ce jour-là la décision de faire une chose de première importance. Il trouverait une boutique où acheter des cigares cubains. Justin avait vu juste. Starcher n'était pas très inquiet de ce que Zharkov sache ou ne sache pas qui il était. S'il le savait, cela pourrait même faciliter sa propre découverte de ce qui se tramait ici. Il était sûr que quelque chose se préparait, et si cela devait nécessiter la chute de son anonymat pour le découvrir, il estima que cela valait le coup de tenter l'opération dans cette direction.

Il était rassuré que Justin connaisse les points de chute et les horaires de Saarinen. Si quelque chose tournait mal, il pourrait toujours faire sortir les Kutsenko de Cuba.

Si quelque chose tournait mal. Dans ce métier, quelque chose tournait toujours mal, à un moment ou un autre.

Le deuxième adversaire de Justin était Victor Keverin. Le sexagénaire russe avait concouru deux fois pour le titre mondial, avait perdu les deux fois et chaque fois contre un compatriote. Des rumeurs circulaient sur le fait que Keverin, qui était juif, avait reçu la consigne de perdre son second match de championnat. Justin était plutôt enclin à croire ces rumeurs car le jeu de Keverin dans cette fameuse partie avait été brouillon, ce qui était totalement à l'encontre de ce que tout le monde savait de cet homme dont les parties, durant près de quarante ans, s'étaient caractérisées par leur précision, leur prudence et leur méthode.

Ce n'était pas le genre de Keverin de se lancer dans une attaque téméraire, de concéder un sacrifice hasardeux, de pratiquer des combinaisons étincelantes qui laissaient l'adversaire pantelant et hagard au milieu des applaudissements des spectateurs. Au lieu de cela, il gagnait ses parties de la manière dont les huîtres produisaient des perles, une couche après l'autre, chacune ne présentant apparemment pas plus d'intérêt que la précédente ni que la suivante et enfin, plus tard au cours de la partie, l'adversaire se réveillait et réalisait que les avantages infinitésimaux rassemblés donnaient à Keverin une supériorité incontestable et presque impossible à contrecarrer.

Justin avait déjà joué deux fois contre lui, auparavant. Il avait fait une nulle et une défaite. La défaite était arrivée après que le vieux maître ait refusé le sacrifice d'un Fou proposé par Justin et ait continué à pousser ses pions sur l'échiquier. C'était cela, la méthode Keverin pour gagner.

Justin n'avait pas de craintes sur la qualité de son propre jeu. Il avait très bien joué la veille, mais il fallait avouer que le jeune Russe n'avait pas beaucoup montré les dents. De son côté, d'ailleurs, Justin se faisait également des reproches. Il manquait tout simplement de pratique. Cela exigeait de nombreuses parties au plus haut niveau, plus des analyses fouillées pour garder une forme irréprochable, pour ne pas avoir de défaillance fatale devant l'échiquier, pour savoir reconnaître sans l'ombre d'un doute l'avantage de tel ou tel mouvement dans ses possibilités futures, et d'autres automatismes encore. Justin n'était pas encore revenu à ce niveau. Il avait fait de nombreuses erreurs, dans sa partie précédente.

On disait souvent dans les échecs que le vainqueur était celui qui faisait l'avant-dernière erreur. Justin était encore capable de faire la dernière erreur et de perdre.

Il jouait aujourd'hui avec les blancs. Il décida de s'écarter très tôt des sentiers soigneusement balisés de Keverin et de s'aventurer dans une tactique de finesse et de chausse-trappes par laquelle, avec un jeu solide et de la chance, il pourrait espérer progresser sérieusement vers la victoire.

Il avança son Pion du Fou du Roi de deux cases. C'était l'ouverture Bird, très en vogue au XIXᵉ siècle, mais rarement utilisée depuis dans les tournois sérieux. Keverin regarda le Pion du Fou à peine quelques secondes, sourit puis avança son Pion de la Reine de deux cases. Justin jeta un œil sur la salle et aperçut le dos massif de Zharkov, assis à une table. Une vague de haine lui monta dans tout le corps.

Pourquoi suis-je ici à jouer aux échecs? Pourquoi cet homme est-il encore en vie? Justin avait envie d'en finir une fois pour toutes mais il se rappela qu'il ne pouvait pas continuer à s'intéresser à Zharkov et espérer gagner son match contre Keverin. Comme il allait reporter son regard sur l'échiquier, il aperçut l'homme du KGB, en costume mastic, s'approcher de Zharkov en gesticulant. Celui-ci se leva de table et l'homme lui dit quelque chose à l'oreille. Le visage de Zharkov était de profil par rapport à Justin et celui-ci entrevit un léger sourire se dessiner sur ses lèvres. De toute évidence, quelque chose réjouissait Zharkov. Mais quoi?

Zharkov murmura à son tour quelque chose à l'agent qui hocha la tête et s'éloigna. Zharkov retourna à la table de jeu s'assit et replongea immédiatement dans la concentration absolue indispensable au jeu. Justin serra les mâchoires. Il pensait savoir ce qui s'était dit au cours de la brève entrevue entre les deux hommes. Il sait qui est Starcher. Il sait qui est Harry Andrew, rectifia-t-il.

Starcher avait repéré la filature quelques minutes seulement après avoir quitté la cafétéria de l'hôtel. Il ne l'avait pas dit à Justin pour ne pas l'inquiéter, mais il s'était procuré une arme auprès d'Olivares, la veille au soir. C'était un revolver à quatre coups, calibre 22, aussi petit qu'un Derringer. Avant de quitter la chambre, Starcher l'avait attaché par un adhésif à sa cheville gauche, sous la chaussette.

Il sifflait en se promenant tranquillement dans le parc. Il ne voulait surtout pas perdre son ange-gardien.

La partie était pratiquement terminée.

Justin Gilead s'était bien développé après son ouverture et assurait une emprise pas trop mauvaise sur le centre. Il avait tenté trois types d'attaques sur les positions de Keverin, mais le maître soviétique les avait toutes repoussées, prenant chaque fois un infime avantage sur Justin. Tandis que les petits avantages se transformaient en nette domination, Keverin avait entrepris une série d'échanges. Maintenant la situation se résumait ainsi : Roi, Tour et trois Pions chez Justin contre les mêmes forces chez

Keverin. Mais les Pions de Keverin étaient mieux placés, et il apparaissait inévitable que Keverin allait promouvoir l'un de ses Pions en Reine en lui faisant traverser l'échiquier jusqu'au bord opposé. Cet avantage écrasant assurerait évidemment Keverin de la victoire.

Justin jeta un regard sur la pendule. Comme à son habitude, il avait joué vite. Keverin venait de faire son trente-deuxième coup et il lui restait encore dix-huit minutes. C'était à Justin de jouer. Il lui restait quarante minutes à sa pendule, mais elle les grignotait dans un tic-tac inexorable.

Il se concentra sur l'échiquier, essayant de trouver une faille quelconque dans le jeu qui lui permettrait un répit ou qui bloquerait l'avance régulière du Pion russe. Comme il le faisait souvent, il leva la tête du jeu, les positions bien en mémoire et bien présentes et se mit à regarder dans le vague devant lui. Il trouvait que c'était un moyen assez confortable pour réfléchir, dans l'abstraction totale de son esprit. Pourtant, aucune voix intérieure ne lui parvenait plus comme jadis. Il n'éprouvait plus cette touche de magie qui le faisait pénétrer dans le monde des pièces du jeu, lui faisait ressentir la force de chacune d'entre elles, et les faisait diriger le flux de la partie.

Son regard s'égarait dans la grande salle. Il vit Ivan Kutsenko bouger une pièce, déclencher la pendule de son adversaire, se lever et se diriger vers les toilettes.

Justin remarqua que pour la première fois, Kutsenko n'avait pas de KGB sur les talons. Il fit un tour d'horizon et se rendit compte qu'il n'y avait pas un seul policier dans toute la salle. Ce devait être Zharkov qui les avait fait affecter ailleurs quand il avait murmuré à l'homme qui l'avait interrompu, tout à l'heure. Zharkov lui-même était toujours là, courbé sur l'échiquier.

Justin se leva et alla aux toilettes.

Kutsenko et lui étaient seuls.

Le Soviétique regarda nerveusement de tous côtés, puis se rapprocha de Justin. « Ma femme m'a dit que vous lui aviez parlé hier. »

« Oui. J'étais un ami de Riesling, l'homme que vous avez rencontré à Moscou. Je suis là pour vous aider à passer aux États-Unis. Nous avons un bateau. Ce sera pour ce soir, demain soir ou la nuit suivante. »

« Que devons-nous faire ? »

« Juste rester prêt à tout moment. Si je le sais à l'avance, je vous le ferai savoir. Sinon, je viendrai probablement tout simplement vous prendre dans votre chambre, et nous partirons. Soyez prêt à tout instant. »

« Il y a toujours un garde devant notre porte », dit Kutsenko.

« Ne vous inquiétez pas pour le garde. »

« Avons-nous une chance de réussir ? » demanda Kutsenko, nerveusement.

Justin posa sa longue main puissante sur la frêle épaule du Soviétique. « Plus d'une », dit-il. « Ne vous inquiétez pas, Ivan. On vous fera sortir. C'est promis. »

« J'ai tant de questions à vous poser », dit Kutsenko.

« Bien sûr, sur le bateau, on verra ça. »

« Vous avez déjà fait ça ? Je dois savoir. »

« Plusieurs fois. Ne vous inquiétez pas, Ivan. Tout se passera bien »

« Le Soviétique chercha le regard de Justin en quête d'un signe rassurant, derrière les mots, pous lui fit signe de la tête. « J'ai confiance en vous, Justin. »

« Retournez à votre table. Je sortirai dans un instant. »

Alexandre Zharkov repoussa son siège en arrière, prit une profonde inspiration et se détendit pour la première fois depuis le début de la partie.

Andrew Starcher.

L'ancien patron de la CIA à Moscou. Les Américains n'auraient pas mieux joué à son avantage s'ils avaient tous été appointés directement par Nitchevo. Comment rêver d'un plus parfait bouc-émissaire dans les circonstances actuelles, qu'un ex-maître espion américain ? L'assassinat de Castro serait paré de toutes les plumes de la CIA. Starcher, le patron de la CIA à Moscou, soudain à la retraite. Et puis, tout aussi soudainement, il refait surface à Cuba en compagnie d'une équipe de joueurs d'échecs juste avant que Castro soit assassiné. Un complot de la CIA, net et simple, dont ils étaient coutumiers et qu'ils rataient presque aussi souvent.

Il sourit à l'idée d'un autre avantage découlant de la présence de Starcher à Cuba. Justin était devenu du fait même, aisé à sacrifier. Dès qu'il se serait assuré de la capture de Starcher par ses hommes il lancerait la bonne parole : « Tuez le Grand-Maître »

Tuez-le.

Tirez-lui des balles dans les yeux et plantez-lui des couteaux dans le cœur. Tuez-le.

Une bonne fois pour toutes.

Tuez-le.

Brûlez son cadavre.

Tuez-le.

Zharkov regarda de nouveau l'échiquier devant lui. Son adversaire n'avait pas bougé de pièce. La position n'était pas fameuse. Zharkov savait qu'il obtiendrait l'abandon avant même le quarantième coup. Il n'avait pas envie que la partie s'éternise jusqu'au lendemain. D'autres projets l'attendaient le jour suivant.

Pourquoi pas. Le Grand-Maître entrevoyait une lueur d'espoir dans sa position, mais c'était une manœuvre difficile à mener, et il devrait en calculer toutes les moindres conséquences.

Il était un peu déçu. Hier, dans sa partie contre Ribitnov, il avait senti cette puissance monter en lui, même si cela n'avait été que très bref. Quand cela lui était arrivé, les coups étaient venus tous seuls presque automatiquement. Mais aujourd'hui, il ne sentait pas cette force. Il avait joué cette partie coup après coup, logiquement et froidement, sans jamais sentir qu'il pénétrait l'âme du jeu. Hier, il avait ressenti, pendant quelques minutes, toute la structure mathématique de la vie et de l'univers. Aujourd'hui, il alignait mécaniquement des colonnes de chiffres. C'était toute la différence entre l'art et le métier, entre la création et la routine. Il ferma les yeux et se représenta l'échiquier et la position des pièces. S'il avançait le Roi derrière sa ligne de Pions, Keverin viendrait sûrement à sa rencontre avec le sien pour l'empêcher d'avancer. Ce serait une défense classique de la part de Keverin, qui ne lui demanderai pas une longue analyse. Mais si Justin sacrifiait un pion au Roi adverse, puis en échangeait un autre contre un des pions de Keverin, alors...

Peut-être.

Il consulta la pendule de Keverin. Six minutes pour six coups. Pressé par le temps, il ne remarquerait peut-être pas la manœuvre de Justin.

Justin avança son Roi d'une case. Keverin réfléchit quelques secondes puis fit de même.

Justin poussa immédiatement un de ses pions en avant. Il voulait jouer vite à présent afin d'empêcher Keverin d'analyser les positions sur le temps de Justin. Le Russe devrait étudier le jeu tandis que sa pendule décompterait impitoyablement les secondes les unes après les autres jusqu'à ce que son drapeau rouge lui signifie sa défaite. Le vieux joueur russe était beaucoup trop astucieux pour laisser une partie lui échapper si près de la victoire, à cause de la pendule. Justin comptait là-dessus. Keverin se décida. De sa main droite il saisit son Roi, l'avança et s'empara du pion de Justin, tandis que de sa main gauche, il déclenchait la pendule adverse. Presque deux minutes écoulées. Plus que quatre minutes.

Le Grand-Maître n'hésita pas un instant. Il poussa un nouveau pion en avant en annonçant : « Échec. »

Le visage de Keverin refléta un très léger agacement. Gilead aurait dû abandonner. Dans les échecs, à ce niveau, chaque joueur supposait que son adversaire, bénéficiant d'un avantage, conserverait cet avantage jusqu'à la victoire. Cela frisait l'insulte de poursuivre une partie qui menait presque aussi sûrement à la défaite de Justin. Cette fois, Keverin réfléchit trente secondes à peine avant de s'emparer du pion offert.

Justin avança immédiatement sa Tour et fit échec au Roi de Keverin. Le Soviétique vit soudain ce qui était arrivé. Trop tard, c'était fait.

D'un côté, s'il prenait la Tour avec son Roi, Justin serait dans une position d'où il ne pourrait jouer sans mettre son propre Roi en échec, ce qui était évidemment un coup impossible. Et puisque ce même Roi était en sécurité sur la case qu'il occupait à l'heure actuelle, cela donnerait immanquablement une partie nulle. On appelait cette situation, un « Pat »

D'un autre côté, si le Russe refusait de prendre la Tour, Justin pouvait alors capturer l'un des pions de Keverin et ainsi ouvrir la voie à son dernier pion que rien ne pourrait empêcher d'aller à la promotion en Reine. Il aurait sa Reine le premier, ce qui lui assurerait une victoire absolue.

Keverin regarda les positions pendant encore deux minutes tandis que sa pendule grignotait les secondes. Justin pouvait voir le visage de Keverin rougir de colère de voir lui échapper une victoire.

Le Russe secoua la tête de résignation, soupira, leva les yeux et sourit à Justin. « Nulle ? » dit-il.

Justin acquiesça. « Ce sera un honneur pour moi. »

Keverin poussa le bouton de son côté à mi-course ce qui arrêta les deux pendules. Les deux hommes se levèrent et se serrèrent la main.

« Magnifiquement joué », dit Keverin.

« Un tour de passe-passe », avoua Justin. « C'est tout ce qui me restait depuis que vous m'aviez taillé en pièce, un peu plus tôt. »

« Plus je vieillis plus je comprends que la chose la plus difficile dans les échecs, est de gagner une partie " gagnée ", dit Keverin avec élégance. « Surtout en face d'un joueur comme vous. J'avais oublié que vous étiez aussi bon. »

« Quoiqu'il en soit, je ne vous ai encore jamais battu », dit Justin.

« Je crains d'être à la retraite depuis longtemps avant que l'occasion ne se représente », dit Keverin.

Justin sentait la sincère chaleur des paroles du Russe. Un joueur qui avait perdu ou qui s'était fait voler une victoire ressentait tout d'abord de l'amertume et même de la colère contre lui-même, mais la plupart du temps, toujours de l'admiration pour le joueur dont il était la victime. Tous les grands joueurs considéraient les échecs comme une lutte à la vie et à la mort, mais la mort dans ce combat était particulièrement miraculeuse car vous vous releviez de nouveau vivant et plein d'espoir et d'enthousiasme dès que vous vous retrouviez devant l'échiquier et les pièces bien rangées, à vos ordres, prêtes pour un nouveau combat.

Keverin donna à Justin une claque affectueuse dans le dos, et les deux hommes se dirigèrent vers le directeur du tournoi pour signer auprès de lui les documents officiels de la partie. Comme il quittait la salle, Justin sentit les yeux de Zharkov lui poignarder le dos.

Trois. Ils étaient trois.

Starcher les avait repérés au moment où il passait devant la statue géante de José Marti, qui trônait au milieu de la Plaza de la Révolucion. Ils étaient vêtus comme des hommes d'affaires occidentaux, en route vers leur déjeuner, mais leurs visages étaient soit trop pâles, soit trop congestionnés, en tout cas pas des visages habitués au soleil. Et ils avaient changé leurs positions trop régulièrement. L'un suivait Starcher, le second marchait à sa droite à faible distance, le troisième le précédait. Ils changeaient de position ponctuellement toutes les cinq minutes, mais tandis que le changement était une manœuvre habile, la régularité des rotations en brisait l'élégance.

Starcher s'étonnait qu'ils n'aient encore rien fait pour le neutraliser. C'était le début de la soirée, à présent. Attendaient-ils le feu vert de Zharkov? Justin lui avait dit que les parties d'échecs ne devaient pas se prolonger au-delà de 18 heures, chaque soir. Devrait-il attendre jusqu'à la nuit tombée pour qu'ils se décident à l'arrêter?

Starcher descendit une petite allée cimentée peu fréquentée

bordée de buissons et qui menait à l'Avenida Ayestara. Le parc s'était doucement vidé de ses promeneurs durant les dernières heures. C'était principalement des mères de familles accompagnées la plupart de leurs rejetons. Elles s'étaient éloignées à cette heure, probablement en direction de leurs maisons pour y préparer de dîner.

Il ne pouvait s'empêcher de ressentir une excitation particulière à se retrouver de nouveau sur le terrain, à être de nouveau dans l'action. Il venait de passer plus de trois heures à se promener dans La Havane, la plupart du temps à pied, et il se sentait dans une forme parfaite. Il y avait sans doute encore de la place dans la CIA pour quelqu'un comme lui. Il pourrait être facteur, ou autre chose n'importe quoi, dès l'instant que ce ne serait pas derrière un bureau pendant que les jeunes iraient en mission ici et là et disparaîtraient sans donner de nouvelles. Bien sûr, il était âgé, mais quelle importance pouvait bien avoir l'âge quand on était bon? Et, Dieu sait s'il était bon.

Il s'arrêta pour allumer un cigare. Il nota que les trois hommes s'étaient regroupés et avançaient vers lui. Il prit soin de ne pas leur rendre la tâche trop facile. Il tira une grosse bouffée de son cigare et traversa brusquement la rue. Il s'attendait à entendre le bruit de pas précipités derrière lui, mais ce ne fut pas le cas. Il fit une pause juste avant de poser le pied sur le trottoir opposé et jeta un coup d'œil en arrière. Les trois hommes avaient disparu, mais comme il se retournait, intrigué, une automobile noire tourna l'angle de la rue.

La portière arrière s'ouvrit et un homme au teint sombre l'interpella en anglais. « Montez. » Il tenait une arme braquée sur l'abdomen de Starcher. Devrait-il s'enfuir pour rendre sa capture plus crédible? Avant de pouvoir se décider, les trois hommes qui l'avaient filé bondissait des fourrés de chaque côté de l'allée, le saisissaient par les bras et le poussaient sans difficulté à l'intérieur de la voiture.

« Mais qu'est-ce qui se passe? » lança-t-il à l'homme qui lui braquait le pistolet sous le nez. C'était un colosse, beaucoup plus grand que la plupart des cubains.

« Bienvenue à La Havane, Mr. Starcher », lui répondit l'homme. « Voulez-vous, s'il vous plaît, poser les mains sur vos genoux et ne plus les bouger? »

Sans un mot, Starcher fit comme il lui était demandé. Voilà une bonne chose de faite, songea-t-il.

Juste avant six heures du soir, le jeune Shinnick abandonna dans la partie nettement gagnée par Zharkov. Après une poignée de mains de pure forme, Zharkov alla directement dans sa chambre et composa un numéro de téléphone.

« Vous l'avez ? »

« Oui », répondit Youri Durganiv.

« Il se tient tranquille ou pas ? »

« Pas de problème. Il se fait trop vieux pour nous donner du souci. »

« Parfait. Prenez-en soin. Il a une maladie de cœur et je ne voudrais pas qu'il lui arrive quoi que ce soit. Il vaut de l'or. »

« Bien compris », répondit enfin Durganiv, puis Zharkov raccrocha. Ça marchait. Il tenait un agent de la CIA. Il tenait son bouc-émissaire.

Et Justin Gilead était purement et simplement en sursis.

Le téléphone était installé sur la cloison d'un petit cabin-cruiser ancré au milieu du port de La Havane. Youri Durganiv, tout en parlant à Zharkov, se tenait dans l'embrasure de la porte, pointant son calibre 38 à canon court sur Starcher, assis sur une couchette à l'autre bout de la cabine.

Durganiv venait de faire une erreur. Il pensait que Starcher ne parlait pas le russe. L'Américain était trop vieux pour causer des ennuis, avait dit Durganiv, et Starcher songea qu'il faudrait bien, à un moment ou un autre, qu'il montre à ce fils de pute qu'il avait tort.

Le Russe avait commis une autre erreur, également. Quand il avait fouillé Starcher, il avait pratiqué une fouille de routine, sans véritablement vérifier méticuleusement l'arrière de la jambe. Le poids du petit revolver collé sur la face arrière de la cheville gauche réconforta considérablement Starcher.

Trop vieux ? Ce Russe qui ressemblait à un cubain pourrait se rendre compte du contraire.

Après que Starcher aurait appris ce que préparait Zharkov.

Les quatre parties de la journée étaient terminées. Les Soviétiques avaient fait le score des Américains, la veille : deux victoires, une défaite, une nulle. Le score à la fin de la deuxième journée était : États-Unis, huit points ; Union soviétique, huit points.

Les joueurs furent avisés que le jour suivant, les parties

débuteraient à 10 heures au lieu de 13 heures. Le président du tournoi annonça également que Fidel Castro serait présent lors du dîner du lendemain soir pour dire un mot et leur souhaiter la bienvenue. Le comité avait besoin de préparer la salle et c'était la raison du changement d'horaire.

Chapitre 38

Sans nouvelles de Starcher à huit heures du soir, Justin sut qu'il devait avoir des problèmes.

Le Grand-Maître repoussa son assiette de salade qu'il avait commandée dans sa chambre et referma le livre d'ouvertures qu'il était en train d'étudier.

Il mit une paire de jeans et un pull léger et descendit l'escalier qui menait au hall du rez-de-chaussée du vieil hôtel décadent.

Le téléphone sonna dans la chambre de Zharkov.
« Oui ? »
« Il sort », annonça une voix.
« Assurez-vous qu'il ne rentre pas. »

Starcher regarda à travers les petites fenêtres de la cabine du bateau où il était retenu prisonnier. A quelques mètres, il vit un mur gris en pente, mais dans un mouvement de son bateau, il se rendit compte qu'il s'agissait en fait de la coque d'un croiseur soviétique. De l'autre côté de la cabine, la vue était sensiblement la même, sauf que le destroyer soviétique se tenait à une centaine de mètres et qu'il pouvait en voir très clairement les contours.

Flottant tout près, deux petites vedettes de police munies de mitrailleuses sur leur plage arrière, se balançaient doucement.

Il considéra un moment sa situation. Il était prisonnier sur une embarcation entourée de navires de guerre soviétiques. Il aurait pu se servir de son arme pour tuer son gardien et s'échapper, mais ensuite? Il ne savait rien du bateau. Si par chance, il réussissait à démarrer celui-ci, pourrait-il le mener jusqu'au bord? Ces vedettes se mettraient-elles à le canarder et à l'envoyer par le fond avant qu'il n'ait fait cent mètres?

Il savait déjà que Justin Gilead serait inquiet à cause de lui parce qu'il ne l'avait pas appelé. Justin ne savait pas où il se trouvait, et à moins de forcer Zharkov à lui donner l'information, ce à quoi il ne fallait même pas songer, il ne serait pas capable de la découvrir tout seul. De plus, Starcher ne savait toujours rien des plans de Nitchevo.

Il termina la grande tasse de café que Durganiv lui avait apportée, puis s'allongea sur l'étroite couchette en bois. Il devait attendre. Il s'était laissé capturer pour découvrir ce que Zharkov avait dans la tête, et il était inutile de tenter quoi que ce soit avant de l'avoir découvert.

Il attendrait et il se reposerait. Il n'agirait pas. Il réagirait. Ses yeux s'alourdirent, et il réalisa tout à coup combien il était fatigué. En glissant dans le sommeil, il songea : « Starcher, tu as soixante-six ans et à l'heure qu'il est tu ne peux pas dire le contraire. »

Il tâta le pistolet contre sa cheville. Un instant, il se sentit en parfaite sécurité puis s'abandonna à un sommeil dans lequel il ne ressentit plus rien.

De l'extérieur, « La Coquille Pourpre » paraissait plutôt minable. Le bâtiment aurait eu bien besoin d'une couche de peinture. Les fenêtres étaient sales et constellées de mouches malchanceuses. Mais, à l'intérieur, la salle était propre et avenante. Le sol était recouvert de sciure de bois. Au bout du bar, il y avait une petite salle à manger qui contenait quatre tables carrées.

Le bar était à moitié occupé par six hommes assis sur des tabourets. Ils ressemblaient à des marins, portant de gros pulls et coiffés de casquettes de base-ball. Leurs vêtements sentaient fortement le poisson.

Ils plaisantaient avec le barman, un grand échalas au teint pâle avec des yeux tristes et tombants. Il portait une chemise blanche et des pantalons noirs, recouvert en partie par un tablier blanc. Ses manches étaient remontées à mi-bras, et sur son poignet gauche était tatoué un coquillage pourpre.

Les clients se tournèrent vers Justin quand il entra dans l'établissement et qu'il s'assit sur un tabouret à l'extrémité opposée du bar. Il commanda un verre de vin rouge au barman.

Justin posa un billet de cinq dollars sur le bar et demanda doucement en espagnol : « Monnaie américaine, bon? »

« Les Américains sont des coyottes et des fauteurs de guerre pour le compte du capitalisme impérialiste qui voudraient réduire en esclavage les esprits de tous les peuples amoureux de la liberté à la surface de la terre », dit le barman. « Mais dans un souci d'harmonie internationale et dans l'intérêt de l'entente entre les nations, j'accepte la monnaie américaine. Sans limitation. » Il fit un sourire en forme de grimace. « Vous êtes américain? »

Justin acquiesça. « Ce n'est pas une halte habituelle pour les touristes américains », constata le barman.

« Je suis joueur d'échecs », dit Justin. « Vous êtes Pablo Olivares? »

En entendant le terme de « joueur d'échecs », le barman se tendit.

« Si, señor », fit-il prudemment.

« Nous avons un ami commun. Harry Andrew. »

Le barman restait de marbre. Justin se pencha en avant. « Peut-être le connaissez-vous sous le nom de Starcher? »

Le barman secoua négativement la tête. « Je ne connais personne de ce nom, señor. »

Il tendit la main vers le billet de cinq dollars, mais Justin lui accrocha le bras au passage.

« *Amigo* », dit-il, « je ne vous veux pas de mal. Starcher est venu avec moi. Je connais aussi Harry Kael, qui est une autre de vos connaissances aux États-Unis. Je suis à la recherche de Starcher. Savez-vous où il se trouve? »

« Je ne connais pas de Starcher », se buta Olivares. Il s'écarta de Justin et alla faire de la monnaie dans sa caisse. Il revint avec quelques billets cubains et les posa sur le bar. « Attendez et écoutez-moi », fit Justin. Il se rapprocha du barman en voyant les autres hommes à l'autre bout du bar se tourner vers eux et tendre une oreille curieuse.

« Señor Olivares, vous n'êtes rien pour moi. Mais Starcher est mon ami et je ne vois pas pourquoi je n'appellerais pas la police secrète cubaine pour leur dire que vous travaillez pour Harry Kael de la CIA. Ça ne me coûtera rien non plus de leur dire que votre petite amie est dans le coup, même si ce n'est qu'un gros mensonge. Ce sera une joie de leur raconter que vous étiez le contact d'Andrew Starcher à Cuba. Señor, rien de plus facile, et si vous ne me parlez pas, avec honnêteté dans votre cœur et dans vos paroles, je ferai toutes ces vilaines choses. »

Les yeux tristes du barman prirent un coup de vieux supplémentaire en pesant les propositions de Justin. « Allons parler dans le fond. Il y a trop d'oreilles ici », lança-t-il à Justin avant de s'éloigner.

« Luis », appela-t-il. « Surveille le bar. Je dois parler en privé avec mon ami. »

Il guida Justin à travers la petite salle à manger vers un office exigu à l'arrière du petit bâtiment à un étage.

« Quel est votre nom? » demanda Olivares après avoir soigneusement fermé la porte derrière lui.

« Justin Gilead. »

« Vous avez des papiers? »

Gilead lui montra son passeport. « Vous paraissez plus âgé », dit Olivares.

« Je me sens plus âgé », répondit Justin.

Le Cubain se décida. « Starcher m'a parlé de vous. »

« Alors vous savez que je suis son ami et que vous pouvez me faire confiance. Il devait m'appeler ce soir, mais il ne l'a pas fait. Je suis inquiet à son sujet. Il est âgé et pas trop bien portant. Savez-vous où il se trouve? »

« Je suis désolé, señor. Il était ici, l'autre soir et nous avons parlé une bonne partie de la nuit. Il est très tenace, votre M. Starcher. Mais je ne sais rien des plans des Soviets ici. Je n'ai rien entendu des matelots, même s'il en vient souvent en permission mais je n'ai rien entendu. Ma femme ne sait rien de ce que je fais, rien. M. Starcher – comment dites-vous? – a fouillé ma tête toute la nuit mais n'a rien trouvé dedans. Il est parti en me disant de l'appeler si j'apprenais quelque chose. Mais je n'ai rien appris.

« Vous a-t-il dit quelque chose de ses soupçons? » demanda Justin. « Vous a-t-il dit où il pouvait se rendre d'autre et à qui il avait l'intention de parler? »

« Non. » Olivares secoua la tête tristement. Il ressemblait à un basset qui aurait raté un repas. « Apparemment il ne vous a rien dit et il m'a dit la même chose. »

A-t-il dit qu'il reviendrait ici? »

« Il m'a remercié et a dit qu'il parlerait en bien de moi à des amis à lui. Je suis désolé, de ne pas pouvoir vous aider plus. »

« Merci quand même. J'apprécie votre amabilité. »

« Une chose, M. Gilead. J'ai donné un revolver à M. Starcher. Je l'avais confisqué à un marin, il y a longtemps. Il n'est pas désarmé. »

« Très bien », approuva Justin. Il alla vers la porte. « Il y a des taxis par ici ? »

« Il n'y a de taxis presque nulle part à La Havane », précisa Olivares. « Mais si vous vous écartez à deux rues du port, vous tomberez sur l'Avenida de la Revolucion. Vous pouvez peut-être en trouver un par-là. » Justin fit signe qu'il avait compris et Olivares ajouta : « Si j'étais vous, je ferais attention avec votre médaille en or autour de votre cou. C'est un quartier un peu violent, par ici. »

« Je suis un homme un peu violent moi-même », dit Justin.

En retraversant le bar, il constata que les tabourets étaient tous occupés. Justin laissa sa monnaie sur le bar et sortit dans l'air frais du soir.

« Ne devrais-tu pas étudier pour la partie de demain ? » demanda Katarina en servant à Zharkov une large portion de poisson au riz à l'étuvée.

« Non. Étudier n'est pas nécessaire. »

« Ne te gonfles-tu pas un peu la tête ? Tu gagnes une partie et tu penses déjà dévorer le monde. »

« Sais-tu qui est mon adversaire, demain ? » demanda Zharkov.

« Qui ? »

« Le Grand-Maître. »

« Gilead », dit-elle. « Parle-moi de lui. Je n'ai vu que d'anciennes photos de lui. A quoi ressemble-t-il maintenant ? » Elle s'assit en face de lui, attentive.

« Il a beaucoup vieilli. Je ne sais pas où il était ces quatre dernières années, mais où que ce fut, il n'a pas dû s'amuser. Il est plus maigre et il est plus raide. Autrefois, il bougeait comme du vif-argent. C'est loin d'être le cas, à présent. »

« Tant mieux », fit-elle. « J'espère qu'il en crèvera. »

Zharkov sourit. « Pourquoi le détestes-tu tant ? »

Elle regarda ses pieds, un instant, le regard fou.

« Je le déteste, c'est tout. J'ai parfois l'impression que je le hais depuis ma naissance. » Elle rit nerveusement. « Bien sûr, je sais que c'est ridicule, puisque je ne peux pas... » Sa voix s'éteignit, gênée.

Soudain, Zharkov éprouva une grande compassion à son égard. « Tu ne te souviens pas avoir jamais été une petite fille, n'est-ce pas ? Pas d'amis d'enfance. Pas de souvenirs d'enfance. »

Elle sourit. La pointe de son nez était rouge. « Tu es mon

premier souvenir d'enfance », dit-elle en l'embrassant. « Le reste n'a pas d'importance. Si j'ai tout oublié, c'est qu'il doit y avoir une raison. »

Il lui caressa les cheveux. Un instant, il ressentit une tendresse douloureuse pour la jeune femme sans passé, la jeune fille morte qu'il avait ramenée à la vie par sa passion.

« Et si je hais Justin Gilead, c'est également qu'il doit y avoir une raison », dit-elle.

Il n'y avait pas de sentiments à avoir pour elle, il ne pouvait se permettre ce luxe. Elle lui avait été donnée en présent, et, un jour, il devrait détruire ce présent. Tel était l'accord passé. Zharkov retira sa main et reprit le contrôle de lui-même. « Tu n'auras pas à le haïr encore très longtemps. Je joue contre lui demain. »

« Et ?... »

« Il ne viendra pas. Il doit mourir ce soir. »

Elle eut l'air déçu. « Je voulais le tuer pour toi. Je voulais te faire ce cadeau. »

Il aurait voulu la toucher, sentir sa chaleur confiante. M'aurait-elle aimé si elle avait eu le choix ? s'interrogea-t-il. Il ne le saurait jamais. Katarina, en un sens, n'était pas plus une femme qu'un robot de femme, une personne créée pour son propre usage. C'eut été de la folie que de croire autre chose. Mais une folie si facile.

« *Toi* toute seule, tu es mon cadeau », dit-il doucement puis il détourna son regard.

Devant lui, Justin pouvait voir la large Avenid de la Revolucion avec ses alignements de palmiers, mais avant qu'il parvienne au coin de la rue, un taxi arrivait le long de son trottoir. Justin siffla pour le hêler. Le chauffeur se pencha à la portière, regarda nerveusement à droite et à gauche, puis roula à la hauteur de Justin pour le charger.

Justin avait pris sa décision. Il retournerait à l'hôtel et ferait cracher s'il le fallait à Zharkov, l'endroit où se trouvait Starcher. Il ferma la portière derrière lui. Un autre homme, accroupi sur le siège avant se dressa soudain et braqua un pistolet sur Justin. « On reste assis tranquille », fit l'homme dans un anglais approximatif, puis il donna l'ordre au chauffeur de rouler.

Justin reconnut l'homme au pistolet. Il l'avait déjà vu dans la grande salle du tournoi. Des phares éclairèrent la plage arrière de leur taxi. Justin supposa que ce pouvait être d'autres agents du KGB qui suivaient dans un autre véhicule.

« Où va-t-on ? » demanda-t-il.

« En balade, comme on dit chez vous », dit le Russe. « Détendez-vous et admirez le paysage. »

Les verrous des portes claquèrent quand le chauffeur actionna le bouton de fermeture automatique. Le véhicule fit un bond en avant pour s'insérer dans le trafic et prit de la vitesse sur l'autoroute, vers les faubourgs de La Havane. Les phares illuminaient toujours la vitre arrière.

Avec un peu de chance, se dit Justin, ils l'emmenaient rejoindre Starcher.

Youri Durganiv ouvrit la porte de la cabine, vit Starcher toujours allongé sur la couchette et entra. Il avait un revolver à la main alors qu'il s'asseyait à la petite table dans l'attente du réveil de l'Américain.

Starcher était réveillé depuis bien avant d'avoir entendu la clef dans la serrure. Il avait fait semblant de ronfler légèrement, puis avait ouvert les yeux, enfin avait fait une démonstration de son talent en matière de grognements et de bâillements. Il s'était retourné brutalement et avait fait semblant d'être effrayé.

« Où suis-je ? Où est-ce qu'on est ici ? » Starcher contempla Durganiv et abandonna l'idée de s'en débarrasser en combat singulier. Durganiv était un réel colosse.

« Je suis venu voir si vous aviez faim », dit Youri, en anglais.

« Oui. J'ai faim. Pourquoi suis-je ici ? »

« Chaque chose en son temps », dit Youri.

« Je vous ai entendu au téléphone tout à l'heure. C'était du russe ? »

« Oui. »

« Vous n'avez pas l'air d'un Russe », dit Starcher.

« Et vous, vous n'avez pas l'air d'un assassin. Ni d'un bon gros espion de la CIA. » Youri souriait.

« Un assassin ? Vous vous êtes trompé de bonhomme. »

« Non, Andrew Starcher, je ne me suis pas trompé de bonhomme. »

« Mais pourquoi suis-je ici ? »

« Vous n'y serez pas très longtemps. On vous emmènera ailleurs. »

« Où est Zharkov ? »

« Il est en ville. »

« Vais-je le voir ? »

« S'il le désire, oui. Il nous le fera savoir. »

« Vous travaillez pour lui? »

« Oui. Tenez, il y a de quoi manger, ici. Asseyez-vous à la table et avalez quelque chose. »

Il verrouilla la porte puis changea de place avec Starcher qui s'assit devant l'assiette de nourriture. Durganiv restait assis prudemment sur le bord de la couchette, le pistolet en main, prêt à toute éventualité.

Starcher prit quelques bouchées. « Pourquoi avez-vous dit que j'étais un assassin? »

« Ah bon, vous ne l'êtes pas? »

« Non. »

« Écoutez, moi je veux bien vous croire, mais je doute que le reste du monde en fasse de même. Mangez donc. »

Starcher continua de manger. Tout se passait bien. Durganiv le sous-estimait toujours. Si cela devenait nécessaire, Starcher ne doutait plus qu'il puisse prendre rapidement le revolver de derrière sa cheville et planter une balle dans l'œil droit du Russe avant même qu'il sache d'où cela venait.

Si c'était nécessaire, uniquement. Mais, tout d'abord, il devait attendre pour voir ce qui allait se passer.

Il replongea dans son assiette.

A une demi-heure de route de La Havane, le taxi se rangea sur le bas-côté de l'autoroute. Justin passa dans la voiture suiveuse sous la menace d'un pistolet. Deux autres hommes qu'il avait vus dans la salle des tournois étaient dans la voiture. On le poussa sur le siège arrière toujours tenu en respect de tous les côtés. La voiture reprit la route en direction de l'est. Aucun des hommes n'adressa la parole à Justin.

Une trentaine de kilomètres plus loin, le véhicule sortit de la route principale et pénétra dans un enclos de barrières blanches qui s'étendait de tous côtés à parte de vue.

A une centaine de mètres à l'intérieur de l'enclos, il y avait une nouvelle barrière fermée par une chaîne et entourée de fil de fer barbelé. Un panneau prévenait en espagnol : « Clôture électrifiée. Passage interdit. » Le chauffeur ouvrit la barrière avec une clef, fit entrer la voiture puis descendit refermer de nouveau. Aucun des autres hommes n'avaient bougé pour l'aider. Ils gardaient consciencieusement leurs armes braquées sur Justin.

« C'est quoi, cet endroit? » demanda Justin en anglais.

« Un abattoir », répondit l'homme sur le siège avant. L'homme à droite de Justin dit quelque chose en russe et ils éclatèrent de rire.

Justin réalisa qu'ils ne savaient pas qu'il parlait russe. L'homme avait dit : « Exact. Un abattoir pour toi tout seul. »

Il étaient là pour le tuer. « Quel genre d'abattoir? » demanda-t-il innocemment de nouveau en anglais.

« C'est l'Agrupacion Genetica de La Habana », répondit le chauffeur.

« Qu'est-ce que c'est? »

« Une ferme et une laiterie d'État. Ils y font des expériences sur les animaux pour améliorer la production de la viande et du lait. Maintenant taisez-vous, vous parlez trop. »

« Pourquoi est-ce qu'on m'amène ici? »

« Peut-être justement parce que vous parlez trop à n'importe qui », répondit l'homme à côté de Justin.

« Je ne comprends pas ce qui se passe. Je suis un joueur d'échecs. Pourquoi me menacez-vous avec des revolvers? Qu'allez-vous faire? »

« Nous sommes des amoureux des échecs. Nous ne voulons pas que vous jouiiez contre Zharkov, demain. Vous seriez capable de gagner. »

« Je vais voir Zharkov, ici? »

« Non. »

Le véhicule s'enfonçait plus profondément dans la campagne à présent, sur une petite route étroite mais bien pavée. Le chauffeur tourna brutalement sur la droite. Les pneus glissèrent un instant en faisant gicler du gravier.

« Va doucement. Il n'y a que lui qui doit mourir ici », lança sèchement en russe celui qui était assis à côté du chauffeur.

La voiture roulait à présent dans un sous-bois et la petite route était devenue guère plus qu'un chemin. On ne voyait aucune lueur d'habitation dans la lumière des phares qui trouait l'obscurité.

La voiture déboucha dans une clairière. Justin put voir enfin une série de longs bâtiments bas reliés les uns aux autres qui se détachaient dans les phares.

« Vous êtes un privilégié, M. Gilead », lui annonça l'un des hommes.

« Ah? »

« Vous allez avoir l'honneur de visiter l'une des installations les plus secrètes au monde. »

« Je me demande ce qui me vaut cet honneur », répondit Justin.

« Ceci est un laboratoire d'essais qui travaille pour la guerre bactériologique », lui dit l'homme qui se trouvait à ses côtés. Il semblait être le chef des trois hommes.

« Je croyais que c'était une laiterie ou une ferme d'élevage? »

« C'est bien ça. Il y a beaucoup de bétail ici et dans ces bâtiments on fait des essais de poisons sur les vaches laitières, par exemple ou sur d'autres animaux également. A l'écart du public, bien entendu et sans aucun risque pour les populations éprises de paix de la République Libre de Cuba, vous comprenez? »

L'un des hommes remarqua en russe que même en cas d'accident, cela ne toucherait que des Cubains, et que c'était le cadet de ses soucis. Justin fit semblant de ne pas avoir compris.

Ils rangèrent la voiture. Justin descendit. Il sentit le canon d'un pistolet sur sa colonne vertébrale.

« Qu'est-ce que je fais ici? » demanda de nouveau Justin en anglais.

« Vous êtes un espion, Gilead », lui répondit l'officier principal.

« Nous avons pensé vous faire un plaisir rare en vous faisant visiter cette installation secrète. »

« Est-ce ici que vous avez amené Starcher? » demanda brusquement Justin.

« Starcher? Qui est Starcher? »

« Mon assistant. Où est-il? »

« Vous posez vraiment beaucoup trop de questions. »

« Zharkov est ici? »

« Non. »

« Viendra-t-il? »

« Nous verrons bien », répondit l'homme, puis Justin se sentit poussé dans le dos par le revolver. Le chauffeur avait ouvert une porte et le groupe y pénétra.

Une seule ampoule électrique éclairait l'intérieur du bâtiment et en entrant Justin vit qu'ils se trouvaient dans un long couloir qui courait tout le long de la bâtisse. Un côté était constitué de bureaux et l'autre d'une série de portes comportant chacune un guichet de verre. les portes étaient lourdes, en bois et lui firent songer aux portes des armoires frigorifiques dans les magasins de boucherie. Les hommes poussèrent Justin le long du couloir. Starcher était-il ici? Justin ne le pensait pas, finalement.

Au bout du couloir. Justin vit un tableau d'ordinateur qui faisait bien deux mètres carrés. Il était couvert d'indicateurs de mesures et de boutons. En s'approchant, il se rendit compte que l'appareil indiquait des mesures de pression du sang et de pouls. L'appareil devait être relié à l'une quelconque des cellules le long du couloir, aux fins d'expériences sur les animaux, comme lui avait fait comprendre l'un des Russes.

Le chauffeur se tenait devant la porte de la dernière cellule. Il ouvrit la porte et Justin fut poussé brutalement à l'intérieur. La lourde porte se referma sur lui. Il observa rapidement son nouvel environnement, tentant d'accoutumer son regard le plus rapidement possible à l'obscurité, mais presque aussitôt, une ampoule s'alluma au plafond.

Il se trouvait dans une pièce de trois mètres de long sur deux mètres de large. Les murs et le sol étaient recouverts de métal. Des micros étaient placés dans l'angle du mur de face avec le plafond. Au plafond, une grille masquait un ventilateur. Scellée dans le mur de métal, se trouvait la lourde porte de bois, dont la face intérieure était également recouverte de métal, sauf la petite partie vitrée qui constituait le regard. Il n'y avait aucune poignée à la porte et les gonds étaient masqués dans l'épaisseur du vantail, invisibles.

Il alla au guichet vitré et vit le chef de trois Russes près du panneau de contrôle. Il se retourna vers Justin qui entendit sa voix. « Vous vous demandiez ce que vous veniez faire ici? » disait-il en anglais. La voix sortait d'un haut-parleur caché quelque part dans le plafond. « Vous êtes venu mourir. »

« Je veux voir Zharkov », hurla Justin.

« Pas la peine de hurler. Je vous entends très bien. Le colonel Zharkov ne viendra pas ce soir. »

« Où est mon ami? De toute façon, vous me tuerez. Où est-il? »

« Je suis navré. Je ne sais pas. C'est le colonel Zharkov qui s'occupe de lui. Nous, nous nous occupons de vous. »

« Vous ne pouvez pas me faire ça. Je suis citoyen américain. »

« On a déjà fait ça à pas mal de citoyens américains, vous savez. A des espions, bien entendu. Après tout, la recherche in-vivo, c'est vraiment le fin du fin. »

Pour la première fois, Justin remarqua qu'au-dessus de la porte, il y avait une fente, un peu comme une fente à courrier.

« Avez-vous une préférence? » demanda le Russe. Justin regarda de nouveau à travers la votre. Le Soviétique cherchait dans une armoire parmi des fioles qui contenaient des capsules de diverses couleurs.

« Nous avons quelque chose de mystérieux », poursuivit le Russe tout en continuant à chercher parmi les flacons. « Quelque chose qui vous paralyse le système nerveux. Vous pourrez voir et penser, mais vous ne pourrez pas faire un geste. Et puis, finalement, vos yeux et votre pensée s'éteindront lentement, eux aussi. Mais nous avons aussi quelque chose de plus douloureux. Celui-là cause des douleurs spasmodiques fatales. On m'a dit qu'avec ça, certaines personnes se débattent si violemment qu'elles arrivent à se disloquer les bras et les jambes. » Il se retourna vers Gilead et sourit. « Non, ce que je vous suggère, c'est de rester dans le classique. Le cyanure devrait nous donner entière satisfaction, n'est-ce pas ? »

Justin, du bout des doigts, éprouvait l'épaisseur de la vitre. Elle devait faire environ un centimètre et demi et il y en avait deux couches, séparées par un vide de quelques millimètres occupé par une grille de métal. La grille semblait être fixée profondément dans l'épaisseur du bois de la porte.

Justin observa le Russe verser un liquide dans un tube à essais puis y jeter une capsule de couleur foncée. Il boucha aussitôt le tube puis marcha vers la porte. Son corps obscurcit le guichet tandis qu'il se dressait pour atteindre la fente au-dessus de la porte, Justin s'écarta de la porte. La fente laissa passer le tube de verre qui tomba sur le sol de métal et s'y brisa instantanément. Aussitôt une forte odeur d'amande amère caractéristique du gaz cyanhydrique se répandit dans la petite pièce. Un épais nuage de gaz monta lentement du sol et commença à emplir le local.

Justin se réfugia dans le coin opposé de la cellule et s'assit, face au mur. Il entoura ses genoux de ses bras et se tassa en avant. Les trois Russes s'agglutinèrent au carreau. Le gaz emplissait complètement la pièce à présent et le corps de Justin disparaissait progressivement au sein du nuage épais. Puis, alors qu'ils l'observaient toujours, ses mains lâchèrent ses genoux et il tomba en arrière, immobile sur le sol, le visage face au plafond. Les trois Russes se regardèrent puis s'approuvèrent mutuellement.

« Nous allons attendre quelques minutes encore avant d'appeler Zharkov », dit leur chef.

Justin se souvenait. Il était de retour à Rashimpur âgé de douze ans et Tagore n'était pas content.

Le vieil homme avait plongé la main dans l'eau du lac sacré, avait agrippé Justin par le cou et l'avait remonté sur la rive, toussant et crachant. « Tout est dans la respiration », avait dit Tagore. « S'il tu ne respires pas, tu ne vis pas ».

« C'est dur de penser à sa respiration quand on se noie », se plaignait Justin tandis que Tagore s'était pris à grommeler contre ces jeunes garçons qu'on n'arrive jamais à former comme on voudrait.

Cette nuit-là, Justin avait dormi dans la petite grotte qui lui était destinée à flanc de montagne.

Il se réveilla alors qu'une odeur inconnue lui parvenait aux narines. Il se dressa brusquement, assis sur le fin matelas de fibres végétales qui lui servait de lit sur le sol de pierre. De la fumée. Sa grotte s'emplissait de fumée. Il regarda autour de lui. Un gros rocher avait été roulé devant l'entrée de la caverne, et la fumée entrait par un des côtés au pied du rocher.

Le jeune Justin bondit sur ses pieds et se précipita sur la pierre. Il se mit à crier. « Le feu! Au secours! Le feu! Au secours! Au secours! » Mais aucun secours n'arrivait. Il tenta de repousser le rocher mais il n'avait pas assez de forces. La fumée entrait toujours à gros bouillons. Il se blottit contre le mur opposé en regardant la fumée entrer. C'était de la fumée de bois, amère et âcre, qui lui emplissait les poumons et le faisait tousser.

Un feu de bois. Il n'y avait pas de bois de chauffage dans les environs, quelqu'un avait donc dû l'apporter ici dans le but précis de l'enfumer. Quelqu'un essayait de le tuer.

Il toussa de nouveau. Des larmes abondantes coulaient le long de ses joues.

Il allait mourir. Il ne pouvait pas sortir. Pas d'issue.

Il se souvint d'une phrase de Tagore. « Échappe-toi en toi-même. Il y aura toujours une issue de ce côté-là. Échappe-toi en toi-même. »

Le jeune Justin était étendu sur le sol. Pour la première fois, de façon tangible, il se rendait compte que sa vie dépendait directement des capacités qu'il avait pu retirer des enseignements de Tagore. Il s'enroula dans une position fœtale, ferma les yeux et se concentra sur un point noir qui se trouvait quelque part dans son esprit. La tache se rapprocha, grossissant progressivement et quand elle occupa complètement sa conscience, il donna naissance à une tache blanche dans le centre du halo noir. Puis, la tache blanche se rapprocha jusqu'à ce qu'elle remplisse à son tour son esprit. Dans le centre de la tache blanche, une nouvelle tache noire prit naissance.

Il ne pensait plus à la fumée. Il ne pensait qu'à sa respiration. Lentement, il sentit son corps se ralentir. Son esprit fonctionnait, ses sens fonctionnaient également, mais son corps dérivait et s'éloignait de lui. Était-ce cela la mort? Ou pratiquait-il ce que Tagore lui avait enseigné?

Il sentit qu'il sortait de son corps, flottant dans l'air au-dessus de lui, regardant en contrebas, l'étrange petit garçon apeuré. Son corps ne craignait plus rien où il était, il en était sûr. Son esprit, au-dessus, voletait, examinant la situation, réalisant qu'il n'y avait que de la fumée et pas de feu. S'il ne respirait pas de poisons, il pourrait survivre. Justin survivrait.

Son esprit s'était séparé de son corps et avait laissé celui-ci se plonger dans un profond sommeil. Soudain, il ne ressentit plus rien.

Il ne respirait plus.

Pourtant, le matin suivant, il s'éveilla. Il n'y avait plus de fumée dans la grotte. Le gros rocher qui bouchait l'entrée avait été écarté. Tagore apparut dans l'entrée de la petite caverne. « Comment as-tu dormi, jeune Patanjali? » demanda-t-il. Justin hésita un instant. « Très bien, Tagore », dit-il enfin. Il savait que le vieil homme avait souri en se retournant pour le mener au petit-déjeuner puis de là au lieu des leçons.

L'esprit flotte et le corps se repose. Tout est dans la respiration. Échappe-toi en toi-même.

Justin resta étendu dans la cellule. Aussi immobile que la mort tandis que le poison gazeux s'enroulait autour de lui.

Zharkov dormait.

Il avait fait l'amour avec Katarina de nombreuses fois auparavant, mais jamais cela n'avait été aussi violent, exalté, ni ne l'avait jamais laissé aussi pantelant d'épuisement que cette nuit-là. C'était comme si la mort imminente du Grand-Maître avait poussé le corps de Katarina à célébrer l'événement, avait brisé un lien quelconque, même ténu, qui l'avait ouverte réellement à lui pour la première fois.

Zharkov s'éveilla dès les premières fractions de seconde de la sonnerie du téléphone.

« Oui », dit-il doucement.

« Il est mort », dit-on à l'autre bout du fil.

« Tu en es sûr? »

« Il a respiré des vapeurs de cyanure pendant trois heures. Il est mort. »

Zharkov se pencha sur le téléphone, masquant sa bouche de la main pour que Katarina n'entende pas. « Assure-t'en. Je veux que tu lui tires des balles dans la tête. Dans son cœur. Ensuite, tu emmènes son corps dans les bois et tu l'enterres. Et rapporte-moi la médaille qu'il porte autour du cou. »

« A tes ordres, camarade Colonel. »

Zharkov reposa le combiné, prit une cigarette sur la table de nuit et l'alluma. Il resta étendu, fumant dans l'obscurité. Terminé, songea-t-il. C'est terminé.

L'agent du KGB raccrocha de son côté et retourna auprès de ses collègues. « Zharkov doit croire que c'est Superman, ce type. »

« Pourquoi ? »

« Il veut qu'on le truffe de plomb, dans la tête et dans le cœur. Pour s'assurer qu'il est bien mort. Ma parole ! Lénine lui-même ne pourrait pas survivre à un traitement pareil. »

Le petit chauffeur haussa les épaules. « Si Zharkov le veut, je ne pense pas qu'on doive faire autrement. Qu'est-ce qu'on fait avec le corps ? »

« Il veut qu'on l'enterre dans les bois. »

« J'ai horreur de creuser. »

« Arrête de râler. Tu creuses ici ou tu iras creuser en Sibérie. »

Le chef regarda le panneau de contrôle sur lequel se trouvait, dans le coin en haut à droite, une série de douze petits leviers. Il actionna le levier numéro douze, et le doux ronron d'un ventilateur se fit entendre.

Starcher s'éveilla. Il pouvait voir le ciel. Ce serait bientôt l'aube. Il avait compté sur le repos d'une nuit de sommeil pour lui éclaircir les idées, mais il ne pouvait toujours pas imaginer de solution à sa situation. Zharkov ne s'était pas montré et il ne voyait pas très bien comment se sortir de sa prison flottante. Même s'il tuait le Russe qui ressemblait à un Cubain, que ferait-il ensuite ? Il était entouré de navires soviétiques et les vedettes de police étaient toujours là, à petite distance. Il était largement surclassé en hommes et en armement. Il fallait attendre une occasion particulière qui se représenterait peut-être.

Tout est dans la respiration.

L'oxygène revenait dans son organisme. Le brouillard mortel s'était dissipé. Son esprit était alerte, son corps tendu de nouveau.

Mais il ne bougea pas. Il resta silencieux comme la mort. Il attendait.

Il entendit s'ouvrir la porte de la cellule.

« Bon, si on commençait à le truffer de plomb? » fit une voix en russe.

« Pauvre taré », répondit une seconde voix. « Pour me mettre du sang plein mon costume? Si tu le perces, il va se mettre à pisser le sang. Laisse tomber. D'abord on le transporte dans les bois et seulement là-bas on le plombe. »

« Tu as raison. »

« Bien sûr, j'ai raison. Ce n'est pas pour rien que je suis votre chef, crétins. »

« Ça, ce n'est pas si malin, par contre. »

Les trois hommes entrèrent dans la pièce exiguë.

« Ça pue. Tu es sûr que je ne vais pas crever ici? »

« Avec tout ce que tu as picolé depuis que je te connais, si tu n'es pas déjà mort, c'est que tu ne crains plus rien. »

« En tout cas, avec toi je crois que je vais mourir de rire. »

« Tais-toi et prends-le. »

Les deux hommes attrapèrent Justin par les pieds et sous les bras.

« Il est léger », dit l'un d'entre eux.

« C'est pas une raison pour qu'on le porte tous les deux. Donne un coup de main, bon sang. »

« Quelqu'un doit vous tenir la porte », répliqua le chef.

« A chacun selon ses capacités... » conclut le premier homme.

Tout est dans la respiration. Il entendit les mots tout près de lui. Il se sentit soulevé et emporté hors de la pièce. Il n'avait jamais perdu connaissance, en fait.

Il avait simplement fermé son corps à toute intrusion externe mais avait gardé toute la conscience du monde qui l'entourait. La science prétend que le cerveau a besoin d'oxygène pour vivre, pour penser, pour travailler mais Tagore lui avait enseigné que le cerveau était le plus astucieux de tous les cannibales. Si on cesse toutes les fonctions musculaires du corps, les muscles n'ont plus besoin d'oxygène. Et de tous ces muscles immobiles, le cerveau pompait l'oxygène qui lui était nécessaire jusqu'à la dernière molécule pour se maintenir en vie.

C'est ce que Tagore lui avait enseigné mais il lui avait également enseigné comment revenir à l'état normal de veille sans le moindre frisson ou la moindre secousse de ses muscles endormis, sans le moindre soupir ni grognement. Un moment, il était en semi-conscience. L'instant suivant, il était totalement et pleinement en possession de ses moyens. Pour un observateur extérieur, aucune différence n'était décelable, jusqu'à ce que le Grand-Maître ne choisisse son moment.

Il garda les yeux clos. Les hommes se fatiguaient car il sentit baisser leurs bras au point que ses fesses traînaient par intermittence sur l'herbe. Il sentit l'air frais de la nuit. L'oxygène circulait à présent librement dans tout son organisme.

« Plus loin », cria le chef. Il était à une cinquantaine de pas devant les deux hommes. « Encore un peu. Ici, c'est bien. »

Justin ouvrit précautionneusement ses paupières en une mince fente. La nuit était noire. La lune était cachée derrière un épais matelas de nuages.

« Bon sang, qu'il est lourd », dit l'homme qui lui tenait les pieds.

« J'avais cru t'entendre dire qu'il était léger. »

« Bon, il est lourd. On va le jeter dans le trou et quand on l'aura truffé de plomb, il sera encore plus lourd. Au moins, on n'aura pas à le ramener. Tu sens? Il pue encore le poison. »

« Où est donc passé notre brillant chef bien-aimé? » demanda l'homme à ses pieds. « Je n'y vois rien du tout. »

« Je pense qu'il est derrière ces arbres, là-bas. Espérons qu'il aura trouvé un trou tout prêt. J'ai horreur de creuser. »

L'homme qui lui tenait les pieds essaya d'assurer sa prise en faisant sauter la cheville de Justin dans sa main. c'est l'instant que choisit Justin. Il abaissa sa jambe et la tête de l'homme suivit le mouvement inconsciemment, il plia le genou, détendit la jambe dans un mouvement fulgurant comme la mèche d'un fouet et fracassa la pomme d'Adam de l'homme de la pointe de sa chaussure. Celui-ci s'effondra sans un murmure.

Avant qu'il ait touché le sol, Justin était sur ses pieds. L'homme derrière lui grommela, sans comprendre ce qui se passait, mais avant de penser à faire un geste, Justin s'était débarrassé des poignes de l'homme. Il se retourna. Le Russe fit un geste en direction de sa poche de veston, mais il n'en eut pas le temps. Justin était déjà derrière lui. Ses bras bloquaient la gorge du policier tandis que sa paume droite pressait la partie droite de son crâne.

Justin put sentir les vibrations sous son biceps gauche quand l'homme tenta d'appeler au secours, mais la puissance de sa prise avait coupé toute arrivée d'air, et il ne pouvait qu'émettre un sifflement dérisoire. Ses bras fouettèrent l'air mais, ils ne pensaient plus à atteindre le revolver. Puis, il y eut le craquement sec quand la nuque se brisa. Les bras se raidirent un bref instant, puis tombèrent, inertes. Justin le déposa avec douceur sur l'herbe.

Il se retourna vers le petit bosquet où se tenait le troisième homme.

Il y perçut un mouvement. Il se plaqua au sol juste au moment où le Soviétique sortait du petit bois. « Arrivez, vous deux », appela l'officier, puis il s'arrêta. « Eh, où êtes-vous ? Allez. On n'a pas de temps à perdre. J'ai trouvé un trou, par ici. Ça ira très bien Anatoly ? Josef ? Où êtes-vous ? » Il tendit l'oreille mais n'entendit rien que le son des insectes dans la nuit.

Justin l'entendit revenir vers l'endroit où les deux Russes et lui-même étaient allongés. Il était à peine à trois mètres quand il les aperçut.

« Qu'est-ce que ça veut dire, nom de dieu ! ? » fit-il, sans parvenir à rassembler ses esprits. Justin le vit arriver à travers la fente d'un de ses yeux. En marchant, l'homme tirait son revolver de son étui.

Il se tenait à présent aux pieds de Justin. Il s'agenouilla près d'un des deux hommes. Il lui prit le pouls et en sentit rien. L'officier se redressa et regarda autour de lui, totalement abasourdi, cherchant, incrédule, qui avait bien pu faire leur affaire à ses deux adjoints. Personne ne se manifestait aux environs. Il termina sa rotation de 360° sur lui-même et quand il fut revenu à son point de départ, le Grand-Maître lui faisait face.

Le policier recula sous le choc mental. Il se souvint tout à coup qu'il avait une arme à la main et leva le bras en direction de Justin, mais dans le même temps, la main gauche de Justin se refermait sur celle de l'homme. De façon curieuse, le pouce de l'homme se trouva coincé entre le percuteur et la chambre. Le percuteur se déclencha et écrasa le pouce du Soviétique. Celui-ci hurla de douleur. Justin maintenait la pression de sa main de façon que le percuteur continuât à écraser le pouce déjà endommagé. Les os de la main du Russe craquaient comme des brindilles sèches dans l'étau des doigts puissants de Justin.

L'homme hurla de nouveau alors que sa main était complètement disloquée. Le revolver tomba dans la main droite de Justin comme un fruit mûr. Celui-ci le braqua aussitôt sur le Russe.

« Vous... vous étiez mort », dit l'homme, stupidement, la mâchoire inférieure pendante.

« Je suis difficile à tuer. Où est Andrew Starcher ? »

« Starcher ? » Les yeux du Russe fuyaient le regards de Justin.

Première erreur. Vous êtes de Moscou. Vous savez que Starcher était le numéro un de la CIA en URSS. A présent, il voyage avec moi. Où est-il ? »

« Je ne sais pas. »

« Deuxième erreur. Vous mentez. »

Il arma le percuteur du revolver.

Le Soviétique parla rapidement. « C'est la vérité. On l'a suivi, hier mais l'un des hommes de Zharkov l'a emmené. Je ne sais pas où il est. »

« D'accord », concéda Gilead. « Qu'est-ce que Zharkov fait ici à Cuba ? »

« Je ne sais pas non plus », dit l'homme. Il fit un geste du menton vers ses deux hommes, morts, étendus à leurs pieds. « Aucun de nous ne savait. Il ne nous a rien dit. Nous n'étions que des gardes et nous devions obéir aux instructions. C'est tout. »

« Je vous crois. »

Le Soviétique leva sa main brisée et l'amena devant son visage.

« Ne me tuez pas », dit-il. Son nez coulait.

« Je les ai tués », dit Justin froidement.

« Je n'ai rien contre vous. Ce serait un meurtre. Ne faites pas ça, s'il vous plaît. J'ai une famille. »

Justin abaissa son bras imperceptiblement. C'était ce que guettait le Soviétique. Il avança pour se sortir de la ligne de feu de Justin pendant qu'il plongeait la main dans sa poche et en retirait un couteau à cran d'arrêt qu'il ouvrit dans un claquement sec en même temps qu'il essayait de l'enfoncer dans l'abdomen de Justin. Le couteau s'arrêta comme bloqué par un mur de briques. Le Soviétique regarda sa main et vit avec effroi la main de Justin qui enveloppait la lame du couteau, sans même saigner. Il tenta de le dégager mais Justin tenait bon. Finalement, il regarda Justin dans les yeux et fit un pas en arrière en tirant toujours sur le couteau. Ses yeux lui sortaient littéralement de la tête.

« Troisième erreur », annonça Justin, et il fit feu droit dans le cœur du policier. Celui-ci s'écroula. Justin ne ressentit aucun remords et il réalisa, avec tristesse, que le meurtre était devenu une chose banale dans sa pauvre vie désorientée.

Il traîna les corps dans les bois et les fit glisser dans une dépression naturelle qu'il recouvrit ensuite de feuilles et de branchages. Pendant qu'il faisait cela, le ciel s'éclaircissait très légèrement. L'aube arrivait, rapidement comme toujours sous les tropiques, et les premières mèches de lumière solaire apparaissaient à l'horizon quand il eut terminé les funérailles sommaires des trois hommes. Il revint vers la voiture mais il n'en trouva nulle part les clefs. Il renonça à retourner fouiller dans les poches des trois hommes, et se dirigea aussitôt à pied vers la route principale, à plusieurs kilomètres du centre d'essais agricoles.

Tant de morts, songea-t-il, avec douleur.

Encore un, pourtant.

Chapitre 39

A 10 heures précises, l'arbitre fit un signe de tête à l'adresse d'Alexandre Zharkov et appuya sur le bouton de la pendule de Justin Gilead.

Zharkov joua le Pion du Roi en e 4, appuya sur le bouton de sa pendule et déclencha la pendule de Justin.

Gilead n'était pas là. Zharkov se leva et alla regarder les autres parties.

Les tribunes des spectateurs étaient à moitié occupées à cause de l'heure. Nombreux étaient les amateurs d'échecs qui s'étaient débrouillés pour prendre une demi-journée de congé durant la durée du tournoi, mais en prendre plus était pour certains quasi impossible.

Une heure. Si Justin Gilead ne se présentait pas avant onze heures pour bouger sa première pièce, l'officiel arrêterait les pendules et déclarerait Zharkov vainqueur par défaut de présentation.

Zharkov réprima un sourire. Défaut de présentation. La mort était pourtant une excellente excuse pour un défaut de présentation.

Le champion américain, Carey, jouait contre Keverin. Demain, Zharkov jouerait contre Carey. Sur les tablettes des officiels. Car, bien sûr, ce ne serait pas le cas. Le match serait bien évidemment annulé, en fonction de la perte irréparable qu'aurait subi le peuple cubain par la mort de son bien-aimé grand leader charismatique, Fidel Castro.

Quelle perte, songea Zharkov. Les populations socialistes prendraient le deuil du martyr. Un martyr de plus pour la liberté. Abattu au sommet de sa gloire par un agent de la CIA, mis subrepticement à l'écart par une providentielle crise cardiaque dans un hôpital moscovite. Zharkov se souvint qu'il devait s'assurer que le dossier médical de Starcher soit soigneusement remanié. Il fallait faire planer le doute sur la réalité clinique de la crise cardiaque de Starcher. Les officiels de l'hôpital diraient qu'ils avaient pensé qu'il s'agissait d'une tentative d'escroquerie aux assurances de la part du vieil américain et qu'ils n'avaient pas osé l'accuser, auprès de qui d'ailleurs, n'en ayant pas la preuve formelle.

Pauvre Starcher. Pauvre Fidel Castro. Pauvres États-Unis.

Les deux plus jeunes joueurs du tournoi, l'Américain Shinnick et le Russe Ribitnov, étaient aux prises. On ferait bien de surveiller le jeune Ribitnov, se dit Zharkov. Il est intelligent et fragile. C'est le type même du transfuge en puissance. Zharkov rangea cette idée dans un coin de son esprit. Il se soucierait de Ribitnov plus tard. Kutsenko l'étonnait plus par contre. Pourquoi s'était-il décidé à franchir le pas? Zharkov avait toujours considéré Kutsenko comme une souris qui n'oserait pas sortir de son trou, même pour un univers de fromage.

Il alla à une autre table, où précisément Kutsenko affrontait Gousen le Syrio-américain. Le début de leur partie était une variante plutôt pesante du gambit de la Reine, au travers de coups de référence, sans grand intérêt et dont ils essayaient de se sortir en jouant le plus vite possible. Ils en étaient à leur huitième coup chacun, sans avoir épuisé plus d'une minute de pendule. Le regard de Kutsenko croisa celui de Zharkov, puis se repencha sur l'échiquier.

Tu te sens coupable, mon ami? songea Zharkov. Ne t'inquiète pas, tu as rempli ta fonction de manière plus qu'honorable. Tu as attiré Justin Gilead ici, et il est mort. Tu as fait mieux encore. D'une certaine manière, c'est encore toi qui as attiré Starcher ici. Et pour avoir fait ça, quand tu seras une non-personne à ton retour en Union soviétique, tu bénéficieras d'avantages que la plupart des non-personnes ne connaissent. On te laissera un échiquier, par exemple. Peut-être que ta femme, l'éminente doctoresse, aura un petit travail comme femme de ménage dans un hôpital. Nous remercions toujours ceux qui sont de notre côté, sais-tu, mon bon Kutsenko.

Zharkov jeta un regard vers sa table. L'officiel se tenait

toujours près de la pendule. Il consulta sa montre, imité par Zharkov. Encore quinze minutes avant la disqualification de Justin.

Zharkov aurait gagné. La partie. Et le monde. Car le Grand-Maître était mort.

Zharkov resta un instant près de la table de Kutsenko car il savait que cela rendait nerveux le champion du monde. Il veut me faire l'honneur de son jeu, pensa Zharkov. Kutsenko jouait bien. Il avait de fortes chances de faire le score le plus élevé du tournoi. Sans ce malheureux contretemps bien sûr. La mort de Castro.

Il regarda la grosse pendule accrochée au mur de la salle derrière la tribune des officiels. Plus que quelques minutes avant onze heures. Il se dirigea vers sa table pour recevoir la confirmation officielle de la disqualification de Justin.

A trois mètres de la table, il s'arrêta net, comme s'il s'était heurté à un mur. Il pouvait voir l'arrière de la pendule sur la table, mais le bouton en était enfoncé du côté de Gilead. Sa propre pendule faisait entendre un doux tic-tac.

Comment... comment cela était-il possible?

Il fit un bond vers l'échiquier et se rendit compte que le Pion du Roi noir se trouvait en e 5 au contact de son propre Pion blanc.

Son cœur battait comme un marteau-piqueur. Sa respiration se fit brûlante. Il regarda autour de lui, les yeux exorbités d'incrédulité.

Là, appuyé contre un mur, assez loin de la table, se tenait Justin le Grand-Maître. Il souriait et lui désignait l'échiquier du doigt comme pour lui signaler l'urgence du jeu. Les sens glacés d'effroi, Zharkov alla s'asseoir à sa place. Il consulta la pendule. Celle de Justin montrait cinquante-cinq minutes écoulées. Il s'était présenté à la table seulement cinq minutes avant l'échéance fatidique.

Zharkov joua son cavalier en f 3, appuya sur le bouton et leva les yeux pour croiser ceux de Justin qui le regardaient de l'autre côté de la table.

« Vos hommes sont morts », prononça Justin calmement.

Zharkov restait sans voix. Les mots gelaient dans sa gorge. Tout ce qu'il pouvait faire, c'était regarder le médaillon au serpent qui pendait au cou du Grand-Maître. Les cheveux de Justin étaient en désordre et ses mains sales. Ses vêtements étaient également souillés de terre séchée. Il joua son Cavalier de la Reine en c 6 et démarra la pendule de Zharkov.

Zharkov répondit immédiatement par le Fou en b 5, heureux de pouvoir s'installer dans des coups pré-établis par l'ouverture Ruy Lopez, heureux de ne pas avoir, au moins pour quelques instants, l'obligation de réfléchir ou de réagir.

« Où est Starcher? » demanda Gilead en avançant le Pion de la Tour de la Reine en a 6, obligeant Zharkov à retirer son Fou.

« Jouez. Vous le saurez bien assez tôt », répliqua Zharkov.

« Peut-être plus tôt que vous ne le croyez, Zharkov. »

Il pencha son regard sur l'élégant échiquier en marquetterie et réalisa, en observant la marche souple et régulière des pièces pendant l'ouverture, qu'ils étaient en train de jouer une partie absolument identique à celle qu'ils avaient jouée, lors de leur première rencontre, il y avait trente et un ans de cela. Il leva les yeux et il put voir dans le regard de Zharkov qu'il avait, lui aussi, reconnu les premières phases de la partie.

Le temps, songea Zharkov. Le temps était la clef de tout. En arrivant en retard, Justin Gilead avait gaspillé cinquante-cinq minutes d'un temps précieux. Et sur une pendule d'échecs, le temps perdu, là plus qu'ailleurs, ne se rattrapait pas. Zharkov amasserait les secondes, les économiserait, il créerait les situations les plus compliquées possibles qui forceraient Gilead à étudier et peser les alternatives, tandis que sa pendule engloutirait le temps comme un rongeur affamé. Gilead avait été absent de la compétition pendant trop longtemps; il trébucherait immanquablement sur des variantes nouvelles, sur des solutions de sauvetage récemment mises au point, sur des pièges tendus de fraîche date. La mémoire dans ce jeu était aussi importante que l'intelligence. La capacité de reconnaître une situation, soit qu'on l'ait pratiquée dans le passé, soit qu'on l'ait lue ou qu'on en ait entendu parler, faisait que l'on se sortait plus ou moins bien de cette même situation. C'était ainsi que l'on gagnait une partie au niveau des grand-maîtres internationaux.

Zharkov se souvint d'une interview accordée par Bobby Fisher. Le journaliste avait finalement décidé Fischer à jouer une partie contre lui. Le reporter mis deux heures à jouer ses coups. Fischer ne mit que deux minutes pour le même nombre de coups. Le journaliste abandonna au vingt-cinquième coup, et Fischer, qui ne faisait jamais preuve d'une grande sollicitude, n'avait même pas complimenté son adversaire pour un jeu étonnamment vigoureux. Au contraire, avec l'esprit têtu qui le caractérisait, il entreprit de critiquer la partie. Le journaliste avait bien joué jusqu'au vingtième coup, disait Fischer. Il avait, en disant cela, remis en place les pièces telles qu'elles étaient au dix-neuvième coup. « Regardez, vous avez joué comme ça, et je me suis souvenu d'une partie jouée en 1901 entre Mieses et Mason, à Monte-Carlo. Mieses a joué cela au vingtième coup. Vous, vous avez perdu. Ensuite, ce n'était que de la technique », dit Fischer.

« Vous vous êtes souvenu d'une partie de 1901 ? » s'étonna le journaliste.

« Tout à fait », répliqua Fischer. « C'était d'ailleurs une très bonne partie », ajouta-t-il comme s'il y avait assisté lui-même.

La mémoire était une des clefs du jeu, mais elle nécessitait du travail et une étude constante. A moins que Zharkov ne se trompe totalement, Gilead n'avait pas eu l'avantage de travailler et d'étudier sur le sujet. Il serait, en un sens, obligé de « réinventer la roue » à chaque coup, tandis que Zharkov avait passé un nombre d'heures incalculable à cette étude. Il userait Gilead à la pendule. Le temps détruirait le Grand-Maître.

La tête du Grand-Maître était penchée sur l'échiquier. La pendule cliquetait. Justin bougea un pion. Zharkov comprit que le coup avait assuré l'égalité pour Gilead. Quand les noirs réunissaient à gagner l'égalité au sortir de l'ouverture, c'était un réel avantage pour ceux-ci. Presque une victoire. Une victoire modeste, certes, mais une victoire tout de même. Comme celle que Gilead avait obtenue lors de leur premier match, alors enfants.

Non, se dit Zharkov. Gilead ne l'avait pas battu, alors. Zharkov ne jouait pas seul, à l'époque, et quand bien même la honte de la défaite était tombée sur lui, la responsabilité en avait incombé à ses assistants, les cinq maîtres soviétiques qui étaient assis dans le fond de la salle, indiquant au jeune garçon quels coups jouer. La défaite était la leur, pas la sienne.

Il n'avait jamais perdu contre Gilead. Jamais. Rashimpur avait été détruit. La jeune femme polonaise était morte. Certes, Gilead avait survécu, mais comme un mort vivant. Et, d'ailleurs, comment avait-il survécu ? Qu'avait-il fait pendant que Zharkov faisait sa marche en avant, consolidant sans relâche son pouvoir au sein de l'Union soviétique, s'adjoignant sans cesse de nouveaux soutiens dans l'hypothèse d'une confrontation pour le pouvoir ? Gilead avait disparu de la surface du monde pendant quatre années. La victoire appartenait à Zharkov. Gilead ne l'avait jamais battu sur aucun terrain.

Et aujourd'hui encore moins. Pas devant cet échiquier. Pas dans ce pays.

Les Kutsenko ne verraient jamais les États-Unis. Fidel Castro ne verrait pas se lever une nouvelle fois le soleil. Les États-Unis ne se relèveraient pas de leur rôle dans cet assassinat.

Et Justin devait mourir, par-dessus tout. Il ne confierait plus son destin aux mains de subordonnés. Il la lui donnerait lui-même.

Le Grand-Maître perdrait la partie. Une fois pour toutes. Juste comme il allait perdre la partie en cours. Zharkov contempla les positions quelques minutes puis joua son Cavalier profondément en territoire adverse.

Le Grand-Maître observa le coup et reconnut son efficacité. Il était sorti de l'ouverture avec l'égalité, mais manifestement, Zharkov préparait une attaque massive par le flanc. C'était un coup audacieux, et Justin devrait élaborer une stratégie solide pour le contrer.

Stratégie. Un vieux dicton des échecs prétendait qu'il valait mieux un mauvais plan que pas de plan du tout. Dans le cas présent, pourtant, un mauvais plan de Justin lui serait aussi fatal qu'un manque de plan. Il avait besoin d'un plan suffisamment bon pour repousser l'attaque annoncée et garder une cohésion au sein de ses propres lignes d'attaque.

Stratégie. C'était le maître-mot de la vie de Zharkov, songea Gilead. Son attaque en deux temps du monastère de Rashimpur en était la preuve passée et Justin s'y était laissé prendre. Il n'avait pas eu de plan lui-même et il n'avait pas non plus considéré ceux de son adversaire. Il ne pouvait plus se permettre ce genre d'erreur, aujourd'hui. Pas dans cette partie, pas dans cette vie. Il devait trouver Starcher. Il devait se préoccuper des Kutsenko, également. Et il y avait aussi les plans de Nitchevo sur la Havane. Il faudrait s'en soucier également.

Justin avait ses propres plans. D'abord, la mort de Zharkov.

Et puis, la sienne. Plus tard.

Mais, pour l'instant, la partie. Il jeta un regard rapide à sa pendule et comprit tout de suite qu'il aurait un problème de temps d'ici la fin de la partie. Il en avait déjà dépensé trop. Il étudia la position une fois encore et sentit avec une certaine appréhension qu'elle ne lui était pas familière. Si un piège de Zharkov lui était tendu, il ne le voyait pas. Il ne pouvait donc jouer que sur des coups de principe, jouer les coups en espérant qu'ils ne le mèneraient pas inexorablement à la défaite.

Il avança le Pion de sa Tour du Roi d'une case.

Le temps. Il espérait avoir le temps. Le temps de mener à bien la partie. Le temps de trouver Starcher. Le temps de faire toutes les choses qu'il devait faire.

La défense était faible. Les tentatives de défense de la part de Justin lui avaient toujours paru un peu faibles. Zharkov regardait la position déséquilibrée des Pions devant le Roi de Gilead. Ils étaient voués au sacrifice, ces Pions, songea Zharkov. Tout comme le sacrifice avait toujours sauvé Gilead. Le sacrifice des moines, des villageois en Pologne, et la jeune femme qu'il avait tuée. Ils avaient tous été des Pions, sacrifiés pour que Gilead puisse s'échapper. Jusqu'à aujourd'hui.

Zharkov regarda la pendule. Il lui restait plus de quatre-vingt minutes. Il n'en restait plus que quinze à Justin. Le Grand-Maître avait joué vite pour tenter de se préserver de la fuite du temps, mais la rapidité de ses coups n'avait pas contre-balancé la connaissance plus approfondie de Zharkov de ces nouvelles variations et Gilead se trouvait dans une situation de plus en plus précaire.

Presque avec désinvolture, Zharkov avança un Cavalier et captura un des Pions de Gilead, brisant la ligne de défense qui séparait le Roi du Grand-Maître de la furia menée par Zharkov.

Ce cavalier était vulnérable, à présent. Le Pion de Gilead le prendrait et Zharkov l'aurait sacrifié pour un malheureux Pion, mais cela lui permettait dans le même temps de lancer une attaque irrésistible. Il pressa négligemment le bouton de la pendule et se prit à songer à Maria Lozovan. Elle avait fait partie du sacrifice, elle aussi. Après tout, les Pions avaient largement donné d'eux-même, dans cette partie.

Il leva les yeux, espérant rencontrer le regard désemparé de Gilead, mais celui-ci était penché sur le jeu et tout ce que Zharkov pouvait voir, c'était les cheveux noirs, presque bleus, du Grand-Maître. C'était dans cette position qu'il se rappelait Justin, enfant.

Il n'avait plus le temps. Son plan avait échoué. Il avait abandonné les échecs pendant près de cinq ans, et à présent, c'était les échecs qui l'abandonnaient. Il ne lui restait plus d'issue, songea-t-il. Il était en train de perdre.

Mais soudain, Justin réalisa qu'il avait tort. La plus grande chose lui restait, était encore de son côté. Il entendit la voix intérieure. *Tu es la partie elle-même.*

Quand le temps manquait, quand la stratégie se révélait sans valeur quand les manœuvres échouaient, quand la routine et la mémoire ne donnaient plus ce qu'on en attendait, il restait toujours une dernière chose. Il restait la vie. Un sens intérieur de puissance et de force qui rendait caduc tous les autres facteurs du jeu. Il restait le génie de la survie, et la puissance de la vie et en pensant cela, il sentait monter en lui une lumineuse chaleur. Les courts poils de ses avant-bras frémirent sous l'énergie et l'excitation. Il considéra le jeu et se laissa entraîner à l'intérieur. Il dérivait au milieu des pièces et soudain, il ne fut plus un joueur regardant l'échiquier du dessus, à bonne distance, observant deux armées de bois s'entredéchirer. Il « était » ces armées, il faisait partie d'elles, et leurs luttes étaient les siennes, et la victoire serait la sienne entière. Car il voulait vivre. *Tu es la partie elle-même.*

Comme un éclair, la séquence lui apparut, aveuglante d'évidence. Sa reine vivait encore. De plus petites pièces, de moindre importance, avaient fait l'objet d'échanges, mais sa Reine, sa pièce maîtresse, était debout, et elle ne laisserait pas mourir le Roi. Un jeu de Pions? Quel jeu de Pions? songea-t-il.

Il ne balança pas plus longtemps. Il était le jeu et il le ferait tel qu'il le désirait.

Il envoya sa Reine traverser tout l'échiquier pour protéger son Roi. Il « était » le jeu. Sa main se posa sur le bouton de la pendule.

Zharkov répondit instantanément. Le Russe pensa que le mouvement de la Reine était une maladresse et que Justin devrait perdre une pièce au profit de son Cavalier avancé. Il bougea ce Cavalier, attaquant deux pièces en fourchette. Il tendit la main vers la pendule, mais à peine l'avait-il arrêtée que Justin répondait et redémarrait la pendule de son côté. Le mouvement de Justin avait été si rapide que l'on avait à peine vu le geste.

Zharkov regarda Gilead. Le Grand-Maître ne regardait plus le jeu, la tête baissée. Il regardait au travers du Soviétique, un point dans l'espace, bien au-delà de son adversaire. S'il avait eu à faire avec un autre homme, Zharkov aurait pensé qu'il était somnambule mais, avec Justin, il savait que ce n'était pas le cas.

Justin avait bougé de nouveau sa Reine et Zharkov pouvait maintenant lui prendre sa Tour.

Sa main se tendit pour en faire la capture, puis soudain s'arrêta en plein vol. Il avait du temps, beaucoup de temps. Il analyserait la position soigneusement, dans l'hypothèse d'une chausse-trappe. Il baissa les yeux sur l'échiquier et se mit à calculer.

Tu es le jeu lui-même.
Justin le sentait. La force l'avait pénétré, vraie, complète. Il flottait librement dans un monde de la pensée où il n'était pas nécessaire de lutter, de vouloir. Il dérivait, tout simplement. Au gré des pièces, les déplaçant selon leur propre désir. Les lignes de forces qui partaient de son Roi, et que les pièces empruntaient comme des avenues il les empruntait lui aussi, à leur suite. Car il était devenu le jeu lui-même.

Zharkov bougea une pièce.
Justin répondit immédiatement.
Zharkov réfléchit puis joua de nouveau.
Justin y répondit à son tour sans qu'une seconde ne se soit écoulée sur sa pendule. Justin ne regardait plus l'échiquier que pour regarder Zharkov bouger ses pièces. Il passait le reste du temps à laisser errer son regard dans l'espace, la position du jeu dans l'esprit, laissant les pièces choisir leur marche. Il avait perdu un Pion et une Tour. Dans l'état actuel du jeu, dans d'autres circonstances, avec un autre joueur, il aurait abandonné. Mais ce n'était pas un peu ordinaire. C'était la vie.

La Reine, murmurèrent les pièces à l'adresse de Justin.
Quand Zharkov bougea de nouveau, Justin répondit aussi vite que précédemment, attaquant les Pions de Zharkov avec sa Reine.

La Reine était à présent vulnérable. Elle pouvait être capturée par deux des Pions du Russe. Celui-ci regarda la Reine noire avec étonnement. Gilead venait de gâcher irrémédiablement ses chances de gagner la partie.

Prends la Reine. Zharkov aurait la supériorité d'une Tour, d'un Pion et d'une Reine. Il était difficile même pour un débutant de perdre dans ces conditions.

Il tendit la main pour capturer la Reine avec son Pion. Il hésita et regarda Justin. Celui-ci ne le voyait pas, bien qu'il regardât dans sa direction. Ses yeux étaient fixés sur un point au loin. Pour la première fois, Zharkov ressentit un doute s'insinuer dans son esprit. Il regarda sa pendule. Il n'avait plus que vingt-cinq minutes de jeu. Justin en avait encore treize. Le Grand-Maître avait fait ses huit derniers coups en moins de deux minutes.

Zharkov jura dans son for intérieur et prit la Reine. Le mysticisme c'était bien joli, mais ceci était les échecs, un jeu bien réel. Il fallait garder les pieds sur terre. Si Justin voulait jouer sans sa Tour, sans son Pion, sans sa Reine, c'était son affaire. S'il pensait gagner dans ces conditions, c'était également son affaire. Triomphalement, il enleva la Reine dans un grand geste et écrasa presque le bouton de la pendule.

La Reine avait fait son travail. Elle avait protégé son Roi de l'attaque de Zharkov.

Et maintenant la Tour, dit la voix intérieure. Sans réfléchir, sans hésiter, Justin amena sa Tour face au Roi blanc. « Échec ». La Tour était protégée par le Fou. Il ne restait qu'une case pour le Roi de Zharkov et il serait dans l'angle. C'est ce que fit le Russe.

Aussitôt fait, Justin amena la Tour à travers l'échiquier et captura une pièce. « Échec » à la découverte de nouveau par le Fou de Justin. Zharkov n'avait toujours qu'une solution : ramener son Roi sur la case qu'il venait de quitter. C'est ce qu'il fit de nouveau, mais Justin avait déjà ramené sa Tour devant la Reine blanche. La Tour était toujours protégée par le Fou. Seulement une seule case où jouer. Dans l'angle.

Une fois de plus, Justin découvrit le Fou qui mettait le Roi en échec. Dans le même mouvement, la Tour de Justin était venue se placer sur la case occupée par la Tour de Zharkov. Une nouvelle pièce blanche venait de tomber.

Il était trop tard à présent. Zharkov venait seulement de voir ce qui lui arrivait. Les pièces de Justin étaient placées de telle façon, qu'il pouvait promener sa Tour à travers tout l'échiquier, coup après coup, faisant échec au Roi puis, inexorablement, capturant une pièce, puis refaisant échec puis, une fois encore, capturant une nouvelle pièce, jusqu'à ce que Zharkov soit si éprouvé sur le plan des pièces qu'il ne lui restât plus que des solutions de fortune.

La partie était jouée. Il venait de perdre. Zharkov resta assis à la table, contemplant la situation dans un état de rage impuissante et muette. Il se leva enfin, sans un regard vers Justin, et s'éloigna de la table.

Il quitta la salle rapidement. Plutôt que de perdre par son propre jeu, il avait choisi de laisser la pendule égréner les secondes. Quand le drapeau rouge tomberait, il aurait perdu à la pendule, et il ne serait plus dans la salle pour voir sa défaite.

LE GRAND JEU

Il avait quitté la salle sans se retourner. Justin Gilead n'avait pas remarqué sa fuite. Il regardait toujours un point loin dans l'espace. Il passa un doigt sur son médaillon. Il n'avait qu'une pensée dans son esprit.

Tu es le jeu lui-même.

Et la partie est presque finie.

Chapitre 40

Il n'y avait pas de message de Starcher à la réception. Gilead demanda le numéro de la chambre de Zharkov, monta au troisième étage et cogna à la porte. Il était temps de savoir où se trouvait Starcher.

Aucune réponse ne vint de l'autre côté de la porte.

Il saisit le bouton de la porte dans la main et tourna. Le mécanisme de la serrure résista un moment, puis céda dans un fort craquement sous la pression de la poigne puissante de Justin. Il ouvrit la porte en grand et entra dans la pièce.

Elle était vide. Justin fouilla les affaires de Zharkov, dans une commode et une penderie, cherchant une adresse ou un numéro de téléphone, quelque chose qui le mettrait sur une piste.

Zharkov ne s'encombrait pas de bagages inutiles. Mais de plus, il n'y avait aucun papier, rapport ni livre, pas d'agenda ni de répertoire téléphoniques. Tout ce que trouva Justin était une pile de magazines d'échecs sur une petite table près de la fenêtre, à côté d'un échiquier parfaitement rangé prêt pour un début de partie. La vue de l'échiquier mit Gilead en rage et il balaya d'un revers de manche les pièces noires qui tombèrent sur le tapis. Il ramassa le Roi noir et le coucha en travers de l'échiquier, signe universel et conventionnel de défaite et de soumission aux pièces adverses. Cela signifiait « Le Roi est mort ».

Quand Zharkov rentrerait, il saurait exactement ce que cela signifiait. Il saurait que le Grand-Maître allait le tuer.

« Qu'est-ce que vous faites ici? » La phrase venait d'un homme assez corpulent qui se tenait debout dans l'encadrement de la porte. Justin ne l'avait jamais vu, mais il avait les allures d'un garde du corps soviétique.

« Je cherche Zharkov », dit Justin en allant vers la porte.

« Il n'est pas là. »

« J'ai vu. Où est-il? »

« Je ne sais pas. Ce que je sais par contre, c'est que les cambrioleurs n'ont rien à faire dans cet hôtel. Qui êtes-vous? »

Justin éluda la question. « Je pense que vous ne savez pas non plus où se trouve Andrew Starcher? » demanda-t-il.

« Qui? »

L'air perplexe que Justin lut sur le visage de l'homme lui fit comprendre qu'il disait la vérité. Il ne connaissait pas Starcher. Justin se tenait en face de l'homme mais celui-ci ne bougeait pas de l'entrée. « Vous ne nous quittez pas si vite. Je voudrais appeler les détectives de l'hôtel pour vérifier votre identité. »

« Ne vous donnez pas tout ce mal », dit Justin.

« Pensez-vous, c'est tout naturel. » L'homme était massif, mais son geste pour prendre son arme dans l'étui de ceinture était souple et rapide. Le pistolet était déjà dans sa main mais Justin avait bougé encore plus vite. L'os temporal de l'homme céda sous la violence du coup de poing de Justin. L'homme tomba à genoux puis glissa sur le tapis. Il n'avait pas eu le temps de prononcer le moindre mot ni même de grogner avant de mourir.

Justin traîna l'homme à l'intérieur de la chambre, ferma la porte et sortit.

Un autre mort. Quand cela allait-il finir? songea Justin. Combien de Pions devraient-ils encore tomber avant le Roi noir?

Quand il ouvrit la porte de sa propre chambre, il vit un petit message qui avait été glissé sous celle-ci durant son absence. Il disait simplement : « Appelez votre ami au tatouage. »

Justin utilisa une cabine téléphonique dans le hall de l'hôtel pour appeler la « Coquille Pourpre ». C'est Pablo Olivares qui décrocha. « Justin Gilead à l'appareil. Nous nous sommes vus hier soir. J'ai eu un message de vous. »

« Si, senor. Attendez. Je vous prends sur un autre poste. »

Justin entendit une suite de cliquetis successifs qui lui indiquaient qu'Olivares manœuvrait son installation téléphonique.

« Senor Gilead, vous êtes toujours là? »

« Oui. »

« Je ne sais pas si c'est une indication, mais c'est possible... »

« C'est quoi? » coupa sèchement Justin.

« J'ai eu un marin soviétique ce matin. Ils tiennent bien le coup à la vodka, mais pas au rhum. C'était le cas de celui-là. Il avait trop bu et il parlait trop. Il a dit qu'il y a un petit cabin-cruiser dans le port. Il est ancré au milieu de trois gros bâtiments de guerre soviétiques, et il y a des vedettes qui croisent autour nuit et jour. Je me suis demandé si ça ne serait pas intéressant. »

« Il n'a pas dit ce que le bateau faisait là. »

« Non, senor. J'ai essayé de lui demander mais il m'a dit qu'il était là depuis hier, à l'ancre, et personne ne sait rien à son sujet. Mais il a dit que ça devait être important parce que les vedettes sont autour en permanence. Vous pensez que ça pourrait être une piste? »

« Ça se pourrait bien », répondit Justin.

« Très bien. Je pensais à notre ami qui a disparu. »

« Oui, pourquoi pas. Merci, Senor Olivares. »

« Une autre chose, Senor Gilead. Les vedettes sont fortement armées, c'est toujours le marin qui me l'a dit. »

« Merci. »

« Vous pensez y aller? »

« Oui. »

« Ils risquent de vous couler avant de l'avoir atteint. »

« Je n'y vais pas en bateau », répondit Justin. « Merci encore, senor. »

Youri Durganiv ouvrit une bouteille de bière « Los Hermanos » et jeta un œil à Starcher. Il lui offrit à boire mais le vieil homme refusa.

« Comme vous voudrez », dit Durganiv. « Ça me calme les nerfs quand j'ai une nuit chargée en perspective. »

« Peut-être que ça sera plus calme que vous ne le pensez? »

« Non, non, au contraire. Pour vous aussi, d'ailleurs. » Il lampa la moitié de la bouteille d'un seul long trait, se penchant en arrière la bouteille suspendue au-dessus de sa bouche, presque complètement cachée dans l'énorme poigne.

« Et qu'est-ce que je suis sensé faire ce soir? » demanda Starcher.

« Vous pouvez essayer de me faire croire que vous êtes un type charmant », dit Durganiv. « Mais je sais bien que vous êtes un tueur à gages à la solde du gouvernement réactionnaire américain et des provocateurs criminels de la CIA. Que vous êtes prêt à vous abaisser assez pour... » Durganiv secoua la tête. « Je n'aurais jamais pensé qu'un gouvernement civilisé ferait une chose pareille. » Il trouva sans doute sa tirade du plus haut comique, car il éclata d'un rire qui se transforma rapidement en une quinte de toux, recrachant une partie de la bière qu'il venait d'avaler, sur la table de la cabine.

Mais bon sang, de quoi parle-t-il? Faire quoi? Les questions se bousculaient dans la tête de Starcher. Il était sur le bateau depuis hier et il ne savait toujours rien. Où en était Justin? Où en étaient les Kutsenko?

« Je pense que je vais prendre une bière, si vous le voulez bien. »

« Mais bien sûr. » Durganiv finit la bouteille et en attrapa deux nouvelles dans une caisse isothermique sous la table. Il en jeta une à Starcher, toujours assis sur sa couchette. « J'en prends une, moi aussi », souligna Durganiv. « J'ai dit que c'était bon pour les nerfs, non? »

Starcher dévissa la capsule et la bière qui avait été secouée sortit en geyser de la bouteille.

« Si vous êtes saoul, ça peut être considéré comme une circonstance atténuante », poursuivit Durganiv. « Ils pourraient en tenir compte. Si vous êtes encore vivant à ce moment-là, bien sûr. »

L'enfant de putain se régale, songea Starcher. Il prend son pied à se foutre de ma gueule. Je devrais prendre mon arme maintenant et lui faire éclater le sourire. Oui, mais quoi? Je ne serais pas plus avancé.

Il se raisonna, se convainquant que la meilleure attitude était d'attendre encore, mais combien de temps encore le pourrait-il? Quels que soient les plans de Nitchevo, il savait en tout cas qu'il était partie prenante dans ces plans. S'était-il précipité comme un amateur dans la gueule du loup? Allait-il jouer le jeu des Russes et le rendre encore plus redoutable par sa seule présence à Cuba? Harry Kael avait-il raison? Peut-être que la vraie place d'Andrew Starcher était-elle à la maison en pyjama, assis dans son fauteuil à bascule, le nez plongé dans les cours de la bourse du *Wall Street Journal* et laissant aux jeunes les joies du terrain. Aux jeunes et à ceux qui avaient encore la tête sur les épaules.

« Vous êtes russe? » demanda Starcher.

« Oui. Je sais, je n'ai pas le type russe. »

« Vous me l'avez pris de la bouche. »

Durganiv finit sa bouteille et en prit une autre. « Ma mère était espagnole. Je vous ai peut-être déjà dit que je devais être danseur de ballet? Mais j'ai trop grandi. »

« Vous auriez crevé le plancher de la scène en retombant après le premier saut », dit Starcher.

« J'étais très doué. Mais j'étais trop costaud. Alors, je suis devenu... enfin, ce que je suis devenu, quoi... »

« Et qu'est-ce que vous êtes devenu? »

Durganiv le regarda, prit une lampée de bière et lui cligna de l'œil d'un air matois. « Un ennemi éternel des forces esclavagistes de l'oppression capitaliste. Un homme qui lutte contre les menées réactionnaires où qu'elles se manifestent. »

« Un espion pour Zharkov et Nitchevo », traduisit Starcher.

« Nitchevo? C'est quoi ça? Zharkov? C'est qui ça? » lança Durganiv dans une syntaxe défaillante.

« Laissez tomber. Vous êtes un tueur, également? Je veux dire, à part le fait d'être un petit rat de l'opéra refoulé. »

« Seulement quand c'est nécessaire. Comme ce soir, par exemple. Ce soir, pour vous, je ferai le tueur. Un très bon tueur, d'ailleurs. Dommage, personne ne le saura. Enfin... »

« Pourquoi pas? »

« Je partage la vedette. Si j'avais dansé, je n'aurais jamais accepté. Vous voyez à quel point j'ai lâché du lest. Maintenant, j'accepte de partager la vedette. Ce soir, toutes les fleurs que j'aurais gagnées, on vous les enverra. Quelle humiliation. Les gens ne me montreront pas du doigt en disant, « voilà Youri Durganiv, le grand tueur de dictateurs! » Non, ils diront « regardez, ce pauvre type mort là, c'est Andrew Starcher de la CIA. Ils l'ont envoyé pour tuer... » Il s'arrêta et vida la bouteille de bière. « Assez causé. Il n'y a pas que ça à faire », conclut-il.

Soudain, tout fut clair dans l'esprit de Starcher. Il connaissait le plan exact de Nitchevo. Il comprit avec quel luxe de précautions Zharkov avait progressé et quel imbécile il avait été lui-même de quasiment se constituer prisonnier. Il leur avait incroyablement facilité la tâche. L'image des États-Unis serait d'autant plus facilement ternie aux yeux du monde entier par sa propre inconséquence.

Il était temps de jouer du revolver. Il tuerait Durganiv. Peut-être ne pourrait-il pas s'en sortir, mais au moins les plans de Zharkov seraient contrecarrés. Il s'allongea sur la couchette, ses jambes loin de Durganiv de façon qu'il puisse s'emparer de son petit calibre 22 sans alerter le Soviétique.

A cet instant, il entendit le moteur d'une petite embarcation qui longeait le bord du cabin-cruiser. Il remit ausitôt le revolver en place. On pouvait toujours entendre le battement du moteur à l'extérieur. Durganiv eut un sourire, but la dernière goutte de bière et se leva.

« Voilà de la visite. »

Peut-être Zharkov, se dit Starcher. Parfait. Cela donnerait encore plus de valeur à sa mort éventuelle. Durganiv et Zharkov ensemble. Briser les plans et le numéro un de Nitchevo d'un seul coup. Mourir c'était payer un modeste prix pour un tel résultat. Il avait donné son existence au service de son pays, pourquoi pas sa vie ?

Malheureusement, ce n'était pas Zharkov qui apparut dans la porte de la cabine. C'était un petit Russe mince aux cheveux noirs, vêtu d'un costume de serge bleue. Starcher pouvait entendre le moteur de l'embarcation qui jappait doucement contre le bord.

Durganiv fit un signe de tête au nouvel arrivant. Il lui parla en russe. « C'est Starcher. Tu restes avec lui jusqu'à ce que je t'appelle. Le radio-téléphone est à l'extérieur contre la cloison. Quand je te le demanderai, tu me l'amèneras. Je dois y aller, maintenant. »

L'homme fit un signe d'assentiment à l'adresse de Durganiv sans quitter Starcher des yeux.

Starcher se demanda s'il devait agir maintenant et au moins ruiner cette partie du plan. Sa main gauche se déplaça vers sa cheville. Durganiv parla tout à coup en anglais. « Ah, j'allais oublier. Starcher a caché un revolver contre sa jambe, mais il est vide. Alors, ne t'inquiète pas. »

Starcher sentit son cœur s'arrêter, l'espace d'un battement. Il regarda le Russe qui souriait en haussant les épaules.

« Le café était drogué, hier soir. Vous avez dormi comme un chérubin. J'ai trouvé le revolver et j'en ai retiré les cartouches. »

« Pourquoi me l'avoir laissé, alors ? » demanda Starcher faiblement. « Paradoxalement, j'ai pensé que vous seriez moins nerveux si vous aviez l'espoir de vous échapper. Sans cela, j'aurais dû vous surveiller tout le temps. Tenez-vous tranquille, à présent, grand-père. Georgi n'a pas ma patience ni mon éducation raffinée. Ne l'abîme pas, Georgi. Attache-le au besoin. Et empêche-le de boire. Je pense qu'il est un peu porté sur la bouteille. »

Le petit Soviétique acquiesça, et Durganiv quitta le bateau en hurlant de rire. Quelques instants plus tard, Starcher entendit l'embarcation s'éloigner en pétaradant.

Il était coincé, sans espoir de pouvoir s'échapper.

Le Grand-Maître était assis au bord de la longue jetée qui s'avançait dans la mer à une extrémité du port du La Havane. Il avait dissimulé ses chaussures sous une poubelle, et ses pieds nus pendaient dans le vide au-dessus de l'eau. En contrebas, des pêcheurs déchargeaient leur prise. Justin était assis là depuis cinq minutes, et personne ne l'avait remarqué. Il regarda derrière lui pour s'assurer que personne ne l'observait, puis se laissa glisser sans un bruit dans l'eau. Une fois dans l'eau, il regarda dans la direction des navires soviétiques, ancrés à un demi-mille de la côte. Il en prit le cap, plongea sous l'eau et nagea dans leur direction.

L'eau avait toujours vivifié et exalté les forces de Justin. Il se déplaçait puissamment sous l'eau, non comme un être humain, brassant l'eau avec les bras et les jambes, s'épuisant à lutter contre la résistance de l'élément liquide, mais comme un poisson, avec un mouvement souple et onduleux du torse et du reste du corps. Ses bras étaient étendus devant lui, principalement pour contrôler son cap, mais il faisait penser à un être au corps d'homme qui se comportait dans l'eau comme un véritable poisson.

Il avait parfaitement retenu les patientes leçons de Tagore, au bord du petit lac sacré de Rashimpur. Tagore le regardait alors sortir de l'eau, remonter sur la berge et il lui disait : « Encore une fois. » Justin replongeait, traversait le lac, revenait, remontait sur la berge et Tagore lui disait : « Encore une fois. » Et Justin se rejettait à l'eau, heureux, une nouvelle fois.

Un petit bateau à moteur passa au-dessus de lui, en direction de la côte. Justin regarda le sillage en V qu'il laissait derrière lui. Ce n'était pas le cabin-cruiser qu'il cherchait, ce n'était qu'une petite embarcation.

Il continua à nager. Il ne se souciait pas du temps qu'il passait dans l'eau car son corps fonctionnait admirablement. Il arriva finalement devant une masse énorme qui lui barrait le passage. En s'approchant, il l'aperçut au-dessus de lui dans une brume aquatique comme ce que devait distinguer un poisson qui plongerait devant le mur d'un barrage.

Il savait que c'était la coque d'un bâtiment de guerre. Il s'en approcha encore et remonta enfin à la surface. Il était contre la coque et il pouvait voir d'où il était, le petit cabin-cruiser à cinquante mètres de distance. Les vedettes se tenaient de chaque côté, dérivant lentement en cercle autour de leur protégé. Les navires de guerre faisaient eux aussi un cercle autour du groupe de petits bateaux. Sur chacune des vedettes, Justin apercevait deux marins. Sur la première, ils étaient appuyés nonchalamment l'un au bastingage, l'autre à la mitrailleuse lourde placée sur la plage arrière et discutaient entre eux. Sur la deuxième, ils semblaient jouer avec des pièces de monnaie.

Il n'y avait aucun signe de vie sur le petit cruiser. Si Starcher était à bord, il devait être dans la cabine centrale, pensa Justin. Il se laissa couler et s'éloigna du navire de guerre.

Georgi ne parlait pas à Starcher. Il semblait se contenter d'être assis à la table, son arme à portée de la main, et de contempler son prisonnier.

Starcher songea à se précipiter sur lui mais il ne pensait pas être assez rapide. Même s'il réussissait à le maîtriser que ferait-il ensuite? Entouré de Soviétiques armés jusqu'aux dents. Ceux-ci se préparaient à assassiner Castro. C'était cela la vérité. Il le savait maintenant. Durganiv avait plaisanté et l'avait noyé sous les sarcasmes, mais il avait fini par lâcher l'information qu'il cherchait. Castro allait donc mourir de la main même des Soviétiques et le plan de Zharkov consistait à mettre ce meurtre sur le dos de Starcher. Mais comment Zharkov avait-il su que Starcher serait là? Il réalisa soudain que Zharkov ne l'avait jamais su. Il savait que le Grand-Maître était vivant et il voulait s'en servir comme bouc-émissaire. Mais avec la manœuvre malheureuse de Starcher il pouvait faire d'une pierre deux coups. Gilead ne lui servait plus à rien. Était-il encore vivant? Zharkov l'avait-il déjà tué? Justin mort, Starcher ne pouvait plus compter sur aucune aide. Il devrait se débarrasser de Zharkov par lui-même, et faire sortir les Kutsenko de Cuba seul également. Pas facile, songea-t-il. Sa seule chance de s'échapper était probablement le bateau sur lequel il était. Car, une fois à terre, il n'aurait aucune notion du nombre d'agents lancés à ses trousses. Il étudia le comportement de son gardien. Il avait environ trente ans de moins que lui. En meilleure condition physique, indubitablement, et il était armé. Peut-être sortait-il, lui aussi, d'une crise cardiaque, songea Starcher. Ce pourrait alors être un combat équilibré. Le premier à avoir son infarctus aurait perdu.

Il songea à d'autres possibilités. Quand le radio-téléphone sonnerait, Georgi devrait sortir de la cabine pour répondre. Si l'agent avait la bonne idée de fermer la porte, il pourrait se cacher derrière et attendre le retour du Soviétique pour le frapper. Comme arme, il avait déjà choisi un long morceau de tuyau métallique qu'il voyait dépasser d'une boîte dans le coin opposé.

Supposons qu'il puisse se débarrasser de l'agent de cette manière. Que se passerait-il alors? Nager vers la côte semblait hors de question. Il nageait médiocrement et l'effort le tuerait de toute façon. Il parlait russe. Peut-être pourrait-il simplement démarrer le bateau et prendre congé des vedettes en criant quelque chose du genre : « Bon, eh bien, je m'en vais. A votre santé, les gars. »

Ses cheveux blancs étaient un problème. Le Soviétique avait les cheveux noirs. Il pourrait peut-être mettre la veste de son gardien et se passer du cambouis dans les cheveux. Ou du cirage. Ou n'importe quelle cochonnerie noire qu'il pourrait trouver sur le bateau. Il fallait tenter le coup. C'était sa seule chance. Il avait en plus un léger avantage. Il avait entendu Durganiv recommander à son acolyte de ne pas lui faire de mal. Ils le voulaient vivant et en bonne santé, pour ce soir. Cela pourrait lui donner un tout petit avantage dans une attaque surprise.

Comme si cela avait été programmé pour conclure les réflexions de Starcher, le radio-téléphone se mit à grésiller.

L'agent se leva rapidement, saisit son revolver et le brandit en direction de Starcher. « Tu restes-là », dit-il en anglais d'un ton bourru. Sa voix était cassée. Ils sortit et referma la porte derrière lui.

Starcher se jeta sur le morceau de tuyau métallique qu'il avait repéré auparavant. C'était un objet lourd d'environ cinquante centimètres de long. Starcher l'avait bien en main et cela le rassura.

Pour la première fois, il avait un petit espoir de voir aboutir un plan de fuite. Il marcha tranquillement vers la porte, y plaqua l'oreille et entendit le Russe parler. « Très bien. Chambre 319. On arrive. »

Starcher sentit la cloison vibrer légèrement sous le choc de l'écouteur qui retombait sur son support. Il se plaqua le dos à la cloison. La poignée tourna sur elle-même. Il leva en même temps le bout de tuyau au-dessus de sa tête. Son gardien entra et Starcher repoussa brutalement la porte en même temps qu'il faisait un bond en avant en abattant le tuyau sur la tête du Russe. Celui-ci s'était retourné, avait plongé et s'était protégé le crâne de son bras levé. Le tuyau s'écrasa sur l'avant-bras de l'homme et Starcher sut en entendant le bruit mat qu'il ne lui avait cassé aucun os. Le Soviétique roula sur le plancher de la cabine hors de portée de Starcher, se releva et pointa son arme sur Starcher. « Espèce de fils de pute d'Américain », gronda-t-il en russe. « La seule chose qui te sauve, ce sont les ordres que j'ai reçus. »

Starcher laissa retomber le bras avec son bout de tuyau en même temps que les espoirs qu'il avait entretenus pendant un moment.

« Je comptais là-dessus », répondit-il en russe.

« Ne compte plus là-dessus maintenant. Pas plus que sur ma bonté naturelle. La prochaine fois, je t'en colle une entre les deux yeux. Je me fous de qui sera déçu ou pas. Lâche ça. »

Starcher lâcha le bout de tuyau et retourna s'asseoir sur la couchette.

Trop vieux. Mais au moins, il s'était rebiffé, songea-t-il, en regardant le Russe qui se massait l'avant-bras. « Putain de bon Dieu », grommelait l'agent soviétique.

« Je suis navré de ne pas vous avoir défoncé votre grosse tête », dit-il.

« Et moi, je suis navré de ne pas vous avoir fait sortir la cervelle de la vôtre. Vous ferez le voyage de retour ligoté. »

L'agent entreprit de lier les poignets de Starcher dans son dos avec une corde qu'il avait prise dans un des placards de la cabine.

« Vous êtes aussi de Nitchevo? » demanda Starcher.

« C'est quoi ça, Nitchevo? » répondit l'homme, trop candidement.

Le dernier espoir de Starcher s'évanouissait. Si Georgi n'avait pas fait partie de Nitchevo, il aurait pu le perturber en lui révélant le complot contre Castro. Peut-être cela l'aurait-il suffisamment ébranlé pour qu'il en réfère à ses supérieurs. Peut-être cela aurait-il donné lieu à des contre-ordres ou au moins à un sursis, si court soit-il. La moindre de ces hypothèses aurait pu jouer en faveur de Starcher. Mais ce n'était pas le cas.

Le Soviétique tira les pieds de Starcher en arrière pour les lier aux poignets. Quelqu'un parla en russe.

« Pas trop serré. Il va falloir que je les défasse dans une minute. »

Starcher tourna la tête brusquement vers la voix, en même temps que le Russe se retournait d'une pièce.

Le Grand-Maître était devant eux. Il se tenait à seulement

quelques pas de Georgi, les vêtements dégoulinant d'eau sur le plancher.

Georgi se jeta sur le revolver qu'il avait laissé sur la petite table et leva le museau court de l'arme en direction de Justin mais celui-ci avait déjà attaqué. Le Russe se tenait entre Gilead et Starcher. Celui-ci ne pouvait voir le Grand-Maître mais il entrevit le bras de Justin bouger. Il entendit un coup sec puis un autre et Justin s'écarta. Le Russe tomba à genoux.

Ses yeux étaient grands ouverts, sans expression particulière. C'était les yeux d'un homme qui ne vivait plus. Il piqua du nez et s'effondra sur le plancher de la cabine.

Gilead se précipita pour défaire les liens de Starcher.

« Comment vous sentez-vous ? »

« Au poil. Ils vont assassiner Castro », dit Starcher.

« C'est ça le plan ? » Les liens cédaient les uns après les autres.

« Oui. »

« Pourquoi ne pas les laisser faire ? » demanda Justin. « Après tout, Castro n'est pas un ami des États-Unis. »

Starcher roula sur lui-même et se libéra des derniers nœuds de corde. En regardant la corde de plus près, il se rendit compte que Justin au lieu de défaire les nœuds avait tout simplement brisé la grosse corde d'elle-même. Il regarda Justin puis de nouveau la corde.

« Comment as-tu fait ça ? » demanda-t-il en considérant les nœuds intacts.

« Peu importe. Pourquoi ne pas les laisser se dévorer entre eux ? »

« Parce qu'ils veulent mettre ça sur le dos des États-Unis. C'est pour ça qu'ils me gardaient au chaud. J'étais le clou de la soirée. L'assassin fou de la CIA. »

« Ils ne savaient même pas que vous veniez. Ils ne savaient même pas qui vous étiez. »

Starcher se frottait les poignets là où les liens avaient arrêté la circulation.

« J'y ai bien pensé. Zharkov a dû songer t'utiliser pour ça. Mais quand il m'a trouvé, il a dû penser que l'occasion était trop belle. »

Le Grand-Maître approuva. Il était trempé jusqu'aux os et Starcher en le regardant s'étonnait de la différence qui existait entre la pauvre épave qu'il avait recueillie sur le bateau du Dr Tauber, à New York et l'homme puissant qu'il avait devant les yeux dont on pouvait voir les muscles saillir sous les vêtements humides. Deux mois déjà.

« Ça explique pourquoi ils ont essayé de me tuer la nuit dernière. Je ne servais plus à rien. »

« Je suis désolé, Justin. Mais je ne pouvais pas te prévenir. »

« Bah, ça n'est pas grave. »

« Comment m'as-tu trouvé ? »

« Votre ami sur les quais. Le patron de bar. Il m'a prévenu qu'il avait entendu parler de ce bateau. On lui doit une fière chandelle. Bon, qu'est-ce qui se passe, maintenant ? »

« On pourrait tout simplement partir. Sans toi ni moi, ils risquent d'annuler tout. »

Gilead secoua la tête. « Il reste trois joueurs américains plus leurs assistants. Zharkov n'aurait pas de mal à en prendre un. Il est encore capable de mijoter quelque chose. Après ça, le monde entier aurait l'impression que toute l'équipe américaine était composée d'espions. »

Starcher réfléchissait.

« D'ailleurs, je ne peux pas partir comme ça », dit Justin. « J'ai promis aux Kutsenko de les faire sortir. Et je dois terminer mon affaire avec Zharkov. »

« Ce type au téléphone, je l'ai entendu dire " Chambre 319. On arrive ». Je pense qu'il devait m'y emmener. Probablement au José Marti. Ils devaient mettre au point les derniers détails là-bas. »

« Je pense que l'un de nous devrait se rendre à ce rendez-vous. »

« Certainement », approuva Starcher. « Mais comment va-t-on se sortir d'ici ? Toute la flotte soviétique nous surveille. D'ailleurs, comment es-tu arrivé jusqu'ici sans te faire remarquer ? »

« A la nage. Vous voulez nager jusqu'à la côte ? »

« Je ne ferais pas cinquante mètres. »

« Je crois qu'il va falloir trouver autre chose alors », fit Justin.

Les cheveux noircis par du cirage et revêtu des effets bleus de Georgi, Starcher se tenait à la barre sur la plage arrière. Il appuya sur le démarreur.

La vedette à bâbord était la plus proche. Il fit un signe de la main aux marins. « On y va », leur cria-t-il en russe.

« Attendez », cria l'un des deux hommes.

« Attendez », répéta Justin doucement de la petite coursive où il se tenait, à l'abri des regards des marins. « Faites-leur signe de venir. De toute façon, ils vont venir, alors faites-leur croire que c'est vous qui leur demandez. »

« J'espère que tu sais ce que tu fais. »

« Juste avant qu'ils abordent, descendez et restez hors de leur vue. »

Starcher acquiesça et Gilead, plaqué à terre, rampa jusqu'à la plage arrière, se coula par-dessus le panneau arrière et se laissa glisser dans l'eau. La vedette se déplaçait doucement en direction du cruiser. Starcher se tourna comme pour s'occuper d'un problème de manettes. Quand la vedette ne fut plus qu'à trois mètres, Starcher, sans relever la tête, plongea dans la coursive. Il y resta accroupi tout en vérifiant que le revolver de Georgi était bien chargé et que le cran de sécurité n'était pas mis. Il entendit alors deux chocs et une voix qui l'appelait doucement. « Starcher, dépêchez-vous. »

Les deux marins avaient été jetés sur le pont comme deux sacs de pommes de terre. Gilead était à la barre de la vedette.

« Montez à bord » , dit-il.

« Et ces deux-là ? »

« On s'en fout. Montez. Sortons d'ici. »

Justin tendit la main pour aider Starcher à changer de bord, mais celui-ci lui tapa sur la main pour le laisser faire tout seul. Il grognait sous l'effort mais finit par poser le pied sur le pont de la vedette. Le soleil se couchait et les grands bâtiments de guerre jetaient sur l'eau de grandes ombres. Dès que Starcher fut assis, Justin s'écarta du petit cruiser, gardant celui-ci entre eux et l'autre vedette. Puis, au bout d'un certain temps, il fit donner le moteur plus franchement et fila vers la côte.

« Restez près de cette mitrailleuse et faites-moi signe si vous les voyez nous suivre », demanda gilead.

Starcher regarda dans la direction de l'autre vedette, mais apparemment, le fait que leurs collègues aient décidé d'aller faire un tour à terre ne les perturbait pas, et ils ne semblaient pas préparer une poursuite.

« Tout va bien », cria Starcher par-dessus le battement du moteur.

« Parfait. »

Ils accostèrent cinq minutes plus tard à l'une des jetées du port, entre deux bateaux de pêche abandonnés par leur équipage. Justin récupéra ses chaussures sous la poubelle puis ils quittèrent le port.

Derrière eux, le soleil répandait une couleur de rouille sur les navires de guerre soviétiques ancrés au large. Les deux hommes traversèrent un parking bondé de vieilles voitures américaines. Justin regardait au passage dans tous les véhicules.

« N'espérez pas trouver un taxi dans le paradis des travailleurs », fit-il à l'adresse de Starcher. « Montez. Voilà une voiture avec les clefs dessus. Conduisez. »

Quelques instants plus tard, Gilead et Starcher roulaient vers le centre ville et l'hôtel José Marti.

Chapitre 41

« Vous avez compris quoi faire ? »

« Bien sûr. Je ne suis pas idiot », répliqua Starcher. « Mais ça ne me plaît toujours pas. Je veux y être. »

« " Et ils donnèrent à manger à ceux qui surent attendre... " Ça sera mieux comme ça. Nous serons moins nombreux à sortir de l'hôtel, et vous pourrez piloter les Kutsenko. »

« D'accord, j'attendrai », dit Starcher, maussade. « Mais je ne serai pas content. »

« Vous êtes curieux, Starcher. Je vous avais toujours considéré comme quelqu'un d'enthousiaste. »

Starcher grommela et arrêta la guimbarde devant le José Marti. Justin descendit et Starcher alla garer la voiture plus loin. Justin grimpa les quelques marches de l'entrée sur lesquelles se trouvait un groupe de soldats en uniforme chargés de la sécurité.

Justin n'aimait pas l'état dans lequel était Starcher. Il semblait montrer les fatigues de ces derniers jours, et alors que Justin aurait eu besoin du maximum d'aide, il la redoutait de quelqu'un qui pouvait s'effondrer à tout moment.

Deux gardes lui barrèrent le passage.

« Je m'appelle Justin Gilead, je fais partie de l'équipe américaine d'échecs. Je dois aller me changer pour le dîner. Le président est déjà là ? »

« Vous avez des papiers ? » demanda l'un des gardes.

Justin sortit son passeport de la poche arrière de son pantalon mouillé, et le tendit négligemment. « Excusez-moi. J'étais à la pêche et je suis tombé par-dessus bord. »

Le garde regarda la photo sur le passeport, le visage de Justin puis consulta une liste. Finalement, il lui rendit le petit livret bleu. « Allez-y, Senor Gilead. Mais dépêchez-vous. Fidel sera ici dans moins d'une heure. »

Justin posa un mouchoir sur le micro de son téléphone et composa le numéro d'appel de la chambre 319. Starcher lui avait dit que Georgi avait une voix rauque. Quand le téléphone décrocha à l'autre bout de la ligne, il prit une voix rauque et parla bas.

« Youri? »

« Da. »

« Je le monte. »

« Vite. ».

Justin monta quatre à quatre l'escalier jusqu'au troisième étage. Près de l'escalier se trouvait une porte sans marque distinctive, probablement une pièce de service. A la suite se trouvait la chambre 319.

Justin martela la porte du poing, une seule fois puis saisit doucement la poignée extérieure. Dès qu'il la sentit tourner et qu'il entendit le verrou se désengager, il poussa de toutes ses forces pour ouvrir la porte le plus violemment possible.

Durganiv, surpris, fut projeté contre le mur. Justin se précipita à l'intérieur et referma la porte derrière lui.

Le colosse russe se remit immédiatement de ses émotions et lui sauta dessus, lui entourant le torse dans ses bras puissants. Gilead effectua une torsion du corps et projeta la pointe de son soulier dans la rotule de Durganiv. Celui-ci hurla car sa rotule avait éclaté sous le coup. Il relâcha sa prise et s'écroula sur le sol. Justin s'accroupit derrière lui et commença de l'étrangler.

« Le plan! » aboya-t-il dans l'oreille du Russe.

Durganiv se taisait et Justin augmenta sa pression. Durganiv pouvait sentir ses vertèbres se distendre lentement.

« Qui êtes-vous? » réussit-il à souffler.

« Justin Gilead. Le plan. » Il serra un peu plus, et Durganiv céda.

« La lingerie, à côté. J'ai fait une découpe dans le système de ventilation. Il y a un trou qui donne sur la salle à manger. Je dois tirer de là. »

« Plus maintenant », dit Gilead. Il tira la nuque de Durganiv en arrière, jusqu'à ce que les vertèbres craquent. La tête du Soviétique tomba en avant sur sa poitrine.

Gilead le laissa glisser sur le tapis. Il aperçut une carabine de fort calibre posée sur le lit.

La porte de la lingerie était close mais en fouillant dans la poche de Durganiv, il en trouva la clef. Il ouvrit la porte et le plus rapidement possible pour ne pas être vu, il alla déposer le fusil et le corps de Durganiv dans la lingerie. Il s'y enferma à clef. C'était une toute petite pièce. Pour faire de la place, il installa le corps de Durganiv dans un grand bac à linge.

Un peu au-dessus de sa tête, contre le mur opposé à la porte, un carreau de plastique était collé. Il glissa un doigt sous un angle et le souleva. Derrière, le plâtre d'origine avait été retiré pour donner accès à un large conduit de ventilation qui longeait le mur. L'air frais de la ventilation se déversa à travers le large trou dans la petite pièce de service.

Il grimpa sur le bac à linge et se glissa dans le conduit métallique. Le conduit se prolongeait devant lui et il rampa à l'intérieur jusqu'à une grille d'environ un demi-mètre carré qui en fermait l'extrémité. Avec précaution, Justin regarda au travers. Il voyait l'immense salle de banquet d'au-dessus du grand balcon qui la ceignait à mi-hauteur. La plupart des invités étaient déjà assis à table et Justin pouvait les voir très clairement. Une estrade avait été dressée au haut bout de la salle ainsi qu'un pupitre pour le discours du dirigeant cubain.

Le tuer de cet endroit était un jeu d'enfant, songea Justin. Durganiv avait prévu de tirer sur Castro, puis de ressortir du conduit, de pousser Starcher et le fusil dans le conduit à sa place et s'assurer que « l'assassin » américain soit abattu, soit par les forces de sécurité soit par lui-même.

« Excellent plan », marmonna Justin en faisant marche arrière dans le conduit. Il ressortit dans la lingerie, hissa le corps de Durganiv jusqu'au trou dans le mur et le poussa tranquillement devant lui jusqu'à la grille qui surplombait la salle à manger. Une fois la tête de Durganiv contre la grille, Justin lui glissa soigneusement le fusil entre les doigts. Il refit le chemin en marche arrière et se retrouva dans la petite lingerie. Avant de quitter la pièce, il remit en place le panneau de plastique au-dessus du bac à linge, puis monta sur une chaise et retira l'ampoule électrique qui pendait du plafond. Personne, dans l'obscurité, ne pourrait remarquer immédiatement, le panneau plastique légèrement écorné qui couvrait le trou dans le mur.

Le Grand-Maître sortit de la lingerie, la ferma à clef puis alla dans sa chambre s'habiller pour le dîner.

Youri était en place.

Alexandre Zharkov était assis au début de la salle à l'une des tables réservées aux joueurs, à leurs assistants, à leurs familles et à leurs invités particuliers.

Le reste de la salle à manger était comble d'un millier de personnes environ, pour une grande part des membres de la Fédération Cubaine des Échecs, et une autre part des arrivistes du régime qui voulaient voir Castro et surtout être vus de lui.

Zharkov jeta un coup d'œil à sa montre. Vingt minutes avant l'arrivée de Castro. A peine trente-cinq minutes avant sa mort. Il jetait un coup d'œil à présent vers la bouche d'aération au-dessus du balcon qui cerclait la salle. Quelques minutes auparavant, il avait vu une ombre bouger à l'intérieur. Maintenant, c'était une masse sombre à peine visible qui se tenait derrière la grille, mais il aurait fallu des yeux avertis pour savoir qu'un homme se cachait là.

Tout allait à merveille. Le balcon était occupé par de nombreux soldats cubains portant des armes automatiques. L'un d'eux se trouvait à peine à deux mètres de la bouche de ventilation. Le coup mortel lui passerait au-dessus de la tête, assez près pour lui faire siffler les oreilles pendant une semaine, au moins.

Zharkov regarda autour de lui les quatre autres tables alignées. Les Kutsenko étaient assis avec le jeune Shinnick et deux assistants américains à la table la plus proche de l'entrée de la salle à manger. Les tables étaient disposées en ligne droite, et à l'autre bout de cette ligne, éloignés de la porte, se trouvaient Keverin, Ribitnov, un assistant soviétique, et deux chaises vides. Elles étaient destinées à Justin Gilead et à son second, « Harry Andrew ». Zharkov songea que Gilead pourrait se montrer à moins qu'il ne soit en train d'errer dans La Havane à la recherche de Starcher. Mais les plats auraient le temps de refroidir dans l'assiette de Starcher. Il devait être déjà là-haut, près du système de ventilation, à attendre patiemment avec une balle dans la tête, que son corps soit poussé dans le conduit pour prendre la place de Durganiv et jouer avec brio son rôle d'assassin.

Encore un peu de patience.

Quant au Grand-Maître, s'il venait à se montrer, Zharkov s'en occuperait après la mort de Castro, quand les militaires cubains se mettraient à tirer dans la bouche d'aération, mutilant le corps déjà mort de Starcher. Inconsciemment, sa main se porta à sa poche et en retira un mouchoir dont il se tamponna le front. Dans le mouvement, sa main avait senti au passage le contact de son Tokarev, caché sous son veston et cela l'avait rassuré.

Il rempocha son mouchoir et consulta de nouveau sa montre.

Quelques minutes encore. Il regarda de nouveau rapidement vers la bouche d'aération et imagina Youri Durganiv allongé là-haut, le fusil posé entre ses bras, et ses yeux de tueur observant la salle dans l'attente de sa cible.

Tout d'abord, Castro.

Ensuite, de retour en Union soviétique, il s'occuperait de Kadar. Zharkov le tiendrait dans le creux de sa main.

Et après Kadar...

Après Kadar, Zharkov aurait tout ce qu'il voulait.

Tout.

Un officiel cubain du tournoi, debout avec les gardes près de l'entrée, accueillit Justin Gilead avec chaleur. « Vous êtes à la table numéro 5, à l'autre bout de la salle », lui dit-il avec un large sourire.

« Merci », répondit Justin. Il vit Zharkov, assis de dos, à trois tables de là.

Il se dirigea droit sur la table des Kutsenko.

Il se pencha et parla à voix basse dans l'oreille du champion russe. « Plus tard, quand vous me verrez me lever, je veux que vous et votre femme quittiez la salle. Sortez de l'hôtel par la porte de derrière. De l'autre côté de la rue, vous verrez une vieille Plymouth marron. Le chauffeur vous reconnaîtra. Montez dans la voiture et attendez-moi. »

Sans attendre de réponse, il se redressa et serra les mains de Kutsenko et des autres occupants de la table.

« Ça fait plaisir de vous revoir », dit-il. « J'espère que l'on pourra se parler tout à l'heure. »

« Très bonne partie, aujourd'hui, Justin », fit Kutsenko avec un sourire accompagné d'un mouvement de tête admiratif.

« Merci, mais vous n'avez rien vu », répondit Gilead.

« Je le crains. Nous jouons ensemble demain. »

Justin lui rendit son sourire et s'éloigna en passant près de la table de Zharkov. Il fit un signe de tête aux occupants de la table mais ignora Zharkov.

Keverin l'accueillit à table et le présenta à l'assistant russe qui était assis à son côté. Le vieux maître fit un signe du menton en direction de la chaise vide. « Votre assistant viendra ce soir? »

Justin secoua négativement la tête. « Je pense qu'il n'est pas rentré d'une promenade en ville. Je n'ai pas pu lui mettre la main dessus. Trop de rhum, peut-être. »

« Quelle calamité, ce rhum, tout de même », fit Keverin. Puis ils s'assirent tous les deux.

Gilead savait que Zharkov le regardait à trois tables de là, mais il décida de ne pas le regarder lui-même.

« Une belle victoire aujourd'hui », dit Keverin. « Je n'ai pas vu ce même développement depuis Alekhine en 1939. »

« C'était en 1938 » corrigea l'assistant.

« 1939 », insista Keverin. « J'y étais. Je le sais. Il jouait contre Euwe. »

« Tu y étais peut-être », s'obstina l'assistant, « mais c'était en 1938. Et ce n'était pas Euwe, c'était Kashdan. La partie s'est ouverte avec une Indienne du Roi... »

« N'importe quoi », répliqua Keverin. « Ça ne m'étonne pas que tu ne te souviennes pas de l'année, tu ne te souviens même pas de la partie. C'était la variation Dragon de la Sicilienne et... »

Ribitnov se joignit à la dispute, et Justin laissa la discussion se dérouler sans y prendre part. Les Russes étaient réputés chicaneurs sur les dates, les lieux, les ouvertures, mais précisément parce qu'ils étaient de bons joueurs. L'essence même des échecs était l'exactitude et le perfectionnisme, et dans une dispute entre Soviétiques sur ce sujet, tout devait être exact et parfait. Un détail inexact démolissait toute une argumentation par ailleurs intelligente et saine, de la même façon qu'un faux mouvement au cours d'une partie pouvait transformer une victoire en défaite.

Les yeux de Justin s'égarèrent sur l'assemblée et rencontrèrent le regard fixe et tendu de Zharkov. Le fameux regard de Zharkov, avec ses paupières lourdes, transperçait Justin avec une volonté malfaisante mais une curieuse expression flottait sur ses lèvres. Il fallut un bon moment avant que Justin puisse mettre un nom dessus : auto-satisfaction. Par provocation, Justin aurait voulu lever les yeux vers la bouche d'aération d'où devait sortir la mort, mais il se retint à temps. Le sourire de Zharkov s'éteindrait bien assez tôt.

Bien assez tôt.

Justin entendit des sirènes à l'extérieur de l'hôtel. Quelques minutes plus tard, Fidel Castro, vêtu de son sempiternel treillis kaki, entrait par la grande porte de l'hôtel, tandis que le petit orchestre dans le fond de la salle à manger entamait l'hymne national cubain.

Tout le monde se leva quand Castro franchit les portes de la salle du banquet. Le président cubain était flanqué de quatre gardes en uniforme et suivi par quatre autres personnages en complet-veston. Il salua fièrement le drapeau cubain et garda la pose jusqu'à la fin de l'hymne. Ignorant ses gardes du corps, Castro s'écarta de l'estrade et se dirigea vers les tables où se trouvaient les joueurs d'échecs. Comme tous les hommes politiques partout dans le monde, il commença à serrer les mains autour de lui, tandis que les flashes des photographes crépitaient joyeusement.

Quand il arriva près de la table de Justin, il tint absolument à féliciter chaleureusement chacun des hommes qui se trouvaient là. Gilead ne l'avait jamais vu auparavant et il fut surpris de sa taille. Il était effectivement d'une taille largement au-dessus de la moyenne. Son treillis était impeccablement repassé et fraîchement amidonné, mais on pouvait remarquer l'apparition sournoise d'un embonpoint qui se manifestait par-dessus la ceinture. Sa poignée de main était ferme mais ses doigts était légèrement humides de transpiration.

Buena suerte mañana, souhaita-t-il à tous, après sa tournée autour de la table. Gilead remarqua qu'il avait un regard de politicien. Même en serrant la main à quelqu'un, son regard était déjà ailleurs. C'était courant chez les hommes politiques, mais chez Castro cela laissait voir autre chose également. Les politiciens regardent toujours la prochaine main à serrer, alors que Castro semblait nerveux, regardant sans cesse autour de lui, peut-être pour se convaincre qu'il se trouvait bien parmi des amis. Peut-être les yeux des dictateurs avaient-ils toujours cet aspect quand ils se promenaient hors de leur forteresse, parmi leurs sujets, songea Gilead.

Castro fit un grand signe de la main à l'adresse de tous les convives, qui l'applaudirent de nouveau, et se dirigea finalement vers le pupitre de l'orateur sur l'estrade.

Les quatre hommes en costume s'assirent aux côtés du président cubain mais l'un d'eux se releva aussitôt et alla vers le micro. Gilead le reconnut. C'était le président de la Fédération Cubaine d'Échecs. L'homme se présenta ainsi que ses collègues qui étaient également des officiels des échecs.

Il dit que les échecs étaient non seulement un grand jeu international, mais également un véritable langage universel. De quoi avaient besoin deux hommes qui se rencontreraient? Un échiquier et trente-deux figurines. Ils n'avaient pas besoin de connaître une langue pour communiquer, si ce n'étaient que quelques mots comme : « Échec », et « Échec et mat », et parfois aussi : « J'ai perdu ». L'assemblée se détendit dans des petits rires étouffés et l'orateur s'apprêta à poursuivre quand Gilead surprit Castro en train de saisir subrepticement le pan de la veste de l'homme et la tirer vers le bas. Imperturbable, l'homme rassembla les feuillets de son discours avorté, et annonça avec quel plaisir et quel honneur il avait la joie de présenter à tous ses invités, le président du pays-hôte du grand tournoi en cours, un président qui était, d'ailleurs, lui-même, un joueur d'échecs. « Mesdames et messieurs, Fidel Castro! »

L'assemblée entière se leva d'un bloc en acclamant le président. Gilead regarda vers Zharkov, qui comme le reste de l'assemblée, applaudissait debout et avec enthousiasme. Il en déduisit tortueusement que, dans le plan initial de Zharkov, on ne devait pas être loin du moment fatal.

Castro se leva et parla sans notes. Il était un orateur confirmé et habile qui savait comment faire une pause et comment s'attirer les sympathies et même provoquer le rire de l'assistance en maniant avec bonheur les formules, mais aussi sachant mettre l'accent sur un point dramatique du développement en jouant sur le ton de sa voix.

Ses remarques furent bien senties et aimables. Il souhaita la bienvenue, nommément, à chacun des participants au tournoi et souligna combien il était fier que Cuba, patrie de José Capablanca, probablement le plus grand joueur de l'histoire des échecs, soit le pays qui accueille une rencontre aussi importante.

Il poursuivit en constatant qu'il était merveilleux que des hommes qui représentaient des pays aux idéologies opposées puissent se rencontrer pour des confrontations pacifiques, et qu'il espérait, un jour, voir les nations du monde entier prendre exemple sur le monde des échecs et se rencontrer sur le champ de bataille des idées afin que le meilleur homme et que les meilleures idées remportent la victoire.

Justin songea que le discours était bon mais qu'il aurait sonné plus juste encore si Castro n'avait pas passé les dix dernières années à envoyer des commandos cubains aux quatre coins du monde. Quant au libre échange des idées, une presse cubaine libre aurait été une excellente entrée en matière. L'homme était un politicien, après tout. On ne pouvait pas trop en attendre. Il disait une chose et en faisait une autre.

Justin vit que Zharkov regardait sa montre et, sous prétexte de prendre un verre d'eau sur sa table, ce dernier ce retourna en jetant dans le même mouvement un coup d'œil vers la bouche d'air conditionné.

Maintenant, se dit Justin.

Il se leva calmement et se dirigea vers la porte du fond où se tenait une demi-douzaine d'hommes en armes derrière un officier de la sécurité en uniforme.

Comme il arrivait à hauteur de l'officier, Justin vit Zharkov le regarder. C'était exactement ce que Justin escomptait. A deux tables de celle de Zharkov, les chaises d'Ivan Kutsenko et de sa femme étaient vides. Le champion d'échecs et son épouse avaient déjà quitté la salle et Zharkov ne l'avait pas remarqué.

« Capitaine », dit Justin en s'adressant à l'officier de sécurité, « quelque chose ne va pas. »

« Quelque chose ne va pas, senor? Expliquez-vous. »

Justin se rapprocha de l'officier. « Au-dessus du balcon, au fond de la salle, il y a une grande grille d'aération. Je viens juste de voir un homme derrière la grille. Il m'a semblé voir un fusil dans ses mains. »

Es verdad, insista Justin. « C'est la vérité. Regardez vous-même. »

L'officier se retourna et regarda vers le balcon puis localisa la grille d'aération. Il vit l'ombre à l'intérieur et se précipita immédiatement vers le centre de la salle. Tout en se saisissant de son walkie-talkie, il aboya à l'adresse des gardes qui se tenaient derrière Castro. « Protégez le président! Protégez le président! » Les gardes se jetèrent en avant, arrachèrent Castro de l'estrade et le couvrirent de leurs corps.

L'officier cria des ordres dans son walkie-talkie. Aussitôt, deux soldats au balcon se ruèrent vers la bouche d'aération. Ils levèrent leurs armes automatiques et commencèrent à tirer à travers la grille.

Les invités s'étaient un peu étonnés de l'intrusion bruyante de l'officier au milieu du discours, et avaient commencé à murmurer, mais à présent que les coups de feu retentissaient au balcon, la moitié d'entre eux s'était jetée sous les tables en hurlant. L'autre moitié restait figée sur place par la peur.

Justin jeta un regard vers Zharkov. Celui-ci était debout et il tirait son Tokarev de sous sa veste. Il leva son arme et visa Justin.

Le Grand-Maître lui fit un salut gracieux du bout des doigts, puis passant derrière des gardes, franchit la porte et s'éclipsa vers la sortie de service.

Il se hâta vers l'arrière du bâtiment. En arrivant en vue des gardes postés de ce côté, il ralentit l'allure et descendit les marches calmement.

De l'autre côté de la rue, il vit Starcher qui attendait dans la voiture. Les Kutsenko étaient assis sur la banquette arrière.

La nuit venait de tomber sur La Havane.

Chapitre 42

Malgré la carte de Starcher et les indications recueillies auprès de trois stations-service différentes, ils se perdirent deux fois avant de trouver la petite route poussiéreuse qui menait de la route confortable à deux voies jusqu'à la mer, à travers un petit bois de pins.

Il était 22 heures 45.

La route se terminait brutalement sur un rideau d'arbres. Les quatre passagers sautèrent de voiture.

Il n'y avait aucune maison en vue. La nuit était claire, illuminée par une lune brillante. Starcher maugréa. Il avait espéré de la pluie, de la brume, des nuages, n'importe quoi qui puisse réduire la visibilité. En dépit de son bateau peint en noir, Saarinen serait aussi visible sur l'eau qu'un feu de Bengale dans une mine de charbon.

Si toutefois celui-ci venait au rendez-vous.

Car tout se résumait à cela à présent, songeait Starcher amèrement. Une vie entière au service des États-Unis, et maintenant il se trouvait en train d'essayer de fuir Cuba, sa vie entre les mains d'un pirate finlandais qui vendrait sa mère pour un litre d'antigel s'il n'y avait plus rien d'autre à boire.

Il espérait seulement que Riesling avait dit vrai quand il lui parlait du Finlandais. Riesling lui avait affirmé une fois que Saarinen n'avait peur de rien et que lorsqu'il faisait une promesse on pouvait la mettre en banque et qu'elle rapporterait des intérêts. C'était l'exacte expression du pauvre Riesling.

Dans l'une des stations-service, ils avaient acheté cinq fois quinze mètres de corde. Ils les emportèrent avec eux et cheminèrent à pied à travers les arbres jusqu'à la falaise qu'ils espéraient trouver derrière la végétation. Les Kutsenko marchaient en silence. Ils n'avaient pas dit grand-chose depuis leur sortie de La Havane, et Justin imaginait leur peur panique. Si leur fuite échouait, ils savaient que leurs vies étaient finies même s'ils vivaient toujours. La prison ou pire les attendait dès leur retour en Union soviétique. Le champion d'échecs et son épouse s'étaient tenus serrés dans les bras l'un de l'autre sur la banquette arrière, écoutant comme Justin et Starcher les bulletins d'information sur la radio de bord.

Les informations étaient sommaires mais expliquaient tout de même qu'un tireur non identifié avait été abattu à l'hôtel José Marti lors d'un discours de bienvenue de Fidel Castro à l'adresse des participants à un tournoi d'échecs international. L'homme avait été abattu grâce à la réaction rapide et énergique des gardes de sécurité. Alors que l'on n'avait pas encore identifié le tireur, le journaliste ne laissait aucun doute sur la responsabilité de cette action terroriste en insistant avec lourdeur sur le fait que l'autre équipe du tournoi représentait les États-Unis.

Starcher avait juré en entendant le speaker, mais Justin lui avait tapoté le genou. « Calmez-vous. Tout redeviendra parfaitement clair pour tout le monde, en temps utile. »

Bien que la lune fut claire, le passage sous les arbres était aussi sombre qu'un souterrain. Ils furent contents de déboucher de l'autre côté sur une espèce de petite plate-forme de rochers qui surplombait les eaux calmes de la mer des Caraïbes. La petite plate-forme était entourée par un demi-cercle de grands arbres. Starcher regarda vers le large. « Dix minutes », dit-il en consultant sa montre.

Justin s'approcha du bord et regarda en contrebas. Le mur de rochers tombait droit sur une petite plage de sable, trente mètres plus bas. Il s'assit au bord de la plate-forme et entreprit de lier ensemble trois des cinq longueurs de corde. Puis il fit des nœuds épais sur la corde ainsi faite tous les mètre-cinquante environ.

« Pourquoi ? » demanda Starcher.

« C'est plus facile de s'y accrocher. Vous pouvez vous suspendre à ces nœuds plus facilement que sur une corde lisse. Vous pouvez même y trouver un point d'appui pour vos pieds au besoin. »

« Très bien, je pense que tu connais ton affaire. Le voilà », ajouta-t-il en désignant la mer sombre.

Justin regarda à son tour et vit une lumière jaune clignoter à environ cent cinquante mètres au large.

Starcher compta les éclairs. « Trois... quatre... cinq. Attendez. Un... deux, trois, quatre, cinq. C'est lui. » Il prit un briquet, l'alluma puis se servit de sa main pour en cacher la flamme par intermittance et donner quatre signaux à Saarinen. Une succession rapide d'éclairs leur parvinrent du bateau. « Ça marche », dit Starcher. « En avant la musique. »

Justin attacha solidement le cordage autour de la base d'un des arbres. Il revint au bord et jeta l'autre extrémité de la corde dans le vide. Elle toucha le sable de la petite plage et se balança un moment. Justin attacha les deux autres morceaux de corde pour en faire une seule ligne puis ménagea un anneau à l'un des bouts. « Saarinen va amener un dinghy », dit Starcher.

Les Kutsenko avaient observé les préparatifs un peu à l'écart, se tenant l'un l'autre comme s'ils avaient froid.

« Bon, Ivan », dit Justin. « Vous descendez le premier. Faites une boucle sous vos bras avec la corde. » Il aida Kutsenko à passer la corde avec l'anneau autour de sa tête et sous ses bras.

« Laissez-vous descendre jusqu'au sable. Avec cette autre corde, je supporterai une bonne partie de votre poids. Vous ne risquez rien. Dès que vous êtes sur le sable, débarrassez-vous du harnais. Je le remonterai et vous enverrai votre femme. »

« Pourra-t-elle descendre sans problèmes ? » demanda Kutsenko, inquiet.

« Elle sera soutenue par la corde comme vous. Ne vous inquiétez pas. » Kutsenko prit une profonde inspiration.

« Très bien », dit-il. « Parfait. Tout va bien. Je suis prêt. »

Il agrippa la corde fermement, adressa un pâle sourire à sa femme, et descendit le long de la paroi verticale. Justin était assis en haut, les jambes enserrant fermement une protubérance rocheuse. Il avait fait passer la corde du harnais derrière son dos, la laissant filer doucement sous le poids de Kutsenko. Starcher surveillait la manœuvre.

« Comme sur des roulettes », annonça-t-il. « Il est presque en bas. » Justin sentit la corde se détendre autour de ses épaules.

« Ça y est, il est arrivé », dit Starcher. « Remonte la corde. »

Justin la remonta rapidement et accrocha le harnais autour de la poitrine de Lena Kutsenko.

« N'ayez pas peur », lui dit-il. « Vous ne pouvez pas tomber parce que je vous soutiens. »

« Mr. Gilead », fit-elle avec un sourire qui brilla dans le clair de lune », avant de faire mes études médicales, j'étais membre de l'équipe soviétique de gymnastique. Si même Ivan a pu descendre, moi je peux le faire d'une seule main. »

« Faites-le à deux mains, vous descendrez deux fois plus vite », dit Justin.

Dr Kutsenko se pencha en avant et embrassa rapidement Justin sur les lèvres. « Merci », dit-elle. Puis sans une seconde d'hésitation, elle saisit la corde et se lança par-dessus le rebord de la plate-forme. Il n'y avait pas tant de différence entre son poids et celui de son mari, estima Justin en alimentant la descente de la corde. Mais elle était de toute évidence plus agile. Elle tirait plus fort sur la corde de sûreté, et il devait lâcher du mou beaucoup plus vite pour ne pas donner d'à-coup.

Il entendit Starcher annoncer : « Saarinen arrive. Je le vois. »

La femme atteignit le sable, fit un signe pour dire que tout allait bien et se débarrassa du harnais. Tandis que Justin remontait une seconde fois la corde, il vit la forme imprécise d'un petit bateau gonflable qui se dirigeait vers la côte. Le Finlandais bricoleur avait équipé la petite embarcation d'un moteur électrique peu puissant, certes, mais presque silencieux si ce n'était que le léger brassage de l'eau par les pales de l'hélice.

Justin se releva un instant pour s'étirer les jambes.

« Allez, Starcher, à vous. »

Mais une autre voix lui répondit, une voix qui glaça Justin sur place.

« Non, à personne. »

A à peine dix mètres, le dos contre le mur d'arbres, Alexander Zharkov pointait un revolver sur les deux hommes.

Un nuage passa devant la lune et la nuit devint soudain opaque.

Starcher a un revolver, lui aussi, songea Justin, celui qu'il a pris au Russe sur le cabin-cruiser. Il se souvenait de cela en même temps qu'il voyait Starcher s'éloigner de lui pour compliquer la tâche de Zharkov, s'il voulait tirer sur eux. Si Justin pouvait attirer l'attention sur lui, Starcher aurait peut-être le temps de se saisir de son arme et de s'en servir.

Starcher parlait à Zharkov tandis qu'il continuait de s'éloigner lentement de Justin. Il ne se déplaçait pas d'un seul mouvement régulier, car Zharkov s'en serait immédiatement rendu compte. Au lieu de cela, il parlait et faisait de petits pas comme pour ponctuer ses paroles.

« Écoutez, Zharkov, ne faites rien d'inconsidéré. Ce n'est pas nécessaire. » Un pas.

« Fermez-la. Qui vous a dit ce qui m'est nécessaire ou pas? »

« Quoi, votre plan n'a pas marché? » Starcher étendit les bras de chaque côté de son corps. Un autre pas. « Mais vous savez, tous les plans ne marchent pas. Ils ne vous en voudront pas, allez. Essayez de nouveau, une autre fois. » Un autre pas.

« Je vous ai dit de la fermer. Et ne bougez plus. »

Les nuages s'accumulaient devant la lune, et la nuit se stabilisait dans une obscurité bienvenue. Justin avait du mal à voir le visage de Zharkov, bien qu'il se tienne à petite distance.

Justin fit un pas sur sa gauche, s'éloignant à son tour de Starcher et laissa choir le bout de corde qu'il avait dans la main. A cet instant, Starcher saisit son arme dans sa ceinture et se laissa tomber sur le sol.

Un coup de feu claqua.

Justin se jeta en avant, franchissant la distance qui le séparait de Zharkov en trois grands bonds rapides. D'un revers de main, il fit voler le revolver dans les branchages derrière le Russe. Dans sa main gauche, il saisit la gorge de Zharkov donc il pouvait sentir les muscles se tendre.

Il entendit un grognement et se retourna. Starcher était étendu sur le dos, son arme à côté de lui. Le corps du vieil homme se tordait de douleur. Zharkov ne l'avait pas raté.

Dans un sanglot de rage, Justin lança son poing droit dans le visage de Zharkov qui recula sous le choc, puis il se précipita sur Starcher.

Dans son dos, Zharkov s'effondra comme une serpillière mouillée sur la plate-forme de rochers.

« Tout va bien, Justin », dit Starcher, cherchant sa respiration.

Dans le noir, Justin pouvait voir la tache sombre qui s'étendait sur la chemise de Starcher. Il avait été touché au côté droit. « C'est vrai, tout va bien », répéta le vieil homme. « Prends soin de toi. Ce n'est pas une si mauvaise façon de mourir. »

Soudain, Justin entendit la voix de Zharkov étouffée par le sang qui lui encombrait la gorge. « Katarina. Descends-le! Descends-le! »

Le Grand-Maître leva les yeux pour voir apparaître une femme ui tenait un revolver et qui sortait des arbres de l'autre côté du demi-cercle. Elle marchait droit sur lui, mais d'une manière raide, mécanique, un peu comme un zombie. Elle tenait son arme basse devant elle. Elle s'approcha de Justin et quelques pas les séparaient l'un de l'autre quand elle leva le bras qui tenait l'arme.

La lune glissa hors des nuages. Soudain, la plate-forme fut inondée de lumière. Il vit son visage et son cœur bondit car il la reconnut.

Duma.

La jeune fille de son enfance à Rashimpur. La jeune fille qui était morte des mains de Varja.

Son arme était pointée sur le visage de Justin, mais tout à coup, ses traits se tordirent, tout d'abord sous le doute, puis de perplexité, enfin d'une douleur aveugle. Deux larmes perlèrent à ses yeux et roulèrent le long de ses joues.

Zharkov tentait de se remettre sur ses pieds. « Tire, Katarina! »

Sa bouche cracha du sang. « Descends-le! »

« Patanjali », murmura Katarina Velanova, « c'est toi. »

« Tire! » hurlait Zharkov. « C'est le Grand-Maître! Tue-le! »

Katarina ne bougea pas. Le revolver, secoué d'un violent tremblement, était toujours pointé sur Justin.

Justin sentit lui monter des larmes. *Duma.*

Elle était vivante. La jeune fille que Varja lui avait arrachée du cœur n'était donc pas morte. Aujourd'hui, après une vie autour de son souvenir, elle était vivante de nouveau devant lui.

Et c'était Zharkov qui la manipulait. Le destin avait déjà joué des tours à Justin mais ce dernier coup était plus qu'il n'en pouvait supporter.

Un sanglot s'envola des lèvres de la jeune femme.

« J'ai été dressée à te haïr. » Elle jeta le revolver avec dégoût.

« Patanjali, je n'étais destinée à personne », pleura-t-elle. « J'étais morte. Je le suis encore. »

Zharkov courut à l'autre bout du promontoire et ramassa le pistolet qu'elle avait jeté.

« Non! » hurla-t-elle, et une fraction de seconde avant que Zharkov presse la détente, elle se jeta devant Justin, l'enveloppant dans ses bras et le protégeant de son corps.

Le projectile la frappa dans le dos. Son corps étouffa l'impact. Une brume de sang vola dans l'air aussi visible dans la lumière de la lune que la vapeur d'une respiration dans le froid d'une nuit d'hiver. Les bras écartés de Katarina glissèrent le long des jambes de Justin tandis qu'elle s'affalait elle-même sur le sol comme un pantin désarticulé. Elle gisait tassée à ses pieds, une tache rouge et brillante s'élargissant rapidement sur son chemisier.

Justin et Zharkov regardaient tous les deux, stupidement, la silhouette blottie sur le sol. Puis, dans un cri de bête devenue folle. Justin bondit vers Zharkov, fit tomber l'arme de sa main et comme le Russe se retournait pour fuir, il l'agrippa par l'épaule.

Comme si Zharkov n'avait pas pesé plus qu'un enfant, le Grand-Maître le souleva d'un seul geste au-dessus de sa tête, marcha vers le rebord de la falaise et le jeta dans le vide.

Zharkov hurla en tombant. Son cri s'arrêta dans un choc lourd et humide quand son corps heurta le sable ferme et mouillé, trente mètres plus bas.

Justin retourna vers Katarina et s'agenouilla près d'elle. Avec douceur, il la prit dans ses bras pour la bercer. Ses yeux étaient ouverts mais ils n'avaient pas encore le pâle vernis de la mort. Elle toussa et un filet de sang coula le long d'une commissure. Une goutte d'eau tomba et se mêla au sang. Justin la balaya et se rendit compte que c'était une larme qu'il venait de verser.

Elle lutta pour tenter de parler, mais sa respiration était rauque et elle s'étouffait. « ... t'ai toujours aimé », parvint-elle à prononcer. Son regard se mêla à celui de Justin et elle sourit. « Ils m'ont forcée à t'oublier. »

C'était les excuses d'une petite fille, de la petite fille que Varja et Zharkov avaient contrainte à oublier, de la jeune fille que Justin avait aimée.

« Moi aussi, je t'ai toujours aimée, Duma », répondit Justin. « Et je ne t'ai jamais oubliée. »

Il la souleva dans ses bras et la tint serrée contre sa poitrine. Elle toussa de nouveau, et répandit du sang sur les vêtements de Justin. Puis elle soupira, un long soupir déchiré et sa tête tomba en avant comme si elle avait voulu cacher son visage dans les bras de Justin. Il sut alors qu'elle était morte.

Starcher grogna.

Justin sursauta et laissa aller le corps de la jeune femme sur le sol. Il se précipita vers le vieil homme. Il l'avait presque oublié. La chemise de Starcher était trempée de sang. Sans soins médicaux, il mourrait sûrement rapidement.

Justin jeta un regard en contrebas et il vit les Kutsenko assis dans la petite embarcation gonflable aux côtés de Saarinen. Le Finlandais faisait l'aller et retour en longeant le bord de la plage peut-être en train d'hésiter sur la conduite à tenir. Duma était morte. Rien ne pourrait plus rien y changer. Mais Starcher était encore vivant. Et il pouvait probablement s'en sortir.

Justin appela. « On arrive. Starcher est blessé. »

Il souleva facilement le vieil homme et le plaça en travers de ses épaules puis entreprit de descendre le long de la corde à nœuds, le plus doucement et en même temps le plus rapidement possible pour donner le minimum d'à-coups.

Quand ses pieds touchèrent le sol, il courut vers l'eau. Saarinen s'était approché de la plage et marchait dans l'eau pour aider Justin. Ensemble, ils réussirent à coucher Starcher dans le petit bateau.

Le vieil homme de la CIA leva les yeux et vit Justin.

« Reste près de moi », dit-il faiblement.

« D'accord, Starcher. Je reste. »

Le Grand-Maître sauta sur le boudin de proue tandis que Saarinen actionnait l'accélérateur du moteur électrique et dirigeait le nez du bateau vers le *Kronen* qui attendait au large. Celui-ci n'était qu'une vague tache sombre assez loin sur l'eau.

Justin se retourna vers le rivage. Sur le sable, il vit le corps tassé de Zharkov.

Le Roi noir était enfin tombé. En se retournant, il lui sembla entrevoir quelque chose, mais un nouveau groupe de nuages obscurcit la lune et il pensa avoir vu un vol d'oiseau se diriger vers la petite plage. En y regardant de nouveau, la vision avait disparu.

Cinq minutes plus tard, ils étaient tous à bord du *Kronen*, naviguant à toute allure, sans lumières, en direction de Miami.

Starcher était allongé sur une couchette dans la cabine. Justin s'agenouilla près de lui tandis que le Dr Kutsenko nettoyait sa blessure.

« Il va s'en sortir », dit-elle. « La balle a traversé. »

« Et le cœur ? » demanda Justin.

« Il semble tenir le coup », répondit-elle.

Saarinen avait mis le pilote automatique. Il entra dans la cabine. « Je devrais doubler l'addition, pour tout ça », commença-t-il à rouspéter. Il avait une bouteille de Finlandia à la main. « Des coups de feu, des discutailleries là-haut et moi qui attend comme un con dans le boudin. Ma parole, vous essayez de me faire vieillir avant l'âge! Vous voulez me rendre dingue? Je fonce sur Cuba et qu'est-ce que j'entends à la radio? Que quelqu'un a essayé de tuer Fidel Castro, et que c'est probablement la faute des impérialistes yankees! Est-ce que c'est bien ça que j'ai sur mon bateau? Des assassins? »

« Nous avons sauvé la vie de Castro », répondit simplement Justin.

Saarinen fit une pause puis repartit de plus belle. « Alors, c'est pas vous? Alors, pourquoi ils vous mettent ça sur le dos? »

Justin vit que Starcher avait les yeux ouverts. De plus, il souriait faiblement.

« Tout va bien », dit-il doucement.

« J'espère que vous avez raison », dit Justin.

Starcher reprit la parole doucement. « Bien sûr, rien ne les empêche de nous mettre ça sur le dos. Mais, d'une manière ou d'une autre, il vont connaître la vérité, Justin. Et ce jour-là... tu verras. Castro va se radoucir avec les États-Unis. On vient peut-être même de se faire un nouvel ami. »

« Reposez-vous, restez tranquille », lui dit Lena Kutsenko. « Avez-vous besoin de quelque chose? »

Starcher réussit à faire un large sourire.

« Oui. Un cigare. »

Justin était debout sur la plage arrière du bateau. Cuba était loin derrière, à présent, dans la nuit, mais il continuait à regarder dans cette direction.

Il songeait à Duma, morte, allongée sur le rebord de la falaise. Sa mort était la plus désespérante de toutes. Tout ce qu'il avait jamais aimé était mort des mains de Zharkov. Elle l'avait aimé comme Patanjali, mais il n'était pas Patanjali. Justin Gilead était un charlatan, un illusionniste qui avait sagement appris ses tours, assez en tout cas pour rester en vie pendant que les autres mouraient autour de lui.

Rien de plus.

Zharkov était mort. Le Prince de la Mort n'était plus. Et Justin ne tarderait pas à le rejoindre.

Il aurait souhaité avoir eu assez de temps pour se pencher sur le corps de Zharkov et lui tordre le cou. Il aurait voulu sentir les derniers soubresauts de vie de Zharkov filer entre ses mains et disparaître au bout de ses doigts.

Assez. Zharkov était mort. La partie était finie.

Il se souvenait de la masse sombre que faisait Zharkov sur le sable de la plage, tandis que leur petit bateau s'éloignait de la côte. Et il se souvint de l'autre chose qu'il avait entrevue. Il tenta de se concentrer et de rassembler sa mémoire, pour faire revenir l'image fugitive plus clairement dans son esprit. C'était comme une situation aux échecs. S'il se laissait emporter par sa mémoire s'il essayait de devenir sa propre mémoire, l'image deviendrait claire, d'elle-même, dans son esprit.

LE GRAND JEU

Il regarda dans la direction de la lune brillante, sans expression, et laissa ses yeux s'égarer dans le vague. Doucement, comme dans un brouillard, la chose qu'il avait entrevue dans l'eau commença à prendre forme, à devenir perceptible.

Et enfin, toute la scène apparut devant son esprit comme une fusée explosant, dans un déluge de couleurs, le forçant à fermer les yeux et à se détourner.

Dans cette brève vision sous la lumière de la lune, ce n'était pas des oiseaux qu'il avait vus, mais des hommes.

Quatre hommes sombres, rampant, courant, leurs visages peints de noir.

Les hommes de Varja.

Ils venaient chercher le Prince de la Mort.

Était-ce la fin? Serait-ce jamais la fin?

Il plongea la tête dans ses bras.

Le Grand-Maître se mit à pleurer.

Livre Six

LE RENONCEMENT

Chapitre 43

L'heure de mourir.

Justin se tapit dans le trou de neige qu'il s'était creusé. Il faisait nuit sur les montagnes près d'Amne Xachim, et il faisait si froid que, lorsqu'il crachait, sa salive gelait avec de retomber sur le sol.

Il avait attendu la mort la plus grande partie de son existence. Depuis son enfance, lorsqu'il avait perdu Duma. Quand les moines avaient été massacrés à Rashimpur. Quand le village polonais avait été rasé et qu'une jeune femme qui s'était occupée de lui, était morte à sa place. Chaque fois, il avait appelé la mort de ses vœux. Certaines fois, il en avait senti l'haleine glacée, hurlante et forte, réclamant son tribut de chair et de sang. D'autres fois, la mort s'était moquée de lui, à distance, souriant méchamment de sa peur. Mais elle était toujours là, présente, tapie dans les recoins, lui tendant les bras glacés de sa promesse inexorable.

Chaque fois, il avait tendu les bras pour l'étreindre et la mort s'était échappée comme une jeune fille timide. Il était mort une première fois à Rashimpur. Ç'avait été la première facétie de la Camarde. Il avait franchi les douleurs de la mort seulement pour retourner subir les douleurs de l'existence. Il était mort de nouveau en Pologne. Ç'avait été également une sinistre farce. De nouveau à Cuba, la mort s'était moquée de lui.

Mais aujourd'hui, la mort ne pourrait pas lui échapper. Car il se la donnerait à lui-même.

D'abord Zharkov, puis Gilead. Quand le Prince de la Mort serait enfin réellement détruit, le Grand-Maître serait enfin libre.

Le temps était venu.

Il se leva et sortit du trou de neige protecteur et poursuivit sa route. A l'aube, il marchait dans les steppes balayées par le vent. Il fit une courte halte près de la grotte où, il y a longtemps, avant d'avoir été touché par l'haleine sournoise de la mort, il avait fait l'amour avec une jeune fille.

Pourquoi tout cela avait-il dû se passer ainsi? L'air glacé lui brûlait les poumons. Pourquoi? Pourquoi les jeunes filles de Varja avaient-elles été massacrées? Pourquoi Rashimpur avait-il été mis à sac? Pourquoi Yva Pradziad avait-elle été tuée? Pourquoi le village polonais avait-il été brûlé? Pourquoi avait-il retrouvé Duma, après l'avoir espéré tout au long de sa vie, seulement pour qu'elle lui soit ravie une seconde fois?

Il ne pouvait répondre à aucune de ces questions. Peut-être sa vie n'avait-elle été qu'une gigantesque partie d'échecs qu'il était en train de perdre lamentablement. Peut-être les choses eussent-elles été différentes s'il n'était pas né Patanjali, réincarnation de Brahma, ou, plus exactement, si Tagore et les autres moines de Rashimpur n'avaient pas cru fermement qu'il le fût.

Car c'était là l'aspect le plus amer de toute la terrifiante existence de Justin Gilead. Sa vie entière avait été basée sur un mensonge. Il n'était pas Patanjali, il en était certain. Brahma n'aurait pas permis que son esprit habite le corps d'un homme qui aurait échoué si souvent et si misérablement.

Les moines étaient innocents pourtant. Ils croyaient en la magie. Et ils étaient morts, cependant. Presque tous ceux qui avaient été des amis de Gilead, avaient été détruits. Rashimpur, bâti des mains mêmes de Brahma le Créateur du début du monde, avait été réduit en cendres.

Il avait songé à retourner à Rashimpur, tout au moins ses ruines, une dernière fois. Après avoir retrouvé Zharkov et l'avoir tué. Après que le Prince de la Mort et son héritage maudit qui l'avait poursuivi toute sa vie, fût éliminé à tout jamais, alors seulement il y retournerait. Il retournerait voir les cendres de l'Arbre des Mille Sagesses, les esprits de ses frères morts, l'endroit où le sang bien aimé de Tagore avait été répandu. Il y retournerait et les rejoindrait une dernière fois.

Son âme ne reposerait pas près des leurs, car les moines de Rashimpur étaient des saints, et que Justin, d'une certaine manière, était devenu aussi maudit que l'homme qu'il devait tuer. Mais, au moins pouvait-il mourir au même endroit qu'eux. Peut-être trouverait-il le repos dans les derniers moments de sa vie. Si cela était, il accepterait sa damnation avec joie.

Au loin, il pouvait voir le dôme de cuivre scintillant du palais de Varja. Dans la lumière froide de l'aube, il brillait comme un incendie.

Tout ce que j'ai aimé est mort dans le feu, songea-t-il.

Et il savait ce qu'il ferait dès qu'il aurait atteint le palais de Varja.

Avant de s'en approcher, il ratissa toute la surface aux alentours pour en rassembler le maximum d'herbe sèche et les buissons tordus qui poussaient là en quantité durant l'été et qui, à présent, dans le froid étaient d'une couleur de paille sèche. Quand il eut rassemblé un tas de ces branchages et de cette herbe, il le tira jusqu'à l'entrée du palais.

Le jardin en était nu et recouvert d'une épaisse couche de neige. Justin ravala les larmes qui lui venaient spontanément au souvenir de la jeune fille qui s'était vue pour la première fois dans ses yeux. Mais le temps des larmes était loin. Duma était morte. Tagore, Yva, les saints hommes de Rashimpur... tous morts. Il devait laisser de côté ses larmes, car c'était son dernier jour sur terre, et il ne le passerait pas dans les larmes mais dans le feu.

De sa poche, il tira deux pierres, une était en silex et l'autre une pyrite de fer. Il les avait utilisées pendant son voyage pour allumer des feux et se réchauffer. A présent, leur destination ne serait pas la vie mais la mort. Il s'agenouilla près d'un petit tas de brindilles et frappa les deux pierres l'une contre l'autre.

Une petite étincelle vola. Il frappa de nouveau, abritant les pierres et les brindilles du vent mais le feu ne prenait pas. Dans le froid glacial, une transpiration abondante roulait le long du visage de Justin. Pourquoi cela ne marchait-il pas? Tout au long de son voyage dans les montagnes, les pierres avaient toujours parfaitement fonctionné.

Il entendit un bruit. Ou plutôt un rire Un rire grave et doux à la fois, ni masculin ni féminin. Il leva les yeux et un hoquet lui coupa le souffle. Une créature chauve et petite, un gnome, se tenait devant lui à l'endroit où, un instant plus tôt, il n'y avait rien que le vent.

Justin serra fermement les pierres dans ses mains. Le petit

personnage qui s'était déplacé tellement silencieusement qu'on aurait dit qu'il s'était matérialisé sur place, tira une longue lanière de cuir de sa robe.

Justin jeta ses pierres en direction de la tête du gnome, mais la créature se déplaçait si vite qu'on n'en percevait qu'une ombre. Avant que Justin n'ait pu suivre les déplacements du petit personnage, la lanière de cuir avait claqué dans l'air, s'enroulant autour de sa poitrine et de ses bras avec un bruit sec. Il tomba sur le côté et entendit un craquement. Il comprit qu'il s'était brisé une côte.

Dans sa douleur, il ne songea qu'à ce curieux petit personnage qui l'avait maîtrisé si facilement. Comment pouvait-il se déplacer aussi vite? Justin n'avait jamais revu une telle vitesse des mouvements depuis ses premiers temps à Rashimpur.

Un moine, réalisa Justin, avec une brusque certitude. Le petit homme avait été un saint homme, à une époque, comme lui-même l'avait été.

Le moine s'approcha. « Tu es de Rashimpur », dit-il, sans expression sur le visage.

Justin lutta pour ne pas trahir dans sa voix la douleur qui lui brûlait la poitrine. « Comme toi-même. »

Le moine acquiesca. « J'ai reçu mon enseignement à Rashimpur. Mais j'ai toujours appartenu à Varja. »

« Appartenu? » demanda Justin, en essayant de gagner du temps tandis qu'il travaillait la lanière de cuir dans son dos.

« Notre destin est plus fort que cette vie », dit le moine. « Mes ancêtres étaient de la secte des Chapeaux Noirs. Peut-être en as-tu déjà entendu parler? »

Justin ne répondit pas.

Un faible frémissement d'amusement voleta au coin des lèvres du moine. « Les êtres les plus puissants sur cette terre. »

« Les Chapeaux Noirs n'existent plus. »

Les yeux du moine crachèrent des lueurs de feu. « Seulement à cause d'un pauvre fou et de ses pratiques. Patanjali était un vieillard qui croyait à la supériorité de l'esprit de la vie sur la magie de la mort. Au travers de ses artifices, il a détruit notre secte, mais il ne pouvait espérer détruire à jamais la magie des Chapeaux Noirs. »

Une note d'exaltation se faisait sentir dans la voix du moine. « La magie est restée intacte, indomptée, sauvage au travers des âges. Tandis que les Chapeaux Noirs se perdaient dans l'oubli, de nombreuses réincarnations de Patanjali se succédaient, mais aucune assez puissante pour détruire les esprits endormis des Chapeaux Noirs. »

« Alors pourquoi servir Varja? » demanda Justin.

« Il y a une génération, Sadika, la sage de Rashimpur, prédit que le vrai Patanjali renaîtrait un jour. C'est alors que les esprits des Chapeaux Noirs se réveillèrent en courroux. J'ai quitté Rashimpur pour servir la déesse vivante du Mal, qui attendait depuis des siècles d'oubli, de prendre sa revanche. »

Justin s'agita pour se libérer mais les liens étaient trop serrés.

Le moine l'observait en souriant.

« Mène-moi auprès de Varja! » cria Justin.

« Tu n'as pas besoin de voir la déesse. Varja se réserve pour les puissants et non pour les faibles et les misérables de ce monde. » Il parlait tout près du visage de Justin, jouissant de son humiliation.

C'était ce qu'attendait Justin. Se retournant sur lui-même, il ramena ses jambes et les détendit de toute sa force. Le moine alla s'écraser contre le mur du palais. Il hurla de rage. En un bond il était de nouveau sur ses pieds. Il saisit la lanière de cuir et tira dessus. Justin se sentit enlevé dans les airs comme s'il n'avait été, malgré son poids, qu'un jouet au bout d'une corde. Le moine le traîna derrière-lui. Son mouvement était violent mais précis. Justin tomba à l'intérieur du porche, dans la partie du palais qui avait été, à une époque, le gynécée. Comme il essayait toujours de se redresser, il sentit un violent coup de pied le frapper sur le côté du crâne qui l'envoya cogner contre le sol. Il s'évanouit.

Il revint à lui dans une autre pièce dont il se souvenait. C'était une chambre peinte en blanc, vide de tout mobilier, à l'exception d'une estrade haute et carrée. Duma y avait été étendue, autrefois, songea-t-il. Combien de temps? Des années? Elle paraissait encore jeune quand il l'avait vue pour la dernière fois. On lui avait volé sa vie alors qu'elle vivait encore.

Il éprouva les nœuds de cuir. La lanière s'était légèrement détendue sous les efforts. Dans peu de temps, il serait capable de les détendre complètement pour se libérer. Il tirait dessus avec énergie, essayant d'observer le moine à travers sa vision encore imprécise.

Le moine se démenait dans un des coins de mur blanc. Ses doigts firent un son creux en tapant dessus. C'est du métal, songea Justin. Mais que fait-il? Le mur, tout à coup, s'ouvrit en glissant et le moine jeta Justin dans l'ouverture.

Sa côte cassée l'élança mais Justin se força à penser à ce qui lui arrivait et à tirer dans son dos sur la lanière de cuir. Ses yeux mirent un moment à s'habituer à l'obscurité. Il ne pouvait distinguer de plafond mais il était pourtant bien encore à l'intérieur, dans une sorte de couloir creusé à même le roc. Des lueurs tremblantes parvenaient faiblement d'un endroit à quelque distance de là où il se trouvait. Avec les lueurs, lui parvenait également la faible mais insistante fragrance de l'encens. Une autre pièce?

Les appartements de Varja, se dit tout à coup Justin. Bien sûr. Il était dans une partie du palais que, durant sa visite, des années auparavant, il n'avait découverte que lorsqu'il avait été autorisé à pénétrer dans la Chambre Sacrée. Les jeunes femmes qui servaient Varja ne la voyaient pas non plus, en temps normal. Si Varja était quelque part dans le palais, ce ne pouvait être qu'ici.

Une de ses mains se libéra. Une vague de soulagement le parcourut mais il décida de ne pas en profiter trop rapidement. Saisissant le bout de lanière fermement dans sa main, il le maintint caché derrière son dos. Il se laissa traîner par le moine le long du corridor.

A l'autre extrémité du couloir, une porte d'où émanait l'odeur d'encens, donnait sur une pièce dont le sol en bois brillant était faiblement éclairé par des lumières incertaines. Le moine entraîna Justin dans la direction opposée aux lumières, vers la partie la plus obscure de la pièce.

Il entendit des voix d'hommes quelque part, assourdies et lointaines. Des hommes? Il se souvenait des hommes peints en noir qui avaient massacré les jeunes femmes sous ses yeux impuissants. Les mêmes qu'il avait vu tourner autour du cadavre de Zharkov. Mais où se tenaient-ils, à présent?

Ils s'arrêtèrent devant un mur d'obscurité qui prenait faiblement la lueur qui venait de derrière eux. Du métal, se dit Justin. Une autre sorte de métal. Comme le mur de la Chambre Sacrée, la porte glissa sous la pression des doigts du moine. Aussitôt, le son des voix s'amplifia et devint audible. A présent, Justin savait où il se trouvait. En bas, dans les souterrains du grand palais, vivait la canaille grouillante des serviteurs de Varja.

« Je veux voir Varja », ordonna Justin. « Je te préviens, je veux la voir. »

Le moine se tourna vers lui. La haine brillait dans ses yeux. « Est-ce que tu penses que je ne sais pas qui tu es... ce que tu es? »

Il frappa Justin pour le faire se retourner. « Patanjali », siffla-t-il. « Varja ne te verra pas. Je lui épargnerai la puanteur de ta présence. »

Il cracha, puis se préparant à jeter Justin d'un coup de pied dans le puits plein de brutes, il recula d'un pas.

C'était le moment de frapper. Justin lança sa main et frappa le moine. Celui-ci perdit l'équilibre. La lanière de cuir, à présent flottante, Justin se tourna et frappa de nouveau le moine au visage.

Avec un cri aigu, le moine tomba dans le puits la tête la première. Il y eut un silence soudain dans le puits, rompu par le cri plaintif du moine qui suivit le choc de son corps sur le sol en contrebas.

Justin regarda dans le puits. Il était si profond que les hommes noirs, éclairés par les flammes d'un énorme brasro, ressemblaient à une vermine grouillante qui s'agitait dans les caves de l'enfer.

Aucune marche ne conduisait du fond du puits jusqu'à la porte métallique. Seule une échelle de corde usée était roulée près de la porte.

Le puits se trouvait à un des bouts du corridor. Justin se dit qu'à l'autre extrémité, dans la pièce où la faible lumière éclairait le sol de bois, devait se trouver Varja, si elle était encore dans ce palais maudit. Il marcha lentement vers la lumière.

Comme il s'approchait, la lumière sembla devenir plus forte. Mue par une force invisible qui fit dresser les cheveux sur la tête de Justin, la faible lumière tremblotante commença à battre comme un cœur de lumière et à grandir jusqu'à sortir de la pièce emplie des odeurs d'encens, comme une personne sans visage et sans forme précise.

Justin s'arrêta sur place. La lumière se répandait, semblait répondre à une vie propre pendant qu'elle passait de la pièce au corridor. L'endroit où se tenait Justin, presque totalement obscur un instant auparavant, était à présent inondé d'une froide lumière aveuglante qui se déplaçait lentement et inexorablement vers lui. Au centre de la lueur, il pouvait distinguer une vision. Une illusion, pensa Justin, un rêve peut-être. Mais au fond de lui-même, il savait qu'il ne rêvait pas. C'était Varja elle-même, iridescence chatoyante dans la lumière pure et violente, plus belle qu'aucune mortelle sur cette terre.

Elle était maquillée comme la nuit où il l'avait rencontrée, lors de la cérémonie de virilité, avec un troisième œil au milieu du front. Mais alors qu'il l'avait perçue comme une vision écœurante il la trouvait, aujourd'hui, irrésistible. La lumière émanait de son troisième œil. Mais derrière, l'obscurité régnait, comme au commencement de toutes choses. Et cet œil était le centre de l'esprit de Varja, nourri de mort.

« Tu voulais me faire brûler avec ton petit feu pitoyable », lança-t-elle en se moquant de lui.

Justin ne pouvait dire un mot. Il essaya de se détourner mais la lumière qui émanait d'elle le fascinait de telle sorte qu'il ne pouvait la quitter des yeux. Sa beauté était terrifiante, hypnotique. Elle portait l'éternelle et rayonnante fascination de la mort.

« Tu ne peux pas me brûler, pauvre fou. » Son visage aux trois yeux scrutait l'intérieur de son âme et la jugeait méprisable. « Tu sais bien que tu es trop faible. Tu as échoué dans toutes tes tentatives contre moi. La force qui me porte est trop puissante pour toi qui est sans nom et inconsistant. Je suis trop puissante moi-même et mon prince est trop puissant aussi. Il a été fort pour tuer la femme qu'il aimait. Cette femme, tu l'as aimée aussi, poltron. Mais tu n'as pu la sauver. Ni elle ni les autres. Tu as dû les abandonner et les laisser mourir. A la vérité, c'est ta propre faiblesse qui les a tous tués. » Elle pointait un doigt terrible en direction de Justin. Il tomba à genoux en gémissant.

« Désires-tu voir le feu ? » Elle souriait, et son sourire se transforma en un rire violent et mauvais. « Voilà le feu. »

Elle étendit tous ses doigts. Une étincelle s'envola du bout de ses doigts, forma une boule de feu qui grandit et se précipita sur Justin. La boule emplit le corridor. Justin ne pouvait lui échapper.

Ses vêtements prirent feu dès que la boule le toucha, et sa peau brûla comme sous un jet d'huile bouillante. En hurlant, il recula sous la violence de l'attaque et tomba en arrière dans le puits. Il atterrit sur le corps démantibulé du moine.

« Tuez-le », dit-elle dans un souffle de sorte que c'était plus une pensée qu'un ordre. Puis elle répéta ses mots, d'une voix stridente. « Tuez-le ! »

Elle éleva les bras et une colonne de flammes monta du puits. Les brutes terrifiées s'écartèrent un moment. « Tuez-le ou vous mourrez dans les flammes de ma colère ! »

Les hommes regardaient terrifiés la manifestation magique de la puissance de la funeste déesse. En haut, elle s'écarta du puits et disparut dans l'obscurité. A sa place, le vide et la noirceur. La porte métallique se referma. Elle semblait n'avoir jamais existé, et pourtant les flammes étaient bien réelles.

Les hommes noirs hurlaient, couraient en tous sens pour éteindre le feu, mais les flammes semblaient se jouer de leurs tentatives. L'un deux s'approcha de Justin en tirant un long couteau de sa ceinture. Il parlait une sorte de jargon d'hindi. « Tout ça, c'est à cause de toi. »

Un autre s'approcha. « Tue-le », dit-il. « La déesse éteindra le feu dès que tu l'auras tué. »

« Elle se moque de vous », dit Justin. « Vous n'êtes qu'un troupeau de bêtes meurtrières, et la mort par le feu est encore trop douce pour vous. »

« Tue-le! »

« Vous ne me tuerez pas aussi facilement que les jeunes filles dans la plaine. Toi », fit Justin en désignant un des hommes. « Bats-toi contre moi. »

L'homme au visage noir ouvrit la bouche dans un rire muet.

« Je me battrai avec toi. Et je te tuerai. »

« Essaie. »

L'homme se fendit en avant, très vite. Juste avant que la lame n'atteigne Justin, celui-ci fit sauter le couteau des mains de son adversaire, l'attrapa au vol et dans le même mouvement lui trancha la gorge.

« Voilà pour le massacre des jeunes filles. »

Il saisit le deuxième homme par le bras, lui tordit dans le dos et le jeta dans les flammes.

Un troisième tenta de lui assener un coup de gourdin par derrière mais Justin sentit venir le coup et s'aplatit sur le sol. Il venait de faire une erreur. Dans cette position vulnérable, les hommes se jetèrent sur lui. Un talon écrasa sa main, déchirant la peau. Justin gisait, sous la masse de ses assaillants, étouffé et sans défense.

Comme il cherchait à se relever, un nouveau coup de pied l'atteignit. Un autre homme rassembla ses deux poings et lui en assena un coup sur le côté de la tête. Deux bras puissants le saisirent et le remirent sur ses pieds. Justin ouvrit les yeux pour apercevoir le plus grand de la bande, un colosse de plus de deux mètres venir à lui un couteau dans sa poigne luisante de sueur.

Il frappa Justin en direction du cœur. Dans un mouvement désespéré de torsion du tronc, Justin ne put complètement éviter la lame effilée qui lui perça le flanc, ouvrant une profonde entaille d'où le sang se mit à gicler. Justin gémit. Il s'affaissa dans les bras de celui qui le tenait tandis que le colosse faisait un pas en arrière pour observer son œuvre.

Justin ne bougeait plus. Sa respiration hoqueta puis s'arrêta. Les voix familières l'appelèrent dans les recoins obscurs de sa conscience. *Reviens, Justin. Reviens, que tes frayeurs et ta faiblesse disparaissent.*

Le colosse, aspirant laborieusement l'air raréfié du puits, leva le bras et hurla par-dessus le vacarme des autres hommes.

« Varja! Notre déesse et notre protectrice, nous avons fait selon ton désir! Ton ennemi est mort! Éteint les flammes de ton courroux! Accorde-nous le droit de vivre! »

Aucune réponse ne leur parvint. La porte de métal restait close.

L'homme qui tenait Justin le laissa tomber sur le sol immonde. « Coupons-le en morceaux », lâcha-t-il dans un sifflement mauvais. « Qu'il ne reste rien de lui. Il faut que la déesse soit contente de nous. »

Reviens vers nous, disait les voix. *Reviens vers nous où il fait bon, où tu seras en sécurité, où tu pourras tout oublier. Cette vie est trop dure. Reviens vite vers nous, et quand tu seras mort, tu ne ressentiras plus la douleur, tu ne ressentiras plus la souffrance. Laisse-toi faire. Viens chez nous trouver enfin la sérénité, la paix, le repos...*

Puis une autre voix se fit entendre, discordante et dérangeante. C'était la voix de Tagore, aussi claire et proche que si le vieux maître avait été réellement présent. Au contraire de Varja qui se manifestait par une lumière éblouissante, la voix de Tagore venait du vide obscur. Mais alors que la lumière qui émanait de Varja, venait d'un point sombre au milieu de son troisième œil, la présence obscure de Tagore était concentrée autour d'un minuscule point de lumière palpitante. L'esprit de Justin se laissa guider vers le point lumineux, impatient de retrouver Tagore.

« Je t'entends, maître », murmura-t-il.

Qui es-tu?

« Je ne suis personne. Je ne suis rien. »

As-tu peur de la mort?

« Non, maître. Qu'elle soit la bienvenue. »

Mais tu as peur de la vie.

« Je... je ne peux pas vivre. La magie de Varja est trop grande. »

Crois-tu en la magie?

« Je crois en toutes choses, à présent, maître. Tout est possible. »

Qu'est-ce que le karma?
« Un cerle, maître. »
Le passé et le présent?
« La même chose. »
Le yin et le yang, le bien et le mal, la lumière et l'obscuri-té?
« La même chose. »
La vie et la mort?
La lumière était toute proche, à présent.
« La même chose, maître. »
Justin baignait dans un flot de lumière. Mais ce n'était pas la lumière aveuglante de Varja, terrifiante et destructrice. C'était au contraire la lumière du soleil qui se reflète sur la surface ridée d'un lac, la lumière d'un ciel sans nuages, la lumière qui danse dans les yeux d'un enfant. Et de cette lumière, Tagore vint vers Justin, vivant de nouveau et dans toute sa plénitude, les bras étendus devant son élève.

Viens vers moi, à présent, Patanjali, et embrasse la vraie vie. Car maintenant tu es vraiment le Maître du Chapeau Bleu, le porteur de la lumière dans l'obscurité. Si tu n'as pas peur de la mort, alors tu ne pourras pas craindre la vie. Poursuis ton chemin et fais ce que tu dois. Pour l'amour de la vie.

Justin entra dans les bras de Tagore. L'esprit du vieil homme le pénétra de sa puissance et de son calme, pur et parfait. Un instant, Justin oublia qu'il était fait de chair et d'os. Il se sentait fait d'un bloc d'énergie pure. Il ouvrit les yeux.

Son propre sang s'était répandu autour de lui. Le colosse retirait son poignard du flanc de Justin.

« Il est encore vivant! » cria un des hommes noirs.

« Ce n'est pas un homme comme nous. »

« Essaie encore. Tu as raté le cœur. »

Le colosse replongea sa lame en avant.

Justin se détendit et fit sauter le couteau dans les airs. Il vit son sang gicler au visage de ses agresseurs et tomber en grésillant sur le sol de pierres chaudes. D'un coup de sa main, il envoya le géant rouler sur le sol. Instinctivement, il frappa du pied en arrière. Un homme tomba. Justin se fraya un chemin au milieu des assaillants comme un pur esprit, sans sensations, sans prêter attention à l'air irrespirable, fracassant tout ce qui se trouvait sur son chemin.

L'un des hommes se jeta sur lui en plongeant mais Justin sauta en l'air et lui retomba violemment sur le dos. De là, il fit un bond

vers le mur de pierre, séché par les flammes qui le léchaient de
toutes parts et s'y accrocha. La pierre était brûlante, et la seule
chose que l'on pouvait respirer était la fumée âcre et noire qui se
dégageait des flammes. Justin pourtant ne s'en préoccupait pas. Il
avait décidé de vivre. La vie avec ses douleurs, ses souffrances et
ses défaites. Il n'avait pas peur de la vie.

Ceux qui étaient encore en état de regarder au milieu des
flammes, observaient avec stupeur l'homme qui grimpait centimètre par centimètre, le long de la paroi rugueuse et brûlante.
Justin montait, entouré de flammes, et son sang continuait
de se répandre sous lui, séchant dans l'air avant d'atteindre le
sol.

« C'est un dieu, lui aussi », cria quelqu'un en contrebas.

En réponse, une grondement assourdissant remplit le puits
tandis que les flammes redoublaient. Les cris des hommes qui
brûlaient étouffés emplissaient le puits tandis que ceux qui le
pouvaient encore griffaient de leurs ongles noirs le mur de pierre.
Le corps du moine gisait carbonisé, répandant une horrible odeur
âcre et nauséeuse de chairs brûlées. Justin sentit ses propres
jambes léchées par les flammes, mais il continua à grimper. Une
main, puis une autre, lentement.

Il finit par atteindre le haut de la paroi. Balançant ses jambes
pour s'accrocher à la saillie à la base de la porte, il se redressa le
long du panneau de métal, et de ses doigts à vif et boursouflés par
la chaleur, il poussa la porte qui s'ouvrit.

L'appel d'air redonna de la vigueur au feu qui ronfla dans le
fond du puits. Les flammes avaient complètement englouti les
corps des hommes noirs. Seules leurs plaintes d'agonie parvenaient
aux oreilles de Justin et la vue qui s'offrait à lui était celle des
livres d'images du christiannisme représentant l'enfer et les âmes
torturées des pécheurs se tordant dans les flammes.

Un moment, il se demanda si son âme subirait le même sort
après sa mort. Car il ne méritait pas mieux, se dit-il. Varja a
détruit dans le feu tout ce que j'ai aimé, se dit-il encore. C'était
ainsi que les Chapeaux Noirs concevaient la fin d'un homme.
Varja et ceux de son espèce ne pourraient jamais comprendre la
magie de l'eau qui fait fondre les pierres ni celle de la sève qui
court sous l'écorce au printemps ni non plus celle, pourtant simple,
de la douceur du ciel au petit matin. Oui, la magie du Chapeau
Noir était bien petite comparée à celle-là. Pourtant, son âme au
karma brisé, devra-t-elle brûler comme celle des brutes au fond du
puit? songea-t-il.

Il emprunta le corridor. Bien que les flammes atteignissent à présent l'ouverture métallique, il ressentait une certaine fraîcheur en lui-même. Il marcha en direction de la lumière vacillante de la pièce à l'autre bout du couloir. En s'approchant, il put entendre le faible tintement d'une cloche. La cloche paraissait l'appeler, l'invitait à entrer dans la pièce de sa petite voix grêle et moqueuse.

Il se sentait fatigué. Tellement fatigué.

Les efforts qu'il avait fournis pour se battre et sortir du puits l'avaient épuisé. Ses blessures lui faisaient mal. Sa tête tombait de faiblesse. Il savait qu'à l'intérieur de la pièce, Varja et Zharkov l'attendaient. Il ne se sentait plus la force de les combattre. Zharkov était un homme vigoureux et la magie de Varja était celle des Chapeaux Noirs. Justin n'avait pas d'autre arme que la paix que Tagore avait finalement réussi à imposer à son cœur. Sa lutte incessante au long de sa vie ne lui avait servi à rien. Mais, pourtant, il n'avait pas peur.

C'est ici que tout se terminerait.

Cette idée ne l'irritait même pas. La haine n'habitait plus son cœur. Tagore et les autres étaient morts et il mourrait lui aussi. Zharkov aussi ne serait qu'une poussière au coin de l'œil de Brahma. Varja, elle-même, en son temps, s'évanouirait dans l'oubli. Il se souvenait d'une prière qu'il récitait étant enfant, à Rashimpur :

Tous les vents, toutes les eaux,
tous les cieux et toutes les terres
grandiront et mourront et se perdront dans le néant.
Je m'abandonne aux sables de l'éternité.

Il entra dans la grande pièce aux plafonds voutés. Le tintement de la cloche se concentrait autour d'un point noir minuscule au centre de la pièce. Autour de ce point noir, la lueur froide et irréelle que Justin avait déjà vue auparavant, grandissait. Émanant de cette lueur, il pouvait voir l'image resplendisssante de Varja la déesse, dans sa gloire triomphante. Et à son côté se tenait Zharkov, le Prince de la Mort, avec ses yeux aux paupières presque closes sous lesquelles étincelait une force maligne. Il était entièrement vêtu d'argent.

« Où est ta magie, Maître du Chapeau Bleu? » se moqua Varja.

« Je n'ai pas de magie », répondit Justin.

La déesse sourit. « Tu es en train de mourir. Tu ne peux même plus te sauver toi-même. »

« Si c'est mon destin de mourir, je mourrai. »

Varja s'esclaffa. « Fort bien. Dans ce cas, mon Prince est entièrement au service de ton destin. »

Elle se tourna vers Zharkov et le Prince de la Mort éleva sa main droite haut devant lui. Dans cette main, sortant de l'obscurité, apparut une épée d'argent, flamboyante.

« Maintenant », ordonna Varja. « Le monde t'appartient. Le Maître du Chapeau Bleu ne peut plus rien contre toi. »

Zharkov fit retomber la lame. Justin n'essaya pas de l'éviter. L'épée le frappa au poignet droit, coupant la main qui tomba sur le sol. Justin regarda le moignon sanglant qui terminait son bras. La douleur était atroce mais aucune plainte ne sortit de sa bouche. S'il n'avait plus peur de la mort, il ne devait plus avoir peur non plus de vivre les derniers instants avant qu'elle n'arrive.

Les yeux de la déesse étaient remplis de fureur. « Sa main ? » hurlait-elle. « Pourquoi pas la tête ou la poitrine ? »

« Je voulais », dit Zharkov, abasourdi. « La lame s'est écartée toute seule. »

« Mais sa main... » Elle regardait fixement la main coupée, son corps tremblant d'horreur. Puis, voyant la main qui commençait à briller sur le sol, elle se mit à murmurer des incantations frénétiques tout en reculant jusqu'à ce que le mur lui interdise toute retraite. Les mots sortaient de la bouche comme la lave d'un volcan.

Elle sentait tout pouvoir la fuir. La lumière qui l'avait enveloppée, ainsi que Zharkov faiblissait et disparaissait.

La main coupée, à présent masquée par une lumière dorée, commença à siffler.

« Patanjali », sanglotait Varja. « Salut à toi... Salut à toi, Maître du Chapeau Bleu... »

La main avait fait place à un serpent d'or enroulé sur lui-même.

« Épargne-moi », souffla-t-elle.

« As-tu épargné Tagore ? » demanda Justin. « As-tu épargné Duma ? As-tu épargné les moines de Rashimpur ? Avez-vous épargné, toi et ton prince, aucun de ceux qui m'ont montré quelque tendresse ? »

« Alors, prends-le, lui », supplia Varja. « Il est ton ennemi. L'homme que tu appelles Zharkov est né à la même heure du même jour de la même année que toi. Tant que tu vivras, il vivra comme le reflet négatif de ta propre image. Prends sa vie maintenant et tu mettras fin aux tourments de ta propre existence. Je t'en conjure... »

Mais Justin ne l'écoutait plus. Une autre voix lui parlait. La même voix qu'il avait déjà entendue il y avait une éternité, quand l'homme inquiétant avait piégé le petit enfant dans le fond d'une impasse à Paris. C'était la voix de Tagore qui lui posait de nouveau la même question qu'alors.

Est-ce bien ce que tu veux?

Justin regarda le serpent lové. Il comprenait tout et en même temps était étranger à tout. Une magie se manifestait mais elle ne venait pas de lui. Elle émanait du Maître du Chapeau Bleu.

« C'est ma volonté », dit-il.

Le serpent se déroula. Se détendant comme la langue pointue d'un éclair, il s'enroula autour du cou de Varja et la frappa dans le centre obscur de son troisième œil.

Varja se mit à trembler. Une goutte de sang brillant perla au centre de son front. Elle ferma les yeux et sembla rétrécir devant les yeux de Justin. La peau lisse de son visage commença à se rider et à se craqueler. Des vaisseaux noueux commencèrent à apparaître sur le dos de ses mains. Ses cheveux noirs blanchirent rapidement et tombèrent sur le sol en paquets grisâtres. Ses joues se creusèrent. Ses lèvres peintes en rouge s'entrouvrirent et elle cracha les chicots brunis de ses dents. Puis elle s'affaissa lentement, la frêle charpente de son corps ne la soutenant plus. La chair de son visage et de son corps fondit rapidement et son crâne roula dans les plis de sa robe somptueuse puis tout son corps tomba en poussière. Une poussière vieille de cent mille années.

Lové dans les plis de la robe. Se tenait le serpent d'or pur.

Quand il ne resta plus rien d'elle, le serpent se déroula et monta le long de Justin jusqu'au bout de son bras où il s'enroula, serré autour du moignon. Il lança quelques feux dorés puis disparut. Au bout du bras de Justin, sa main avait repris sa place.

Terrifié, Zharkov regardait Justin les yeux remplis d'une panique insurmontable. Il leva son épée haut au-dessus de sa tête et frappa de toute sa force. Justin lança son bras et brisa la lame en plusieurs morceaux. Les débris d'argent de l'épée s'éparpillèrent dans toute la pièce, tintant comme un millier de cloches.

Zharkov courut vers l'autre bout de la pièce. Le feu avait maintenant atteint le niveau principal du palais et l'embrasure de la porte de la chambre voûtée était pleine de flammes qui en léchaient le seuil et le côté des murs les plus proches. Il n'y avait plus d'issue sauf à travers le mur de flammes.

En hurlant, Zharkov se précipita la tête la première dans le brasier.

Justin le suivit, sentant la brûlure du feu mais indifférent à la douleur. Zharkov se ruait vers la Chambre Sacrée mais le feu en avait soudé l'ouverture. En voyant Justin le suivre, il s'arrêta de courir. Il se retourna et avec une expression de résignation désespérée, il fit face en se redressant de toute sa hauteur.

Ses lèvres étaient sèches et craquelées. La sueur lui coulait en torrent le long du visage. Ses yeux de reptile étaient pourtant encore froids. Il reprenait le contrôle de lui-même. Il déglutit pour éclaircir sa voix.

La douleur le submerge, mais sa dignité n'est pas entamée, songea Justin.

« Veux-tu mourir maintenant ? » demanda Zharkov.

Justin fit un mouvement de tête. « Je mourrai quand tu mourras. Nous sommes identiques, toi et moi. Depuis toujours. »

Zharkov lui accorda une brève révérence. C'était le genre de salut que l'on accordait à la fin d'une partie d'échecs, la courtoisie ultime d'un être civilisé reconnaissant la supériorité de son adversaire.

Leurs regards se rivèrent l'un dans l'autre pour une dernière fois. Puis, sans une hésitation Zharkov marcha vers la porte en métal qui béait sur le puits empli d'une puanteur de chairs brûlées et en franchit le seuil.

Justin vit une gerbe de flammes et d'étincelles monter dans le puits au moment où Zharkov avait dû toucher le fond, mais il n'entendit rien. Le Prince de la Mort s'était effacé honorablement.

Justin alla vers la porte de la Chambre Sacrée qui s'ouvrit sans effort sous sa poussée. J'ai donc encore le temps de voir Rashimpur, se dit-il. Merci à vous, esprits de mes amis morts, je serai bientôt parmi vous.

Justin se fraya un chemin en titubant vers l'extérieur du palais et une fois dehors, il se retourna, debout dans la neige, pour voir le bâtiment englouti par les flammes.

C'était fini à présent, son œuvre était accomplie.

Il se tourna dans la direction de Rashimpur. Ce serait un long chemin, mais il le ferait. Il se maintiendrait en vie assez longtemps pour y parvenir.

Le lac aux pieds d'Amne Xachim était gelé en profondeur. Il préféra que ce fut ainsi. Il n'aurait pas pu y nager, même avec l'aide de Tagore. Son corps était brûlé. Il avait perdu trop de sang et ses blessures au flanc et à la poitrine commençaient à s'infecter.

Il entama l'escalade de la montagne à quatre pattes. Quand il arriva au premier plateau, il rampait, mais il continua. Il était trop proche de Rashimpur à présent pour renoncer. Il n'avait pas encore le droit de mourir. Il ne permettrait pas à la mort de poser ses griffes sur lui avant qu'il ait retrouvé sa demeure.

Ses yeux se brouillaient et il tremblait sous le froid. Ce serait si facile... si facile de mourir... Il se força à accrocher les aspérités du roc et les brindilles qui pointaient sous la neige. Le froid endormit légèrement la douleur de ses blessures. La douleur refluait enfin. Il savait qu'il verrait Rashimpur avant de mourir, peut-être quelque brefs instants mais cela suffirait.

Quand il vit le second lac et au-delà, la façade de pierre du monastère en ruines, il se remit sur pied. Titubant contre la paroi de rochers, il tomba mais se releva de nouveau, tomba une fois encore puis se traîna à la seule force de ses bras vers sa maison. Il rampa jusqu'au portail de pierre et, luttant de ses dernières forces, il se dressa sur ses jambes.

« Tagore, me voici, je suis revenu », murmura-t-il. Dans un effort surhumain, il ouvrit la grande porte.

Son visage se vida de ses couleurs. Le tremblement de tout son corps cessa sous le choc. Car dans le centre du grand hall, parmi les ruines calcinées et les squelettes poussiéreux, se dressait l'Arbre des Mille Sagesses, vigoureux et sain, tel qu'il s'était toujours dressé depuis le commencement des temps.

Il ne se sentit pas tout d'abord ses larmes couler le long de son visage. C'était comme Tagore le lui avait dit : *Rien ne peut détruire l'Arbre.* Il était la vie elle-même, et aucune armée au monde ne pouvait l'abattre.

Par étapes, il marcha vers l'Arbre et s'agenouilla au pied du tronc. L'écorce en était dure et noire car c'était l'hiver. Justin se souvint qu'autrefois il pouvait lire le changement de saisons sur l'arbre lui-même. Il avait appris avec lui la beauté des couleurs, la patience de la nature, comme l'arbre lui-même en était un témoignage, patient, modeste, sans qu'on le remarque et sans qu'on le remercie. L'arbre avait été, était et serait, et il était la preuve que la vie elle-même serait à tout jamais.

Tagore le savait. Il l'avait toujours su. Mais Justin n'avait jamais eu l'occasion de se rendre compte comme aujourd'hui, au moment de sa mort, qu'une certaine magie ne pouvait mourir. Quelque part, des oiseaux chantaient une chanson écrite par l'Univers. Quelque part, dans la rigueur de l'hiver, une graine attendait patiemment le moment de renaître, sa magie lovée au plus profond d'elle-même, prête à exploser quand le moment viendrait. Le monde était plein de magie, d'une magie beaucoup plus puissante que celle de n'importe quel magicien.

« Je comprends, Tagore », dit Justin en pleurant. « Je n'ai pas été rejeté. Moi aussi, je fais partie du grand tout. »

Une feuille tomba de l'arbre. Justin la saisit, la serrant dans ses doigts tremblants. Une chaleur se répandit en lui, l'envahissant, calmant ses peurs. En rouvrant ses mains, il vit que la feuille s'était flétrie. Les brûlures et les cloques sur ses doigts avaient disparu. Les blessures de son corps s'étaient cicatrisées.

Avec un sanglot, il se prosterna contre le sol.

« Tagore ! » cria-t-il. « Je rebâtirai cet endroit. La mort n'existe pas. Il n'y a pas de fin. Je ferai revivre ce lieu. Pour toi. Pour tous les autres. Je vivrai et un autre Patanjali me succédera, et Rashimpur ne mourra pas. Jamais. Et il y aura toujours cette magie. Toujours, aussi longtemps qu'il y aura la vie. Et nous combattrons la mort, quel que soit son masque. »

Il rouvrit les yeux. Et il vit la chose, petite et noire au pied de l'arbre : une pièce d'échecs, taillée grossièrement dans un éclat de bois, trouvé derrière une cahutte à l'écart d'un village en Pologne.

Justin sentit un air glacé lui remplir les poumons. Comment cela était-il possible ? Zharkov était mort. Deux fois. Une fois à Cuba, au pied de la falaise, et une seconde fois dans le puits en flammes du palais de Varja.

Nous sommes identiques, toi et moi. Depuis toujours.

Il reçut la révélation comme un choc physique. S'il était vivant, alors son reflet l'était également. Le Prince de la Mort attendait quelque part tapi dans l'ombre ou le recherchait au grand jour, poursuivait sa destinée exactement comme le Grand-Maître. Le bien devait exister, mais aussi le Mal.

LE RENONCEMENT

Il prit la pièce dans le creux de sa main. C'était le Roi noir.
La partie n'était pas finie.
Elle ne serait jamais finie.
De la montagne, lui parvint une légère brise qui portait sur ses ailes la fragrance de l'amande.

Cet ouvrage a été achevé
d'imprimer le 28 mai 1985
à l'Imprimerie CLERC
18200 SAINT-AMAND
pour le compte de CARRERE ÉDITIONS 13

Imprimé en France
N° d'édition : 5062 - N° d'imprimeur : 3165
I.S.B.N. : 2-8680-114-5